OTMICA MUŠKARCA

OTMICA MUŠKARCA

Milica Jakovljević Mir-Jam

Globland Books

SADRŽAJ

Šef mladih činovnica

Tmurno jesenje jutro obojilo je u sivo kancelariju građevinskog preduzeća. Tamni oblaci razvlačili su se po nebu, olovni i mrki, a po hladnom jesenjem dahu osećalo se da će pre sneg nego kiša. Na drveću ispred zgrade, čije su krune dodirivale prozor prvog sprata, lepršalo je zaostalo požutelo lišće.

U kancelariji je bilo prijatno jer je peć pucketala, prvi dan založena; osećao se miris gvožđa, fiksa i duvana. Na stolu je bila pepeljara, hartija, pisma, cirkle, lenjiri. Visoki kancelarijski orman s roletnama bio je zaključan, a jedan sto, kao katedra, stajao je u uglu. Na njemu je bila velika tabla s mnogo zabodenih ekserčića. Ugalj prsnu i iz peći izleteše varnice. Poslužitelj otvori vrata, popravi stvarčice na stolu i priđe peći. Protrlja ruke, zadovoljan zbog toplote, džarnu žaračem ugalj i izađe u predsoblje.

Malo zatim vrata se naglo otvoriše, u sobu jurnu hladan vazduh i uđe mlad čovek visoka rasta. Pogleda u peć, očigledno zadovoljan što je naložena. Skide vrskaput od engleskog štofa, okači ga na čiviluk, skide i šešir s glave i tada se ukaza energičan potiljak, pokriven gustom crnom kosom. On uze češljić i provuče ga nekoliko puta kroz kosu. Potom ga spusti u džep i priđe prozoru. U okviru prozora ocrta se njegova figura. Na sebi je imao elegantno zagasitoplavo odelo s tankim prugama sive boje. Lepo skrojeno odelo isticalo je široka ramena i snažni stas muškarca.

Nekoliko trenutaka gledao je kako se od Bežanijske kose izvlače još tamniji oblaci. Vetar dunu i razvitla jesenje lišće. Vrapci prhnuše s grana i odleteše. Dve svrake zagalamiše na drvetu svađajući se. Mladi čovek sede za sto, izvadi tabakeru i zapali cigaretu, uze ključ iz džepa i otvori fioku pisaćeg stola, izvuče crtež i udubi se u njega. Pušio je i gledao popravljajući neke linije. Napravi grimasu, kao da mu nešto nije pravo. Uze drugi prazan tabak i poče da crta po njemu. Ostavi ga i uze veći tabak, iz onog ormana s roletnom. Bio je to opet neki veliki crtež. Skica fasade zarubljena krova, u američkom stilu. Poče nešto da traži po stolu, zazvoni, pojavi se poslužitelj Đorđe.

— Đorđe, gde je moj lenjir, onaj dugački?

— Ne znam, gospodine. Zar nije tu? Da ga nije uzela gospođica Borka. Ona ga ponekad pozajmi.

— Neka ga uzme, ali neka ga uvek vrati na svoje mesto! — strogo odseče mladi čovek.

— Idem da ga donesem — poslužitelj izađe iz kancelarije, a mladi čovek nastavi da popravlja crtež.

Vrata se otvoriše, oseti se miris šipra.

— Izvinite, gospodine Markoviću, ja sam uzela vaš lenjir. Mislila sam da vam neće danas biti potreban.

— Meni je lenjir uvek potreban — ozbiljno je pogledao mladu činovnicu svojim krupnim crnim očima.

Ona je stajala nekoliko sekundi pred njim, gledajući te oči u kojima nikad nije mogla da vidi nimalo topline.

— Izvinite! — prošaputa ona.

— Ništa! — odgovori mladi čovek i spusti pogled na crtež, ne interesujući se više da li je devojka u sobi ili nije.

Brzo se okrenula. Čulo se lako škripanje njenih đonova. Nekoliko koraka je bilo dovoljno do vrata. Čovek podiže glavu baš kad je devojka pritisnula kvaku i osmotri fine listove njenih nogu i besprekorne tanke čarape. Nasmeši se malo i opet spusti pogled na crtež.

Vrata se zatvoriše, ali u kancelariji ostade miris parfema mlade činovnice.

Inženjer Gradimir Marković skide slušalicu s telefona i okrete pet brojeva.

— Alo! Ovde inženjer Marković. Hteo sam da te pitam šta će ti treća soba na ovako malom prostoru. Bolje da napravimo dve. Nemoguće je napraviti tri sobe na ovako malom prostoru. Jedan prozor bi gledao u svetlarnik. Dođi da se dogovorimo... Znam ja šta ti hoćeš, ali bolje je onako kako sam ti ja kazao... Da, biću u kancelariji do deset. Posle idem da vidim onu zgradu. Dovršena je. Prvog novembra se useljavaju... Solidna građevina. Banka zida. Lako im je da daju milione, a imaće i dobru rentu. Dobro, čekaću te.

Spusti slušalicu i nastavi da crta i da popravlja projekat.

———

Kad Borku odazva poslužitelj, dve činovnice koje su s njom delile kancelariju prestadoše da rade. Otpoče razgovor:

— A Borka mu opet uzela lenjir.

— Luda! Misli da će se zaljubiti u nju. A on je i ne pogleda. Tako i treba. Ozbiljan mladić. Neće čovek u kancelariji ni s kim da se zabavlja. Mi smo činovnice, a on nam je šef. Borka misli njega da uhvati kao druge. Ovaj se ne da lako uhvatiti. A ona se jutros baš udesila. Jesi li videla njen taftani kombinezon? E, moj brate! Plata joj šest stotina dinara a nosi svilene čarape i taftani kombinezon!

— Znaš s kim se sad zabavlja?

— Znam, s onim sudijom.

— Ostavio je. Videla sam je s jednim, još starijim. Neki penzioner udovac, ali ima kuću i kirije.

— Što se ne uda za njega?

— Ne znam, ona hoće samo iz ljubavi da se uda. Kaže, nikoga dosad nije volela. A jesi li videla njenu sobu? Ima vrlo lep nameštaj! Sofa, pa dve foteljice, šifonjer s ogledalom. Ume ta da živi. Hvata starce, pa ih dobro iscedi, a hoće da se uda za mladog iz ljubavi! Crkava za ovim našim Gradom. Ćuti, evo je!

— Kako te dočeka naš laf?

— Vrlo ljubazno! — prkosno odgovori Borka. — Pita me kako sam, idem li u pozorište ili u bioskop.

— Da te nije pozvao?

— To je moja stvar.

— On je vrlo gord.

— Hm, gord! Svi oni trče za suknjom...

— Ali ne za svakom. Ja sam čula da se Grada ženi jednom otmenom devojkom.

— Kojom?

— Jednog državnog savetnika ćerka. Druži se s Gradinom starijom sestrom. Znaš li njegove sestre?

— Jedna je udata, vrlo lepa. Udala se za nekog rentijera. Ali, muž joj je smešan! Pravo burence. Iz računa se udala. Bogat rentijer.

— Koliko ima sestara?

— Dve. Mlađa je studentkinja. Vrlo je lepa i ozbiljna devojka. Njegov otac ima kuću na Voždovcu.

— Ali on ne stanuje s ocem?

— Hoće čovek da je slobodan.

— Vidi, Ružice, Borkine čarape! Ne znam, Borka, kako možeš da kupuješ tako skupe stvari?

— Štedim pa kupujem. Trudim se da uvek imam finu čarapu i cipelu.

Pričala je sa svojim koleginicama, ali su joj pred očima još bile velike crne Gradine oči, hladne kao jesenja noć. Umirala je od čežnje za njim. Sve je do sada u njenom životu bilo vrlo mučno i bolno... Davati se za novac ljudima koje nije volela, koji su joj bili odvratni, strašno je. Htela je po svaku cenu da pobegne iz siromaštva. Muškarci su to zloupotrebili. Borka je gordošću skrivala svoju patnju.

Gradimira Markovića je zavolela zato što nije bio kao drugi. Nije je hteo, iako mu se ona svakim svojim gestom nudila. Nije to ni opažao. Bio je ravnodušan i hladan. Nije mogla da dokuči da li mu se imalo dopada. Na sve moguće načine je pokušavala da izmami makar jedan topliji pogled, ali bez uspeha.

I dok su Borku celo jutro i ceo dan mučile misli o njemu, Gradimiru je bilo sasvim svejedno što u susednoj kancelariji jedna devojka luduje za njim. Kao muškarac sve je prozreo, ali to nije pokazao. Ovo je kancelarija, a on je šef. Nije hteo da iskorišćava svoje činovnice.

Vrata se naglo otvoriše i bez kucanja upade krupan, trbušast čovek.

— Hoćeš velike sobe? Ne pali to kod mene, Markoviću. Čim ima više soba, taksiram svaku sobu. Onda je to veliki stan. Napravi ti meni sobičke i malo predsoblje. Ja ću staviti fini parket, pločice u kuhinji, a onda još sijalice, fini moleraj, pa cepnem: hiljadu šest stotina. Boga ti, padaju cene stanovima!

A svi hoće otmeno. Imam ja iskustva. Treba da zaseniš kirajdžiju! Napravi mu sve otmeno, ali mu otmeno naplati! Konkurencija ti je danas. Moraš i da podvaljuješ...

— Šta ti sve napriča, čoveče — preseče ga Gradimir. — Ama, ova treća soba će ti biti mračna. U predsoblje jedva da može čiviluk da stane.

— Stisni kako god znaš, ali hoću da mi svaki stan ima: tri sobe, predsoblje, kupatilo, špajz, sobu za devojku. Kaži ti meni samo može li to sve da se izvede?

— Može, ali neće biti kako se meni sviđa.

— Ništa ti ne brini! Ja sam gazda. Videćeš da sam u pravu. I u suteren mi ćušni jedan stan. I na tavan. Gde god može. Poslušaj ti mene, ja sam čovek trgovac.

— Poslušaću te. Napraviću i četiri sobe. Uostalom, tvoja stvar.

— Tako, tako. Oca li im kirajdžijskog! Mnogo zakeraju. Ali, sad ću ja njima da podvalim. Ta će kuća najveću rentu da mi donese. A ne kao ona prva. Prosto mi dođe da čupam kosu kad pomislim koliki je plac onaj idiot upropastio. A šta sam dobio od toga placa... Kako je tvoj otac? Podiže i on lepu kućicu. Ti si mu pravio plan?

— Ja.

— Jesi l' udario jak temelj i za drugi sprat?

— Dosta su jaki temelji, ali zasad otac neće više da podiže. Hoće sâm da uživa.

— A šta čujem? Ti se ženiš?

— Kojom?

— Pa, Jovanovićevom ćerkom. Reče mi moja žena.

— Meni to nije poznato. Ko je to tvojoj ženi rekao?

— Tvoja sestra Vukica.

— Vukica? Ona to pravi plan o mojoj ženidbi. Znaš, kad su u kući dve sestre a jedan brat, svaka sestra ima prijateljicu koju bi htela da uda za brata.

— Ja sam se baš bio začudio. Ta Jovanovićeva ćerka mi se ne dopada. Iždžikljalo nešto suvo, visoko, krakato. Ja ti volim žene onako oble, meke...

— Još si ženskaroš?

— Šta ćeš, trče za mnom.

— A koštaju te dosta?

— Ne žalim. Zašto da ne dam na siroto devojčence? Sevap je! Ali, nisam ja baš izdašan. Ne može nijedna od mene kuću da dobije. Jedna me skovitlala kuću da joj kupim! E, dete moje, mislim u sebi, kuće ja čuvam za sebe. A dok si sa mnom, evo ti koliko hoćeš da se lepo obučeš i da si sita. Valjda ću ja da je zbrinjavam za starost... Ama, je l' istina što čuh: vi dobijate da gradite bolnicu u Makedoniji?

— Dobili smo. Na proleće idem u Makedoniju. Volim promenu. Dosadi katkad i Beograd.

— More, i tvoj zet odlično posluje. Prodaje majdan, pa živi od rente. Lepo udadoste Vukicu. Lepa je i vesela ženica. Nije čudno što je lud za njom. Stvarno, dobar ti je taj zet. Ume da zaradi. Bili smo kod njih na večeri. Izgubio sam na pokeru dve hiljade. Opasno igra i tvoja Vukica. Kockaš li se ti?

— Vrlo retko. Ne volim kocku.

— Ti i tvoja sestra Gordana ste izgleda isti. Kaže Vukica da ste pomalo osobenjaci. A ja ti nju volim što je vesela. Ume da primi i slanu i neslanu šalu. Baš smo se lepo proveli. Pa hajde, dođi i ti.

— Nemam ja toliku platu da bih mogao da gubim po dve hiljade za jedno veče.

— Ne moraš se kockati. Dođi da porazgovaramo... Idem. Petljam se s jednim kirajdžijom po sudu. Pet meseci mi nije platio kiriju. Tužio sam ga. Zbogom! Tako, napravi ti meni što više sobičaka!

Inženjeru laknu kad liferant Jokić najzad ode.

Poslužitelj uđe i pozva ga direktoru.

Gradimir uze neke crteže i pođe. U hodniku se čulo kucanje pisaće mašine i ženski žagor. On uđe u direktorovu kancelariju.

————

Jedna mlada devojka, gotovo devojčica, zastade u hodniku pred poslužiteljem. On se diže sa stolice.

— Koga tražite?

— Ja sam ovde postavljena.

— A, vi ste juče bili kod direktora.

— Jesam. Kazao mi je da ću raditi u kancelariji s još tri činovnice.

— To je ovamo. Povešću vas.

Otvori jedna vrata:

— Gospođice, ovo nam je nova činovnica.

Sve tri devojke podigoše glavu.

— Vi ste došli na mesto jedne što je otpuštena?

— Jeste.

Mlada devojka priđe i rukova se s činovnicama. Poslužitelj izađe.

— Ovde je jako toplo, a napolju je hladno — reče mlada devojka.

— Skinite mantil! Eno čiviluka! — pokaza joj glavom Ružica.

Pažljivo su posmatrale novu koleginicu. Imala je bluzicu od vunice boje kestena a po njoj izvezene crvene cvetiće. Suknjica iste boje od kaše dopunjavala je njenu skromnu toaletu. Naslućivale su se lepe linije ispod meke vunene bluze. Kosa joj je bila boje zrelog kestena, sjajna sa zlatnim prelivima. Okačila je svoj jeftini mantil o čiviluk, stidljivo se nasmešila, sela za sto i pogledala po kancelariji. Sve tri opaziše njene oči, čudnovate boje. Bile su kao jesenje lišće, kao staro zlato, blage i tople, posute sićušnim crnim tačkama. Bilo je neke bolećive lepote u tom nežnom pogledu, kao da se iza njega skrivaju brige i patnje. Bio je to onaj melanholičan izraz očiju koje ne znaju za radosti života. Bledo lice mlade devojke, vrlo nežno i fino, pokazivalo je da u kući nije blagostanje.

— Šta treba da radim? — tiho upita nova činovnica.

— Umete li dobro da sabirate? — upita Ružica.

— Kako da ne umem!

— Onda sabirajte ove cifre.

— Šta ste završili?

— Trgovačku akademiju.

— Državnu ili privatnu?

— Državnu. U banci nisam mogla da dobijem mesto.

— Neko vas je morao protežirati za ovo mesto?

— Jedan moj teča. Bez protekcije se ne može dobiti služba.

— Da, da. Potrebna su jaka leđa!

— A koliko imate šefova? Je l' direktor strog?

— Direktor nije strog. Imamo šefa, jednog inženjera, koji je stroži od njega. Taj se nikad ne nasmeje — reče Borka.

— Baš se, Borka, juče na mene nasmešio — reče Jelka.

— Čudnovato. Mora da si mu se dopala, Jelka!

— Misliš? Bila sam u novom mantilu. Možda je moj novi mantil privukao njegovu pažnju. Sigurno nisu moje oči.

— Što, pa ti nisi ružna devojka! — tešila ju je smešeći se Ružica, najstarija u kancelariji.

— Niko ne izjavljuje ljubav mojoj lepoti, a ja se jadna ubih udešavajući se. Pronašla sam i novi puder. Osam dinara kutija, a lice kao sedef. Primećujete li da mi je lice lepše? — smejala se samoj sebi i zagledala u ogledalce.

— Kako da ne primećujemo! Baš sam htela da te pitam šta to tebe tako prolepšava?

— Sad znate da sam pronašla eliksir mladosti i lepote. Hoćeš, Ružice, da idemo u nedelju u pozorište?

— Slušala sam tu operu. A jedan moj rođak me zvao u bioskop.

— Rođak! Koji rođak?

— Majke mi, rođak. Iz unutrašnjosti je došao, pa hoće da me časti i odvede u bioskop.

Nova činovnica ih je pažljivo slušala. Bile su joj simpatične te devojke. Dve starije su joj se odmah dopale. Ona najlepša i nešto mlađa, Borka, ćutke je nešto prepisivala. Nije mnogo govorila, ali je ispod oka posmatrala mladu devojku.

Napolju vetar poče da savija granje.

— Jeste li se predstavili našem šefu? — upita Ružica mladu devojku.

— Nisam.

— Treba odmah da odete! — posavetova joj Jelka.

Borka podiže glavu i pogleda devojku.

— Gde je ta kancelarija?

— Prva do naše — reče Ružica.

— Znači, odmah da idem?

— Idite! Nema smisla da mu se ne predstavite — reče Jelka. — Hoćeš li ti, Borka, da odvedeš gospođicu?

— Što da je vodim! Nije ni mene niko vodio. Nek ide sama.

Taj hladan ton bio je neprijatan mladoj devojci.

— Nemojte se plašiti! — ohrabri je Ružica. — To je vrlo lep čovek, fin i ozbiljan! Ako vas mrko pogleda, nemojte misliti da je strašan.

— Bogami, meni se baš dopada što je tako ozbiljan. Prema svima je podjednako učtiv — ubaci Jelka.

— A šta je on?

— Inženjer. Odličan arhitekta, a voli i skulpturu. U slobodno vreme se bavi skulpturom. Na građevini koju su nedavno dovršili, reljefi su njegov rad. Inače je Šumadinac. Otac mu je Šumadinac, a mati rođena Beograđanka. Ja volim Šumadince.

— To su veliki mangupi! — dodade Borka. — Jednog sam poznavala.

— Po jednom nemoj da sudiš o svima — reče Ružica. — Idite, gospođice, on će vas lepo dočekati.

Ružica je želela da malo nasekira Borku, jer je osetila da je ona ljubomorna na ovo nežno i skromno devojče. Devojčica se diže i izađe.

———

— Markoviću, pročitajte ovo! Da nije koja od tih šifara vaša? Vi ste učestvovali na konkursu. Sad mi je telefonom javio inženjer Petrović da su ovi projekti nagrađeni. Evo vam šifre! — pokaza direktor Gradimiru.

Mladi inženjer uze hartiju, prelete je očima i usne mu se malo razvukoše.

— Vi ste nagrađeni, je l'te?

— Mislim. Ovo je moja šifra: „Akropolj”.

— To je druga nagrada. Bravo! Deset hiljada. Petrović mi je napomenuo da se njemu najviše dopada baš projekat pod šifrom „Akropolj”. E, baš mi je milo! Dobro, dobro, mladiću! Vredni ste. Vi Šumadinci ste ambiciozni! I na tehnici ste najbolji studenti. Ako, radite samo. Ne treba se zaparložiti. A vi se i skulpturom bavite? Kako napredujete?

— Prilično! To radim uzgred. Portretisao sam ovih dana jednog Ličanina. Sreo sam ga na ulici i dopao mi se njegov lik. Nemam samo vremena. Ujutru kad ustanem, ali treba imati svoj atelje. Gazdarica se ljuti, kvarim parket. Glina svuda pada. Otac ima jednu veliku sobu na tavanu, pa nameravam od nje da napravim atelje.

— To je zaista izvrsno kad se udruže arhitektura i vajarstvo. Ja sam nekad slikao, pa napustih. E, baš volim što je naš inženjer nagrađen! Nego, još ovo da vam kažem: uzeo sam jednu novu činovnicu. Doći će danas. Svršila je trgovačku akademiju. Učinio sam jednom prijatelju, dosadi mi moleći za nju. Sirota neka devojčica, ima samo majku s malom platicom, i jednog brata. Odredio sam joj šest stotina dinara platu. To da znate. Jedna je otpuštena.

— Znam koja je otpuštena.

— Ovo navalilo sa svih strana, traže službu. Gde toliki svet da postavim. Nego, ako vidite da neka ne radi, predložite da je otpustimo, a drugu da dovedemo. Gde god maknem, skovitlaju me prijatelji da nekog primim. Da imamo još pet ovolikih preduzeća ne bi bilo dovoljno mesta za sve... Hoćete li vi da odete na građevinu?

— Sad idem. Samo da završim još nešto u kancelariji.

— Ja sam jutros bio. Vidim da su svi zadovoljni. Biće to jedna od najlepših fasada u Beogradu. Sad ste i raspoloženi. E, bogami uspeh, a i deset hiljada!

Inženjer je naizgled ravnodušno primio direktorove pohvale, ali je sav blistao u sebi od radosti što je njegov projekat nagrađen. Nije bio u pitanju novac, već uspeh. Prvo će oca da izvesti. Znao je kako se on diči sinom i uživa u svakom njegovom uspehu. I majka će se obradovati zbog deset hiljada. Već je zamišljao oca kako čita novine, briše naočare od zadovoljstva i svakog pita: „Jeste li pročitali za mog Gradimira?"

Žurno je ušao u kancelariju i okrenuo dva broja telefona. Začu se sasvim tiho, bojažljivo kucanje na vratima.

— Slobodno!

Mlada devojka, sva zbunjena i uplašena, uđe u sobu.

— Dobar dan!

— Dobar dan! Da niste vi nova činovnica?

— Jesam. Došla sam da vam se prijavim. Jutros sam stigla na dužnost.

— Vrlo dobro... Jesu li vam kazali šta ima da radite?

— Jesu. Već sam nešto sabirala.

Laka rumen obli joj malokrvne obraze. Gledala je pravo u oči ovog crnomanjastog čoveka koga su joj predstavili vrlo strogim. Osećala je strah od njega, kao nespreman đak kad ga prozovu da odgovara.

— Šta ste završili, gospođice?

— Trgovačku akademiju.

— Jeste li već negde radili?

— Nisam. Ovo mi je prvo mesto — govorila je kao đak koga ispituje strog profesor.

— Dobro, gospođice! Nadam se da ćete biti vredni!

— O, ja ću se truditi. Jedva sam čekala da dobijem službu! — uzbuđeno je govorila.

— Kako se zovete?

— Slađana Janković.

— Slađana?

— Jeste.

Inženjerovo lice se razvuče u osmejak. Pažljivo pogleda nežno lice i krhku siluetu mlade devojke.

— Dobro, gospođice — uozbilji se ponovo. — Nastavite posao!

Ona odahnu, pokloni se i izađe. Nije joj se činio baš mnogo strašan. Samo je ozbiljan i vrlo lep. Pravi muškarac. Da, u kancelariji se mora dobro raditi. Ona će raditi. Mama ju je jutros ispraćala, ljubila, plakala i govorila:

— Slađana, mala moja, budi pametna i poštena! Znaš da nemaš oca, nemaš zaštite, a dobro znaš kako se mučimo. Hiljadu dve stotine dinara moje plate malo je u Beogradu za nas troje. Tvojih šest stotina će nam mnogo pomoći. Samo lezi na posao i radi. Ni s kim se ne zabavljaj. Možda ćeš naići i na muškarca koji će ti davati komplimente, ali ti to ne slušaj. Znaš dobro kako je danas teško dobiti mesto.

I s bratom se poljubila kad je pošla. On je odličan đak u osmom razredu gimnazije.

— Sladice — tepao joj je — znaš šta bih najviše voleo da mi kupiš kad dobiješ prvu platu?

— Šta, Nikice?

— Jedno stilo. Hoćeš, Sladice, da mi kupiš? Najjeftinije stilo, ali toliko želim da ga imam.

— More, kakvo stilo? Nemoj, Nikice! Imamo, sine, prečih potreba. Bolje cipele da ti kupi! — reče majka.

Ali za Nikicu je stilo bilo najveća radost i Slađana je obećala da će mu ga kupiti od prve plate.

Kad je Slađana otišla u svoju kancelariju inženjer brzo poče da okreće brojeve telefona.

— Ovde Grada. Ko je to?

— Marica.

— Marice, je li tata kod kuće?

— Gospodin je baš sad pošao u varoš.

— Zovite ga! Imam jednu važnu vest da mu kažem.

Uskoro se začu očev glas:

— Jesi li ti, Grado? Šta to imaš da mi saopštiš?

— Radosna vest, tata! Moj projekat je nagrađen drugom nagradom.

— Šta, tvoj projekat! Ama je l' moguće? Druga nagrada! Pa, je l' izašlo u kojim novinama?

— Danas nije. Direktoru javio gospodin Petrović. On je bio u žiriju. Ti znaš Kostu Petrovića?

— Znam, znam... Pa šta kaže?

— Poslao tri šifre i ja sam poznao moju.

— „Akropolj"? Je li?

— Jeste. To je druga nagrada: deset hiljada!

— Eh, sine, baš si me obradovao! Pa dođi danas da ručaš s nama i da nam pričaš. Znao sam da tvoj rad mora pobediti.

— Znaš, tata, kaže mi direktor kako mu je Petrović rekao da je moj rad bolji od prvoga.

— I ja mislim. Mora tvoj rad biti bolji! — uzbuđeno reče otac. — Čekaj da zovem Gordanu. Marice — vikao je — zovi Gordanu!

— Gordana, gospođice Gordana! — nastade vika po kući.

— Gordana, Gradin projekat dobio drugu nagradu! — uzviknu otac kad devojka dotrča.

— A kolika je nagrada? — ciknu Gordana. — Daj mi slušalicu! Deset hiljada! Je li to istina? Što će se mama obradovati kad se vrati s pijace!

Gordana je srdačno čestitala bratu i pozvala ga na ručak.

Inženjer obuče kaput. Taman da izađe kad zazvoni telefon.

— Alo?

Jedan ženski glas se odazva.

— Ne mogu danas da dođem... Uveravam te da ne mogu... Kad je otputovao? Četiri dana će biti na putu? Večeras sam zauzet... Dobro, samo pola sata... Ne mogu više... — isprekidano je govorio Gradimir.

Spusti slušalicu. Raspoloženje mu se izgubi s lica. Namršti se. Ah, ta žena! Šta bi dao da nikada s njom nije ništa imao. Ne zna se šta je gore za muškarca: ljubavni odnos s devojkom ili sa udatom ženom? On nije hteo obaveze. Izbegavao je svaku vezu u kancelariji i nadao se da jedna zrela, udata žena, sačuvana i lepa, a uz to dama, ume da shvati vezu s muškarcem. A ovo sada, ispašće skandal! Poludela za njim... Svaki čas telefon, zivkanje, dolazi u stan. Zaboravlja da je udata, ne shvata da se kompromituje.

Vetar opet nalete na prozor. Zadrhtaše grane na drveću, a nebo se još više natušti. Postade tamnije u sobi. Gradimir stavi šešir i izađe iz kancelarije.

Dva sveta u jednoj porodici

Kuća načelnika ministarstva u penziji Živka Markovića imala je lep položaj na Voždovcu. Sa prozora se videla čitava panorama Beograda. U noći je treperilo bezbroj sijalica, kao hiljade zvezdica prosutih po nebu. Fasade su se odražavale na sivkastom nebu kao kule. Uveče je Beograd bio fantastičan grad iz bajke, a danju velika varoš s visokim zgradama, fabričkim dimnjacima, kupolama i bukom tramvaja i automobila. S njihovih prozora, u svako doba dana i noći, pogled je bio veličanstven.

Oko kuće je bila bašta. Svuda cveće, od prvog prolećnog do poznih jesenjih hrizantema. Puzavica ruža već se vila uz kuću. Marković je sazidao ovu kuću odmah posle rata. Imao je malo ušteđevine, koliko da kupi plac, a ostalo se zadužio. U onoj posleratnoj žurbi, kad su stanovi bili strahovito skupi, i njega je uhvatila groznica da sazida sebi kućicu. Skupe kirije su naterale svet da zida. A kad je još sin inženjer, lakše je doći do kuće. Tako su podigli solidnu i lepu kućicu: parter i sprat. Kirija od partera išla je za otplatu duga Hipotekarnoj banci. Sin je stanovao u varoši. Voleo je da stanuje sâm. Kao svaki mladić, da dolazi u koje hoće doba noći, a da ga roditelji ne prekorevaju. Nekad je ručavao kod njih, nekad u varoši kako je posao zahtevao. Dolazio im je češće na večeru da se nauživa čistog vazduha.

Bilo ih je petoro: roditelji, dve sestre i jedan brat.

Bili su dva sveta u kući. Osećao se na njima različit uticaj predaka: šumadijskih seljaka i beogradske gospoštine.

Otac mu je bio Šumadinac, seljačko dete. Sâm se otisnuo u svet, kao i mnoga druga seljačka deca iz Šumadije. Posluživao je i prao sudove učeći gimnaziju, i bio uvek među četvorkašima. Dogurao je do Velike škole i završio prava izgladneo, mršav, bled i iždžikljao... Posle se postepeno napredovalo. Priklonio se uticajnoj partijskoj grupi s uglednim političarima, koji vole da okupe oko sebe mlade ljude. I kao govornik se isticao. Umeo je da deluje na masu i na svoje šefove. Peo se postepeno u karijeri i dospeo do položaja načelnika ministarstva. Tu je zastao. Mogao je ići i dalje, ali ga je drugi politički talas zaustavio. Novi režim i drugi ljudi. Penzionisaše ga. Smirio se i sâm. Ideal mu je postala kuća, vaspitanje dece i njihova budućnost.

Žena Živka Markovića bila je iz otmene porodice od stare beogradske gospoštine koja je imala uspomene na velike titule, ali prazan džep, izbledele gospodske fotelje, velike slike u pozlaćenim ramovima i mnogo žitija o ovome ili onome članu porodice. Gledala je visoko, ali se morala spustiti do njega, koji joj se ipak dopao kao mladoj devojci, i pružila mu ruku, što je njemu u prvo vreme i polaskalo. Zasenjivala ga je njena rodbina: bivši ministri na stranim dvorovima, atašei, generali, državni savetnici, nekada visoke ličnosti na dvoru Obrenovića. Bile su mu zagonetne njene gospodstvene tetke i strine, koje su po šifonjerima još čuvale balske toalete od teškog brokata i skupoceni nakit.

Ponosna na svoju rodbinu, gospođa Milka je posle prvog ljubavnog zanosa počela da diže glavu i da daje mužu na znanje da je ona nešto više od njega. Ali, sin šumadijskih polja se prenu kao gorski hajduk i podviknu: „Ti i tvoja rodbina ne možete da vršljate po mojoj kući! Ovde sam ja gospodar, a ako ti nije po volji, možeš ići. Nemoj da misliš da možeš da spavaš do deset. Imaš da ustaneš da mi skuvaš kafu i da ne praviš kiselo lice kad dolaze moji seljaci!"

Šumadinčeva čvrsta volja i strasne oči pobediše mladu ženu. Ne zucnu više ni reči. A i šta je mogla s praznim gospodstvom? Prestade da mu priča o svojim otmenim babama. Privi se uz njega i kuću. Doduše, i dalje je volela gospodstvo, otmen život i balove. Tu svoju ljubav prenela je na kćer Vukicu. Druga deca, sin i mlađa kći, metnuše se na Šumadinca. Sin vredan, inteligentan, sav se predade studijama. Gorštak, visoka rasta, oštra pogleda, ispade lep muškarac. Kći Gordana bila je ozbiljna, malo romantična ali originalna devojka. Odličan đak u gimnaziji i ambiciozna na oca i brata. I dok je njena starija sestra Vukica kao devojka mislila samo na balove, kavaljere i bogatu udaju, Gordana bi se zavukla u neki ćošak i čitala pesme, gutala romane, učila francuski i zamišljala kako će jednoga dana postati slavna žena.

Nežno majčino srce uživalo je u uspesima dvoje mlađe dece, ali se divila i svojoj Vukici, njenom lutkastom licu i otmenom govoru. Ona je bila sušta slika njene bake, lepotica s plavim očima, samo življa, brbljivija, koketnija. „Vukica će napraviti karijeru", govorila je mati. „Ona se mora srećno udati." Ali s udajom je išlo malo poteže. U posleratnom vremenu ljudi su materijalisti. Traže miraz, a vole i lepotu. Hteli bi i jedno i drugo. A Markovići nisu imali bogzna šta. Kuća je sazidana, ali roditelji žive u njoj. A na posmrtne miraze muškarci ne računaju. I onda, daj žureve u kući. Mati se reši da obnovi veze sa svojom gospodskom porodicom, za koju nije baš mario njen muž. Ubeđivala ga je da to radi zbog kćeri. Neće valjda da ostane usedelica. Gordana će da uči školu, a šta će Vukici škola? Treba je udati i uhvatiti nekoga. Neće niko na noge da dođe ako i roditelji malo ne potrče.

Otvori se kuća za goste. Otpočeše žurevi. Mladići su razmišljali: „Lepa je Vukica i slatka, samo nema para. Za udaju — bez novca; za provod — poštena!" Pojuri mati i u druge salone s ćerkom. I jedne večeri sretoše za nju muža. Debeljušan, mali, proređene kose, ali bogat! Industrijalac. Ima rudnik, kuće, imanje. Od rente da živi. Devojačko srce se bori. Plače noću i grči se od odvratnosti: ne dopada joj se, kako da ga zagrli, poljubi! Posle se smiri. Vidi sve druge blagodeti braka. Veliki saloni, elegantan nameštaj, posluga; auto i lepa žena pored neuglednog muškarca. „Pravo slonče!", dade mu odmah nadimak, ali se udade za slonče. Umela je lukavo da zaludi svoje slonče da poveruje kako je zaljubljena u njega. U toj samoobmani on ju je obasipao poklonima. Ona se malo raskravi i umesto ljubavi oseti zahvalnost. Bila mu je zahvalna za sav luksuz kojim ju je okružio, a bila je srećna u luksuzu. Volela je sve te raskošne fotelje, ogledala, divane, debele persijske tepihe, vitrine, kristalno i srebrno posuđe... Muž je među tim stvarima bio mala, ništavna stvarčica, ali ona je umela da ga mazi, srećna što joj zavide sve prijateljice. Njihova zavist bila joj je satisfakcija za nedostatak ljubavi.

Tako je proticao Vukičin život. Iz te veze rodilo se dvoje dece — sinčić i ćerkica. Njena majka je bila zadovoljna. Vukica je obnovila gospodstvo njenog devojačkog života. Sedala je u ćerkin auto kao da je njen sopstveni. Nežno je dočekivala zeta, diveći se čak i njegovoj spoljašnjosti „slončeta". Govorila je da ne vredi poći za lepotana ako nema ništa u kući. A kuća njene kćeri bila je za reklamu. Ljutila se što Gordana neće umeti takav brak da sklopi, pa je vremenom digla ruke od nje. Jedila se i Vukica što sestra izbegava društvo njenih salona:

— Zaljubila se u te njene knjižurine! Neće čestito ni da se obuče. Šta će joj one demode toalete i niske potpetice! Ona je lepa, mama. Mogla bih joj naći muža, znaš kakvog! Da bude gospođa. A ona će se zaljubiti u nekog dripca i gulanfera.

— Hoće! — uzdahnu mati i seti se kako se ona zaljubila u Živka, a posle se mučila. Morala je i da propira, i da pere sudove, da kuva ručak... Nije imala život kao Vukica. Tek docnije je mogla služavku da uzme, ali dok su došli do služavke ruke su joj se nagrdile. Bar kćeri da joj budu srećnije.

O sinu nije brinula. On će se bogato oženiti. Vukica je i njemu već našla dobru devojku. Otmena, inteligentna, ima lep miraz; naslediće imetak jedne bogate tetke. Za njega je lako. On može da bira. Neće njega nijedna uhvatiti!

Gvozdena kapija tresnu i muški koraci odjeknuše po betonu.

— Grada! Mama, evo Grade! — viknu Gordana i istrča u predsoblje da poljubi brata. — Čestitam, Grado! — vikala je ljubeći ga.

Mati je brisala suze. I ona istrča da poljubi sina. Otac je tapšao sina po ramenu:

— Ovo je šumadijska krv! Takav sam i ja bio u mladosti. A da sam imao uslove još dalje bih doterao. A tvoj rad drugu nagradu! Kažeš da je bolji od prvog projekta?

— Tako je kazao Petrović.

— Prva ili druga nagrada svejedno. Glavno je da će tvoje ime da se spominje. Da li će to posle podne izići u novinama?

— Ne znam. Nisam se video ni s kim iz žirija. Bio sam jutros na građevini. Vidite, četkao sam se pa opet nisam čist.

— Ja ću tebe posle da iščetkam! — reče Gordana. Ona je vrlo ličila na brata. Imala je bademaste oči, dok su njegove bile krupne, okrugle i još crnje od njenih.

— Pa šta kažeš na ovo, Milka? Raduješ li se što ti sin u svemu pobeđuje?

— Šta ti uvek Šumadija! A ko ga je rodio? On je mamin sin... Tvoji su, znaš, bili seljaci, a moji su svi bili školovani ljudi, veliki činovnici, diplomate. Na mamu se on metnuo.

— Na mamu, neka je, jer sam ja i mamu vaspitavao! Samo kad nije na sinove tvoje sestre.

— Ti me vaspitavao! Bila sam ja vaspitana i kad sam došla za tebe. Ti nisi znao nemački, a ja sam ga odlično govorila.

— Velika mi mudrost znati nemački! Celog života vaša mati nabijala mi je na nos njen nemački! A sad ga ni ti ne znaš. Hajde, reci nam nešto na nemačkom! Zaboravila si sve. Kakva korist od znanja koje čovek zaboravi? Ovakvo znanje vredi kao što tvoj sin ima! Gradi palate! Moraš da zastaneš, da podigneš glavu i diviš se. I to će godinama da stoji. A tvoj nemački brzo izleti iz glave. Kad ste bili mali, htela je guvernantu da uzme; nemački i francuski da naučite. A ja podviknuh: „Kakav nemački i francuski! Ne znaju dobro još ni srpski, a nemački da mi govore. Uspeće oni u životu i bez stranog jezika ako budu vredni i pametni!" Pa, jesi li se uverila? Grada diže palate iako nije imao guvernantu i ne zna nemački. A tvoji sestrići? Svi kockari i avanturisti! Prodadoše imanje, pa i majčin nakit. A Olgica menja muževe...

— O njoj se, tata, čuda pričaju. Ima, kažu, garsonjeru. Decu ostavila kod oca i majke, a ona pravi orgije u kući — reče Gordana.

— Nije ona više ni za kuću ni za muža. A naša Gordana čita i uči. I ona je tatin sin.

— Tatin sin? Jest', a ne daš mi onu sobicu na tavanu. Ja ću tamo da se preselim.

— To je Grada hteo za atelje.

— Grada će meni da je ustupi. Hoćeš li?

— A šta bi ti s tom sobicom? Imaš svoju sobu.

— Hoću da imam sasvim odvojenu sobu. Ovako nikad nemam tišine.

— A ko pravi larmu? — začudi se mati. — Nas dvoje i ti. Marica je u kuhinji.

— Ko pravi larmu? Pa, svakog dana neko dođe. Tetka Julka kad dođe čuje se i na ulici šta govori. Kartate se uveče, prepirete! Vukica kad dođe digne užasnu buku. Mene to nervira. Ona sobica je divna.

— A šta da radim s onolikim stvarima na tavanu?

— Snesite ih u podrum. Šta će ti te starudije? Grado, molim te, reci tati i mami da mi daju onu sobicu.

— Ti mi, dakle, ne daš tu sobicu da napravim atelje?

— Nije pravo. Ti imaš svoju sobu u gradu.

— Čudni ste, bogami — ljutnu se otac. — Svako hoće separatno odeljenje. E, moja deco, besni ste vi! Ja sam u tuđim kuhinjama spavao dok sam bio gimnazist. Čitao sam pri lojanici. A kakvi su bili moji studentski apartmani. Ćumezi!

— Ja ne tražim, tata, elegantnu sobu. Ono je skromna sobica. Samo da mi je izmalate u ružičasto. Kupiću banatske krpare pa ću divno da je namestim.

— Sad i taj izdatak, banatske krpare! A zaboravljaš koliko dugujemo Hipotekarnoj banci!

— Neću od tebe da tražim novac.

— Čuješ li, Grado? Tebe će, znači, da opljačka. Ti ćeš joj te banatske krpare kupiti.

— Ako nije skupo, daću joj.

— Vidiš, daće mi. Ti si zlatan! — skočila je i poljubila brata.

— Zlatan brat kad ima da primi deset hiljada! — uzviknu otac.

— Ne volim ja Gradu samo zbog novca. Ja se uvek ponosim njime. Da znaš kako ti se i moja drugarica Nataša divi!

— Opet ta tvoja Nataša! — naljuti se mati. — Šta ti je ta Nataša i ko su joj roditelji? Videla sam joj oca. Sirotinja...

— Lakše, lakše, ženo! Ako je i sirotinja, to ne znači da nije pošten čovek. I ja sam bio siromah dok sam bio đak. Čestite pantalone nisam imao. A samo jedan par veša, pa sam ga sâm prao.

— Divan je čovek njen tata! Bio je trgovac, pa su bankrotirali i propali. Sad radi u opštini. Muče se, ali ona je zlatna devojka. Poštena, inteligentna i iskrena drugarica! Nije ona kazala da bi se udala za mog brata! Ti se, mama, toga plašiš. Ona mu se divi kao inteligentnom i ozbiljnom mladiću... — govorila je devojka.

— I kazala ti je da to kažeš Gradi. Ostavi, znam ja šta to znači. Divi mu se što je inženjer i ovako lep. Hoće, baš će ga uhvatiti! Ima za Gradu još kako dobrih devojaka. Što si se spajtašila s tom Natašom? Te s njom u bioskop, s njom u šetnju. Ne odeš do sestre. Vukica se ljuti. Koliko puta mi je kazala: „Što se ona otuđila od mene? Meni dolazi toliko finog sveta, da se upozna, lepo da se provede." Bolje ti je s tim svetom da se družiš, nego s kojekakvim fukarama.

— E ja, mama, volim fukaru! Ako je sirota, nije fukara, a finija je i otmenija nego sve Vukičine prijateljice!

— Dosta, nemojte da se prepirete! — umeša se brat. — Ostavi je, mama. Ako je čestita ta njena drugarica, neka šetaju. Ja imam prilike da vidim svakojakih devojaka i u tom otmenom svetu. Je li, ja treba da kupim te banatske krpare. A šta još?

— Setiću se šta mi je najpotrebnije.

— Šta bi ti želela, mama? — okrenu se Gradimir majci.

— Šta bih želela? — razneži se mati. — Ništa, sine, za mene, nego za kuću. Drva! Eto, to je najpreče da kupimo.

— Dobro, mama. Je l' dosta dve hiljade?

— Kako da nije dosta! Hvala, sine. Da te mama poljubi — rasplakala se mati od radosti. — Da nije ove otplate Hipotekarnoj banci, ništa ti ne bih uzela, sine. Čuvaj za sebe! U banku, pa da i ti sazidaš kućicu. Jedva čekam da otplatimo kuću. Ne računam da imam svoju kuću dok god mi taj dug stoji nad glavom. Baš sam mislila šta ćemo za drva.

— Sad si se osigurala! — reče muž.

— Osigurala sam se zbog tebe. Ti si zimljiv a ne ja. Zimi samo vičeš: „Loži, Milka, soba je hladna!" A ja štedim drva.

— Nemoj, mama, da štediš. Opet ću ti dati — reče Grada.

— Gordana još hoće tu sobu na tavanu. Treba i nju da ložim.

— Ja, mama, moram da imam sobu za rad. Ti više voliš Vukicu nego mene.

— Volim ja i tebe i nju, ali ti si na svoj način, a s Vukicom se razumem. Ismejavaš njenog Miku, a on je krasan čoovek. Vrlo važno što nije lep! Ali punu kuću ima. I prema meni je uvek pažljiv. Zar nije i prema tebi? Ja, bogami, kad god odem počaste me, provozaju, još mi Vukica uvek tutne poneku stotinarku.

— To nije brak iz ljubavi. Oni se samo lažu. Vukica ga ne voli. A ja ne mogu da zamislim da se udam iz računa. Samo, divim se Vukici kako je umela da ga uveri da ga voli. On zamišlja da je ona zaljubljena u njega, a ja znam kako ga ona voli... Čula sam sve...

— Šta ti znaš? Ne znaš ti ništa! Vidi ti šta ona govori! — naljuti se otac. — Šta si čula? Govoriš protiv rođene sestre. Divno, bogami!

— Ja protiv sestre? Kako ti to shvataš, tata! Zar mi među sobom ne smemo otvoreno da razgovaramo?

— Ti ako znaš, mi ne znamo. Koliko ja vidim, Vukica je vrlo dobra žena, nežna prema mužu i dobra mati — ljutio se dalje otac.

— Možda. Neka bude kako kažete. Vi uvek više volite nju, jer vas zasenjuje bogatstvom svog muža. Ja neću imati nikad takvo bogatstvo, niti ga tražim, a najmanje ću ga tražiti pomoću braka, pa posle da varam muža!

— Hoćemo li da ručamo? Ja sam bogami gladan! — prekide ih Grada.

— Kako da nećemo! Već je postavljeno. Izvini, sine. Da sam jutros znala da ćeš doći, bolji ručak bih spremila.

— Znam ja, mama, da je tvoj ručak uvek dobar.

Otac i mati izađoše prvi, a brat zastade, zagrli sestru i ozbiljno joj reče:

— Ma šta znala o Vukici, roditeljima to ne govori. Ona će se već sama snaći u svakoj situaciji. Vukica je veštija i lukavija od tebe. A roditeljima ne treba da zadaješ bol. Ovo što si kazala njima, bolje reci Vukici.

— Dakle, i ti znaš?

— Ne znam ja ništa.

— Znaš, pa ćutiš.

— Onda se ugledaj na mene! Ni u čiji brak ne smeš da se mešaš.

— Zar je to mešanje što sam rekla pred roditeljima?

— Mama je tako shvatila.

— A zar nije bolje da i oni Vukici kažu? Ja ću da joj kažem. To je brat od tetke te Jovanovićeve. Advokat. I ona ide njoj naruku zbog brata, ali nagrada za to je da Vukica utiče na tebe da se oženiš Jovanovićevom. Gadno mi je sve to! Kad ga je uzela za muža neka ga poštuje i bude mu verna iako ga ne voli! Ja ga sažaljevam. A ona je još i majka! Ima tako zlatnu decu. Onu dečicu volim. Ne podnosim udate žene koje varaju muževe a iskorišćavaju ih materijalno.

— Hajde, nemoj toliko da se žestiš. Takav je život. Muškarci retko veruju u ljubav, zato se teško i odlučuju za ženidbu.

— Ali, ni devojke više ne veruju u ljubav... A koliko ćeš ti meni da daš od te nagrade? Hoćeš da mi daš hiljadu dinara?

— Hiljadu! A šta će tebi hiljada?

— Da imam. Neću sve odmah da potrošim. Ako potrošim jedno tri stotine za moju sobicu, ostalo ću da čuvam, da imam džeparac. Ponekad mi se ide u bioskop, a kad zatražim od mame ona odmah zakuka: dug Hipotekarnoj banci! Ovako, ja ću ovo da raspodelim na tri-četiri meseca. Neću ni pet para da im tražim. I platiću madam za francuski.

— Daću ti! A ti o Vukici nemoj više njima da govoriš. Reci njoj.

— Vi to utvrđujete pazar? — nasmeja se otac otvorivši vrata. — Je l' te mnogo opljačkala, Grado?

— Nije mnogo! Skromna je ona, tata.

— Gordana — pozva je mati. — Daj čaršav! Postavi u trpezariji. Marica postavila u kuhinji, a ti znaš da moj sin ne voli u kuhinji da ručava.

———

— Divan je ručak, mama — reče Gradimir.

— Uzmi, sine! Ovo je najlepše parče! Dobar mamin sin! Devojke pocrkaše za njim! Ima koga i da vole. Ali, moj sin neće da se zaleti...

— Ovakav sam isti bio i ja! Zato si ti mene i volela — ubaci otac.

— Vi ste se, tata, uzeli iz ljubavi?

— Ona je htela da izvrši samoubistvo ako je ne daju za mene.

— Što ti voliš budalaštine da pričaš! Ali, i ti si se bio zaljubio u mene. Priznaj!

— Mama je bila vrlo lepa devojka — ubaci Gordana. — Bila si lepša od tvojih sestara.

— Ne znam da li sam bila lepša. To neka kaže vaš otac.

— Ostarili smo, ženo, pa sam zaboravio kakva si bila u mladosti! — šalio se Živko. — Davno je to bilo.

— Mama je, bogami, još mlada! — izjavi sin.

— Pa, mlada... Uzela šestu deseticu — šalio se otac.

— Briga mene za moje godine! Nego, Grado, tvoj rođendan je u novembru. Uzimaš trideset četvrtu. Kako godine prolaze! Na tvoj rođendan ću lep ručak da spremim... Je li da nije mnogo kiseo kupus? Prala sam ga u tri vode.

— Odličan je, mama! Taman kako ja volim.

— A vino, Milka?

— Jaoj, zaboravila sam! Vukica nam poslala jedan balon; divno iskri u čaši. Trči, Gordana, donesi!

Posle ručka Gordana pokupi tanjire i stavi čipkani čaršav na sto. Otac se uvali u fotelju pored prozora.

— Što tata ume da zauzme mesto! — dirala ga je Gordana.

— Ovu fotelju ne dam nikom! Kad sam ja u kući, ovo je moje mesto. Sednem ovako pa posmatram Beograd. Bože, kakva je to bila varoš kad sam ja bio velikoškolac. A sad se mnogo brzo podiže... Odavde vidim i kad će kiša. Natuštilo se od Zemuna. Samo što ne grune.

— More, da ne padne sneg?

— Je li, sine, šta misliš o današnjoj političkoj situaciji? — poče otac.

— Sad ćete vi da razgovarate o politici — ljutnu se mati. — Čekaj, prvo ja da pitam nešto Gradu. Napravi li, sine, plan onome za kuću?

— Napravio sam jedan, sad treba drugi. Što je to zelenaš! Hoće mnogo sobičaka, pa da cepne kiriju.

— A koliko ćeš ti njega da cepneš za tvoj plan?

— Nisam se pogodio.

— To si pogrešio — našali se otac. — Sad tvoja mama ne zna koliko procenata ima ona da dobije! Vidiš, ja mu ništa ne tražim...

— Zato što znaš da ću ja da tražim. Sve se meni lupa o glavu...

— Tebi! Zar ja ne donosim penziju? Nego, znaš, sine, dočepa ti ona prvog pare. Ona sve raspoređuje... Imam ličnu penziju, a od nje moram džeparac da tražim.

— Što? Valjda sam raspikuća!

— U kakvoj kući si živela i nisi! Moram da te pohvalim... Ali, to je moje vaspitanje! I ti, sine, imaš ženu da vaspitaš!

— Da sam ja bila rđava, što bi ti mene mogao da vaspitaš! Nego, moraš priznati da sam dobra žena. A vi Šumadinci vrlo ste ludoglavi!

— Bolje reci žestoki! Takvi smo mi, ali takvi se probijamo svuda. Šumadinci probiše Solunski front, a ne tvoji Beograđani...

Otac i sin razvezoše razgovor o spoljnoj politici. Gordana je pažljivo slušala razgovor; uplitala se i ona. Nju je politika zanimala koliko zanima prosečne žene i koliko može da utiče na stanje njene porodice. Tata je bio penzioner, brat u nezavisnom preduzeću, slobodna profesija. Svejedno joj je bilo ko će biti na vladi. Bojala se, doduše, promene predsednika opštine, da Natašin otac ne bi bio otpušten, jer čim je promena u opštini nastaje redukcija! Ali, živo je pratila razgovor oca i brata i čudila se šta sve njen brat zna. Gledala ga je dok je govorio i mislila: „Baš bi moja Nataša bila za njega!" Verovala je da poznaje Natašu kao samu sebe i od sveg srca bi preporučila bratu da je uzme za ženu.

Grada pogleda u sat:

— Gle, već je pola tri. Moram da idem. Ala je lepo vama ovde! Imate lep pogled.

— Zato retko izlazimo posle podne. Šetamo po bašti, izađemo pred kuću, odšetamo do crkve. Više ne bih mogao živeti u varoši. Znaš da smo našli deset kila oraha od našeg stabla?

— Deset kila! — potvrdi i mama. — Znaš kako su krupni! Nijedan nije koštunjav. Hoću da umesim kiselu štrudlu s orasima. Reci kad ćeš da dođeš.

— Mogu prekosutra! A hteo sam i da te zamolim nešto, mama. Letos kad sam bio u Dalmaciji upoznao sam se s jednim Dalmatincem. Sretoh ga pre neki dan. Ovde je dobio mesto činovnika u banci. Vrlo fin mladić! Išao sam i njegovoj kući, lepo su me dočekali. Pozvao bih ga na jedan ručak i doveo k vama. Možeš li da spremiš? Ja ću ti dati da kupiš jedno prase.

— Kako da ne mogu, sine! Samo ti meni kaži koji dan hoćeš.

— Javiću! E, do viđenja, mama! Marice, palačinke su bile izvrsne! — pohvali devojku. — Evo, da vas častim! — dade joj bakšiš.

— Kad su samo gosti zadovoljni. Hvala! Vi meni uvek bakšiš...

— Lepa bašta! — Grada zastade i pogleda unaokolo. — Još imate hrizantema?

— Sad je to moj posao — pohvali se otac. — Ništa lepše nego kad penzioner stekne kućicu pa radi u bašti. Kazao sam Milki da ću dogodine da zasadim malo luka, krompira, patlidžana i zeleni. Celo leto da ne kupujemo. A ovde ima dosta mesta za cveće.

— Gospodine, zovu vas na telefon! — dotrča Marica.

— Mene? — zapita Grada.

— Vas. Gospođa Vukica zove.

— Vukica mi čestita! Vi ste joj valjda javili za moju nagradu?

— Ja sam joj javila — reče Gordana.

— Zvala me doveče na večeru — pohvali se Grada.

— Pa idi, sine! Ja volim njoj da odem. I ona i Mika divno me dočekaju... A Mika tebe voli i ceni.

Ispratiše ga, pa uđoše u kuću. Kiša usitni, fina, jesenja, kao izmaglica. Kapi su se slivale niz prozore kao istopljena magla... Jesenje lišće se tiho otkidalo i padalo na zemlju, razmekšanu od kiše.

Supruga preljubnica

Sumrak se zgušnjavao. Bilo je vrlo prijatno u toploj naparfiminisanoj sobi, bez svetla, samo s treperavom svetlošću što se probijala kroz rešetke kaljeve peći. Na podu je bio debeli persijski tepih, koji je doprinosio intimnosti atmosfere. U polutami sobe sedela je žena utonula u fotelju... Tišina je vladala oko nje, samo je bučno udaralo njeno srce. Kao na filmskoj traci, pred očima su joj se odvijale uspomene. Toga mladića je mnogo volela! Bila je preljubnica, ali šta joj je pružio muž? Lekar, večito u bolnici s pacijentima, grub, egoista, nesposoban da oseti duhovnu i fizičku lepotu jedne osećajne žene.

Kapija lupi. Uzdrža dah da osluša, ali se koraci nisu čuli. Nije on. Ustade i upali svetlost da bi se videla u ogledalu. Pred ogledalom se zarumeni njena toaleta kao jesenji list. Kakav divan kontrast njenoj crnoj kosi i bledom licu. Naže se prema ogledalu. Pogleda opasna mesta oko očiju. Samo jedna neprimetna bora spuštala se od nosa prema bradi. Čuvala se da se često ne smeje, ali ta bora se ipak fino ocrtavala kao žilica na nežnom listu.

„Zar bi se reklo da mi je četrdeset godina? Ne izgledam starija od njega. Njemu je trideset treća. Razlika sedam godina!"

Osluša. Učini joj se da čuje korake. Oseti bol... To su trenuci kad žena oseća da joj muškarac koga voli lagano izmiče. Njoj se čini da Grada beži od nje, sve korak po korak, i gubi se u noći. Oženiće se jednog dana. To je neminovno. Stresla se kao od zime i uronila u fotelju. Samo da se ne oženi bar još izvesno vreme. Ona ga ne da!

„Ludo, pa šta ti hoćeš od toga mladića? Bio ti je ljubavnik i ti njemu ljubavnica. Znala si da će se oženiti i ostaviti te jednog dana!" Ali ona neće da prizna sebi da je znala. Ona voli tog mladog čoveka. Napravila bi stotinu ludosti. Šta je vezuje za muža? Može i sama da živi. Ima kuću nasleđenu od roditelja: stan i dve hiljade rente! Zar to nije dovoljno? Zar ona ne predstavlja partiju za muškarca, kako se danas kaže. Ona će se razvesti! Da, to je neizbežno! Kao slobodna žena ima više načina da ga zadrži. Ona je još mlada, lepa; on ju je ranije uveravao da je voli. Možda se on samo boji njenog muža. Ta misao je razvedri, uhvati se za nju kao svaka zaljubljena žena. To bi bila treća udaja. Prvo udovica, pa raspuštenica. Dvadeset godina je udata žena! Deset s prvim mužem i deset s drugim. Izgleda mnogo kad je jedan brak. „Vi imate devojčicu od osam godina! Pa vi ste još mladi!", sasvim bi drukčije sebe gledala da je imala decu iz prvog braka. Sad bi to bila devojka udavača. Ovako, ona je mama male devojčice; prvih deset godina braka je iščezlo, niko se ne seća koliko je godina bila u braku; i sama je verovala da joj je tek trideset godina, a Gradimira je uveravala da joj je trideset druga. Nije znala da je on tačno znao njene godine i da bi se uplašio njene lude pomisli na razvod.

„Večeras ću mu sve reći. Ne podnosim dvoličnost! Mrzim ovog sebičnjaka. Ah, kad mu samo kažem: 'Razvodim se od tebe! Neću više život pod tvojim krovom. Ništa ti ne tražim! Dete ću ja da vodim...' On neće dati devojčicu. Voli je, a voli i ona njega. I liči na njega." Nije smela sebi da prizna, ali je bila rešena i deteta da se odrekne. Viđaće je, dolaziće k njoj, voditi je na letovanje. Gradimir neće mrzeti dete. Nežan je i dobar. Uvek je milovao njenu malu Lili!

Začuše se sitni koraci u predsoblju.

— Mama, mamice! — ulete zlatokosa devojčica. — Mama, što si u mraku? Upali svetlost! Da vidiš šta sam nacrtala... Proleće i jesen... Gospođica nam zadala.

— Zar ti još nisi legla? — ljutila se mama. — Darinka, zašto je ne odvedete u postelju?

— Neće, gospođo. Samo skače po sobi.

— Vidi, mamice! Neću da spavam! Ni ti nisi legla. Što si se obukla? Hoćeš u pozorište? Lepa ti je ta haljina!

— Neću, Lili! Imaću goste. Ali ti treba da spavaš. Znaš da rano ustaješ za školu. Dobra deca treba da legnu u postelju u pola osam. Lepo si nacrtala.

Žuto lišće, jesen, je li? Dobro, dušice moja! Sad da poslušaš mamu i da ideš da legneš... Je li popila mleko?

— Neće mleko!

— Moraš mleko da piješ.

— Neću, mama! Ne volim mleko. Volim sir.

— Dobro je večerala, gospođo. Pojela je dve šnicle.

— Tako treba. Sad idi da spavaš. Više je ne puštajte...

Devojčica ode s Darinkom.

Kapija snažno lupi. Mladi čovek je bio pred kapijom. Baci pogled na tablu i mahinalno pročita: *dr Čedomir Milošević*. Muž koga je žena varala. Čvrstim korakom pređe betonsku stazu. Uđe u predsoblje. Sve je bilo otvoreno. Vrata na salonu su odškrinuta. Spazi jednu siluetu u haljini bakarne boje.

— Grado, ti si? Odavno te čekam. Odocnio si malo?

— Izvini, zadržao sam se. Imao sam posla zbog jedne licitacije. Dobićemo gradnju jedne velike bolnice u Makedoniji — poljubi joj ruku. Ona oseti jezu od ovog ravnodušnog tona. Ranije nije mogao reč da progovori dok je ne zagrli i ne pritisne na grudi.

— Sedi, Gradimire! Hoćeš li ti ići da nadzireš tu gradnju?

— Ne znam još; po svoj prilici hoću.

— Dugo će se zidati ta bolnica?

— Onoliko koliko je potrebno za jednu takvu građevinu.

„Koliko ravnodušnosti u njemu!" Zaćutala je čekajući njegovo pitanje.

— Kuda je otputovao tvoj muž?

— U Beč. Zadržaće se šest dana. Mislila sam četiri, ali mora duže. Hoćeš da ostaneš da večeramo zajedno?

— Izvini, ne mogu. Obećao sam Vuki. Čekaće me.

Radmila pretrnu. „Tamo je Jovanovićeva, a za nju mu navodadžišu!"

— Čula sam da se ženiš!

— Gle, i ti znaš! Ceo svet zna, samo ja ne znam. Molim te, kojom se ženim? Baš bih voleo znati!

— Tetka gospođice Jovanović priča da se ženiš njenom sestričinom.

— Koješta! Ženski razgovori. Rekao sam ti da još neću da se ženim. Nego, znaš da je moj projekat nagrađen?

Ona ga tupo pogleda. Zar je za nju važan njegov projekat kad ga svi ti uspesi još više odvajaju od nje?

— Ne znam... Nisam čitala u novinama.

— Danas sam i ja doznao.

— I srećan si! — prekorno ga pogleda, ali sakri svoj bol. Šta ona ima od toga što on uspeva. Za ljubavnicu uspesi muškarca nisu isto što i za suprugu.

— Zadovoljan sam, a i moj direktor voli što je moj projekat nagrađen.

— Skače cena njegovom preduzeću, a i tebi. Ti si uopšte srećan čovek!

— A zar ti nisi srećna žena?

— Ja srećna! Sreća je samo trenutak — uzdahnula je i još više utonula u fotelju. „Kako je miran! Nijedne nežne reči. Razgovara o poslovnim stvarima!" Prenula se. Kao da hoće samu sebe da muči, nastavila je poslovni razgovor: — Jeste li dovršili onu palatu?

— Završni radovi su u toku. Ovih dana će biti gotova.

— Prošla sam pre neki dan i zastala da vidim fasadu. Vrlo je lepa! Može ti se čestitati — ustala je nervozno da mu ponudi jednu višnjevaču, da bi se kretala, da bi on primetio njen stas i lepe linije, da bi se uverila hoće li skočiti, zagrliti je, privući na grudi i reći: „Kako si lepa!"

Nekad je to činio. Neobuzdan, nije mogao da sačeka da se vrata zatvore... A sad? Pogleda ga. Pratio je kolutove dima, kao da su u tim kolutovima slike koje ga zanimaju. Dođe joj da krikne i da mu kaže: „Zašto si takav? Otkud ravnodušnost posle onih strasnih zagrljaja? Ja ne mogu bez tebe! Sve ću raskinuti!"

Ne, neće reći ništa. S dostojanstvom zrele žene pruži mu čašicu višnjevače, prinese mu stolić i pepeljaru. Mirni su joj bili pokreti, a srce uzburkano. Tako mu je uvek prinosila stolić za kafu, čaj, kolače, s prefinjenošću žene koja zna šta znači pažnja, koja ume ljupkim osmehom da proprati svaku reč. Verovala je u svoju moć nad ovim mladim čovekom, jer nije bila obična žena. Iz tog uverenja javljala se misao da raskine brak i da se uda za njega. U zanosu prvih osećanja verovala je da i on ima iste želje. Docnije je počela da uviđa gorku istinu; nastala je borba u njoj: da sačuva ovog čoveka, da ga otme od svih.

— Što si večeras tako tužna?

— Otputovao mi muž, pa sam nesrećna! — ironično ga pogleda da bi osetio značaj njenih reči.

— Pa on nije rđav čovek! — zažele da je u to uveri jer je u sebi osećao kajanje što se uvlači u kuću tuđoj ženi. — Imaš ugodan život pokraj njega i daje ti slobodu.

— Šta hoćeš da kažeš time?

— Govorim objektivno. Čovek može biti sasvim dobar a da žena pored njega ipak nije srećna...

— On je grubijan i sebičnjak! Zašto ga hvališ?

— Ne mogu da govorim loše o čoveku koji bi možda bio nesrećan da zna za mene.

— A ti misliš da se ja trudim da ovo sakrijem od njega? Uskoro će on sve doznati!

— Šta si naumila? — uplaši se Gradimir.

— Da se razvedem od njega.

On nervozno ugasi pikavac u pepeljari.

— Zašto da se razvodiš? — mirno je pitao, a bio je uzrujan.

— Zato što ne podnosim dvoličan život. Nisam od onih žena koje varaju muža i menjaju ljubavnike. Hoću čiste odnose. Hoću slobodu! — poslednje reči je izgovorila žustro, pogledala ga i po njegovom izrazu osetila šta misli. Nastavila je s tugom u glasu: — Zar ti ne želiš moju slobodu?

„Sad će početi scene!", pomisli inženjer. A to je najviše mrzeo, kao svi muškarci. Kako žene ne osećaju momenat kad je završena ljubav, pa hoće da je nastavljaju, obnavljaju. Još traže brak, i to u času kad je muškarac i poslednje rezerve osećanja dao jednoj ženi i više mu ništa nije ostalo za nju. Zbog toga je bežao od devojaka; one stoje nad muškarcem s brakom kao mačem: da ubiju sebe ili njega! Ova žena mu se dopadala: inteligentna, dostojanstvena, osećajna, pod okriljem braka; nije postojala bojazan da je mora uzeti. Smatrao je da ima prijatnu vezu, kakvu vole mladići, a bilo je šarma i u opasnosti od muža... U suštini, malo ju je ipak osuđivao zbog lukavstva kojim je varala muža. Osećao je da je i njegova sestra Vukica takva. Ljubav ove žene, njeno obmanjivanje muža, svi flertovi i veze koje je imao u momačkom životu stvarali su u njemu otpor prema braku. Više puta se razočarao. U ovom času se zaprepastio. Šta će njemu njena sloboda? I šta prethodi slobodi: brakorazvodna parnica, optužba muža, a tada se sve iznese na sudu, prospu se bračne tajne kao pomije... Čuvao se, kao svi obazrivi mladići, javnih skandala. Čuvao je i svoju karijeru. Njegov ljubavni život nije bio rasipnički, već normalan, upravo kako odgovara jednom zdravom muškarcu. Nijednu nije zavodio i obmanjivao obećavajući brak. Tražio je fizička zadovoljstva i one su mu ih dragovoljno pružale. Treba li ovu ženu da hrabri? Stariju od sebe, majku divnog deteta. Morao joj je sve reći:

— Dobro... Šta on tebi smeta? Ti si slobodna.

— Ako smatraš da je sloboda ovako te krišom primati u kuću, mene to ponižava. I mene i tebe! Hoću da imam svoj dom, da mi u svako doba slobodno možeš doći.

— Mislim da nisi u pravu.

— Zašto? Ti me ne voliš? Da, da... To je! Kako sam se gorko prevarila! A ja nikada nikoga nisam volela kao tebe.

„Ah, te fraze koje govore sve žene!" Bi mu dosadno, ali videći je slomljenu, rastuženu i kako nije želeo nervne krize, ustade sa svoje fotelje i sede na rukunicu njene. Podiže joj glavu i privuče je na grudi. Ona je, ipak, ozbiljna i fina žena. Ne može razgovarati s njom kao sa šiparicom.

— Otkud to očajanje, Radmila? Mislio sam da si shvatila naše prijateljstvo kao i ja. Bila si mi vrlo simpatična, voleo sam te, proveo s tobom prijatne časove, ali sam uvek znao da se jednog dana moramo rastati...

— Ne, ja ne mogu! Ne znam kako bih se s tobom rastala. To je strašno! Ne govori mi o tome!

— Uzbuđena si i zato tako govoriš, a zaboravićeš i ti mene — milovao je po kosi, dok je ona pritiskala glavu na njegove grudi. Tako joj je bilo lepo pokraj njega! Osećala se mlada! Kao da proživljava svoj prvi devojački zanos. —

Ne treba da se razvodiš! Tvoj muž nije rđav. Dobar je lekar, imaš prijatan život u kući!

— Kako me savetuješ! Osećam da si se uplašio moga razvoda. Ne boj se! Od tebe neću ništa tražiti. Ostavljam ti slobodu, ali hoću i ja da imam svoju slobodu.

— To je tvoja stvar! Radi kako misliš da je najbolje. Samo, da li si razmišljala o tome da tvoj muž neće pristati da dobiješ razvod braka u svoju korist. Čime ćeš obrazložiti zahtev za razvod braka? On je korektan muž! Može se sve sručiti na tebe. Da li si pomišljala na to da i naš odnos može biti pretresan na sudu?

— Dakle, to tebe muči! Bojiš se da se tvoje ime ne povlači po novinama. Dobro! Onda ću naći ma koga. Platiću, ići ću javno na sastanke, pisati mužu anonimna pisma da me uhvati!... Neka me ceo svet prezre kao preljubnicu! Neka prstom pokazuju na mene. Kako si plašljiv! Bojiš se skandala... A da li si se bojao kad si prvi put ušao u moju kuću kao ljubavnik? A ja sam mislila da si energičan, sposoban da se žrtvuješ za jednu ženu! A ti... — zastala je, uplašila se svojih reči. Znala je da će ga time još više udaljiti od sebe. Nije smela ovo da kaže.

Podigla je glavu. On je sedeo nepomično, glave naslonjene na ruku. Uplašila se, bacila se na pod, spustila mu glavu na kolena:

— Mili moj, oprosti mi! Kako ludo govorim? Znam da to nema smisla. Ti si častoljubiv... Čuvaš i svoju karijeru. Ja sam se uvek divila tvome radu, inteligenciji, vaspitanju. Nisi bio kao drugi mladići. Učinila sam preljubu. Možda sam se ogrešila o muža, ali ne žalim. Da li možeš da shvatiš kako je ženi koja nikada nema tople reči od muža? Nisam ga varala zbog histerične prirode. Tražila sam u tebi ono što nisam našla u njemu. Možda je to i tebi čudno što moj brak, kao i toliki drugi, ima spoljašnju uglađenost! Svako bi mi se nasmejao. Šta njoj fali? Muž lekar, lepo zarađuje, ima svoj auto. A što ta žena nema nežnosti, to niko ne pita. Ti si imao mnogo nežnosti za mene. Svaki tvoj cvetić sam obožavala, tepala mu, negovala ga dugo u vazi. Ti si probudio moju prirodu. Kroz tvoju ljubav upoznala sam sebe, svoju dušu. Koliko sam stvari naučila pored tebe! Sve me je interesovalo, sve je bilo drugačije oko mene. Ti si u meni gledao ženu i čoveka. Poveravao si mi sve što radiš, čak i planove, slušao si moje savete... I tebe sada da izgubim! A ja znam da ću te izgubiti. Oženićeš se! Patim pri samoj pomisli da li će te supruga razumeti kako sam te ja razumevala. Nemoj da se ženiš! Neka ostane sve ovako. Voli me još! Daj mi vremena da se pomirim s tim da ću te izgubiti...

Jecala je. Suze su joj se slivale niz lice, koje više nije bilo mlado.

On je video njen bol i njene patnje. Žalio ju je, bio je osetljiv i pošten, ali nije hteo da dopusti da žena zagospodari njime. Prešao je onu prvu bujicu mladićke strasti i nije se dao raznežiti kao balavac, ali nije bio neosetljiv prema patnji ove žene.

Umirio ju je, pametno su razgovarali. Obećala je da neće tražiti razvod braka, a on se neće ženiti.

Izlazeći iz njene kuće u kišno veče osetio je neugodnost kao posle kakve neprijatnosti. Bilo je to neraspoloženje zbog jedne veze koja ga sve više steže, a on bi hteo da je raskine. Osetio je da ta žena, iako to nije izgovorila, želi brak s njim. Odlučno je odbacio i pomisao na brak s njom. Četrdeset godina i dete! Žena koja je imala dva muža. On bi bio treći. Svoj brak je zamišljao kao ulazak u novi život s mladim stvorenjem — ljupkim, čednim, koje će mu biti nežna drugarica i mati njegove dece. „Kako ova žena može toliko da uobražava? Još nekoliko godina i ona prestaje da bude žena!" Shvatio je da ovakve veze vremenom postaju otužne. Ljubavni život neženja ima mnogo neprijatnosti. Svaka žena je mišolovka koja gleda da uhvati muškarca, ne pitajući se da li mu odgovara. I kad uhvati muža, postavlja mišolovku ljubavniku. On je ljubavnik u mišolovci, samo su mu vratanca otvorena. Može da pobegne, ali žena stoji u zasedi s revolverom, sodom, vitriolom ili javnim skandalom. On stoji pred opasnošću javnog skandala ako ne uspe da ubedi ovu ženu da joj je najpametnije da čuva muža.

Išao je pešice bez kišobrana. Osećao je kako mu se sitne kapi lepe za lice. Bio je vrlo neraspoložen. Mislio je o finoći ove žene, kojoj ipak nije trebalo da se približi. Prekorevao je sebe što se uvlačio u njenu kuću. Strah i sažaljenje prema mužu docnije kad se rashlade prva osećanja pretvaraju se u osudu žene i opravdanje muža. Muškarac to neće priznati ženi, ali u sebi misli: „Ti varaš svoga muža, a on nije rđav; daje ti novac koji zarađuje. Mene voliš, a pored muža bi i mene varala. Možda ću u braku i ja isto doživljavati.” Ljubavna iskustva žene dotuže muškarcu. Učini mu se da je te veštine morala naučiti kroz mnoge muške ruke. I kad dođe trenutak da muškarcu sve postane bljutavo, on zaželi neiskusno biće, nevino, koje ne ume ni da zagrli, nevešto ljubi, a daje se s mnogo poleta i strasti. Zbog toga se zreliji muškarci žene suviše mladim devojkama. I on je već mislio o devojčici.

— Taksi! — zaustavi jedna kola. Reče ulicu svoje sestre Vuke i oseti se prijatno u kolima na mekim jastučićima. Ruku uvučenih u džepove, mislio je: „Ova žena me neće lako pustiti!”

Gospođica Nela

Kod sestre je bilo malo društvo. Spazio je odmah gospođicu Jovanovićevu i njenog rođaka, mladog beogradskog advokata Boru Tošića. Sasvim prirodno što je i on tu. Njen bliski rođak prati je svuda. Brat se seti Gordaninih reči. Da li je to neminovna sudbina muškaraca da imaju rogove, ili su rogonje samo muškarci koji stvaraju ženi ugodan život i razmaze ih u luksuzu?

Sestra mu polete u susret nasmejana lica:

— Ah, Grado, tako sam srećna! Čak si i od mene krio da si podneo projekat?

— Samo je tata znao. Muškarci umeju da čuvaju tajne bolje od žena.

— Tako, tako! Napreduj! — pljeskao ga je zet po ramenu.

— Pa, čestitam vam i ja! — osmehnu se gospođica Jovanović.

On je pogleda.

Zelenkaste oči, uzane i kose, gledale su ga umiljato, ali ispod umiljatosti se osećalo i lukavstvo. Kako bi prestajala da se smeši, oči bi joj odmah dobijale mačkast izraz, koji nije mogao da ublaži ni polukružni luk obrva.

— Zahvaljujem vam, gospođice!

Rukova se s celim društvom.

Rentijer s dosta nečasnih poslova, čestih sudskih procesa, s mnogo razmetljivosti i raskoši u kući, ali i s neplaćenim dugovima — jedan od stalnih gostiju bio je gospodin Simić s gospođom. Izigravao je velikog gospodina i po rođenju i po bogatstvu. Bio je poznati monden, svuda rado viđen. Stalni gost bio je i gospodin Tošić, kome se nije mogla osporiti advokatska borbenost i umešnost, ali se pričalo da se uvek udvara bogatim ženama, pa je dobio nadimak — po prezimenu Tošić — Toša. Besprekorno odeven, blazirane spoljašnjosti, kozer i udvarač, bio je omiljen u salonima žena koje su se dosađivale u bogatstvu i tražile pikantne razonode s blaziranim mladićima. I jedan pesnik je bio među gostima. On nije voleo boemstvo, već ugodne gospodske kuće, bogate trpeze i lepe, površne žene, kojima se udvarao u stihovima. U tom buketu gostiju, domaćin — Vukičin muž — bio je najneugledniji. Debeljko proređene kose, uvek crven kao da vuče neki teret, i stalno nasmejan, s okruglim dobrodušnim licem, malih crnih očica kao u svinjčeta, osećao se vrlo zadovoljnim pored lepe žene. Laskalo mu je kad su mu govorili kako ima lepu i otmenu ženu. Lukava i umiljata, njegova žena je umela da iskorišćava njegovu taštinu. Priređivala je večere, soarea, kockanje, organizovala izlete i putovanja, kupovala retke starinske stvari. Čitav mali muzej bio je u kući. To je pokazivalo njen ukus i bogatstvo. A u toj lepoj kući ona, Vukica, bila je najlepši ukras.

Brat je morao priznati sestri da ume da se obuče. Volela je crni velur jer je isticao nežnost i belinu njene kože. Najmodernija frizura uvek je ukrašavala njenu glavu. Umela je gospodski da se kreće po kući, s manirima nasleđenim od babe i prababe, koje su se kretale čak i po dvorovima vladara. Svesna toga da joj sav ovaj luksuz obezbeđuje muž, umela je u društvu da mu poklanja osobitu pažnju. Od njega je uvek tražila potvrdu nekog svog mišljenja; njegov ukus je isticala pokazujući kakvu antičku stvarčicu; citirala je njegovo mišljenje o pojedinim događajima i ljudima. Pazila je čak i na to da li je uzeo lepo parče pečenja ili torte. Nežno ga je dodirivala svojim finim belim rukama; zaglađivala mu je retke pramenove kose, koje bi razređivala na njegovoj ćeli tako nežno kao da joj je ta ćela nešto vrlo skupoceno.

Brat se divio sestrinoj veštini i toj zaljubljenoj atmosferi koju je umela da stvori oko muža, koga je u isto vreme varala. Bio mu je odvratan taj monden-advokat. Rešavao se da opomene sestru i skrene joj pažnju da ne igra opasnu igru, jer se sve u životu može preokrenuti. Pomislio je da čak ni ova Nela Jovanović ne bi našla zamerke Vukičinom mužu. Gradu je zanimalo naličje tog društva oko stola, jer je osećao da svako od njih nosi masku na licu, osobito ova suvonjava i lukava Nela. Slatke reči su letele s njenih usnica kao mirišljave ružice:

— Što si ti, Vukice, večeras slatka! Uvek treba velur da nosiš. Pa ta tvoja frizura! Ne znam zašto ja ne umem da se nafriziram kao ti...

Potom je brzo prelazila na ozbiljnije razgovore, kao devojka koja hoće da pokaže svoj duh.

— Ispričajte nam kakav je stil vašeg projekta.

— To vas ne bi zanimalo.

— Kako? Arhitektura da me ne zanima! Ja zastanem ispred svake lepe fasade. Meni se sviđa i vizantijski stil. Gotiku ne volim. Prkosna je... A vi, jeste li primenili moderan stil ili neku mešavinu?

I dok je arhitekta pričao, slušala je sva zaneta o stilovima, a u glavi su joj se rojile misli: „On ima lepu platu. Deset hiljada dobio nagradu! Mogla bih divno živeti pokraj njega... Usta su mu sočna. Taj bi umeo i da ljubi. Pravi muškarac!" Trudila se da bezazleno gleda te velike crne muške oči s teškim trepavicama. Zadrhtala je: „Ah, njega treba uhvatiti. Moj rođak treba da utiče na Vukicu još više. Ona ga voli. Kakvu mu je samo tabakeru kupila! S monogramom od rubina. A njen šonja ništa ne vidi!"

— To je divno! — šaputala je, iako nije shvatila inženjerovo izlaganje. Njegove oči su bile lepše od stilova o kojima je pričao. Uvek se pravila da je sve zanima. Bila je jedna od onih otmenih devojaka koje stalno slušaju razgovore po salonima, napabirče ponešto znanja i trude se da ponove te fraze kao svoje u drugom društvu. Imala je u glavi malu riznicu tuđih misli, kojima se šepurila kao da ih je sama stekla. Znala je da ponekad treba da bude naivna, detinjasta, jer to ženu čini šarmantnom i prijatnom muškarcima. U Gradimirovom prisustvu uvek je bila čedna, umiljata naivka, jer je znala da je on energičan i da prezire lakomislene žene, iako se i njegova sestra ponašala lakomisleno. Njegovoj majci i sestri ukazivala je najveću pažnju. Znala je da ga jedino pomoću njih može osvojiti i dobiti za muža. Kako se u njihovoj kući dočekivala njegova mati! Nijedno jutro nije moglo proći da ona ne pozove Vukicu telefonom i pozdravi je: „Srce moje, jesi li ustala? Dođi danas do nas!", prošaputala bi joj i komplimente svoga rođaka advokata. Htela je da privuče Vukicu uza se i jednom velikom tajnom — Vukičinim neverstvom — da bi ona zbog toga morala uticati na brata u njenu korist. Gordanu je mrzela, ali je pravila slatko lice.

Bila je vešta glumica, koja u svakoj prilici ume da nađe ton i takt. Morala je sve veštine da upotrebljava jer, kao i Vukica, i ona je pripadala gospodskoj porodici, ali bez bogatstva. Miraz nije imala, mada je oko nje uvek lebdela jedna izmišljena cifra. To je nasleđe od bogate tetke bez dece, koja je imala trospratnu kuću. No i to je bilo pitanje, jer nisu u prijateljstvu. Malo čudna žena bila je ta njena tetka. Čas je obećavala da će ostaviti sve Neli, a posle je pretila da je testament već napisan i sve ostavljeno dobrotvornim društvima. Koliko ulagivanja toj tetki. Bar da hoće nasigurno da joj obeća pedeset hiljada miraza, a od pedeset ona će lako napraviti sto hiljada. To već predstavlja sumu. Nela je razglašavala da je naslednica tetkinog imanja. Otac je državni savetnik, ali očevom titulom ne može da namami muža ako nema šta da zvecne. Ovde se nadala da će joj upaliti. Gradimir nije bio muškarac koji bi sebe taksirao. Toliko puta ju je njegova sestra uveravala: „Grada kaže: ’Ako mi se dopadne neka devojka, bez pet para ću je uzeti. Moći ću da izdržavam svoju ženu i bez njenog miraza!’”

A šta njoj fali? Interesantna je, ako nije naročito lepa; ljupka je, ume da se obuče, umeće da voli kuću. Flertovala je, ali je čuvala čednost. Bila je od onih devojaka koje prođu kroz mnoge muške ruke, ali ostanu nevine. Garsonjere nije posećivala, ali su joj dolazili muškarci kad mama i tata nisu bili kod kuće. Često su u ponoć izlazili iz njene devojačke sobice, a ona je ipak ostajala čedna. Bilo je svakojakih scena u njenoj devojačkoj sobici; ostajala je raščupane kose, sva usplamtela, ali pobednica. O sebi je imala visoko mišljenje. Za Vukicu i njenu majku bila je „slatka mala, naivna, srce od devojke”.

A to srce od devojke zamišljalo je da bi bilo bolje imati jednog bogatog ljubavnika nego siromašnog muža. Nekad je okušavala svoju moć i naivne očice upravljala na Vukičinog muža, to „slonče”, kako je čula od rođaka da ga oni zovu. Htela je da vidi ume li i ona da zaludi muškarca kao Vukica. Trijumfovala je posle jer joj se činilo da „slonče” češće pogleda u njene zelenkaste očice. Vešto je sve to izvodila. Zar on nije muž njene „zlatne” Vukice? Ta, ona može biti nežna prema njemu kao i prema njoj. „Oh, mnogo je slatka vaša ženica! Mislim da ste vi najsrećniji muž." Time je sve zabašurila, ponašala se kao njihovo dete koje se mazi, oseća se u njihovoj kući kao u svojoj, pita šta ima za ručak da bi došla. Bila je uvek uz njih, s glavnom mišlju da osvoji Vukičinog brata, koga je volela kao muškarca, divila mu se kao arhitekti; bio je njen tip, za njega se trebalo boriti i oteti ga.

Doznala je nekako i za Gradimirovu vezu s gospođom Milošević. Mirila se s tim kao devojka koja shvata život. Udata žena! Pa to je bolje. Ne može se udati za njega, a njemu je potrebna ljubavnica. Treba se bojati devojaka-ljubavnica. One su opasnije. A supruga preljubnica, uz to žena četrdesetih godina, nije opasna.

Ipak je mrzela tu ženu. I kad bi je slučajno videla u operi ili pozorištu, ljubomorno je proučavala svaku crtu njenog lica, zavideći joj što ima Gradimirovu ljubav. Gledala je njen lepi stas i jedila se zbog svoje mršavosti. Osobito su je grudi jedile, pa je iz Pariza nabavila mali gumeni grudnjak, koji je davao fini kupast oblik njenim grudima. Mrzela je bele oble devojke punih linija, jer joj se činilo da svi muškarci vole punije žene. Doručkovala je uvek mnogo, sve ono što goji; merila se svaki čas i sekirala se, naročito noću, kad bi osetila kako je žulje koščata kolena. Ali, ko to vidi? Moderna toaleta može sve to da maskira. Njena glavica je interesantna, a za svoj temperament se ne plaši. Osećala je da će biti strasna ljubavnica u braku i s mukom je obuzdavala svoju prirodu.

Večera je bila završena. Pređoše u salon da se kockaju. Gradimir priđe zetu:

— Miko, ja bih sad morao da idem... Moram sutra rano da ustanem. Vi ćete me izviniti.

Nije voleo ni da se kocka. Tu su se uvek gubile i dobijale veće sume, a on nije želeo ni da dobija ni da gubi na kocki.

— Pa i ti si kazala da ćeš otići odmah posle večere — okrete se Vukica Neli.

— Jesam, srce. Sinoć smo bili u operi, a onomad na jednoj večeri, a dve večeri sedenja uzastopce prilično me zamore. Volim rano da legnem.

— Onda, Grado, hoćeš li da otpratiš Nelu do kuće? Možeš našim kolima.

— Ispratiću gospođicu — odgovori nemarno brat. Video je da je sve to njena i sestrina ujdurma. Šta li bi Gordana sad pomislila? I šta bi kazala da je mogla čuti kako mu Vukica govori o Neli:

— To je slatka, fina devojka. Tako je umiljata i nežna. Volela bi te kako te nikad neće voleti nijedna devojka. Imao bi ženu s ukusom, inteligentnu, svakog da ti dočeka, dama u pravom smislu.

— Samo mi o damama nemoj pričati ni o otmenosti! — dobacio bi joj brat.

Sestra se nije dala zbuniti:

— Damom i treba da se oženiš! I mi smo svi u kući bili gospoda. Znam da Gordana navija za njenu Natašu, priča mi mama. Zar bi takvu glupost mogao da napraviš? Videla sam tu Natašu. Prosta i uobražena! Inteligencija ne vredi bez otmenosti. Ona je fukara. Zar to da uvedeš u našu porodicu? A Nela je tako slatko i fino devojče. Prosto da je čovek unese u kuću i samo da je gleda. I još da imamo snahu koja će da nas voli. A ti ćeš da se oženiš tako da ti niko od nas neće kročiti u kuću...

Večeras je sve te iste reči čitao u sestrinim očima dok se opraštao s njom i pridržavao mirišljavo krzno gospođici Neli. Smeškao se jer je poznavao sebe a poznavao je i žene.

Farovi blesnuše i auto pojuri. Gospođica Nela je bila zavaljena u uglu, glavica joj je virila iz sivog krzna. Njemu se nije pričalo.

— Vidite li, počeo je sneg — zacvrkuta Nela. — Divno je! Ne volim jesenju kišu, a vi?

— I ja volim sneg.

— Idete li na skijanje?

— Ne idem.

Htela je da kaže: „A ja obožavam taj sport", ali preinači misao:

— Ni ja ne idem! Napravila sam kostim, ali sam samo dva-tri puta išla — prećutala je, naravno, avanturu započetu na skijanju. — A kako vaša skulptura? Ah, to sam zaboravila da vas pitam. Kad ću da dođem da vidim šta ste uradili?

— Kad god hoćete. Možete doći s Vukicom — nije želeo samu da je pozove.

— Arhitekta i skulptura! To se slaže. Ja volim slikarstvo. Pomalo i slikam. A nijednu slikarsku izložbu ne propuštam. Idete li vi?

— Idem.

— Jeste li bili na poslednjoj premijeri u pozorištu? Vrlo dobar komad.

— Nisam. Te večeri sam imao posla. Ići ću na reprizu.

Odgovarao je na svako njeno pitanje, ne postavljajući joj sâm nijedno.

Ona to oseti i ućuta. „Kako je ovo ravnodušan muškarac! Biti u autu s jednom mladom devojkom i nijedan stisak ruke. Bar za ruku da me uhvati. Da li da ga pozovem na čaj?" Dvoumila se. Najzad otpoče izdaleka:

— Idete li u društva?

— Nigde. Samo do Vukice i do roditelja.

— Pa izvolite k nama na čaj.

— Hvala.

— Otkad niste bili kod nas. Baš se moj tata čudi. On vas mnogo ceni.

— Vaš tata je simpatičan čovek.

— I vrlo mlada duha. Voli mlado društvo. Obradovaće se kad mu budem kazala da ćete doći. Naš žur je petnaestog, a tatin žur je nedeljom. Mama i tata su uvek nedeljom posle podne kod kuće. Eto, možete sad u nedelju doći.

— Gledaću da dođem.

— A kako se provodite?

— O provodu ne bih mogao da govorim, pentram se po skelama. Radim mnogo.

— A na korzo ne izlazite? Ja sam vas jednom videla.

— Možda sam slučajno prošao. Nisam šetao.

— I ja mrzim korzo. Šetala sam kao gimnazijalka, a sada — nikad. Ah, već smo kod moje kuće... Hoćete li doći u nedelju?

— Pa... doći ću. Ako me slučajno nešto spreči, vi ćete me izviniti. Možete li da otključate kapiju?

— Ne znam što se ovaj ključ zaglavio.

— Čekajte, ja ću — iziđe, okrete snažno ključ i otključa kapiju.

— Uh, uvek me strah kad dođem u ovaj hodnik. Gle, šta je ovo? Pregorela sijalica. Kakav je to gazda koji dopušta da kirajdžija ide po mraku. Ne smem... strah me!

— Ja ću vas otpratiti gore.

— Ju, što je pomrčina! Ja poznajem stepenište, nego kako ćete vi? Uhvatite me ispod ruke pa ću vas voditi. Samo kako ćete da se vratite?

— Ne brinite za mene! Neću se slomiti.

Išli su uza stepenice lagano; ona mu se, sva uzbuđena, naslanjala na ruku.

— Baš je smešno! Kako je glupa ova pomrčina! — govorila je glasno, a mislila je u sebi: „Ti si glupak kad možeš da ideš kroz pomrčinu a da me ne stegneš u zagrljaj”.

„Lukava si ti mala! Nije ti glupa pomrčina, nego si ti vrlo duhovita. No ja sam ipak učtiv, iako bi ti volela da budem drzak. I ova pomrčina je tvoj i Vukičin trik.”

Dođoše do prvog sprata.

— Možda je ovde ispravna sijalica. Gde je dugme? — upita on.

— Ovde je — ona pritisnu. — Gle, ovde ima svetlosti. To je znači pregorela sijalica samo u prizemlju... Niste se plašili što ste išli sa mnom kroz pomrčinu? Vi ste korektan mladić. Čak sam stekla utisak da ne volite žene.

— Da ne volim žene? Zar tako rđavo mišljenje imate o meni? Za muškarca je najveća uvreda reći mu da ne voli žene. Naprotiv, žene nam ulepšavaju život.

— A kakav je vaš tip žene?

— Još ga nisam našao.

— Niste našli? — uvredljivo upita ona. — Tolike devojke oko nas, a vi još nemate svoj tip.

— Mi muškarci ne stvaramo svoj tip. Ako nam se u jednom trenutku dopadne neka devojka, jednostavno je zavolimo.

— A je li došao taj trenutak u vašem životu?

— Nije još!

— Zbogom! — uletela je ljutito u stan i pogledala se u ogledalo. Nije u tom času bila naročito šarmantna. Od hladnoće joj je pomodrelo lice. I ruž joj se skinuo sa usana. Žene su lepše u zagrejanim salama.

„Ah, ti moraš biti moj! Osvojiću ja tebe. Gord si, ali mi se sviđaš. Imaš lepu platu kao arhitekta i pravi si muškarac!"

Skidala je odeću i ostavljala je u šifonjer. Umi se, skide šminku i ostade onakva kakva je. Setila se jedne prijateljice koja joj je pričala: „Imam noćnu šminku. Nikad nenapuderisana ne izlazim pred muža. Tako se vešto našminkam da on veruje da je to moja prirodna boja." I ona će nabaviti noćnu šminku, jer je sa šminkom lepša.

Za doručkom mati je upita:

— Kako si se, Nela, provela?

— Kao i uvek, mama. Kod Vukice se dobro jede i pije. Hoće da pokaže svoje bogatstvo pa ne žali da potroši na kuhinju. A njeno „slonče" joj daje para koliko hoće.

— Uhvati ona njega! Slonče, ali puno para. Prodao majdan, sazidao kuće, vuče kirije, ima auto. Tako, ćerko, i ti da se udaš. A je l' bio Gradimir?

— Bio je, kao i uvek, vrlo gord i zvaničan. To ti je seljačina šumadijska! Pravi se važan! — grdila ga je od muke, iako bi sutra poletela tome seljačini u naručje samo da je zaprosi.

— Zašto seljačina? On je fin mladić. Ako mu je otac iz sela, on je otmen i obrazovan.

— Ti znaš da njegova mati kaže i za oca i za sina da su zadrti Šumadinci — nije mu opraštala što je sinoć nije poljubio. Da ju je poljubio, ona bi sad znala kakvu taktiku da primeni. Ovako. Prva da juriša — ne može.

— Jesi li po čemu kod njega opazila da mu se dopadaš?

— Baš ni po čemu! Kazao je da će u nedelju doći u posetu.

— E, vidiš. Ne dolazi on u posetu zbog nas, već zbog tebe, prepusti ti sve Vukici. Ona tebe voli. Koliko mi je puta kazala: „Tako bih želela mom Gradi za ženu našu Nelu".

— Pa što me ne uda za njenog Gradu? „Slatka, fina, umiljata Nela", a njen brat se udrvenio pa nijedan kompliment da mi napravi. Teško je, mama, danas udati se! On je simpatičan mladić i dopada mi se, kaže da ne traži miraz — Vukica tako priča — a on nikako da se izjasni. Tu se koriste samo Vukica i naš Tošić. Ljubakaju se, on dobija poklone od nje, finansira ga. Dođe mi krivo; hoće i bogatog muža i ljubavnika. Ama, luda sam ja...

— Što si luda?

— Ništa, znam ja zašto sam luda!

„Da sam ja njegova ljubavnica", mislila je u sebi, „lakše bih se udala za njega."

Prišla je telefonu.

— Srce, jesi li ti? Dokle ste sinoć sedeli?

— Do pola tri — odgovorila je Vukica. — Tvoj rođak je dobio dve hiljade.

— O, moj rođak ima sreće. Znaš šta mi sinoć kaže za tebe: ličiš mu na lepe Ticijanove žene. Zbilja, bila si sinoć božanstvena! Uvek da nosiš crni velur. Kad ćemo u operu?

— Hoćeš u petak?

— Možemo.

— Je l' te Grada dopratio?

— Jeste i morao me provesti kroz pomrčinu u hodniku jer je pregorela sijalica.

— Kako se ponašao u pomrčini?

— Kao da nisam žensko.

— On tebe ceni.

— Videla sam da me ceni i da me ne voli.

— Ama, ti ne poznaješ Gradu. On je zatvorene prirode. A kad te zavoli, bićeš najsrećnija žena na svetu.

— Dobro, čekam taj srećni trenutak. Danas sam tužna.

— A što, srce moje?

— Prazan mi je život.

— Pa dođi k nama na ručak. Razveselićeš se.

— Ne mogu danas. Nego, obećala sam Gradi da idemo ja i ti u njegov stan da vidimo skulpture. Hoćeš li?

— Kad god hoćeš?

— I Tošića da povedemo.

— Možemo. Autom ćemo. Nemoj, srce, da budeš tužna.

— Kad bih bila srećna kao ti! Da znaš koliko je moj rođak lud za tobom.

— Ćuti! Evo ide Mika.

Zimsko popodne u kancelariji

Sneg je gusto padao zamagljujući belinom prostor ispred prozora. Odsjaj snežne beline video se i na licima činovnica koje su sedele za svojim stolovima. Bile su se udubile u rad, posle kraćeg razgovora. Da je neko mogao da zaviri u njihove duše otkrio bi različite misli, koje se nisu odnosile na kancelarijski život.

— Što bih se skijala! — prekide tišinu Jelka. — U mojoj kući dve studentkinje obukle posle podne skijaška odela, pa odoše u Košutnjak. Baš sam im zavidela... Mi smo po ceo dan vezane za stolicu. Prokleti život! Bar da znam za šta radim. Nego ni penzije u starosti.

— Uh, već na penziju misliš! — dobaci joj Ružica, koja ih je uvek smirivala i tešila. — A šta ja da kažem što sam morala tehniku da napustim? Ti ćeš se, Jelka, udati.

— Za koga?

— Pa za onog tvog sportistu.

— Da ga čekam dok ne završi... A kad završi da zbriše!

— Pa vi se volite. Kažeš da ćete se venčati.

— Pa da napravimo dva slepca od jednoga. Da živimo od moje platice i da se natovarimo mami na vrat. Neću takav brak! Kad se udajem, hoću da znam da sam se udala i da imam svoju kuću. Ovako nešto da nađem kao naš Gradimir.

— Kako ti malo tražiš! — osmehnu se Borka, koja je bila nešto sumorna. — Gradimir! Taj puca na veliki miraz. Sumnjam da opaža i da postojimo u kancelariji.

— Nešto si ljuta na njega. Ne dam da mi vređate simpatiju — branila ga je veselo Ružica. — Ozbiljan je čovek. Ima svojih ambicija... A znate li vi za nesreću koja će nas zadesiti?

— Kakva nesreća? — prenu se uplašeno Slađana, koja je dotle ćutala zaneta radošću što je danas prvi i što dobija platu. Reč „nesreća" mogla je biti propast preduzeća ili otpuštanje.

— Gradimir nam ide!

— Sasvim ide? — začudi se Jelka.

Borka spusti ruke kraj jednog crteža koji je kopirala.

— Ala ste prebledele! Ne ide sasvim, umirite se! Naše preduzeće zida bolnicu u Makedoniji. Čula sam maločas kad sam bila u direktorovoj kancelariji. Na proleće Gradimir ide. Od proleća do jeseni nećemo ga videti.

— Ništa nam ne vredi što ga gledamo! — jetko odgovori Borka.

— Ama, što si ti danas ljuta? Je li na Gradimira?

— Kakvog Gradimira! Ljuta sam na život. Bolje da se nisam ni rodila.

— Opet te onaj nasekirao. Što ga trpiš?

— Trpim ga što nemam od čega da živim. Može li se živeti od šest stotina dinara? Ti imaš roditelje, ima i Jelka i Slađana, a koga imam ja? Dođe mi da se ubijem. Ne mogu više ova poniženja da podnesem.

— Gle, da se ubiješ! Baš pametno! — ljutnu se Ružica. — Ti si lepa, možeš naći čoveka i udati se.

— Što si smešna! Ko će mene sirotu devojku da uzme? Imam celog života da trpim poniženja.

— A što da trpiš poniženja? — prekori je Jelka. — Šta će ti stan? Za pet stotina dinara možeš da platiš pansion u nekoj kući. Da si slobodna, niko da te ne vređa i ne tuče. Sigurno te opet tukao? Da mene udari, nos bih mu razbila.

— Ne znate vi ništa — Borka briznu u plač. — Ja mnogo volim moju sobicu! Nikad u životu je nisam imala.

Slađana je uplašeno slušala tu bolnu priču mlade devojke. Kako je ona srećna pod okriljem svoje mame, i sa svojim dobrim bratom! Dele što imaju i svi se vole... Sažaljivo je posmatrala Borku. Htela je da je uteši:

— Što vi da budete nesrećni kad ste tako lepi? Zar niko u vas da se zaljubi i da vas uzme za ženu?

— E, moja mala, blago vama ako ne iskusite gorčinu života. Pogledajte šta je ljubav! — zadiže malo suknju. Ne butini se ukaza ogromna crna masnica kao mastilo.

— Tukao te!

— I davio me! A ne samo tukao — skide šalče. S obe strane pokazaše se otisci prstiju.

— Strašno! I ti ćeš opet da ga pustiš u kuću?

— Ne dolazi često. Ima svoj stan. Verujte, dođe mi ponekad da se ubijem.

— Ostavi se gluposti! Je li te opčinio da moraš s njim da živiš?

— Bojim se samoće. Nisam sposobna sama da se probijam kroz život.

— Znaš, Borka, ja te za nešto i osuđujem. Ti voliš toalete, svilene čarape, fine kombinezone. Šta će ti to? Vidi naše čarape.

— Bogami, Jelka, sâm mi donosi. Jednog dana mi svašta nakupuje, dobar je, priča kako ćemo se venčati, a drugog dana je strašan!

— Je li ljubomoran?

— Ne znam šta je sve kod njega... Samo znam da me sasvim izmučio! Imam trideset godina, a teške su mi kao da ih je šezdeset.

— More, pogledajte vi Gradimira! Da sam mlađa, verujte, zbog njega bih svaku glupost mogla da učinim — reče Ružica.

— Trideset godina, zar je to starost! — grdila je Jelka.

— Trideset jedna. Osećam se starom... Ti bi volela da se skijaš, a ja želim da sednem na divan, da pletem džempere, a lonče kafe da mi stoji na peći.

— A šta biste vi, Slađana, voleli?

— Da idem u bioskop i da mama ne brine šta će za drva i druge potrebe.

— Pametno dete! Je l'te da je slatka ova naša Slađana? Da li vas je Gradimir zapazio?

Slađana sva pocrvene:

— Ja ga ne viđam. Šta ima on mene da gleda! Jaoj, samo ovo mesto da očuvam. Vi maločas rekoste „nesreća će nas zadesiti", a ja sva pretrnuh da me ne otpuste.

— A, ne bojte se! Jako je ovo preduzeće. Imaju sada mnogo posla.

— Bojim se ipak! Vi ste bili studentkinja tehnike, gospođica Jelka je završila srednju tehničku školu, gospođica Borka počela istu školu, a ja sam iz trgovačke akademije. Nemam kvalifikacije za građevinsko preduzeće.

— A vi mislite da danas svi imaju kvalifikacije i da ćete pomoću njih dobiti mesto. Svrši filozofiju pa daktilografkinja! Kako ko ugrabi mesto. Ako imate protekcije imate i kvalifikacije. Neće vas otpustiti. Evo, Slađana, dušice moja, saberite ovo. Igraju mi cifre pred očima. Znate li, deco, moram da kupim naočare. Polako postajem stara gospođa.

— Danas i mlad svet nosi naočare.

— Hvala ti! Volela bih da ih ne nosim, ali moram. Samo dok me vidite jedno jutro.

Vrata se odškrinuše, promoli glavu čika Đorđe, poslužitelj.

— Nemojte da džakate! Ide gospodin Marković!

— Dobro, dobro, čika Đorđe.

Volele su ga jer ih je uvek obaveštavao o svemu.

Opet se nagnuše nad posao. Peć je pucketala, osećao se miris uglja. Borka uze tašnu, malo se napuderiše da bi pokrila tragove suza.

Slađana se radovala što sutra posle podne ide s Nikicom u bioskop. Voli ga ona mnogo i plaća za njega. Idu u tri sata kad su sva mesta po pet dinara. Moliće mamu jednom i u pozorište da idu. Na treću galeriju. Kako će samo da se obraduje njen brat, njen najbolji drug, Nikica! Svuda idu zajedno. On je lep, visok, lepo razvijen. Potukao bi se sa svakim ko bi joj samo jednu ružnu reč dobacio. To je zaštitnik... Kupila mu je od prve plate cipele. Nije mogla stilo. Baš žali za tim stilom. Mora stalno da nosi divit, pero i držalje za pismene zadatke.

— Deco, donela sam nešto da vas obradujem! — javi se opet Ružica.

— Šta si donela? Nešto za jelo? Tako sam gladna — reče Jelka.

— Pogačice s čvarcima. Mama ih je fino umesila. Jeste li vi gladni, Slađana?

— Ne bih odbila — prihvati devojka veselo.

— Vi ste se, Slađana, malo popravili — zaključi Jelka.

— Jeste, popravila se — dodade Borka.

— Malo bolje živimo otkako je u kući i moja plata. A mama izvanredno kuva i mesi... Hoćete li jednom da dođete k meni?

— Vrlo rado, Slađana! — prihvati Ružica. Kao najstarija u kancelariji, ona je gajila materinska osećanja prema ovoj devojčici.

— Moja mama je vrlo stroga i nikud ne idem sama. Bila sam samo sokolica. I sad idem ponekad u sokolanu — smešila se Slađana.

— Zato ste tako lepo razvijeni.

— Mršava sam.

— Niste mršavi... Taman kako treba.

— Baš su ukusne pogačice! I ja ću kazati mami da nešto umesi pa da donesem... Pričala sam joj kako se mi ovde lepo slažemo i kako ste vi sve tri divne devojke.

— Dobre smo, ali nismo srećne! — uzdahnu Borka. Gledala je ovu devojčicu sa zlatnim očima. Slušajući je kako priča o majci i bratu, Borka se setila strašnih slika svoga detinjstva.

— Jaoj, imam još mnogo da nacrtam! Više volim kad leti nadzirem građevine. Ubi me ova kancelarijska dosada — jadikovala je Jelka, čija sportska priroda nije mogla da miruje.

Vrata se naglo otvoriše. U kancelariju uđe arhitekta Marković. Iznenađene, devojke upraviše pogled na arhitektu.

— Hteo bih da mi jedna od vas nešto brzo otkuca. Diktiraću.

Okrete se i priđe Ružici. Ona ispod oka pogleda Jelku kao da joj govori: „Jesam li vam kazala da on mene simpatiše”.

Borkino lice se smrači nad skicom. Slađana se udubi u sabiranje. Ali glas mladog čoveka, koji je odsečno izgovarao svaku reč, smetao joj je pri sabiranju. Okrenut profilom, posmatrao je sneg kroz prozor. Kao da je bio sâm u sobi. Ravnodušnim glasom izgovarao je rečenicu po rečenicu...

A za mlade devojke ovo je bio događaj. Otkud baš sad da dođe? Retko ulazi u njihovu kancelariju. Borka lagano prebaci nogu preko noge. Znala je da ima lepe čarape i lepe noge, a on je stajao naspram nje. Nije dizala pogled s crteža. „Da li me gleda?”, kopkalo ju je. Nadala se da je zbog nje ušao. Njega da ima, onoga bi najurila. Da joj samo kaže: „Dođite k meni!”, odmah bi otišla... Kad se devojka ponižava, neka ima bar za koga! Diže svoje crne sjajne oči i brzo ih spusti, razočarana. Gledao je kroz prozor. „Uobraženko!" One su male, beznačajne činovnice!

I Slađana se usudi da ga pogleda. Toliko pričaju o njemu, a nije ga dobro ni videla.

Arhitekta se okrete i najednom uhvati pogled njenih zlatnih očiju. Kao krivac oborila je brzo glavu i počela da se bori s ciframa. Muške cipele zaškripaše i dođoše do peći.

— Je li vam toplo?

— I suviše! Čika Đorđe odlično loži — odgovori Ružica.

— Uzmite nov tabak! — stajao je sad kod peći, naspram Slađaninog stola. Devojčica spusti još niže glavu kao da ga ne vidi. Miran muški glas je diktirao. — Jeste li se, gospođice, privikli poslu?

Sve četiri glave se podigoše. Pitanje je bilo upravljeno Slađani.

— Jesam... Nije težak posao. Upravo nešto računam.

„Zašto mene ne pita?", uzdahnu Borka i spusti nogu. „Zna moj život, pa ne obraća pažnju na mene."

— Da vidim kako ste izračunali.

Opet se digoše sve četiri glave. Uzeo je tabak Slađani iz ruke i primetio pola pogačice na stolu.

— Niste dovršili užinu? — osmehnu se.

— Ja sam donela pogačice! — javi se Ružica da je opravda.

— Ništa, ništa! — osmehnu se arhitekta. — Dobro ste sabrali...

— Imam li još da kucam? — upita Ružica.

— Samo još dve rečenice — arhitekta priđe Ružičinom stolu.

„Što baš meni da vidi pogačicu. A boji se da ne sabiram dobro." Zlatne oči su bile tužne.

— Hvala, gospođice! — uze tabake. — Zbogom! — pozdravi ih i izađe ne gledajući nijednu. Činovnice se pogledaše i raskraviše.

— Otkud on da bane?

— Hoće da vidi da li radimo.

— Da se nije zaljubio u neku? — šalila se Ružica.

— Nije nimalo strašan! — uzviknu Slađana. Uto se vrata ponovo otvoriše. Opet Marković. Ulazeći, čuo je Slađanine reči.

— A ko to, gospođice, nije nimalo strašan? Je l' ja? Zar sam ja ikome strašan? Dovršite pogačicu!

Ona se mlitavo opusti na stolici. Nije smela da kaže ni da jeste ni da nije.

— Za vas je kazala da niste strašni — odgovori mu Ružica. — Ona je početnica pa se boji šefova.

— Nemate se čega bojati kad dobro radite. Vi ste sve marljive devojke. Ne možemo se požaliti. Nego, zaboravio sam nešto važno da mi otkucate. Dajte treći tabak. Vi odlično kucate — brzo joj izdiktira i udalji se.

— Pst! Ne govorite ništa! Može i treći put da se vrati. Špijunira nas! — izjavi Jelka. — Bogami, bilo bi prijatno da nam češće sedi u kancelariji. Jeste li videle što je elegantan. Ovo njegovo teget odelo najviše mi se dopada.

— Šta mislite, deco, kako sam se osećala kad je stajao do mene. Sav miriše na kolonjsku vodu — šaputala je Ružica.

— A s kojom on živi? — iznenadi ih pitanjem Borka.

— Šta mi znamo o njegovom životu. Zbilja, o njemu ništa nismo doznale. Eto, to je pametan mladić! — zaključi Jelka. — Krije svoje veze. Ne reklamira se avanturama nego svojim radom... Čujete li neke glasove kroz hodnik? — ona pritrča vratima i neprimetno ih odškrinu: — Gradimirova sestra i ona Jovanovićeva. Došle u posetu. Što nemamo nešto da mu nosimo u kancelariju. Imaš li ti, Borka, štogod?

— Imam, ali neću da idem.

— Daj meni, ja ću da odnesem, da vidim tu Jovanovićevu.

Vratila se brzo.

— Ništa naročito! Bogami, lepše smo nas sve četiri od nje. Naročito naša Slađana. Koliko je sati? Treba danas platu da nam daju.

Čika Đorđe se pomoli kroz vrata:

— Zove vas blagajnik!

Nosile su u ruci svoje jadne platice i žurno izlazile iz kancelarije. Slađana je već videla mamino lice. Žurila je da pre mame dođe kući, da naloži i da rasprostre šest stotinarki na krevet, sve jednu do druge, i da čeka mamicu. Znala je šta će mama da kaže. „Sine, tvoja plata! Blago meni kad sam to dočekala!"

Slađana je zaboravila da obuje kaljače. Vrati se brzo... Susrete se u hodniku sa šefovom sestrom i gospođicom Jovanović. Kad je ponovo izašla, one su stajale pred zgradom i očekivale Gradimira. Silan parfem se širio oko njih. Pogledaše Slađanu. Na njene kestenjaste uvojke lepio se sneg. Bere se ljupko krivilo na desnu stranu. Oči su joj bile meke i zlataste kao boja jesenjeg lišća.

— Interesantna devojčica! — reče starija, lepša dama. Druga ne reče ništa.

— Evo i Grade! — reče Vukica. — Je li ono vaša činovnica? — upita ga sestra.

— Da... Nedavno je postavljena.

— O, pa vi imate ovde lepo društvo! — izjavi gospođica Nela.

— I ne viđam ih... One su u svojoj kancelariji.

— Hoćeš, Grado, s nama u auto?

— Neću. Volim pešice. Šteta je ne iskoristiti ovako lepo zimsko veče.

Mlada devojka se ugrize za usnu. Okrete se da vidi je li daleko ona mala.

— Kad ćeš da dođeš k meni na večeru? — upita Vukica.

— Ne znam... Javiću ti telefonom.

— To tvoje telefonom... Znam da neće biti skoro. Dođi u nedelju!

— Dobro, doći ću.

Auto odjuri.

— Da nije ostao da prati onu malu činovnicu? — šapnu Nela.

— Sumnjam... Taj se ne zabavlja s činovnicama u kancelariji.

— Otkud znaš, Vukice?

— Što bi me lagao! Nemoj, srce, da se rastužuješ... U nedelju i ti da mi dođeš na večeru.

— Ništa to ne vredi! Tvoj Grada mene ne voli...

— A ja ti jamčim da ćeš se udati za njega.

— Ti mi jamčiš, a on je sigurno pošao za onom. Zato nije hteo s nama.

— Dobro, hoćeš da se vratimo da vidimo ide li s njom?

— Baš si zlatna! Hoću.

— Činovnica je otišla ovuda. Hajd'mo tom ulicom.

Otpustiše auto i šofera.

— A, eno i Grade! Čekaj, da zastanemo ovde. Kažem ja tebi, te činovnice su nevaljalice! Svaka ponekog uhvati u kancelariji.

— Nemoj da se uzrujavaš. Možda Gradimir slučajno ide za njom.

— Ti to zoveš slučajno? Videćeš da će je stići.

— Ne znam... Nije valjda poludeo da trči za svakom! Jesi li videla kako je odevena? Neka sirotica!

— Zar ne vidiš da ide za njom! — navaljivala je Nela.

Sestra se zainteresova.

— E, moram ja ovo da proverim! Samo da zastanemo malo. Može Grada da se okrene, spazio bi nas.

Inženjer dođe do ćoška, zastade i najednom skrenu levo. Uputi se drugom ulicom.

— Jesam li ti kazala? On je slučajno išao u istom pravcu, a ti se, dušice, sekiraš... Ja znam kakvo lepo mišljenje ima Grada o tebi — lagala je. Bilo je vrlo teško dokučiti ma kakvo osećanje bratovo, a još teže uticati na njega i prelomiti ga.

— Ne možeš ti mene razuveriti. Nije on tek onako išao... Molim te, hajd'mo još malo za ovom činovnicom. Gle! Ono je kuća moje kume! Zar ona tu stanuje?

U sebi je pomislila: „Sad mi je lako! Kumu ću pitati da li ovu malu Gradimir doprća. Oni su u parteru, videće ih."

— Hoćeš li da se vratimo tramvajem? — upita Vukica.

— Možemo.

— Da svratimo do Milovanovićevog bifea? Obično Mika tu navraća.

Telefonom je javila advokatu Tošiću, Nelinom rođaku, da će svratiti u bife. Zato je i vodila Nelu sa sobom. Ništa sumnjivo ako sedi s njom a on slučajno naiđe. Pa i muž da naiđe ništa podozrivo. U bife svraća toliki svet.

Dok su se vozile tramvajem u glavi otmene plave gospođice zaplitale su se bolne misli. Eto, taj Gradimir — mladić koji pripada njenom svetu i kome ona odgovara po vaspitanju, društvenom položaju i poreklu — trči za nekom malom beznačajnom činovnicom. Još ga može i uhvatiti. On se može oženiti njome ne vodeći računa o tome kakva joj je porodica, kakva je ona, ume li da se kreće u salonu jedne otmene kuće. Uzdahnula je. Videla je da ta mala činovnica ima dva nežna i lepa oka, fine crte i bele obraze. Splet okolnosti izazivao je u njoj zavist i prema Vukici. Lepa, bogata, muž je voli, mladi advokat trči za njom, ima auto, sve. Primeti kako jedan oficir, što je stajao u tramvaju, posmatra Vukicu. Ponovo je obuze zavist. Vukica je bila rumena, veselih plavih očiju i plave kose. Nela uzdahnu: „Nije hteo s nama u auto, trči za onom!" Otmena gospođica Jovanović bila je veoma uvređena.

Porodica devojčice sa zlatnim očima

Ne sluteći da je ko prati, Slađana je žurila kući, stežući svoju tašnu kao da je nosila hiljadarke. Za nju su zaista predstavljale veliku sumu, njenih šest novih stotinarki... Prsti na rukama su joj zebli, osećala je hladnoću i na listovima nogu, a sneg se lepio za njeno bere i meke kestenjave vlasi. Ustrčala je uza stepenice, ostavljajući za sobom snežni trag. Otresla je bere pred vratima stana i rukom obrisala snežne pahuljice s kaputa. Utrčala je u stan i skinula kaput. Bilo je hladno. Peć se ugasila. Ali u kuhinji ima sitnih cepčica. Nikica redovno cepa i donosi drva iz podruma. U kuhinji se osećao miris jela; sve je čisto i na svome mestu. Na vezenom čaršavu poslužavnik, a na njemu prevrnute šoljice i čaše. Ona i mama sve srede posle ručka, da sve bude čisto kad dođu. Oh, tako joj je drag ovaj stančić, iako je na mansardi. Visoko, visoko, puno krovova, viših i nižih; sneg napadao pa su krovovi kao bele terase. Slađana uzima cepčice i loži vatru. Bolje ona nego mama. Mama lako nazebe. Uvek se žali da joj je hladno s nogu.

Vatra planu. Veselo zapucketaše iverke. Devojka otvori tašnu i poređa po stolu stotinarke. Ah, zaboravila je spoljašnja vrata da zaključa! Može još neko da upadne i dočepa se njenog bogatstva. Istrčala je, zaključala vrata i izvadila ključ. Mama ima svoj. U sobi se već osećala toplota. Slađana oseti prijatnost. Da li zbog toplote, zbog stotinarki ili nečeg drugog? Stala je pred ogledalo i začešljavala kosu. Vlažna je od snega, ali će se još lepše uviti. Lice joj je bilo rumeno, a oči svetle. Nigde bore na licu. Glatko i blistavo čelo, fini obrazi, mala usta kao u deteta. Ni puder nije stavljala, ni ruž. Nema ni pudrijeru. Sela je pokraj peći i posmatrala sobicu. Ni bogataši nemaju tako lepu sobicu... Šta su saloni prema ovoj sobici u kojoj se njih troje tako iskreno vole! Ona i Nikica spavaju na minderlucima, a mama ima postelju s madracem. Dva pirotska ćilima, malo izbledela od starosti, pokrivaju dve sofe. Ima mnogo jastučića. Sve je uredno. Samo Nikica pravi nered na svom stolu. Ćušnuli su ga u ugao i ona stalno rasprema njegove knjige. Maturant je, ne zamera mu. „Ah, šta će Nikica reći kad vidi moju platu!" Stala je kraj prozora. Preko puta je kuća s velikom baštom, a po zidovima kuće vije se loza. Slađana šetka po sobi i uvaljuje se u svoje jastučiće. Male crvene pantoflice, kupljene na pijaci za deset dinara, zgrejale su joj noge. Utonula je u sanjarije. Jedna muška prilika oživeje joj pred očima. „Kako je elegantan! Divno mu stoji ono odelo. Ima lepe krupne oči." Osećala je da je on visoko iznad nje. Ali to je nije rastužilo.

Zvonce zvrkne. Ona istrča u predsoblje.

— Ti si, mama?

— Ja. Što je osulo napolju! Strah me zime. Noge su mi se smrzle.

— A ja žurila da naložim, kad ti dođeš da je toplo.

— Baš dobro! Oho, kako je toplo. Gle, tvoja plata! Moja devojčica donela platu svojoj mami! Dobra mamina devojčica! Maštala sam o tome da bar jedno od vas izvedem na put...

Zaplakala je, sećajući se briga i patnji što deca oskudevaju.

— Pa, jesi li srećna, mamice?

— Kako da nisam, dete!

Zagrlila je i poljubila ćerku. Smejala se kroz suze, radovala se i opet plakala.

— I ja sam donela platu... Hiljadu dvesta.

— Zamisli, mamice, sad imamo hiljadu osam stotina! Zar to nije divno?

— Kako da nije. Kad čovek ima dobru decu ne žali što se mučio. Dok dođe Nikica sve ćemo da izračunamo.

— On stalno žali za stilom. Sve ga lažem.

— On je pametan dečak. Sad moramo kaljače da mu kupimo, pa neka u njima nosi one stare cipele, a nove da pričuva. A kako tvoje kaljače?

— Dobro, mamice. Ja ću izdržati zimu u njima. Samo jedne čarape da kupim.

— Ali, nemoj, Sladice, one tanke. Zebu ti noge.

— Nije meni, mama, hladno! Čini mi se da ide Nikica.

— Čim dođe da idete u bakalnicu, dok se ne zatvori, da kupite šećer i kvasac, pa da vam sutra umesim kiselu štrudlu. To je najvažnije. Evo Nikice!

Gimnazist ulete u sobu, rumen i snažan.

— Sine, nemoj da se skidaš. Požuri sa Slađanom u bakalnicu. Ništa nam nije ostalo od ručka, kupite nešto za večeru.

Visok dečak, pravi Bokeljac, koji je nasledio sve osobine svojih predaka — po majci mornarâ — pozdravi majku i sestru.

— Jesi li, Sladice, primila platu?

— Pogledaj! — pokaza mu sestra nove stotinarke.

— A šta ćeš da mi kupiš?

— Kaljače će da ti kupi, sine. Ništa više!

— A moje stilo?

— Čekaj, sine, doći će na red i tvoje stilo. Vidiš ovaj sneg... Drva treba da kupimo.

— Ne brini, kupiću ja tebi stilo jednog dana.

— Ti to samo tako obećavaš...

— Požurite, deco! Uzmi, Sladice, jednu stotinarku, pa kupite i meso za sutra, da ne moram izlaziti. Hladno je, može da stoji. Cimet kupi i za tri dinara suva grožđa, i dva kila brašna. Meko, nemoj oštro!

— Mamice, a možemo li da kupimo i tri kolača? Uh, što ima jedna torta, često je gledam.

— Pa... kupite. Hajde, danas je prvi! Večeras ćemo malo da se počastimo. Uzmi gemišt. A ja ću da načnem onu teglu s krastavčićima. Ovde ćemo da večeramo, da ne ložimo u kuhinji, pa ćemo posle da izvetrimo sobu. Nikice, sine, ti moraš u ponedeljak u pola sedam da ideš na drvaru. Još samo za sutra imamo drva.

— A sutra, mamice, da idemo u bioskop?

— Idite! Obećala sam vam.

— Idemo, Nikice! — povuče ga sestra.

— Jaoj, što ima jedan film! Pričao mi jedan drug...

— Mi ćemo još u dva da pođemo. Da nas posle ne guraju.

— Kad ja razmahnem laktovima, proguraćemo se prvi, Sladice.

— Idite, deco, brže! A ja ću malo da prilegnem. Daj mi, Sladice, ono ćebe. Tako sam nešto umorna i malaksala. Ceo vek se mučim i radim. Zaključajte kuću. Ugasite elektriku da ne gori. Vidi se i s ulice.

Mladi i razdragani, brat i sestra sleteše niza stepenice. Kako im je bilo divno ovo snežno zimsko veče. Sneg pada i kovitla se. Ulice pune sveta, kao svakog prvog u mesecu, kad svi žure nešto da kupe. Pune bakalnice, manufakturne i kobasičarske radnje, kafane. Pevačice izvijaju glasovima u kafani, čuju se daire. To je dan kad pada najviše bakšiša, dan kad se svi počaste, kad i onaj najsiromašniji oseti da je imao novca u džepu. Parfemi se mešaju s mirisom sveže zimske večeri, uglja i benzina. Zastajkuje se pred izlozima: jedni merkaju šta da kupe, a drugi već izlaze, vuku kutije, pakete i kese s imenom trgovine. Brat i sestra gledaju izloge, ali ne misle ništa da kupe. Zlatne očice se malo rastužiše. Žive boje gore i smeše se u izlogu kao cveće na livadi. Podsećaju na proleće. Ah, kako bi njoj lepo stajalo ono šalče i ona kapica. Mladost čezne, želi i večernju haljinu, i fine čarape, i visoke čizmice...

Idu dalje. Ona drži ispod ruke svoga brata. Kako se samo ponosi njime! Za čitavu glavu Nikica je viši od nje. Pravi muškarac, a opet detinjast. I hrabar je Nikica i vrlo inteligentan. Voli da ima lepu mašnu, ispeglane pantalone i finu frizuru. Sladica mu pegla. Ima dvoje pantalona: jedne za svaki dan i druge, novije, kad ide na žur. Ona ga voli i zato što je dobar đak. Prilježan je i dobro uči, ali ume da bude i buntovan u školi. Jednom je dobio rđav iz vladanja: svađao se s jednim profesorom. On vadi kestenje za druge. Traži pravdu u školi. Hteo je da dokaže profesoru da nije u pravu i to za drugog đaka. Šta se njega tiču drugi... Kakva solidarnost! Sneg ih je zasipao. Slađana liči na malu božićnu vilu koja donosi poklone.

— Nikice, pogledaj! — trže ga naglo i steže mu ruku. — Vidi onog gospodina pred kafanom. To je inženjer Marković, moj šef.

Zasut snegom, Gradimir je stajao i razgovarao s jednom lepom devojkom. Slađana je prvo ugledala devojku i njene lepe crne, bademaste oči. Veselo su razgovarali. Devojka ga je držala za ruku. „Možda mu je to sestra!"

Inženjer spazi Slađanu. Klimnula mu je lako glavom, sva zbunjena. On podiže malo šešir i nakloni se.

— Izgleda da je neki laf! — pohvali ga Nikica. — Je li mnogo strog?

— Nije... Dolazio je danas u našu kancelariju. Nikad ranije nije dolazio... Izgleda da se jedna naša činovnica zaljubila u njega...

— A je l' se on zaljubio u nju?

— Sumnjam. Nikad ne idu zajedno. On i ne obraća pažnju na nas.

Brat je prešao na drugi razgovor, a sestrica je još uvek videla pred sobom visokog muškarca kako drži za ruku onu lepu devojku, snežne pahuljice na njegovom crnom kaputu i dva ogromna crna oka, hladna i ozbiljna...

Pokupovali su sve što je majka rekla u bakalnici i kobasičarnici pa požuriše do bioskopa da vide slike. Kad se vrate kupiće tri kolača. Nikica je veseo, a Sladica se ućutala. Klize joj pogledi preko prolaznika, ali ne opaža jasno nijedno lice. Svi se gube, iščezavaju, samo čuje veseo Nikičin glas i huku automobila... Vraćaju se i kupuju tri parčeta one torte.

Žure prema kući kroz snežne pahuljice.

— Evo opet inženjera Markovića! — šapnu Nikica. I ona ga ugleda. Išao je s jednim gospodinom, lagano kao da šetaju. Ona prolazi s bratom ispod ruke, snishodljivo kao đak koji prolazi pored strogog profesora. Pogledala ga je, ali se nije smela nasmejati. Pogledala su u nju dva ozbiljna crna oka.

— Što bih ja voleo da budem inženjer! — uzdahnu Nikica. — Ali, moraću na prava ili u vojnu akademiju.

Nikica dalje priča, ali je ona vesela. Potisnu onu maločašnju tugu... Priča i smeje se. Poče da zadirkuje Nikicu:

— A šta ti radi Ljiljana? — upita ga za jednu gimnazijalku sedmog razreda, njegovu simpatiju.

— Posvađali smo se. Više joj se i ne javljam.

— Kad? Pa ti ništa ne pričaš!

— Uh, što je važna gospođica da ti o njoj pričam!

— Zašto ste se posvađali?

— Hoće ona mene da vuče za nos! Hvali se kako poludeše za njom dva studenta. Pa, eto joj studenti, neka se zabavlja s njima! Guska jedna! Uobrazila da će biti književnica.

— Ti si mi pričao da je inteligentna. Što je sada grdiš?

— Kakva inteligencija! Sve su one uobražene. Neću više da je pogledam. Ali sad ona trči za mnom. Sve šalje jednu drugaricu, pa mi poručuje kako se šalila za one studente. Ali kod mene to ne pali!

— I ti ne patiš?

— Što si čudna! Zašto da patim? Ona će da pati, a ne ja! Trčaće ona još za mnom. Već sam čuo da plače.

— Što je sekiraš? Ona je dobra devojčica.

— Bolje ja poznajem devojčice nego ti! Treba da pati! Sad ću da je sekiram.

Slađana je s čuđenjem slušala brata. Zbilja, on ne pati. A ta Ljiljana sigurno pati. Kako su muškarci drukčiji! I veliki i mali se prave važni. Gradimir nije takav. On je samo ozbiljan i gord. Gordost je već nešto drugo. Ali njen Nikica će umeti da zavitlava devojčice. Ovako mlad, a već ima svoju taktiku. Ona bi mogla da nauči od njega neke stvari. I večeras je naučila da se ne treba hvalisati kako te drugi muškarci vole! Ona i ne bi mogla reći da neko nju voli. Nikud ne ide. Uvek je s Nikicom. Ali kad bi ona zavolela? Ah, to bi bilo strašno! Oseća strah, jer joj ljubav izgleda i lepa i bolna, više bolna nego radosna. Ne sme na to ni da misli. A ona nesrećna Borka! Seti se koleginice; tuku je muškarci. Zar je to ljubav? Ona bi umrla...

U daljini, na ćošku, spazila je opet visoku crnu siluetu inženjera Markovića. Stajao je i razgovarao s onim gospodinom.

Ona polete, ali nalete na jedan auto. Brat je trže za ruku.

— Kamo to gledaš, Sladice! Sad si mogla pod auto — trže je, steže za ruku i pretrčaše ulicu.

Zbilja, ona u tom času nije videla ni auto ni ikog oko sebe.

U garsonjeri

Kroz gusti kovitlac snega išao je inženjer Marković. Dvoumio se da li da ide na Voždovac na večeru, zvala ga je Gordana, ili da svrati u kafanu. Pogleda na sat: četvrt do osam. Kasno je. Uživajući u pahuljicama snega, išao je korak po korak, gledajući svetlucavi beli roj ispred izloga. Jedna mama je žurila s kolicima, a iza prozorčića od staniola rumenela se beba sva u belom. Druga devojčica, u bundici, išla je pored kolica. Zagleda se u inženjera, spotače se i pade. Inženjer se brzo saže i podiže je. Uplakane plave oči začuđeno ga pogledaše.

— Hvala, gospodine! — reče mati. — Što ne paziš? Daj mi ručicu!

Plava glavica se okrete inženjeru i on joj se ponovo osmehnu. Pođe dalje i nasmeja se samom sebi. „Počinjem da starim: oduševljavaju me deca. Treba da se ženim...”

Misao o ženidbi, koju je stalno odbacivao, večeras se nametala i raznežavala ga. Video je kako svet žuri, kupuje, nosi pakete, mame vode decu. Zamišljao je toplu sobu, decu kako se igraju, skaču ocu na kolena, i dođe mu nešto milo od tih misli.

Prođe grupa mladih devojaka. Nestašne i smele devojačke očice upraviše se na njega koketno i izazivački. Ta devojačka smelost ga rashladi. Ovako sad gledaju njega, a posle drugog i trećeg, i sve redom.

Odbaci sve misli od sebe, uđe u kafanu, brzo večera i uputi se kući, u svoju sobu. To je bila lepa soba s velikim prozorom, predsobljem i kupatilom. Ugodna garsonjera, koja je nekad pripadala većem stanu. Imao je svoj nameštaj, koji je odabrao s Gordanom. Ona je birala materijal za prekrivanje sofe: osnova boje lipovog cveta prošarana tamnozelenim grančicama i cvetovima. Iste boje bio je i tepih na podu i dve velike fotelje. Bilo je zadovoljstvo odmarati se sâm u svojoj sobi. Osećao se nekako domaćinski. Kad god bi tako došao i zatekao toplu sobu, obukao bi svoju toplu pidžamu, uzeo novine ili seo za pisaći sto da crta ili retušira svoju skulpturu, osetio bi zadovoljstvo neženje i mir koji se ne nalazi u bračnom životu. Ponekad bi ga uznemiravalo to zadovoljstvo, jer mu se činilo da se utapa u bećarski život, koji može biti i opasan. Trideset četvrta godina nije više prva mladost. Još šest, pa četrdeseta. Iako je video da ima uspeha kod devojaka, ipak se pitao da li je njegov položaj to što privlači devojke. A osećao je kako svake godine gubi drugove koji se žene. Nelagodno mu je bilo da se druži s mlađima od sebe. Čak mu se i kafana ogadila. Patrijarhalno osećanje za kuću i porodicu obuzimalo ga je svega. Pošto je ostvario ambicije u karijeri, sve češće se javljala misao o ženidbi.

Oblačeći pidžamu, pogleda se u ogledalo. Poprečne bore preko čela nisu umanjivale mušku privlačnost. Kad se obrijao izgledao je još mlađi. A dva dana se nije brijao. Prešao je rukom po obrazu i osetio guste čekinje. Odmahnuo je glavom, nasmešio se i posmatrao nekoliko mimoza i karanfila u vazi od zelene keramike na ormariću kraj njegove sofe. Gordana mu je javila da je donela cveće i kolače. Ostavila ih je u jednoj praznoj fioci pisaćeg stola. Voleo je obe sestre, ali Gordana mu je bila kao drug. Voleo je njen karakter, čestitost, čvrstu mušku reč, jednostavnu inteligenciju i iskrenost... Pouzdani karakter njegove sestre ublažavao je mišljenje o devojkama. Istina, neke su dolazile u njegov stan kao i kod drugih muškaraca lako, bezbrižno, bez ustezanja i bez griže savesti. Grdio ih je ponekad u sebi što ne umeju da zadaju bol; svaki svršetak je isti, iako se početak razlikuje. I, eto, udata žena, gospođa Milošević, zainteresovala ga je. Bračne dužnosti su sputavale njenu slobodu, a otmena priroda s profinjenom osećajnošću uzbuđivala ga je u prvo vreme. Zažalio je što nije mlađi. Ali, dolazile su i strepnje: uvlačenje u tuđe kuće, tuđim ženama, oduzima čar jednoj vezi. Veština s kojom je ona obmanjivala muža otkrivala mu je tajanstvenost i lukavost žene. Zar će i njegova žena biti takva? U jednoj fioci imao je više ženskih fotografija. Kako su lako davale svoje slike! Mogao ih je čak slikati svojim aparatom.

Nisu pomišljale da slika jednoga dana može dopasti u ruke onome za koga se budu udale. Neke su išle zatvorenih očiju kroz život, vođene instinktom da žive, da se ljubakaju, da osete sve slasti života i posle da se udaju. Iako je više žena prošlo kroz njegov život, Gradimir je nosio u sebi jedno iskreno, čestito osećanje, želeći da ga pokloni devojci koja bi mu odgovarala.

Popušio je cigaretu, pojeo dva-tri kolača i seo za pisaći sto. Pogledao je neke crteže i uzeo čist tabak da crta. Prelistavao je i jedan francuski časopis za arhitekte.

Na spoljnim vratima začu se tanko zvonjenje, nervozno i brzo. Gazdaričina služavka izađe. Žurni koraci se začuše u njegovom predsoblju i brzo kucanje na vratima.

— Slobodno!

Dama u sivom krznenom kaputu upade u sobu. Inženjer skoči kao oparen:

— Ti, Radmila?! Otkuda u ovo doba?

— Čekaj, kazaću ti. Tako sam uzrujana! Da skinem bundu?

— Daj, odneću je u predsoblje. Šta se dogodilo? Što mi nisi telefonom javila!

— Nisam mogla. Je li tebi krivo što sam došla?

— Nije mi krivo, ali malo je nezgodno za tebe... Mogao te je neko videti.

— Nemaš čega više da se bojiš... Večeras smo raskinuli. Ja se razvodim.

Bore na inženjerovom čelu utisnuše se još jače, ali je čuvao svoju hladnokrvnost i mirno je pitao stojeći ispred Radmile:

— Kako je došlo do te odluke? Da nije štogod doznao?

— O, pa ti ne znaš! Doznala sam ja više o njemu, nego on o meni. On ima ljubavnicu i hoće njome da se oženi. On hoće razvod braka jer sam mu ja dosadila. To mi je krivo. Sva drhtim što mu nisam ja prva kazala da hoću razvod!

— Ne vidim razloga da se nerviraš zbog toga što je on prvi predložio razvod. Još bolje za tebe! Uzeće krivicu na sebe i ti ćeš sačuvati svoj ugled.

„Čudnovata žena!", mislio je u sebi. „Varala ga je, a sad joj je krivo što je on nju varao!"

— Uh, kako je to grub čovek. Odvratan mi je! Večeras se pokazao u pravoj boji. Kakve mi je reči samo bacio u lice. To ne mogu da podnesem.

Jer, iako sam ga varala, bila sam pažljiva prema njemu. Trpela sam ga zbog deteta. A on meni da kaže kako sam ništavilo! Jesam li ja doista ništavilo? Da nisam takva i za tebe? Ti bar poznaješ moju dušu — govorila je kroz suze, jecaj joj je kidao glas.

Inženjer je ćutao. Sažaljevao ju je, ali mu je bilo neprijatno što je tako upala u njegov stan. Taj njen postupak je nerazuman. On je mladić, a ona udata žena. Može se još izmiriti s mužem. Samo pogoršava svoj položaj. I te suze, prekori! Zar i njega neće sutra prekorevati ako joj bude kazao da se ne može oženiti njome? Hteo je ipak malo da je raspoloži.

— Kako vidim, ti žališ za svojim mužem.

— Žalim za njim! — nasmešila se, misleći da je Grada ljubomoran. — Naprotiv — odgovori veselo — ja sam srećna što će se ovo završiti. Ti ne znaš kako je mučno kad dvoje žive jedno pokraj drugog, spavaju u istoj sobi, a postali su tuđini. Mučiš se šta da mu kažeš, izmišljaš ljubazne reči, zapitkuješ ga i osećaš kako ti jedva odgovara. I kad se ponekad razneži i seti da si ti njegova žena vređa te svaki dodir njegove ruke. Uh, gadno je to! Brak ima tako odvratnih stvari!

— Pa kad je sve bilo tako odvratno u tvome braku, zašto plačeš?

— Što si ti tako strog? Kako je čudnovat i tvoj ton! Zbilja smo mi žene nesrećne! Niko nas ne razume. Plašim se tog nerazumevanja muškaraca.

Grada nije voleo patetične žene. Ona, žena, beži iz muževljeve kuće, upada u stan mladiću, plače, jauče, nesrećna je i hoće da je on žali. A on vidi sve nekorektnosti njenog postupka: nepromišljenost, lakomislenost i više je osuđuje nego što je sažaljeva. Ipak se savlađuje, uz pomoć svoga vaspitanja i finoće, koja u ovom trenutku mora da potisne sve poglede na život. Nežno seda pokraj nje.

— Reci mi, šta sad misliš da radiš?

— Preseliću se u svoju kuću i povešćemo brakorazvodnu parnicu. On se ženi svojom asistentkinjom. A ja ga ne volim više i neću da se pretvaram.

— Da nisi učinila pogrešku?

— Samo u tom slučaju ako bi me ti osudio. Dosad me nisi osuđivao, bar to nisi glasno izražavao, a ne znam šta si mislio o meni.

— Najlepše sam mislio. Ti si fina, inteligentna žena. Meni je uvek bilo prijatno u tvom društvu.

Radmila uzdahnu i zagleda se u cveće kraj sofe. Te reči je ipak nisu zadovoljile. Nešto je štrecnu u srcu.

— Ti si nekog očekivao? Vidim cveće, kolače...

— Donela mi Gordana. Nisam nikoga očekivao. Vidiš da crtam jednu skicu. Ranije sam došao kući... Koga bih mogao očekivati?

— Šta znam! Ti si lep i inteligentan mladić... Moraš se dopadati devojkama. Ja sam samo jedna epizoda u tvom životu, a ti si za mene ceo život!

— Ako hoćeš, ceo život je niz epizoda. Ali ti si nešto drugo. Nisi žena koja se zaboravlja.

— Ne, ja sam isto što i sve druge. Mi žene nikada u životu vas muškaraca nismo ništa lepše ni osećajnije do samo obične ženke! Ti si mene voleo dok me nisi osvojio. Tada sam bila nešto više i lepše za tebe. Samo, nas dvoje izgledamo sada kao žena i advokat. Jedna nesrećna žena, koja je pošla da se ispovedi advokatu i traži od njega pomoć u jednoj mučnoj situaciji, a on je upućuje jer mu je to dužnost. Ti sada osećaš samo dužnost da me strpljivo saslušaš i kažeš mi poneku utešnu reč... No, ja idem! Daj mi bundu! Tako sam nervozna.

— Ti si uzrujana! Šta govoriš? Ne dam ti bundu. Sedi i umiri se. Kuda ćeš? Treba da razgovaramo kao prijatelji.

— Idem kući! Izletela sam uzrujana i ne znam kako sam se našla pred tvojim vratima. Bolje da nisam došla.

— Zar me tako malo ceniš? Uvek sam ti govorio da u meni možeš imati pravog prijatelja.

— Da sam bar umela ostati samo prijatelj za tebe! Ali ti osvajaš, ti si tako divan! Volim te! — bacila mu se na grudi i divljački ga stezala rukama. Mrsila mu je kosu, ljubila obraze. Njen parfem udari mu u glavu. Snažne ruke je stegoše; vitko telo se privi uz njega.

Posle nešto više od sata Radmila je popravljala kosu pred ogledalom, a on je pušio. Njeno neraspoloženje je sasvim iščezlo. Osećala se opet moćnom. Veselo je pričala:

— Namestiću se divno. Uzeću svoje stvari. Imaću dve sobe, predsoblje, kuhinju, kupatilo. Darinka ide sa mnom. Sad ćeš slobodno dolaziti. Volim što se ovo svršava. Glupak jedan! Mislio je kako će me pogoditi posred srca kad mi saopšti da voli svoju asistentkinju... Kaže da mi ne da dete. Ali to ćemo videti. I ti voliš što se ovo svršilo?

— Volim! — govorio je tiho kroz oblak dima. — Kako ćeš sada da se vratiš?

— Taksi ću uzeti.

Naslonila je svoje lice uz njegovo. Ona ga je doista volela. Zadržati ga uza se, to joj je bio smisao života. I ne dati mu da se oženi... Ona će to pokušati svim veštinama i osećajnošću svoje prirode. U njoj je još temperament prve mladosti, a to privlači muškarca, osvaja ga i paralizuje odluke o ženidbi... Ko zna šta se može naposletku dogoditi? Zar se toliki ne ožene starijom od sebe? A ona je volela brak, volela je spokojstvo ljubavi u braku. Uživala je da ima muža na kome bi joj svi zavideli, osećala je u sebi snagu da se može takmičiti s jednim mladim čovekom.

Izašla je žurno iz kuće, okrenula se desno i levo. Nikog poznatog nije videla. Nije primetila da su u autu projurile tri ličnosti koje je poznaju: sestra Markovićeva Vukica, njen muž Mika i gospođica Jovanovićeva.

Nela je spazila kako izlazi iz kuće gde stanuje Gradimir. Gurnula je Vukicu:

— Vidi! Je l' ono Miloševićka? Pogađaš li gde je bila? Ništa joj ne vredi. Čula sam da se ne slaže s mužem.

— A što da se ne slaže? — začudi se Mika. — Šta fali njenom mužu? Spreman lekar i dobar čovek. Ne valja joj muž što je naš Gradimir mlađi i lepši! Da je ona moja žena ja bih njoj pokazao. Je li, Vuko, ona znači s našim Gradimirom...

— Vidiš, Vukice, i gos'n Mika to tvrdi, a ti ne veruješ.

— Šta ti, Miko, pričaš! Sekiraš Nelu. Nemoj, srce moje, da se jediš. Pa, najzad, on je muškarac! Ali ona se nema čemu nadati od njega.

— Šta ti znaš, Vukice. Ona je lepa...

— A zar naša Nelica nije lepa? — uzviknu Vukica. — Moramo mi nju da udamo. Neka se Grada izludira i istrči pa će da padne u bračnu zamku. Znaš, srce, u nedelju će Grada doći kod nas na ručak, a posle podne ćemo doći do tebe. Ja i Mika posle idemo u jednu posetu, a on neka ostane kod tebe. Možete ići u bioskop. Hoćeš li?

— Da li će to biti prijatno Gradimiru? Ti ga dovodiš k meni, a možda je njemu dosadno sa mnom. Nikad se sâm ne seti da dođe k nama, iako ga moj tata voli. Večeras je trčao za onom činovnicom, a kod kuće je imao sastanak. Zato i nije hteo s nama.

— A ni jedna ni druga nije za njega. Ti si jedina devojka koja mu odgovara... Hodi da te poljubim.

— A zar ja ne smem našu devojčicu da poljubim? — šalio se Mika.

„Dete" okrete glavu, a rentijer joj spusti zvonak poljubac na mirisan obraz. Nasmeja se „dete", nasmeja se žena, nasmeja se i muž.

Vukica je bila vrlo raspoložena što je „slonče" veselo. Ništa nije opazio. Čak joj je ispod stola mladi advokat dodao ceduljicu. Požurila je u sobu da je pročita:

Što me mučite, svirepa lepa ženo? Javite mi kad ćete biti sami kod kuće... Počinjem već da vas mrzim.

Smejala se i uživala. Ona je zaista lepa žena, a uz to i bogata. Njeni skupoceni pokloni samo su raspaljivali njegova osećanja. Takav je danas život. Zašto da i ne bude kavaljer? To ga još više privlači k njoj. U protivnom, možda bi ga druga preotela. Žene vrebaju sa svih strana. A njeno „slonče" joj je paravan. Ona ga ne bi nikad ostavila. Ali njoj su potrebna laskanja i nežnosti lepih mladića. Njenim žilama nije tekla seljačka krv njenog oca, već fina plava njenih baba i prababa. Volela je raskoš i prefinjena uživanja. Volela je da bude dama. Uživala je što muči toga mladića. Kao devojka patila je i ona. Sad će muškarci patiti zbog nje. Nije mu se bacila u zagrljaj kao šiparica, već se okružila decom, poslugom i mužem. Uživala je kad on besni i dopuštala mu je krišom da je ispod stola stegne za ruku ili pritisne svoje koleno uz njeno... Uvek je imala dražestan osmejak za njega. Ništa joj nije nedostajalo u životu: elegantna kuća, lepa deca, bogat muž, roditelji koji je vole, mladić koji čeka samo jednu njenu reč pa da dojuri k njoj...

Osećala se zaista srećnom ženom...

Kad je Nela ušla u kuću, odmah je poletela telefonu:

— Alo! Zovite Perkicu... Jesi li ti? Znaš, nešto me interesuje. Kod vas stanuje jedna lepa devojčica. Ima kaput od engleskog štofa, bere i kestenjavu kosu... A, gospođica Slađana!... To joj je ime: Slađana! Vrlo dobra i skromna devojčica, kažeš... Čija je?... Stanuje s majkom! Mati joj je činovnica? Stanuju na mansardi... Hoćeš da mi učiniš nešto?... Jeste. Da pripaziš da li je Gradimir dopraća. Hvala ti.

Spustila je slušalicu.

Ušla je u svoju sobu i nasmejala se. „'Slonče' me je večeras nekako naročito gledao. A oči mu kao u praseta iz Diznijevog stripa... Ali, bogat je! Kako je Vukica srećna... Možda je najpametnije tako se udati. Čak mi je i ruku stegnuo...” Opet se nasmejala: „Ah, nikad ga ne bih mogla poljubiti!”

Brat i sestra uleteše u sobu rumeni, svetlih očiju, sa snežnim pahuljicama u kosi. Sveža struja vazduha provuče se kroz toplu sobu. Elektrika sinu.

— Vi već došli? A ja sam odremala. Tako mi je bilo slatko. Rasparila sam se pokraj peći. Jeste li sve kupili?

— Sve, mamice. Evo i kolača. Vidi što su fini!

— Mama, video sam malopre Slađaninog šefa! — uzviknu Nikica. — Kažu da je sjajan arhitekta. Visok, crnomanjast! Baš lep čovek.

— Neka je on samo dobar našoj Slađani. Kakav je, Sladice, prema tebi?

— Vrlo dobar. Retko ga viđam.

— Ih, i ja bih voleo da budem inženjer!

— A ja, Nikice, želim da ideš u pomorsku akademiju, pa da budeš pomorac, kao tvoj deda i ujaci — uzdahnu mati.

— Ja bih, mama, u avijaciju. Osećam da imam konstruktorskog duha u sebi. Nisam ja za pomorca.

— A što nisi? Da znaš kako je moj pokojni brat bio lep mornarski oficir! E, ali nastrada na moru... I deda ti je bio mornar... Mnogo ih je bilo... Svi su voleli more i svi propadoše na moru.

— A kako si se ti, mama, rastala s morem?

— Zavolela sam vašeg oca. Bio mi je miliji on nego more. On Srbijanac, ja Dalmatinka. Mi, Dalmatinke, teško se udajemo. Meštani se raziđu po svetu: jedni odu u Ameriku i ožene se Amerikankama, drugi se rasture po moru. A vaš otac je došao jedno leto, upoznali smo se. Odmah me zaprosio. Kako smo lepo živeli! Nije to kao današnji brakovi. Sve sam mu ugađala i popuštala. Ti Slađana ličiš na oca. Samo imaš oči moje pokojne majke. A Nikica je pravi Bokeljac.

— Jedna gimnazijalka mi je rekla da ličim na pomorca.

— Glavno je da ste dobri. Ne morate biti lepi.

Pogledala ih je oboje s dirljivim materinskim ponosom. Njena deca! Mučila se, od usta je odvajala da bi ih izvela na put. Podnosili su sve zajedno s njom; i oni su nju voleli i mazili kao da je ona njihovo dete. Gledala ih je kako slatko večeraju.

— Mama, ovi krastavci su ti divni!

— Jedi, sine, jedi! Doneću još.

— Dobro, ti jedi krastavčiće, a ja ću tortu — nasmeja se Slađana.

— A, hoćeš? Kako ti znaš! Ne dam ja moje parče! Ona će, mama, najveće parče da uzme!

— Baš ću ovo mami da dam.

— Neću ja. Jedite vi, deco!

— Moraš i ti! Uzmi, mamice!

— Sutra ću ustati rano! Hoćeš, mama, da ja naložim vatru?

— Neću, sine. Spavajte vas dvoje, ja ću ustati... Meni nedeljom nije teško. Celo posle podne ću da se odmaram... Slađana, otvori prozor da se izvetri. Ala veje sneg!

— Toliko sam se najela! — reče Slađana i ustade.

— I ja sam sit! Čekaj da prilegnem na moju sofu. Uh, što je fino!

— A sad, Slađana — reče mama — piši.

— I kaljače moje da zabeležite, mama! — podseti Nikica.

— Moramo ti, sine, kupiti kaljače, jer će ti se cipele raspasti.

Mati je nabrajala, a kći je pisala i sabirala.

— Sad nam je, deco, čist račun! Ovo je sve za kuću. Od toga nam je i za tramvaj i za sve druge potrebe. Ti, Slađana, idi u ponedeljak pa kupi sebi čarape, a meni daj tvoje stare. Ja ću da ih okrpim. Valjda meni neko gleda u noge... Samo neka su čitave. Hajde, deco, da ležemo. Sutra ću ranije da se dignem, a ti, Nikice, ne moraš da učiš.

Ugasiše svetlost. Majka zastade kraj prozora.

— Ala sipa! Kad sam bila devojka mnogo sam volela sneg. Usred januara bilo je sunce, pa toplo... Mogla sam usred zime da se bućnem u more... Ovde je drukčije.

Legla je u postelju, ali su nastavili pričanje. Sin i kći su mnogo voleli kad se mama seća svojih uspomena s mora. Zapitkivali su je, sve ih je zanimalo...

— Najviše sam volela jedan maslinjak. A pokraj obale je bilo brodogradilište. Uvek je bilo čamaca i barki. Jednu barku je otac nazvao mojim imenom: „Drenka". A što sam volela kad se smokve suše! Bilo je puno smokava. Mama me grdila što ne sačekam da se osuše, a ja svako jutro ukradem po nekoliko.

— To ću da zapamtim — cvrknu Nikica iz postelje. — A mene si grdila što sam načeo onu teglu od jagoda...

— Drugo je, sine, slatko, a drugo su smokve. Slatko je skuplje. Smokava smo imali kao ovde po selima šljiva. I grožđe smo imali lepo i slatko. Ja sam najviše volela kad se moj otac ili brat vrate s dalekih plovidbi. Pričali su nam o raznim zemljama i narodima... Dugo sam čuvala jednu lepezu od čipke i perle iz Venecije što mi je brat doneo. Eh, ali propade mi stric na moru, propade i otac i brat. Drugi mi stric umre u Americi... Koliko žalosti u našoj porodici!

— A jesi li, mama, veslala i plivala?

— Kako da nisam! Od treće godine sam se brčkala u moru... Kad sam došla za vašeg oca, prve godine sam stalno plakala za mojim morem. A oko mene šume, planine... On crče za planinama, a ja da presvisnem za morem. Posle sam se navikla. Kad smo docnije išli na more jedva sam čekala da se vratimo kući, u Beograd! E, dosta razgovora! Sad ću da spavam. Vi me rasaniste, vazdan me zapitkujete.

— Mnogo volim da nam pričaš o moru, mama — reče Slađana. — Baš bi bilo lepo, Nikice, da budeš mornar... Ti možeš i za vojnu akademiju da se prijaviš. Tebe bi sigurno primili. Lepo si razvijen i dobar si đak.

— Voleo bih da budem kao tvoj šef Marković, dobar inženjer! Kažu da je on najbolji inženjer u tom preduzeću.

— Lako je njemu bilo da studira kad je iz imućne porodice. Njegova mati se nije mučila kao ja — uzdahnu mati.

— Jedna mu je sestra vrlo bogato udata, a otac mu ima kuću na Voždovcu.

— Vidiš, Nikice! Nego, ti ćeš, blago majci, u vojnu akademiju... Kad završiš bićeš potporučnik, a ja ću da tražim penziju. Tvoja plata, Slađanina plata, moja penzija... Bože, samo još to da dočekam.

— Hoću li, mama, biti lep potporučnik?

— Kako da nećeš, sine!

— Nemoj da mu laskaš, mama. On je već uobražen u svoju lepotu.

— Ah, uobražen! Nisam ja tako glup da se uobrazim.

— Videla sam neki dan tvog profesora Stojanovića, pa ga pitam za tebe, a on kaže: „Da su svi đaci kao vaš Nikola!" Samo pazi da ne dobiješ rđav iz vladanja.

— Zato ja, mama, nisam za akademiju. Tamo ima da sagnem glavu i da ćutim, pa bilo ti pravo ili krivo. A ja ne mogu da trpim nepravdu.

— Šta ne možeš? Moraš, sine! Šta sam ja pretrpela u životu: i uvrede i poniženja, sve zbog vas... Pa sam ostala živa. Gledaj samo svoju budućnost... Sladice, šta si se ti ućutala?

— Spava mi se.

— E, više nećemo pričati.

Zavlada tišina. Samo je panj u vatri tiho pucketao i lagano sagorevao.

Slađanu je već hvatao san, ali joj je u svesti oživela silueta inženjera Markovića i dva velika, tamna, ozbiljna oka kako se zaustavljaju na njoj... Uzdahnula je i prikupila oko svog vitkog tela pokrivač. „Najbolji inženjer!" S tom mišlju devojka utonu u san.

Devojačke brige

Bio je četvrtak, pola šest posle podne. Uz nekoliko stepenika do partera pela se gospođica Nela. Parfem se širio iz mekog krzna. Rumeno lice, s kosim zelenkastim očima, utonulo je u visoku kragnu. Pritisnu zvonce i vrata se ubrzo otvoriše.

— A ja baš mislim što te nema! — dočeka je Perka, njena kumica.

— Zadržala me tetka. A kad ona dođe, moramo svi biti kod kuće. Ako nismo svi na okupu, posle nas ogovara: hoće da naslede moju kuću i novac, a nikad me čestito ne dočekaju... To neka ostane među nama. Ti znaš kakva je ona džimrija — govorila je žustro Nela, skidajući bundu i snežne cipele. — Jesi li videla nekog?

— Nikog, bogami. Možda se tebi učinilo da Gradimir prati tu malu.

— Nije mi se učinilo. Imam ja šesto čulo.

— Obavestila sam se o toj porodici kad si mi ispričala za Gradimira. Devojka je prostirala rublje na tavanu, a ja odem pa, kao slučajno, uđem i u stan. Skoro ništa u kući. Vidi se da su siroti.

— Pa, zato što su sirotinja ona će i da se uvija oko inženjera. A je li lepa?

— Moram priznati da je vrlo lepa devojčica. Nije to obična lepota. Ne kažem da je izuzetna lepotica, ali ima nešto tako zagonetno i privlačno na njenom licu, naročito u očima, a ima i vrlo fini ten. Lice joj je kao sedef.

Zelenkaste Neline oči još se više ukočiše, a obrve se lako podigoše. Uzdah joj ispuni grudi. Gradimir, znači, svakog dana gleda tu malu u kancelariji. Ah, te činovnice! Pa kao neće brak, nego onako, samo ljubav, a posle vijaju muškarca i prete mu. Ona, otmena devojka, sigurno neće pretiti vitriolom i sodom, a fukari je to kao od šale. I posle hteo ne hteo mora da je uzme.

— Majka joj je Dalmatinka — nastavi Perka. — Udala se za Srbijanca. Brat joj liči na pravog Dalmatinca. Pričala mi je njena majka da su joj svi u porodici bili kapetani i pomorci. Mati joj je dobra žena. Žalila mi se kako se mučila da izvede decu na put... Nela, hoćeš li kafu ili čaj?

— Neću čaj, sad sam pila kod kuće. Neću ništa.

— A, moraš da probaš moje kolače! Spremaš li se zimus na koji bal?

— Dosadni su mi balovi. Sve sami balavci igraju. Išla bih na bal s Gradimirom, ali on kaže da je omatorio za igru... Ume fino da igra, ali neće. Idem u pozorište i operu, na premijere... Sve je to dosadno! Još da nije Vukice te s njom izađem! Ona je tako zlatna. Voli me i ona i Gradimirova majka, ali šta to vredi — jadala se Nela.

— A traži li on miraz?

— Ne znam šta traži. Vukica mi kaže da on nikada ne spominje miraz. A ko će znati današnje muškarce. Oni su tako zatvoreni. Ne znaš je li bolje da si pametna ili glupa, pokvarena ili čestita... A ta Slađana, je li poštena?

— U našoj kući su svi pošteni... Tek je izašla iz škole.

— Ne verujem ja ni učenicama. Te male su prave zmijice. Kako one umeju da hvataju. Svakojakih ima! Slušaj, ugasi elektriku. Hoću da sednem kraj prozora. Koliko je sati?

— Sad će šest. Hoćeš li da otvorim prozor?

— Otvori!

Plava glavica se promoli. Svet je prolazio trotoarom s koga je bio razgrnut sneg. Kraj pločnika su se dizali brežuljci snega. Stajale su neko vreme kraj otvorena prozora i posmatrale prolaznike.

— Nela! — uzbuđeno šapnu Perka i povuče drugaricu u tamu sobe. — Evo je! Ide s Gradimirom.

Nela oseti kako joj nešto steže srce. Čak je zavi i stomak. Previ se preko prozora i odahnu:

— Nije ono Gradimir!

— Kako nije?

— Ama, nije! Poznajem ja njega. Ovaj je mršaviji. Gradimir je krupniji.

— Meni se baš čini da je on.

— Videćeš... Zatvori prozor, pa da stanemo iza zavese.

Neli laknu.

„Ta mala ima kavaljera! Ala sam ja luda! Toliko sam mučila sebe što Gradimir ima lepu činovnicu u kancelariji.”

Priljubljene uza zavesu, čekale su devojčicu.

— Nikad vas ne bih poznao! — progovori muški glas baš pred njihovim prozorom. — Porasli ste! Čitava devojka...

— A ja sam vas poznala. Ali možda zato što mi je mama juče rekla da je srela Gvida...

— Gvido! — prošaputaše devojke iza zavese. — To nije srbijansko ime.

— Mora da je Dalmatinac. Majka joj je iz Dalmacije — ponovi Perka.

— To će biti. Čekaj da pogledam malo bolje tog Gvida. Gle, vrlo je zgodan dečko. Crnomanjast. Ja volim crnomanjaste. Sigurno je Dalmatinac...

— Mala Slađana! — divio se Gvido. — Pa već činovnica! Ko će s vama... A sećam se kad sam vam sakupljao školjke.

— Čuješ, Perkice, školjke! Dalmatinac...

— Vi ste tada bili maturant — nasmeši se Slađana.

— Student sam bio u Beču, pa došao na raspust.

— Perkice, student u Beču! Pogledaj kako ga ta mala gleda.

— Jednom ste vozili mene i Nikicu u čamcu, pa se uzburkalo more! Sećate li se kako se mama uplašila? A vi se nimalo niste uplašili...

— Ja, Dalmatinac, pa da se uplašim mora? Nego, hoćete li sa mnom da izađete? Doduše, nisam vas pitao... Možda nekog imate... volite?

— Nikoga još ne volim. Nikud ne idem. Samo ja i Nikica...

— Pa, hoćete li sa mnom da izađete?

— Ako mama dopusti. Volela bih da i Nikica izađe.

— Dobro. Ići ćemo u bioskop: vi, Nikica i ja.

— Ah, što će on da se raduje! Obožava bioskop.

— Hoćete li u nedelju? Kod „Kolarca” se daje lep film. Od sedam da idemo?

— Hvala. Vi ste tako ljubazni. Znam da će nas mama pustiti s vama. Mnogo se radovala što vas je srela. Pričala nam je o vama i vašoj porodici... Ja bih vas pozvala da svratite kod nas, da pričekate mamu, ali nije založeno. Sve je hladno.

— Hvala. I ja žurim. Doći ću u nedelju posle podne, mnogo pozdravite mamu i Nikicu. Drago mi je što ću i njega da vidim. Je li porastao?

— Tako je visok kao vi. Pravi Dalmatinac.

Pružila mu je ruku. On je steže i podrža u svojoj. Skide šešir. Zacrni mu se bujna kosa kao šubara.

Nela uzdahnu: „Interesantan mladić". Eto, svaka ume a ona ne ume. Izljube je, izgrle, odvedu u bioskop dva-tri puta, najedu se kod njene kuće... U početku zivkanja telefonom, sastanci u društvu i tek čuje: ide s drugom. Učinila je sve da Gradimira otme od ostalih... Malo joj je laknulo što ova mala ima kavaljera.

— A jesi li čula najveću novost? — upita je Perka.

— Koju?

— Za gospođu Milošević. Razvodi se s mužem. On voli jednu svoju asistentkinju i ženi se njome.

— Šta kažeš?! — Nela oseti kako joj se svi udovi ukočiše. Miloševićka je Gradimirova ljubavnica! Lepa žena! Voli ga... Da se ne oženi njome! „To je veća opasnost, još veća nego ova Slađana." Ovo joj se devojče učini sasvim beznačajno u poređenju s tom Miloševićkom. „Zašto li se razvodi? Da li zbog Gradimira?" Klonula je na sofu. Koliko borbe oko jednog muškarca. Ispravila se naglo, energično: boriće se!

— Što ne uzmeš još jedan kolač, Nela?

— Ne mogu. Moram da idem. Dođi k meni u ponedeljak.

— Ne mogu u ponedeljak. Mogu u sredu.

— Dobro, u sredu. Čekaću te.

Vraćajući se žurno kući, Nela je u glavi kovala razne planove. Najvažnije je to što Gradimir dolazi u nedelju k njoj. Vukica je kazala da će je voditi u bioskop. Ova Slađana ide kod „Kolarca". I ona će s Gradimirom u sedam kod „Kolarca". Neka je vidi Gradimir s Dalmatincem, hoće da ga proučava... A pogledaće i ona malo onog Dalmatinca.

Začula je odjednom mamuze za sobom.

— Gospođice Nela!

— O, vi!

— Da li se sećate da ja još postojim na svetu?

— Da ste avijatičar mislila bih da ste odleteli na nebo i postali svetac.

— Hvala bogu, još nisam svetac i ne mislim da budem sve dok ima tako lepih devojaka kao vi. Kad mogu da vas posetim?

— Nikad!

— Zar ste sve zaboravili?

— Nisam zaboravila i baš zato neću više da vas primim.

— Šta to sad znači? Što ste tako strogi?

— Uvek sam bila stroga.

— Koliko se sećam, umete vi da budete i vrlo nežni... Mala moja Nela, ja ću doći u nedelju posle podne.

— Neću biti kod kuće.

— Je li samo za mene nećeš biti kod kuće? — prešao je na „ti”.

— Da, za vas.

— Slušaj, Nelice, tako sam te se uželeo!

— Zbogom!

On joj jako steže ruku. Ona prigušeno vrisnu i istrže je.

— U nedelju ću doći, posle podne! — ponovio je.

Odjurila je, ne slušajući ga više. Šta on misli? Ranije se ona mogla zadovoljiti ljubakanjem, a sad mora ozbiljno da misli na brak. Dvadeset pet godina. Dosta je flertova. Mora se povući i napraviti sveticu dok ne osvoji Gradimira.

— Nela! — oslovi je mladić u civilu.

— Izvini, moram da uhvatim tramvaj! — odseče ona.

— Nela, samo nešto da ti kažem — molio je mladić.

— Žurim! — bežala je. „Idite svi bestraga!”

On je ostao na pločniku. Ljutito je gledao za tramvajem, vrteo glavom i nežno pretio.

„I on hoće da upadne u moju sobu kao i poručnik. A, opametila se Nela! Balavac jedan! Svi hoće samo provod!" Uzdahnula je setivši se Gradimira... Jedva je čekala nedelju, da bude sama s njim i da ga vodi kod „Kolarca".

Gospodin s autom

Nela je otpratila sve od kuće da bi ostala sama. Još u subotu je molila mamu:

— Molim te, odvedi nekud tatu jer će doći Gradimir. Kad se tata raspriča, niko ne može da dođe do reči.

— Šta ćeš, Nela, kad nije uviđavan kao ja. Grdila sam ga posle. Ne brini, sutra ćemo mi u pola četiri da idemo. Neću ni da mu govorim da će doći Gradimir. A vi ćete posle u bioskop?

— Jeste...

— On, dete moje, mnogo okleva — uzdahnu mati. — Kako je to sve bilo drugačije u moje devojačko doba. Dvaput da dođe momak u kuću — dovoljno! Treći put prosi... A ovo sad? Ceo svet priča: vereni, vereni, a momak ćuti.

S tim brižnim mislima otišla je mati od kuće, ostavljajući Nelu samu. Nije se bojala, kao druge majke, što će kći biti sama. Poznavala je ona svoju Nelu. Dosad, hvala bogu, nikakvu sramotu nije doživela od nje. A ovo sad je ozbiljna stvar i ozbiljan mladić.

Nela je obukla haljinu od vunenog štofa, boje zelenih kajsija. Ta boja joj lepo pristaje uz kosu i oči. Vešto se našminkala da ne bi bilo upadljivo. Čula je kako je Gradimir jednom kazao da ne voli mnogo našminkane devojke. Bila je zadovoljna sobom. Još da ima bujnije grudi! Bedra su joj lepo izvajana, ali grudni koš joj je uzan.

Stajala je pred ogledalom u svojoj sobi. Ta sobica joj se najviše sviđala. Puna je plavih boja i vedrih slika. Dve velike uljane slike imale su plavo nebo, reke, jasno zelena stabla i travu... Volela je žive boje, to je godilo njenom temperamentu. Prskala je parfemom sobicu i fotelju u koju će Gradimir sesti... Razbacala je knjige po stolu, nemarno, kao da su tu uvek, pri ruci... Jednu malu skulpturu je stavila na sto. Treba voditi razgovor i o skulpturi.

Ugasila je elektriku da se spolja ne vidi svetlost. Može doći onaj obesni oficir... Ah, što Gradimir nije tako obesan! Sedeći u polutami pokraj usijane peći, osećala je kako je svu obuzima čežnjiva dremljivost... Pitala se šta bi radila da je Gradimir zagrli i privuče sebi? Malaksalo je utonula u jastuče kao da tone u njegovo naručje i priznala sebi da ne bi imala snage da se odupre. Ali, on nije tražio njenu predaju i to ju je pomalo vređalo.

Iz trpezarije je dopiralo lagano kucanje zidnog sata. U sobi su se boje sve više mešale, a napolju se zgušnjavao sumrak. Što ga nema? Skoro će se i roditelji vratiti. Trebalo bi da ode, pa da mu sutra kaže: „Čekala sam vas, ali vi niste došli na vreme". To valjda nijedna devojka ne čini. Svaka čeka. Tuguje i čeka; plače i čeka...

Začu se snažno kucanje na vratima. Srce joj zalupa. Pojuri da otvori. Svetlost blesnu u predsoblju. Osetila je da će biti lepa u svojoj lepoj haljini... Otključa vrata.

— Ja sam se zadržao. Vi se ne ljutite? Kad god odem kod Vuke, mali Lule i Nadica ne daju mi da odem.

— A vi volite decu?

— Ko ne bi voleo decu? Ona su zlatna. Morao sam Luletu da pravim kućicu od kartona. Doneo tutkalo i hartiju. Hoće, kaže, palatu kao što ja zidam. Posle sam ih malo sankao u bašti. Jedva su me pustili da odem.

Govorio je, a oči su mu blistale. Glatko obrijano lice bilo je rumeno od mraza. Crna kosa je divno uokviravala visoko čelo... Bio je svež i lep. Nela je uzdahnula.

— Vaša mama mi je pričala kako volite i decu i kuću. Pohvalila mi se i kako ste im kupili drva za zimu.

— Pomognem ih malo jer žive od očeve penzije. A voleli su da sazidaju kuću, pa se još petljaju s Hipotekarnom bankom. Kuća im je bila davnašnji san. Najzad, oni su me školovali i dužan sam da im se odužim.

Slušala ga je poluotvorenih usnica. Svaka reč kao da ju je milovala... Čežnja je strujala kroz telo. Kako bi volela njegov poljubac... A on baš ni najmanje uzbuđenje ne pokazuje.

Uzeo je jednu knjigu i prelistavao. Zagleda i skulpturu. Posmatra sliku na zidu. Ustao je da je bolje osmotri. Osetila je njegov diskretan parfem. Utonula je još jače u jastuče na sofi. Pogledao je u sat.

— Hoćete li da odemo u bioskop?

— Pa, kako vi hoćete.

Dakle, zove je da izađu iz sobice, iz ove fine atmosfere pune boja, mirisa i toplote.

— Volim bioskop. Razgali me, a ima i lepih filmova.

Ona je i dalje sedela na sofi, a on je gledao slike kao da ona nije u sobi. Najzad se okrenu njoj:

— Možda se vama ne ide u bioskop. Možda vam je to dosadno?

— Zašto da mi bude dosadno? Naprotiv, baš mi se danas ide u bioskop.

„Da mu nije ona njegova činovnica kazala da će u bioskop?", pomisli sa strepnjom.

— A u koji bioskop da idemo?

— Ne znam... U koji vi hoćete?

To je malo raspoloži.

— Hoćete li kod „Kolarca"?

— Gde god vi želite.

Ona nije želela nigde. Najviše je želela da mu se baci na grudi. Ali, njegov prisebni ton rashladi i nju. S njim treba vrlo oprezno.

— Hoćete li kafu?

— Neću ništa. Hvala. Odocnićemo ako se zadržimo.

Opet je zapljusnu tuga: odocnio je samo zato da ne sedi dugo kod nje. Htela je da kaže: „Ne, neću u bioskop, sedimo ovde i razgovarajmo!", ali se seti da ne sme da bude nametljiva. Najzad, i u bioskopu je pomrčina... Muzika... To uzbuđuje.

— Samo da uzmem mantil i šešir.

Ipak je i to pobeda: izlaziti s njim! Neka ona balavica vidi s kakvim damama on šeta. Da, bolje je ovako: učtiva, mirna i otmena. Možda se on pretvara i proučava je. Ne sme nijednim pogledom odati da je on uzbuđuje... A bila je na vrhuncu uzbuđenja. Kako je volela onaj gorući sjaj njegovih crnih očiju, njegovu snagu, inteligenciju, reputaciju! Posedovao je sve što može da očara jednu ženu.

Sala u bioskopu bila je puna ljudi kad su ušli. Spaziše jedan slobodan sto sa strane.

Požurila je. Išla je uzdignute glave. Možda je tu ona mala. Ali nije videla nikog. Najedanput čuje Gradimirov glas:

— Dobro veče, Gvido!

Naglo se okrenula. Gradimir je zastao pred crnomanjastim Dalmatincem; za stolom je bila Slađana i još jedan dečak. „On ga poznaje!?" Stajala je kraj stola i gledala mladića. Gradimir se smešio i prijateljski pozdravio svoju činovnicu. Nela je rasejano skidala mantil. Možda je pogrešila što je došla ovamo. Ali, nešto je umiri: Gradimir sigurno zna da se oni simpatišu. A ona se toliko jedila zbog te male činovnice.

— Ovo je jedan Dalmatinac; činovnik u banci. Letos sam se upoznao s njim. Proveli smo zajedno celo leto. Vrlo fin mladić — reče, pošto je seo kraj Nele.

— Je l' mu ono sestra?

— Nije... Mislim da nije. To je činovnica u našem preduzeću — mirno je govorio, kao da ga se nimalo ne tiče što jedna njegova činovnica, lepa devojčica, sedi za stolom u bioskopu s kavaljerom.

„Ja sam se prevarila", mislila je Nela. Osećala je da joj se vraća raspoloženje i da Gradimir ipak gaji simpatije prema njoj. Samo, on je muškarac koji ne istrčava izjavama ljubavi. Baš to i treba da je uveri da on ozbiljno misli o njoj.

Sala se zamračila i film je otpočeo. Očekivala je da će on pružiti ruku, uhvatiti njenu i milovati je, kao što je činio svaki muškarac s kojim je do sada išla u bioskop. Ali, on je mirno sedeo. „Kakav je to muškarac koji može ovako ravnodušno da sedi?" Uvređeno se povukla malo od stola i zavalila u naslon stolice. On je sedeo povijen, s rukama na stolu. Mogla je da ga posmatra. Gledao je u platno. Videla je i Dalmatinca i malu činovnicu. Svi su pažljivo pratili film. Uto se Dalmatinac nagnu devojčici. Osetila je kako se Gradimirova glava u tom trenu okreće. Posmatrao je njih dvoje. Posle se devojčica okrenula u pravcu Gradimira. „Ovde ima nešto", šaputala je Nela u sebi. Trudila se da se koncentriše, ali nije uspevala. Ljupka glavica devojčice, s bereom i belom kragnicom od vunice na marinskoplavoj haljini, stalno se nazirala u sumraku sale... Prkosno je podigla nosić. Zar se ta mala može porediti s njom? Može mu biti samo ljubavnica i ništa više. Osetila je želju da nasekira tu malu. Jedva je čekala da se upali svetlost. Nešto je pričala Gradimiru, veselo, duhovito, ne dajući mu da se okrene. Videla je oči one male kako se s vremena na vreme upravljaju k njima. Zlatne oči Slađanine gledale su je s divljenjem: „To je, dakle, ta gospođica Jovanović. Zato je on tako gord i ozbiljan u kancelariji... Voli ovu finu devojku. A ona Borka luduje za njim. Pa i Borka je lepa. Ali i ova je interesantna."

— Je l'te, Gvido, je l' ono verenica gospodina Markovića?

— Ne znam da je on veren. Sigurno bi mi to rekao.

— Ja sam čula da će se oženiti nekom gospođicom Jovanović. Verovatno je to ova gospođica.

— Možda... On je vrlo simpatičan mladić. Mi smo se sprijateljili na moru i postali drugovi. Bio sam jednom kod njih na ručku.

— Zbilja? — obradova se Slađana. Bila je srećna što se Gvido poznaje s njim. Činilo joj se da je sad ne mogu otpustiti. A bojala se toga, jer ona ima trgovačku akademiju, a njima su potrebne činovnice sa srednjom tehničkom školom. I Borka je počela srednju tehničku školu pa nije završila... — Tako je lepa ova devojka! — reče Slađana.

Gvido se okrete, pa napravi grimasu:

— Meni se ne sviđa. Suviše je izveštačena.

— Ala se nafrakala! — primeti Nikica.

— Baš je lepa! — ponovi Slađana, čudeći se da oni, muškarci, to ne vide. Bila je naivno devojče, bez iskustva, bez pakosti, a iskreno je donosila sud o svemu kako vidi i oseća. Opazila je najednom kako su se dva crna, velika sjajna oka zaustavila na njenom licu. Sva je pocrvenela i okrenula glavu.

— Baš ću pitati Markovića kakva ste činovnica — nasmeja se Gvido i zagleda se u njene zlatne oči.

— Pitajte! Volela bih da čujem je li zadovoljan mnome. U stvari, bojim se da me ne otpuste. Nemam srednju tehničku školu.

— Neće vas otpustiti. Ja ću ga zamoliti — pokrio je rukom njenu ručicu i stegnuo je. Obrazi joj postadoše još rumeniji. Bila je ponosna što i ona ima kavaljera, ovog lepog Dalmatinca. Videla je kako se neke devojke okreću i gledaju ga. Bio je veoma interesantan. Pravi južnjak. A primetila je da gledaju i Markovića.

Gvido je poručio kolače, a ona je bojažljivo uzela samo jedan. Nikica je pojeo tri! I četvrti će pojesti. Gvido je kavaljer, nudi ih. Ona neće. Zna šta znači platiti tri karte i četiri kolača, i to kod „Kolarca". Tako je uzbuđena da joj se ništa ne jede. Oseća da su joj obrazi vreli. Gospođica Jovanović je posmatra. Slađana se pravi da to ne primećuje i razgovara s Gvidom.

A Nela, posmatra li, posmatra.

— Je li ono devojka vašeg prijatelja? — zlobno zapita Gradimira.

— Nemam pojma! — odgovori on ravnodušno.

„Da li se pretvara?" Motriće još više na njega. Nešto se događa s njim, ili ona uobražava. Ali, nijednom da je uhvati za ruku. Da li je toliko poštuje da ne sme da je pipne? Nešto nije raspoložen. Kod nje, u sobi, bio je vedriji. Ili joj se to samo čini. Da nije učinila glupost što ga je dovela da vidi ovu malu s tim Gvidom? Ima osećanja koja dremaju, pa se najednom probude. Ugrizla se za usnu. „Koješta! Balavica! Niko i ništa." Nela je hrabrila samu sebe, ali je osećala kako malaksava. Da li je to od muzike, mraka, ljubavnih scena na platnu, ili od blizine ovog lepog muškarca? Nasloni se na sto. Pokri oči. Ne gleda film.

— Gospođice Nela, šta vam je? Da vam nije zlo? — začu tihi Gradimirov šapat.

— Nije mi zlo. Onako nešto — spustila je ruke na krilo i opet se naslonila na naslon stolice. „On ništa ne oseća za mene! Ni u autu nije zaželeo da me dodirne!" Dođe joj da ga ščepa za ruku, ali se trže. „Ne, ne! Treba biti jak." Zar ona, devojka, prva da mu izjavljuje ljubav, kao da on ne zna i ne oseća da ga ona voli! Izvadila je maramicu. Jak parfem opojnog mirisa ispuni vazduh oko njih, ali Gradimirova glava se opet okrenu u pravcu one devojčice sa zlatnim očima. Nela ljutito vrati maramicu u tašnu; glasno kvrcnu bravica na tašni.

Sala se osvetli. Svi su se dizali od stolova. Gradimir joj pridrža mantil. Videla je kako i Dalmatinac pridržava mantil onoj lepoj devojčici sa zlatnim očima.

Na izlazu su zastali jer se gužva stisla ispred vrata. Dalmatinac je sa svojim društvom bio ispred njih. Zastali su i oni. Devojčica se najednom okrenula i upravila dva svetla, divna oka na Gradimira. Nela se trže, krišom pogleda Gradimira i opazi kako i njegova dva crna oka pomno posmatraju devojčicu. Sve u sekundi, ali za Nelu dosta.

Pružio joj je napolju ruku.

— Ja ću sama. Hvala što ste me vodili u bioskop.

— Hoćete li da vas malo otpratim? Prijatno je prošetati.

— Nemojte. Već je dockan. Ja ću tramvajem.

Nije želela da je prati. Bila je gorda. Onaj njegov pogled i ona dva zlatna oka zadali su joj strahovit bol. Sve je zamrzela: i sebe, i njega, i onu devojčicu, i njegovu sestru Vukicu. Toliko je očekivala od ovog popodneva i bioskopa a sve se rasplinulo. Napravila je najveću glupost što ga je dovela u ovaj bioskop da gleda kako kibicuje. Možda bi bio nežniji prema njoj da su bili u drugom bioskopu. I ona glupača: zašto ga nije uhvatila za ruku? Šta ona čeka! Njegovu izjavu ljubavi? Danas se devojke prve bacaju u naručje muškarcu, takvo je došlo vreme. Osetila je strahovitu glavobolju. Zažele da siđe iz tramvaja. Izađe i pođe pešice. Mogla je da plače. Ona je njega volela i imala je najlepše želje da mu bude dobra, nežna supruga. Okliznu se na poledici, umalo što ne pade, ali povrati ravnotežu. Jedan auto se najednom zaustavi pored trotoara.

— Nela! — začu se poznati glas.

— O, vi, gos'n Miko! A gde je Vukica?

— Otpratio sam je kući, a ja pošao do „Srpske kraljice". Treba da se nađem s jednim prijateljem. A što ste vi sami? Gde je Gradimir?

— Što da me prati. Hladno je. Idem kući. Bili smo u bioskopu.

— Uđite u auto, da vas odvezem.

— Hvala, mogu pešice.

— Ama, uđite! — izašao je, uhvatio je za ruku i uveo u auto. — Magarac je pravi taj Grada! Ovakvo devojče da ne prati nego je pustio samu kući. Eh, što ja nisam momak!

— Da ste mladić i vi biste me pustili da se sama vratim kući, jer mladići se plaše za svoju slobodu...

— Ja bih voleo da me neko zarobi. Na primer, ovako lepo devojče kao vi. Ah, da nisam oženjen! Mala Nela! Gle, neraspoložena! Tã, zar ja nisam u stanju da vas razveselim? Ja sam uvek raspoložen čovek, naročito u društvu lepih devojaka.

— Vi ste zaista čovek za društvo. Tako je prijatno s vama — pogledala ga je lukavim zelenkastim očima.

— Te vaše očice vrlo su opasne i lepe.

— Pazite! To su već i opasna laskanja! A da čuje Vukica?

— Vukica neće čuti; vi joj nećete reći?

— Jer je volim. I znam da se šalite. Ona je tako zlatna ženica.

— A vi ste tako slatka devojka! — uhvatio joj je ruku i nežno stegao. Bio joj je u tom času odvratan. Ona okrete glavu da ga ne gleda, a on ugrabi priliku i vlažne usne spusti na njenu ruku više rukavice. Istrgla je ruku, a on se malo približi. Uplašila se da ih neko ne vidi. Kako oženjeni znaju da zablesave. Gledaj ti ovo „slonče"! I ono obleće oko devojaka. Kako je bila puna potajnog jeda, da je ovo bio kakav simpatičan mladić, bila bi joj prijatna njegova laskanja. A šta od ovoga da očekuje? Oženjen, a hoće da se zabavlja s devojkom. Pogleda ga: kako je smešan! Uvukla je još više glavu i ruke u svoje krzno. Oko nje su bili meki jastučići. Uzdahnula je... Ipak, ovaj smešni i neuglađeni bogataš ume da pruži prefinjene ugodnosti svojoj ženi. Koliko vredi samo ovaj auto. Zavidela je Vukici; obožavala je bogatstvo. Jedino inteligencija, karakter i lepota Gradimirova mogli su da joj zamene bogatstvo. Ovoga časa Gradimir je bio daleko, a oko nje meki jastučići, fini parfem, gospodska kola... To je bio život za nju. Da se vozi ovakvim autom, šofer u livreju da pritrčava i otvara vrata, ona da prikuplja šlep i spušta lagano nožicu. Šta mari što onda ovakvo „slonče" sedi pokraj nje, kad je svi radoznalo gledaju i sve prijateljice joj zavide. Zar i ona ne zavidi Vukici? Ne na mužu, već na autu, nameštaju, toaletama, nakitu... Roj misli kovitlao se Neli u glavi, i nije izvukla ruku kad ju je „slonče" opet uhvatilo. Osetila je odjednom želju da se sveti, ali se trgla. Ovo je Gradimirov zet, a ona se još nada. Mora ostati slatka, mala, naivna Nela. Zato se zasmejala smehom kao dete.

— Gradimir mi je pričao kako su zlatni vaš Lule i Nadica. Morao je da im pravi palatu. Zbilja su slatki! I ja ih volim — htela je vešto da ga opomene da je on otac, da ona voli njegovu decu i ženu, pa i njega, ali čisto familijarnim osećanjima, pa čak ne oseća ni njegove sladostrasne usne na svojoj nežnoj ručici. — Evo moje kuće!

— Tako brzo! — uzdahnu rentijer i steže joj lakat.

Izašla je kao da ništa ne shvata:

— Mnogo pozdravite Vukicu! Recite joj da sam tužna!

— Neću joj reći jer ja sam nesrećan što ste vi tužni! Ljubomoran sam na Gradimira.

— Vi ste velikodušan čovek i umete sa svakim da saosećate. Hvala vam! — lukavo se osmehnula i pobegla.

A debeli rentijer se uvali u svoj auto. Osećao je da je ovo vatra devojka. Zasićen bračnim nežnostima svoje žene, hteo je da okuša malo slasti i na drugoj strani. Uvek je imao uspeha u životu, više nego najlepši mladići. Bacale su mu se u naručje najlepše devojke, uzdišući od ljubavi za njim. Plakale su kad su se rastajali i odnosile sve poklone. Momački život mu je bio ispunjen avanturama, kao i svim bogatim momcima, koji brzo nauče da uživaju i smeju se lažima žena i devojaka. Najzad se pomirio s tim lažima. Dobijao je od devojaka sve miloše kao i najlepši mladići, i još su tužne odlazile. Novac je najmoćniji gospodar srca. Osećao je da se ni ova Nela ne bi dugo opirala; poznavao je lukavi sjaj njenih očiju i rešio da ogleda svoju moć i ovde.

A mala, slatka, naivna Nela smejala se u svojoj sobi rentijeru... Posle se uozbiljila i rastužila. Zamišljala je velike crne Gradimirove oči i njegov lepi profil; bacila se u postelju očajna. Zamrzela je onu malu činovnicu što je danas bila srećnija od nje — fine, otmene Nele. Kako je Dalmatinac gleda... Lep mladić! Kako je Gradimir gledao tu malu! Ljutili su je svi ti muškarci, jer nije više želela da se ljubaka; želela je brak. Htela je muža a ne ljubavnika. A hoće li joj se to ostvariti? Zaplakala je od srdžbe. Nešto toplo, sentimentalno i čestito budilo se u njoj kad je ostajala sama sa sobom. Tada je priznavala sebi svoj neuspeh. Sve ono kočoperenje u društvu bi nestajalo, ostajala bi samo devojka slomljenog srca.

———

U utorak dojuri njena kumica Perka.

— Nisam mogla da dočekam sredu, kad smo se dogovorile da dođem. Moram nešto da ti kažem.

— O Gradimiru?

— Da, o njemu... Juče sedim ja tako kraj prozora, uveče, a prođe Slađana. Kad, malo posle ide Gradimir, samo s druge strane. Ide lagano, zasta sproću naše kuće, pa posle produži. Ja ti se brzo spremim pa za njim. On pođe jednu ulicu, drugu, pa zavi za ćošak i uđe u kuću broj 42.

— A ko stanuje u toj kući?

— Slučajno znam! To je kuća gospođe Milošević. Ona se razvodi s mužem i tu stanuje, na spratu... — pričala je kao da saopštava nešto radosno, kao bajagi srećna što ga je špijunirala, a u stvari je bila zlurada, jer ni ona nije imala sreće u ljubavi, pa se tešila Nelinim neuspesima.

— Znam za Miloševićku. To je njegova prijateljica.

— A znaš, onomad na našem žuru pričaju da se njen muž ženi jednom doktorkom, a da će se Miloševićka udati za Gradimira.

— Ja u to ne verujem! — oštro reče Nela.

— I ja ne verujem, ali svašta se događa. Ona je lepa žena, a uz to ima i kuću.

— Misliš da će Gradimir da je uzme zbog kuće? Sad ću da zovnem Vukicu i da je pitam.

— Nemoj samo moje ime da spominješ. Kaži da si čula od drugoga.

— Zar ti misliš da će njegova mati dozvoliti da joj se sin oženi raspuštenicom? Još je i matora! Dvaput se udavala. Koješta! To samo svet priča. Tvoja kirajdžika Slađana je opasnija. Neću da zovem Vukicu. Neka ide gde god hoće — nije htela da pokaže pred Perkom kako je sve to boli.

— Ala si luda! Ti da kapituliraš pred jednom raspuštenicom! Ja bih joj znaš kakvo anonimno pismo napisala. Da joj presedne Gradimir!

— Nisam nikad pisala anonimna pisma.

— Nisam ni ja, ali se treba boriti. Vidiš kako te udate ženturače otimaju mladiće.

Nela uzdahnu:

— Pa, kako da napišem pismo?

— Kaži kako je sažaljevaš što uzalud voli Gradimira, jer on ima prijateljicu.

— A koju prijateljicu? Je l' Slađanu?

— Nemoj ime da pišeš. Reci: jednu činovnicu u kancelariji.

— Njih tamo ima četiri. Videla sam ih. Istina, jedna je lepa, crnomanjasta... Vukica mi reče kako je Gradimir pričao za nju da često menja prijatelje, pa direktor hoće da je otpusti.

— Eto ti! Reci za nju!

— Ne smem ipak da klevetam.

— Pa ti anonimno pišeš! Ko će da zna da si ti pisala. Kad joj baciš žaoku u srce, da vidiš kakve će scene Gradimiru da pravi. A muškarci najviše mrze scene; oni beže od žena koje prave scene.

— Ti, Perkice, imaš veće iskustvo od mene.

— Veće razočaranje, jer sam naivna. Tako ti uradi! Pisaću mašinu pa iskucaj. Pisaće mašine su odlične za anonimna pisma.

Prijateljice se rastadoše. Nela ostade da razmišlja šta da radi: da li da piše anonimno pismo ili ne...

Mladić s mora

Gordana je šetkala po svojoj lepoj, toploj sobici na mansardi i uživala kao u kakvom salonu. Ostvarila je ono što je želela: da ima svoju sobicu, sasvim odvojenu, kao mali zaseban stan. Dekorisala ju je banatskim krparama — žuto i zeleno prugasto — i divila se kako obična tkanina može da ukrasi sobu lepše nego kakav skupoceni persijski tepih. Nije žudela za raskoši Vukičine kuće. Sestra je ljubav prema luksuzu nasledila od predaka po majci. Gordana je bila prava Šumadinka. Gorštakinja i po karakteru i po ukusu. Volela je grube tkanine, izatkane na primitivnom razboju; volela je žuto, kao žito obasjano suncem, i zeleno kao olistale šume. Žuto obojeni zidovi bili su u skladu sa šarom na tkanini. Pronašla je jedan stari orman, dve fotelje i jedan starinski sto. Sve je to obojila zeleno, presvukla tkaninom iste boje i uživala u svojoj prijatnoj sobici.

Svi su je pohvalili, a tata je s ponosom govorio:

— Moja krv! Vidiš, Milka, ni od čega napravila salonče! Grada i ona su baš pravi brat i sestra!

Voleo je tata da dođe Gordani na kafu, da posedi, porazgovara s njom, a ona je bila ponosna i činilo joj se da je već sasvim samostalna.

Uveče je dugo sanjarila u svojoj sobici. Volela je da ugasi svetlo, da sedi u polumraku i posmatra vatru. I to je nasledila od predaka, seljaka koji su uvek sedeli kraj ognjišta i gledali žar. Nasledila je i druge odlike šumadijske devojke: visoka, stasita; čas vesela, čas sanjalica; postojane reči, prgava, osetljiva i pravična. Bila je vredna studentkinja i strašno se jedila kad je jednom pala na ispitu. Imala je bratove ambicije i mogla je dugo sedeti za stolom, zadubljena u knjige. Njen život nisu rastrzala ljubavna očajanja kao mnoge njene koleginice. Prezirala je lakomislene studentkinje. Bila je nepoverljiva prema muškarcima i smatrali su je uobraženom, a ona, u stvari, nije bila uobražena već ozbiljna. Sve što je površno i lakomisleno nije trpela. Zbog toga nije podnosila svet u kome je živela njena sestra Vukica. Osećala je laž toga društva i sve što joj se nije sviđalo u sestrinom životu doprinosilo je tome da dublje zagleda u sebe i da sačuva lepe osobine kojima se ponosila. Jedva je čekala da završi fakultet i postane svoj čovek. Brak je mogla zamisliti samo iz ljubavi, nikako iz računa.

Poslednjih mesec dana provodila je u čudnom uzbuđenju. Nije smela da prizna sebi, jer se bojala, ali je osećala da se nešto u njoj događa, da se razvija jedno duboko osećanje.

Čovek, koji je uzburkao njenu čestitu, strasnu prirodu bio je mladić s mora — Gvido.

Pri prvom susretu, kad ga je brat doveo na ručak, osetila je silno uzbuđenje. Šumadijsku devojku oduševio je mladić s lepih dalmatinskih obala. Bio je iz kraja sasvim drugačijeg od njenih šumadijskih brežuljaka i lisnatih šuma. Ono tajanstveno i veličanstveno što se zbiva u životu mora daje naročitu draž i ljudima s mora. Možda je sve to bilo poznato i obično nekoj drugoj devojci, ali njoj je bilo novo, nepoznato, daleko i tajanstveno...

Osećala je kako je taj mladić uzbuđuje. Danas ga je očekivala na čaj... Svega dvaput se videla s njim. Tada, na ručku, jednom su šetali, i ovo danas treći put. Uživala je što ima svoju sobicu i što će ga dočekati u njoj sama. Natašu je pozvala da dođe oko pola sedam, da je upozna s Dalmatincem. Htela je da ga i njena drugarica vidi, da posle čuje njene utiske, da joj se pohvali svojim gostom. Pozvala je u sedam i Gradu. Prirodnije je izgledalo ako se i brat pojavi. Prijateljstvo njenog brata i ovog Dalmatinca samo je pojačavalo njeno osećanje. Jer, kad njen brat nekoga oceni i kaže da je dobar, on se kao muškarac ne vara. Uvek je volela da o muškarcu čuje i mišljenje svoga brata.

Spremila je sendviče, kolače, čajnik, šolje. Tako je prijatno u njenoj sobici, a s prozora je veličanstven pogled na Beograd. U tim žutim i zelenim bojama sobice ona je bila odevena u haljinu od vunenog štofa boje rubina. Ličila je na bulku usred juna na zlatastim poljima i ozelenelim livadama. Šetkala je uzbuđeno. Dalmatinac će uskoro stići.

Odjednom začu graju i tutanj koraka uza stepenice.

„Vukica i Nela! Ah!" Stegla je zube. Baš ih nije volela. „Što svuda vuče ovu Nelu!" Bila joj je odvratna ta lukava devojka.

Okrenula se prozoru da se umiri. Vrata se širom otvoriše.

— Ala je lepo ovde! Vidi, Nela, kako je Gordana udesila sobicu! Bogami, baš divno! — uzviknu iskreno Vukica.

— Ja sam uvek govorila da Gordana ima fini ukus... Vidi, Vukice, kako je lepa u ovoj haljini.

— E, tako da se odevaš! Ta haljina mi se sviđa. Crveno joj najlepše stoji! Dobro da si skinula one sportske cipele. Ja volim da vidim na ženi malu cipelu. A ona sve nosi neke ogromne cipelčine... Sedi, Nela! — reče Vukica.

Gordana ih je posmatrala i usiljeno se smeškala. Grčilo se nešto u njoj: pokvarile su joj susret s Gvidom!

— Sedite! — ponudi i ona.

— Baš je lepo u ovoj sobici. Ala je toplo! Ova bronzana peć kao luda se raspali. One moje kaljeve samo me sekiraju! Za mesec dana izgoreli smo tonu uglja! Pogledaj samo ovaj sto kako je udesila! To su one mamine starudije s tavana?

— Sad su antikviteti! Mogla bi ih staviti i ti u tvoj salon, jer voliš starinske stvari! — dirala je Gordana sestru.

— Pravo kažeš! A ti čekaš goste?

— Da... onaj Dalmatinac, Gradin prijatelj, će doći.

— A, onaj simpatičan mladić!

— Videla sam ga jednom! — ubaci Nela. — Bio je u bioskopu s jednom gospođicom — ispod oka pogleda Gordanu... Ona spusti trepavice. — Onda kad sam bila s Gradimirom u bioskopu. Ah, znaš s kojom, Vukice. S onom malom činovnicom što smo je videle kad smo bile kod Gradimira u kancelariji.

— Hoćete li kolača? — upita Gordana. Osetila je klonulost.

— Ne mogu — reče Vukica.

— I ja neću... Sad sam jela kod Vukice — zahvali Nela.

Gordanu je vređalo to intimno prijateljstvo između njene sestre i ove Nele. Znala je da je to zbog njenog rođaka, onog advokata Tošića... Još i ovo da joj kaže za Gvida. Da li je to učinila namerno? Zbog ove Nele joj je i sestra bila tuđa, kao drugi svet. Mislila je da će biti pažljiva bar Vukica i otići, ali i njoj se dopalo da sedi. Možda je želela da vidi Dalmatinca. Ona je bila svesna svoje lepote, znala je da se dopada mladićima, pa je volela da češće okuša svoju moć. Veselo je brbljala:

— Tako je slatko kod tebe da mi se ne ide. A mi bile kod moje krojačice. Šijem jednu večernju haljinu od lamea. Što ti, Gordana, ne pođeš s nama na bal?

— Ne volim balove. A ti, Nela, ideš?

— Ja ću s njima.

„Kao neka garde-gospođica", pomisli Gordana.

— Bile smo i kod Grade u ateljeu. Kako on radi lepe skulpture. Pa to je pravi umetnik! Gordana ima lice za skulpturu — brbljala je Nela.

— A moj nosić nije! — šalila se Vukica.

— Tvoj nosić je tako pikantan. Svi mladići su ludi za tobom. Kad se ti negde pojaviš, mi devojke da se sakrijemo. Čekaj dok dođe Dalmatinac, samo će u nju da gleda! — okrete se Gordani. Htela je u inat to da kaže, jer nije volela Gordanu, a znala je da ni Gordana nju ne trpi i da utiče na brata.

— Onda idemo! — ustade Vukica. — To je Gordanin kavaljer.

— Možete slobodno sedeti. I ti se, Nela, potrudi da ga osvojiš.

— Ja? Nisam ja tako lepa kao ti! I nisam imala želju nikad prva da osvajam muškarce. Neka oni mene osvajaju. Imaš li, Vukice, cigaretu?

— Još samo dve.

Gordana se malaksalo spusti na fotelju. „Puše. Sad će da sede, a Gvido samo što nije došao."

Čula je kad je lupila kapija. „Sigurno on!" Zaista je čula Maricu:

— Izvolite. Gospođica je gore, u svojoj sobi!

Lako kucanje na vratima. Elegantan mladić, visok kao Gradimir ali crnpurast, pojavi se na pragu.

Gordana se nasmeši i pođe mu dva-tri koraka u susret; on se pokloni i rukova se s njom. Ona mu predstavi svoju sestru i Nelu, a zatim izgovori njegovo ime:

— Gospodin Gvido Vlatković.

Pošto je mladi čovek seo, otpoče prva Gordana:

— Mogli ste da pronađete kuću?

— Lako sam je našao. Znao sam broj... Ovaj kraj je veoma lep. Nisam nikad zalazio ovamo. Prvi put onda kad sam došao s Gradom k vama na ručak.

— Nova predgrađa Beograda su mnogo lepša nego centar. Ja ne bih više mogla stanovati u centru — umeša se Vukica.

— Tvoja kuća je pravi mali zamak! — dodade sanjalački Nela. Gledala je kolutove dima, a u sebi mislila: „Kako je ovaj zgodan! Da li se Gordana u njega zaljubila? Spremila sobicu na mansardi da dočekuje u njoj muškarce... Baš smo joj pokvarile randevu!”

— A jeste li se privikli na sneg? Vi ste Dalmatinac, kod vas nema snega — nasmeši se Gordana.

— Kako da nisam! Već toliko godina ne živim u Dalmaciji, pa sam navikao i na sneg, čak sam poprimio ekavštinu... Dok sam studirao u Beču svake zime sam se skijao.

— Volite skijanje? I ja sam oduševljena tim sportom.

— Kao đak sam voleo, a sada nekako ne stignem.

— Vi kao Grada! A ja ga grdim što ne skija, pa da idemo zajedno!

„Gle, htela bi s njim na skijanje!”, podsmehnu se u sebi Nela. Posmatrala je Gordanu. Bila je tako rumena i lepa: ličila je mnogo na brata.

Mladić baci pogled na Vukicu. Ona zaželi da zadrži na sebi taj lepi muški pogled i brzo otpoče:

— Ja tako volim Dalmaciju. Svako leto idemo na more. Ovde su nam i Sava i Dunav, ali to nije ono što je more. Kažem mome mužu, volela bih da kupimo plac i sagradimo vilu na moru.

— To ste mogli vrlo jeftino da dobijete odmah posle rata. Stranci su čak pokupovali mnoge stare gosparske palate za bagatelnu cenu.

— A da li biste vi živeli u Dalmaciji? — zapita Gordana.

— Leto volim da provedem na moru, ali zimi je prijatnije u velikom gradu...

Nela je mislila šta bi ona mogla reći. Opazila je da se Dalmatinčeve oči sve više zaustavljaju na Vukici. Ona je, zaista, bila lepa! Sva zarumenjena, zlatna i bela... Nela je osećala zlobno zadovoljstvo što on gleda Vukicu zbog Gordane ali joj je bilo krivo što i njoj ne obrati bar malo pažnje.

— Onomad smo ja i Gradimir bili u bioskopu — okrete se Gvido Gordani. — Šetali smo i zajedno otišli na večeru, pa posle u bioskop. Vrlo lep film. On je žalio što niste i vi s nama. Hteo je da vam telefonira da dođete.

— Pričao mi je. Ali, posle bi morao da me prati kući...

— Ja sam mogao da vas otpratim...

— I za vas ne bi bilo prijatno: dvanaest sati noću! Nekad se izgubi tramvaj.

— Pa zar je tebe, Gordana, strah da se sama vraćaš? — upita Nela.

— Nije mi prijatno ovo jedno parče da prolazim sama noću.

— A ja bih smela. Ona naša ulica je tako zamračena od drvoreda, ali mene nije nikad strah.

— Bolje da se ne vraća sama! — dodade Vukica. — Eno u našem kraju šta se desilo. Napali noću neki mladići jednu devojku. Bili pijani — Vukica razveze da priča o tom događaju.

Gordana je mislila: „Da li će skoro da idu?" Volela je sestru, ali se čudila njenoj neuviđavnosti. Pa još ova Nela! Uobražena i pakosna! Oseti da joj je ovo popodne sasvim propalo. Primeti i da Vukica vrlo umiljato posmatra Gvida. „Eto šta znači brak iz računa! Ima skupocene toalete, auto, kuću kao zamak, ali nema ljubavi i svaki lepši može da probudi čežnju u njoj." Potajna ljubomora mučila je Gordanu; borila se da odagna taj bol, jer ga je izazvala sestra.

— Jeste li skoro išli u pozorište? — obrati se Gordana Gvidu.

— Bio sam nekoliko puta u operi. Hteo sam prošle nedelje da idem na premijeru jedne drame, ali nisam stigao.

— Ništa niste izgubili! — dodade prezrivo Nela. — Gnjavaža jedna! Čudim se da daju takve komade. I Vukici je bilo dosadno.

— A ja nalazim da je komad vrlo zanimljiv. Psihološki veoma dubok — izjavi Gordana.

— Zar si i ti bila na toj premijeri?! — začudi se Vukica.

— Jesam. Na drugoj galeriji. Ne volim da sedim u loži, ti znaš. Videla sam vas.

— Moja sestra je čudnovata devojka! Zamislite, gospodine, ne voli auto, ne voli ložu u pozorištu...

— Zašto da se navikavam na to kad ja neću imati auto. Više volim tramvaj ili pešice. A vi, gospodine?

— Ne bih se ljutio da imam auto, ali se zadovoljavam autobusom i tramvajem.

„Kako se pravi skromna!", pomisli Nela. „Misli, to će da joj upali."

Začuše se brzi koraci.

— Ovo je Grada! — reče Gordana.

— I on će doći? — upita Vukica.

— Pozvala sam ga.

Mladi ljudi se vrlo srdačno rukovaše. Gradimir sede na sofu pokraj Nele.

— Kako ste vi, gospođice?

— Vrlo dobro! Pričala sam o vašoj skulpturi. Je l'te da Gordana ima lepu glavu za skulpturu?

— Da... Njene crte su vrlo pravilne. Ima topline u njenom licu...

— Nemoj me sada analizirati! — zbuni se Gordana i pogladi brata po kosi. — Ja i Grada smo pravi drugari! — nasmeši se Gvidu.

— I njega više voli nego mene — prekori je Vukica.

— Pa sestre uvek više vole braću — branio je Gvido Gordanu.

— Ja i Grada se slažemo i u ukusu. Nisi rekao kako ti se dopada moja sobica?

— Izvanredna je. To su te tvoje banatske krpare?

— Vrlo je prijatno kod gospođice! — reče Gvido drugu. — Ja sam odmah opazio. I lep izgled... Gospođica je sve tako lepo namestila.

— A jedva su mi dali ovu sobicu. Grada je morao intervenisati. On mi je sve ovo i kupio.

— Da si meni kazala i ja bih ti kupila! — jogunasto izjavi Vukica, koja oseti ljubomoru što Gordana više voli brata.

— To ja sve od Grade dobijam. Ali zato sam umesila i kolače koje moj brat najviše voli.

— Daj brže! Danas nisam jeo kolače.

— Čekaj, najpre čaj da donesem! — raspoložila se malo jer ju je brat, koga je toliko volela, nekako ohrabrio. Umeo je tako fino da istakne njenu vrednost. A Vukica je samu sebe isticala. Nije bila rđava, čak je vrlo umiljata, ali je volela da svi nju vole: i roditelji, i sestra, i brat, i muž, celo društvo. Možda je to zato što je osećala nedostatak ljubavi, koju nije našla u mužu, jer ga nije volela. To je pojačalo prazninu u njenom životu, koju je popunjavala svim vrstama ljubavi, a uvek čeznula za muškarcem. Gordana je to osećala i zato je htela da doživi veliku ljubav, da se sva utopi u nju, da za nju ne postoji ostali svet već samo čovek koga voli. Osećala je da bi ovog lepog Dalmatinca mogla da voli. Strčala je niza stepenice po čajnik, sipala mirišljavi čaj u šolje, poslužila sendviče, kolače... „Što li nema Nataše? Volela bih da dođe.“

Bila je ljubazna domaćica ali u sebi jetka što su joj došli i nezvani gosti. Kako je sve bila lepo udesila: razgovarala bi prvo s Gvidom, došao bi zatim brat, pa Nataša... A Vukica sada vodi glavnu reč. Tako se raspričala, zagrejala, razveselila. Sad neće da ide zbog Nele jer je došao Gradimir. Nelu nikako nije mogla da podnese. Zar ona da bude žena njenog brata? Ta on je prava umetnička duša: nežan, dobar, umiljat, a opet kakva energija i karakter. A ova Nela je površna, izveštačena, lukava i uobražena. Nataša je bolja za njega. „Što nema te Nataše?“ Još joj je kazala da će doći Grada!

Oblaci dima ispuniše svu sobu. Gordani je malo dosadno: ne može da dođe do reči. Ona, koja je trebalo da bude glavna u društvu, sad je samo glumica s malom epizodnom ulogom. Kao sobarica u komadu, koja služi, nutka, naliva čaj. Oni rasejano uzimaju kolače, zahvaljuju mahinalno, uzvikuju: „Divni su kolači“, a ne prekidaju razgovor.

Gordani je i milo i krivo. Milo joj je što ima društvo u svojoj sobici, a krivo što nije ona sama s Gvidom i bratom. Ova Nela sve joj je jastučiće izgnjavila i izgužvala. I ne vidi kako je zarozala njene lepe banatske krpare. Trebalo je ekserčićima da ih pričvrsti na patos. To se nije setila. Sva joj je sobica došla nekako izgužvana i zarozana.

Začu se lako kucanje na vratima i uđe Nataša. Zastade, pogleda unaokolo i oči joj se zaustaviše na Dalmatincu. Preblede, zadrhta i zbuni se. Oči mladićeve se široko otvoriše i kao malo osmehnuše, ali to niko ne opazi. Vukica podiže obrve, a Nela iskrivi usne i ugrize se...

Gordana ih je predstavljala:

— Moja najbolja drugarica Nataša Kostić.

Vukica nervozno pripali cigaretu i pogleda Nelu. Ona je bila oborila oči.

Gradimir se diže sa sofe:

— Izvol'te, gospođice Nataša, ovde!

Nešto se skotrlja Neli u grudima. Znala je da Gordana nameće Gradi Natašu i bojala se da je njen uticaj na brata jači nego Vukičin.

Nataša je imala guste, crne trepavice koje su senčile tamnoplave oči. Bujna crna kosa uokviravala joj je lice. Bila je krotka i lepa, sa slatkim nosićem i izvijenom gornjom usnicom. Rumenilo joj je izbijalo na obrazima. Nije podizala pogled s jednog jastučeta. Nije smela nikog da pogleda, a srce joj je burno kucalo... „On! To je, dakle, njen Dalmatinac!" Onaj lepi mladić koga svako veče sreće kad se uveče vraća s časa, gde podučava jednog đaka. Uvek na istom mestu se sreću već dva meseca, i uvek joj on dobaci jedan vreo, dubok pogled. To je gospodin Gvido, mladić o kome joj je Gordana toliko pričala i Nataša videla da joj se drugarica zaljubila u njega. A ona, Nataša, o tome lepom mladiću mašta već dva meseca. Nešto joj steže srce, a posle je obuze toplina i radost, bolna, slatka radost što se najzad upoznala s tim mladićem ovako u društvu; nije poleteo za njom na ulici, iako je čeznula da to učini, a opet ga je cenila i mislila da je vrlo otmen mladić kad ne trči za njom. Utisli su joj se u svest njegovi pogledi, te lepe oči, a pitala se uvek: ko li je? šta je? odakle je taj mladić? Sa časa je uvek žurila, strepeći i sva uzbuđena da li će ga videti. Srećom, nije o tome još pričala Gordani.

Nije smela da digne oči s jastučeta, a Vukica ju je prezrivo gledala i mislila kao uvek: „Uobražena!"

Tek posle je podigla oči i pogledala po sobi. Susrela se s tamnim Gvidovim očima. Niko nije opazio taj pogled. Da je Gordana to i videla, pomislila bi da Nataša hoće bolje da osmotri tog mladog Dalmatinca o kome joj je pričala.

Gordana privuče stolicu i sede do nje.

— Zadocnila sam... Bila sam na času kod one devojčice. Duže sam je preslišavala...

Ostali ućutaše i ostade samo ta Natašina rečenica.

— Koliko imate đaka koje podučavate, gospođice Nataša? — upita Gradimir.

— Dva... Večeras sam imala čas s jednom gimnazistkinjom trećeg razreda. Sve predmete je podučavam. Dosta mi to oduzima vremena jer sada moram i ja da polažem.

— A vi ste studentkinja? — upita Gvido.

— Jeste... Na francuskoj književnosti, pa se tako plašimo ispita i ja i Gordana.

— Pa, taj vaš profesor je, svi kažu, zaista najstroži na fakultetu — reče Grada.

— Ali i za vas, Gradimire, kažu da ste vrlo strogi — reče Gvido.

— Je l' to kaže gospođica Slađana?

— Kakvo je to ime Slađana? — zainteresova se Vukica.

— To je jedna mala činovnica u našem preduzeću.

— Ona slatka devojčica! Videli smo je... — seti se Vukica, pa se trže što reče „slatka devojčica", jer je Nela bila ljubomorna. Videla je da se i Gradino lice smrači.

— A, znate Gvido — reče Gradimir — jednog dana ušao sam k njima u kancelariju da mi jedna nešto otkuca. Posle se opet vratim i čujem kako ta naša mala Slađana govori: „Pa nije strašan!" To se na mene odnosilo. Bože, pomislih, da li sam ja strašan svojim činovnicama?

— O, ona vas obožava! I ona i njen brat Nikica. Oduševljeni su vama. „To je laf!", kažu. „Arhitekta! Nagrađen njegov projekat!" Znaju oboje sve građevine koje ste vi projektovali.

— Jesu li i oni Dalmatinci? — upita Grada.

— Otac im je bio Srbijanac, a majka im je Dalmatinka.

— Vi ste rod?

— Ne, nismo rod, ali moji roditelji i njihova majka su od starine u prijateljstvu. Nisam ni znao da su u Beogradu. Slučajno sam na ulici sreo njihovu majku i tako ih posetim ponekad i izvedem u bioskop. Slađana je sva srećna što je dobila službu i toliko vas hvali. A čuo sam i da je jedna vaša službenica zaljubljena u vas.

— Znam. Znam. Ta se u svakog muškarca zaljubljuje.

— Što u svakog? — upita Vukica.

— Tako, to je devojka koja slobodnije živi. Otpustiće je direktor.

— A ako je sirota, Grado?

— Po njenim toaletama se vidi da nije sirota. Ta se vrlo elegantno odeva. Ne živi ona samo od plate... A vaša mala poznanica, Gvido, vidi se da je skromna devojčica.

— To je zlatna devojčica. S majkom je kao drugarica... Da ste videli njenu radost kad je dobila prvu platu! Sve rasporedila stotinarke po stolu i čeka mamu da vidi njenu platu... Žao mi ih je, dosta se mati njena namučila, a iz čestite je porodice.

Gradimir je ćutke slušao i pušio...

Nela zamrze Dalmatinca. „Hvali je, kao da mu navodadžiše.” Opazila je da Gradimir sluša o toj maloj s nekim naročitim zadovoljstvom.

Svi su bili zaneti Gvidovim pričanjem pa je Nataša ugrabila priliku da ga pogleda. I Gordanine oči toplo su gledale Dalmatinca. Uplete se ipak jedna strepnja: „Ko je ta mala Slađana?” Baš će otići da je vidi. Zbog Gvida je zaželela da se upozna s njom.

— Vukice, ja treba da idem — ustade Nela. — Znaš koliko je sati? Osam! — bilo joj se smučilo od te priče o Slađani; i od ove Nataše... Koliko ih je, i sa svima se treba boriti. Ni ovoga puta Gradimir joj nikakvu pažnju nije pokazao... A tako je divan! Uzdahnula je duboko. Dopao joj se i Dalmatinac. Koliko je lepih i dobrih mladića a ona čezne, bezuspešno čezne. Ali i Vukica čezne. Osetila je da ovoliko sedi samo zbog Dalmatinca. Ispričaće to svom rođaku, ali on i ne misli na dugo. Kazao joj je jednom: „Ti misliš da sam ja zaljubljen kao Verter. Dopada mi se, dopadam se i ja njoj; udata je, ne mislim da je teram da se razvodi, jer je ne bih nikad uzeo, a i ona je pametna da to ne bi učinila.” A ona glupa Miloševićka razvodi se s mužem lekarom! To joj je već drugi put. Sigurno je zaljubljena u Gradimira.

Dok ih je auto vozio, obe su ćutale, svaka zaneta svojim mislima.

Kod Gordane još ostadoše Gradimir i Gvido. Kad su se obojica digli da pođu, ona reče:

— Ti, Nataša, ostani kod mene da spavaš.

— Ostaću još malo, ali moram da idem kući. Nisam kazala mami. A ona se toliko uplaši i odmah pomisli da me je auto pregazio.

— E pa, do viđenja, gospođice Nataša! — nasmeja se Gradimir.

Ona ga pogleda veselim tamnoplavim očima; bio joj je u ovom času ravnodušan. Verovala je da će uzeti Nelu. Ali, ovaj Dalmatinac!

On joj priđe da se pozdravi i, kako je bio okrenut leđima Gordani, upravi na nju jedan dubok strastveni pogled.

Osetila je nesvesticu i ostala poluotvorenih usnica.

Gordana iziđe s njima i spusti se niza stepenice u predsoblje da ih otprati. Nataša je bila strahovito uzbuđena. Bi joj teško što je najbolja Gordanina prijateljica. Dakle, one su se obe zaljubile u istog mladića, samo ona zna za Gordaninu ljubav, a Gordana ne zna za njenu. I ne zna zašto je Gvido uvek nju gledao... Zašto da to bude isti mladić?

Skočila je. Ne, ići će i ona odmah. Došlo joj je da trči po snegu, da se smeje, da plače... Ne, ne, ona neće više gledati ovog Dalmatinca!... Sutra će proći drugom ulicom i ako joj priđe reći će mu: „Gordana vas simpatiše!" Ona mora da uguši svoja osećanja. Ovo će biti Gordanin dečko. Ona je dobra, voli drugaricu, bila je uvek iskrena, ne sme da joj zada bol. Ne... nikako! Da li da isprča Gordani da ga poznaje? „Hoću! Ne, ne... Neću." Lomila se da li da joj kaže. Zaključi da je bolje da ništa ne kaže.

Borba između prijateljstva i ljubavi

Nataša se vraćala kući. Sneg je škripao pod nogama, a mraz je štipao za nos i ledio nozdrve. Ušla je u tramvaj i osetila hladnoću na nogama i rukama, ali obrazi su joj bili vrući. Oseti toplo uzbuđenje po celom telu. Rasejano je posmatrala kuće dok je tramvaj jurio. U okviru tramvajskog prozora ocrtavao se Gvidov lik. Ona oseti potajnu radost: „Možda ne voli Gordanu?" Njegovi pogledi na ulici govorili su joj da mu se ona dopada. Gledali su je i drugi muškarci; koliko se muških pogleda drsko upija u ženske oči. A Gvidovi pogledi nisu bili drski, već topli, nežni, ispitujući, kao da želi poznanstvo, kao da je očekuje svakog dana i pozdravlja očima: „Vi ste lepi, gospođice!" Jeste, ona je lepša od Gordane. Ali, nešto je rastuži i najednom oseti da nije dobra drugarica. Seti se da joj je Gordana govorila: „Ti si, Nataša, lepša od mene". Tako iskrene izjave ne daje svaka drugarica. Zaista, Gordana je uvek bila iskrena. Čak ju je pozvala da vidi Gvida... Srce joj se steže, poče prekorevati samu sebe: „Ti ćeš, Nataša, biti rđava ako ne izbaciš iz svesti i srca tog Dalmatinca". Opet se rastužuje. Ona nema ništa od života, i nikada neće imati radosti u svome siromaštvu...

Izašla je iz tramvaja i požurila kući. Mala ulica s turskom kaldrmom zabačena na Čuburi. Sve niske kućice, dvorišta puna stanova. Na ulici je mogla biti lepa, pristojno odevena, čak i skromno elegantna, ali njena kuća, pa dvorište! Kao sokače: sve stan do stana na jednoj strani, a s druge strane šupe, vešernica, klozet. Svakog dana je to posmatrala, ona, studentkinja, buduća intelektualka.

Zar bi smela pozvati u posetu mladića? Njoj je to uskraćeno. Ona nikada nikoga neće smeti da dovede u kuću. Zamrzela je i sebe i svoje roditelje što su je rodili a nisu umeli da očuvaju trgovinu, da njihova deca bezbedno odrastu. Ona će biti od onih devojaka koje šetaju po parkovima i šumarcima; mladići ih dopraćaju do ćoškova ulica, jer se stide da ih dovedu pred kuću i pokažu: „Eno, ja stanujem onde pored onih šupa i klozeta!" Osetila je da je greška što su je roditelji školovali; greška je i što se družila s Gordanom. U podsvesti je osećala i bol i zavist. Kako je Gordana srećna! Otac tako divan i mati dobra žena. Sestra bogato udata, brat jedinstven. Svakog je smela pozvati svojoj kući i predstaviti svoje roditelje. A ona? Najednom se ražalostila i zaplakala. Rastužila se i nad svojim roditeljima, koji su morali da pretrpe propast. Njima je još teže. Mati je bolešljiva, tužna, nervozna; otac ćutljiv. Nisu pričali šta preživljavaju, ali Nataša je osećala. Dve mlađe sestre su bile vesele, a brat nestašan. Bili su mali i nisu preživljavali to što oseća ona. Krila je sve u sebi. Isplakala bi se u svojoj postelji kad bi osetila oskudicu i morala dati svaki dinar od svoje zarade za domaće potrebe.

Ušla je u kuću. Dve sobe, u sredini kuhinja. U jednoj sobi spavale su njih tri sestre, dve gimnazijalke i ona, a u drugoj otac, mati i brat. Morala je još da pregleda sestrin prevod francuskog, da joj napiše reči, da je presliša. Jedva je čekala da se zavuče u postelju. Osećanja su se stišavala u njoj. Prijateljstvo je pobeđivalo: „Sutra neću ni videti Gvida!"

Čula je prepirku majke i oca:

— Nemam, šta mogu? Sve sam ti dao.

— Dušku su pocepane cipele.

— Daj ih obućaru, pa ćemo mu platiti prvog.

— A nismo mu ni prošle platili. Dužni smo mu sto dvadeset dinara. Žali se i on čovek: nije kiriju platio već tri meseca. Kaže, svima na veresiju krpi, pa ne plaćaju. I vešerki treba da platim. Ne mogu sama da perem. Bar za veliki veš.

— A gde da ti nađem pare? Uzmi je, neka pere, pa ćeš joj platiti.

— Sramota me da joj dugujem!

— E, ja nemam, pa da me ubiješ... Šta mi uvek nabrajaš šta ti treba čim dođem kući!

— A kome ću da kažem ako ne tebi? Meni je najteže. Ti se izvučeš pa odeš u opštinu.

— A ja uživam! — prasnu otac. — Idem po kafanama, provodim se! Nemam nikad ni za duvan.

— Baš me briga za tvoj duvan! Ne moraš ni da pušiš.

— Dosta! — lupio je otac o sto. — Da si ti bila drukčija žena ne bismo ni propali.

— Šta? Ja kriva za našu propast! — jauknu mati. Začu se njen plač i jecanje.

Nataša je osluškivala, a sestrice se ućutale. Znala je da je uzrok svađe nemaština. Ah, da je mogla da im pomogne! Žalila ih je nekad a nekad se ljutila. Sve joj je bilo bolno u životu. Osećala je da ona neće imati svoj život, mora biti žrtva porodice. U kući su se svi radovali što će ona završiti fakultet i ponosili su se njome. Ali nisu se radovali da ona postane svoj čovek da bi proživela, već da njih pomaže. I kad završi mučiće se i oskudevati. Već je bilo dogovoreno da ona vodi sa sobom mlađu sestricu da uči gimnaziju i stanuje kod nje. Kao najstarija, bila je mlađima druga mati. Osećanje dužnosti prerano je unelo gorčinu u njenu mladost. Njen život nije imao radost mladosti kao kod srećnih devojaka, koje žive bezbrižno. Jedino se radovala kad je s Gordanom. U njenoj sobici bi odahnula, odmorila se, ručala ili večerala na miru. Osećala je da joj Gordanina mati nije baš naklonjena, ali je odlazila kod njih na Gordanino navaljivanje. Gordanin otac i brat bili su divni. Zažalila je što nema takvog oca, mada i njen tata nije rđav. On bi bio najnežniji da su imali više materijalnih sredstava. Sirotinja i brige guše i roditeljsku ljubav.

Zaplakala je u postelji i zamislila lepi Gvidov lik. Bio je tako lep i s toliko radosti je čekala trenutak kad ide ulicom a u susret joj dolazi taj simpatični, nepoznati mladić.

Sutradan je održala reč koju je sebi dala: prošla je drugom ulicom i nije se srela s Gvidom. Osećala se kao da je učinila neko dobro delo. Pričala je veselo sa sestricama, s mamom, šalila se i zaspala.

Drugog dana se videla s Gordanom i kazala joj da je vrlo lep utisak ostavio na nju taj Dalmatinac. Prijateljica joj je pričala o njemu, sva blistava. Pozvala ju je da prošetaju. Nataša je osećala da je to zbog Dalmatinca. Gordana se nadala da će ga sresti na ulici.

Natašina odluka je bila još čvršća: da se ne sretne s tim mladićem ni sutra, ni prekosutra.

Ali, četvrtog dana, na času s jednom devojčicom, odjednom je osetila umor i ogromnu samoću. Dođe to kao blesak munje i prostruja kroz krvotok: „Danas ga moram videti!" Izvinila se majci devojčice da ima posla i izletela na ulicu.

Pošla je pa zastala. Zar je to prijateljstvo i šta će taj mladić misliti o njoj? Da li će ona u njegovim očima biti dobra devojka? On ulazi u Gordaninu kuću s poštovanjem, jer poznaje i njenog brata. A šta misli o njoj, Nataši, devojci koju samo sreće na ulici? S njom bi se možda zabavljao, a Gordanu je cenio. Možda je iz njenih pogleda, kao svaki muškarac, već formirao mišljenje o njoj, koje nije pohvalno... Radost se ugasi kao plamen sveće. Zastala je pred jednom cvećarskom radnjom. Htela bi da produži a stoji i gleda velike karanfile, crvene ruže i ciklame. „Ne, neću da idem! Gordana me voli, ona je tako iskrena prema meni!" Pojurila je drugom ulicom, a nešto kao da je vuče nazad, neki teški lanac, koji joj se upija u ruke. Odahnula je, zastala, malaksala i pobeđena, pošla je mirno dalje.

A kad je stigla nadomak svoje kuće, najednom se zapitala: „Pa šta je u tome rđavo ako bi se i srela s njim? Mogla bih mu pričati o Gordani. Još bih dokučila njegova osećanja, a Gordana bi bila srećna da joj kažem šta on misli o njoj. Bože, kako sam luda! Toliko ga se klonim, a mogu Gordani da učinim uslugu." Osetila je ponovo da je dobra prijateljica; to ju je umirilo, čak se ponosila samom sobom, čvrstinom svoje volje i iskrenošću prijateljstva. Nije uspela da iščeprka jedno svoje tajno osećanje, skriveno u uglu srca, kao žižak što podmuklo tinja i iz njega izbije požar.

Sutra će ga videti!

Sutrašnji dan je očekivala u grozničavom uzbuđenju. Nekoliko dana bila je snažna i nije ga videla. To je dosta. Da li bi Gordana to za nju učinila?

Jedva je čekala da završi čas. Opet prolazi pored istih radnji, gleda narandže u jednoj piljarnici, zatim rukavice u jednoj trgovini. Prošla je i pored one cvećarnice i nasmešila se karanfilima. Žurila je da se susretnu, da ga pogleda, da vidi hoće li da zastane. Približavao se onaj najlepši trenutak koji devojke vole: prvi susret posle poznanstva i prvi razgovor.

Na uglu gde ga je sretala — nema Gvida. Zastaje, sva klonula. Gde li je? Da se nije naljutio? Možda je čekao, pa otišao razočaran. Da njen sat ne ide napred? Možda. Da se vrati, da pogleda malo izloge... Vraća se, opet ide napred, ali njega opet nema! Naljutila se na samu sebe. Luda je. Bežala je da učini po volji svojoj prijateljici. A da li bi ona njoj to učinila, da li bi ga se odrekla? Čudan preokret dogodi se u njoj: sad hoće da ga vidi, mora ga videti!

U njenom dvorištu tuča. Sve kirajdžije izletele. Vrišti i jauče jedna žena. Ljubavnik je istukao. Udovica, pa drži samca i on je tukao. Ljubomoran... Grde žene, prepiru se; jedna je brani, druge osuđuju... Sve tako, svakog dana razne scene. Setila se Gordanine sobice, tišine, panorame Beograda i osetila se nesrećnom devojkom u čijem životu nema radosti. „Pa zašto da se odrekne Gvida? Da li više vredi prijateljstvo ili ljubav? I da li će nju usrećiti drugarica ili muškarac?"

Sutradan je išla lagano. Najednom joj srce burno zalupa. U susret joj je išao lepi Dalmatinac. Smešio se i skidao šešir:

— Gde ste vi, gospođice, toliko dana? Da niste bili bolesni?

— Nisam, ali prolazim i drugom ulicom kad žurim, a imala sam mnogo da učim pa sam ranije držala čas i ranije izašla — lagala je.

— Ja sam se čudio. Stalno sam gledao da li ćete naići.

„On ne voli Gordanu! Ja mu se dopadam." Smelo ga je pogledala svojim lepim tamnoplavim očima. A on joj se nasmešio i gledao je dok su išli, kao da mu čini veliko zadovoljstvo da je gleda.

— A šta ste vi radili ovo vreme? Ja sam i juče prošla ovuda, ali vas nisam srela.

— Juče sam se izuzetno duže zadržao u banci, ali svake večeri sam mislio da ću vas sresti.

— A jeste li se videli s Gordanom?

— Nisam od one večeri kad sam bio kod njih u poseti. S njenim bratom sam se video.

Poželela je da kaže: „Ona je divna devojka!", ali je ćutala i ništa nije kazala. Zašto sve nju da hvali. Gordana je srećna devojka. Ona će i kuću da nasledi od roditelja, uvek će ona imati kavaljera.

— A gde vi stanujete, gospođice?

— Daleko, čak gore na Čuburi.

— Mogu li da vas pratim?

— Pa... možete... do Slavije.

Kroz one sokačiće neće ga nipošto voditi. Ali ako naiđe Gordana, ako je vidi? Mogla je i Aleksandrovom ulicom da ide.

— Izlazite li svakog dana, gospođice?

— Svakog, ali nekad idem ranije.

— Jeste li vi iz Beograda?

— Jesam. Imam ovde roditelje, dve sestre i brata.

Nije dalje govorila ništa o svojima. Mladić nije pitao.

— A kad završavate fakultet?

— Još godinu i po. Tako se nadamo i ja i Gordana, ako ne padnemo. Kajem se što sam uzela francusku književnost. Ali još u detinjstvu govorila sam francuski. Moji roditelji su nekad bili bogati, otac trgovac, pa sam imala i guvernantu; posle propala trgovina moga oca i život nam se promenio.

— Često je to tako. I ja sam bio iz bogate porodice. Otac mi je imao svoje brodogradilište; posle je sve to propalo. Sada ja pomažem roditelje.

Ona ga toplo pogleda. On bi nju, dakle, razumeo i u siromaštvu, jer je i njegov slučaj isti. To poveravanje kao da ih zbliži. Posle su veselo razgovarali. Ovaj mladić je vrlo učtiv. Nije balavac, a tako je inteligentan. Zar njoj, mladoj devojci, nije potrebno društvo jednog mladića? Ako se njena prijateljica poznaje s jednim mladićem, zar ona ne sme s njim da stane? Ne pravi joj nikakve komplimente, ali oseća da je njegove oči tako toplo gledaju. Ide pokraj njega, priča, a oseća da je on gleda. Sigurno mu se dopada. On je crnpurast, a ona smeđa, plavuša. Da, njene oči su lepe — tamnoplave s dugim trepavicama.

Kako je divno imati društvo ovako simpatičnog i inteligentnog mladića! Pa što da ne stane, da ne prošeta?

— Ja ću tramvajem!

Na Slaviji je sela u jedinicu, samo da je on ne bi dalje pratio. A izgleda da bi on još išao s njom. Stajao je dok tramvaj nije pošao, skinuo je šešir, videla je njegovu lepu kosu. Bila je srećna, tako srećna! Da li da ispriča Gordani? Ne, neće joj ništa pričati, jer o Gordani nije ni razgovarala. Pa ni on nije spominjao Gordanu. Ili da kaže: „Sreli smo se i prišao mi je". Onda bi morala slagati da je o njoj razgovarala. A zašto da je laže? Tako je bilo lepo ovo veče. Sneg, a njoj toplo. I srce joj raspevano, i ulice vesele, čak i njeno dvorište, belo od snega, bilo je veselije.

Kad se sve stišalo u kući, griža savesti se pojavila. Prenula se i probudila iz prvog sna. Mučilo ju je ono što nije bilo rečeno, što nije smela ni sebi da prizna: da se i njoj dopada ovaj mladić, mnogo joj se dopada, a i Gordani se sigurno dopada. Ako pođe s njim uništiće prijateljstvo. A njoj, siromašnoj devojci, više nego Gordani potrebno je da neko misli na nju, da je voli, i da ona voli. „Je li to ljubav?", zapitala se najednom. Svoja osećanja je znala, ali njegova nije. Možda je mladiću potrebna samo zabava i razonoda. Da li ona onda sme da raskine svoje prijateljstvo, koje njih dve vezuje tolike godine?

Uzdahnula je jer nije znala šta da radi. Zatvorila je oči. Osećala se kao da leži na talasima i rešila je da pusti neka je talasi nose...

Burna porodična scena

Vukica je uletela u kuću kao vihor. Bila je vrlo uzrujana. Gordana je bila u svojoj sobici, mati u kuhinji.

— O, ti si, Vukice! — uzviknula je mati. — Došla si kao poručena! Taman sam skuvala kafu. Marice, pazi da ovo pile ne pregori, a mi idemo u trpezariju. A otkud ti tako rano, Vukice?

— Čućeš, mama, i zaprepastićeš se otkud ja ovako rano.

— Šta se desilo? — uplašeno će mati.

— Ne boj se, ništa se nije meni desilo. Ali sva drhtim. Imaš da padneš u nesvest kad čuješ: naš Grada se ženi.

Nekoliko trenutaka mati je zaprepašćeno gledala kćer, kao da ne može da se povrati od čuda, kao da vest o sinovoj ženidbi nije radost već nešto strašno, neočekivano, što nije mogla ni u snu da sneva. Prosto jauknu:

— Ženi? Šta kažeš? A kojom se ženi?

— Raspuštenicom Miloševićkom! — odgovori kći udarajući akcenat na svaki slog.

— Kakvom crnom raspuštenicom! — užasnu se mati. — Zar moj sin da spadne na raspuštenicu? Pa, je li, Vuko, je l’ to onog doktora Miloševića žena? Kad se razvela, gospod je ubio?

— Zimus se razvela. Već se odvojila od njega, stanuje u svojoj kući i hoće da bude žena za našeg Gradu.

— Otkud znaš? Ama, ja ne mogu da dođem k sebi! Zar naš Grada, takav mladić, da uzme raspuštenicu! Pa ona je matora žena!

— Ima preko četrdeset godina. Kad je meni trideset sedam, možeš misliti koliko je njoj. Ali, kako se ona samo doteruje! Čula sam da joj maserka dolazi svako jutro. Hoće da sačuva liniju. Dva puta se udavala.

— I Grada da joj bude treći muž! Da mu nije dala nešto da popije i pošašavi za njom? Kuku! Šta mi reče! Dok samo dođe Živko. Ama, ja to neću dopustiti. Je li, ko ti je to pričao?

— Juče kod mene na žuru, pričaju uveliko. Ja sam znala, mama, da on s njom živi! Muškarac je, šta nas se tiče.

— Jaoj, udata žena pa hvata mladića. Kakvo je vreme nastalo! A njen muž? Šta on kaže na to?

— I on se ženi. Niti on ima protiv da se ona uda za Gradu, niti se ona ljuti što se on ženi svojom asistentkinjom. Sporazumeli se lepo.

Mati se prekrsti:

— Ja to da dočekam od svoga sina! Lep, mlad, vredan, šta je kuća sazidao, pa umesto da mi dovede snahu da se dičim njome on hoće jednom matorom ženturačom da se ženi! Vala, da znaš, Vukice, neće ona ući u moju kuću kao moja snaha. Ama, ja ću da odem pravo njoj u kuću, pa ću da joj podviknem: „Ženo, pogledaj se prvo u ogledalo! Vidi koliko ti je godina, pa reci jesi li ti za mog sina? Badava ti je što se masiraš! Dvaput si se udavala i izrađala, pa hoćeš momka...”

Marica uđe s kafom i mati ućuta.

— Ostavi, Marice, kafu pa idi. Ja ću se, Vuko, razboleti.

— Nemoj, mama, toliko da se potresaš. Mi sad ima svi da ga napadnemo i da mu ne damo da se ženi njome. Sad će Grada da dođe! Kazala sam: „Mami je mnogo teško, dođi odmah!”

— I jeste mi teško. Teže mi ne može biti! Radovala sam se da se lepo oženi. Šta bi mu falila Nela? Fino dete i dobri roditelji, onoliku kuću će da nasledi od tetke. Majka mi njena baš onomad reče: napisala testament, sve Neli ostavlja. Daće u gotovu sto hiljada. A ona je stara žena, nema joj još mnogo života. Da nasledi onu kuću — pa ništa više da ne radi. Čime li ga je ta Miloševićka hvatala? Stid bi me bio celog sveta da se moj sin oženi raspuštenicom i to starijom od sebe — plakala je i govorila: — Mučila sam se i podigla vas. Nisam imala život kao moje drugarice koje su se sve poudavale za ljude na velikim položajima, ali opet sam volela vašeg oca i vas decu. I lepo sam se nadala vas dve lepo da se udate, a on da se oženi. Eto, kako si ti srećna! Svuda u društvu prva, najotmeniji svet ti dolazi u kuću. Tvoj Mika, stariji i ružniji, pa hteo mladu i lepu ženu. Rodila si mu krasnu decu! A moj sin da dovodi raspuštenicu! Pa ona, Vuko, ima i dete?

— Sigurno će mu i dete dovesti. Grada je dobar i voli decu. On će da voli i njeno dete.

— Vuko, molim te, kaži Marici neka mi donese čašu vode. Tako mi pripade muka. Eto šta su deca! Kad porastu, ne slušaju roditelje. Ja kao majka prva je trebalo da znam o njegovoj ženidbi, a ono svet da dođe da mi kaže kako mi se sin ženi! — jecala je. Kao što se bojala da mu se u detinjstvu zlo ne dogodi, bojala se i sada da mu žena zlo ne nanese. Zabolela ju je do srca ta nezahvalnost sinova. Obožavala ga je i najlepše nade polagala u njega, strepeći da ne dođe nedostojna žena i pokrade sve ono što je ona izgrađivala u njemu. Jer, ona se mučila da se on školuje, da postane čovek ovakav kakav je danas, da se ponose njime i ona i otac i celo društvo. Pa zar jedna raspuštenica zaslužuje da dobije njegovu mladost, lepotu i pamet?

— Uzmi, mama, još malo vode. Sad mi je krivo što sam ti to ispričala.

— Kako krivo? Ja sam morala jednom to čuti.

— I meni je, mama, toliko teško.

Plakale su obe. Mati se seti:

— Da ti kažem za tu matoru Miloševićku. Na jednoj slavi je s mužem bila, pa se udesila, i najljubaznije je sa mnom razgovarala. Raspituje se i za tebe i za Gordanu, a ja, jadna, nisam slutila svoje zlo. Lepa je, ali nije mlada. Jaoj, što su današnja deca! Sin zreo mladić, pametan čovek — trideset tri godine!

Vrata se otvoriše i uđe Gordana. Pogleda ih začuđeno:

— Što plačete? Mama, šta se desilo?

— Da znaš, ćerko, šta se desilo! Brat ti se ženi.

— Pa što plačeš zbog toga? To je radost.

— Radost. Jeste, baš je radost — jetko reče Vukica. — Uzima raspuštenicu Miloševićku... Ti si mu uvek tutkala u glavu protiv Nele, a sad ćeš i sama priznati da bi bio srećniji da je Nelu uzeo.

— Ako je imao da bira između Nele i Miloševićke, svakako je ocenio da je Miloševićka bolja od Nele. Vi volite otmenost, a ona je otmena. Sigurno da ima i bolju dušu.

— I ti ćeš bratu odobriti taj brak?

— Ja ne odlučujem o njegovoj ženidbi, nego on sam. Pametan je, pa sam ume da oceni jednu ženu. Bolje je ako se oženi Miloševićkom nego tvojom Nelom. Uh, što mi je odvratna ta devojka.

— A zašto ti je odvratna? — naljuti se sestra. — Umiljata je i fina devojka.

— I odvratna podvodačica.

Vukica preblede:

— Kome podvodačica?

— Tebi! — hladno odgovori Gordana. — Ti se upuštaš u vrlo opasnu avanturu. Zapamti, jednog dana će ti se ta Nela osvetiti, jer si je uplela u tajne svoga života. Sada si očajna što ne možeš da je nagradiš udajom za Gradu.

— Mama, ja ću poludeti! Slušaj samo šta govori i šta podmeće toj devojci! Kako me, mama, strašno kleveće moja rođena sestra!

Mati se razbesne:

— Je li ti, Gordana, šta ti to pričaš? Odavno ja to slušam i hoću da znam o čemu govoriš — lupila je rukom o sto. — Vukica je besprekorna žena koja voli svoga muža i svoju decu.

— Ne odričem da voli svoju decu — odgovori Gordana i okrete se Vukici.

— Pred mamom ću ti reći sve, neka i ona zna, jer tebe treba spasti! Vukica, mama, vara muža s advokatom Tošićem, Nelinim rođakom i ta devojka to zna.

Vukica vrisnu:

— Laže, mama! To je gnusna laž. On je Mikin advokat, vrlo učtiv mladić. Mika ga smatra prijateljem. Zar ja ne smem u svoju kuću da primam nijednog mladića? On dolazi kad u kući ima puno društva. Ali, mama, svet je pakostan: vidi da sam se lepo i bogato udala, puna mi kuća, srećna sam, zavide mi pa hoće da mi napakoste. Eto, i rođenoj sestri su mi napunili uši. I ona veruje.

— Niko meni nije napunio uši, ja sam to sama zaključila. Opominjem te kao sestru da se dobro uzmeš u pamet. Nela ti se pravi iskreni prijatelj, jer se nada da će se udati za Gradu. Propadnu li joj planovi, ti ćeš videti njeno prijateljstvo! A ti svuda s Nelom. Ide za tobom kao senka. Toliko se zaboravljaš da dopuštaš da joj i tvoj muž pravi komplimente, jer je to vaše „dete”. Vrlo je naivno to „dete”! Mene vređa, Vukice — Gordana udari u plač — što ti mene kao rođenu sestru smatraš neprijateljem! A ja te volim, i sve ovo što govorim najiskrenije kažem. Ti si se udala kao što si htela i moraš svoga muža da čuvaš, jer on ti pruža ono što ti Tošić i drugi nikada ne bi pružili, a ti ne možeš bez bogatstva.

Vukica je plakala, uvređena. Tek posle duže pauze izgovori:

— Niko me, mama, ne razume u životu.

— Znam, dete moje, i mene mnogi nisu razumeli. Ti, Gordana, više ovako što da ne govoriš. Nela je, ipak, dobro dete. Je li te, Vuko, ikad uvredila?

— Nikad, mama! To je zlatna devojka.

Vrata se širom otvoriše i upade Mika:

— A ko je to „zlatna devojka”?

— Za Nelu kažem. Zar nije zlatna devojka, i za našeg Gradu, a Gordana je ne trpi.

— Kako da nije zlatna! Sad sam baš, Vuko, svratio do njih. Prošao onuda autom, pa svratio na kafu. Oni me uvek lepo prime kad dođem. Nela je bila sama. Odmah ona meni iznese višnjevaču, kafu. Slatko smo se narazgovarali.

Vukica širom otvori uplakane oči i oštro ga pogleda. Prvi put se javi sumnja u njoj. Da li je to zbog Gordaninih reči? Da ova njena nastrana i malo čudnovata sestra nije psiholog? Ipak, to nije moguće. Kako sumnja može da navede čoveka na zle misli! Nela je dobro dete. Zar će ona Miku da gleda pored Grade? Grada i Mika!

— Šta ste se rasplakale?

— E, moj Miko, ti ne znaš naše zlo: Grada se ženi raspuštenicom Miloševićkom! — reče Vukica.

— Auh! Pa zar ne nađe nešto mlađe? Batal'te, kakva Miloševićka! On to onako ide s njom. Zar će muškarac svaku svoju ljubavnicu da uzme. Ne da se Grada! Ih, a vi sve tri udarile u dreku! Vas dve plačete zbog Nele, a Gordana zbog Nataše. Lepo devojče ona Nataša!

— Nemoj, Miko, da podbunjuješ Gordanu. Ona će sad da uvrti u glavu da Grada treba s Natašom da se oženi.

— Toliko sam pametna da mu ne namećem nijednu devojku. On nije balavac.

— Pa i ja to kažem Vukici! Šta si ga zaokupila za Nelu? Ako mu je volja da je uzme on će sam da je zaprosi. Kad god dođe ona ga saleti: „uzmi Nelu”. Ostavi ti Gradu! Lep je mladić, naći će on u Beogradu sto takvih kao što je Nela.

Žena ga opet oštro pogleda, a Gordana se ironično osmehnu:

— Šta ti, Miko, sad to govoriš? Pa i ti si mu za Nelu uvek govorio.

— Govorio sam mu, ali ako čovek neće — ne možemo silom da ga nateramo. I ja sam birao kad sam se ženio i vidiš kakvu sam ženicu našao! — potapša Vukicu po plećima i ona se osmehnu. Njen Mika je prosto zaćoren u nju.

Grada upade u sobu:

— Šta je mami? Uplašila si me. Šta se dogodilo? Vidim, svi ste plakali.

— Bolje da sam umrla, sine, nego što sam ovo čula danas za tebe.

— Za mene? Šta si ružno čula da moraš da plačeš?

— Čula sam za Miloševićku. Boga ti, reci mi čime te je omađijala? Znaš li ti koliko je njoj godina?

— Znam! A što mi sve to pričaš?

— Pričam, jer se njome ženiš. To već ceo Beograd zna.

— A ja, mama, ne znam. Ženim se Miloševićkom! O, bogami, što žene mogu da raspredaju! Odeš jednoj ženi u posetu, sutradan si je već isprosio… Jeste li me zato zvale? Ostavio sam posao i potegao čak ovamo. Plačete zbog Miloševićke! Veruješ li ti, Miko?

— Ne verujem. Ti ćeš nešto mlado da nađeš. Ne bih je ja uzeo ni da sam momak. Istina, lepa je žena, ali dvaput se udavala.

— Ko to sve priča?

— Ja verujem, sine, da je to tačno. Ti ćeš nas jednog dana da prepadneš i iznenadiš. Zašto ne uzmeš Nelu?

— Neću još da se ženim. A kad me vi terate, ja baš onda neću. O svojoj ženidbi sâm ću da odlučujem.

— Tako je! — pljesnu ga zet. — I ja grdim Vukicu. Govorim joj da te ostavi na miru...

— Ti me, Miko, sekiraš. On neće naći bolju devojku od Nele.

— Bolja je Nataša! — ubaci Gordana.

— E, znaš, tu tvoju Natašu ću da isteram iz kuće! — prasnu mati. — Stanuje na Čuburi, sirotinja! I ti želiš svome bratu da u takvu kuću ulazi. A ja da dočekujem njenog oca i majku i posadim ih ovde za sto s nama. Ona trči za tobom samo zbog Grade.

— Varaš se, mama. Ona je gorda devojka.

— Koliko si naivna, Gordana — naljuti se Vukica. — Prilepila se uz tebe ne bi li uhvatila Gradu.

— Onda se i Nela prilepila uz tebe zbog Grade.

— Njoj i priliči da bude Gradina žena. Jedan joj teča general, pa ujak joj ministar, brat od tetke vojni ataše, i brat od strica joj diplomata! — uzbuđivala se mati.

— Jaoj, Grado, mama prosto crče za diplomatama — nasmeja se Gordana. — Izvini, mama, ali moram da ti se smejem.

— Nego treba da obožavam geake tvoga oca. Kad se samo setim jednog njegovog strica i strine. Dosadili su mi! Dođu u Beograd, pa se razbaškare, raspilave. Pa tek meni: „Snaho, hoćemo li po jednu vruću?" A ja moram da im spremim vruću rakiju. Vaš otac nije dao da se dirne u njegove seljake Šumadince, kao u oči.

— Što, mama, tako govoriš? A znaš kako su oni nas dočekivali u selu — sažaljivo reče Gordana. — Mesto su nam na glavi činili kad mi dođemo u selo. Ja volim tatinu porodicu. Kakvi su to kršni Šumadinci zdravi, prirodno bistri. Grada je seljak! I ja sam seljanka! Ali se ponosim time, jer smo i ja i Grada nasledili sve zdravo, lepo i rasno od seljaka.

— Eto, tako je njihov otac uvek govorio! Hvala bogu te mi se odbiše ti seljaci od kuće. Treba, ćerko, da se ponosiš porodicom svoje majke... Nego, Grado, sine moj lepi, hoću iskreno da mi kažeš: je l' nije istina za Miloševićku?

— Nije, mama, živa mi ti! Što slušaš svet?

— Ovo me je, sine, danas prekinulo. Sumnjam da se neću razboleti.

— Nećeš, mama! Nego, ja vam, evo, svima sad kažem: nećete poznavati devojku kojom ću se ja oženiti. Uzeću je za ruku, odvesti u crkvu, venčaćemo se, pa ću je dovesti vama i reći: „Ovo je moja žena!"

— A ti ne misliš, sinko, da bi tog trenutka mogla kap da me udari?

— Kakva kap! Ti ćeš biti zaljubljena u moju ženu. Ama, naći ću ja nešto što će i tebe da očara.

— Ako ne bude imala diplomate u porodici, mamu neće očarati — smejala se Gordana.

— Uvek pecka kao njen otac. Ne volim, sine, da se tako ženiš. Zašto da kriješ od porodice? Zar smo ti mi neprijatelji?

— Moram, jer ste se vi svi organizovali da me ženite. Nisam ja budala da me porodica ženi.

— Slušaj, mama, šta govori! Mi se organizovali! — kao čudi se Vuka.

— Ti, mama, opet plačeš! Bogami, smešno mi. Moram da te umirim — smejao se sin. — Hoćeš jednu stotinarku?

Mati se kroz suze osmehnu:

— Kako da neću! Kraj je meseca.

— Evo, mama!

Sin se saže i poljubi je, a mati se još više razneži:

— Zato plačem što znam kako si dobar, nežan, voliš porodicu, pa se bojim da ne budeš nesrećan u braku.

— Ako budem nesrećan, razvešću se! To je danas najlakše.

— A zašto da ne otvoriš oči kad se ženiš, pa da imaš decu, porodicu?

Gordana mu priđe, ulagujući se:

— Bratiću, ala ti zvecka u džepu! Koliko ćeš meni dati?

— Jaoj, što je ovo vešto dete! Uvek mi svu sitninu pokupi. Dosta, ostavi mi bar za tramvaj! Mama, sad moram da idem! Ostavio sam posao... Zašto su me one zvale!

Rastali su se prijateljski i mir je opet zavladao u kući...

Jedna činovnica je otpuštena

Borka je plakala a druge tri činovnice su je brižno posmatrale. Ružica ustade i zagrli je:

— Nemoj da plačeš! Šta ti je rekao direktor?

— Kaže da mu nisu potrebne četiri činovnice i odlučio je da mene otpusti... Šta sad da radim? Nikoga nemam. Da živim od milosti muškaraca. A oni su odvratno sebični. Ja ću se ubiti! Raskinula sam s onim tipom. Bacila sam mu onomad na glavu sve što mi je palo pod ruku. Htela sam da otpočnem drugi život. Jedna stara penzionerka boluje od gihta, kod nje sam našla stan, zasebnu sobu i hranu, sve za pet stotina dinara. Neka dobra žena. Voli sa mnom da razgovara, želi da nadgledam njenu služavku. Nemoćna, jadna, ne može da se digne iz postelje, služavka radi šta hoće. Sad prvog je trebalo da se uselim. Još mi je rekla da mogu da izađem uveče i da dovedem drugarice; voli mlado društvo: „Razveselim se, kaže, i ja". Bila sam toliko srećna što ću se osloboditi poniženja. Muškarci su me izmučili. Zgadili su mi se. A sad sam na ulici, bez posla. Treba opet onog gada da molim da me izdržava.

Ružica pogleda Slađanu:

— Slušajte, mala, vi ćete da odete do Markovića! Ja sam bila kod direktora, ali na njega ne može da se utiče. To je neosetljiv čovek. Izgleda, hoće da dovede muškarce, toliko je diplomiranih tehničara koji čekaju službu. Možda će nas vremenom sve izbaciti? Nego vi, Slađana, da odete do Markovića i da ga zamolite za Borku.

— Neću nikog da molim! — uzviknu Borka.

— Ćuti, Borka! Ti si lepa i mlada. Ja ću tebe da udam. Nego vi, Slađana, da odete...

— Mislite da ću moći nešto da učinim? Ako vi u to verujete, idem vrlo rado.

— Idite! Vi imate tako umiljato lice. Marković je vrlo dobar čovek. Imala sam prilike na građevinama da vidim kako je duševan prema radnicima. Svi ga vole. Idite vi samo, Slađana, ja znam šta govorim. Pokušaćemo sve da ostaneš, Borka.

— Ja ću se ubiti!

— Ti ćeš se udati, a nećeš se ubiti!

— Neću niko za mene da interveniše! Slađana, nemojte da idete! — spustila je glavu na sto i zajecala.

Ružica je pomilova po kosi, a očima dade znak Slađani da ide.

Mala činovnica izađe u hodnik. Sva se ohladi od straha, kao da ide na ispit. I nju će jednog dana ovako otpustiti. Samo, ona ima majku, a ova jadna Borka nema nikoga. Zašto su ljudi tako svirepi? Zastala je, misleći šta da kaže. Seti se Borkinih reči: „Ja ću se ubiti!” Obuze je neka čudna jeza. Priđe vratima i kucnu malo jače.

— Slobodno! — začu se muški glas.

Slađana otvori vrata. Arhitekta je sedeo za stolom zadubljen u neki crtež. Na pepeljari je stajala cigareta. Krupne crne oči podigoše se prema devojčici.

— Šta ste hteli, gospođice?

— Izvinite što sam došla. Vi radite, prekinula sam vas, ali sam morala doći. Nešto se dogodilo. Ne znam da li znate? Borku je otpustio gospodin direktor.

— Da, rekao mi je.

— To je za nju strašno. Ona nema nikoga, ostaće na ulici.

Arhitekta odgurnu crtež, nasloni se na naslon stolice, odupre se rukama o sto i pažljivo pogleda malu činovnicu.

— Ne bih rekao da su tako loše materijalne prilike gospođice Borke. Ona je vrlo elegantna devojka; sudeći po njenom odevanju, može se zaključiti da joj služba i nije potrebna. A ima toliko nezaposlenih kojima bi to bio jedini prihod.

— Ne! Dopustite mi da vam kažem: pogrešno ste obavešteni o njenom životu. Ona je jadno stvorenje, koje treba žaliti i zaštititi.

Marković uze cigaretu, ustade i stade ispred uzbuđene devojčice. Gledao je nekoliko sekundi, a potom se osmehnu i upita:

— A zašto se vi zalažete za gospođicu Borku?

— Zato što sam je toliko puta videla nesrećnu i što je sve to u njenom životu, što vi možda znate i zbog čega je otpuštate, tako strašno... I nije došlo što je ona htela, nego je život naterao. Ona nema nikoga, ni oca ni majke. Svi muškarci su bili svirepi prema njoj... — zastala je. Osetila je kako je guše reči koje izgovara, a one krupne crne oči mladog čoveka ćutke je posmatraju kroz oblak duvanskog dima. Devojka malo predahnu pa nastavi, još odlučnije, o tome kako su Borku svi zlostavljali. Ućutala je najednom, zaprepašćena i sama što je sve to izgovorila. Pogleda pravo u oči svoga šefa.

— A mislite li da je gospođica Borka morala trpeti sva ta poniženja? — upita on.

— Možda je morala... ne znam... A šta će biti s njom kada ostane na ulici? Ona će se ubiti! Vi to nećete dopustiti. Je l'te da nećete? — prišla mu je korak bliže i gledala ga molećivo svojim krupnim zlatnim očima. Bela kragnica od angorske vunice, iz koje se izvlačila njena glavica kao cvetić iz čašice od paperja, još više je isticala rumenilo njenog lica. Lepršava kestenjasta kosa prelivala se kao med.

— Vi se, gospođice, meni obraćate kao da je ovo moje preduzeće. A ovde sam i ja činovnik kao vi. Kad je u pitanju postavljenje ili otpuštanje, o tome odlučuje samo direktor. Zašto niste otišli da njemu sve ovo kažete?

— Direktor će pre vas da posluša nego nas činovnice. Vi ste najvažniji u preduzeću, svi kažu. Vas i direktor najviše ceni i neće vam ništa odbiti.

Arhitekta se nasmeja:

— Kako vi umete da zaključujete... Ne bih nikada mogao pomisliti da tako mlada devojka ume tako da govori.

— Svako ko se mučio, razumeće devojku kao što je Borka.

— Vi odobravate njen život?

— Ne, ne odobravam! Ali razumem zašto je morala tako da živi. Nije bilo nikoga da je zaštiti. Zar vi nećete da je zaštitite? A svi kažu kako ste pravedan čovek i dobar prema radnicima, i oni vas svi vole...

— Pokupili ste sve informacije o meni da biste me ganuli — nasmeši se inženjer i pogleda te zlatne očice.

— Nije potrebno vas ganuti da biste učinili dobro delo. Vi ste dobar čovek.

— Pa, dobro. Hoćete li vi da joj ustupite svoje mesto? Vi imate majku činovnicu.

Njene ruke klonuše niz telo i ostadoše opuštene kao dve slomljene stabljike. Krv joj se najednom izgubi iz lica i njeni obrazi pobeleše kao kreda. Samo su joj oči blistale zlatne, tople, nevine, uplašene.

Mladi čovek je stajao na dva koraka ispred nje i posmatrao je. Video je sve te promene. Najednom se nasmejao prijatnim ohrabrujućim osmehom:

— Kako ste se uplašili! Ne bojte se, drago dete.

S njenih drhtavih usnica lagano su kliznule reči:

— Ja joj ustupam svoje mesto. Neka ona ostane, a mene otpustite, ja imam divnu majku i brata. Oni me vole, neću ostati na ulici.

Arhitekta je toplo pogleda. Nekoliko trenutaka se oduži taj pogled.

— Imate dobro srce — reče zamišljeno.

— Vi imate još bolje srce. I Gvido vas hvali, kaže da ste vrlo dobri.

Oči mladog čoveka se najednom zamračiše; on kroči dva-tri koraka prema prozoru. Zagleda se kroz prozor, a potom se naglo okrete:

— Dolazi li vam Gvido često?

— Ne dolazi. Onda smo bili s njim u bioskopu i šetali smo još jednom ja i moj brat s njim. Pokazali smo mu sve vaše građevine. To su prave palate! I Gvido se divio. A moj brat je bio nesrećan što ne može i on da bude arhitekta kao vi. Mora u vojnu akademiju.

— Je li dobar matematičar?

— Ima pet iz matematike. Gotovo je odličan.

— Pa što ne ide na tehniku?

— Skupo je — uzdahnu Slađana. — I mama je rada da što pre prebrine brigu o njegovom školovanju.

Ovaj mali prijateljski razgovor malo joj ublaži strah od Markovića kao šefa. U njenoj glavici neprestano je bila misao o Borki i zadatku zbog kojeg je došla.

— Je l'te, gospodine Markoviću, hoćete li da se zauzmete za Borku?

— Pokušaću sve što mogu. Ali, to nije u mojoj vlasti. Možda direktor neće hteti da je zadrži.

— Ako se vi zauzmete, uverena sam da vam direktor neće odbiti. Molim vas, učinite to! Znajte da ćete učiniti jedno dobro delo — sklopila je ovlaš ruke i gledala ga umiljatim, molećivim očima.

On se naglo okrete, priđe joj i stade korak ispred nje:

— A ako ja ne uspem kod direktora, hoćete li me mrzeti i reći da nisam dobar čovek?

Dva zlatna oka tužno pogledaše u njega; devojka pomisli da se on unapred ograđuje od onoga što zna da mora ostati u važnosti. Ona sva zadrhta kad oseti kako njene dve male sklopljene ruke obuhvatiše i stegoše dve snažne, tople šake muškarca. Vrelina joj udari u glavu, sve se uskovitla u njoj, uzmuti joj se u glavi, kao da iz tih krupnih očiju izbija neka ogromna vatra koja će je sagoreti. Ali, najednom, muške ruke se odvojiše i mladi čovek brzo priđe stolu; uze crtež i zagleda se u njega. Bora mu se ocrta na čelu. Ona ga je uplašeno gledala, ne mogavši da dođe do reči, iznenađena njegovom naglom promenom. Zašto se najednom namrštio?

— Dobro, gospođice, ja ću razgovarati s direktorom. Sve što do mene stoji učiniću.

Nije je gledao dok je govorio. Otvori jednu fioku pa je zalupi; otvori i drugu: poče da pretura po fiokama kao da ne opaža njeno prisustvo. Setila se da treba da mu odgovori na malopre postavljeno pitanje. Možda je zbog toga ljut.

— Ja neću misliti da niste dobar čovek, ako ne uspete; i neću vas mrzeti. Vi ste se naljutili? Izvinite što sam vas uznemirila.

Mladi čovek zalupi naglo fioku, podiže glavu i pogleda devojku:

— Nisam ljut — osmehnu se. — Imam posla. Tražim jedan crtež. Dakle, tako, razgovaraću s direktorom.

Seo je i nije je više pogledao; ona je lagano izašla iz kancelarije. Bila je toliko uzbuđena da je morala malo zastati u hodniku. Ovako usplahirena nije smela da uđe u svoju kancelariju. „On će, ipak, učiniti sve što može... Ali, zašto se najednom namrštio?" To nije mogla da protumači. A kako je lep kad se nasmeje.

Kraj peći u hodniku sedeo je poslužitelj. Prišla mu je. Nešto veselo provlačilo se kroz njenu svest, nešto tajanstveno i lepo.

— Kako ste, čika Đorđe? Je li vam zima?

— Ovako pored peći razgrejem stare kosti, pa mi nije hladno... A zar Borku otpustili? E, jadnica! Pa šta će sad? To onaj tamo nema srca! — pokaza na direktorovu kancelariju. — A Marković je dobar... Ne bi je on otpustio.

— Ja sam išla i molila da je zadrže. Mislite li da će on moći što da učini kod direktora?

— Hoće, samo ako se zauzme. To je dobar čovek! I mene su jednom hteli da otpuste, pa ja zamolio Markovića. Bog neka mu da zdravlje! On se zauze i ja ostadoh... Kad mi je ćerka umrla, Marković mi je dao trista dinara za njen pogreb. „Na", kaže, „čika Đorđe, neka ti se nađe za sahranu."

— A zar ste vi imali ćerku, čika Đorđe?

— Imao sam, jedinicu. Učila je za modistkinju. Pa se razbole od slepog creva i umre posle operacije. Od tada ne marim za život. Ali šta ću, mora da se živi. Žena još kuka i plače za njom. A ja kad vas vidim, kao moju Lepšu da gledam. Po suncu hodali, isti ste kao moja Lepša — stari poslužitelj se saže i baci grumen uglja u peć da sakrije suze u očima.

Rastužena, Slađana pođe u kancelariju. Kad je ušla sve tri činovnice podigoše glavu. Upitno su je gledale.

— Kazao je da će sve učiniti što stoji do njega. Razgovaraće s direktorom.

— A kako vas je dočekao? — upita Jelka.

— Vrlo učtivo. Pažljivo je slušao sve što sam mu kazala. Rekla sam mu da Borka nikoga nema.

Borka pokri lice rukama.

— Ne brini, Borka — veselo reče Ružica. — Predosećam da ćeš ostati. Marković sve može. Posle podne ćemo mi to već znati... Ćutite! Njegova vrata se otvaraju. Jelka, proviri... Vidi ide li direktoru?

Jelka tiho odškrinu vrata.

— Ode!... A znate šta sam čula za Markovića. Kažu da ima jednu raspuštenicu. Skoro se razvela s mužem. Kažu da će njome da se oženi. A starija je od njega. Znaš je, Ružice, i ti. Doktora Miloševića žena. Sećaš se onda u pozorištu kad je Marković stajao s jednim čovekom i jednom lepom ženom. E, to je ta gospođa.

Borka je slušala, a i Slađana je upijala svaku reč.

— Ne verujem da bi Marković uzeo raspuštenicu i to stariju od sebe. Koju god bi devojku u Beogradu zaprosio pošla bi za njega. Svet voli da izmišlja — reče Ružica.

— E, moja Ružice — uzdahnu Jelka — uhvate udate žene mladića pa ga ne puštaju. Mrzim te što hvataju mladiće... Bila udata, imala muža doktora, pa joj nije po volji nego se razvodi i hoće Gradimira! A mi, jadne devojke, nikad da dođemo na red da se udamo. Šta bi, na primer, Markoviću falilo da se oženi jednom od nas?

— Ništa mu ne bi falilo, samo jedna kuća uz nas — nasmeja se Ružica gorko.

— Pravo kažeš. Ta Miloševićka ima kuću. Znate, kad tako nešto čujem, izgubim volju na sve muškarce. Nema idealista. Svaki hoće novac.

— Neka idu do đavola svi muškarci! Samo da naša Borka ostane. Nego, ja imam jednu novost da vam saopštim. Sutra instaliram radio! — pohvali se Ružica. — Ispunila mi se najveća želja. Zamislite, uzmem pletivo, skuvam crnu kafu, pa šetam po Evropi: čas sam u Milanu, čas u Beču, Parizu, Pešti. Imate u nedelju sve da dođete k meni da slušamo radio. Umesiću i kolače, pa ćemo se i bez kavaljera lepo provesti. Slađana, povedite i vašeg Nikicu. Što je to zlatan i pametan dečko!

— Hvala. Dovešću ga — rasejano odgovori Slađana. Nije mogla nikako da potisne misao o toj raspuštenici. Divljenje koje je osetila prema Markoviću najednom splasnu. To je zabole i rastuži. Jedan dodir njegovih ruku elektrizirao ju je svu. A ko zna koliko je žena ovaj Marković uhvatio za ruku. Ima i ljubavnicu raspuštenicu. Sad je znala zašto se namrštio; setio se sigurno te Miloševićke i pokajao se što joj je uhvatio ruke. To je bogata i lepa žena, a ona je sirota devojka čista srca. Bolje što sve ovo zna, i što je sagledala Borkin život, da bi bila oprezna. Ne, ona se neće predati ljubavi do zaborava; neće verovati muškarcima!

Jelka je donela četiri kifle i razdelila im. Slađana je osećala kako teško guta; kifla nema nimalo ukusa.

———

Kad su posle podne došle na posao, direktor je pozvao Borku i saopštio joj da će ostati u preduzeću.

Ona se vrati u zajedničku kancelariju i ravnodušno obavesti o tome devojke.

— Ostala! — uzviknuše Jelka i Ružica.

— Pa što se ne raduješ? — upita Ružica. — Vidite, deco, našeg Markovića! Sad bih ga mogla poljubiti. Baš je to divan čovek! Nije imao srca da odbije kad ga je zamolilo ovako slatko devojče. Ama, pametna sam ja! Znala sam koga treba da pošaljem.

— On je zaista dobar čovek — reče Slađana. — Nema značaja to što sam ga ja zamolila.

Kakva ona, kad on ima ljubavnicu, i to tako lepu i otmenu gospođu. Ipak, osetila je potajnu radost što je bar nešto mogla da učini za Borku i što je mogla da utiče na ovog ozbiljnog arhitektu.

Nesreća

Vraćali su se od Ružice, u nedelju, njih četvoro: Slađana, Nikica, Jelka i Borka. Svi su bili raspoloženi jer su se prijatno proveli. Slušali su muziku, igrali, Nikica im je bio kavaljer, jeli su kolače i u pola osam pošli kući. Išli su zajedno do jedne raskrsnice. Tu je Jelka sela u tramvaj, Borka je otišla desno, a Slađana se s bratom uputila pešice kući.

Borka se teškim koracima pela stepenicama do četvrtog sprata svoje sobice. Bolna stvarnost života blesnu ponovo pred njom. Sela je na postelju, ukočena pogleda, i po ko zna koji put sagledala sva poniženja svoga života. Setila se i pisma koje je dobila pre neki dan. Ponovo ga pročita:

Nevaljala si uvek bila i nevaljala ćeš ostati. Ispumpala si me; to ti je i bio cilj. Ali, hvala bogu, uvideo sam koliko si lažljiva i prepredena. A još sam mislio da te nazovem svojom ženom. Znam da ćeš nastaviti život kakav si uvek vodila. Možda će se naći neki slepac koga ćeš usrećiti, ali ja sam imao dobre oči da vidim kakvo si ti đubre!

Gorko se osmehnula. Nije osetila uvredu zbog tih reči u pismu, prezirala je toga čoveka. Svi je smatraju lakom, svi su joj razbijali iluzije o čestitom životu. Niko nikada nije osetio da u njoj tinja želja da bude dobra supruga, da ima svoj dom, svoju decu, svoj ugled. Za sve muškarce bila je samo ženka, koja uzima i ostavlja, nikoga nema da je zaštiti. Ni u kancelariji nije imala zaštite. Zadrhtala je od bola. Svako ima bar jedan miran, srećan kutak gde se leči od zla koje život donosi. A gde je njen kutak sreće? Samo ova gola sobica. Pala je na jastuk i prigušeno zajecala. Najdublji njen bol bio je Gradimir. U svakom njegovom pogledu osećala je ravnodušnost. Nije strašno to što je bila otpuštena, već je strašno to što je i on za to znao. U potaji je pomišljala da mu se možda dopada, a sad je uvidela da je nije ni primećivao. Morala je druga da moli za nju... Grčevito je zajecala i zarila glavu u jastuče. Slađana da moli za nju! Nije on nju zadržao zbog nje, već da ispuni molbu te lepe devojčice. Nju, Borku, niko ne ceni. Za sve je samo laka devojka. Niko ne pomišlja na to da i ona ima pravo na čestiti život. A htela je da otpočne nov život. Još samo dva dana i preselila bi se kod one stare, nemoćne žene. Borka se duboko zamisli: zašto ona živi? Da pati, da je ponižavaju, preziru. Jednoga dana naći će se ona na ulici. Ustala je sa strašnom odlukom.

— Ubiću se! — šaputala je bolno kao u ludilu. — Ko će mene žaliti? Niko! Ni otac, ni mati. Sahraniće me kao beskućnika za kojim niko ne plače. Koliko se života ugasilo tako, a niko ne zna.

I njen život će se tako ugasiti. Misliće, nesrećna ljubav. Ljubav! Sve što se zvalo ljubavlju u njenom životu bilo je poniženje. Umreće i ostaće pusta njena sobica. Stvari u sobici je volela: razneće vaze, onu lepu fotelju, zavesice, koje je šila svojom rukom. Među tim stvarima čeznula je o sreći, koju nije doživela. A verovala je da će jednog dana kao mati, kao dobra žena, iskupiti svoj greh. Ali, niko joj nije verovao.

Milovala je rukom stvari kao živa bića. Našla je jednu sličicu isečenu iz novina: Gradimir. Lepe i krupne crne oči. Nikada je nisu ni pogledale; i nikada više ni ona neće videti te oči. Nije ga mogla osvojiti. Spustila je vrele usne na sliku i bacila je u plamen. Popravljala je jastuče na sofi, mirnim nesvesnim pokretima. Otvorila je jedan kofer. Tu je bilo uže, koje je vezivala na terasi kad suši rublje. Bilo je jako. Iz fioke stola izvadi tabačić za pisma. Hladan znoj je obli. Za trenutak se javi i strah, koji se suprotstavljao njenoj odluci. Ali, ne! „Tako mora biti." Šapuće i ispisuje reči na hartiji. Redovi se nižu:

Moj život nije nikome potreban. Nikoga ne krivim za svoju smrt. Moje koleginice su bile dobre prema meni i volele me. I u preduzeću svi su bili dobri i sve sam volela.

Zaplakala je: volela je Gradimira i nije htela zbog njega da ma kakva optužba padne na preduzeće. Satić kuca na stolu, a u njoj je sve mirnije. Suze se suše. Rasprema sto. Neka ostane sve u redu. Uzima konopac, vezuje omču. Jednu stolicu prinosi prozoru. Odmerava visinu. Pokreti su joj mirni, hladni, kao da hoće da stavi zavesu. Gasi svetlost. Navlači omču oko vrata. Jednom nogom obara stolicu. Telo se cimnu i opusti...

———

U kancelariji Građevinskog preduzeća AD direktor je nervozno šetao. Kraj prozora je stajao arhitekta Marković.

— Ama jesam li ja vama, Markoviću, govorio da neću ženske da držim u kancelariji! Nema ništa lakše nego soda ili vešanje. Sad će se pomisliti da smo mi krivi. A vi znate da sam je ja ponovo zadržao. Novine će razvezati o tome, da istražuju uzroke i čim je sirota devojka, krivi smo mi vlasnici i bogataši. Ama, zato ću muškarce da dovedem...

— Ona naše preduzeće nije okrivila. Čak je bila pažljiva i u poslednjem času je odstranila svaku sumnju od nas. Vidite da je dobro što ste me poslušali i ostavili je. Da ste bili uporni i da je niste vratili sad bi bilo loše po sve nas.

— Za vas ne bi, nego bi sve po mojim leđima. Kao što i sada treba da podnosim i trošak oko sahrane.

— Ako želite, ja ću podneti taj trošak — oštro reče Marković.

— Što sad vi? Kao da me i vi osuđujete. Zaboga, to su neprijatne stvari, moram da budem ljut. Živela devojka, provodila se i jurcala, zbog svojih ljubavnih avantura se obesila, pa posle krivi poslodavci!

— Vama čovek ne može da dokaže — naljuti se Marković. — Nije vas ni za šta okrivila i neće vas ni glava zaboleti. Ja ću platiti sve za njenu sahranu.

— Slušajte, Markoviću. Sirotinju ja bolje poznajem nego vi, jer se s njom bakćem tolike godine. Nikad vam neće reći hvala. Dovoljno je da ste bogati, sirotinja vas mrzi. Činim ja toliko sirotinji, dajem i kapom i šakom, pa mi niko ne kaže hvala. Nego, hoćete li vi da odete na pogreb? Javite nekom pogrebnom preduzeću neka sve pripreme, ja ću platiti.

— Polovinu ću ja platiti.

— Ako baš hoćete da budete velikodušni plaćajte! Vi uvek razumete radnike: te bakšiši, pečeni prasići, jagnjići, posle s pravom traže, slabo rade, ošljare, iako im se dobro plaća... Mislite malo više na sebe i svoju budućnost! Iako imate dosta pameti u glavi, treba da imate nešto i u rukama. Dakle, vi ćete ići na sahranu. Devojke pustite, neka idu na pratnju. Kupite i jedan venac u ime preduzeća.

Arhitekta Marković izađe iz kancelarije stisnutih vilica. Setio se i pisma koje je dobio pre dva meseca. Sumnjao je da ga je Borka poslala. Prepoznao je rukopis. Kako bi se sada osećao da je ma šta imao s tom devojkom? Osuđivao ju je, ali i razumevao i zato je naterao direktora da je zadrži. Seti se i reči male Slađane: „Ona će se ubiti!" Priznavao je u sebi da su muškarci često hladni i ravnodušni. Žive pokraj devojaka, a ne zanima ih šta se odigrava u njihovoj duši.

Pozvao je Ružicu i rekao da posle podne idu na groblje. I on će doći. Sahrana je u tri. Ona ga je saslušala očiju crvenih od plača. Sve tri devojke su celo jutro jecale u kancelariji i pričale o Borki. Setile su se svega što je bilo lepo i pohvalno u njenom životu.

Posle podne su stajale kraj groba njih tri i arhitekta Marković. Došla je i Borkina gazdarica i još dve-tri devojke i dve žene iz kuće gde je stanovala. Koleginice su iskreno žalile Borku. Slađana se tresla od jecaja. Prvi put je osetila tragediju devojačkog života.

— Nikoga nije imala u životu — jecala je, pritiskajući vlažnu maramicu na oči. — Jadna Borka! Zašto je to učinila? Zar nju niko nije voleo?

Ostale su samo njih tri i arhitekta Marković, dok je zemlja padala na mrtvački sanduk. Košava je šibala i probijala do kostiju. Slađana je drhtala od bola i zime. Tanki mantilić pripijao joj se uz telo.

— Vi ćete nazepsti — prošaputa arhitekta. — Lako ste obučeni. Hajde, dosta je! Nemojte da plačete.

Seli su u tramvaj.

Arhitekta plati karte za sve.

— Juče je bila tako vesela! — uzdahnu Ružica. — Do pola osam smo sedeli kod mene. Smejala se, igrala, nikad ne bih mogla pomisliti da će ovo uraditi. Imala je, sirota, jednog prijatelja, prilično starijeg od nje. Htela je za njega da se uda. Uvek je želela da ima kuću i decu. Imala je dobru i čestitu dušu.

Arhitekta je sumorno slušao te bolne priče o jadnoj devojci. Bore su mu se ucrtale preko čela, a obrve nisko spustile. Slađani su se kotrljale krupne suze iz zlatnih očiju. Stresla se najednom:

— Uh, tako mi je zima!

— Nazebli ste. Hoćete li da svratimo u neku kafanu da popijete čaj? To će vas sve tri zagrejati.

Činovnice pristadoše. Iako su sve tri bile rastužene, ipak im je polaskala pažnja njihovog šefa. Nikad nisu s njim nigde izlazile; nijednu nikad nije pozvao ni u bioskop, ni u šetnju, ni u poslastičarnicu. I njega je potresla smrt mlade činovnice i njen tragičan život, pa je zaželeo da se više zainteresuje za život ovih mladih devojaka.

Uđoše u jednu prijatnu kafanu. Velika peć je buktala. Osećala se toplota pomešana s duvanskim dimom. Zauzeše sto pokraj prozora. Devojke skidoše mantile. Slađana skide i bere. Lepršava kosa, razbarušena od vetra, u talasavom neredu joj se spuštala oko lica. Peć je širila toplotu.

Gradimir poruči čaj. Konobar donese veliku činiju s pitom od oraha. Malo zatim i čaj se pušio na stolu. Slađana opet zadrhta, iako su joj obrazi bili već zažareni.

— Vi ste nazebli. Čekajte, sad ću poručiti rum pa da vam naspem u čaj. To će vas zagrejati.

Kako im je bila prijatna njegova pažnja. Nije uvek potrebna ljubav, već nežna, prijateljska i čestita reč.

— Uzmite kolača! — nudio ih je inženjer.

— Izvrsna pita! — reče Jelka.

— Da moj Nikica vidi pitu, sve bi ovo iz činije pojeo — osmehnu se Slađana.

— Zlatan je vaš brat — reče Ružica.

— Je li to onaj što želi da bude inženjer? — upita Gradimir.

— Jeste. Inženjer, kao vi.

— I vredi biti arhitekta kao što ste vi! — zaključi Jelka.

— Lep je to, zanimljiv i koristan posao — reče Marković.

Konobar donese rum.

— Sad ću ja vama da naspem malo ruma. To je vrlo dobro — govorio je Slađani. Uze čašicu i nasu joj malo.

U tom trenutku naiđe ulicom jedna elegantna žena. Okrete se, pogleda u kafanski prozor i najednom zastade kao ukopana: Gradimir u društvu tri devojke. Među njima jedna divna, rumena i bela devojčica. Žena zaključi kako je ta mala zaista lepo devojče i zapazi onaj pokret Gradimirove ruke kad joj je sipao rum, a ona ga gleda, smeši mu se i zahvaljuje.

Gradimir pruži ruku da naspe rum u čaj i drugim dvema činovnicama, slučajno pogleda u prozor i spazi gospođu Milošević. Klimnu glavom, sasvim ravnodušno, kao kakvoj običnoj poznanici. Jelka, koja je poznavala doktorovu ženu, pratila je izraz njegova lica, ali ništa ne opazi. Gospođa Milošević postaja još malo na ivici trotoara, kao da očekuje tramvaj, i ode ne gledajući više u prozor.

Mladi čovek je mirno razgovarao, čak se i osmehnuo devojkama, kao da su mu one mnogo prijatnije nego ona dama na vetru, njegova prijateljica, koju šibaju snažni mlazevi košave. Doista, ona je osetila udarac košave do samog srca.

— Vi ste sportistkinja, BSK-ovac? — upita arhitekta Jelku.

Ona mu je znalački pričala o timovima.

Inženjer se posle ove tužne sahrane zainteresovao za ove tri devojke. Nije još priznavao sebi da li ga sve tri podjednako interesuju, ali mu je bilo prijatno da ih sluša. Imale su svoj život, radost i bolove. Ružica je oduševljeno pričala o radiju.

— A kako se vi provodite, gospođice Slađana? — upitao je zarumenjenu devojčicu.

— O, ja nemam nikakvog provoda! Toliko samo što šetam s mojim bratom Nikicom. Oboje volimo film, pa se zadovoljavamo razgledanjem slika pred bioskopima. Uživamo da gledamo i nove građevine. Ceo Beograd smo obišli i videli gde se šta zida. Znate, on stalno mašta da bude arhitekta. Nekad se kladimo za poneku zgradu, ako je nismo dugo videli: dokle je sazidana, da li je pod krovom...

— A u šta se kladite?

— U kolač.

Svi se nasmejaše.

— Ali Nikica je lukav. On prvo ode krišom da vidi, i uvek izvuče od mene po jedan kolač. Ne slažemo se uvek. Meni se jedna zgrada više dopadne, a njemu druga. On voli sve nešto masivno i teško, a ja volim lake stilove, s mnogo balkona i terasa.

I kad je pričala ozbiljne stvari činila je to slatko i detinjasto. Uzbuđena od pričanja, i još crvenija, srkutala je čaj kao dete; usnice su joj bile vlažne i rumene...

— Baš je ova pita ukusna! Kao domaća! — reče Jelka.

— Ako vam se dopada, reći ću konobaru da vam uvije da ponesete. Uvijte ove kolače u tri paketa za gospođice i dodajte još ako imate — reče arhitekta konobaru. Ovaj se brzo vrati s tri poveća paketića. — Tako, sad ćete moći da otplatite vašem bratu opkladu — našali se arhitekta, gledajući svetlo i zarumenjeno Slađanino lice.

Oprostiše se pred kafanom i Gradimir uhvati jedan tramvaj, a njih tri drugi. Slađana je imala duže da ide tramvajem, Jelka i Ružica siđoše na istoj stanici. Zakloniše se u jednoj kapiji od silne vetruštine.

— Je li, a vide li ti Miloševićku, njegovu prijateljicu? — upita Jelka.

— Ama, je li to ona što joj se javio?

— Ona! Kao da ju je grom udario kad ga je videla s nama. A on, jesi li videla, sasvim mirno razgovara. E znaš, srce mi je stalo na mesto. Hoće raspuštenica mladića! Mogu misliti kako se osećala kad je videla Slađanu. Nju je i gledala. Naša Slađana se sva zarumenela, a ona sva modra na ulici. I ja sam kivna na jednu udatu ženu. Moj Aca sve meni: „Ako ti nećeš, imam ja jednu udatu. Ona hoće! I ona voli sportiste."

— A šta mu ti kažeš?

— Ništa. Posvađamo se, dođem kući i plačem; ne vidimo se po nedelju dana. Sve on meni: kako je on zdrav, snažan, i kako sportista mora da čuva zdravlje, boji se bolesti, ja bi trebalo da budem takva da ne mora da traži druge ženske i izlaže se opasnosti. Ama, neću, makar se ne udala za njega! Vidiš, Borka jadnica šta učini od sebe! Ne mogu sebi da dođem. Ali naš Gradimir je divan! Nego, misliš li da bi on nas dve pozvao da smo bile same?

— Možda bi nas i pozvao. On ima divno srce. Vrlo je osetljiv i human čovek, ali mislim da se njemu Slađana dopada. Uhvatila sam ga kako ju je nekoliko puta pogledao. I sve brine da ona ne nazebe.

— Možda mu se Slađana dopada; ona je lepa devojka, a on nije nepošten da se upušta u avanture i iskoristi je. Jadna Borka mu se prosto nudila, ali on je bio hladan kao stena. Može se lako zaljubiti u Slađanu.

— Veruješ da se muškarac može zaljubiti? Treba da opomenemo malu da ne veruje ni njemu. Ja nijednom muškarcu ne verujem.

— Ona je pametna devojčica. Šta me se tiče... Idem da odnesem mami pitu, pa ćemo večeras da se sladimo i slušamo radio.

— A ja ne znam kako ću stići kući od košave. Ti si blizu, a niz onu moju ulicu briše kao nož. Ala će mu ona furija Miloševićka prirediti scenu! Tako bi i moj Aca radio da se upustim s njim... Ovako mu prkosim... Zbogom! Ju, ju! Ova prokleta košava.

———

Gradimir izađe iz tramvaja i ode u svoj stan. Bilo je pola šest. Mislio je nešto da crta, ali je bio tako razbijenih misli posle pogreba. U bioskop mu se nije išlo. Najbolje da ide na večeru roditeljima. Uze telefonsku slušalicu:

— Mama, došao bih k vama na večeru. Bio sam na pratnji one naše činovnice, pa me potreslo. Voleo bih s vama da porazgovaram.

— Dođi, sine! Baš će ti se i tata radovati. Gordani nešto nije dobro, boli je glava. A od ove košave nigde maći. Imamo i lepu večeru. Samo te, sine, molim kupi mi četvrt kile mlevene kafe kad si već u varoši.

— Hoću, mama! Treba li ti još štogod?

— Pa, ako hoćeš kupi i kilogram šećera u kockama.

— Meni urme! — začu se Gordanin glas iz sobe.

— Kakve urme! — tužila se mati. — Šećer i kafa, to je najpreče!

— Neka, doneću i njoj. I tati malo užičke pršute. On voli da mezeti uz čašicu rakije.

— Ama, ti si moj slatki, dobri sin! — tepala mu je mati sva srećna što je tako dobar i nežan. Pomaže ih od svoje plate i nikad da se naljuti kad mu zatraže. Njegova je plata veća od očeve penzije, pa zašto da im ne da.

Sad su svi oživeli čekajući ga, jer im je uvek donosio lepo raspoloženje, vedrinu i poslastice.

Nalažući trgovcu šta sve da upakuje, stojeći kod vrata kolonijalne trgovine naspram svoje kuće, Gradimir spazi gospođu Milošević. Dođe do njegove kuće pa zastade, kao da premišlja da li da uđe ili ne. Uđe u kapiju, ali se vrati. Gradimir se povuče dublje u dućan, ali ju je i dalje mogao videti. Ušla je u poslastičarnicu u blizini. Ako izađe, ona će ga videti. Pa neka ga vidi. On će desno odmah da hvata tramvaj. Neće, valjda, trčati za njim. Uvek je imala takta. Zna da joj nije bilo prijatno kad ga je videla u društvu onih devojaka. Odmahnuo je ravnodušno glavom: zar će joj polagati račune s kim ide? Brzo je uzeo paket, pošao žurnim koracima i uleteo u tramvaj koji je već polazio. Ostavio je u poslastičarnici uzbuđenu svoju prijateljicu, koja ga je videla kako ulazi s paketom i pomislila da će k njoj, da je umiri. Platila je i ona jedan kolač, sela u autobus i pošla kući. Njen autobus stiže njegov tramvaj. Pomislila je da će on na Voždovac i rešila je da siđe na Slaviji i pričeka ga, jer on tu mora da hvata drugi tramvaj. Opet se predomislila. Znala je da su njemu neprijatne ljubomorne sumnje, a ona nije bila šiparica. Imala je mnogo duhovitijih i lukavijih metoda, kao zrela žena, da ga osvoji. I sad će jedan takav metod da primeni. Produžila je autobusom, a Gradimir je uhvatio tramvaj za Voždovac. Sedeći u tramvaju, on je video u mislima Slađanine obraščiće i dva svetla oka, uokvirena finim trepavicama i lepršavom kestenjavom kosom. Glatka, sjajna i bela, njena koža tako je mamila mušku ruku da se spusti na njeno lice i miluje ga, miluje, kao nežnu majsku ružu...

Najbolja drugarica

Nekoliko dana je besnela košava. Kad je najzad prestala, svi su odahnuli.

Gordana se čudila što nema Nataše. Već nedelju dana ne dolazi. Zvala ju je telefonom preko njenog bakalina, i obećala je da će doći, pa je nema. Nije dolazila ni na čas francuskog. Skoro će ispit i zajedno rade. Zašto da propušta časove? Pošla je k njoj jedno popodne, na Čuburu. Majka joj je bila sama kod kuće. Pred njom gomila opranog rublja; krpala je.

— Šta je s Natašom? Nisam je videla nedelju dana. Da nije bolesna?

— Kako je nisi videla nedelju dana? Pa ona je sinoć došla u pola deset. Kaže, bila je s tobom u bioskopu. Vodila je ti...

Gordana se ujede za usnu. Što reče da nije videla Natašu? Biće ovde scena... „A ona je s nekim išla u bioskop.” Gordana se ušeprtljala.

— Pa s kim je onda išla u bioskop?

— Nemojte, gospođo Draga, da se ljutite. Tako mi je krivo što rekoh. Vi ćete sada da je napadnete a ona nije dete. Ako je s nekim i išla, što da se ljutite? Molim vas, nemojte da je grdite.

— Moram da je grdim, jer treba da vodi računa o svojim ispitima. Lako je tebi, Gordana, i da padneš, a ona treba što pre da završi. Otac ne može da nas izdržava s jednom platicom...

— Ona vam daje sve što zaradi. Sve vas voli.

— Volim i ja njih, ali meni je najteže... Zar sam ja prala rublje i mučila se kod mog oca? A Nataša mi se nešto promenila: sve nešto ljuta, rasejana, nabusita. Svake večeri dolazi kući u osam ili devet. Kaže, s tobom je išla. A gde je i s kim ide? Sad sam još neraspoloženija kad kažeš da nije s tobom bila.

— Nemojte, gospođo, da se nervirate. Nije trebalo da dolazim...

— Ako si došla, ja tebe volim. Ti si pametna devojka, bolje da je i ti izgrdiš. Znaš li ti ima li ona nekog mladića?

— Bogami, nema nikog! Mi idemo uvek zajedno. Ona je tako ozbiljna.

— Treba da je izgrdiš ako nešto opaziš. Ali, ti ćeš nju da kriješ, znam ja. A ljutila sam se onomad na nju. Kad je bila primila platu od časova, otišla je pa kupila fini kombinezon. Grdila sam je. Mogla je za te pare da kupi i sebi i sestrama. Šta će njoj fini kombine?

— Pa, ona je devojka a one su male. Nemojte za to da je grdite...

— E, moja Gordana, da ti znaš kako sam ja živela! Biti u bogatstvu pa doći da pereš veš. Ni vešerku ne mogu da platim. Ovo sam sve sama oprala. Vidi kakve su mi ruke od sode. A deca to ne osećaju, svako je nesrećno što ne može da uživa i provodi se. Najviše bih volela da umrem, pa kako im bude. Samo da ne doživim neku sramotu od njih...

— A gde je sad Nataša?

— Otišla je na čas.

— Idem da je sretnem.

— Idi, i ispitaj, posavetuj je i ti! Ona tebe voli i sluša.

Gordana je izašla sva zbunjena. Čudila se zašto Nataša nije dolazila i pitala se s kim je bila u bioskopu. Zašto od nje da krije kad je ona njoj sve poveravala? Išla je lagano i stigla do jedne ulice gde je često čekala Natašu. Nije bila daleko od ugla. Pogleda. Srce joj stade. Na uglu je stajao Gvido. Nije ga videla desetak dana, a tako joj je bio drag, o njemu je maštala. Videlo se da nekog očekuje. Gordani se najednom srce zgrči od bola. Dolazila je Nataša. Da li on Natašu čeka? Brzo se sakrila iza kioska. Kao da je izgubila dah, jedva je disala. Gvido je spazio Natašu, nasmešio joj se i ona njemu. Žurno su išli jedno prema drugom u susret. Pružila mu je ruku, on je uhvati; gledali su se nekoliko trenutaka pravo u oči, a zatim pošli jedno pokraj drugog nasmejani i okrenuti jedno prema drugom, kao zaljubljeni koji idu u šetnju, a svet iščezava oko njih.

Gordana je bila sva smrvljena... Nataša, njena najbolja drugarica! Nataša šeta, smeje se, razgovara s mladićem s kojim ju je ona upoznala! Mogla je da oseti da je njoj, Gordani, on mio, da bi ga mogla voleti, htela je da čuje njeno mišljenje o njemu. A ona krišom šeta s njim, ne kazuje joj, ne dolazi, zaboravlja da su najbolje drugarice. Dve vrele suze skotrljaše joj se niz obraze, a zubi joj se stegoše. Srce joj je urlikalo od bola; ponavljala je neprekidno: „Nataša, moja najbolja drugarica! Ona se s njim sastaje, s njim ide u bioskop... Možda i ono fino rublje kupuje zbog njega." Stresla se kao da se nečega užasavala. Zar je Nataša takva? Da li je ona tako podmukla? Sećala se da je govorila kako voli život i nije osuđivala slobodne devojke; često im je davala za pravo. Nije imala ni onaj čvrst porodični oslonac kao Gordana. U kući joj je nervoza, svađa, sirotinja. Pa opet, zar njoj da se ne poveri, zar da joj otima mladića?

Gnev je obuze. Požuri za njima da ih stigne i pozdravi, da prođe, da je vidi Nataša, njena najbolja drugarica... Ali, šumadijska gordost stiša devojku. Išla je lagano za njima, htela je da vidi kuda će otići. Išli su prema Kalemegdanu; ušli su u glavnu aleju, a ona se krila iza prolaznika, zastajkivala i išla dalje za njima. Suze su joj mutile pogled. Gunđala je i šaputala: „Nataša, moja najbolja drugarica!" Ona, Gordana, nikad ne bi ovo učinila. Zar ona da otme Natašinog kavaljera? A oni idu, spuštaju se niza stepenice, vidi ih kako im se stapaju siluete, idu kroz mrak, ispod rimskih zidina. Gledala ih je mutnim pogledom. Tako je sve bilo tužno oko nje.

Čekala ih je deset minuta, četvrt sata... pola... Nema ih. Pojurila je natrag, kući. Nije strašno razočarati se u muškarca, ali je strašno razočarati se u najbolju prijateljicu.

Išla je žurno, puna očaja, a onda zastala da se stiša i pošla mirno. Nije joj se išlo kući. Znala je da će plakati u svojoj sobici. Pošla je u bratov stan. Možda je kod kuće. Tako bi volela s njim da porazgovara. Svi su muškarci isti, ali on, njen brat, on je nežan. On joj nikad nije zadavao bol. Ponosila se njime, bio joj je najbolji drug, ali, ćutaće. Svoj bol je uvek sama podnosila. Samo da je Grada kod kuće. Imala je sreće. Sreli su se na stepenicama. Silazio je iz stana.

— A ti k meni pošla, sestrice?

— Jeste. Da vidim šta radiš.

— Hoćeš sa mnom na večeru?

— Pa, mogu... Samo treba mami da javim.

— Javićemo se iz kafane telefonom... I Gvido će večerati sa mnom.

Stresla se. Gvido za nju više nije bio interesantan. Gvido je večeras imao ljubavni sastanak s njenom najboljom drugaricom. Da li će šta reći? To je htela da čuje, da ga vidi i da prouči kako izgleda muškarac posle sastanka...

Otišla je s bratom. Zauzeli su sto i čekali Gvida.

Prođe skoro pola sata.

— Koliko je sati? — upita brat.

— Osam i četvrt.

— Evo ti jelovnik pa izaberi šta hoćeš — ponudi je brat.

Nije bila gladna. Trgla se kad god bi neko otvorio vrata. Prođe još četvrt časa.

Visoka Gvidova figura ukaza se na vratima. Osmehnu se, videći Gordanu, i brzo priđe.

— O, kakvo iznenađenje, gospođice. Otkad vas nisam video! Treba češće s nama da večerate. Vidite, ima i muzike!

„Kako može ovako da se smeje i ljubazno razgovara, a vraća se s tog sastanka?", ljubomorno je mislila Gordana. Usiljeno mu se osmehnu:

— Grada me više puta zvao, a ja sve zbog vraćanja uveče ne dolazim. A imala sam i mnogo da učim. Nigde nisam izlazila. Pa, kako ste vi, gospodine Vlatkoviću? Dolazite iz banke?

— Do šest sati sam bio u banci. Izuzetno ako se nešto zadržim. Večeras sam se video s gospođicom Natašom. Šetali smo do Kalemegdana.

Gordani laknu. Ipak je iskren. Možda su se slučajno sreli? Ali on je čekao na onom mestu. Sigurno je čeka svake večeri. Htela je da nastavi o Nataši, iako joj je taj razgovor zadavao bol.

— Nisam videla Natašu nekoliko dana. A trebalo je da dođe na čas francuskog.

— Večeras mi je baš pričala kako se boji ispita i hoće da ga odloži za sledeći rok.

— Otkud sad to? Meni nije ništa kazala. Zamisli, Grado, da odloži ispit?! A podjednako smo spremne.

— Možda i Natašine materijalne prilike utiču na nju — reče Grada.

— Ona je siromašna? — upita Gvido.

— Sad je siromašna, ali bili su bogati.

„Zašto se interesuje da li je sirota ili bogata?", pitala se Gordana. Obori pogled da joj ne bi spazio tugu u očima. Pokajala se što je došla. Da li će još šta da je pita o Nataši? Ali on pređe na drugi razgovor. Pričao je čas s Gradimirom, čas s njom o stvarima koje nisu imale nikakve veze s ljubavlju. Bio je lepo raspoložen i češće je upravljao svoje tamne oči južnjaka na lepo i setno lice Gordanino.

Raspriča se i ona. Pričala je nešto veselo, iako je neprekidno osećala potmuli bol kao zubobolju. Uživala je što je on sluša kao da do malopre nije imao sastanak. Kako je to čudno u životu mladića. Devojke bi posle sastanka odjurile kući, jedva čekajući da zagnjure glavu u jastuk i da se predaju slatkom sanjarenju. A muškarci su nezasiti u svojim željama.

Više i ne sluša šta oni govore.

— Šta si rekao? — upita najednom brata.

— A zar ti ne slušaš šta mi govorimo? — dirnu je brat i uhvati za ruku. — Večeras si nešto neraspoložena.

— Zašto bih bila neraspoložena? Zamislila sam se. Mislila sam na ispit.

Susrete se s dubokim Gvidovim pogledom. Ah, kako su to tople i lepe oči! Klonula je sva od toga. Koješta! Treba da ide kući. Bolje da nije došla. Zašto je nju sada ovako pogledao? To nije običan pogled. Svakako da i Nataša veruje ovim očima i nada se. I nju gleda kao Natašu kad su išli korzoom. Lažljivi muškarci!

— Ja bih, Grado, da idem — reče Gordana.

— Smeš sama?

— Smem. Nije mnogo kasno.

— Hoćete da vas ja otpratim? — učtivo upita Gvido.

— Nemojte da se trudite. Nije potrebno.

— Vaša sobica je zaista lepa.

— Divna je. Sestra mi je kupila dve slike pa je sad još lepša — nije htela da ga pozove; on se sâm ponudio.

— Hoćemo li, Gradimire, opet da idemo na čaj kod gospođice?

— Kako da ne! Kad da dođemo, Gordana?

— Kad god hoćete.

— Onda ćemo se ja i Gvido dogovoriti...

Ispratili su je do tramvaja.

„Zašto želi da dođe?" Ona se ne bi setila ni da pogleda drugog muškarca, kad bi nekog volela. Nataša i ne sluti da je ona večeras s Gvidom. Čim dođe, reći će joj. Bio je iskren i to joj se svidelo. A sutra će Nataša sigurno doći. Videće da li će reći štogod o Gvidu. Malo se raspoložila. Činilo joj se da se i ona sviđa Gvidu. Možda! Ona je u sasvim drukčijim okolnostima: porodica, brat, kuća. Nataša je u opasnoj situaciji. Kud li će je on odvesti? Da li u svoj stan? A onda? Hoće li biti jači on ili Nataša?

Kiša je rominjala dok je deo puta do kuće prelazila pešice. Osećao se prolećni dah. Zastala je i pogledala Beograd. Sav je treptao u vencima sijalica. Požurila je kući. Opet je obuze tuga, kao da je nešto izgubila. Da li je to bila tuga za izgubljenim prijateljstvom najbolje drugarice?

Tajanstvena suparnica

Gordana je sedela u sobici i prevodila francuski tekst. Bilo je četiri posle podne. Kiša je padala, čulo se romorenje vode kroz oluk.

Nataša upade sva uzbuđena.

— Jaoj, što me mama sinoć grdila! Ti nisi znala da sam išla u bioskop, a ona me napala pitanjima s kim sam bila.

— I meni je bilo vrlo neprijatno. Što nisi došla da mi kažeš?

— Otkud sam znala da ćeš ti da dođeš. Ja sam išla s gospođom Pavlović, majkom ove gimnazistkinje i njenom ćerkicom. Pozvala me.

— Što si onda krila od mame i rekla da si kod mene?

— Mama se samo boji da ne trošim pare za bioskop.

— Jesi li ti platila kartu?

— Ja sam platila.

— A što nije platila ta Pavlovićka kad te je pozvala?

— O, to je velika cicija! Sve gleda koliko vremena držim čas.

— Zašto onda ideš s njom u bioskop?

— Film je bio tako lep, a još se samo toga dana prikazivao. Ovi moji da precrknu ako potrošim neku paru. Bogami, tako sam nesrećna! Zar je ovo život? Samo svađe u kući. Mama je tako nervozna. Nemam prava da zadržim ni sto dinara od mojih prihoda. Zar sam ja dužna da sama izdržavam sestre? Kad su ih rodili, neka se staraju o njima. Istina, one su zlatne i ja ih volim. Svađala sam se sinoć i rekla: ako ne mogu da uče školu, neka jedna ide na zanat. Može kod krojačice. Olgica bi vrlo rado išla a mama ne da. Nije trebalo ni ja da idem na fakultet. Matura pa odmah služba! Borim se s mišlju da sad ne polažem ispit.

— Zašto? — skoči Gordana. — To ne smeš da radiš. Moraš da polažeš! Šta ja više znam od tebe?

— Ne mogu. Tako me strah! Znam da ću pasti.

— Prosto ne razumem. Otkud ti najednom ta ideja!

— Uvek je mene bilo više strah od ispita nego tebe.

— Čudna si! Što nisi juče došla? Gde si bila sinoć?

— Na času, pa sam se zadržala do osam. Posle je bilo dockan da dolazim tebi.

Gordana se uvali u svoje jastuče na sofi. Prevukla je rukom preko čela: „Kako laže!"

— Tako me boli glava — nastavila je sasvim mirno, ali je motrila na svaku crtu Natašina lica. — A ja otišla do tebe i branila te kod mame, pa posle odem do Gradimira. Da sam te našla, mogle smo zajedno ići s njim na večeru. Posle došao i Gvido... Sedela sam s njima do deset sati.

Natašine oči ukočeno se zaustaviše na Gordani. Glasa nije imala, a u ušima joj nešto zapišta. Užasno je uplaši jedna misao: „Da li joj je Gvido pričao da je bio sa mnom?" Obuze je stid i htede da prizna: „Ja sam sinoć bila s Gvidom!" Ali, bilo je kasno, jer je laž već bila izrekla.

— Šta priča Vlatković? — ravnodušno upita.

— Onako! Vazdan smo razgovarali. On je zanimljiv mladić. Pita kad će opet da dođe da me poseti s Gradimirom. Kad bude kazao, javiću ti da i ti dođeš.

Nataša je osećala kako svom težinom upada u naslon fotelje. Držala je jednu knjigu na francuskom u ruci i mahinalno prevrtala stranice. Ako bi prešla na drugi razgovor bilo bi sumnjivo. Najednom, bezbojnim glasom, kao da se tiče neke teške ispovesti, izgovori:

— Jednom sam ga srela kad sam se vraćala s časa. A zašto me ti sinoć nisi negde pričekala? — upita bojažljivo, želeći da se uveri da je Gordana nije odnekud videla.

— Nisam te čekala, znam da se ti nekad duže zadržiš na času. Otišla sam u Gradimirov stan.

Nataši laknu...

— Je li ovo onaj tekst što smo se mučile da ga prevedemo? Čekaj, ovu rečenicu nisam znala. I sad ne mogu tačno da je prevedem.

— Daj meni! — Gordana uze knjigu i poče da prevodi.

Nataša ju je gledala, ali nije slušala. Ispitivala je njeno lice. Večeras joj se Gordana učinila neobično lepa. „On je večerao s njom. Posle sastanka sa mnom otišao da razgovara s Gordanom i hoće da je poseti!" Nešto podmuklo, bolno, strašno javi se u njoj. Na jednoj strani siromaštvo, a na drugoj ljubav. Grizla je nervozno nokte. Htede da krikne: „Gordana, ja volim Gvida, nemoj da se ljutiš!" „Ali ako ga i ona voli?" Opet je osetila kako upada u naslon fotelje, sva teška.

— Zbilja, težak tekst! — šaputala je. A to teško što je osećala nije bio prevod, nego ljubomora, bol i griža savesti.

— Uzmi sad ti ovo pa prevedi — reče Gordana.

— Ne mogu! Nasekirala sam se kod kuće, pa mi se ne uči.

— Čekaj, idem da donesem užinu... Malo da se okrepiš.

— Neću, bogami. Ne mogu! Nisam gladna.

Gordana je pogleda i htede da kaže: „Nataša, zašto mučiš sebe tom laži? Voliš li Gvida? Sinoć si s njim šetala." Ali se uzdrža. Htela je do kraja da ispita Natašino prijateljstvo. A ono je već bilo zasečeno nožem; bolelo je kao sveža rana.

— Idem! Moram da svratim do kume. Tata im je nešto svršio u opštini.

— Pa kad ćeš opet da dođeš?

— Prekosutra, sigurno. Koliko je sati?

— Pola šest.

„Žuri na sastanak... Možda su se juče dogovorili." Opazila je Natašinu rasejanost i nervozu. Kao da nekud žuri. Ima hitan posao... Taj hitan posao je Gvido. Da li je tako luda da juri svaki dan na sastanak? Šta li joj on priča i obećava?

Legla je na sofu posle Natašinog odlaska i ništa nije mogla da misli. Posle je ustala, šetala po sobi, hrabrila samu sebe. Mir se polako vraćao u njenu dušu. Volela je sve uravnoteženo u životu. Odlučila je čak da jednog dana kaže Nataši: „Što kriješ, Nataša? Ako ga voliš, idi s njim! Samo se čuvaj!" Znala je da je Nataša plaha priroda i da bi mogla lako pogrešku da učini. Uvek se ona brže i lakše upoznavala s mladićima i već je imala dve-tri ljubavi na fakultetu. Znala je da za Natašu kolege nisu značile bogzna šta. Studenti su i niko nema više od pet-šest, do sedam stotina mesečno. Priznavala je da bi mogla pogrešiti, ali sa svršenim čovekom, koji ima službu i lepu platu.

Smračilo se. Gordana siđe u trpezariju. Vukica je bila došla. Držala je pletivo na krilu, a oči su joj bile uplakane. Mama je brižno ćutala.

— Zašto plačeš? — upita Gordana.

— Ništa, sekiram se.

— More, ti to, Vukice, uobražavaš — reče mati. — Kako Mika tebe da vara? On je prosto zaćoren u tebe. Kad god dođe on samo: moja Vukica!

— Šta? Mika te vara! A s kim? — začudi se Gordana.

— Ne znam s kim, ali osećam da vrda. Ima čitav mesec kako mi je sumnjiv. Svake večeri on meni kako ima sastanak s nekim poslovnim ljudima, čas kod „Srpske kraljice", čas kod „Ruskog cara". Jednom kad reče za „Ruskog cara", a ja ti pošaljem za njim našeg baštovana pa mu kažem da izazove jednog konobara i da vidi da li je tu gospodin Stojanović. I konobar mu kazao da nije. A Mika to veče kad se vratio priča kako je sedeo kod „Ruskog cara". I nije više pažljiv prema meni kao što je bio. Sve nešto osoran, džandrljiv; ljuti se kako mnogo trošim, ne vodim računa, treba da se štedi...

— Da mu nije nešto u poslovima pošlo naopako?

— Kako naopako? On je rentijer. Znam ja sve njegove prihode, ali on sada nešto krije od mene. Neko njega pumpa.

— Da nije nešto čuo za advokata Tošića? — brižno upita mati. — Znaš, svet je pakostan.

— Kakvog advokata! Šta ima da čuje? To je njegov advokat. Nisam ja luda da se upuštam u avanture.

Donekle je govorila istinu. Volela je da se dopadne, da joj laskaju, da uzbuđuje mladiće. Jednom je bilo, ali samo jednom: upao u kuću, bila je sama, pa je napao. Ali ga se posle čuvala. Volela je da koketira i da joj se dive. Dopuštala je sladostrasni šapat, stisak ruke, dodirivanje nogu pod stolom, stezanje za mišicu, ali se bojala skandala koji bi doveo do razvoda; nipošto ne bi pristala na razvod. Otaljavala je bračne dužnosti prema mužu i nalazila uživanje u tome što je lepa, bogata, elegantna; što joj se svi dive i gledaju za njom ulicom. I posle svega toga da dočeka da muž nju vara, nju, lepu i otmenu Vukicu.

— To me boli, mama, što sam ja pažljiva prema njemu. Mi smo imali divan život za ovih sedam godina braka. Šta mu je sad najednom?

— A zar on tebi može da nađe mane? — naljuti se mati. — Ti si mu stvorila gospodski život u kući. Imao je para, ali nije imao otmenost. Naučila si ga i manirima i kretanju u društvu.

— Zato, mama, i ne mogu da shvatim tu promenu u njemu. Pravo da ti kažem, ni kao muž nije više što je bio. On je ludeo za mnom. Ne bi nikuda otišao niti se vratio da me ne poljubi. A sad, ima gotovo mesec dana — ništa! Niti mi kao ženi prilazi... — plakala je. Bila je povređena sujeta lepe žene, koja je utvrdila da je muž vara. — A što si se ti, Gordana, snuždila? Što si tako bleda? — okrete se sestri.

— Glava me boli, Vukice.

— Mnogo uči. Hoćeš malo crne kafe? — ponudi joj mati. — Evo Marice. Daj, Marice, još jednu šolju... A šta ti misliš, Gordana, o ovome što Vuka priča?

— On je bogat, mama, a danas su žene lakome na bogatstvo. Ti si, Vukice, sakupila oko sebe mnogo sveta, a ne znaš da li ti je sav taj svet iskren...

— Kako da nisu iskreni? Pa to su sve udate žene i oženjeni ljudi. Jedino Nela...

— Ne bih ja ni Neli mnogo verovala.

— Ostavi, Gordana! Nela da se zaljubi u Miku! Ona crče za našim Gradom. Bogami, krivo mi je za Gradu. To je dobra devojka. Mogao bi je uzeti i bez para. On ima lep prihod.

— To već, Vukice, nemoj da mu tutkaš u glavu — naljuti se mati. — Zašto da ne traži i miraz kad može da ga dobije? Pa ti si se jedva udala za Miku, toliki lepi mladići nisu te hteli što nemaš miraz, pa sad ja da dopustim da mog sina neka uhvati bez para. E, neće, dok je živa Milka. Ja sam se mučila i školovala ga, treba da traži miraz.

— On će se oženiti bez para, videćeš, mama! Ali kad bih ja uhvatila ženu koja hvata Miku svu bih je raščupala. Naš baštovan Marko je veran; samo mu daš bakšiš kao detektiv će da ide za njim i pronađe kuda on skita.

— Nemoj skandal da praviš!

— Neće to niko znati. Neću ja da budem šašava kao druge žene... Danas nisi siguran da ti druga žena neće oteti muža... Ali, meni ga, bogami, neće oteti!

Telefon u predsoblju zazvoni.

— Marice, vidi ko je na telefonu! — viknu gospođa Milka.

Uzbuđenje u kući se dugo posle toga nije stišalo. Neko je javio da je poginuo gospodin Sima, Nelin otac. Pao pod tramvaj.

— Jaoj, daleko bilo od nas! — kukala je gospođa Milka. — A znam kako Grada uskače u tramvaj. Uvek ga grdim da priček a dok tramvaj ne stane. Eh, nesrećni gos'n Sima, kako da pogine! Iskakao i on. Nisu više noge mladalačke.

— Mama, da odemo odmah. Ja sam se uplašila i za Miku, da nije sudar auta i tramvaja. Nesreća uvek iznenada dolazi. Teško njima bez gos'n Sime! A dobar čovek bio.

— Kako da nije... Bože nas sačuvaj samo takve nesreće! Gordana, izvesti Gradu! A Živko ne znam gde je. Valjda će čuti u varoši. Da idemo odmah.

— Samo Miki da telefoniram. Možda je kod „Ruskog cara"... Ako ga sad ne nađem, Gordana, ti ga posle pozovi... Kaži da sam tamo s mamom, pa neka i on dođe. Moramo kod njih malo da posedimo... Jesi li gotova, mama? Uh, bože, takva nesreća!

— Jesam... A ti, Gordana, nećeš nikud?

— Ne! Ne mogu da idem tamo gde se plače. Tako me to potrese. Ja ću da legnem i uzmem aspirin.

Mati i Vuka žurno odoše. Gordanu obuze strah. A treba da bude pribrana za ispit. Večeras je mislila da uči, ali neće moći ništa da radi. Ostala je u trpezariji. Smračilo se. Sijalice su se palile i bacale svetle krugove kroz sivi sumrak. Beograd se ceo osvetli. Samo je u njenoj duši bilo sivo kao tmuran dan. Najednom zažele da zovne telefonom Gvida. Naći će broj banke, a banka će joj dati vezu s njim. Već je okrenula dva broja, pa zastade. Zašto? Zar ona da ga špijunira? Da li da izađe i vreba kuda će Nataša? Mogla bi ih videti na istom uglu. Samo da se uveri kakva joj je prijateljica... Opet pobedi sebe. Ne pristoji njoj da bude takva. Neka je! Možda će se Nataša jednog dana pokajati?

Zamka za Gradimira

Gospođa Radmila Milošević je sedela na divanu malo zavaljena. To je još više ocrtavalo njen fini stas i liniju nogu ispod ružičastog penjoara od zenane s velikim plavim cvetovima. Iz širokih prosečenih rukava izvlačila se bela fina ruka, nežne glatke kože.

Gradimir je šetao po sobi i pušio, razgovarajući s njom o svemu i svačemu. Čitavih deset dana nisu se videli od onog popodneva kad ga je videla s trima devojkama u kafani. Bila je uvređena što nije posle došao k njoj, nego je otišao svojima; što je ostavio samu, iako zna da sada može u svako doba da dođe, jer je ona slobodna — raspuštenica. Budući fina i taktična zrela žena, nije htela ništa da ga ispituje. Ljubomoru je krila jer je osećala želju da on bude ljubomoran. Njena Darinka — devojka koja je radila kod nje sve joj je ispričala. Videla je da iz Gradimirovog preduzeća izlaze tri devojke, čiji se opis slagao s onima koje je gospođa videla u kafani. Znala je sada da su to činovnice. Čitala je i o Borkinom samoubistvu. Već ju je umirilo to što su činovnice, ali ono mlado, rumeno lice lepe devojčice često joj je bilo pred očima. Plašila se mladosti, jer je njena bila prilično izmakla. Ali, ona je posedovala inteligenciju, duhovitost, a Gradimir nije bio balavac. Voleo je da razgovara s njom, a ona je umela svaku svoju rečenicu da proprati lepim gestom, finim pogledom, nežnim osmehom. Bila je savršena glumica, koja je uz to imala i temperamenta. Sve je smišljeno govorila. Osećala je da ga očarava, ali se bojala te moći nad njim koja traje samo u njenoj kući, u mirisnoj atmosferi njene sobe. Videla je da mu je i sada prijatno. Zastajkivao je, pušio, a kad bi ugasio cigaretu, sedao je pokraj nje na sofu i privlačio je malo sebi, ili bi spustio glavu u njeno krilo. Tako ga je i sada milovala po kosi i klizila usnama po njegovom licu.

— Znaš da me već prose? — sa osmehom mu reče.

— Ko? — upitao je on, isto tako sa osmehom.

Proučavala mu je lice. Taj osmeh joj se nije svideo. Muškarac koji voli, skočio bi ljubomorno i ne bi to saslušao ovako mirno.

— Jedan advokat. Poznanik moga muža. Taj mi se udvarao još dok sam bila udata.

— Pa šta si odlučila?

— Razmisliću još...

On je gledao u njene lepe crne oči i smeškao se. Privukao ju je na grudi. Kako je snažan i topao njegov zagrljaj! Učinilo joj se kao da misli u tom trenutku: „Ja te ne dam! Ti se nećeš udati ni za koga... Samo si moja!" Ništa više nije rekla o svojoj udaji.

— Hoćeš da večeraš kod mene?

— Pa, mogu.

— Ne pitaš me jesam li srećna u novom položaju?

— Vidim da si srećna.

— Još koliko! Samo mi moja Lili nedostaje.

— Zar je ti nećeš uzeti?

— O, to treba da čuješ! Ona je oduševljena svojom novom „mamicom", kako je zove. Juče mi je celo posle podne pričala o njoj. Vešto nastoji da pridobije detinju ljubav. Nakupovala joj igračke, vodila je u bioskop, u pozorište. A to dete je nezahvalno prema meni. Zamisli, tvoje rođeno dete ti hvali tatinu prijateljicu! Uzeli su joj guvernantu. Ona je vodi u školu, vraća iz škole i Lili se savršeno snašla u novom položaju. Samo joj Darinke žao. Izgleda, više žali za Darinkom nego za mnom.

Gradimir se diže s divana i opet poče da šeta po sobi. Zapali drugu cigaretu.

— Jesi li video kako su današnja deca moderna?

— Da, kad ih roditelji stavljaju u situaciju da sama biraju hoće li kod jednih ili kod drugih — ironično odgovori Gradimir.

— Ti me, čini mi se, osuđuješ što sam je ostavila ocu. Ne mogu s njim da se borim. Ja sam baš bila nežna mati.

Gradimir je o tome drukčije mislio i to mu se baš nije sviđalo kod Radmile. Egoizam i to što misli samo na sebe. Hoće da je lepa ljubavnica bez obaveza. Kod sestre Vuke cenio je ljubav prema deci. Ona je zaista drhtala nad njima. A odrastao je pokraj majke koja je sve žrtvovala deci i čuvala ih kao vučica. Majčin strah da se on ne oženi rđavo, bio je samo izraz njene velike materinske ljubavi, da njeno dete, iako je odrastao i zreo čovek, ne bude nesrećno u braku. I on nije mogao da zamisli brak bez dece. Čak je voleo i tu malu Lili, onim diskretnim roditeljskim osećanjem koje se u većoj ili manjoj meri javlja kod osetljivih muškaraca.

Sluteći šta se u njemu zbiva, Radmila se malo rastuži i kao vešta glumica lako proli suze.

— Plakala sam juče, pa joj kažem: „Zar ti, Lilice, ne voliš da ostaneš kod tvoje mamice? Kako ću ja bez tebe?” A ona, zamisli, tako veselo odgovori: „Nemoj da plačeš, mamice. Ja ću te posećivati, ali, mamice, ti nemaš auto, a tata ima. On će uvek da me vozi.” Dete, i već materijalista! Tatin auto za nju je važniji od mene...

Brzo je obrisala suze, jer se bojala da joj se šminka ne pokvari. Osmehnula se malo i nastavila.

— Pitam je: „Lili, a voliš li Gradimira?” A ona mi odgovori: „O, ja njega, mamice, mnogo volim! Žao mi samo što neće moći da mi donosi čokolade, ali ti mu kaži da kupi i ostavi kod tebe, pa ću ja doći da uzmem.” Vidiš, hoće sa svima da ostane u prijateljstvu. Njen tata je kazao da može da dolazi k meni i može da ide na letovanje sa mnom. I tako, sad sam i bez muža i bez deteta, bez ikoga. Jednog dana ćeš i ti otići. No, pa ništa! Idi!

— Je l' sad odmah da idem?

Stajao je kraj nje i milovao joj kosu.

— Kako hoćeš. Ako ti je zadovoljstvo da ostaneš, ostani! Naravno, ne dam ti bez večere da ideš. Je li, jesi li čitao „Večernje novine”? — brzo je prešla na jedan politički događaj u Evropi.

— Jesam. Pogledao sam samo naslove... Tamo su mi novine u kaputu — pritisnuo joj je glavu na grudi, kao da mu se ne priča. Ona je osećala njegovo uzbuđenje, ali se pretvarala da to ne vidi i nastavljala je ravnodušno da mu priča šta je čitala u novinama. Malo se ipak povukla da bi mu napravila mesta na divanu... Usne su joj bile sočne i fine, opijao ga je njen miris. Osetila je najednom dve snažne muške ruke oko svoga stasa i zaklopila oči privlačeći ga sebi.

Dok su večerali, nudila ga je i birala mu sve najlepše. Mirno su razgovarali, kao srećan bračni par, kao da nisu ljubavnici, već muž i žena u svojoj lepoj kući.

I kao slobodna žena Radmila je savršeno igrala ulogu supruge. Gradimir se katkad pitao može li zaboraviti ovu ženu? Neko pijanstvo ga je obuzimalo uz nju. Osećao je kako mu slabi energija za ma kakvu odluku koja bi se ticala njegove ženidbe. Radmila nije imala mana, osim egoizma, ali u tom egoizmu on je video i njenu ljubav prema njemu. Da li se s takvom ženom može lako rastati? Jedino ih njene godine razdvajaju. Ali, on joj je dolazio uvek uveče. Primala ga je u sobi osvetljenoj tako da je podmlađivala njene godine; uvek mu je izgledala lepa i mlada.

Analizirajući sebe shvatio je da to što oseća prema njoj nije prava ljubav. Nikad ga nisu mučile želje da je mora odmah videti, da zna šta radi, da li ga vara... Kad bi osetio želju za njom kao muškarac, dolazio bi; sutradan je mirno nastavljao svoje poslove i ne pomišljajući da dođe, da je iznenadi, da je negde sačeka...

Ona je sve to osećala i svim silama se trudila da mu postane neophodna. Lepa, rumena devojčica bila joj je stalno pred očima. I ono što nije rekla odmah, govorila je sad, za stolom, ali veselo, kao da joj nije krivo.

— Što me jednog dana išibala košava! Videla sam i tebe u kafani. Sedeo si s trima lepim devojkama! — smešila se kao da joj je prijatno da ga zadirkuje.

— To su tri činovnice iz našeg preduzeća. Bili smo na pogrebu one što se ubila, pa nas je košava naterala u kafanu. Pozvao sam ih da popiju čaj. Sve tri su sirote devojke, vrlo vredne i čestite — ravnodušno je govorio. Ali njegove ravnodušne reči nisu mogle da umire gospođu Radmilu. Bojala se mladosti. Mladost je bila njena najveća suparnica. Nije volela lepe mlade devojke u blizini Gradimirovoj. Mrzela je Nelu Jovanović. Još uvek se bojala i nje. Smirilo ju je malo kad je čula da joj je poginuo otac. Ali, sad ju je mučilo ono lepo devojče u Gradimirovom preduzeću. Svaka bi mu se predala samo da ga osvoji.

Darinka je pokupila tanjire i ostatke večere. Prešli su u salon. Radmila je sela na divan i počela da ga kuša:

— Treba i ti da se ženiš...

— Da, treba. Već je krajnje vreme. Još malo pa ću biti mator momak — zagrlio ju je i strasno je stegao.

Zadrhtala je... Šta li misli kad ovo govori? Da li pomišlja na ženidbu s njom? Zaklopila je oči i nije ništa dalje pitala. Osećala je kako joj naslanja glavu na grudi... Ah, kakva je sreća biti njegova žena! Šta bi im sada smetalo? Slobodna je, ima lepu kuću, oslobođena je deteta. Stegla ga je na grudi kao da hoće da ga otme od svih... Šaputala je:

— Voliš li me?

— Volim — tiho je odgovorio. — Ti si lepa žena!

Uzdahnula je... Te reči nisu dovoljne da ubede jednu ženu... Više ljubavnih reči joj je potrebno, više laskanja. Ovako, ona je samo lepa žena koja ga zadovoljava, a sutra će on ipak videti ono slatko, rumeno devojče.

Bilo je dva sata po ponoći kad je otišao od nje. Kiša je sipila. Bilo je hladno. On umoran, a tako je dosadno vraćati se kući u ovaj pozni čas, posle sastanka s ljubavnicom, i ustajati sutra mamuran...

Prvo iskušenje

Slađana je žurila kući. Bilo je već pola osam. Išla je da kupi vunicu u trgovini i svratila da kupi i dva kolača u poslastičarnici — njenu tortu sa slatkim mozaikom. Pokazivala je prstom devojci:

— Evo, od ove torte.

Čekala je da joj uviju i čežnjivo posmatrala kolače, koje bi sve pokupovala da je samo imala malo više para.

— Vi izgleda mnogo volite kolače? — začu poznati glas iza sebe. Stresla se i okrenula. Krupne Gradimirove oči toplo su je posmatrale.

— Da... kupila sam sebi i Nikici...

Arhitekta se osmehnu, pogleda je i priđe kolačima.

— Dajte mi deset.

Devojka uze poslužavnik od hartije. On je birao a ona je ređala. Ona mu uvi.

— Pričekajte, gospođice, i ja ću sad! — reče Slađani, koja mu se poklonila i kao priđe vratima.

Izađoše zajedno.

— Smem li da vas otpratim?

— Izvolite! — bila je zbunjena. On da je prati. Ovaj gordi Gradimir! I još pita sme li. Tako je bila zbunjena da u prvi mah nije imala reči.

On je propusti s desne strane i postavi pitanje:

— A gde ste bili, gospođice?

— Kupila sam vunicu! Radim sebi bluzu.

— Zar imate vremena i za ručni rad?

— Uveče... Ne ležemo nikad rano. Nikica uči, a ja i mama pletemo.

— A kako uči vaš brat?

— O, vrlo dobro. Čak se nada da će biti oslobođen mature. Bistar je i vrlo vredan pa mi je žao što ne može na tehniku.

— Zašto ne bi mogao? Vi ste u Beogradu. Teško je za studente iz unutrašnjosti koji nemaju sredstava za izdržavanje, jer se na tehnici moraju pohađati predavanja. A vi ste već u Beogradu.

— To je istina, ali mami nije lako tolike godine da nas školuje. Ostala je rano udovica, a njena plata nije velika.

— Pa, to bi se moglo udesiti: da vi ustupite bratu vaše mesto u preduzeću, pa odmah da bude i na praktičnim radovima i da studira tehniku.

— Zbilja! Vi biste primili Nikicu?

— Možda bismo ga primili.

— Pa da... Kao tehničar on bi više vredeo.

Iako se obradovala, učinilo joj se da je ova ljubaznost njenog šefa samo izgovor da bi se nje oslobodili, jer nema kvalifikacija. Zato izgovori lagano i potišteno:

— Stalno se plašim da me ne otpuste.

— Zar bi to bila tragedija? Našli biste bolje mesto — smešio se i gledao je.

— Kad bi moglo da se nađe bolje mesto. Ali, teško to ide. Da ne misle da me otpuste, pa ste prišli da mi kažete?

— Kakvo ste vi dete! — nasmeja se arhitekta. — Zar bih zbog toga prišao na ulici da vam to saopštim. Hteo sam malo s vama da razgovaram i da se uverim jesam li još tako strašan kako ste onda ustanovili?

— A, nisam ja kazala da ste strašni, nego da niste strašni! Mislila sam da ste preozbiljni. Tako sam čula o vama u kancelariji. Ja vas i ne poznajem mnogo.

— Kakvo mišljenje imate sada o meni?

— Imam vrlo lepo mišljenje. I čika Đorđe vas mnogo voli.

— To nije najlaskavije što me čika Đorđe voli!

Videla je kako se okrenuo i gleda je. Nastavila je dalje i osetila kako joj krv udara u obraze. Srećom, mračno je bilo pa nije video.

— Vi ste Šumadinac?

— Jesam... Šta mislite o Šumadincima?

— Kad bi svi bili kao vi, onda bi činovnice bile srećne u kancelarijama.

— Jeste li vi srećni?

— Ja sam zadovoljna. Ne mogu reći da sam srećna.

— Zašto niste srećni?

— Pa... Zato što nisam imala oca. Od detinjstva sam osetila šta znači biti bez oca, a mati se sama muči i zarađuje.

— Mučite li se i sad?

— Sad se ne mučimo. Skromno rasporedimo što zaradimo mama i ja.

— Koliko imate prihoda mesečno?

— Mama ima hiljadu dvesta, a ja šest stotina.

— Nije mnogo...

— Nije, ali je ipak bolje nego ranije. Mi ne gledamo kako žive bogati, nego siromašni; ima ih koji žive i teže od nas. Još nekoliko meseci i Nikica završava gimnaziju...

Magla se najednom spusti, gusta beogradska magla, i sakri sve ispred i iza njih.

— Pogledajte! Ništa se ne vidi.

Prolaznici su se utapali u maglu kao senke, a na drugoj strani se nije ništa videlo.

Jedna žena s maramom na glavi, koja ih je pratila s druge strane, najednom ih izgubi iz vida. To je bila Darinka, devojka gospođe Milošević. Ona pređe na njihovu stranu i pođe lagano za njima, na desetak koraka. Tako je često pratila arhitektu, po nalogu svoje gospođe. Večeras je imala da joj odnese važnu vest: Gradimir prati onu lepu činovnicu do kuće.

— Kako ćete da se vratite po ovoj magli? — upita Slađana.

— Spustiću se pa ću uhvatiti tramvaj.

— Pazite kad prelazite ulicu!

— Zašto se bojite za mene? — nasmeja se Gradimir.

— Zar tako dobar arhitekta da nastrada! — koketno odgovori devojčica.

— Vi u meni gledate samo arhitektu?

— Arhitektu i jednog dobrog čoveka. I gordog.

— Zar je gordost vrlina? Nisam balavac i moram biti ozbiljan.

— I balavci bi trebalo da budu gordi. Oni su nesimpatični, jer se neozbiljno ponašaju na svakom mestu.

— Omladina je obično takva… I ja sam kao mladić bio neozbiljan. A jeste li vi ozbiljna devojka?

— Ne mogu sama o sebi da govorim. Moja mama je stroga i ja sam primila dosta od nje. Zato izgleda da sam starinska devojka.

— Ko vam je kazao da ste starinska devojka?

— Još dok sam bila učenica drugovi, jer u školi uvek ima modernih devojaka kojima se sviđa današnji život.

— Zar se vama ne sviđa današnji život?

— Sviđa mi se današnja arhitektura, film, slikarstvo, ali mi se ne dopada sloboda današnjih devojaka zbog koje ih muškarci potcenjuju… Uh, šteta što je magla! Pokazala bih vam jednu kuću preko puta. Nimalo mi se ne sviđa — prešla je na drugu temu. — Tako uzani prozorčići, nema linije…

— Već postajete arhitekta! Je li to otkako radite u građevinskom preduzeću?

— Sigurno je i preduzeće uticalo… Juče sam precrtavala jednu skicu. Ružica mi je dala. Kaže da sam dobro precrtala.

— Dobro da znam. Onda ću vas ja zamoliti da mi nešto kopirate. Ali ako pogrešite?

— Vi ćete me otpustiti?

— Vašeg brata ćemo dovesti, ali tek iduće godine.

— Dotle ću se i ja izvežbati.

— Bogami, trudite se! Ja idem u Makedoniju, je l' znate?

— Znam — tiho izgovori devojčica. — Kad putujete?

— Za petnaestak dana. Trebalo je ranije, ali ovo rđavo vreme sprečava građevinske radove.

— Koliko ostajete tamo?

— Neću se brzo vratiti…

— Je li to lep kraj? Ako je priroda lepa neće vam biti dosadno.

— Može li vas da zadovolji samo priroda?

— Još kako! Ja bih celo leto mogla provesti u selu.

— Znam, leti kad idete da uživate. A kad morate da se pentrate po skelama — nije prijatno, ako nema društva. Hoćete li kuda na leto?

— Možda na more. Išli bismo kod Gvidovih roditelja. Zvali su nas. Ne bi nas ništa koštalo, bili bismo njihovi gosti. Samo prevoz da platimo.

Gradimir ućuta.

— Evo moje kuće!

— Ovde stanujete?

— Da... Gore na mansardi.

Zastadoše ispred kapije. Jedna devojka se približavala.

— Dobro veče, gospođice! — pozdravi Slađana.

To je bila Perka, kći njene gazdarice. Perka uđe u kapiju i žurno ustrča uza stepenice. Poletela je odmah prozoru ne skidajući mantil ni šešir. „Dakle, Nela ima pravo... Ova hvata Gradimira!" Odluči da Neli ne kaže. Dosta joj je boli zbog očeve smrti. Gledala je kroz prozor i bila malo ljubomorna... Jest', ova mala je lepa... A nije mogla reći ni da je rđava devojčica.

Slađana pruži ruku da se pozdravi s Gradimirom. On ne pusti odmah njenu ručicu, već je zapita:

— Šta ćete sutra da radite? Nedelja je...

— Pre podne poslujem po kući, a posle podne pletem.

— Kazali ste da volite bioskop. Hoćete li sutra da mi pravite društvo i pođete sa mnom u bioskop?

Mala ruka se ohladi. Ovo nije očekivala: on, gordi Marković je zove u bioskop! Čudno uzbuđenje se razli po celom telu. Šta da kaže? Da li će mama to dopustiti? Da li da ide i sakrije od mame?

— Ne znam... Ne mogu da vam obećam.

— Zašto ne možete? — pusti joj ruku. — Ne smete sa mnom da izađete?

— Ne... Ovaj, zar biste vi išli sa mnom u bioskop?

— A zašto ne bih? Treba li da se plašim nečije ljubomore?

— O, kakva ljubomora!... Nego, vi ste moj šef, a ja sam činovnica... To sam mislila.

— I ja kao šef ne bih smeo da idem u bioskop sa svojom činovnicom? Je li vam prijatno sa mnom da idete?

— Meni bi bilo prijatno, ali pravo da vam kažem, treba i mamu da pitam. Možda mi mama ne bi odobrila.

— Zašto morate i to mami da kažete? Vi ste samostalna devojka. Zar vi ništa sami ne možete da odlučite?

— Mogu, ali ako znam da se mama s tim ne bi složila ja odustajem makar se ticalo najvećeg zadovoljstva kao što je bioskop.

— No, ja se nadam da ćete se sutra odlučiti da idete sa mnom.

Pritisla je čelo ručicom.

— Teško vam je da odgovorite... Doći ćete? — uhvatio ju je opet za ruku. — Čekaću vas u pet sati pred „Kasinom”.

— Zasigurno vam ne mogu obećati.

— Ja ću se nadati.

Ćutala je, a osećala je kako su slatke ove reči i topla njegova ruka.

— Dakle, u pet sati!... A sad ove kolače odnesite vašem Nikici.

— Vi ste to za sebe kupili? — uzviknu ona začuđeno.

— Ne, za vas sam kupio i za vašeg brata...

— Nemojte, molim vas! — čisto se uplašila kako će se pojaviti s tolikim kolačima.

— On će se radovati?

— Još kako će se radovati! Ali, nije trebalo. Bože, koliko ste kupili. Velika hvala! Laku noć!

— Laku noć! Znajte da ću vas čekati!

— Dobro! — prošaputala je devojčica i uletela u kapiju. Zastala je na prvom odmorištu da se pribere. Nije smela ovako uzbuđena da uđe u kuću, jer bi mama primetila da se u njoj nešto događa. Noge su joj klecale, jedva se pela uza stepenice. Sva je drhtala. Zove je u bioskop, kupuje kolače. Sve je to tako uzbudljivo i lepo, a ipak oseća potajni strah.

Ušla je u sobu s kolačima. Mama je plela, a Nikica je učio. Oboje podigoše glavu i oboje ugledaše paket. Nikica se sav usplahiri:

— Šta je to? Kolači? Otkud ti toliki kolači?

Mama nije ništa pitala. Gledala je u oči Slađanu.

Kći nije smela odmah reći: „Kupio mi gospodin Marković", nego poče izdalje:

— Znaš, mama, bila ja u poslastičarnici pa kupujem, kad dođe gospodin Marković... I on kupio za sebe kolače pa pošao sa mnom. U ovom je kraju imao posla i dopratio me do kuće... Pa mi dao ove kolače... Kaže, za vašeg brata Nikicu!

— Za mene?! Baš rekao za mene? — uzviknu Nikica sav srećan. — Onda razvijaj! Uh, što su fini! — dočepao je odmah jedan kolač i u dva zalogaja ga smazao. — Kolosalan čovek!

Mati je sve vreme ćutala, a kći je po njenim ozbiljnim očima videla da ona ne voli što joj Marković kupuje kolače i dopraća je do kuće. Nije bila od onih majki koje bi s oduševljenjem primale takve pažnje, jer je poznavala život i znala kuda to može da odvede jednu naivnu devojku.

— Mamice, probaj i ti jedan kolač!

— Neka, neću sada... Posle večere. Što si ti, Nikice, navalio pre večere? Ostavi za posle večere!

— Ne mari! Neću pokvariti apetit. Mogu ja kolače i pre i posle večere.

Sestra je uživala što brat ovako oduševljeno prihvata Markovićevu pažnju i nudila ga je da uzme još jedan. Njoj se nije ni jelo. Samo mamu da raspoloži. Osećala se kao krivac, iako ništa nije skrivila. Možda se samo bojala svoga uzbuđenja kakvo nikad nije osetila. Brzo je govorila da bi ih raspoložila:

— Da znaš, Nikice, šta mi je kazao gospodin Marković? Da se ti upišeš na tehniku pa da ti ja ustupim svoje mesto u njihovom preduzeću.

— Je l' istina? Ah, ala bi to bilo sjajno! Ja tehničar i postanem arhitekta kao on!... Zamisli, mama, odmah bih imao praksu i to pored njega! Je l' ozbiljno govorio?

— Sasvim ozbiljno! Znaš, ja sam mu pričala kako ti žališ što nećeš moći na tehniku, i da si dobar đak pa on zato kaže... Da se mi, mama, raspitamo da ja dobijem mesto u banci, a Nikica da se upiše na tehniku?

— Moram, Slađana, da te poljubim! — uzviknu brat.

— Čekaj, nemoj unapred da se raduješ? Prvo maturu da položiš.

— Molim te, Slađana, skloni te kolače! Prvo da večeraš, Nikice, pa posle jedi! Jesi li kupila vunicu? — pitala je mati, koju nije oduševljavao ovaj razgovor. On je arhitekta, lep čovek, a ona takoreći dete. Da joj zavrti pamet, pa šta posle da bude? A njena devojčica nikakvih doživljaja i avantura nije imala. Šta on ima nju da dopraća i kupuje joj kolače? Pre ih je vodio u kafanu, kupio opet kolače, ali bile su njih tri zajedno. Zašto on sad njoj da kupuje?

Majci je to bilo sumnjivo. Oseti hladno oko srca. Pogledala je kćer. Uživala je kao mati u njenoj lepoti i svežini, ali se i plašila što je lepa, mlada, neiskusna, a primorana da zarađuje, ide u kancelariju. A u toj kancelariji jedan lep čovek, arhitekta, svakog dana sreće njenu kćer. Strepnja joj se uvuče u srce. Dosad je njena Slađana bila uvek pametna, ali mlada je, može li ona, mati, da zapoveda njenom srcu?

— Hajde da večeramo! U kuhinji je toplo. Ja sam postavila.

Kći je osećala šta mati misli, pa brzo pređe na drugi razgovor. Samo Nikicu nije mogla ućutkati, jer mu je ubacila bubu u glavu i on je već video sebe kao arhitektu.

Legli su. Rešila je da ne spomene da ju je zvao u bioskop. Sva je u groznici: šta da radi? Da li da ide? Lomila se cele noći i celo jutro. Najzad pobedi radost: što da ne ide? Baš treba da ide da mu pokaže da devojka može da se pojavi s muškarcem a da ostane čestita.

Nije smela priznati sebi kako je sva drhtala pri samoj pomisli da sedi pokraj njega i gleda slike na platnu. Zatvorila je oči da bi ga videla i osetila njegove crne sjajne oči koje joj pale mozak i srce. Tešila je sebe: on ide za petnaest dana u Makedoniju, koliko ga vremena neće videti. Zato je i zove. On ne voli slobodne devojke. Možda on nju ceni. Razmišljala je kao svaka devojka koja u prvo vreme vidi samo svoje lepe osobine koje očaravaju muškarca i veruje da će ga uvek očaravati.

Posle ručka je rekla mami da će oko četiri sata da ode do svoje drugarice Milene, s kojom se videla pre neki dan, da prošetaju. Obradovala se što mama nije ništa posumnjala.

Pošla je u četiri. Pešice će ići... Tačno u pet će biti pred „Kasinom". Svaki korak joj je donosio drugu misao. Već je kod „Londona". Neodlučna je. Borba u njoj neprestano raste: da li da ide, ili ne? Parovi prolaze pokraj nje, smeju se devojke, razgovaraju, žure svi u bioskop, na žureve. Svuda život, provod, ljubav... Na Terazijama, u dansingu, kroz prozor se vidi kako se okreću. Zašto ona da nema prava na život? Šta je tu ružno? On je častan mladić. Zastala je kod „Koloseuma" da pogleda slike. Sat na Terazijama pokazuje četvrt do pet. Još samo četvrt sata. Najednom kao da se nešto sruši u njoj u neki strašno dubok bezdan. A koliko je on njih čekao pred bioskopom! I s gospođicom Jovanović je išao. Ona očekuje taj bioskop kao nešto veliko u životu, uzvišeno, u šta unosi svu čistotu svoga srca, a on je s mnogima odlazio u bioskop i sve su mu bile iste. Šta će biti posle bioskopa? Hoće li je opet pozvati? Ili će proći ravnodušno? A ona je danas slagala mamu, svoju dobru, nežnu mamu. Slagala je zbog čoveka koji bi joj možda zadao bol, a da li joj je mama ikad zadala bol?

Ah, nikad! Neće ona da ide. Neka je čeka! Jurnula je u Aleksandrovu ulicu. Bežala je da bude što dalje od njega i od tog slatkog iskušenja. Umirila se, laknulo joj je i otišla je svojoj drugarici Mileni. Nije bila kod kuće. Zatekla je njenu mamu. Morala je sedeti... Sačekala je šest i pošla lagano kući... Pobedila je sebe, ali je uništila radost. Šta će biti sutra u kancelariji? Da li će je pozvati? Šta će joj reći? Možda sve ovo doživljavaju i ostale činovnice. Idu sa šefovima, a posle ih izbace, ili otpuste.

— Slađana! — začu muški glas iza sebe. Trgla se... Bio je to Gvido. — Gde si bila?

— Kod jedne moje drugarice, pa se vraćam kući.

— Hajde, i ja ću s tobom. Idem u jednu posetu.

Gvido je pita a ona rasejano odgovara. Gvido je raspoložen, veselo priča. Najednom uzviknu:

— Gle, eno Gradimira!

Ona oseti kao da je kamen udari u glavu. Išli su mu u susret: ona s Gvidom! Šta je sad uradila? Misliće da je imala sastanak s Gvidom. Gledala ga je uplašeno. On prođe, skide šešir, nasmeši se Gvidu i prođe pokraj njih. Nju i ne pogleda.

Nije čula šta je dalje Gvido govorio i nije znala kako se popela uza stepenice. Jedva je čekala da sutra ode u kancelariju. Ako je ne pozove, otići će sama da mu se izvini i da kaže da nije imala sastanak s Gvidom. Sad je osuđivala sebe zbog nedostatka hrabrosti: pobeći! Zašto? Da učini mami po volji... Ceo svet se zabavlja, a ona sedi kod kuće i plete bluzicu... Ona, glupa Slađana, jednu jedinu radost imala je danas, najlepšu radost u životu i odbila je...

Mama je sedela pokraj peći. Bila je tužna.

— Šta je tebi, mama?

— Nešto me ova leva noga boli. Sve se bojim išijasa. Moram večeras da je istrljam... Kako je Milena? Ona je dobila mesto u trgovini?

— Nije bila kod kuće. Sedela sam s njenom mamom. Kaže da ima sedam stotina plate.

Njeno osetljivo srce se razneži videći mamu. Ona je njoj najveći prijatelj u životu. Zagrli je i poljubi i taj poljubac kao da je umirio i razagnao buru u njenom malom, neiskusnom, vatrenom srcu. Sutra će otvoreno reći Markoviću da nije htela da ide s njim u bioskop, da ga vrlo poštuje, divi mu se kao arhitekti, ali gleda u njemu samo svoga šefa a ne kavaljera. Naterala je mamu da legne, istrljala joj noge špiritus-kamforom i uvila jednim šalom.

— Oh, tako mi prija toplina. Sutra će već biti bolje.

— Sutra nemoj, mama, rano da ustaješ! Ja ću da skuvam kafu i da spremim doručak. Ti se odmaraj!

Poljubila je opet mamu, s grižom savesti što je mogla i jedan trenutak da se naljuti na nju. Zar njena mama kao mlada i lepa udovica nije imala iskušenja u životu, pa se svega odrekla zbog nje i Nikice? A zar ona da dopusti da se njena mama stidi svoje kćeri? Nikad! Ona je pametna devojka. Veselost joj se opet povrati. Plamen, koji je buknuo u njenom srcu, ugasila je voljom. Sutra će umeti hladnije da razgovara s lepim i gordim Gradimirom. Zar da ga se plaši zato što je čestita?

„Dakle, u ovo devojče treba da se zaljubim!"

Sa strepnjom je došla u ponedeljak u kancelariju. Očekivala je da će je on pozvati: „A gde ste vi, gospođice, juče? Zar ja da čekam pred bioskopom?" Ali on je ne pozva. Rasejano je precrtavala skice, grešeći i popravljajući. Ružica i Jelka živo su razgovarale. Kako su to simpatične devojke. Šaleći se pričale su joj o svojim razočaranjima. Kad bi i ona mogla da bude takva! Zašto je ona ovako neraspoložena i ne može da se nasmeje? Ništa nije uradila, nije se ogrešila ni o sebe ni o mamu, a opet sve je bolno u njoj. Šta je to? Plaši se da se on ne razočara u nju. Da li je uopšte razočaranje za njega što ona nije došla u bioskop? Bože, kako je glupa! Pozvao je, kao što bi izvadio cigaretu i popušio. Prijatna mu cigareta, a isto toliko prijatna bi mu bila i ona. Ništa više! Eto, sad je ne zove da je pita, i to ju je bolelo. Jeste, baš to što je ne pozove. Ništa nije znala, samo to da bi sad mogla da plače.

Sati prolaze, već se i podne približava.

Koraci u hodniku. Čuje se Gradimirov glas.

— Kako si, čika Đorđe?

— Hvala bogu dobro, gos'n Markoviću!

Miran, spokojan glas, kao da se ništa nije dogodilo. Zabole je i ta mirnoća glasa. Jesu li svi muškarci takvi? O, glupe devojke! One pate zbog svojih i njihovih bolova. Zar i ona, Slađana, ne pati što misli da je on juče patio! Čudna li čuda! Katastrofa, što ona nije došla. Možda je čak zaboravio da ju je i pozvao.

Čula je kako su lupila vrata njegove kancelarije. Posle se opet otvaraju, odlazi direktoru. Poslovni život teče.

Izlaze iz kancelarije. Zastala je u hodniku, očekujući da on izađe iz direktorove kancelarije. Rado bi mu se izvinila. Nije imalo smisla ostaviti ga da čeka. On nije balavac.

— Kako ste čika Đorđe? — pita ga i ona samo da bi se zadržala.

— Dobro, gospođice! A kako ste vi? Vidim, lepo izgledate.

— Dobro sam, čika Đorđe.

— Nek ste samo živi i zdravi vašoj majci. A brat vam gimnazist?

— Maturant!

— Neka, hvala bogu, samo da položi maturu. Bez mature ništa ne vredi. Imam jednog rođaka pa pod starost morade čovek da polaže maturu da bi dobio grupu. U staro vreme ne znadoše za te grupe. Poznavao sam mnoge na velikim položajima samo sa četiri razreda gimnazije! Ali, avanzovali su i otišli daleko kao da su velike škole učili.

Zvonce zvrknu.

— A, ovo me zove direktor.

Slađana pođe hodnikom i srce joj zalupa. Čula je za sobom muške korake. Nije smela da se okrene, već je požurila da što pre izađe na ulicu. Spazi direktorov auto kraj trotoara.

— Do Pančeva ćemo brzo stići. Samo da vidimo teren — govorio je direktor.

Ona podiže glavu. Susrete dva hladna crna oka, klimnu im glavom, a direktor joj se nasmeši. Gradimir malo podiže šešir. Uđoše u auto. Njoj zabuktaše obrazi. Sagla se kao da zakopčava tašnu. Podigla je opet glavu. Vide kako se direktor smeši i gleda je.

— Lepa ova mala! — reče Gradimiru.

On ništa ne odgovori, samo je hladno pogleda. Spazio je rumene obraze i dva divna svetla oka, uzbuđena i uplašena kao da hoće da pročitaju na njegovom licu da li se ljuti. Okrenuo je glavu i obrve mu se spustiše. Nije hteo da je gleda, ali malo dalje, na deset koraka, spazi jednog mladića. I iznenadi ga preteći pogled mladićev upravljen na njega: „Šta me ovaj tako gleda?" Bio je to neki čudan tip. Isti takav pogled upravi i na Slađanu. „Gle, ovo je njen kavaljer, pa mi čisto preti! Da li mu je kazala da sam je pozvao u bioskop?" Auto pojuri i prođe pokraj mladića. Dasa je još uvek mrko gledao

Gradimira. Kad auto htede da savije za ugao, Gradimir se nesvesno okrete. Video je Slađanu kako ide i dasu kako požuri za njom. Povukao je ljutito šešir kao da mu nešto smeta. Direktor mu je opisivao teren i plan kako misli da se zida zgrada, a on ga je samo jednim uhom slušao. „Ta mala ima tako naivne oči, a mora da je lukava kao sve devojke!" Ljutio se na sebe što ju je zvao i neprestano video Gvida kako ide pokraj nje. Sinoć ga je duže čekao no obično da zajedno večeraju, ali nije došao.

— A šta vi mislite, Markoviću?

Morao se pribrati da odgovori ali kroz misli se provlačila misao: „Ko li je onaj dasa? Kako me samo bezobrazno i izazivački gleda! Taj već polaže neko pravo na nju..."

Odbacio je glupe misli i upustio se u diskusiju s direktorom.

A Slađana je žurila kući. Nije ni slutila da je neko, na izvesnom odstojanju, prati.

„Dakle, u ovo devojče treba da se zaljubim! Bogami, zgodno devojčence! Gledaj samo kako su joj lepe nožice! O, pa ovo vredi i džabe da se potrči za njom. Vidi ti kako ima slatku glavicu! More, da se ja ne zaljubim? Ovde će stvar da ide lako! Da li da prođem? Ne! Danas je dosta! Ala sam Markovića krvnički pogledao! Divota! Četiri stotine dinara akonto! A za skandal četiri hiljade... A, malo više ću ja da izvučem! Nije to mala stvar skandal! Da vidim gde stanuje? Tačno! Sve se slaže. Dakle, od sutra stupam u ofanzivu. Fino uposlenje! Šetkam i gledam ove nožice. Čekaj da kupim cigarete. Uh, kako je nova stotinarka!"

— Dvadeset komada „morave"!

„Sad neću da žalim za cigarete. Dakle, u toj kućici stanujete vi, lepo dete! Do viđenja! Sutra ću vas opet sačekati pred kancelarijom. Lud treba da bude, pa da ne posumnja da nisam u vas smrtno zaljubljen!"

Slađana je ušla u kuću ne sluteći ništa. Bila je zaneta svojim mislima.

Posle podne, u kancelariji, Ružica je pričala o novim građevinskim radovima u Pančevu. Zamolila je opet Slađanu da nešto precrta. „Zašto mi ne da nešto da odnesem Gradimiru?" Pomislila je šta bi one rekle kad bi im kazala: „Marković me je juče zvao da idemo u bioskop, a ja nisam htela". Zaprepastile bi se sigurno. A one kao za inat ni da ga spomenu. Sve nešto deseto govore. Ružica uvek ima mnogo pohvala za njega, a Jelka je malo ironična. Njoj kao da je krivo što je on tako gord. Jelka bi se sigurno podsmehnula, a Ružica bi kazala, kao što često govori: „Treba se čuvati muškaraca! Oni mnogo lukavije klopke podmeću nama i devojke propadaju zato što im veruju."

Kroz hodnik opet čuje Gradimirove korake. Već ih poznaje.

— Tek sad dođe Gradimir! Ceo dan nekud tumara — primeti Ružica.

— Direktor ništa neće da počne bez njega. Jesi li videla onaj Petrovićev projekat? Ništa mi se ne sviđa. Bila sam kod direktora kad mu on kaže: „Ne sviđa mi se ovo, Petroviću!"

— Što meni ne daju neku kuću da projektujem — govorila je Jelka. — Majke mi. Baš se nešto rešavam da napravim plan za jednu vilu, pa ću da pokažem Gradimiru. Misliš da ne bih umela kuću da projektujem?

— Kad umeš, srce moje, kopiraj ovu kuću! Nešto mi igra pred očima — ironično će Ružica. — Da li vi kad osetite maglu pred očima?

— Nikad! — odgovori ozbiljno Slađana.

— Zbog te magle ja sam, deco, donela naočare. Danas sam htela da vas iznenadim. Pogledajte! Jesam li lepa?

— Ličite na nastavnicu — uzviknu Slađana.

— Pazi što si impozantna! Jest', sad ti je potrebna katedra.

— A ne ličim na staru frajlu?

— To si kazala samo zato da bismo ti napravile kompliment kako si se podmladila. Mame mi, baš si se prolepšala!

— Što mi podvaljuje ova Jelka, a vidim kako se smeje mojim naočarima.

— Živ mi Aca, ne smejem se. Daj da ih probam! Što ja ne vidim kroz njih? Sve mi mutno.

— Nisu za tvoje oči. Daj. Jaoj, sad se nešto setih! Teško meni, ovo je trebalo još onomad da predam Gradimiru. Nosite, Slađana! Vas sigurno neće da izgrdi.

Slađana oseti kako joj se noge odsekoše.

— A šta da mu kažem?

— Ništa. Samo mu dajte. On zna šta je... Jesi li ga videla, Jelka, kako je ljut?

— Jesam.

— Lep je i kad je ljut. Ali iz očiju mu sevaju munje. Samo, začas se povrati. Takvi su Šumadinci. Slatka Slađana, idite! Na vas se neće naljutiti.

Slađana iziđe i kucnu, pa otvori lagano njegova vrata. Gradimir je stajao kraj ormana, kod katedre na kojoj je stajao jedan crtež. Gledao je i nešto popravljao.

— Izvol'te ovo! — progovori devojčica tiho i pruži mu.

— Šta je to? — oštro je pitao. — A, znam! Dobro — spustio je skicu pokraj svoga crteža i nastavio da gleda u crtež kao da ne opaža da je ona još tu. Nekoliko sekundi je ćutala, a onda se ohrabri:

— Gospodine Markoviću, htela sam da vas zamolim za izvinjenje što nisam juče došla.

— Nije potrebno nikakvo izvinjenje! — hladno je odgovorio. — Trebalo je da kažete da ste zauzeti.

— Ja nisam bila zauzeta. Naprotiv, bila sam slobodna!

— Koliko se meni čini, niste bili slobodni.

— Sasvim slučajno sam srela Gvida. Nisam imala s njim nikakav sastanak.

— A ko vas pita za sastanak?

— Pa vi kažete da nisam bila slobodna i ja moram da se opravdam... Priznaću vam... Pošla sam u bioskop... Pa nisam mogla da lažem mamu. Bilo me je stid i grehota.

— Smatrali ste to velikim grehom ako odete sa mnom u bioskop?

— Ne mislim da je greh, jer ja vas cenim. Blizu „Kasine" pokajala sam se i vratila. Otišla sam do jedne drugarice. I kad sam se vraćala, na pet minuta pre no što ću vas videti, srela sam se s Gvidom. Verujte, tako je bilo.

— Ako vi verujete sebi verovaću i ja.

— Ja verujem, jer govorim istinu! — jačim glasom izgovori devojka.

— Dobro, kad govorite istinu onda priznajte: zašto sam ja za vas strašan čovek pa ste se bojali da idete sa mnom?

— Vi niste strašan čovek, ali vi ste moj šef!

— A sa šefovima se ne sme ići u bioskop...

— Bolje je da se ne ide. Ja moram da vodim računa o svom ponašanju.

— Dakle, bojali ste se da ću biti nekorektan prema vama?

— Nisam se bojala toga, već nečeg drugog: mojim koleginicama bi palo u oči da mene izdvajate.

— A zašto da vas ne izdvajam? Treba li od njih da tražim dozvolu za vas?

— One su devojke i bilo bi im žao, jer su pre mene došle, a ja ne želim da ih ražalostim.

— Vi čak tražite milosrđe i u kavaljerstvu. Zar muškarac treba da bude zadušna baba prema svim devojkama?

— Ne, ja mislim da je najbolje da i za mene ostanete samo šef kao i za njih.

— A šta bih drugo mogao biti za vas? — zapita tiho i priđe joj bliže, ponirući joj u dubinu zenica.

— Pa... to... kavaljer... A danas je mnogo teže doći do postavljenja nego naći kavaljera za bioskop. U bioskop bi me svako vodio, ali službu mi ne bi našao, a od vas mnogo zavisi da li ću ostati ili ću službu izgubiti. Ja bih bila srećna da vi uvek budete zadovoljni mnome, da bih mogla i dalje da ostanem u vašem preduzeću.

— A ako sam ja nezadovoljan vama? — gledao ju je i dalje pravo u oči.

Ona obori uzdrhtale trepavice, srce joj zadrhta, a nešto hladno je sledi. „Šta je on hteo ovim da kaže?" Je li to bio uslov za njen opstanak u preduzeću: da ide s njim u bioskop?

Podiže glavicu i uperi na njega dva detinjasta tužna oka:

— Jeste li vi nezadovoljni što nisam išla u bioskop?

— Jesam. Nezadovoljan i ljut. To je s vaše strane nepoverenje, a ja želim da mi verujete — spuštene obrve iznad crnih očiju malo se izviše i lice se ublaži osmehom. To joj povrati hrabrost i milo ga pogleda.

— Ja imam poverenja da ste vi najbolji arhitekta.

— Ali ne mislite da sam najbolji muškarac?

— Donekle mislim, ali vi ne možete biti idealni.

On se nasmeja:

— A zašto ne mogu biti idealan?

— Pa... muškarci neće da budu idealni. To je za njih smešno. Eto, recite, vi ste toliko puta bili u bioskopu s raznim devojkama. Čak sam vas i ja jednom

videla. Za vas je to obična stvar: pozvati devojku da ide s vama u bioskop...
A za mene bi to bio čitav događaj u životu!

— Strašan događaj! I zato ste pobegli?

— Ne strašan, ali događaj... događaj... Ne umem to da kažem — zbunila
se, jer je osetila da ne sme da govori što je počela. — Idem sada. Zbogom!

— Nećete još ići! Ostaćete. Ja sam vaš šef i naređujem da završite što ste
počeli — stajao je ispred nje, uživajući u zbunjenosti na njenom malom
slatkom licu.

— Nemam više ništa da kažem...

— A ja bih imao vama da kažem... — mladi čovek se uozbilji stojeći
ispred nje. — Ko je onaj mladić što vas je danas pratio i mene onako krvnički
gledao kao da sam mu oca ubio?

— Mladić? Kakav mladić? Gde ste ga videli?

— Zar ga vi niste videli? — nasmejao se ironično.

Oči su joj bile široko otvorene. Smelo mu se približi na jedan korak.

— Dajem vam časnu reč da nikakvog mladića nisam videla.

— I niste videli kad je pošao za vama?

— Nisam!

— Dobro! — naglo se okrenu i priđe ormanu, kao da prekida razgovor
s njom, jer mu je neprijatan.

— Vi mi ne verujete? — tužno je pitala. — Meni je teško što mi ne verujete.

— A zašto vam je teško? Budite iskreni.

— Zato što devojka koja laže nije dobra devojka. A ja, isto onako kao što
nisam htela da slažem moju mamu ne lažem ni vas. Nego, meni se čini, vi
ste me otpustili. Predosećam da će mi se nešto desiti.

— Imate pogrešna predosećanja. Ništa vam se neće desiti.

— I nećete se ljutiti zbog toga što nisam juče došla.

— Zar se čovek zbog takvih sitnica može ljutiti? Nije to tako veliki događaj
u životu nas muškaraca. I sami ste kazali, gospođice! — okrenu se crtežu i
uze lenjir kao da hoće da joj pokaže da je razgovor završen.

— Zbogom!

— Zbogom! — odgovori inženjer ne okrećući se.

A kad ona izađe, ostavi lenjir, zapali cigaretu i priđe prozoru. Posle sede na stolicu i utonu u razmišljanje. Protrlja čelo i prošaputa: „Lud sam, bogami!" Nasmešio se, a taj smešak bio je rezultat saznanja da mu je prijatno što nije došla u bioskop. Najednom bora preko čela. Seti se Gvida. Brzo uze lenjir i nastavi posao da ne bi morao da misli o tome.

Slađana je sva zbunjena ušla u kancelariju. Nije mogla da sakrije zabunu. Obe devojke je pogledaše.

— Šta se dogodilo, Slađana? Da vas nije Gradimir izgrdio? — upita Jelka.

— More, da joj nije izjavio ljubav? — nasmeja se Ružica.

— Kakva ljubav! — uozbilji se Slađana. — Nego, sve se bojim da me ne otpuste! — lagala je da bi opravdala svoju zbunjenost.

— Zar vam je nešto napomenuo?

— Nije... Ali ko zna? Pitao me znam li da crtam.

— Što niste kazali da znate. Ja ću vam pokazati.

— Pa i da izgubite mesto naći ćete drugo. Ja se ne sekiram za vas.

U srcu Slađaninom sve se uzburkalo. Ponavljala je u sebi svaku njegovu rečenicu. Ženskim instinktom osećala je da je njemu krivo, ali neće da prizna. Da li je ljubomoran na Gvida? I ko je taj mladić! Kako su slatka ova uzbuđenja, ali i bolna... Šta je ovo u njoj? Da ne gubi pamet? To ne sme da dopusti: sirota činovnica i slavni arhitekta! Ona bi bila igračka u njegovim rukama. Zato devojke i propadaju što ih prevare ove sitne ljubomore muškaraca, pokaju se što su ih uvredile i zadale mali bol. Neka, on je jači! A ona je mala stabljika... Kako je visok i snažan! Mogao bi je zdrobiti. Zadrhtala je i nešto joj se slatko razlilo po celom telu. Biti u njegovom naručju. Snažne, tople ruke... Glava joj se povi nad crtežom, trže se... Oh, šta misli i šta se ludira. Šta bi bilo da je juče išla? Bolje je ovako.

Ružičin i Jelkin glas prekidaju njena slatka uzbuđenja. Čas je na nebu, čas na zemlji. Pogleda na sat. Blizu je kraj radnom vremenu. Ona bi da je što pre na ulici da korača, da se kreće.

Kad je izašla, opazila je pred kancelarijom Gradimira sa sestrom Gordanom, lepom crnomanjastom devojkom. Javila se njemu, a osmehnula se i sestrici. Najednom začu njen prijatan glas:

— Ovo je sigurno gospođica Slađana!

— Da... Ja sam. Zar me vi poznajete?

— Čula sam o vama! Vaše ime mi se sviđa — nije htela reći da je čula od Gvida, ali zaželela je da upozna devojku koju pominje Gvido... Ne čekajući da je brat upozna, pruži ruku Slađani: — Vi znate... Ja sam Gradimirova sestra.

— Znam...

— Kuda ti ideš? — pitao je Gradimir sestru. On nije ni slutio zašto je Gordana želela da se upozna sa Slađanom.

— Ja ću da prošetam. Idem ovamo. A vi, gospođice Slađana?

— I ja idem u tom pravcu.

— Onda ćemo zajedno... Zbogom, Grado!

Gordana je iznenada došla na jednu ideju

Devojke pođoše zajedno. Slađana je bila vrlo uzbuđena — kao svaka devojka kad se upozna sa sestrom mladića koji joj je simpatičan. A sestra uz to još i ljubazna. Htela je da se ne zastidi pred njom. Zažele da gospođica Marković stekne lepo mišljenje o njoj. Možda će to reći i bratu.

Gordanu su drugi razlozi pobudili na ovo poznanstvo. Opet je bio mladić posredi. Rastužena i razočarana zbog Natašinih postupaka, nije viđala Gvida. Nije htela da trči za njim, a osećala je želju da upozna nekog ko je u dodiru s njim, da bi čula šta o njemu, da bi ta ličnost rekla štogod lepo o njoj. Znala je da ga Slađana poznaje. Ljubomora koju je prvi put osetila kad je Nela kazala da ga je videla u bioskopu s njom sada se pretvorila u drugo osećanje. Zaželela je da ova činovnica ide s njim da bi se druga osvetila Nataši, kad ona nije za to sposobna. Pogledala ju je i zaključila da je vrlo lepa devojčica. Još i više, tako je slatka i skromna, što se videlo na prvi pogled iz svakog njenog pokreta i svake reči. Lepša je od Nataše i sigurno bolja.

— Kako je danas prijatno! — otpoče kao uvod u razgovor. — Učila sam mnogo, pa baš malo izađoh da prošetam.

— Čula sam da mnogo učite... Pričao mi je jedan Dalmatinac. Vi poznajete Gvida?

— Poznajem... S njim se letos na moru moj brat upoznao... Jeste li vi rod?

— Nismo, ali on je zemljak moje mame. Mati mi je Dalmatinka.

— Vi ne ličite na Dalmatinku.

— Ja sam mešavina. Majka mi je Dalmatinka, a otac Srbijanac.

— Ipak, tako ste lepi! Dalmatinke su sve lepe.

— Moja mama je zaista lepa. Sad je starija, ali još se vidi da je u mladosti bila lepa. Gvido nam je mnogo pričao o vama — opet je nastavila što je počela. — Priča kako imate lepu sobu i kako mu je bilo prijatno kod vas na čaju. Od njega sam čula da ste vrlo zlatna devojka. Vi ličite na brata.

— Imamo dosta sličnosti nas dvoje. I lepo se slažemo. Kao drugovi. Ja ga prosto obožavam.

— I u kancelariji je gospodin Marković vrlo dobar prema nama... Gvido ga vrlo ceni. Bilo mu je veoma prijatno što je upoznao vašu porodicu, jer nikog nije poznavao u Beogradu kad je došao. Kaže da često večera s gospodinom Markovićem.

— Jeste... Bila sam i ja jednom s njima.

Iskreno pričanje ove ljupke devojčice uverilo je Gordanu da ona Gvida ne gleda. Nataša joj ovo ne bi nikad kazala. A Nela bi ispričala ono što zadaje bol. Kako su žene pakosne! Bila joj je vrlo prijatna ova šetnja. Išla je dalje, kao da i ona ide istim putem.

Slađana se trudila da joj svaka rečenica bude na mestu.

— Čula sam da ste na francuskoj književnosti. Gvido mi je pričao.

— Jesam.

— Ja volim književnost. Želela sam da studiram ali nije bilo uslova... Kad god imam vremena, dohvatim knjigu i čitam — mislila je zna li kog francuskog pisca. Setila se Viktora Igoa, Dime, Balzaka, Anatola Fransa, ali je to prećutala, bojeći se da neće reći nešto što bi pokazalo da ne poznaje francusku književnost. Prešle su na razgovor o pozorištu, operi, bioskopu. Utvrdile su da imaju zajedničke simpatije u drami i operi i iste ljubimce na filmu. Gordana je samo bolje poznavala operu nego Slađana. Ona je pažljivo slušala, osećajući šta joj nedostaje. Sve bi i ona to znala da je imala mogućnosti da ide često u pozorište i operu. Zar je malo inteligentnih devojaka i mladića koji su lišeni umetničkih uživanja, iako bi bolje razumeli operu nego snobovi u foteljama i ložama, koji dolaze na premijere da pokažu svoje toalete, u pomrčini grickajući bombone, zevajući i dremajući, a posle predstave prezrivo izbacuju: „Burgijada!”

Sunce je toplo grejalo i obe su se zarumenele. I jedna i druga osećale su izvesno uzbuđenje zbog ovog poznanstva.

— Gde vi stanujete?

— Levo. Eno, u onoj kući... gore, na mansardi. A vaša kuća je na Voždovcu? Gvido mi je pričao da imate lepu kuću i dopada mu se taj kraj.

— Tako je divno. Uvek svež vazduh.

Dođoše do Slađanine kuće.

— Baš mi je milo, gospođice Slađana, što sam se upoznala s vama — reče Gordana.

— I meni je vrlo drago.

— Ako nekad šetate do Voždovca, svratite do mene.

— Baš bih se radovala da vidim vašu sobicu. Čim vidim Gvida kazaću mu da sam se upoznala s vama — ženskim instinktom osećala je da Gradimirova sestra simpatiše Gvida. Zbilja, tako je mila devojka! Baš bi bila za Gvida. Ona će mu to reći. — Ja i moj brat Nikica često šetamo i gledamo građevine.

— Jeste, gospodin Gvido nam je pričao kako ste sve Gradimirove građevine videli.

— Ah, zar je on to kazao?! — pocrvene Slađana.

— I ja šetam ponekad sama i volim da prođem novim ulicama. Poneku ulicu ne mogu da poznam — Gordana joj pruži ruku. — Zbogom gospođice. Ja idem desno. Još malo da prošetam kad je ovako toplo.

Slađana je sva ushićena ulazila u kuću. Najednom se zapita zašto joj je Gordana prišla. Da li ju je brat poslao, ili ona simpatiše Gvida? Baš bi ona bila žena za Gvida. Tako je fina i ozbiljna, a opet vrlo mila... Jedva je čekala da ispriča mami kako se upoznala sa sestrom gospodina Markovića.

I na Gordanu je ovaj susret ostavio vrlo prijatan utisak. Prosto je zaželela da upozna ovu devojčicu kako bi se malo raspoložila. Nervirao ju je ispit, a rastuživalo razočaranje. Krila je sve u sebi, jer je bila zatvorena priroda. Volela je i da sačuva dostojanstvo. Ponizila bi se da ma kakav prekor uputi Nataši, jer bi to ona mogla reći Gvidu. Sigurno bi i kazala: „Gordani je krivo što idem s vama!" Ispala bi smešna. Gvido ne zna šta je u njenom srcu. Trudila se da odagna njegovu sliku. Prekorevala je samu sebe. Zar je malo kolega s kojima bi se mogla zabavljati? Koliko ih joj se udvaralo! Imala je dva-tri vrlo simpatična druga, ali osećala je da se u njih ne bi mogla zaljubiti. Ozbiljno je shvatala studije i suviše držala do svog dostojanstva. Odricala se svih zabava; bila je tiranin prema samoj sebi. Ta diktatura volje gušila je svako osećanje u njoj. Bojala se ljubavi i nalazila utehu u umnom radu. Ali, to joj je stvaralo nervozu, jer je srce tražilo svoje. Plašila se avantura; nije mogla da dopusti da se među studentima povlači njeno ime i priča o njoj kao o nekim studentkinjama. Trpela je što je takva, ali posle razočaranja svojih koleginica zaključivala je da je u pravu. Izgledalo joj je da se Nataša slaže s njenim pojmovima, ali sad je osećala da će ona otpočeti svoj život. Nataši je bilo dosadno da samo mudruje i uči. Dolazila je i dalje Gordani, ali strah od ispita sve više ju je obuzimao.

Sutradan je Nataša došla u dva sata posle podne, govoreći da može da ostane samo do šest, pa posle ide na čas. Gordani je svaka njena reč zvučala lažno. Krila je oči i usiljeno se smejala. Da li se kajala? Da li je bilo trenutaka kad je želela da sve prizna? Gordana je želela da je prouči do kraja i čuvala se da išta oda.

Kad je Nataša otišla, Gordanu obuze tuga. Izgubila je volju za učenje. Energično je ustala sa sofe, prekorevajući sebe: „Što se ja zanosim Dalmatincem? Postala sam prava šiparica. Ko zna kakav je on?" Setila se bratovih reči: „Ovo je jedan od najboljih Dalmatinaca!" Što je morao to da kaže? To je čula i Nataša, jer joj je ona to glupo poverila.

— Gospođice Gordana — pozva je Marica sa stepenica — zove vas Grada na telefon.

Sjurila je u predsoblje.

— Hoćeš li da idemo u bioskop? — upita brat. — Ima lep film kod „Kasine". Ti mnogo učiš, kaže mi mama, pa treba malo da se razonodiš. I ja sam bio student. Bolje da se odmoriš dva-tri sata. Posle ćeš imati više volje i više ćeš naučiti.

— Odmah ću se spremiti.

Oblačila se i s nežnošću mislila o svom bratu. Kako on brine o njoj. Zar sva braća vode računa da li su im umorne sestre studentkinje? A on je odvede i u bioskop, kupuje joj poslastice, daje joj džeparac. Kako će on biti dobar i nežan muž kad se oženi! Ah, samo da nađe dobru devojku! Nikako Nelu. Za Miloševićku se nije bojala. To mu je samo prijateljica. On je muškarac koji vodi računa o zdravlju i neće sa svakom da ide. A toliko je pametan da uviđa da je starija od njega.

Začas je tramvajem stigla do „Kasine". Brat ju je već čekao; uzeli su parter.

— Baš si zlatan što si me pozvao! — nežno je rekla bratu. — Zbilja, postala sam nervozna.

— Zato sam te i pozvao. Idi posle kući i lezi, nemoj večeras da učiš, nego se dobro ispavaj. Bolje ti je u pet da ustaneš. Bićeš svežija.

— Hoću, čim odem kući, leći ću.

Brat je bio ljubazan, ali je imao i drugi razlog što je pozvao sestru. Kopkalo ga je šta je razgovarala s malom Slađanom? Da nije opet neka intriga, ako su mama ili Vuka čule da ju je pratio do kuće. Bio bi strašno gnevan kad bi čuo da ma šta poručuju toj devojci. Taman je hteo da postavi sestri pitanje: „A šta si ti juče pričala s onom našom činovnicom?", kad Gordana sama poče:

— Što je zlatna ona mala Slađana! Šetale smo i razgovarale. Vrlo je inteligentna i ozbiljna devojka.

— Dobra je devojčica — tobož ravnodušno reče brat. — Šta ste pričale?

— O svemu. Pričala mi je da joj je mama Dalmatinka; mala voli pozorište i bioskop. Divi se tvojim građevinama. Hvali te kako si dobar u kancelariji. Kaže da ti i ja ličimo.

— Pa, ličimo — nasmeja se Gradimir i raspoloži se što je to bila naivna šetnja. Poznavao je Gordanin karakter i znao je da ona ume da oceni jednu devojku bolje od Vukice.

— Ali što je lepa ta devojčica! Ima tako lep ten i divne oči. Kao slika! Pozvala sam je da me jednom poseti — nastavljala je Gordana da hvali Slađanu.

— Ako! — opet mirno odgovori brat i podiže glavu da pogleda po ložama. — Gle, eno Gvida s Natašom!

Gordana se ohladi. Pogleda u istom pravcu kuda je gledao brat i spazi njih dvoje. Nataša kao da htede da se povuče, ali je bilo dockan. Gvido se pokloni i Gradimir mu se srdačno javi, a Gordana nesvesno klimnu glavom.

— Čekaj, moram da diram Gvida kad ga vidim! A ništa mi ne reče. To su se oni onda kod tebe upoznali?

— Verovatno. Ne znam da li ga je ranije poznavala — reče Gordana malaksalo; nije bila svesna šta govori. Gledala je oko sebe, a bol joj je užasno stezao srce. Dakle, uhvatila je Natašu! Zašto je došla? Zar je morala ovo da vidi? Nije ni sanjala kako će joj biti teško ovo veče u bioskopu.

— Hoćeš jedan čaj? — nudio je ljubazno brat.

— Ne mogu ništa! — ravnodušno je odgovorila. Začudila se kako je njen brat raspoloženo i veselo gledao Gvida. Zar njemu nije baš nimalo krivo što on ide s Natašom? Mogao je biti makar malo ljubomoran. Znači, on ništa nije osećao prema njoj. Čak se obradovao što Gvido ide s Natašom! Ne pomišlja da bi njegova sestra mogla voleti Gvida. Ah, braća su tako glupa za te stvari. Sestra bi dokučila bratova osećanja, a on ruča, večera s Gvidom i nikad da joj donese neki kompliment od njega. Kao da je nikada ne spominje. Sestra bi odmah razvezla o bratu. Dođe joj krivo i na brata. Još će joj reći da je Nataša vrlo dobra devojka. Eto, večeras se uverila kako joj je divna prijateljica. Gordani dođe da zaplače i uzvikne: „Nataša je nepoštena devojka!" Ali, zar je to mogla? Imala je čvrst karakter i nikad nije htela da pljune na ono što je hvalila.

Sala se zamrači i njen bol se rasu po celom telu. Suze su je gušile. Nije ni gledala film. Osećala je njih dvoje gore: on je grli, možda ljubi. Da li Nataša ima bar malo griže savesti? Oseća li da nije smela ovo da uradi? Otela joj je Gvida. Gorčina joj se kupi u grlu. Zaželi da vidi Natašu kako pati. Da li bi ona uopšte mogla da pati kad ovako ravnodušno raskida prijateljstvo? Njoj je potreban flert, možda joj je potreban muškarac? To i Gvido traži. Tako rado bi se digla i otišla kući, ali se savlađuje i ne dopušta da brat vidi njen bol.

Gradimir podiže glavu prema balkonu i nazre dve siluete. Nije ga čudilo. Osećao je da je Nataša temperamentna. Da ju je on pozvao, i s njim bi pošla. Ali on nije hteo sestrinu drugaricu. Da se oženi Natašom — nije ni pomišljao. Neće je sigurno ni Gvido uzeti. A i devojke vole provod, flert, bioskop. I s njim je išla u bioskop koju god je pozvao. Samo mala Slađana nije htela! Ko bi pomislio da će ga ona ostaviti da čeka pred bioskopom. Još joj je šef. Tako malo, slatko devojče, a toliko gordo. Setio se njenih naivnih uplašenih očiju i nasmešio se, iako nije bilo ništa smešno na platnu.

A Gordana je plakala. Možda će jednog dana Nataša ispaštati za ovaj bioskop. Došla je do zaključka da je glupa. Glupo je biti gorda! Zar nije mogla ona pozvati Gvida? Možda se on nije usuđivao da joj priđe zbog Gradimira. Ko zna da njen brat nije kriv što se Nataša baca Gvidu u naručje.

Kad je s bratom izašla iz bioskopa, nije htela da ih sačeka. Gradimir malo zastade, ali ona se izvini:

— Moram da žurim. Hoću rano da legnem. Eno, tramvaj dolazi! — prosto je otrčala, samo da bi umakla od Nataše. Neka je, neka se ljubaka! Šta li će reći kad dođe?

Plakala je kad je došla kući, ali se ubrzo umiri. Gvido je najednom iščezao iz njenog srca. Izneverio je sve iluzije koje je imala o njemu. Devojke vole gorde muškarce. A on je odmah potrčao, pošao u bioskop a iz bioskopa šta će biti? Sve je mogla da pretpostavi. Neka ih!

Sutra je ceo dan učila. Nataša nije došla. Gordana je osećala prazninu i beskrajnu samoću. Svi su oko nje: roditelji, brat, sestra, svi je vole, a opet je sve tako prazno i tužno. Tužna joj je i njena sobica, tužan mesec koji izgreva, tužan ceo Beograd. Kako je tužno bez ljubavi u životu! Čak ni studije nemaju opravdanja! Kao da to veliko osećanje svemu daje podstreka.

U osam uveče mama se vratila s Vukičinog žura. Gordana je bila sama u svojoj sobici. Čula je mamu kako dolazi.

— Imam nešto važno da ti pričam — oglasi se mati još s vrata. — Vukica ti poručila, sutra k njoj da ideš na večeru. Biće na večeri direktor rudnika, inače inženjer, jedan Francuz. Vukica ga poznaje, kaže da je vrlo simpatičan čovek. Malo stariji od Gradimira, ima oko trideset sedam-osam godina, razveo se sa ženom. Bila je Francuskinja pa nije htela u Srbiji da živi. Kaže da je i lep čovek, duhovit, sportista, bogat, ima svoj auto.

— O, šta hoćeš time, mama, da kažeš?

— Hoću da kažem da bi to bila prilika za tebe. I Vukica ti je poručila da ne budeš luda, nego da dođeš. Nije htela Neli ni da govori. Kaže, neću za Nelu, nego za Gordanu. Šta bi ti falilo: direktor rudnika! Ima veliku platu.

— Bogami, obe ste mi smešne! Ispada da treba da idem na gledanje. Neću ja tako da se udajem. Francuze cenim, ali možda mu se ne bih dopala. I neću, mama, da se udajem. Neću da idem!

— Što me stalno sekiraš, Gordana? Zašto da ne ideš? Treba da odeš! Vukica želi da te predstavi. Sestra si joj, inteligentna devojka. Studiraš francusku književnost. Neka Francuz vidi kako su inteligentne i naše devojke.

— To je već druga stvar! Tako bih išla. Ali da idem na gledanje s Francuzom to neću.

— Dobro, idi kako ti misliš da treba da ideš. Ovo smo samo ja i Vukica razgovarale, da bi to bila dobra prilika za tebe. Stranca ti je lakše uhvatiti nego Srbina. Ti stranci se svi požene u našoj zemlji. Dopadaju im se naše devojke. Ja verujem da bi se ti dopala tom Francuzu. Govoriš francuski, lepa si devojka, ozbiljna, fina. Tako bi ti i ličilo da se udaš. Šta da kažem Vukici? Rekla mi je da joj odmah telefonom odgovorim hoćeš li doći.

— Dobro, kaži joj da ću doći. Ali samo zato da Francuz vidi kakve smo mi srpske devojke, a ne da ga hvatam. Nikoga ja, mama, neću da hvatam!

— Jaoj, što ne volim kad tako govoriš! Ja sam već stara žena, a bolje shvatam život od tebe. Čekaš princ da dođe i zaljubi se u tebe. Koliko smo ja i Vukica trčale dok smo Miku pronašle.

— A Mika je sada vara.

— Ostavi! Šta je vara? Zadrži se čovek malo kod „Srpske kraljice", a ona uobražava da je vara. Nije ni vaš otac bio meni uvek veran, pa sam ćutala i trpela.

Mati je sišla da javi Vukici da će Gordana sutra doći. Bila je sva srećna, kao da je predosećala da će se Gordana dopasti Francuzu, a već Vukica će dalje stvar preuzeti u svoje ruke.

A Gordana je mislila nešto sasvim drugo: zašto se taj Francuz nije ranije pojavio, pa da se Nataša upozna s njim? Nataša voli bogatstvo, žali što su propali, i uvek je govorila da bi volela da se bogato uda, jer bi tako mogla i porodicu da pomogne. Eto, da se Nataša upoznala s tim Francuzom, njoj bi ostao Gvido. Osećala je, ipak, da je taj lepi Dalmatinac još živa rana u njenom srcu.

Događa se to u životu mnogih devojaka

Nataša se pela stepenicama četvorospratne kuće. Srce joj je ubrzano lupalo. Ide pa zastane. Da li da se vrati? Nešto joj govori da se vrati, a opet ne može, kao da je neko lancem vuče da ide napred, sve dalje. Već je na trećem spratu. Koliko različitih misli od kuće do ovih stepenica. Zašto da ne ide? Ima li nešto lepše da očekuje u životu? Pa neka se dogodi i s njom ono što se događa u životu mnogih devojaka. I šta im fali? Tako ga samo i može osvojiti. Šta može da uradi po parkovima i mračnim ložama bioskopa? Ah, taj sinoćni bioskop. I ta Gordana! Otkud ona da naiđe? Ipak je bolje što je videla, jer joj jednom mora reći. Drhtavica joj prože celo telo. Oseća Gvidove usne na svojim usnama; oseća njegove muške ruke oko svoga stasa. Kako je slatka ljubav u njenom oskudnom životu! Svađali su se i sinoć kod kuće. I tada se rešila da dođe, u inat ocu, majci, svima. Ništa joj nisu pružili. S kakvim pravom bi smeli da traže od nje da se odrekne života? Dogodiće se ono što se događa mnogim devojkama. Niko neće biti kriv; nikoga neće optuživati. Kakvo će mu iznenađenje prirediti. On ju je pozvao, a ne zna da je nevina. Možda ne veruje, kao i svi mladići. Zar mu neće dati najveći dokaz svoje ljubavi? A on je divan! Ah, još samo jedan sprat. Srce joj lupa jače. On je čeka. Da li je uzbuđen kao ona. Kazao je da će vrata biti otvorena. Ne mora da zvoni. Gazdarica neće čuti. Malo je nagluva, a nedeljom služavka ide od kuće. Desno! Evo ovde otvara vrata. Oseća miris kolonjske vode. To je njegov parfem. Brzo prelazi predsoblje, Gvido otvara vrata. Upala je u njegovu sobu, u njegovo naručje. Oboje su na vrhuncu uzbuđenja. Nemaju reči. Poljupci. Povratiše se malo i on joj uze šeširić i mantil.

— Mislio sam da nećeš doći. Deset minuta si odocnila! Bio sam već nervozan.

— A da nisam došla?

— Verovao bih da me ne voliš.

— Zar misliš da sam ti dala dokaz ljubavi ovim što sam došla? Mogla bih te voleti i kad nisam pokraj tebe.

— Mogla bi? Kako si dražesna! — obuhvati joj glavu i zagleda se u duboke plave oči.

— Zašto ne bih? A bi li ti mene voleo i da nisam došla? Muškarci su promenljivi. Ti si Dalmatinac; možda si promenljiv kao tvoje more.

— Gde si ti to pronašla da smo mi Dalmatinci promenljivi kao more? Mi smo kao svi ljudi, dobri ili loši, najbolji ili najgori. Možda sam ja najbolji. Šta ti misliš?

— Mislim da umeš da voliš, ako želiš.

— Sve zavisi od tebe! — pritisnuo je na grudi i zavlačio ruke u njenu crnu gustu kosu. Seo je na divan i privukao je na kolena. Opustila mu se u naručju, uzbuđena, zatvorenih očiju.

— Kako te volim! — uzdisala je. — Ne znam šta se ovo dogodilo sa mnom. Od onog dana kad sam te prvi put srela, samo mislim na tebe. Beograd je veliki, ima mnogo muškaraca, ali ti si jedini bio za mene. Da li sam i ja tebi isto što i ti meni?

— A zašto da nisi? Ja još nikog ne poznajem u Beogradu. Niti sam se zabavljao s kim. Uvek sam po izlasku iz banke mislio da li ću sresti ono lepo devojče plavih očiju — zagledao joj je oči i poljubio ih strasno.

Govorio je istinu. Bojao se veza sa ženama u velikom gradu. Sretao ih je na svakom koraku: lepe, našminkane, elegantne, zavodljive, ali ih se plašio. Ona mu se učinila vedro, prirodno devojče. Nije verovao u njenu čednost, jer muškarci retko veruju devojkama: brzo pristaju na šetnju, na bioskop. Znao je da će je svakog dana sresti na istom mestu, kao i da ona udešava da se u isto vreme sretnu. Njeni pogledi su mu govorili: „Dopadaš mi se, zabavljala bih se s tobom”. Ali, opet se čuvao, nije hteo odmah da joj priđe i poleti za njom. Bilo mu je prijatno kad je s njom razgovarao i čuo da je najbolja

Gordanina drugarica. Porodica Marković ostavlja utisak ugledne porodice. I Nataša je dobila u njegovim očima što se upoznala s njim u toj porodici.

I on je bio korektan, vaspitan mladić iz čestite dalmatinske porodice. Nije bio hohštapler, ni nasrtljivac, već zdrav mladić, inteligentan južnjak. Goreo je od nestrpljenja da ona dođe, jer dugo nije imao nikakvu vezu. Ona je bila dražesna za prijateljicu. Lepo telo, divne oči, sočna ustanca, temperamentna, inteligentna. Nije je mogao zaprositi, jer mu je bilo nemogućno da se ženi. Morao je da pomaže roditelje. Imao je dve sestrice, koje je trebalo školovati. Svakog meseca im je slao od svoje plate po hiljadu dinara. U razgovoru je to kazao Nataši, jer i ona je njemu poverila domaće brige. Verovao je da su razumeli jedno drugo i da je ona shvatila da on čezne za njom kao za prijateljicom. O udaji nikad nije govorila. To mu se sviđalo. Nije znao da mlada devojka mašta o udaji, ali to ne kazuje. I sad ga je gledala očima punim čežnje i snova. Ah, kako je želela da večno ostane uz nju! Milovala ga je po licu i zagledala u lepe oči:

— Čini mi se da u tvojim očima vidim dubinu mora.

— A ja u tvojim očima vidim boju mora kad ga prekrili suton.

Strasno ju je privukao na grudi. Padali su u zanos poljubaca. Otrgla se, sva u bunilu, ali srećna. Kao da je želela da se produži ova slatka uvertira ljubavi, da još ne dođe ono što mora doći. On ustade za njom, uzburkane krvi i steže je opet na grudi.

„Ah, to će doći! Ali neću još!" Krv joj udari u glavu.

Stajao je iza nje; podigao joj je gusto pramenje kose s potiljka i poljubio vrat. Naslonila mu se na grudi i osećala kako joj ljubi oči, lice, usne. Zadrhtala je sva, okrenula mu se licem, stegla ga strasno u zagrljaj:

— Kako te volim! — šaputala je onu slatku rečenicu koja izvire iz ženskog srca kao melodija. — Volim te!

Nije se branila. Mladi čovek ju je pritisnuo na grudi. Ona se opusti, klonu. Posle sve iščeze oko nje.

Suton se uvlačio u sobu. Sijalice su se palile na ulici. Jedan svetli zrak pade na tepih. Koliko je časova prošlo? Dva, tri. Kako su kratki trenuci u zanosu ljubavi! Sve je svršeno. Ni griže savesti, ni bola. Život je tako lep, ljubav zanosna. Mladi čovek je u bunilu sreće. Ona je njegova, samo njegova! Ne vidi on posledice, ne predviđa ih ni ona. Oseća kao da je njegova žena. Sad je tek shvatila šta je ljubav.

— Voliš li me sada?

— Obožavam te!

— Hoćeš li biti ljubomoran?

— Hoću... Biću ljubomoran!

— A kad si postao ljubomoran? — smeši se Nataša i zavlači mu prste u kosu.

— Otkako sam tebe upoznao... Mislio sam da voliš Gradimira.

Ona se smeje. Kuša ga i zna da ga s Gradimirom može napraviti ljubomornim.

— Gradimir je brat moje najbolje drugarice. Ja volim Gordanu.

— Ona je dobra devojka.

— Voliš li me?

— Mnogo!

Časovi odmiču. Zašto vreme prolazi kad se oni vole?

Ah, to je život! A ona ga se odricala. Ko zna koliko bi se još odricala da nije srela ovog lepog Gvida. Stegla mu je glavu na grudi:

— Ti si moj. Samo moj!

Ne bi ga dala nikome. Ovo je život i radost! Zaboravila je oskudicu, sirotinju, svađe u kući.

— Gvido, kako te volim!

Kosa joj je razbarušena na jastučetu, usne poluotvorene.

— Lepa si. Tako si lepa! — šapuće u bunilu mladić i opet je strasno grli. Kako su snažne njegove ruke i vreli poljupci.

Suton je još gušći. Tišina je u sobi. Začu se njen malaksali, nežni glas:

— Gvido, ja moram da idem.

Kako je tužna ta rečenica. Kako pobeći iz njegovog naručja, od njegovih usana? Otići ovako malaksala, slomljena od strasti, raznežena. Kako je to bolno! A ona bi želela da ostane kraj njega, da sačeka jutro u njegovom naručju.

Ustala je. Hoće da padne, ali njegove ruke su tu da je pridrže. Leži mu na grudima i upija toplotu njegovog tela. Reči su samo odjeci strasne melodije njene krvi. O, zašto mora sada da ga ostavi? Uzima šešir, oblači mantil.

— Sama ću ići. Nemoj da me pratiš. Koliko je sati?

— Četvrt do devet.

— Ah, teško meni!

— Zašto se bojiš? Zar će te grditi kod kuće?

— Ne znam... Reći ću da sam bila s Gordanom.

— Kad ćeš opet doći?

— A želiš li da dođem?

On je dograbi u naručje:

— Zašto mi to kažeš? Zar ti nisi moja? Čeznuću da te opet vidim. Kad ćeš doći? Nemoj me dugo ostavljati. Kao si slatka i lepa! Ostani još...

— Ne mogu, Gvido! Dockan je.

— No, kad ćeš doći?

— Pa... Opet u nedelju.

— To je daleko... Šta ćeš sutra raditi?

— Imam časove.

— Ja ću te čekati na ćošku. Hoćeš da prošetamo? — steže joj stas. Još jedan dug, beskrajno dug poljubac...

Otrgla se, otvorila vrata, izašla lagano. Pogledala je desno i levo. Nikoga nije bilo na stepenicama. Pošla je brzo. Ali, oseća malaksalost, jedva korača. Celo telo joj je izlomljeno. Trči da uhvati tramvaj. Već je devet i četvrt. Da li se štogod poznaje na njoj? Otvara tašnu, uzima ogledalce. Ništa se ne poznaje! Samo su joj obrazi crveni i usne nabubrile od poljubaca. Rasejano gleda ulicu. Dogodilo se ono što se događa u životu mnogih devojaka. Vetar zafijuka, ponese i zakovitla hartijice i prašinu. Ali u njoj je radost, zadovoljstvo, nešto lepo, toplo... On će misliti na nju... Kakve joj je slatke reči govorio. Kakva tepanja! Celo telo joj gori od njegovih poljubaca. Ona je lepa, on će je voleti...

Žuri u svoju ulicu. Kako je to ružno sokače. Ali sada, u ushićenju, ne vidi da je ružno. Sve je u njoj lepo, raspevano. To je ljubav, to je život! Neka je grde, neće se ljutiti. Večeras ne može da se naljuti.

Otac je dočeka prekorom:

— Lepo, bogami! Dolazi devojka u deset sati! Jedna sestra u devet a druga u deset. I ti si sigurno bila na žuru kao Dragica?

— Bila sam, tata, s Gordanom. Ti znaš da mi je ispit skoro — mirno odgovori Nataša.

— Šta si se ti večeras napeo pa samo grdiš! — napade ga mati, koja je večeras bila dobre volje i na strani kćeri.

— Napeo sam se što vidim da ti ne vodiš računa o njima.

— Bolje da si ti vodio računa o sebi, pa bi svima nama bilo bolje. Dođe ti tako ponekad pa ti deca kriva. Valjda imaju neki provod. Već mi je dosta ovog života. Nego, hoćeš ti, Nataša, da večeraš?

— Nisam gladna! Jela sam kod Gordane.

— Kako su njeni?

— Dobro su. Učile smo...

— Vala, da mi je samo tebe videti kao nastavnicu, ne bih žalila da umrem. Boga ti, Nataša, imaš li ti koji dinar? Sutra nemamo za ručak.

— Imam, mama, dvadesetak dinara čuvam za tramvaj.

— Pa daj mi bar deset, sutra za hleb. Dužna sam i ovde u avliji jednoj trideset dinara.

— Ako nemaš, mama, ja ću sutra da zatražim sto dinara od gospođe Matić na ime predujma. Ona je vrlo dobra, pa će mi dati. Evo ti ovih šesnaest, četiri ću zadržati.

— Grdiš decu, a vidiš, ona mi opet daje. Uzmi akonto ako možeš, Nataša. Nije lako ni vama, deco, a nije lako ni meni.

Kad je sutradan otvorila oči, Nataša se stresla. Slatki san je iščezao, a strast uminula. Najednom joj dođe strašna misao: „Ja sam izgubila nevinost". Kao da je tek sada osetila sve posledice. „Šta će biti sa mnom? Da li će me on voleti?"

Ustala je i pogledala se u ogledalo. Ništa se ne poznaje. Tužna je. Iz kuhinje dolazi miris pokipelog mleka. Mati nešto gunđa. Brat traži još jedno parče šećera za belu kafu, a otac ne da, kaže treba i za druge.

Nataša uzdiše. Setila se Gvidove sobice. Što nije bogata? Što je Gvido siromah? Želela je da pobegne iz roditeljske kuće, samo da ne čuje njihovu svađu i jadikovanja. Danas mora otići do Gordane. Mora joj priznati da je ona ranije znala Gvida. Da li je ljuta? Ako se naljuti, neće ni ići k njoj. Šta ima da se ljuti? Nije joj otela Gvida, nego je Gvido prvi našao nju. Uh, samo taj ispit da položi! Uzima knjigu ali ne može da uči. Čita i oseća poljupce; prevrće listove, a gleda lepe oči voljenog muškarca. Volela bi da je sama, da leškari i sanja. Niko da je ne uznemirava. Ljubavi je potreban mir i tišina. A ona već oseća nervozu od maminog gunđanja. Kako je srećna Gordana u svojoj sobici.

— Nataša, ti počisti sobe — zovnu je majka — a ja odoh do pijace krompir da kupim...

Nataša uzima metlu. Kako je teško danas čistiti, nameštati, istresati. Ništa joj se ne radi. Samo bi ležala i sanjarila. Zašto Gvido nije njen muž? Da ga ujutro prati, vezuje mu mašnu, gladi kosu, ljubi usne! A ona posle najslađih časova ljubavi mora da istresa pohabane ćilime, nameša poderane jorgane, čisti. Dođe joj da zaplače. Nikad joj nije bila odvratnija kuća nego sada.

Uzela je opet knjigu, ali ništa ne shvata. Samo joj je Gvido u srcu, u svesti, u nervima. Oseća ga u celom telu... Tepa mu, moli ga... Slatko joj je i bolno. Zašto sada nije pokraj nje?

Posle podne je otišla Gordani. Priznaće joj za Gvida, ali ne za ono što se juče dogodilo. To je njena tajna, samo njena slatka tajna.

Bila je vrlo uzbuđena. Kako će je Gordana dočekati? Da nije ljuta, ili ljubomorna? Mada je poznavala karakter svoje drugarice i imala najlaskavije mišljenje o njoj, nije dosad imala prilike da se sukobi s njom. U podsvesti Natašinoj bilo je i griže savesti. Mislila je o tome kako da počne kad uđe i kakvo lice da napravi.

Ali Gordana, njena divna drugarica, odagna joj najednom sve strepnje:

— A gde si ti? Koliko dana te nema! Šta je to s tobom?

— Jaoj, ovi moji časovi u grob će me oterati! Ti ne znaš koliko se rastržem tim časovima. A što imam jednu glupu učenicu!

„Kako laže!", mislila je Gordana, gledajući je svojim lepim i mirnim očima.

Nataša odmah pređe na Gvida i bioskop:

— A što ti onomad ode odmah iz bioskopa? Ja potrčala za tobom, a ti već uletela u tramvaj.

— Žurila sam kući. Znaš koliko je bilo sati kad sam izašla iz bioskopa!

— Ti si se možda začudila kad si me videla s Gvidom?

— Zašto da se čudim? Poznaješ ga. Sigurno te on pozvao u bioskop.

— Da, on me je pozvao. Ja sam se bojala da se ti ne naljutiš — otpoče bojažljivo.

— Zašto da se ljutim? Baš si smešna! — gordo odgovori Gordana. — Možeš da ideš s kim hoćeš. Mene on ne interesuje.

— Mislila sam da ga i ti simpatišeš... Nego, moram ti nešto reći što sam prećutala: ja sam znala Gvida pre nego što si me ti upoznala s njim.

— Poznavala si ga pre?! Pa što mi nisi kazala?

— Ne, nisam ga poznavala, viđala sam ga svakog dana na ulici, uvek na istom mestu, kad god sam se vraćala s časova. Uvek bi me pogledao kao da me čeka.

Gordani se zamrači pred očima. Gvido je bio zaljubljen u Natašu!

— Što mi to odmah nisi kazala? — prekori je Gordana. Osećala je kako bi se srušila na sofu i zaklopila oči da se odbrani od nekog podmuklog bola. — Vidiš, ja ne bih tako što sakrila od tebe.

— Ne bih ni ja, ali sam se tako iznenadila kad sam ga videla kod tebe na čaju.

„Što sam ja bila glupa i naivna!", tužno je mislila Gordana.

Nataši laknu, kao da joj pade teret sa srca.

— Trebalo je da mi kažeš, da se ne upletkaš pred mamom, kao onda kad si kazala da si bila sa mnom u bioskopu, a ti si sigurno i tada bila s Gvidom? — upita Gordana.

— Otkud sam znala da ćeš ti da dođeš? Svega sam dva puta išla s njim u bioskop. Osuđuješ li me?

— Zašto da te osuđujem ako ti se dopada. On je simpatičan i karakteran mladić. Tako ga bar Gradimir predstavlja. Ne znam šta ti misliš o njemu?

— On je divan! Pričao mi je o svojoj porodici i Dalmaciji. I on pomaže svoje. Svakog meseca im šalje po hiljadu dinara. Vrlo je inteligentan. Šteta što ne zna francuski, inače govori nemački, italijanski i zna prilično engleski. Išli smo jednom zajedno u Paviljon Cvijete Zuzorić, gledali jednu izložbu. Kako poznaje slikarstvo!

Nataša je pričala sa ushićenjem. Svaka njena reč je pogađala Gordanu kao ledena grudva. Posmatrala je svoju drugaricu i zaključila da je lepša od nje. Nataša se uvek više dopadala muškarcima; osvajala na prvi pogled. Davala je utisak vesele, bezbrižne devojke; čak malo i lakomislene i vrlo temperamentne. Slatko se smejala a smeh joj je bio detinjast i zvonak; brbljala je mnogo i sa svakim je mogla da nađe temu. Umela je i da se našali i duhovito odgovori. A Gordana je sve mnogo ozbiljnije primala i uvek je volela ozbiljne razgovore. Nije marila sa svakim da razgovara, a nije trpela ni neslane šale. Mogla se dopasti tek docnije, kad je čovek dobro upozna i otkrije lepotu njenog srca i karaktera. Imala je bogat unutrašnji život, ali je umela sve da sakrije i da se usami sa svojom tugom. I sad je skrila sve što ju je bolelo; prevarila je Natašu, koja je poverovala da Gordana nije gajila simpatije za Gvida. To je raspoložilo Natašu još više kad je Gordana veselo presekla razgovor o Gvidu.

— A sad, hajde da prevodimo!

— Jaoj, ne znam kako ću izaći na ispit, ja bih odložila za drugi rok — reče Nataša.

— Nećeš da odlažeš, moraš sa mnom! Otkud ti najednom takva malodušnost? Vidim, zaljubila si se u Gvida!

— Ne krijem da mi je simpatičan, ali nisam toliko zaljubljena — lagala je Nataša. „Ah, šta bi Gordana rekla da zna šta se odigralo u mom životu." Ona bi je osudila. A zašto da je osudi? Ako se i ne uda za Gvida, bar je doživela najlepši trenutak sreće s njim. Zar da čuva čednost kao Vukica za nekog preživelog rentijera koga neće voleti. Gordana joj je pričala da je Vukica bila čedna i Nataša je to osuđivala.

— Čuješ, ti moraš da položiš ispit! — zapreti joj Gordana. — Čudim se da dolaziš na takvu misao. Priznaćeš da sam u boljim materijalnim prilikama nego ti, pa ipak jedva čekam da završim. A ti, tolike sekiracije kod kuće! Nego, hodi ovo da prevedeš.

Energična Gordanina priroda delovala je na malodušniji Natašin karakter. Nešto je i razneži: koliko je dobrote u Gordani! Stara se o njoj više nego ona sama o sebi. Jeste, nju je poremetila ova ljubav. Oslabila joj volju, raznežila je, zanela. Zar sada kad bi trebalo da doživi medeni mesec sa čovekom kome pripada kao žena može da misli na ispit? Sela je, počele su da rade. Pribrala se malo. Večeras će se videti. Jedva je čekala taj trenutak.

— A, imam nešto da ti pričam! — veselo upade Gordana. — Rešila sam da te udam, samo ako nisi mnogo zaljubljena u Gvida.

— Za koga da me udaš? — razrogači oči Nataša.

— Za jednog Francuza.

— Gde pronađe Francuza?

— Još kakav Francuz! Direktor rudnika. To je bio Mikin rudnik, pa ga je prodao. A taj Francuz je bio kod njih na večeri. Ja sam išla na večeru. Znaš kako je fin gospodin! Tako oko trideset osam godina. Razveo se sa ženom, a Vukica mi reče da hoće Srpkinjom da se oženi... Ja sam se odmah tebe setila.

— Dobro, a zašto ti nećeš za njega? Kažeš da je fin...

— Neću još da se udajem! A tebi bi bio potreban brak; on je dobra partija. Vrlo je simpatičan čovek. Zna i srpski, a francuski što govori! Da sam s njim u društvu, ne bi nam bila potrebna naša madam. Sutra će doći da idem s njim na Avalu. Vukica daje njihov auto, ali i ti ćeš da dođeš da idemo zajedno.

— More, šta ću ti ja? Možda Vukica voli da ti ideš s njim! — kao ustezala se Nataša. Ona ima Gvida, nema smisla da pravi izlet na Avalu s jednim direktorom rudnika. Gvido bi možda bio ljubomoran.

— Šta ti sad na Vukicu! Ja volim da ti ideš sa mnom. I njemu će biti prijatnije s nama dvema. Vrlo je duhovit i lep čovek. Verujem da ćeš mu se ti dopasti. Hoćeš da dođeš sutra? On će biti na ručku kod Mike, pa će oko četiri da dođe autom. Dođi, volim da idemo zajedno.

Natašu je iznenadila i dirnula Gordanina pažnja. Koliko se ona stara o njoj... Čak bi bila rada i da je bogato uda. I nije joj ništa krivo za Gvida. U jednom trenutku nastade kajanje. Zašto se podala Gvidu? Kuda će je to odvesti? Ali, setila se Gvidovih poljubaca, nežnog zaljubljenog tepanja i milovanja i sva je zadrhtala. Ne, ne žali i nikada neće žaliti što se to dogodilo.

Sad je važno samo očuvati Gvidovu ljubav. Da li će umeti? Bojala se sebe. Bila je temperamentna i ljubomorna. Ipak, dobro bi bilo da upozna i tog Francuza, da malo napravi Gvida ljubomornim. On je strasna priroda, mora biti ljubomoran. Neće mu ništa reći. Ide autom, zar će je on videti? Najzad, to nije neverstvo. Pravi društvo svojoj drugarici. Tim pre što je Gordana ovako dobra. A kako je strepela od ovog susreta s njom. Divna je Gordana!

— Dobro, doći ću. U četiri sata?

— Jeste. Mi ćemo te čekati. Ili dođi ranije. Možeš još u tri sata.

„Ona ne voli Gvida, kad odmah pristaje", zaključi Gordana i obuze je potajna radost da će Nataša zaboraviti Gvida. Sirota Gordana! U svojoj čestitosti nije mogla ni sanjati kako je daleko otišla Natašina ljubav prema Gvidu...

Sutradan Nataša dođe u tri sata. Posle slatkih poljubaca Gvidovih i strasnih zagrljaja na klupi na Kalemegdanu izgovorila je prvu laž: „Sutra ne mogu doći, moram s Gordanom da učim". I on je poverovao, ali se teško s time pomirio. To temperamentno devojče ga je veoma uzbuđivalo. Jedva je čekao da mu opet dođe. Obećala je u drugu nedelju.

— Još nije došao Francuz? — upade Nataša s pitanjem.

— Nije, pola četiri je tek. Sad će on! Gle, je l' to ona bluzica što si je sama radila? Baš ti lepo stoji plavo! Slaže ti se s očima — iskreno je govorila Gordana.

— A ti što si lepa! Najviše volim tu crvenu haljinu...

— Čekaj da ti nešto pokažem. Vidi, Vukica mi dala njen penjoar od crnog somota. Mogla bi da izađe bluza i meni i tebi. Pogledaj koliko je širok i dugačak. Ona mi kaže da sašijem haljinu, ali ja ću samo bluzu. Pola meni, pola tebi. Može žaketić, a od ove bele čipke da napravimo žabo.

— Kako si ti dobra! Uvek misliš i na mene!

Auto se zaustavi pred kućom.

Obe devojke poleteše prozoru.

— Evo Francuza! Zar nije simpatičan? — uzviknu Gordana.

— Zbilja, vrlo je lep! — uzdahnu Nataša. — Pa što se ti u njega ne zaljubiš? — okrete se Gordani. Nije mogla da je razume.

— Možda se on u mene ne bi zaljubio. Bolje da ga stavimo na izbor: ako se zaljubi u mene, ja ću ga prihvatiti; ako se zaljubi u tebe, ja ću se radovati za tebe.

— A ako se ne zaljubi ni u mene ni u tebe?

— Onda ćemo obe iskoristiti dva sata konverzacije i slušati pravi francuski ne plaćajući čas.

Nasmejaše se. Gordani samo ne bi prijatno što je i Vukica s Francuzom. Vukica neće na Avalu, ali će biti besna kad vidi da ona vodi i Natašu. Najzad, šta je se tiče. Ona joj to ne može reći pred Natašom nego posle.

— Hajde da siđemo u trpezariju. Nemoj mantil da oblačiš. Neka te vidi u toj plavoj bluzici.

Devojke strčaše niza stepenice. Gordana se nasmeši slušajući kako Vukica ubacuje francuske fraze.

— Da vam predstavim moju drugaricu, studentkinju — reče Gordana pokazujući Natašu. — Mesje Raul Kordej.

Majka i Vukica ljutito se zagledaše videći Natašu...

— Mi idemo zajedno s gospodinom — okrete se Gordana majci i sestri.

— Idite! — hladno reče mati, videći kako Francuz posmatra Natašu, a ona mu se smeši.

Izađoše u baštu. Francuz pogleda panoramu Beograda. Glasno je izražavao divljenje, a tople poglede bacao je pri tom na mlade devojke.

Gordana pusti Natašu s desne strane, ona sede s leve, a Francuz naspram njih. Auto odjuri.

— Jesi li videla, mama, onu našu budalu? — uzviknu Vukica. — E, bila bih u stanju da je izbijem. Šta će joj Nataša?

— Prosto ne znam zašto je vuče svuda sa sobom. Ama, da sam znala da će ona s njima, lepo bih ja njoj kazala da Gordana nije kod kuće.

— Još sam joj kazala da ide sama s njim! Dopala mu se, mama. Videla sam kako je gleda. Sav je očaran što ona govori francuski, i kaže mi danas: „Vaša gospođica sestra je vrlo intaligentna devojka". On je, mama, Francuz, voli finu ženu. Šta bi joj falilo da se uda za njega? Bogat čovek! Svake godine bi išla s njim u Francusku. Jesi li videla, mama, kako je lep i otmen čovek? Njoj je baš takav muž potreban.

— Znam, Vukice, da joj je takav muž potreban, ali ona je kao otac: niko njoj ništa ne može da dokaže! Kad je došla od tebe priča mi: „Francuz je vrlo simpatičan i lep čovek, ali ako ti i Vukica mislite da bih ja mogla tako odmah da se zaljubim onda me ne poznajete".

— Ona čeka da neko dođe, klekne i izjavi joj ljubav. Nema toga danas. Zar ja nisam bila lepa devojka, pa niko ne dođe da mi izjavi ljubav. Gordana je na svoju ruku... Ovog Francuza bi baš mogla da uhvati. A ona vuče Natašu. Jesi li videla samo, mama, kako je usjaktila očima na Francuza. Videćeš, ona će se bolje udati od Gordane... Ova naša je budala. Ja joj dovedem mladića, a ona odmah drugaricu da upozna s njim. Imaš li, mama, kafe, tako bih jednu popila, boli me glava.

— Jutros sam pržila kafu. Sad će Marica da skuva.

— Zvala me Nela da dođem k njoj, ali moram kući. Uzela sam guvernantu, pa hoću da vidim kako će s decom. Bojim se da ih odmah ostavim same s njom.

Nije htela da ide Neli i zbog njenog rođaka, advokata Tošića. Počela je da se pribojava da Mika nije štogod opazio. Nije htela da mu daje adute, jer je shvatila da za nju mnogo više znači muž nego advokat s malim prihodima. Oprostila se s mamom i otišla kući...

———

A dve mlade devojke su veselo ćaskale s Francuzom. Nataša je pričala više od Gordane. Ona je ćutala u svom uglu, zaneta sasvim drugim tokom misli, dok je Nataša svoje sjajne plave oči često upravljala na simpatičnog Francuza. Trudila se da podražava njegovo „r" a on ju je ispravljao. Bila je srećna što slobodno govori, a on je uživao u njenim pogreškama i akcentu. Nataša je posmatrala njegove fine ruke i zamišljala da su to Gvidove ruke koje su je milovale. Činilo joj se da bi se mogla baciti u naručje ovom Francuzu kao Gvidu. Francuz je imao elegantnu dikciju i bio je zaista duhovit kozer. A uz to bogat čovek! Osećala se nekako gospodski u ovom autu. Ali i Gvido je sladak! Francuz je lep i duhovit. Mora da je i dobar muškarac. Trideset sedam-osam godina, a tako sveže lice. To je doba kad muškarac najlepše voli i kad ga očarava mladost. Raskopčala je mantil da joj se vidi plava bluzica. Videla je kako je Francuz posmatra. Pogledi mu se diskretno spuštaju sa očiju preko usnica do njenih grudi i kolena, stegnutih jedno uz drugo. Bila je uzbuđena.

Gordana ih je pustila da se gledaju i razgovaraju. Ona je maštala o Gvidu. Kako bi bilo lepo da se Nataša zaljubi u Francuza, a njoj da ostane Gvido. Kad bi se udala za njega, tata i mama bi joj dali stan u parteru. Ne bi plaćali kiriju. Taman koliko on šalje roditeljima. Mogli bi lepo živeti s njegovom platom. Ako ne bi dobila odmah službu, mogla bi biti prevodilac u nekom listu. Nekoliko puta su štampani njeni prevodi. Jednom je prevodila i neki roman. Grada bi joj možda našao mesto u nekoj redakciji. On ima drugove novinare.

Auto je jurio i uljuljkivao Gordanu u te slatke misli. Naredila je šoferu da ih dobro provoza. On ih spusti čak do Slavije, pa se vrati da izađe na avalski put. Gordana najednom spazi Slađanu. Išla je pločnikom.

— Nikola, zaustavi auto! — dobaci šoferu. — Gospođice Slađana! — mahnu joj rukom. — Izvinite — okrete se Francuzu — samo nekoliko reči da kažem ovoj gospođici.

Slađana spazi Gradimirovu sestru i stade.

— Da niste pošli k meni? — upita Gordana.

— Nisam... Idem do jedne naše građevine. Imam posla.

— A ja pomislih da niste pošli k meni, pa da me ne nađete kod kuće... Mi pošli na Avalu... Ja i moja drugarica i gospodin, on je Francuz, direktor jednog rudnika.

Slađana se milo smešila i gledala ih svojim sanjalačkim zlatnim očima. Francuz kao da zaboravi da su mu u autu dve devojke. Sve vreme je netremice posmatrao devojčicu pokraj auta. Gordana joj pruži ruku i auto pođe.

— To je činovnica u preduzeću gde je moj brat. Inače je poznanica Gvidova. Vrlo zlatna devojčica — govorila je to bez ikakve namere. Ali Nataša se najednom sneveseli. Prvo je uplaši što ta Slađana sad zna da je išla na Avalu s jednim Francuzom, drugo što je ta Slađana vrlo lepa a Gvido je poznaje. Onda, kad se upoznala s njim, nije odmah obratila pažnju na priču o toj Slađani. Sad je osetila ljubomoru. Dva osećanja se uzburkaše u njoj: strah i ljubomora. Rasejano je gledala lepe pejzaže oko puta dok ih je auto nosio Avali. Čula je kako Gordana govori:

— Videćete na Avali i grob Neznanog junaka.

Nataša pogleda Francuza. On joj se osmehnu. Njegov fini osmeh je malo umiri. Baš je dobro što ide s Francuzom. Zar se može verovati muškarcima? Da nije Gvido voleo i ovu malu? Ako joj Gvido kaže za Francuza, onda će znati da se viđa s ovom lepom devojčicom... Sutra će znati.

Posle su iščezli i strah i ljubomora. Uživali su posmatrajući sa Avale Beograd i okolicu. Francuz je stajao nekoliko minuta kraj groba Neznanog junaka gologlav i oborene glave.

Posle su ušli u restoran. Pružio je devojkama jelovnik, a one su skromno poručivale. On je to video, pa je zatim sâm poručivao. Donosili su kolače, voće, šampanjac. Pri plaćanju izvadi hiljadarku. Nataša uzdahnu. Gvido je siromašan, od njega ne može da očekuje veliko kavaljerstvo. Ali je i dobar i lep... Francuza je gledala drugim očima: kao čoveka koji svuda ima autoritet i mora mu se diviti. Francuski im tako lako klizi preko usana. Priznaju mu obe da su za ovo popodne dobile još više slobode u izražavanju. Obe su rumene, a Natašine oči čudno blistaju. Ovakvog čoveka vredi naći! Kavaljer, plaća hiljadarkama, lep i inteligentan...

Kordej im je pričao o Francuskoj. Nataša ga je slušala i gledala. Nalazi da su mu usne sočne. On bi umeo strasno da ljubi. Žmarci je podilaze. Zašto je ono učinila s Gvidom? Možda je veliku pogrešku učinila.

Suton se spušta i oni se vraćaju. Francuz pita mogu li se sutra videti. Upravlja oči na Natašu, ali ona odgovara da je sutra zauzeta.

— Jeste li zauzeti i pre i posle podne? Mogli bismo na Oplenac.

— Pre podne sam kod kuće.

— Možemo ići ujutru — predloži Francuz. — Da ručamo i da se vratimo po ručku.

Gordana prihvata predlog.

— Ti ostani kod mene da noćiš. Javićemo tvojoj mami telefonom preko bakalina čim stignemo — reče Nataši.

Nataša pristaje. Gvido neće znati. Neće ništa spominjati ni za Avalu ni za Oplenac. Zar se ovakva prilika često pruža? A tako je divan ovaj Francuz! Do pola sedam biće u Beogradu i naći će se s Gvidom, kao što su se dogovorili. Dakle, ide... Obuze je potajna radost i želja da se malo provede, pa posle ispit i Gvido...

U Gordaninoj sobici prepričavaju utiske o Francuzu. Nataša je oduševljena njime. Gordana se čudi svojoj drugarici. Znala je da nju svaki muškarac brže oduševi, ali nije mogla razumeti ovo njeno divljenje, kad ju je pre dve-tri večeri videla s Gvidom u bioskopu. Sigurno su se ljubili u pomrčini. Pa zar ona može Gvida da zaboravi tako brzo i oduševi se drugim muškarcem? Gvido je još u tužnoj atmosferi Gordanine duše, nije ga mogla istisnuti. A Nataša je veselo čavrljala:

— Baš se radujem što idemo na Oplenac!

Gvido u nedoumici

Gvido se spuštao stepenicama u zgradi svoje banke. Mislio je kuda da ide večeras. Njegovo devojče neće doći na sastanak. Bilo mu je prazno i dosadno samom u gradu. Već mu je prešlo u naviku da je svakog dana dočekuje. Sad još više otkako je postala njegova. Znao je da mora da uči; kazala mu je da će da polaže ispit, jer joj Gordana ne dopušta da odlaže. I on joj je savetovao to isto. Setio se njenih toplih, sočnih usnica i čvrstih devojačkih grudi i zaželeo da je opet pokraj njega. Nepoverljiv kao svi muškarci, nije verovao da je čedna. Mislio je da je morala imati avantura. Bilo je nečeg slobodnog i izazivačkog u njenom licu i držanju, što ga je prevarilo. Bio je iznenađen, čak mu je bilo i neprijatno. Može se reći da je upropastio devojku. Nije do sada nijednu upropastio; čuvao se nevinih devojaka. Ali ko će znati devojke? Šta sve može iz ovog sad proizići? Može zahtevati da se odmah venča s njom, a on nije mogao još da se ženi. Bar dok mu sestre ne završe školu da mogu da se uposle. Ona je sirota, a i on nije bogat. Bio je častan i osećao da je ne bi smeo napustiti. Bila mu je i veoma draga. Temperamentna, inteligentna, lepo telo. Od prvog dana mu je bilo prijatno u njenom društvu. Osetio je da to nije samo zanos muškarca kome je potrebna žena. Nije trpeo glupe žene, makar bile najlepše. Ostavio bi ih odmah čim bi se uverio da su duhovno prazne. Nataša je bila i lepa i inteligentna. Da li je to Gordanin uticaj? Gordana je vrlo fina devojka. Sećao se prvog utiska o njoj. Vanredno mu se dopala. Činila mu se samo malo gorda i hladna. Bila je i sestra Gradimirova.

Nije smeo ni da pomisli da se približi njegovoj sestri. Iznenadilo ga je kad je saznao da su njih dve drugarice. Čak mu to nije bilo prijatno. Ponekad mladić voli da ima dva-tri prijatna poznanstva. Poseti jednu devojku, posle drugu. Devojke jedna za drugu ne moraju da znaju, osobito u velikom gradu. Ali čim je saznao da su prijateljice — jedne se morao odreći. Nataša je pobedila Gordanu. Činilo mu se, lakše će ići poznanstvo s Natašom. Tako se i dogodilo. I još, preko očekivanja, postala je njegova prijateljica. Nije mislio da će je tako lako osvojiti; nije se nadao da će mu doći ono popodne. Da li ga je, zbilja, toliko volela kao što je govorila? Morao je verovati, jer mu je dala dokaza i to ga je činilo srećnim...

Lagano je koračao i razmišljao. Skrenuo je iz Kralja Milana u neku manju ulicu s lepim drvoredom. Tiha i prazna ulica kao u palanci. Travnjaci su se zeleneli iako su grane bile još gole. Razgledao je lepe zgrade. Bilo je različitih stilova i novih i starinskih građevina. Vazduh je bio mlak... Razgledajući zgrade, najednom zastade. Ova kuća mu je poznata... Ah, pa tu stanuje gospođa Drenka! Eno i njihove kuće. Video je svetlost kroz prozor. Da li da svrati?

Brzo se uspeo stepenicama i zakucao. Nikica mu otvori.

— O, Gvido! Otkud ti da se setiš da nas posetiš?

— Sećao sam se ja više puta, ali sve sam zauzet. A sad sam šetao pa videh vašu kuću.

— Slađana, vidi ko nam je došao?

— Gvido! — uzviknu veselo devojčica. Sedela je s mamom za stolom. Radile su ručni rad: Slađana bluzicu, a mati jastuče. Devojčica baci rad i pritrča Gvidu. Diže se i mati.

— Tako si nas, Gvido, obradovao! A mi baš o tebi razgovaramo. Ama, baš ovoga časa Slađana mi nešto priča o tebi.

— A šta si to pričala o meni?

— Neću sad da vam kažem. Malo posle. Čućete!

— Zar opet „vi”. Jesmo li se dogovorili da mi govoriš „ti”? Dakle, šta ste govorile?

— Posle ću ti kazati... Sedi, Gvido! Baš volim što si došao! Zaboravio si nas...

— Kako da vas zaboravim! Nego sam dosta zauzet. Posao u banci zamara, pa kad izađem, malo prošetam, odem na večeru i to je sve.

— A ona je jedva čekala da ti dođeš da ti se nešto pohvali — poče Nikica, već spreman da zadirkuje sestru. — Dakle, Gvido, da ti je predstavim: ovo je gospođica Slađana Janković, arhitekta! Dobro otvori uši: arhitekta!

— Vidi, mama, što je ovaj Nikica! Samo me ismejava.

— Mame mi, Gvido, najozbiljnije govorim. Slađana pravi projekte i zida palate. Nijedna građevina se ne zida dok nju ne konsultuju.

— Što ti sa Slađanom teraš komediju? — smešila se mati.

— Čekaj, čekaj, neću ti sutra ispeglati pantalone! — zapreti sestra.

— Pa zar ne nadzireš građevine i ne crtaš projekte?

— Kopiram projekte, jeste. Ako hoćeš, baš bih mogla i da nacrtam...

— Evo, Gvido, sad ću da ti pokažem. Sinoć je crtala ovu kuću!

Sestra skoči da mu otme crtež, ali ga on preko njene glave pruži Gvidu:

— To je poslednji i najmoderniji Slađanin projekt!

Smejali su se i šalili. Gvidu je bilo prijatno i toplo u ovoj srećnoj porodici, pokraj ova dva velika, naivna deteta.

Slađana je objašnjavala Gvidu:

— Ismejava me, jer mi jedna činovnica, gospođica Ružica, pokazuje da kopiram crteže. Ja vodim knjigovodstvo u preduzeću, ali više mi se sviđaju tehnički radovi. Juče sam bila na građevini i on je to uhvatio. Kad sam u preduzeću gde svi govore samo o građevinskim poslovima, moram da ih upoznam. A on me ismejava.

— Znaš, Gvido, uskoro ću ja zauzeti njeno mesto. Kazao gos'n Marković — uskliknu dečak.

— A zašto ti?

— Zato što hoće tehničara. Ja ću se upisati na tehniku. To je svršeno.

— Čekaj. Nemoj da se hvališ! Lepo će tebi biti i na akademiji — reče mati.

— O akademiji nema, mama, više ni govora! Na tehniku ću ja... Marković će mene da primi.

— Dobro, tebe da primi, a šta će Slađana ako ne dobije mesto? Ali, dobiće ona mesto. Ženske se lakše uposle od muškaraca.

— Stvarno, Gvido, da li bi se mogla uposliti u tvojoj banci? — upita mati.

— Ne znam. Trebalo bi da razgovaram s direktorom.

— A kako je raspoložen prema tebi direktor?

— Vidim da je zadovoljan mnome. U banci bi sigurno imala veću platu.

— Ne bih ja odmah, moram da čuvam mesto za Nikicu, pa čim dobijem službu, on na moje mesto da dođe... Jeste, kazao je gos'n Marković da bi uzeo Nikicu.

— Kazao, ali ko zna da li će održati reč — uzrujano reče mati. — Nemoj da ga podbunjuješ, Slađana! Poludeo je otkako je to čuo.

— Marković je čovek od reči! Ako je kazao verovatno će i uraditi — reče Gvido.

— Kažem i ja to mami! A ja ga neću zastideti! — hvalisao se Nikica.

— On liči, tetka Drenka, na vašeg brata.

— Isti on! Samo je prgav na oca... Nekad kad progovori kao da čujem Ljubišu — mati uzdahnu.

— Mama, hajde ti i Gvido razgovarajte malo dalmatinski. Što volim da to slušam!

— Prava su deca, Gvido! Teraju me da govorim dalmatinski.

Nasmejaše se svi, a Gvido i mati usitniše dalmatinski. Nikica i Slađana su uživali slušajući ih. Gvido pogleda lepu devojčicu. Iz njenog pulovera od vunice, zatvorenog do grla, izvijala se glavica sveža kao ruža. Mala usta, kao jagoda, rumenela su se na njenom licu.

— Marković putuje za četiri-pet dana u Makedoniju — ubaci najednom Gvido. — Biće mi neobično bez njega. Svakog dana smo se viđali o ručku i večeri.

— Jeste, ide — tiho izusti Slađana. Nešto joj zamre u grudima i utiša se sva. Zagleda se u ručni rad kao da prebrojava petlje.

— Kaže, čim završi taj posao u Makedoniji, hoće da se ženi!

Slađani se nešto otkide u grudima. Osećala je kako joj neka vrućina udara u lice. Još više je sagla glavu kao da ne može da izbroji petlje, pa progovori povijene glave:

— On voli jednu gospođu... Pričaju u kancelariji... Sigurno će nju da uzme?

— A, neće nju da uzme! To je jedna raspuštenica... Izgleda da mu je postala dosadna... Izbegava je. Jednom ga je izazvala iz kafane dok smo večerali, primetio sam da mu je bilo neprijatno... Video sam je. Nije baš mlada. Doterana je pa izgleda mlada, ali ne odgovara Markoviću.

Dva zlatna oka upraviše se na Gvida. Oh, kako su joj bile slatke ove Gvidove reči! Ali se seti gospođice Jovanović i radost namah iščeze.

— Mladić kao što je Gradimir koju god bi zaprosio pošla bi za njega — reče mati.

Ah, to već nije obradovalo Slađanu. Setila se one scene s njim u kancelariji i kako se naljutio. Zašto on da se ljuti na nju, i zašto da je zove u bioskop, a ima nameru da se ženi?

— Hoćeš da ostaneš kod nas da večeraš? — upita gospođa Drenka Gvidu.

— Ostani, Gvido! — uzviknuše veselo i brat i sestra.

— Ne bih želeo da vam dosađujem! — ustručavao se mladić.

— Kakvo dosađivanje! Pa mi tebe svi smatramo kao rođaka. Bogami, mnogo te i ja i deca volimo. Baš smo razgovarali kako bismo voleli da nam dođeš na ručak ili večeru.

— Ja se zbilja vrlo prijatno osećam kod vas.

— Dakle, ostaješ? Večeras imamo dobru večeru. Hajde, Nikice, nešto da kupiš.

— Nemojte, molim vas, da se trošite zbog mene.

— A kako si ti nas vodio u bioskop, pa još dve karte platio — reče Slađana. — Bogzna koliko si platio!

Mati i sin izađoše. Slađana se priseti:

— Znaš s kim sam se upoznala?

— S kim?

— S gospođicom Gordanom, sestrom gospodina Markovića.

— A, s njom si se upoznala!

— Jednom kad sam izlazila iz kancelarije. Išla je sa mnom čak do moje kuće. Što je to simpatična devojka! I lepa, a vrlo je ljubazna.

— Da, ona je vrlo fina devojka.

— Opazila sam da se ja i ona u mnogim stvarima slažemo. Pričale smo i o tebi. Kaže da si dolazio dvaput k njima. A znaš na kakvu sam ideju došla?

— Da čujem...

— Bilo bi divno da se ti oženiš Gordanom.

Mati uđe u sobu baš kad kći izgovori te reči.

— To smo pričale kad si ti naišao. Očarala je Gordana, pa mi neprestano govori da bi to bila devojka za našeg Gvida.

— Ne mogu još da se ženim. A ona je studentkinja, možda hoće fakultetski obrazovanog čoveka.

— A šta tebi fali? Ti imaš kvalifikacije kao i jedan fakultetski obrazovan mladić. Još veću platu u banci. Što bih volela da uzmeš Gordanu!

— O, pa ti joj valjda nisi to kazala?

— Nisam! Kako bih joj kazala? Nego kažem tebi.

— Ko zna koju ću ja uzeti? — tiho izgovori Gvido. — Imam još vremena da razmišljam o ženidbi. Ženidba je veliki problem.

— A kako se gos'n Marković ženi?

— On ima veću platu. Može da se ženi.

— Nemoj, Gvido, ni da žuriš da se ženiš pre tridesete godine. Eto, njihov otac: oženio se mlad. Ostala sam bez penzije, dvoje sitne dece, mučila se... A kad se oženiš, možda tvoja žena neće hteti da čuje za tvoju porodicu.

— Ja mislim da bi Gordana volela njegovu porodicu.

Gvido se nasmeja, zagrli Slađanu kao sestricu i privuče je na grudi:

— Vidite, tetka Drenka, ona baš hoće da me oženi.

— Ona te voli kao brata, pa je rada da si srećan — mati opet izađe iz sobe za nekim poslom.

Slađani se učini da njemu nije neprijatno što ovo kaže. Htede da se uveri da li on oseća štogod za Gordanu, pa poče malim ženskim lukavstvom, da bi ocenila dejstvo svojih reči:

— Danas kad sam išla na građevinu videla sam Gordanu u autu. Zaustavila je odmah auto i zovnula me da pita hoću li k njoj. Zvala me je u posetu. Bila je u autu s jednim Francuzom, direktorom rudnika. Išli su na Avalu. I još jedna njena prijateljica je bila s njom, jedna lepa devojka crne kose i plavih očiju.

Podlakćen, Gvido je netremice gledao Slađanu. Ništa nije govorio nekoliko trenutaka. „Dakle, Nataša je slagala... To je ona bila u autu. Na Avalu otišla s Francuzom!"

„On je ljubomoran! Zaljubljen je u Gordanu!", likovala je u sebi Slađana, srećna što je to doznala. Gledala ga je pravo u oči i videla da su se smračile... Lukavo je dalje nastavljala:

— Tako sam videla danas jednog Francuza.

— Starog ili mladog?

— Pa, stariji je od tebe... Može biti godina gospodina Markovića. Crnomanjast je, lep čovek!

Gvido poče da pretura po džepovima.

— Sigurno sam u banci zaboravio upaljač.

— Doneću ti šibice.

On uze palidrvce i slomi ga. Jedva trećim upali.

„On voli Gordanu... Možda nije trebalo ovo da mu kažem... Nije lako kad se voli i pati." Prisećala se čime bi ga razveselila.

— Meni se čini da se ti dopadaš Gordani. Ja se ne bih nikad za stranca udala. A bi li se ti strankinjom oženio?

— Šta znam? Kad bih je zavoleo, možda bih se oženio...

— A tražiš li ti miraz?

— Mladići sebe nikad ne taksiraju. Jedino su oficiri taksirani... Pošto ne mogu još da se ženim, ne mislim na miraz.

Pušio je i gledao u kolutove dima. Pogled mu je bio dubok, ali težak. „Otišla je na Avalu s direktorom rudnika, a meni je kazala da ima da uči. Da vidim šta će sutra da priča." Odbacio je najednom sumorne misli. Opazio je kako ga ovo lepo dete ispitivački i zabrinuto gleda svojim zlatnim očima. Nasmejao se:

— Ti mene ispituješ, a treba ja tebe da ispitujem! Jesi li ti u koga zaljubljena?

— Baš ni u koga! — uzviknu devojčica, ali krv joj jurnu u lice.

— A što si pocrvenela? Ne govoriš istinu.

— Ti si me zbunio! Koga da volim? Danas se treba čuvati muškaraca!

— I treba da se čuvaš. Ti si mlada.

Povukao je jače dim cigarete. Pade mu na um teška misao: „Ja sam oduzeo Nataši nevinost! Da li je njoj bio potreban muškarac da bi otpočela život?" Ustao je naglo i počeo da šeta po sobi i puši.

— Ja sam mlada, ali sam videla jedan tragičan slučaj u našoj kancelariji. Čuo si za samoubistvo one činovnice?

— Pričao mi je Marković.

— Ta Borka je verovala muškarcima, a svi su je prezreli. Ubila se u očajanju.

Mladi čovek je zastao i slušao Slađanu... Opet mu je pogled bio izgubljen i težak.

Slađana ućuta i pogleda ga pravo u oči. Videla je da se oneraspoložio, pa vrlo detinjasto pokaza svoj ručni rad:

— Dopada li ti se ova plava boja?

— Dopada mi se... Tebi stoji lepo i belo — govorio je kao što bi brat pravio komplimente mlađoj sestrici.

— A znaš da bih mogla nacrtati projekat za kuću — pređe ona na nešto drugo, samo da bi se opet govorilo o Gradimiru. — Jedna naša činovnica, gospođica Jelka, projektovala je malu vilu. Hoću i ja da pokušam, pa ću da pokažem Markoviću.

— Samo požuri, on putuje.

— Pa, može i kad se vrati — opet je osetila da joj se srce kida.

Nikica bučno upade u sobu. Uvek je ulazio kao vetar i odmah bi napravio galamu.

Gvido se oraspoložio. Sedeo je do pola jedanaest. Na ulici ga spopadoše sumorne misli. Kako muškarac ne poznaje devojku! Eto, on sada uviđa da Natašu ne poznaje. Osetio je ljubomoru. S bolom je pomišljao na nju i njenu laž. Kako se mladići vezuju s nepoznatim devojkama. Očaraju ih na ulici i upuste se u odnose s njima, sa svim posledicama i odgovornostima. Ne znaju iz kakve su porodice, ko su im roditelji, kakvo im je domaće vaspitanje, da li su iskrene, lažljive. On ne zna ni gde je ona sada. Prvi put je bila njegova i odmah slagala. Mislila je već na provod s drugim. Direktor rudnika! Znao je šta to znači.

Vraćao se lagano kući. Jedva je čekao sutrašnji dan da vidi i čuje laž ili istinu. Oprostio bi joj ako bi kazala istinu. Ali, ako slaže?

Prva sumnja i ljubomora

Kad su došli u Beograd, po povratku s Oplenca, Nataša je žurila posle šest na sastanak. Znala je da će je Gvido čekati na Kalemegdanu. Kazala mu je da će se možda zadržati.

Gvido je sedeo na klupi. Iščezlo je sećanje na Francuza. Gvido, lepi njen dečko, ozbiljan i osećajan!

Ovo je njen Gvido...

On joj uze ruku i poljubi je. Seo je na klupu ne pitajući je ništa. Ćutala je i ona, uozbiljena. Zar i on nije isto tako uzbuđen? Ali pauza je duža nego obično. Zašto ništa ne kaže? Nije je posmatrao, ali je osetio njen pogled. Okrenuo joj se, bez osmeha. Kako su tople i duboke njegove oči! To je morska dubina u noći bez mesečine... Kao da je nešto tužan... Zar u ljubavi nema tuge? Nije je video čitav jedan dan. Kako je to dugo posle prvih slatkih časova ljubavi! Zadrhtala je i osmehnula mu se:

— Čitav dan se nismo videli.

— Da — tiho je prošaputao. Zagledao joj se u oči i pitao istim glasom:
— Mnogo si učila?

— O, mnogo! Juče smo celo posle podne učile. Do neko doba noći.

Okrenuo je glavu u stranu i zagledao se u jedan bokor zelenila. Obrve su mu se spustile. „Dakle, slagala je. Odmah laž!”

Spazila je njegove skupljene obrve i zapitala sa zebnjom:

— Šta je tebi? Izgledaš mi nešto neraspoložen.

— Radio sam i ja mnogo juče i danas — skinuo je šešir, spustio ga na klupu i prevukao rukom preko čela.

Bilo joj je čudno njegovo držanje. Nijednu nežnu reč da izgovori. I lice mu je tako zategnuto, ozbiljno. Nije ga uvredila. Najednom se setila: „Da on nije štogod doznao? Kazala mu ona mala činovnica!” Preseče je nešto preko grudi. „On viđa tu malu činovnicu. Ona ga možda voli...”

Milo ga je pogledala i s tugom u glasu izgovorila:

— Danas si nekako drukčiji. Otkako se poznajemo nikada nisi bio takav.

— Možda. Danas sam neraspoložen...

— Pa zar i onda kada sam ja pokraj tebe?

— Baš zato što si ti pokraj mene...

— Ja ti stvaram neraspoloženje?!

— Ti, jer sam doznao da nisi iskrena.

— Nisam iskrena?

„Dakle, on zna!” Uvukla se sva u sebe, smišljajući šta da odgovori. Da li da prizna? Ako prizna, moraće i on reći ko mu je kazao.

— Zašto mi ne kažeš, zašto sam neiskrena?

Izvadio je cigaretu i zapalio. Mirno je pušio. Njegova mirnoća i ravnodušnost bili su joj teži nego prekori i srdžba. Što se ne naljuti? Uvređeno nastavi:

— Vidim, tebi je danas dosadno sa mnom... Onda ću da idem.

Cigareta odlete iz njegove ruke. Naglo se okrenu. Pogled mu je bio sjajan i oštar. Kao da je ponirao u njene oči da dozna laž. Obamrla je sva pod tim vrelim pogledom i nesvesno prošaputala:

— Ti znaš? Čuo si?

— Šta sam čuo?

Trgla se. „Pa možda on ne zna? Ne! On zna!” Njega ne sme obmanjivati. Gore će biti ako laže...

— Znaš da sam juče bila na Avali!

Samo će reći za Avalu. Možda za drugi izlet ne zna.

— A što si krila da si išla?

— Nisam krila... To je bilo slučajno. Gordana me pozvala...Jedan Francuz je došao, a mi obe govorimo francuski. Malo smo konverzirale.

— Konverzirale s direktorom rudnika?!

Gledala ga je lepim tamnoplavim očima:

— Nisam se ogrešila o osećanja prema tebi, ako sam išla...

— A nisi se ogrešila što si htela da prećutiš da si išla?

— A šta si ti meni kazao za gospođicu Slađanu? Ja o toj devojci nisam imala pojma. Uveravao si me da ni na jednu ženu ne misliš, ni s kim ne šetaš, sav pripadaš meni, a ti si se juče s njom sastao i ona ti je ispričala. Još ko zna kako ti je ispričala i kako je mene predstavila. Ako ko ima pravo da bude neraspoložen, to sam ja... Pokazao si da u tvom životu nije sve onako kako si pričao...

— Šta još? — mirno je pitao, ali se malo približio njoj.

— Ti se i ne pravdaš! Znači, sve je istina?

— A jesi li se ti opravdala?

— Mislim da nemam šta da se pravdam. Bogami, sasvim slučajno je bilo.

— A ako sam i ja slučajno video Slađanu?

— Kako si je video? Hoću da mi ispričaš! — ljubomora se sve više raspaljivala u njoj.

— Šetao sam... Bilo mi je dosadno bez tebe i svratio sam kod njih. Njena majka je Dalmatinka, poznajemo se iz detinjstva. Tu malu ja smatram kao sestricu. Sasvim slučajno mi je kazala, pričajući o Gordani... O tebi je napomenula samo to da je u autu bila i Gordanina drugarica, jedna lepa devojka. Odmah sam pomislio na tebe. Dobro, reci mi zašto si htela to da sakriješ? To me vređa! Zar sad mogu verovati da ćeš mi biti iskrena?

— Nisam ti kazala jer sam pomislila da će ti biti krivo. Šta je to što smo otišle do Avale! A da li ja mogu verovati da ti ne gajiš simpatije za Slađanu?

— Kakve simpatije? Zašto to uobražavaš? Ja ću te upoznati s tom devojčicom ako hoćeš. Ništa nije zlo mislila kad je kazala da vas je videla.

— Ali ti si to shvatio kao zlo. A ja tebe toliko volim! Zar ti nisam to dokazala? A ti me danas tako hladno dočekuješ...

— Ti ovo tumačiš kao hladnoću! Zar ne vidiš koliko te volim jer ne mogu da se pomirim s tim da ideš s drugim... Zar ti nisi moja? — naglo ju je obgrlio oko ramena i privukao na grudi. Zagnjurio je lice u njenu kosu.

— Ti bi mogao patiti zbog mene, je li? — raznéženo je pitala privijajući se uz njega.

— Ko stvarno voli, može i da pati...

— A voliš li me?

— Ti to znaš.

— Možda ne znam... Strašno bi bilo kad me ne bi voleo.

— A nije strašno što praviš izlet s jednim direktorom rudnika? Da, ja sam samo činovnik, ne mogu ti pružiti naročit provod.

Ona mu poklopi rukom usne:

— Ne dam da me vređaš. Znam šta hoćeš da kažeš... Ti si moje bogatstvo! Tvoja duša, inteligencija, tvoje lepe oči! A kako su te oči bile danas hladne! Neću više tako da me dočekuješ.

Osetila je na svom vratu njegove tople usne. Njena prisutnost je ublažavala srdžbu muškarca. Osećao ju je pokraj sebe — mladu, vitku, lepu... oko njih se zgušnjavala kalemegdanska noć, mirisali su pupoljci šiblja i drveća. Parovi su se crneli po klupama nemi, šćućureni jedno uz drugo, uz tih šapat...

— Hoćeš li doći u nedelju? — šaputao joj je Gvido na uvo.

— Doći ću! — malaksalo je odgovarala devojka. Doći će, i došla bi mu svaki dan: opijena, začarana, usplamtela od ljubavi u naručju ovog lepog mladića, koji ume da voli, da se ljuti, koji je ljubomoran, moli je da ni s kim više ne ide, jer ni on nijednu ne gleda... Kakve slatke reči! — Koliko je sati? — trgla se Nataša.

Kresnuo je upaljač i pogledao na sat:

— Pola devet.

— Ah, moram da idem! — otrgla se iz njegovih ruku. Sad će kući u njeno sokače, u sobicu ispunjenu mirisom kuhinje. A on ostaje bez nje, ide na večeru sam, sutra u banku, sretaće lepe devojke, i u banci ima činovnica, i tako svakog dana...

Zafijuka vetar, zašušta lišće, oštro i bolno.

— Da požurimo! Kiša će. Naoblačilo se.

S drugih klupa podigoše se crne siluete. Požuriše.

Uleteli su u tramvaj. Na licu joj se blistalo nekoliko kišnih kapi, kao suze. Osećala je hladnoću. Mora da je nazebla. Jadni zaljubljeni parovi! Ljubavno pijanstvo je iščezavalo. Kiša je lila i kapi su iskitile tramvajski prozor kao sitne perlice. Rastužila se... Gvido je gledao njene tužne oči, nagnuo joj se i upitao:

— Što si se najednom oneraspoložila?

— Ništa... Zamislila sam se! — osmehnula mu se. Kako je on dobar i sladak! Zar on ne bi mogao biti njen muž? Rastužila se što će se sad rastati.

Mladić je zamišljeno posmatrao njen izraz lica. Pruži ruku i uhvati njenu.

— U nedelju te čekam! — šapnu.

— Gvido! — šapnu i ona.

On se nije smešio, ali njegove divne oči bile su joj tako drage. Koliko ih je volela ovako ozbiljne... Bože, da li je on onakav kakvog bi ga ona želela? On je voli, to se vidi... Ali, možda mu je ona potrebna samo kao ženka. Osmeh joj se zaledi na usnama i jeza joj prođe celim telom. Kuda ona ovo ide i šta će se sve odigrati? Sme li da nastavi ovakav život? Pogledala je njegove usne. Kako su je ljubile! Zadrhtala je. Glupost, čega se boji? Treba živeti! Nikoga nije bilo u tramvaju. Nagla se malo sedeći preko puta njega i šapatom upitala:

— Voliš li me?

— U nedelju ću ti reći, ako dođeš... — smešeći se odgovori mladić.

— A ako ne dođem?

On opet okrete glavu prozoru i ne odgovori.

Otišla je kući, ali mu nije dala siguran odgovor. Dvoumila se. Da li je bolje ili gore ako mu često odlazi? Bojala se i posledica. Kako su devojke nesrećne! I kad bi htele slobodno da vole ne smeju.

Tri dana kasnije dobila je pismo od Francuza. Sećao se divnih časova provedenih s njima dvema. Učtivo i lepo pismo. Javljao je i svoju adresu i molio da mu piše. Zbunilo ju je sve to i pomelo. A dani prolaze i približava se nedelja. Da li da ide Gvidu, ili da ne ide? Sve do pola šest bila je neodlučna. A tada, kao da je dočepa vihor i iznese iz kuće, sva uzdrhtala ulete u njegovu sobu i pade mu u naručje.

Muškarac je pobedio

Gradimir se čudno ponaša.

Već toliko dana uzastopce Slađana svaki dan sreće onog drskog mladića. Nekad u podne, a nekad uveče. Uvek stane na ugao kud ona prolazi, a mora tuda da prođe i gospodin Marković. Da li ga je video? Da li on zbog nje stoji? Nekad se zadržavala u kancelariji, da bi izašle Jelka i Ružica, i da bi se uverila nije li on tu zbog neke od njih, ali opet ga je videla na istom mestu. U prvo vreme je samo stajao na uglu i gledao je onako kako gledaju mangupi: poluzatvorenih očiju, zamišljenim pogledom, kao bajagi smrtno zaljubljen. Mrzela je takve mladiće, jer su bili pravi mangupi i nasrtljivci. Taj ulični beogradski mladić pretvarao se i izigravao zaljubljenog.

Bojala se da Gradimir nije opazio ovog dasu, pa je izlazila zajedno s Ružicom i Jelkom, čak je išla s njima, iako je tamo nije vodio put, ali je htela da Gradimir vidi da ona ne gleda tog bezobraznog mladića. Najzad, to je zaista drskost: svakog dana je sačekivati na istom mestu...

Jedne večeri, dok se vraćala kući, čula je ujednačene korake za sobom. Okrenula se. Bio je to onaj mladić. Požurila je. Ona je ozbiljna devojčica i zna šta znače ulična poznanstva. Najednom on pođe uporedo s njom i učtivo reče:

— Oprostite, gospođice, što sam drzak. Smatraćete me za nametljivca, ali ja vas davno gledam i uzeo sam slobodu da vam danas priđem... — ton je bio vrlo učtiv i ona mu isto tako učtivo odgovori:

— Zahvaljujem vam, gospodine, ali ne želim vaše poznanstvo.

Mladić je učtivo skinuo šešir, zastao i izgovorio:

— Oprostite!

Ali, sutradan je opet čekao na istom uglu. Prošla je pokraj njega i nije ga ni pogledala. Požurila je kući. Blizu kapije se okrenula. On je lagano išao za njom.

Nasmejala se. Kako je glup! Kazala mu je sasvim otvoreno da ne želi njegovo poznanstvo, a on je opet prati. Kad je šašav neka je prati. Neće pričati ni mami ni Nikici. Kakav je Nikica, prići će mu i zalepiti šamar! A posle može čudo da se napravi... Ići će za njom, pa će mu dosaditi. Tako rade muškarci. Kad vide da nemaju uspeha izgube se...

Ali, jednog dana opet je bio drzak. Taman je izašla, a za njom Gradimir. A dasa skine duboko šešir i glasno dobacuje:

— Dobar dan, gospođice!

Brzo je prošla, ne okrećući se, a on pođe za njom.

Okrenula se i spazila Gradimira pred preduzećem. Sve je video. Misliće da ona ima nešto s ovim tipom. Jurnula je natrag, kao da je nešto zaboravila; sva crvena od ljutine, sudarila se s Markovićem, koji je još stajao pred zgradom.

— Zaboravila sam nešto! — zbunjeno je izgovorila i ušla u kancelariju.

Gradimir ništa nije odgovorio. Gledao je za onim dasom, ali on se izgubio.

Preturala je po fioci, ne znajući šta da uzme iz nje. Dohvatila je jedan crtež, uvila ga u rolnu i ponela kući. Bila je vrlo uzbuđena kad je izašla. Marković je stajao na istom mestu...

— Šta ste zaboravili, gospođice?

— Ovaj crtež... Hoću da ga prekopiram kod kuće.

Arhitekta ju je posmatrao vrlo ozbiljno.

— Sutra ujutro, kad dođete na posao, dođite k meni!

— Doći ću! — izgovori ona preplašeno.

Zašto li je zove? Da je ne otpuste?

— Zbogom! — arhitekta skide šešir i udalji se, ostavljajući je svu zbunjenu na pločniku. Pošla je kao pijana; u glavi joj je bila čitava zbrka. Neprestano se pitala: „Zašto li me zove?"

Bila je rasejana to popodne u kancelariji, a Ružica i Jelka su baš bile vesele. Izmirila se Jelka s njenim Acom i donela veliku kitu plavog zumbula.

Čuo se razgovor u hodniku... I auto.

— Ode Marković s direktorom.

Dakle, zato je nije zvao po podne, nego sutra, danas je zauzet... Prepisivala je neke spiskove, računala nešto, a sati izmiču. Vraća se kući... Oseti jezu. Nešto je lomi, proteže se, zeva, grči uz peć... Mami ništa ne priča. Da je kazala za bioskop, mama bi drugim očima gledala Gradimira. Posumnjala bi u njega.

Oh, samo da prođe ova noć! Šta li će joj sutra reći? Htela bi da bude lepa. A najlepše joj stoji bluza od vunice. I Gvido joj je to kazao. Sva blista u toj bluzici. I kosa joj je tamnija. Gleda se u ogledalu i češlja. Kosa joj je do ramena. Kako je gusta, meka i sjajna, kao svila.

Sedam i četvrt. Pošla je lagano od kuće zajedno s mamom. Ali opet ona jeza. Stresla se kao u groznici:

— Do viđenja, mamice! — žurila je u kancelariju. Šta će joj doneti ovaj dan?

Ružica je obukla novu haljinu. Gledaju je i prave komplimente. Smeje se i priča da je opet udovac traži.

— Okomili se na mene udovci!

Slađana osluškuje korake. Gradimira još nema. Poznaje njegove korake. Tek u pola deset... otvaraju se njegova vrata. Ona očekuje. Ali tišina... Slađana ustade. Zbuni se što mora i njima nešto da kaže.

— Gospodin Marković mi je juče kazao da mu se javim jutros — reče. — Ne znam što me zove? Strah me da me ne otpuste.

— Vi mislite da bi vas zato zvao Marković?! Neprijatnosti saopštava direktor.

— Bogami, nas nikada nije zvao da mu se javimo! — nasmeši se Jelka. — To nešto znači...

— Ostavi sad Slađanu. Vidi kako je pocrvenela! Idite, kad vas je zvao! — umirivala je Ružica. — Možda hoće neki posao da vam da... Mene je jednom vodio na građevinu u autu.

— I ja to mislim — kao hrabreći se šaputala je Slađana.

————

— A, došli ste, gospođice! — reče mirno arhitekta stojeći kraj ormana s crtežima. — Vi ste kazali da kopirate crteže, pa hoću ovo da mi prekopirate. Sedite ovde! — seo je i sâm, a ona desno od njega.

Njoj laknu. Kako se plašila! A on je zove da prekopira crtež.

— Umete li, gospođice?

— Umeću... Ovo nije teško!

— Eto, tu vam je lenjir i cirkl!

Uzeo je drugi crtež i nije je više posmatrao. Podlaktio se, ozbiljan, s cigaretom u jednoj i olovkom u drugoj ruci. Nešto je popravljao. Pogledala ga je za časak i videla njegov oštri profil i duge trepavice. Brzo je povila glavu da on ne primeti kako ga gleda. Osećala je toplinu u licu i vatru po celom telu.

Povukla je jednu liniju. To je bio projekat neke kuće. Učinila joj se ta zgrada nekako čudna: sve prave linije kao sandučići. Nije teško. Sva se unela u crtež. Ne sme ni da pogleda arhitektu. A jedna gugutka guče na grani ispod prozora. Tako slatko guče! Dim duvana je obavija. Jedan kolut joj se zaplete u kosu. Osetila je kako on okreće glavu da joj dim ne smeta i ispušta ga prema prozoru. Njene linije na crtežu se gomilaju. Čitavih četvrt sata crta oborene glave i ne gleda ga. A da li on nju posmatra? Nije se usuđivala da digne glavu. Šta sad ovo znači? Zašto ćuti? Ama nijednu reč da joj kaže. Najednom oseti da je gleda i povi još niže glavu. Lice joj pocrvene u kestenjavom oreolu kose.

— Dakle, vi želite da budete arhitekta?

Trgla se i podigla glavu.

— Ko to ne bi želeo? A otkud vi znate da ja želim da budem arhitekta?

— Čuo sam...

— To je vama Gvido kazao. Ne znam — uozbilji se, opet se zagleda u crtež. Opazila je da se uozbilji kad ona pomene Gvida. Zato je rekla: — Moj brat Nikica dira me kako sam postala arhitekta. Ismejava me — osećala je da joj je još toplije na obrazima.

Gradimir je zamišljeno ćutao. Ućutala je i ona. Što je on ovako čudan danas? Kao da je nešto ljut ili neraspoložen. Pomislila je da je bolje više ništa da ne govori.

On ustade. Šetao je iza njenih leđa, pa zastao. Osećala je da je kraj peći iza nje. Kao da su je žmarci uz leđa podilazili. Ruke joj drhte... Što ju je pozvao? Da li je njemu baš stalo da ona ovo kopira? Dobro je iskopirala. Kopija se gotovo ne razlikuje od originala. Čuje njegove korake. Stao je sasvim iza njenih leđa.

— Da vidim kako ste precrtali. Dobro je! — reče tiho. Glas mu je bio vrlo taman. Nagnuo se. Njena glavica je još niže, kao da se boji da je ne dodirne svojim glasom. Srce joj lupa; čini joj se da i on mora čuti lupanje njenog malog srca... Jedva diše. On se i ne miče, nagnut nad njom kao da gleda crtež...

Bože, šta je ovo? Oseća nesvesticu. Čini joj se da će se srušiti sa stolice. Udari joj u glavu miris kolonjske vode pomešane s duvanom — miris muškarca, tako blizu... Prikuplja snagu i nastavlja da crta. Ruke joj drhte, obrazi vreli, srce joj lupa, a ona gugutka neprestano guče...

— Za četiri dana putujem, je l' znate?

— Znam... — tiho je skliznulo preko njenih usana... Glava joj klonu još niže prema stolu.

Najednom oseti dve tople muške ruke kako joj se spustiše na obraze, obuhvatiše ih i podigoše joj glavicu kao kakav cvetić klonuo od sunčane toplote. Sve joj se ustalasa u mozgu i telu; magla joj je pred očima, kao nesvestica, a muške ruke drže njenu glavu, izdižu je, privlače sebi. Kroz poluotvorene zlatne oči ona vidi nad sobom dva velika crna oka. Hoće da se otrgne, da skoči, da zaplače od bolnog i slatkog uzbuđenja, a nema moći. Muške ruke klize po njenim rumenim obrazima, miluju ih. „Oh, šta je ovo? Zar on ovo radi? On, Marković!"

Slađana se otrže, prikupi snagu, trže glavu iz njegovih ruku, skoči sa stolice, polete vratima, ali se nasloni na zid, kao da će se srušiti.

— Vi ste danas tako čudni! — reče uzbuđeno.

— Jeste, čudan sam! Nisam kao uvek ozbiljan. A vi me znate samo kad sam ozbiljan i namršten? Stalno me se plašite? Bojite li me se i sada?

— Ja se vas lično ne bojim... ali sam se uplašila kad ste me pozvali... da me ne otpustite!

— Dakle, uvek me vidite samo kao šefa i poslovnog čoveka?

— Drukčije ne mogu.

— A ako bih ja želeo drukčije da me gledate? — upita i priđe korak bliže.

Njene lepe oči gledale su ga molećivo i tužno, kao da govore: „Zašto me mučite? Šta da vam odgovorim? I šta da očekujem od vas? Ostavite me, ja sam sirota devojčica!"

Da li je tuga zamutila njene zlatne oči? Šta se u njemu odigralo kad se odmače, prilazi stolu, opet seda i poziva je tiho:

— Sedite još malo...

— Da nastavim kopiranje? — upita ona slomljenim glasom.

— Ne morate... Kako imate lepe, male ruke, kao u deteta. Zbilja, dečje ručice!

Ona htede da povuče ruku sa stola, ali on je uhvati.

— Pravo ste dete! Jeste li još uplašeni?

— Nisam... ali me sve ovo iznenađuje od vas... Vi ste tako gordi... I to vam tako lepo stoji...

— A ne stoji mi lepo kad sam nežan?

Nije znala šta da mu odgovori.

— Postavljate mi čudna pitanja.

— Na koja ne smete da mi odgovorite! Vi ste se, drago dete, više uplašili nego uzbudili.

Istrgla je ruku iz njegove i pokrila lice, da on ne bi video koliko je uzbuđena. Sva treperi. Čini joj se da će se srušiti sa stolice.

— Zašto krijete oči? — skinuo joj je ruke s lica. — Hoću da me gledate!

— Vi ste mene zvali da vam crtam! — mucala je na vrhuncu uzbuđenja.

— To sam se samo šalio... Zvao sam vas da vas vidim. U bioskop niste hteli sa mnom i naterali ste me da vas pozovem u svoju kancelariju.

— A da li to ima smisla? Moje koleginice mogu posumnjati...

— Šta mogu posumnjati? Jesam li nešto ružno uradio? Crtali ste i sedeli za mojim stolom...

— Danas niste kao uvek. Niste ozbiljni...

— Umem ja da budem i vrlo neozbiljan!

— Niste vi neozbiljni kao drugi muškarci!

— Ne mislite valjda time da kažete da sam nepošten... Nego detinjast, je l'te?

— Zar može jedan zreo muškarac da bude detinjast?

— Još kako! Sad bih vam svu kosu zamrsio.

Odmakla se sa stolicom i ustala.

— Opet se plašite. Ali ja to neću uraditi. Umem da budem i hrabar. Hoćete li da se namrštim?

— Ja volim kad ste ljubazni.

— I kad sam učtiv! Dobro, gospođice. Sedite, imam još nešto da vas pitam. Nemojte da krijete te lepe, male ruke! Spustite ih na sto. Hoću da ih gledam... Tako! — nasmejao se. Nasmejala se i ona. — Niste, dakle, hteli da idete u bioskop... Onda vam predlažem da se prekosutra oko šest sati izvezemo autom. Hoću izvan grada malo da se provozam s vama! Da svratimo i u neki restoran da večeramo. Posle ću vas vratiti kući...

Dok je govorio njene zlatne oči postadoše ozbiljne. Učini joj se da to ne govori isti mladić, maločas tako detinjast, mio i sladak, već neki zavodnik, koji vozi devojku autom, odvodi je na večeru i odbacuje posle kao stvar. Pogladila je rukom čelo, kao da hoće da se pribere.

— Vi se dvoumite? Opet vam se čini i ovaj moj predlog nečastan? Zaboga, pa nemojte svaku moju reč rđavo tumačiti! Hoću da porazgovaram s vama. Vi ste mlada devojka, ja sam relativno mlad čovek. Neću da vas gledam kao činovnicu, već kao devojku s kojom bi mi bilo prijatno da razgovaram... Hajde, odlučite se!

— Ne mogu! — jeknula je bolno. — Ne mogu!

Pomislila je da će se naljutiti, ali on je nežno uhvati za ruku.

— Vas kao da je zaplašio život. Svi su vam muškarci rđavi. Je li vam ko naneo kakav bol?

— Nije nikad! Bogami, nikad! Nikoga ja nisam volela da bi mi zadao bol — ućutala je najednom, uplašena. Nije je on ni pitao da li je koga volela. Ona mu se možda samo dopada? Hteo bi je zagrliti, poljubiti, kao mnoge devojke, a ona bi posle umrla od bola i očajanja.

— I niko ne bi bio ljubomoran? Priznajte!

— Ne razumem vas. Vi me zovete, a imate verenicu... Imate i jednu gospođu koju volite. Ja sam čula...

— O, šta ste još čuli o meni? Baš bih voleo da znam! — nagnuo se i zagledao joj se pravo u oči.

— Samo to... Kako onda možete mene da zovete da idem s vama autom na večeru kad imate verenicu?

— Veren nisam... I ne bih bio toliko nepošten da pokraj verenice idem s drugom devojkom! Kad se vratim, ja ću biti veren, i samo ću svoju verenicu voleti! Dakle, to sumnjičenje otpada.

— A ona druga gospođa?

— Je li vam krivo ako postoji kakva žena u mom životu?

— Ja nemam pravo da mi ma šta bude krivo na ono što se događa u vašem životu.

— Svejedno bi vam, dakle, bilo ako bih ja voleo neku ženu?

Sva je pocrvenela i sakrila pogled.

— Ali, ja vam kažem da ni u koga nisam zaljubljen. Ručice ste opet sakrili — nasmejao se isto onako detinjasto. I ona se nasmejala, ali je osećala sve veću vrtoglavicu. Uhvatio joj je opet ruku, ali ona ju je istrgla, ustala i pošla k vratima. — Čekajte! Ne smete ići. Nisam još dobio od vas odgovor.

Opet joj se činilo da će se srušiti. Znači, mora da ide s njim... Mora! Divila mu se, ali ga se i bojala... kao da su u njemu bila dva čoveka; nije znala kojem da veruje... Ovaj strogi glas je bio glas njenog šefa koga se bojala... Ali onaj drugi čovek uhvati joj ruku, prinese je usnama i tiho nastavi:

— Ja ću vas čekati posle pola šest u autu, na uglu druge ulice. Otvoriću vrata i vi ćete ući... Nemojte se plašiti. Biće mi veliko zadovoljstvo da se provozamo malo i porazgovaramo. Večeraćemo, vratiću vas kući. Je li sve u redu?

— Doći ću — izgovorila je, ali je osetila bol, kao da je samu sebe zasekla nožem.

———

Čim je došla kući u podne, legla je. Groznica, koja ju je tresla dva-tri dana, sad se pojačala.

— Ne mogu, mama, ništa da jedem. Nisam gladna. Samo bih vode pila i malo da legnem, pa ću u kancelariju... Zima mi je, pokrij me, mamice, s dva ćebeta — cvokotala je od zime, a posle je obuze vrućina. Njeno lepo malo lice bilo je vrelo kao žar. Mati joj pipnu obraze.

— Ti imaš temperaturu?

— Ne znam... Vrućina mi je! Daj mi vode i slatko.

— Bože, ti si nazebla. Čekaj da ti izmerim temperaturu... Trideset osam sa pet! Pa ti ne možeš u kancelariju...

— Nije to ništa, mama. Idem! Proći će. Uzeću aspirin.

— Bolje bi bilo da ne ideš.

— Ostavi, mama! Kad sam ja bila bolesna?

— Nisi, ali treba se čuvati! Ostani, pa ćeš se sutra izviniti.

— Ne, idem! Lakše mi je sada. Ništa me ne boli.

Nije mislila da je to bolest, već ogromno uzbuđenje. Da li je to klijala ljubav u njoj? Sve što je doživela toga dana bilo je za nju ogromno, slatko, bolno... Da li on oseća nešto prema njoj? Bože, to bi bila nadzemaljska sreća! Nešto što se sanja, što se čita u romanima, o čemu nije smela ni da mašta. On nju da voli! Pa ona će se razboleti od same te pomisli! Gradimir da je voli! Svakog dana sluša o njemu u kancelariji sve najlepše. Divila se njegovim tvorevinama, ogromnim palatama, ushićivale su je njegove velike crne oči, inteligentna i gorda lepota muškarca. A jutros je bio nešto sasvim drugo. Kao dete! Kako ju je samo nestašno uhvatio za ruku i kako je nežno milovao njene obraze! Tako može da miluje samo muškarac koji voli. Zar je to lako? Ne, to nije lako, to je istina, koja je baca u zanos sreće. Nije ovo temperatura od nazeba, već je to temperatura njenog uzburkanog srca. Od juče je sva vrela, sva drhti! „Bože, daj da me voli Gradimir!", šaputala je molitvu, uzburkanih osećanja kao u bunilu.

— Pola tri je, Slađana! — čuje mamin glas koji je otrže iz tog bunila kao hladan povetarac. — Nemoj da ideš!

— Hoću da idem! Nije mi ništa. Do sutra će mi biti sasvim dobro.

Otišla je u kancelariju, ali je jedva sedela. Ah, šta je to u njoj? Je li to ljubav ili bolest? Da li se razbolela zbog ljubavi? Sme li ona da voli slavnog arhitektu?

Sva se strese u groznici. Ružica i Jelka je grde:

— Što ste došli kad imate temperaturu? Idite. Javite se direktoru ili Markoviću, pa idite kući!

— Neću... Mogu da radim — obukla je mantil, a osećala je zimu. Sva drhti: čas jeza, čas vrućina. — Ako sutra ne dođem, hoćete li reći da sam bolesna?

— Ne brinite. Ni danas nije trebalo da dolazite.

Otišla je kući i legla. Mati se uplašila, merila joj je temperaturu. Bilo je preko trideset devet.

— Nikice, ti idi sutra da izvestiš gospodina Markovića da sam bolesna. Idi prvo k njemu.

— Pre podne ne mogu, Sladice, ali posle podne ću otići u tri sata... Baš volim da se upoznam s njim.

„Bolje što sam se razbolela", mislila je Slađana. „Neću ići! Ali on može da pomisli da se pretvaram. Nego, Ružica i Jelka su me videle. Reći će mu one."

Sutradan, posle podne, uđe gospodin Marković u kancelariju gde su sedele činovnice.

— A gde je gospođica Slađana?

— Ona je bolesna. Juče posle podne imala je temperaturu. Jedva je sedela. Terale smo je da ide kući, ona nije htela. Sva je bila u vatri.

— Zašto nije išla odmah kući?

— Nije htela.

Arhitekta ućuta i uozbilji se.

— Doneo sam vam ovo da brzo svršite. Prekopirajte odmah! Biću u kancelariji do šest pa mi donesite.

Izašao je brzo. Šetao je nervozno po svojoj sobi. Začudila ga je bolest te male. Da li je to od nazeba ili od onog što joj je on predložio? Da se ne pretvara? Koliko hrabrosti u tom lepom detetu! Setio se onih finih, glatkih i toplih obraza. Jedva se savladao da je ne dočepa u naručje i pritisne na grudi. Uplašilo ga je što je bolesna. Grip vlada, a to je podmukla, opasna bolest. Mogao bi da pošalje lekara, svoga poznanika. Izradio mu je plan za kuću, ništa nije naplatio, i on mu je uvek stavljao na raspolaganje svoje lekarske usluge. Pozvaće ga, zna mu telefon, ali ne zna koji je broj njene kuće. Pitaće činovnice. Taman je hteo da pozvoni za čika-Đorđa, a on se pojavi.

— Gospodine Markoviću, došao je brat gospođice Slađane. Ona je bolesna.

— Neka uđe!

Maturant uđe, snažan i lep dečak u pohabanom zimskom kaputu, ali slobodan i inteligentna pogleda. Arhitekta mu pođe u susret, gledajući ga sa simpatijom.

— Dakle, vi ste Slađanin brat? A šta je njoj? Čuo sam da je bolesna.

— Ima temperaturu i nije mogla da dođe. Leži u postelji. Došao sam da vam javim. Ona je htela da dođe, ali mama joj nije dala.

— Kako da dolazi? Bolje što je ostala. Jeste li zvali lekara?

— Nismo još. Danas ćemo zvati.

— Ja sam baš hteo da pošaljem jednog mog prijatelja lekara. Dobro te ste došli da mi kažete broj vaše kuće. Ulicu znam.

Nikica mu reče. On brzo okrete telefonski broj.

— Alo, ti si, Mišo? Hoću da te zamolim da odeš da pregledaš jednu našu činovnicu. Ako bi mogao odmah... Do pet si u ordinaciji? Dobro! Ima temperaturu... Gde ćeš posle biti? U bolnici. Zvaću te telefonom. Ili još bolje: zovi ti mene telefonom čim stigneš. Znaš telefon moje kuće? Jeste! Putujem... Prekosutra. To je hitan posao... Mora bolnica da se završi. Tako. Sad je u redu — okrete se Nikici. — Lekar će doći u pola pet. Recept odnesite u apoteku pa ću... preduzeće će platiti — popravi se, a htede da kaže: „pa ću ja platiti". — Gospođica Slađana da se ne diže iz postelje i da ne dolazi dok ne ozdravi. A vi ste Nikica što bi želeo da bude arhitekta?

— Moja sestra vam je pričala?

— Pričala mi je da ste dobar đak i uopšte dobar dečko... To mi se sviđa. Postaraćemo se i za vas.

— Ona mi je već kazala kako ste napomenuli da bih mogao raditi u vašem preduzeću?

— Jesam! Položite samo maturu i upišite se na tehniku.

— Što se toga tiče, ja se čak nadam da ću biti oslobođen.

— Bravo!

— Zato bih voleo da idem na tehniku. To mi je oduvek bila želja...

— Gledaćemo da ostvarimo vašu želju... Pušite li?

— Pušim — Nikica uze cigaretu.

— Pozdravite gospođicu i odmah uzmite lekove čim dođe lekar. Ja ću već javiti apotekaru da je to za preduzeće... — pljesnu ga po ramenu. — Tako, pa vi na tehniku!

Nikica je izleteo na ulicu kao bez glave. To je sada svršena stvar! On je već u školi napomenuo da će na tehniku. Pustio je korak od metar i žurio da sve to saopšti Slađani. I on će biti isto što i Marković. Vidi se da je to gospodin čovek! Inteligentan, otmen i tako pristupačan. Išao je ali se osmehivao. Ima uspeha i u školi i kod devojčica... A to je samo zato što je gord! Grudi mu se nadimaju od zadovoljstva. Ustrčao je uza stepenice njihove kuće, uleteo u sobu i uzviknuo:

— Svršena stvar!

Slađana, koja je ležala na sofi pokrivena ćebetom, s jednim belim jastučetom ispod glave, iznenađeno ga pogleda:

— Šta je svršena stvar?

— Ja sam tehničar! I meni je Marković isto kazao što i tebi: da će sve da učini za mene... Prima me dogodine u preduzeće... Kolosalan čovek! Tako me lepo dočekao... Pola sata smo razgovarali. Da si me samo čula kako sam govorio o građevinama... Sve se složio sa mnom! Izneo sam mu kako bih ja izveo regulacioni plan... A on, znaš kako sluša!

Sestrica je već postajala nervozna. Pričao je o tehnici i šta je razgovarao on, a šta je rekao Marković kad je čuo da je ona bolesna? Prekide bratovo oduševljenje:

— Šta je kazao što sam bolesna?

— Kazao ti je da ležiš, i pozdravio te... Pitao me je od čega si bolesna, a ja sam kazao da imaš temperaturu...

— Jesi li kazao koliku imam temperaturu?

— Nisam to kazao!

— Trebalo je da kažeš da imam trideset devet... I da mi je jutros bilo teško...

— To će lekar sad da vidi.

— Kojeg si lekara zvao?

— Nisam ja nikog zvao, nego je gospodin Marković odmah telefonom pozvao lekara i kazao mu da dođe. Posle pet će doći.

— Što to ne kažeš odmah? — sva je klonula od uzbuđenja: on brine o njoj, šalje joj lekara, strepi za nju, a Nikica je tako šašav da odmah ne kaže s vrata. To je važnije nego njegova tehnika. — Raspričao si se o tehnici, a ne kažeš da će doći lekar.

— Kazao sam ti. Neće još doći. Tek posle pet. Sad je četiri i četvrt... I lekove je kazao da odem da kupim; ništa mi neće naplatiti... Kaže, to će preduzeće da plati.

Slađana ništa ne odgovori, samo okrete glavu zidu i zatvori oči...

— Je l' tebi teško? — pitao je brat, videći je kako zatvori oči.

— Nije mi teško... Samo bih stalno pila vodu. Daj mi limunadu.

Brat joj pruži čašu, ona popi dva-tri gutljaja i klonu opet. Osećala je vrućicu u celom telu, ali i nešto lepo i slatko. On nije ljut na nju. Ali šalje lekara da se uveri da li je doista bolesna. Baš je dobro što se razbolela, jer sigurno ne bi išla s njim na izlet autom. Sad se uverila koliko je on dobar. Okrenula se opet zidu i posmatrala jastučiće i cvetove na njima. U njenoj duši bilo je cveće... Mirisavo, proletnje cveće... Trgla se: doći će lekar! A Nikica tako vašari po sobi. Pevušio je i prelistavao knjigu.

— Nikice, molim te, rastrebi taj tvoj vašar.

Nikica bi se u drugoj prilici naljutio, ali u ovom času bio je raspoložen. Pevušio je, slušao sestrine naredbe, a mislio je na razgovor s Markovićem.

— Metni dva drveta u peć... Nemoj da naguraš mnogo! Nemamo drva... Mora mama da pozajmi od jedne koleginice da kupimo drva — uzdahnula je. — Ta prokleta zima kad će već jednom da prestane. Najcrnja su drva!

Nikica je pisao nešto, pa opet prekidao i prisećao se pojedinosti razgovora s Markovićem a Slađana ga je slušala zaneta slatkim uzbuđenjem...

Oko pola šest došao je lekar. Nikica je izašao u kuhinju dok ju je lekar pregledao. On joj je slušao pluća, pipao puls, merio temperaturu... Posle je seo kraj postelje:

— Nije ništa ozbiljno. Bronhitis. Ostaćete u postelji i morate se čuvati — prepisao joj je lekove. — Prekosutra ću opet doći... Komplikacija neće biti.

— Kakve komplikacije mogu biti? Da ne dobijem zapaljenje pluća?

— A, nećete... — tešio ju je lekar.

Videći ovo lepo devojče, lekar je odmah pomislio da je simpatija Gradimirova. Dirnuće ga posle, treba da mu se javi i saopšti šta je kod nje. Utešiće ga da nije opasno.

Nikica uđe u sobu.

— Šta ste našli kod moje sestre?

— Bronhitis... Nećete dati gospođici da izlazi. Napisao sam lekove, pa ću vas prekosutra opet obići.

Nikica isprati lekara.

— Mi mu ništa ne ponudismo, Nikice! — brižno reče Slađana.

— Šta da mu nudiš kad je Marković rekao da ne plaćamo? Sigurno će on platiti. Idem odmah da uzmem lekove.

— Kako ćeš bez para?

— Je l' kazao čovek da kažem da je za tvoje preduzeće! Hoćeš da zaključam?

— Nemoj! Možda će me gazdarica obići. Jutros je dolazila... Prinesi mi samo stolić i limunadu... Gde je Miki?

— Miki se razbaškario pokraj peći. Vidi kako se opružio. Sva mu se leđa usijala.

— Daj mi ga!

Taj mačak je bio Slađanin ljubimac. Metnula ga je pokraj sebe.

Pridremala je obuzeta slatkim mislima... Kako je to divno kad neko brine o njoj. I mama je voli, i brat je dobar, i Gradimir... A prekosutra on putuje. Koliko ga neće videti? Šta je to lepo u njoj?

Radio s donjeg sprata uspavljuje Slađanu. Zaspala je. Nije ni čula kad je mama ušla. Trgla se kad je progovorila:

— Sladice, kako ti je?

— Ah, ti si došla. Bože, ja sam zaspala.

— Kako se osećaš?

— Pa, onako...

— Vrući su ti obrazi. Imaš temperaturu.

— Mama, dolazio je lekar.

— Jesi li ga ti zvala?

— Poslao ga gospodin Marković. Nikica je išao da kaže za mene, a on odmah lekara poslao. I kazao da ništa ne plaćamo, preduzeće će da plati.

— Hvala im kad su tako pažljivi... A šta kaže lekar?

— Nije opasno... Ti si se plašila da je zapaljenje pluća? Kaže, bronhitis. Nikica je otišao po lekove. Ni lekove nećemo platiti.

— Neka im bog dâ! Baš sam brinula: treba lekara pozvati, lekove kupiti, a mi nemamo para. Pozajmila sam sto dinara da kupimo drva... Nikica ima nastavu. Pa, kažeš, nije ti teško?

— Vidiš, spavala sam... Daj mi toplomer!

— Imaš opet vatru?

— Ali mi nije teško. Vidi Mikija! Srce moje! Spavao je i on pokraj mene. Nevaljali mali Miki! Ali što prede! Sigurno je gladan. Daj mu malo mleka!

— Daću mu... Samo da naložim vatru. Ova peć para vredi! Uvek ima žara. Ali ovo su bila dobra drva! Opet ću grabovinu da uzmem. Drži žar... Samo ti da ozdraviš. Nisam navikla da te vidim u postelji. Bolje da ti legneš u moj krevet, a ja ću na sofu. Sutra ću da presvučem krevet, pa ti da legneš tamo.

———

Sutradan je kod Slađane opet bila promenljiva temperatura kao i obično u toku bolesti. Mama je bila celo prepodne kod kuće, a posle podne je morala u kancelariju.

Naterala je Slađanu da legne u njen krevet. Presvukla je sve čisto.

— Samo se ovaj jorgan malo prosenio. Nego, ja ću da prebacim preko njega letnji jorgan. Vidiš kako je lep! Baš sam ga lepo izradila... Ti da obučeš ovu svoju ružičastu lizezu. Sad si mi tako lepa! Doći će gazdarica. Zamoliću i Perku da te obiđe. Jaoj, ova prokleta kancelarija! Idem pa sam kao luda! Kad ste vi zdravi — ništa mi nije teško! A juče mi pala kancelarija na glavu... Ne umem da mislim. Znam da si bolesna i sama ležiš u kući, pa bih proklinjala život. Što vam otac nije živ?

— Nemoj, mama, da se plašiš. Ja ću ozdraviti. Na leto idemo na more.

— Ko zna da li ćemo moći. Ići ćemo na našu plažu ovde... I ja ću s vama... Kažu da je Sava dobra i za reumatizam.

— Ne brini, mama, za mene.. Daj mi „Ilustracije". I Mikija mi donesi. On mi pravi društvo.

— Da vidim da li sam ti sve prinela... Još jedno drvo da metnem. Lepa sam drva kupila. Nijedno nije trulo.

Izašla je s tugom u materinskom srcu.

Slađana drema i sanjari... Čitala je malo „Ilustracije", pa ih spustila na prekrivač. Najednom se ču šuštanje hartije!

— Jaoj, Miki, sve ćeš „Ilustracije" pocepati. Čekaj da te uhvatim!

Dohvatila ga je za nožice i povukla pod pokrivač, a „Ilustracije" sklonila. Miki šeta ispod pokrivača pa se prikrade do njenih ruku i sklupča. Posle se stišao. Budilnik kuca na stolu... Tiho prolaze minuti... Peć pucketa... Poneki auto projuri i zatrese kuću. Dečja cika se čuje na ulici... Već je san hvata. Čuje kroz san kucanje na spoljnim vratima. Trgla se:

— Slobodno!

Ali opet kucanje... Ona viče jače:

— Slobodno! Uđite, vrata su otvorena.

Neko je ušao... Čvrsti koraci... Lagano škljocnu kvaka, vrata se otvoriše i na vratima se pojavi arhitekta Marković.

— O, pa vi ste prava bolesnica! — reče on ulazeći u sobu. Spusti dva velika paketa na sto i priđe postelji. — Kako se osećate? Imate li još temperaturu?

Devojčica ga je gledala široko otvorenih očiju, toliko iznenađena da nije mogla reč da izusti. Rukom je pritiskala srce kao da hoće da utiša udarce. Htela je da odgovori, ali je izgubila glas.

On opazi njene začuđene oči i nasmeši se.

— Čini mi se da ste se uplašili?

— Zbilja... Nisam mogla očekivati da ćete me vi posetiti — prevukla je rukom preko očiju i čela da bi se razabrala.

— Vidite, kad vi nećete da dođete na moj poziv, ja sam došao k vama bez poziva... Je l' vam bolje sada?

— Čini mi se da mi je sada malo bolje. Jutros sam imala malu temperaturu...

— Kazao mi je lekar... nije opasno. Samo se morate čuvati... U kancelariju nećete dolaziti dok sasvim ne ozdravite. Ja sam kazao za vas direktoru.

— Je l' mogu da ostanem?

— Kako da ne možete! Nismo mi tako strašni da prisiljavamo činovnice kad su bolesne da dolaze u kancelariju... Verujem da ste srećni što ste se razboleli? Priznajte!

— Zašto da budem srećna?

— Pa da ne biste išli sa mnom autom!

— Ah, vi ste, možda, pomislili da se pretvaram?

— Možda bih mislio, ali doznao sam od Ružice da ste imali temperaturu i tako ste se spasli da ne posumnjam... A da li biste došli?

Ona okrete glavu u stranu.

— Možda bih došla...

— Što kažete „možda"? Znači, morali biste doći...

— Vi pogađate...

— Dobro, a zašto biste morali?

— Bojala bih se...

— Dakle, tako? Vi biste išli sa mnom samo zato što morate? Nikakvih drugih pobuda ne biste imali? — gledao ju je svojim velikim crnim očima u kojima se video prekor.

Ona se osmeli i poče tiho:

— Dobro... Kad bi neko vašu sestru pozvao kao vi mene, šta biste joj vi kazali?

— Ako bi taj muškarac bio kao ja ne bih joj zabranio... Ne smete biti toliko nepoverljivi... Eto, ovako bismo sedeli i razgovarali. Ima li nečeg strašnog u tome?

— Pa... nema. Vi ste tako ozbiljni i tako dobri! Nikica je juče došao kući sav očaran. Priča samo o vama i tehnici. Vi ste ga ushitili. Rešio je da mora biti oslobođen mature da bi vas zadovoljio...

— On je dobar dečak! Razgovarali smo i video sam koliko interesovanje pokazuje za arhitekturu. Šteta bi bilo da ne studira ono što voli... Do jeseni, pa onda da dođe na vaše mesto.

— A ako ja ne mognem nigde da se uposlim? Šta će biti sa mnom? Ja volim da radim...

— Potrudiću se i za vas — pružio je ruku i uhvatio njenu. — Vruća vam je ruka... Imate temperaturu?

— Možda. Ali nije mi teško... Tako sam srećna što ste došli! — osmehnula mu se nežno. — Volela bih da imam velikog brata kao što ste vi! Kako je divno kad sestra ima starijeg brata. Uvek sam žalila što Nikica nije stariji od mene...

On joj steže ruku.

— Hoćete li da vam budem brat ili drug?

— Pa... i jedno i drugo!

— I ništa više? Samo drug ili brat?

Osetila je kako joj lice preliva toplina... Oh, kako je lepo! Nikada se ovako nije osećala... Srce joj još jače zalupa kad on podiže njenu ruku i prisloni je na svoj obraz... Povlačio je njenom rukom preko svoga lica kao da hoće da oseti njeno milovanje. Spusti joj ruku i ustade.

— Ovde je toplo! Da skinem kaput? — skide kaput i spusti ga na sofu...

Zraci sunca uvlačili su se u sobu, padoše na Slađaninu postelju. Titrali su po belom pokrivaču; sva je bila u zlatnom rumenilu.

— Hoće li vam smetati ako zapalim cigaretu?

— Neće. Pušite slobodno!

On izvadi tabakeru i upaljač...

— Ima li koga u kući? Vi ste sami?

— Nikoga nema!

— Kako su vas ostavili samu?

— Mama mora u kancelariju. Jutros ju je pustio šef, a posle podne nije mogla da ostane. A Nikica ima predavanja, pa mogu i sama... Mama je naložila peć i sve mi stavila na stočić. Ovde je lek i satić, pa ja gledam kad treba da pijem... Koliko je sati?

On izvadi svoj sat i reče joj.

— Još pet minuta pa ću uzeti lek... Treba da vam zahvalim. Vi ste i lekove platili... Koliko ste se istrošili! Još ste mi i sada toliko doneli...

— Kao svakoj bolesnici... Grdno sam se istrošio! — nasmejao se i prišao bliže postelji. Pušio je i gledao je. Kako je bio lep u divnom marinskoplavom odelu s tankim sivim prugama.

— Sve mi se čini da sanjam! — prošaputala je. — Vi došli da me posetite! Kod nas je sve tako skromno... Nemamo lepih stvari — izvinjavala se.

— Lepo vam je... i čisto. To je dovoljno. Ovo je mansarda... Ali imate dosta svetlosti.

— Zdrava je soba! Da znate kako smo ja i Nikica bili srećni kad smo se ovde doselili. Sve smo sedeli po prizemljima. Po dvorištima... A znate kako su to rđavi stanovi! Za ovaj stan ima da zahvalimo što sam ja dobila platu... Moja plata taman za kiriju! Setim se često oca...

— Je l' vam davno umro otac?

— Oh, vrlo davno! Ja ga se kao kroz san sećam. Moj tata je mlad umro. Kako bi bio drugačiji naš život da je tata živ! On je svršio prava i njegovi drugovi su sada sudije... A mama nas je sama podigla. Nije htela da se udaje.

On baci pikavac u peć i sede opet na stolicu pokraj njene postelje.

— Pa kako ste živeli? Pričajte mi!

— Ah, to nija vesela priča... Bolje vi meni nešto veselo pričajte. Ja i mama smo kao dve drugarice. Sve smo zajedno brinule. A Nikica je ostao dete. I bolje je. On je tako detinjast, ali vrlo je dobar. Ja sam samo dve godine starija od njega, a čini mi se da sam deset godina starija i ozbiljnija... Valjda zato što sam uvek s mamom o svemu brinula...

— A brinete li i sada?

— Samo brinem da me ne otpuste! Znate, kad su jadnu Borku otpustili, ja sam mislila da ću posle nje doći ja na red...

— Ne dam ja da vas otpuste. Ne brinite! Ostaćete. Sad je vreme za vaš lek. Hoćete li da vam ja naspem u kašiku?

— Molim vas!

On napuni kašiku i prinese je njenim rumenim usnicama.

— Vidite kako vas lepo negujem. Više me se ne bojite?

— Nisam se ja vas nikad ni bojala, jer su mi rekli kako ste dobri. Samo me je, pravo da vam kažem, iznenadilo to što ste me zvali da se izvezemo autom. Vi ste vrlo gordi i ozbiljni prema činovnicama...

— Smatram da takav treba da budem. Jedino sam prema vama izuzetno drukčiji.

— A zašto samo prema meni?

— Tako! Možda imam nekih jakih razloga — pružio je ruku i zavukao je u razbarušenu kovrdžavu kosicu... Milovao joj je kosu. Dodir njegove ruke tako ju je uzbudio da je pokrila rukom lice da sakrije uzbuđenje. Jedna suza se skotrlja. On to spazi i skide ruku s njena lica.

— Zašto plačete?

— Ne znam. Došlo mi da plačem — okrenula je glavu na drugu stranu, zagnjurila je u jastuk i zajecala.

On joj obuhvati glavicu rukama, okrete je sebi i zagleda se čudnim pogledom u njene vlažne, zlatne oči:

— Moja mala! Neću da plačete! Hoću da budete srećni!

— A zar ima sreće u životu?

— Ako verujemo u sreću mi ćemo je naći. Sreća nije izvan nas, nego u nama... Jeste li sada srećni?

— Jesam... Baš sam srećna! Tako srećna! Ali se i plašim!

— A ja se ne plašim! — zavukao je opet prste u njenu kosu. — Vi ste pravo dete!

Ona obuhvati obema rukama njegovu ruku, steže je svojim toplim dlanovima:

— Znate, tako mi se čini sada... Kao da ste mi rod. Tako imam poverenja u vas i toliko vas cenim. Vi ste najbolji mladić na svetu...

Njegova leva ruka ju je milovala po kosi i spustila se ka njenom obrazu... Klizili su mu prsti preko rumenih, glatkih i toplih obraza...

Nagnuo se opet i zapitao je:

— Znate li da sutra putujem?

— Sutra? — izgovorila je kao da ne razume.

— Sutra uveče... Zato sam i došao da vas vidim i oprostim se s vama... Je l' vam žao što idem?

Uzdah joj podiže grudi ispod prekrivača.

— Nije važno! — reče on.

— Nije istina! — uzdahnula je. — Nama će svima u kancelariji biti žao kad vi odete. Jer vi ste naš najveći zaštitnik...

— Da, da… U kancelariji će biti svima žao? Njima dvema kao i vama. I onaj mladić će sigurno svakog dana da vas čeka kad izlazite iz kancelarije.

— Ja ne poznajem tog mladića! Živ mi Nikica! Ne poznajem ga! To je neki mangup. Zar vi mislite da bih ja gledala takve mangupe koji trče za svakom devojkom? Onda me vi ne poznajete… Vrlo mi je žao ako imate tako rđavo mišljenje o meni… — uzbuđeno je govorila.

On ju je sa zadovoljstvom posmatrao i nagnuo se još bliže.

— A vi mislite da bih ja vas posetio da ste takvi kao što kažete?

— Ne umem da vas razumem.

— Jednog dana ćete me razumeti… Ali, niste mi odgovorili: hoće li vam biti žao kad ja sutra otputujem?

Tihi uzdah joj se otrgao iz grudi i taj uzdah je rekao više nego reči… Zagnjurila je glavu u jastuk, kosa joj je pala preko lica… Nije smela da otvori oči, a osećala je kako joj njegova ruka klizi po glavi i mrsi joj kosu.

— Mala moja Slađana!

Tako je bio blizu taj šapat, gotovo na njenoj kosi, na rumenom uvu, na zažarenim obrazima.

— Hoćete li da mi pišete?

Digla je glavu. Rumeno i svetlo lice bilo je obasjano nekom nadzemaljskom srećom.

— Zar vi želite da vam pišem?

— Želim!

— Meni će biti veliko zadovoljstvo da vam pišem.

S donjeg sprata zabrujaše zvuci radija…

— Gle, kako se jasno čuje!

— Tako mi slušamo radio.

— A vi nemate radio?

— Nemamo.

— Pa, ja bih vam mogao dati svoj… Imam jedan aparat koji ostaje, a drugi sam kupio da nosim u Makedoniju. To će mi biti jedina razonoda. Hteo sam stari radio da dam gazdarici. Ali, bolje vama. Nisam ništa kazao gazdarici. Hoćete li vama da ga dam?

— Ne smem toliko da iskorišćavam vašu dobrotu...

— Kakvo iskorišćavanje! Stajao bi u sobi. Prijatnije mi je vama da ga dam... Neka vaš brat sutra dođe. Čekajte, u koje doba? Tako, u jedan sat... Ili bolje u dva.

— Jaoj, kad Nikica čuje! On je lud za radiom. Sve se ljuti kad ovi dole puštaju radio. Čovek mora da sluša i ono što mu se ne sviđa. Vole džez muziku i šlagere. Nikad ne slušaju opere, a ponedeljkom ima prenos iz Opere.

— Onda ćete moći da se naslušate opere. Vrlo je dobar taj aparat...

— A ako ga pokvarimo?

— Nadoknadićete mi štetu. Odbiću vam od plate! — smejao se i tako je bio sladak njegov osmeh... — Kad se budem vratio, hoću i auto da kupim...

— To je skupo!

— A, nisu sada automobili tako skupi. Mali, sportski ću da uzmem... Znam da šofiram, završio sam šoferski kurs, volim izlete da pravim... To je za mene najveće zadovoljstvo... Samo za vas nije. Vi biste mene ostavili da čekam u onoj ulici? Mala moja Slađana!

— I šta biste mi onda uradili?

— Šta bih uradio? Imali biste strogu kaznu da iskusite.

Tamne oči su se približavale njenim. Dve muške ruke obuhvatiše njenu glavicu i podigoše je... Osećala je kako gubi svest... Videla je njegove sočne, muške usne...

Zvonce zazvrja... On je naglo spustio na jastuk. Zvonce opet zvrknu.

— Otvoreno je! — viknu ona.

Gradimir ustade sa stolice. Neko je ulazio u predsoblje... Gospođica Perka, gazdaričina ćerka, uđe. Trgla se kad je videla Gradimira.

— Izvolite, gospođice! — osmehnu joj se Slađana. — Ovo je gospođica Perka Nikolić, kći naše kućevlasnice.

— Marković! — predstavi se arhitekta.

— Gospođa vaša mama zamolila nas je da vas obiđemo... — kao izvinjavala se gospođica Perka, sluteći da je došla u nezgodan čas. Videla je lepu devojčicu u postelji i ovog divnog arhitektu. Zloba joj ispuni srce. Nije se Nela prevarila! Te po kancelarijama hvataju! Sirota i naivna, ali hvata arhitektu... Videla je dva velika paketa na stolu... „Sumnjiva su ta posla!", mislila je u sebi. „Ko zna od čega je bolesna, kad je on došao da je obiđe! Tako se i hvata! Pravi se devica, a ko zna šta radi izvan kuće... Ovo moram reći Neli."

— Gospođice, vi sad imate društvo, ja idem — reče Gradimir. — Da se čuvate... Nemojte ići u kancelariju dok potpuno ne ozdravite.

Zlatne očice gledale su ga rastuženo... Zašto ova Perka sad baš da dođe? Kako joj je bilo lepo s njim. Tako šta nikad u životu nije doživela. I ko zna da li će ikad više doživeti.

— Zbogom i želim vam srećan put! — izgovori Slađana setno.

— Zbogom, gospođice! Vaš brat sutra neka dođe — pokloni se i gospođici Perki i izađe... Vrata se zalupiše za njim, a u srcu male Slađane lupi nešto bolno, dosad nepoznato.

— Kako je on dobar, gospođice Perka! Ne možete da zamislite! Prema svim činovnicama pa i prema poslužitelju. I lekara mi je juče poslao — naivno je govorila, jer je osećala potrebu da izlije osećanje svoga čistog srca, a nije ni slutila kako Perka tumači Gradimirovu dobrotu.

— Ja ga ne poznajem... Ali, pričala mi je o njemu moja drugarica Nela Jovanović...

— A, gospođica Jovanović! Ja sam čula da će on nju da isprosi?

— Govorilo se o njihovoj veridbi i ona ga ludo voli... Ali, izgleda mi da se ona više ne nada... Njen otac je poginuo. Čuli ste za onaj nesrećni slučaj, čovek je pod točkovima tramvaja našao smrt.

— Čula sam.

— Nela je tako potištena. Nikud ne ide. Znam da je Marković odličan arhitekta. A kuda putuje?

— U Makedoniju. Naše preduzeće zida bolnicu. On je projektuje... Tako je on dobar! Vidite šta mi je sve doneo. Poslužite se, molim vas!

— Hvala, ne mogu... mislila sam da ste sami, pa sam došla da vas obiđem — sedela je i ljubazno pričala, ali je zbog Markovićeve posete sasvim promenila mišljenje o Slađani.

Jetko je govorila majci kad se vratila kući:

— Vidiš kako umeju da hvataju! Pa se udesila, obukla ružičastu lizezu; beli jastuci, beo pokrivač; majka joj otišla u kancelariju, brat u školu, a on došao baš tada. Seo sasvim uz njen krevet, vidim stolica uz krevet stajala, pa valjda ustao kad sam ja naišla, a ona je bila crvena u licu kao žar. Nije to od temperature. A na stolu kolači, pomorandže! A prave se poštene, i ona i njena majka. Kad njena majka priča o svojoj Sladici, kao da priča o svetiteljki... Da pukne čovek od muke!

———

Slađanina mama se pela uza stepenice. Žurila se svojoj devojčici, celo popodne je brinula u kancelariji. Kako je otvorila vrata, ugledala je kolače i pomorandže. Slađana je ustala, poređala pomorandže po stolu i razvila kolače, da iznenadi Nikicu.

— Ko ti je ovo doneo? — iznenadi se mati.

— Zamisli, mama, ko je dolazio? Gospodin Marković!

— Gospodin Marković! — nešto hladno štrecnu majku u srce.

— Toliko sam se, mama, iznenadila kad sam ga videla — govorila je uzbuđeno, vrelih obraza — a on došao da mi kaže zbogom. Sutra putuje. Tako je dobar. Kazao je da ne ustajem dok sasvim ne ozdravim.

— Hvala mu što je tako pažljiv — hladno procedi mati. Nije nju ovo radovalo. Šta se sve krije iza toga? Da li je Slađana vara? — Kako se osećaš?

— Dobro mi je... Temperatura mi nije spala, ali nije mi bilo rđavo... Mamice — nežno poče umiljavajući se — ti se ljutiš što je dolazio Marković?

— Ne ljutim se... Što da se ljutim? — odbijala je mati. — Hvala mu!

— Ne, vidim ja, mama, da tebi nije pravo... Ti misliš da je on kao svi drugi muškarci... Bogami, on je tako dobar! Zar ti možeš da posumnjaš u mene? Neću rđavo da misliš o ovoj poseti!

— Ama, znam ja da je on dobar i krasan čovek...

— On je humanista, mama, i razume siromašne.

— Jeste... Ali da li bi bio humanista da si ti neka ružna i matora devojka? Nego si mlado i lepo dete... Pravo da ti kažem, strah me. Šta bi bilo da se ti u njega zaljubiš? I on, možda, misli na to. Ali, ne da te uzme... Nego, onako... Kao svi mladići.

— Uh, mama, šta to govoriš! Zar sam ja takva? Kao da nemam pameti!

— Ti si moje pametno dete i uvek si bila dobra, pa treba da me razumeš... Bojim se kao sve majke što se plaše... Zar smo, Sladice, malo imali briga i patnji u životu, nego sad i ti da patiš?

— Zašto misliš da bih patila?

— Zato, sine, što je on arhitekta, čovek poznat, situiran, iz dobre porodice, a ti si sirota devojka. Gde si videla da se bogataši zaljubljuju u sirote devojke?

— Kako ti daleko predviđaš! On nije zaljubljen u mene, niti ja njegovu pažnju tumačim kao neko drugo osećanje osim dobrote i plemenitosti. Ja sam uvek bila ozbiljna, a da sam kao jadna Borka sigurno me ne bi posetio. Zato je on došao što me ceni! Treba da znaš da me ceni! A ne bi me cenio da sam lakomislena. To ti je najbolji dokaz... On je vrlo gord!

— I treba da te ceni. Ako si ti svuda i na svakom mestu ovakva kakvu te ja poznajem i kako sam te vaspitala, onda ću uvek da se ponosim tobom. Vidi, šta je sve doneo! — mekše je govorila, sad i ona malo polaskana.

Slađani laknu što je odagnala mamin strah. Sva je bila uzburkana, obrazi su joj goreli od milovanja njegovih ruku. Bila je tako srećna, pa zašto mama sumnja? Ne, on nije lažljiv... Oseća nešto prema njoj.

— Hoćeš jednu pomorandžu? — upita mama. — Kako su velike! Jafa...

— Daj mi! Znaš, mama, naišla gospođica Perka kad je on došao. Upoznala se s njim. Posle je on otišao...

— Ko zna šta će sad da pomisli?

— Šta može da pomisli? Neka misli šta god hoće! Meni je savest čista!

— Čista je tebi savest, ali svet to ne zna. A ti si bez oca.

— Pa i bez oca sam bolje vaspitana nego mnoge koje imaju oca! Ali tebi imam da zahvalim, mamice. A o Nikici smo razgovarali. On ozbiljno misli da Nikica ide na tehniku...

— Videćemo do raspusta... A ja dobijam povišicu idućeg meseca.

— Dvesta dinara? — obradova se Slađana.

— Dvesta pedeset! Prvu povišicu daću za platno... I jedan lep jorgan da kupim.

— Dobro je što si, mama, ovaj letnji jorgan prebacila preko mene... Bilo je sve čisto. A da je Nikica ostao, napravio bi vašar.

— On zna da mi nismo bogati... Pitala bih ja njega kako bi se on školovao da ga je mati sama izdržavala kao ja vas... Hoćeš, sine, štogod da jedeš?

— Nisam gladna...

— Uzmi kolač!

— To mogu... Uzmi i ti, mamice!

— Hajde, baš i ja jedan da pojedem. Sad nemam posla. Večeru imamo. Za tebe sam samo kuvala pileću čorbu, a Nikica neka jede pasulj. On siromah nikad ne probira. Što skuvaš jede! Samo neka mu je pun tanjir. I dobar je. Kako brine za tebe. Baš imaš dobrog brata!

— A zar ja nisam dobra sestrica?

— O tebi neću da govorim. Ali kakvih ima sinova i braće! Mangupčine!

Radio zasvira. Slađana se seti i uzviknu:

— Mama, a znaš šta ćemo dobiti od gospodina Markovića? Njegov radio-aparat.

— Otkud to?

— On putuje, pa kupio drugi, a svoj stari će nama dati. Ali kaže da je vrlo dobar.

Majku opet nešto štrecnu, a kći je govorila dalje, osećajući maminu bojazan.

— Čuo ovaj radio ispod nas pa vidi da nemamo. A taj bi mu aparat stajao u sobi, pa kaže: „Služite se njime!" Sigurno je bolji nego ovaj dole.

— Ne znam šta da mislim. Da li je to zaista tako dobar čovek?

— On je, mama, izvanredan čovek! Ti treba da znaš da ja umem sebe da čuvam.

Nikica upade u sobu.

— Nikice! Kaži dragička!

— Dragička!

— Sutra dobijamo radio-aparat!...

Nikica spusti nesvesno knjige na sto ne mogavši da shvati.

Slađana je gledala njegovo lice i želela da napravi još jedan efekat.

— Gospodin Marković nam poklanja svoj jer ide u Makedoniju.

— Kolosalno! E, što je to jedinstven čovek! On dolazio?

— Jeste.

— On je sve ovo doneo? Ah! — uzviknu brat i onako gladan baci se na kolače...

Mati izađe u kuhinju sa svojim mislima, a sestra i brat razvezoše razgovor...

Hoću venac na glavu pa da budem tvoja

Prošlo je deset dana od Markovićevog odlaska. Slađana opet ide u kancelariju, ali oseća da nekoga nema. Ne čuju se više Gradimirovi koraci. Ne osluškuje njegov glas u hodniku. Pozdravlja čika-Đorđa. Kancelarija je tako tužna... A opet, neka velika potajna radost ispunjava joj srce. Ne sme da analizira sebe; neka sve stoji u srcu kako je, neka tinja, jer je od toga toplo, beskrajno toplo...

Jedno jutro Jelka uđe u kancelariju sva ozarena.

— Znate li novost? Ja se udajem!

— Za koga se udaješ? — upita Ružica.

— Pa zna se za koga! Za Acu.

— Acu? Pa ti reče da nećeš da se venčaš dok on ne diplomira...

— Kazala sam, ali sam se predomislila. Ako ja njega sada pustim, umače on meni posle kad završi školu. Bilo je povuci-potegni s mojima. Mama i pristaje i ne pristaje: čas hoće, čas ni da čuje... A moja udata sestra besna! „Šta će ti student? To da ga izdržavaš, mužu da daješ džeparac!" Da znate koliko je bilo svađe u kući! Ja kažem mami: on je već svršen čovek, zašto da se ne udam? Ti imaš penziju, ja imam platu, gde nas dve jedemo, tu će i on treći. Imamo dve sobe, predsoblje, kuhinju! Uzmeš samo jednu veliku sofu. Ništa on ne traži. Kaže: pristaje i na moj devojački krevet. Znate kako je dobar! A ja bih ga izgubila... Jeste, majke mi! Hvataju ga druge... A ja ga volim i ne dam ga!

— Pa pristade li tvoja majka?

— Svršena stvar!

— Šta je svršena stvar? — dirnu je Ružica.

— A, ne dam se ja! Kazala sam mu: „Hoću venac na glavu pa da budem tvoja!"

— Dobro kad je pristao.

— Mučio se, siromah, dosta. A video je i da mi dobro živimo. Nemamo bogzna koliko, ali moja mama izvrsno kuva. Žao mi ga. Hrani se po kafanicama... Kako će njemu lepo da bude kod nas! Ja ću da molim zeta da ga uzme u advokatsku kancelariju.

— Baš mi je drago što si srećna.

— Jesam, bogami!

— Pa, kad se venčavate? — upita Slađana.

— U nedelju. Idemo u topčidersku crkvu. Vas dve da dođete. Nikoga nećemo zvati, samo kum i stari svat... Pa kad se venčamo idemo u Novi Sad, a uveče se vraćamo... Samo ću direktoru da kažem. Da mi da tri dana odsustva. Eto, tako vam se, deco, završava moj ljubavni roman! Niti me mnogo staje, a dobijam muža... Da sam popustila sad ga ne bih ni videla. Znate kako je i on zagrejan za brak? Kaže: jedva čekam nedelju...

U podne je Slađana videla onog dasu i pošla s Ružicom drugom ulicom da je on ne bi pratio.

Stigla je kući pre mame i Nikice. Otključala je vrata i spazila pismo. Pismonoša ga ćušnuo ispod vrata. Veliki koverat s krupnim muškim rukopisom, adresovan na nju, sa žigom varoši iz Makedonije. Gradimir piše! Sva je drhtala... Čitala je uzbuđeno... Pisao je da ima mnogo posla, ali mu je prijatno da se seća nje, nada se da ga nije zaboravila... Raspituje se kako se ona oseća, preporučio joj je da se čuva. Piše dalje da je monotono u toj varoši, ali je priroda veličanstvena. Kad je slobodan, šeta. Ima jedan bioskop koji daje predstave četvrtkom, subotom i nedeljom. Radio ga jedino razonodi... Napisao je i svoju adresu.

Klonula je od uzbuđenja i sela na sofu. On njoj piše! Za nju je ovo bilo veliko, značajno pismo! Nije ovo bilo pismo koje piše o ljubavi, već pismo velikog, nežnog brata, koji voli svoju sestru. To joj se svidelo, jer joj se činilo da on drukčije i ne može, ne bi mu dolikovalo, nije on balavac koji istrčava sa svojim osećanjima. Pritisla je pismo na grudi... Na usne... Ljubila ga je jer je tu bila njegova ruka, preko ovih redova klizili su njegovi tamni pogledi. Plakala je od radosti i bezgranične sreće. Zar to nije sreća da ona dočeka da joj Gradimir piše? Ovo pismo će pokazati mami, samo mami. Nikici neće. Reći će bratu da se javio gospodin Marković, jer on pozdravlja na kraju pisma i njega. Posle će ona njemu da piše. Sutra, ili prekosutra, lepo pismo, kao sestrica... Ah, što je srećna! „Je li ovo prava ljubav? Bože, daj da me voli Gradimir!" Kako bi ga ona volela! Svaka misao pripadala bi njemu. Za njega bi živela, ugađala mu, tepala mu, mazila ga...

— Oh, slatki moj — šaputala je — kako te volim!...

U svojoj bezgraničnoj ljubavi i čednosti Slađana nije ni slutila da jedna žena s mržnjom misli na nju i sprema joj osvetu.

Šta je doznao Gradimirov otac

Te nedelje, kad se Jelka venčavala, Slađana je ustala još u pola pet i s Nikicom otišla peške preko Topčiderskog brda. Martovsko jutro je bilo vedro, nebo čisto, tek poneki oblačak kao nevestinski veo. Jelka je bila bez vela, u kostimu, s venčićem na glavi, ali ozarena lica.

Slađana uzdahnu. Jutros, u crkvi, neprestano ju je raznežavala misao o Gradimiru. Jedno malo pismo dobilo je mnogo u mašti devojčice; iz tog pisma, u maloj crkvi, dok se vrši obred venčanja, raspliće se čitav roman...

Vraćala se s Nikicom opet pešice... Mart je rasipao svoju nežnost. Uvek je to najmilostiviji mesec proleća: izmami toplotom, a posle kinji... Zagledaju vile, garaže, automobile. Da li je koju od ovih vila projektovao Gradimir? Svuda je on. Nikica, budući arhitekta, zastajkuje, hoće da pokaže kako se već razume u arhitekturu. Kritikuje i hvali. A Slađana ga rasejano sluša, popušta mu i sve je onako kako on kaže. Jutros ne želi da se rastane od onog što je u njoj... A u malom srcu odjekuju reči Gradimirove. Danas će mu odgovoriti, pa sutra, kad pođe u kancelariju, baciće pismo u sanduče. Nije htela odmah da mu piše. Čekala je i ona deset dana. To je dugo, ali se ne plaši. On je tamo sada sâm. Ona nije ljubomorna. Znala je za gospođu Milošević, ali verovala je da tako mora u životu muškarca. Ne bi se ljutila da još neka žena uđe tako u njegov život površno, kao ljubavnica ali samo ona da je uvek tu, kao cvet, sakriven u šiblju. Bože da li on nju voli? Prolaze pokraj bašte. Voćke se rascvetale, lepršaju beli i rumeni listići cvetova. Blag miris, tužan i čedan. Voćke imaju miris malo gorkog u sebi, kao bol. I bol je gorak. A može biti i sladak. Sunce greje i miluje je po obrazima. Tako su bile tople njegove ruke! Nesvesno je prevukla svojom ručicom po licu, kao da hoće da se podseti njegove.

— Ja idem do jednog druga — reče Nikica. — Doći ću oko dvanaest.

— Nemoj da se zadržiš!

— Neću, jer posle podne idem na utakmicu.

Ona žuri kući. Baš dobro što je otišao, da bi pisala sama u sobi. Mama je u kuhinji, ona joj je kazala da će pisati Gradimiru...

S kakvim je uzbuđenjem sela i počela prve redove. Mora lepo da mu napiše. Drugo je razgovarati, a drugo pisati! Još sinoć je sastavila pismo, a jutros prepisuje. Dodala je o Jelkinom venčanju. Toplo pismo kao majsko sunce, ali vrlo učtivo. Baš je lepo napisala! O kancelariji, poslovima, jutrošnjoj šetnji do topčiderske crkve, o Beogradu i lepim danima, o njegovom radiju koji je najveća radost Nikičina i njena. Ako hoće razumeće. On nije u Beogradu i niko više ne postoji za nju osim njegovog radija. Obrazi joj gore, a ručica steže pero.

— Mama, hoćeš da ti pročitam?

— Hoću.

Mama sluša i klima glavom, dodajući:

— Dobro. Lepo si kazala. To mi se dopada! — mati gleda njene rumene obraščiće, oseća da se u njoj nešto zbiva, ali ćuti.

— Jesam li lepo napisala?

— Vrlo lepo... Jednom mladiću treba ozbiljno i pisati... Ako Nikicu uzme u preduzeće, tebi će Gvido naći mesto.

— Dabome. Možda ću još veću platu imati u banci — Slađana govori tobože ravnodušno, ali oseća potajnu bol. Zar da ode iz preduzeća i ne viđa ga više?

Posle ručka Nikica kao vihor odjuri na igralište. Slađana misli šta da radi. Milenu, svoju drugaricu, sigurno neće zateći kod kuće. Ona ima sada svoga dečka.

— Što ne izađeš malo da prošetaš? — tera je mati. — Sediš sve vreme kod kuće. Nemoj na mene da gledaš... Ja se našetam svakog dana od kuće do kancelarije, pa uživam da nedeljom posedim kod kuće. Napolju je lepo.

— Mogla bih da obučem kostim.

— Bogami, ne znam. Može biti docnije hladno.

— Neće, mama. Što volim ovaj marinskoplavi kostimić! Vidi kako sam ga lepo očistila! Kao nov. Ovaj šeširić s dijademom da stavim? Je l' mi lepo stoji?

— Prava si lutkica!

Smeši se sebi u ogledalu. Gradimir je nije video u ovom kostimu, a on joj tako lepo stoji. Stavila je belu kragnicu od vunene čipke. Obukla belu bluzu. Baš joj lepo stoji.

— Do viđenja, mama! Idem do Autokomande, pa posle niz Voždovac...

Vuklo ju je tamo nešto da prošeta, tu je kuća Gradimirovog oca. Zagledala je svaku zgradu, kao da je htela da oživi sećanje na njega u kraju kojim je on često prolazio. Ovde imaju bašte, terase, male balkone... Samo da joj je jedan balkončić — da sedi uveče na njemu i posmatra zvezde. Vetrić je mlak, opet oseća miris tuge iz trave i rascvetalih voćaka. Je li to tuga u mirisu ili se izvlači iz njenog srca i upija u miris cveća? Zašto je Gradimir tako daleko? I on je danas sâm. Da li je tužan? Utonula u misli, išla je korak po korak, razgledajući kuće i bašte.

— Gospođice Slađana!

Čisto je odskočila, podigla glavu i na jednom prozoru spazila Gordanu.

— Dobar dan, gospođice! — uzviknula je ushićeno. U crnim očima te mile devojke videla je Gradimirove oči.

— Vi ste hteli da prođete našu kuću! Jeste li k meni pošli?

— Nisam... nego šetam.

— Pa svratite! — i Gordana se obradovala... Pričaće joj o Gvidu. Slađana se vraća, srce joj lupa. Otvara kapiju, ona lupi, a njoj nešto kao da lupi posred srca: ulazi u Gradimirovu kuću. Je li moguće? Da li je on njima išta pričao o njoj? Gordana je izašla čak na terasu.

— Da vas nisam slučajno videla vi biste prošli?

— Nisam tačno znala vašu kuću. A pošla sam malo u šetnju. Moj brat je otišao na utakmicu, a ja nisam htela... Ali, kako je divno kod vas! Pa ovaj vazduh! Baš je ovde lepo stanovati! Voćke vam se rascvetale. Je li ono kajsija?

— Jeste. Imamo i mnogo ruža... Izvol'te unutra! — otvorila je vrata. Slađani srce još jače zakuca. Sad će upoznati njegovu majku i oca. Osećao se prijatan miris u kući. Gordana je uvede u sobu. U fotelji, pokraj prozora, sedeo je Gradimirov otac, upadljivo sličan sinu, prosede kose i crnih očiju.

— Tata, da ti predstavim gospođicu. Ona je činovnica u Gradimirovom preduzeću, gospođica Slađana... izvinite, ne znam vam prezime...

— Janković.

— Gospođica Slađana Janković.

— Milo mi je, gospođice. Imate slatko ime, a i vi ste slatka devojka.

„Oni su svi dobri i zlatni!", pomisli u sebi raznežena Slađana.

— Moj tata voli mlado društvo. Sve moje drugarice ga vole.

— Neću još da budem starac. A kad se druži s mladim svetom čovek se podmlađuje.

Slađana sede.

— Pa kako je bez našeg Gradimira u preduzeću?

— Bogami, oseća se da je odsutan gospodin Marković. On ima najviše autoriteta. Gospodin direktor je kazao — čula jedna činovnica — kako bi mogao celo preduzeće njemu da poveri.

— I mogao bi, dabome! — s ponosom izjavi otac, sav srećan što čuje hvale o svom sinu... Skide naočare, ostavi ih u džep i poče da šeta po sobi. — Dobar je moj Grada, dobar! Jeste li vi tehničar?

— Nisam. Ja sam završila trgovačku akademiju, ali radim sada i građevinske poslove. Počela sam da kopiram crteže.

— Pa kako su zadovoljni s vama?

— O, nikad me nisu izgrdili.

— A, ume li moj Grada da izgrdi?

— Nas devojke nikad nije grdio.

— Kako bi smeo na devojke da se naljuti? I još ovako lepe devojke!

U trpezariju uđe gospođa Marković, unoseći sa sobom miris pomorandže.

— Mama, gospođica je činovnica u Gradimirovom preduzeću — reče Gordana. — Gospođica Slađana Janković.

Mati se malo trže kad ču da je ova devojka u preduzeću njenog sina. Pomisli: „Devojka... još lepa... činovnica, a njen sin arhitekta... kandidat za ženidbu.” Ali seti se kako je Gradimir jednom kazao: „U preduzeću nikad ne bih pogledao nijednu službenicu pa makar bila lepa kao boginja... To su činovnice.” Njen sin je pametan, neće da se kompromituje. Mati se zainteresova otkud je Gordana poznaje.

— A gde si se ti upoznala s gospođicom?

— Jednom pred preduzećem...

— Jesi li čula, Milka: Slađana! Slatko ime i slatko devojče! — smejao se otac. — Priča gospođica kako se u preduzeću oseća da je naš Grada odsutan. A što moj sin sazida, to je sazidano.

— A što kažeš „moj sin”? Valjda „naš sin”! Sad ćete da čujete, gospođice: uvek se prepiremo i otimamo oko Grade.

— Opazila sam odmah da gospodin Marković liči na vas, gospodine.

— Čuješ, Milka: liči na mene! Isti sam takav i ja bio! Zna to moja žena dobro... Sad su već godine. A kad sam bio mlad.

— Nemoj, molim te, sad da otpočneš.

— Gospođice Slađana, tata i mama su se iz velike ljubavi uzeli. Danas, mama, nema takve ljubavi, kao u vaše doba — zaključi Gordana.

— Ni današnje devojke nisu ono što smo mi bile.

— Jeste, imate pravo, gospođo! Eno, ona što se ubila u našem preduzeću... Imala je, jadnica, takav život da je na kraju morala tragično da završi. I ja osuđujem mnoge današnje devojke.

— I treba da ih osuđujete — izgovori mati milo gledajući Slađanu.

„Kako je zlatna i njegova mama”, mislila je Slađana. S plavim očima, prosedom talasastom kosom, sveža lica, izgledala je tako mlada.

— A imate li vi oca i majku? — upita gospođa Marković.

— Oca nemam... a imam mamu. I ona je činovnica. Tata mi je bio sudski pisar, pa je umro mlad, a mama je morala posle da traži službu...

— Janković se prezivate? — upita gospodin Marković. — Ja sam imao jednog druga, Nikolu Jankovića. Umro je pri povlačenju kroz Albaniju.

— To je bio brat mog tate, a moj tata se zvao Ljubiša...

— Ljubiša! Vi ste Ljubišina ćerka?! Ama, šta kažete! Ljubiša je bio mlađi. Ja i Nikola smo bili na Velikoj školi, a on je bio gimnazist. E, šta mi rekoste, vi Nikolina sinovica!? To je bio moj najbolji drug! Obojica smo bili siromašni, zajedno smo stanovali, delili sve što smo imali. Takav drug se danas ne nalazi! Pa i vaš otac umro? Šteta! Što su to bili mladići! Bili su rodom iz Podrinja!

— Jeste... Ja nisam tatu gotovo ni zapamtila, ali mama priča kako je bio dobar. I moja mama se udala iz ljubavi... Ona je Dalmatinka.

— Mama, gospodin Gvido je zemljak Slađanine mame. Oni su iz istog mesta iz Dalmacije — dodade Gordana.

— A, gos'n Gvido! To je fin mladić!

— E, baš mi je milo da upoznam Nikolinu sinovicu! Imate li koga od očeve familije? — upita gospodin Marković.

— Gotovo nikog. Moj stric nije imao dece, a njegova žena se preudala, pa je posle umrla. U selu ima neke daljne rodbine, ali davno ih nismo videli.

— A ja sam se toliko raspitivao za Nikolinu porodicu. Čuo sam i to da je Ljubiša umro. Eto, vi živite u Beogradu, a ja nisam znao! Pa, dovedite jednog dana i vašu majku, da mi priča o Ljubiši... Ne znate vi kako smo mi bili dobri drugovi. Sećam se kao danas: bili smo ostali bez para, a gladni kao kurjaci. Izdržavali smo se obojica od instrukcija. Kad, na našu sreću, eto ti nekog njegovog ujaka iz sela, pa nam nosi prase. Nikad mi prase nije bilo slađe u životu! Te nas njegov ujak malo i opari — razdreši svoju seljačku kesu — a mi trči s njim po nadleštvima. Bio došao zbog nekog spora u Apelaciji... Ama, ima li, Milka, kakvo posluženje?

— Idi Gordana donesi slatko od pomorandži! Sad sam ga baš skuvala.

— Kad dođe moj Gradimir moram da mu preporučim da vas dobro čuva u preduzeću... — raspriča se gospodin Marković.

Slađana je bila vrlo srećna što se otkrila ta prijateljska veza s njenom porodicom... Ko bi se tome nadao? Svi su joj bliski, kao da su joj rod... Dobro je što još nije poslala pismo Gradimiru... Opisaće mu kako su je primili u njegovoj kući. Kako je ovo divna porodica!

Gordana pođe vratima po slatko, pa zastade:

— Gospođice Slađana, ne mogu od tate da dođem do reči i nisam se pohvalila: položila sam ispit!

— Šta kažete?! — uzviknu radosno Slađana.

— I to s devetkom.

— Čestitam od sveg srca! A vi ste se bojali!

— Ovog puta profesor je bio nešto dobar. I moja drugarica je položila.

— Zahvaljujući tebi! — dodade mati. — Htela je da odustane od ispita, a sad je sva srećna.

— Bila se uplašila. Oh, ne možete da zamislite kakvo je to zadovoljstvo kad položiš težak ispit! Sad spavam do devet, pa se trgnem, mislim da imam da učim i tek, pomislim: položila sam ispit!

— Moj brat će uskoro da polaže maturu.

— A imate i brata?

— Imam... Odličan je đak. Mislim da će biti oslobođen mature.

— Ako je na strica mora biti odličan. I vaš otac i stric bili su dobri đaci.

— Ništa lepše nego kad deca dobro uče — reče mati. — Hvala bogu, moja deca su uvek dobro učila. Grada je bio vrlo vredan kao student, zato je i postao dobar arhitekta... Evo, i ovu našu kuću on je projektovao! Vidite, sve je to ututkano. Nigde da zjape prozori ili vrata. A bila sam, Živko, kod kume Stanićke, pa mi se žali na inženjera. Upropastio im kuću. Puše im se odžaci. Kad sedneš nasred sobe, duva ti ispod vrata. Sobičica da ne možeš da se okreneš. Onde vrata, tamo vrata... Žali se žena. A ova naša kuća sva ututkana. Kako ovde zaurla košava, smrzli bismo se da nije kuća ovako sazidana. Da si čuo kako je Jokić zadovoljan kako mu je Grada napravio plan!

Gordana unese slatko.

— Uzmite gospođice. Baš da mi kažete kako vam se dopada — nudila je gospođa Marković.

— Izvrsno je! — reče devojka.

— Milka je majstor za slatko... I ja ću jedno parče da uzmem!

— Znam ja, ti si slatkaroš!... On i Grada što vole slatko i kolače! Ali i za mog sina sam skuvala jednu teglu... To ne sme niko da dirne. On svojoj mami kupuje i šećer za slatko i kafu... Kad dođe leto, ne brinem za slatko. Znam da će moj sin da mi kupi šećer. Samo ja njemu telefoniram.

Slađana se topila od radosti. Pričali su o njemu kao da je odavno poznaju, a te sitnice otkrivaju njegov karakter i dobrotu. Kad ga ovako vole mora biti dobar.

— A da je sada ovde Grada, ja bih dobila od njega čast za položeni ispit — vajkala se Gordana.

— Dobila si ti i od Vukice. Dvesta dinara ti dala. Ti otud-odovud i uvek imaš para.

— Nije trebalo da ti kažem da sam dobila od Vukice. Jer posle: Gordanice, daj mi deset dinara, daj mi dvadeset! Pa mi pola izvučeš...

— Za kuću izvučem! — smejala se mati. — A vi, gospođice, dajete li svojoj mami?

— Celu platu donesem mami, pa sednemo nas dve i sve ispišemo šta treba za šta da damo.

— Tako i treba! Slušajte majku, kad nemate oca.

— Verujte, ja i slušam mamu. Ona se, sirota, mučila dok je nas dvoje izvela na put. Nije lako majci udovici da sama školuje decu.

— Nije, bogami! — uzdahnu gospođa Marković. — I sa ocem pa je teško školovati decu, a kamoli sama majka...

Nataša iznenada upade u sobu. Htede da uzvikne: „Čika Živko, mi položile ispit", ali se smrači kad spazi Slađanu. Otkud ona? Strašno ju je mrzela otkako joj je Gvido prebacio za onog Francuza. Verovala je da ova mala voli Gvida. Ljubazno je prišla gospođi Marković i Gordaninom ocu, a hladno se rukovala sa Slađanom.

— S gospođicom sam se upoznala.

— A vi položiste!

— Jeste, čika Živko... Pa čisto ne verujem.

— Obe ste oslabile od ispita — primeti gospođa Marković. — I ti si se, Nataša, promenila.

— Pa, zbog ispita... Mnogo sam radila.

Ali, nešto drugo je kidalo Natašu i bacalo je u očajanje. Već pet dana je kao luda: da ovo nisu posledice?

— A gde je ta vaša čuvena sobica, gospođice Gordana? — upita Slađana. — Gvido mi je pričao o vašoj sobici, kako je lepa i ukusno nameštena.

Nataša sva pretrnu: Gvido! Gvido priča o Gordani, a ne o njoj... Šta li će još čuti? Zar joj nije dosta očajnih slutnji, nego sad i ova Slađana!

— Hajdemo u moju sobicu! — pozva ih Gordana.

Devojke pođoše. Gospođa Marković malo zadrža Slađanu.

— Da vidim tu vašu kragnicu. Sve vreme je gledam. Baš mi se dopada! Jeste li je sami radili?

— Jesam. Mnogo volim ručni rad.

— Tako je lepa! Pogledaj, Gordana! Baš bih mogla i ja tebi takvu da izradim, ako bi mi gospođica dala da je pregledam.

— O, kako da ne bih! — uzviknu Slađana sva srećna i polaskana što se Gradimirovoj mami dopala njena kragnica. — Ako hoćete skinuću je odmah.

— I ja sam primetila kako je lepa vaša kragnica — reče Gordana. — Moja mama je majstor za ručne radove! Ja nemam toliko vremena.

Slađana skide kragnicu i pruži je gospođi Marković, koja ostade da je razgleda. Devojke uđoše u Gordaninu sobu.

— O, kako je divna soba! — uzviknu Slađana. — To je, dakle, ta lepa sobica o kojoj mi je Gvido pričao!

Nataša preblede čuvši te reči... Gvido hvali Gordanu. Da li ova devojčica zna za nju i njihov odnos? Uzela je jednu knjigu s police, da ne bi morala da razgovara, ali je slušala svaku reč.

— Zar vam se, zbilja, dopada moja sobica? — radosno upita Gordana.

— O, još koliko! Kako je lepo imati svoju sobicu! Gvido nam je pričao kako ste vi fina devojka.

Gordana malo pocrvene i okrete se kao da hoće da popravi jastuče na sofi, jer je primetila crne Natašine trepavice nepomične i opuštene, i njeno ukočeno lice. Nije smela ništa više da pita Slađanu, ali joj je bilo prijatno što devojka ovo govori. Natašina ćutljivost jasno joj je govorila da joj je krivo i da je ljubomorna, a možda je i mrzi.

Slađana je nastavila u oduševljenju, jer ovo je sestra Gradimirova, i mila joj je, još bi volela da i Gordana nju voli, pa je rada da joj kaže kako nju svi cene, i mora biti dobra kao njen brat.

— Vi ste na Gvida ostavili neobičan utisak — nastavi Slađana. — Inače mu se ne sviđaju mnoge devojke u Beogradu. Kaže da su dosta slobodne. Svaka bi se odmah zabavljala. On voli ozbiljne i gorde devojke, i uvek me tako lepo savetuje, kao brat.

List knjige se prevrte u Natašinoj ruci i oštro zašušta. Osetila je kako joj se ohladiše i noge i ruke, a strašna bol joj ispuni grudi. Izgubljenim očima je gledala u knjigu, ne smevši da podigne glavu. Da li je ona ta slobodna devojka koja želi da se zabavlja? Je li na nju mislio? Bila je za njega samo razonoda i potreba, a Gordanu hvali, ona je neobična devojka... Smrtno bledilo joj se preli preko lica; lagano se diže s fotelje i sede na sofu da bi odagnala očajanje i ogromni strah koji nije dolazio iz srca, već iz utrobe. Činilo joj se da se tu začinje jedan život... Slađanine reči kao da je osvestiše. Verovala je da je on voli, tako je bar pričao a, evo, sad čuje da on ima drugo mišljenje o devojkama u koje ubraja i nju! Dočepala je jastuče. Gledala je boje, prebrojavala krstiće, a u glavi joj tutanj; nešto joj kida celo telo: bol, očajanje, neizvesnost. Čuje kako lepa devojčica dalje govori.

— Možda ćemo letos moj brat Nikica i ja otići do Gvidovih roditelja na more. A na jesen bi došle njegove sestre k nama u Beograd u goste. Hoćete li vi na more? I Gvido će ići letos roditeljima. Dođite i vi! Idete li na letovanje?

— Idem... Bila sam i s Ferijalnim savezom, a išla sam i sa sestrom. Možda će ona kupiti vilu na moru — odgovori Gordana.

Nataša više nije mogla da ih sluša. Šta je jedan mladić za devojku? Ništa! Pripada svima i svakoj. To je slobodna ljubav! Doista, i on je slobodan! Kako ova mala samo priča o njemu! Priča o njemu kao da njoj pripada. A ona, Nataša, ona je njegova žena. Da, njegova nezakonita žena. Žrtvovala je nevinost i ništa nema od njega; čak ni pravo da misli da on samo njoj pripada. Ovako će govoriti o njemu i druga i treća, ko zna koliko njih? Sve imaju prava, jer je on slobodan mladić! Kako je mrzela sebe u ovom času, a i sažaljevala. Bedna je, doista! Gvido! Gvido! Da li bi ma koja smela pričati toliko o njemu da je on njen muž. O, on joj nije ništa. Čak ne zna ni za njena očajanja za ovih pet dana. Trpela je i čekala da se uveri. Još se nije uverila, a dani izmiču. Svakog dana očekuje trenutak koji će odagnati njen strah. Stezala je ruke, sva zgrčena u bolu. Mrzi i Gordanu. Čini joj se da je njoj prijatno što ova balavica priča o Gvidu, jer zna da ga Nataša voli. I ona ga voli! Voli ga sigurno! Otkud ovo poznanstvo! Šta će Gordani ova devojčica! Da joj priča o Gvidu i da odnese Gvidu pohvale o njoj. I onda je zaustavljala auto da bi je ova mala videla s njom. To joj nije palo na pamet odmah: sad vidi Gordaninu laž i njenu neiskrenost. Odvratna joj je, a odvratno je i to bolno u njoj, i taj strah, griža savesti, kajanje, očajanje, poniženje, iščekivanje sramote. Još mu ništa nije kazala. Štedela ga je. Ali sutra će mu reći. Neka i on strepi kao ona! Ona će izvršiti samoubistvo ako dođu posledice. Samoubistvo! Ustala je najednom, prišla prozoru...

— Što ti ćutiš, Nataša? — upita je Gordana. Ona naslućuje šta je u njoj.

— Nas dve smo najbolje drugarice još iz gimnazije — reče Gordana Slađani.

— I ja imam jednu dobru drugaricu, Milenu. Nikad se nismo zavadile.

— Tako i ja i Nataša. Jesi li sašila žaketić od somota?

— Sutra idem na probu. Dala sam krojačici.

— Imam još nešto! Vukica mi je dala puno cveća. Veštačko cveće za haljine. Pogledaj! — izvukla je iz ormana nekoliko buketa.

— Ova ruža je najlepša!

— Kao prirodna! — oduševljeno reče Slađana.

— Što vam lepo stoji — reče Gordana, prinoseći je reveru Slađaninog kostima. — Imate ten kao ova ruža. Hoćete li da uzmete od mene ovu ružu? Pogledaj, Nataša! Gospođica Slađana ima ten kao ova ruža.

— Jeste — hladno promrmlja Nataša.

— Ali ona bi stajala lepo i vama — branila se Slađana. — Tako je fina ta ruža!

— Uzmite je! — zamoli Gordana, koja je sve poklanjala iskreno, od srca.

Tu istu osobinu imala je i Vukica; i ona je bila vrlo darežljiva. Ako Gordana ne bi htela, davala je sirotinji. Stoga je sva posluga u kući obožavala Vukicu; uvek su od nje dobijali poklone.

— Zahvaljujem vam! — sva ushićena govorila je Slađana, gledajući ružu. — Ja ću je primiti, ali pod jednim uslovom: da vi uzmete moju belu kragnicu. Ja ću sebi drugu izraditi.

— Pa zar odmah da mi vraćate?

— Htela bih da i vi imate od mene nešto za uspomenu.

— Hvala lepo! Onda ću je zadržati.

Nataša više nije mogla da izdrži. Šta znači ovaj poklon? Valjda da joj se umili da bi je hvalila kod Gvida. Sigurno će ići na more tamo gde je i Gvido. Nju nije nikad pozvao niti joj pričao da će ići na more. A Gordana je iz otmene porodice... Gorčina na siromaštvo uvlačila se u Natašino očajanje kao otrov.

— Ja idem, Gordana!

— Što ideš? Sedi još! Nešto si neraspoložena. Čekaj, sad ću ja tebe da razveselim — priseti se Gordana. Pomisli da je Nataši možda krivo na ovu Slađaninu ružu. — Za tebe imam spomenak! Kao tvoje oči! Za plavu bluzicu. Ali, još lepše će da ti stoji na somotskom žaketiću. Vidi!

— Neću! Ti sve razdaš... Vukica je tebi dala.

— Imam i ja. Evo, za mene ovaj crveni buket. Je l'te da mi lepo stoji?

— Izvanredno! Vi ste crnka, ali imate belo lice. Gvido kaže da ste vrlo interesantna crnka — prisećala se Slađana svake Gvidove reči, ne znajući da sipa otrov u Natašino srce.

— A dolazi li vam često Gvido? — hladno upita Nataša, obuzeta strašnom ljubomorom. Neočekivano joj izlete ovo pitanje.

— Ne dolazi često. Zauzet je. Jednom je bio na večeri kod nas... E, baš onda kad sam vas, gospođice Gordana, videla u autu.

Nataši je bilo dosta. Onda kad joj je prebacio za Francuza nije kazao da je bio na večeri. A on odlazi k njima i gleda ovu lepu devojčicu.

— Ja moram da idem. Mama će brinuti — ustade Slađana. — Već se smrkava.

— Onda idemo zajedno. Da vas malo otpratim i da prošetam s vama — reče Nataša.

Gordana pozva majku:

— Mama, gospođica hoće da ide. Ja sam joj poklonila ružu, a ona meni kragnicu.

— Hvala, gospođice! Ovo je vrlo lep rad... A ti poklonila ono cveće što si dobila od Vukice?

— Jeste, šta će mi toliko.

— Moja Gordana je dobrog srca. Sve deli — smešila se mati dobre volje. Izađe u predsoblje da isprati lepu devojčicu.

Gradimirov otac je šetao po bašti.

— Zbogom, gospodine! — ljubazno ga pozdravi Slađana.

— Zbogom, gospođice! Pa pozdravite vašu mamu i dođite jednog dana zajedno.

Sva očarana izašla je Slađana iz njihove kuće. Nesvesno je uhvatila Gordanu ispod ruke. Kako joj je bila mila! Nataša je išla ćutke...

Vukica sve zna

Auto stade pred kućom. Izađe Vukica. Prosu se miris finog parfema.

Gordana joj predstavi Slađanu. Vukica se malo iznenadi, ali prikri iznenađenje.

— Videla sam gospođicu — ravnodušno odgovori, sećajući se kako je s Nelom išla za njom i Gradimirom. — Sutra idemo u operu. Mika je uzeo ložu. I ti da ideš. Hoću i mamu i tatu da vodim — reče Vukica.

Devojke odoše pešice. Slađana je jedva čekala da otrči mami, da joj sve ispriča i Gradimiru da napiše.

Vukica upade u kuću kad se rastade s Gordanom.

— Mama, otkud kod vas ovo devojče?

— Gordana se upoznala s njom i pozvala je.

— A znaš li ti za nju i za našeg Gradu?

— Šta je između nje i Grade? — prestravi se mati.

— Naš Grada je zaljubljen u to devojče.

— Bog s tobom, Vukice! Kakav Grada i kakvo zaljubljivanje! Kad je on gledao činovnice u kancelariji?

— Ja ti kažem, mama, da je zaljubljen, a ti ćeš čuti!

— Pa što ja to ne znadoh? A, drukčije bih ja nju dočekala. E, sad mi je krivo! A ja još najljubaznije. Mislim: činovnica kod Gradimira... Otkud ti sve to znaš?

— Čula sam. Znaš ti da ja sve čujem... Nisam htela da ti pričam da se sekiraš, ali sad ću da ti kažem: Grada nju dopraća do kuće, kupuje kolače... Bila je bolesna, a on išao da je poseti. Prosto poludeo za njom!

Mati se zaprepasti.

— I ona da upadne u našu kuću. Pa se pravi anđeo! Čekaj, onog matorog da zovem: Živko! Živko! Hodi ovamo! Imaš i ti da čuješ novost. Bratanica tvoga Nikole vodi ljubav s našim Gradom! Kaže Vukica da ti se sin u nju zacopao. Ona ga hvata, zato nam je i došla u kuću.

— Što se čudiš, ženo? Imaš lepog sina, pa moraju devojke da ga jure!

— I ti bi dopustio da se on oženi ovim devojčetom? Može trospratnicu da dobije, a ti hoćeš da uzme golo-golcato. Nema oca, majka joj činovnica, sirotinja!

— Moraš, ženo, da se pomiriš s današnjim vremenom. Ne mogu više roditelji da žene svoje sinove. Svaki ima svoju ćud i svoj ukus.

— A što tvoj sin da nema ukusa kao što si ga ti imao kad si se ženio?

— Pa, ako hoćeš pravo da govorimo, ja nisam tebe zavoleo zbog novca, nego si mi se ti dopala. Ništa mi nisi donela... Pa neka se i Grada oženi iz ljubavi!

— Ti porediš mene i ovo devojče! A znaš iz kakve sam ja porodice bila? Što nisi išao da zaprosiš neku udovičku ćerku, nego si hteo iz otmene porodice.

— Da u toj porodici nisi bila ti, nego neka druga, ne bih se ja ni osvrnuo na tvoju gospodsku familiju. Ovo je dobro devojče! Ti ne znaš kakav je bio njen stric Nikola, a ne znaš joj ni oca. Ja mom sinu ne pravim nikakve primedbe što se tiče njegove ženidbe. Volja mu bogatu, volja mu siromašnu! On će živeti sa svojom ženom.

— Samo tako i njemu reci, pa ćeš da vidiš kako će da se oženi.

— E, ženo, ti hoćeš ćerke bez para da udaš, a sinu tražiš miraz. Neka on nađe dobru devojku, pa neka mu je sa srećom.

— Ovo je, po tvome, dobra devojka?! Došla u kuću mladićevog oca i majke. Sve je to s planom! Zaludela sina, pa da zaludi i roditelje! Nego, tebe i može da zaludi, ali hvala bogu što sam ja trezvena žena i mislim na budućnost svoga sina, te mene ne može niko da zaludi.

— Danas sam dobre volje pa neću da se prepirem s tobom. Znam ja da si ti opaka na jeziku, a u suštini imaš dobro srce. More, ti ćeš svoju snahu da dvoriš pa ma koju uzeo... Znam ja tebe!

— Znaš ti moje slabosti, znaš da sam uvek popustljiva, ali ovde neću da popustim. Tvoj sin neće imati penziju pa treba da se osigura za života. A kad može ženidba da mu donese kuću, zašto da ne traži bogatiju devojku?

— Tvoj sin to neće da traži, jer je na mene, a baš ako hoćeš i na tebe — šalio se. — Ti si zaljubljiva priroda. Bila si luda za mnom.

— Molim te, nemoj da mi pričaš! — nasmeja se žena. — Nego, kako si ti, Vukice?

— Dobro sam, mama... Došla sam da vam kažem da sutra i ti i tata i Gordana idete s nama u operu. Uzeo Mika ložu. Ima gostovanje.

— Kako je Mika?

— Dobro — hladno odgovori kći. — Onomad je došao kući u dva sata noću. Ništa mu nisam kazala, niti se svađala. Samo ćutim... Tek što moram progovorim. A on danas doneo ulaznice za ložu, pa kaže: „Idi da zoveš mamu, tatu i Gordanu”. Ja ga više ništa i ne pitam: ni kuda ide ni šta radi. Videla sam da je bolje da ćutim. Ali ovo ne može ovako da ostane. On je primetio moju hladnoću, pa mi dao dve hiljade da kupim sebi i deci šta hoću. Samo, ne može on mene novcem da umiri...

— Samo te molim, Vukice, budi pametna žena. To tako dođe u braku, pa posle prođe... Bilo je tako jednom i između mene i tvoga oca. A, onu raspuštenicu nikad ti neću zaboraviti! Srećom, ti dobi premeštaj, te je zaboravi.

— Hajde, idem ja da šetam još malo, jer znam da ćeš sad početi da se jadaš i plačeš!

— Sad da plačem, pod starost? Prošlo je to.

— Ti si u meni imala najboljeg muža. To je bilo samo tvoje uobraženje!

— A što bežiš kad god nju spomenem?

— Dosadilo mi da to pričaš, jer znam da nije bilo ništa.

— Znam ja dobro! Nego, prekosutra, Vukice, da dođete svi na ručak... Ja volim tvog Miku. Nikakvu promenu nisam na njemu opazila. Uvek je dobar i pažljiv prema nama.

— On je dobar i u kući. Samo on misli da vrda i vara me, a ja s tim da se pomirim. Ali ja neću. Mnogo bih volela da znam koja je to što ga hvata?

Slobodan život — radost ili očajanje

Sutradan posle viđenja sa Slađanom kod Gordane, Nataša se sakrila blizu Gvidove kancelarije i čekala da vidi kuda će kad izađe s posla.

Pred bankom je stajao auto. Priđe mu jedan gospodin i mlada devojka. Bio je to direktor banke i njegova kći. Devojka, vrlo elegantna i simpatična, okrete se kao da nekog očekuje. Onda se lagano pope u auto i pogleda na vrata banke. Pojavi se Gvido. Devojka mu klimnu glavom; on elegantno skide šešir i nasmeši se, kao devojci koju poznaje. Auto pođe, a devojka se okrete i pogleda ga kroz prozor.

U Nataši se podiže vihor očajanja i ljubomore. Stajala je na ulici slomljena i ponižena. Koliko je laži utkala u svoj život za ovo kratko vreme. Lagala je mamu, sestre, Gordanu... Kazala je mami da su joj ovog meseca smanjili jednu instrukciju za sto dinara. Morala je da uzme sto dinara za rublje. Ljubav košta. On nije njen muž i nema prava od njega da traži: ni čarape, ni rublje, a želi da bude ljubavnica, da očarava i zavodi. A Gvido možda gleda druge, ko zna koliko ima prijateljica. Krenula je nasumice ulicom, neraspoložena i usamljena. Dva ugla dalje spazi je Gvido. Išao joj je u susret. Zastala je pred jednim izlogom kao da posmatra šešire. Da li će je spaziti? On je veseo dok ona pati.

— Dobar dan! — začu Gvidov glas. — Otkud ti ovde?

— Pošla sam nešto da kupim, pa gledam šešire.

Zastao je i on.

— Hoćeš da ti kupim šešir?

— Ne, neću... Hvala. Imam lanjski.

— Zašto nećeš?

— Drugi put.

Očajanje se malo razblaži. „Ipak je dobar. Ali nema ni on novca." Setila se direktora rudnika, crnomanjastog Francuza. Što Gvido nije direktor?

— A kud si ti krenuo?

— Pošao sam do Kalemegdana, pa se setih da treba da kupim džepne maramice i jednu mašnu. Nego, mogu i sutra. Hoćeš da odemo do Kalemegdana?

Došli su do njihove staze i seli na klupu. Ona je ćutala.

— Ti si nešto neraspoložena? Što ćutiš?

— Tako... Ništa!

Osetila je kako joj uzima ruku i prinosi je usnama... Povlačila je lagano ruku. On to oseti, steže je jače i zadrža u svojoj ruci. Zagleda je u oči.

— Nisi iskrena danas. Zašto mi se ne poveriš? Jesam li te ja nečim povredio?

— Nisi...

Htela je reći: „Da, ti si mene povredio. Videla sam onaj auto i devojku u njemu. Sve trče za tobom!" Ali se uzdržala. Uzdahnula je teško i podlaktila se. On je pritisnu na grudi.

— Položila si ispit i treba da budeš vesela.

— Kad bih mogla.

— A zašto ne možeš? Vidim, ima nešto što kriješ od mene?

— Možda... To će biti strašno. Ja to neću preživeti!

Mladić se promeni, uozbilji.

— Šta se dogodilo? Ma šta bilo, treba da mi poveriš. Mogu li ti ja pomoći? No, pa zašto ne kažeš?

Privila mu se najednom na grudi, kao da traži zaštitu u njegovom naručju. On je jedini može zaštititi i spasti, on je dužan, žrtvovala mu je svoju nevinost.

— Ti plačeš? Zašto plačeš? Je li te ko uvredio?

— Nije... Izgleda... da sam... u drugom stanju...

Mladićeve ruke ostadoše nepomično oko njenih ramena. Kao da se zaprepastio, nije to očekivao, bilo mu je neprijatno.

Podigla je glavu i najednom spazila kako se smeši. Oh, taj smešak! Je li on srećan? Hoće li joj sad reći: „Ti si moja, mi nećemo uništiti naše dete, uzećemo se, ti ćeš biti moja ženica!" U ovom trenutku ona više od svega na svetu želi da je njegova žena, da imaju dete, da ono liči na Gvida, da ima njegove velike tamne oči... „Ah, da li će to reći?" Ali on govori nešto drugo i te reči su joj teške, strašne, one dolaze od tuđina, a ne od oca njenog deteta. Govori blago, sa osmehom, kao da to nije ništa strašno, kao da je to sitnica, svakidašnji događaj, nešto zbog čega ne treba očajavati.

— Ništa to nije strašno! To se može otkloniti... Jesi li išla lekaru?

Nataša se izvi iz njegovih ruku, odmače se i nasloni na tvrdi naslon klupe, ukočena i hladna. „Otkloniti!" Dakle, uništiti! Treba uništiti plod grešne ljubavi, jer on ne može dati ime svome detetu, a ona se ne sme nazvati njegovom majkom.

— Nisam išla... — pokrila je lice rukama.

On joj skide ruke s lica i opet se nasmeši. Da li se smeši da bi je raspoložio, ili mu je milo što je mužjak, što može da bude otac. Pa ako mu je milo zašto ne kaže: „Budi moja žena! Venčaćemo se odmah!"

— Treba da ideš ginekologu... što bude potrebno novca, ja ću ti dati — smešio se, ali se najednom setio: „Gde da nađem novac?" Od one hiljade što šalje roditeljima? Može li ih ostaviti da im jednog meseca ne pošalje? Mora da pozajmi... Ima jednog druga Dalmatinca. Možda bi mu pozajmio. Izlišan trošak! — Tako, ti idi lekaru.

Ona se stresla. Te reči su je posekle. Ona da ide lekaru! Ona sama! Kao da je ona sama stvorila to dete. Njega je stid! Dabome, devojka... nezakonito dete... Ona treba sve sama da podnese: i bol, i očajanje, i sramotu...

Osetila je kako je privlači sebi i miluje po licu.

— Da sam u mogućnosti, Nataša, veruj mi da bih se odmah venčao s tobom. To će doći najdalje posle godinu i po dana... Dobiću i veću platu, sestrice završavaju školu, uposliće se... mi ćemo oboje biti srećni... Ti ćeš završiti fakultet. Možemo ići i u drugo mesto.

Kako raznežuju te reči. Bože, da li su istinite? Suze se slivaju niz njeno lice, tople suze ucveljenog devojačkog srca, suze uvređene majke: mora da uništi svoje dete, a ona bi ga tako volela.

— Voliš li ti decu? — iznenada zapita Gvida.

— Kako da ne volim! Ali šta bismo sada s detetom, mila moja, kad ne možemo još da se uzmemo?

Klonula mu je na grudi. Osećala je kako njegovi topli prsti brišu njene suzne oči. Kako joj je bio drag u ovom času i blizak. Zašto nije njen muž? Kako bi bili sada srećni! Pripijali bi se jedno uz drugo i radovali se što će jedno malo slatko stvorenje doći na svet... A ona će ga uništiti. Sutra mora ići lekaru, poniziti se i reći: „Ja sam devojka, uništite ovo dete, inače ću se ubiti ako doživim sramotu!" Da bar hoće on da ode, da ga lekar vidi, da kaže lekaru kako je voli, kako će je uzeti...

— Hajdemo kući! — Nataša ustaje sa klupe. Kako je malo predviđala, a kako se mnogo dogodilo... Devojke ne umeju da predviđaju, a to ih docnije mnogo košta.

— Kad ćeš da ideš lekaru? — upita Gvido i steže je za mišicu.

— Sutra... A ako ne bude hteo? Pomisliće da sam ko zna kakva devojka... Sama dolazim...

On je jedno vreme ćutao, a posle nekako neodlučno progovori:

— Pa, dobro... Ja ću prvo otići. Zamoliću ga, objasniću mu...

— Ako ti nije neprijatno...

Uhvatio ju je opet za ruku.

— Ja sam muškarac i on je muškarac razumeće me... Sutra kad se nađemo reći ću ti kom lekaru da odeš. Za novac ću se ja pobrinuti.

— I taj trošak.

— Kad se mora... Hteo sam, inače, da ti kupim neki poklon.

Nije bio neiskren kad je govorio o mogućnosti braka. Bila je nevina i time je mnogo dobijala u njegovim očima.

— Jesi li se umirila? — pitao je nežno.

— Jesam — odgovorila je mazno kao dete. — Tako sam bila srećna kad sam položila ispit. Što je ovo sad moralo doći?

— Šta možeš. Ti ćeš to zaboraviti. Hoćeš sutra da dođeš k meni? — stezao ju je uza se. — Posle nećeš moći.

— Doći ću... — tiho je odgovorila. Bila je još tužna, ali i strast je bila snažna. Stegnuo ju je na grudi i poljubio... Oh, te njegove usne. Osećala je vrtoglavicu. Izložiće se sramoti, a opet voli ga i čezne za njim... Zagledala se u lepe Gvidove oči. Da li će je uvek gledati toplo kao sada?

Tajanstveno devojačko srce

Gordana zakuca na vrata Natašinog stana.

— Dobar dan, gospođo Draga! Je li Nataša kod kuće?

— Pre desetak minuta izađe. Mislim, još nije ni do ćoška. Kazala je da ide tebi i da će ceo dan ostati kod tebe.

— Onda trčim da je stignem. Baš dobro! Tražila sam od Vukice auto... posle podne Nataša i ja da se malo provozamo. Ima šofer da nas vozi dva sata. I Anđu ćemo pozvati. Pala je na ispitu, pa da je razveselimo... Zbogom!

Požurila je i uskoro ugledala Natašu. Kuda li će ona? To nije put prema njenoj kući. Šta li to Nataša krije? Nije je pitala za Gvida, a ni ona ništa nije spominjala. Francuz im je pisao; Nataša je pročitala njegovu kartu Gordani. Pronašle su da je toplije napisao Nataši nego Gordani i ona je zadirkivala svoju drugaricu da se Francuz zaljubio u nju.

Razmišljajući o tome išla je lagano za Natašom. Nataša je žurila, ne sluteći da je prijateljica prati. Išla je ne okrećući se. Najednom zastade pred jednom velikom zgradom. Bolnica! Šta će ona tu?! Gordana se skloni u kapiju obližnje kuće i posmatra. Nataša uđe. Sumnja ispuni Gordaninu dušu. Da nije i ona? S Gvidom? Osećala je kako joj kucaju žile na slepoočnicama a usta joj suva. Užasno je ako je to! Odluči da sačeka dok Nataša ne izađe. Šetkala je ispred bolnice, okretala se desno i levo. Prođe čitav sat, ali Nataša ne izlazi.

„Da li da uđem? Nesrećnica, šta li se s njom događa?” Neodlučno je stajala: „Neću! Nema smisla!” Odlazila je lagano, zastajkujući, htela je da se vrati. Šta da kaže ako uđe? „Moja rođaka je tu?” Odmahnula je glavom i pošla žurno kući. „A mati kaže da će ceo dan biti kod mene. Dakle, ceo dan će biti u bolnici.”

Tramvaj je vozio Gordanu na Voždovac, ali misao da ode u bolnicu posle ručka nije je napuštala. I takav je Gvido! Kako devojke snevaju o muškarcima. Znači, sve se odigralo... Posle će je uzeti ili ostaviti. Nesrećnica, zar je mogla tako da se zaboravi? Nije mogla više da izdrži. Pošla je u bolnicu da se uveri.

Osećala je tremu pred zgradom. Sme li da uđe? Da li će je pustiti? Steže pesnice i uđe. Miris bolnice je zapahnu. Sestre u belom lagano su se kretale hodnikom. Tišina kao u crkvi...

Gordana prilazi jednoj sestri:

— Ovde je moja rođaka...

— Kako se zove?

— Nataša Kostić.

— Ona je na ginekološkom odeljenju. Idite ne sprat!

„Dakle, istina je! Nataša je tu, u bolnici... Zdrava do juče, danas u bolnici. Nije joj se dogodila nikakva nesreća. Na ginekološkom odeljenju!” Hladan znoj obli Gordanu. Sestre prolaze kroz hodnike, bele i čiste.

— Molim vas, ovde je moja rođaka, na ginekološkom odeljenju... Šta je s njom? Kako se oseća? Ona me je pozvala da dođem... Mogu li da je vidim? Zove se Nataša Kostić...

— Ne možete. Ona je pod narkozom.

— Ali, samo da je vidim.

— Privirite tamo!

— Abortus?

— Da...

Sestra iščeznu kao beli san, a Gordana se nasloni na zid. Potraži sobu. Otvori vrata... Jedna plava sestra sedi kraj postelje. Nataša leži zatvorenih očiju s glavom na belom uzglavlju. Sestra ustade brzo da spreči njen ulazak. Nešto potrese Gordanu do srca. Njena Nataša je ležala sama u sobi, bez muža, bez majke, bez prijateljice, sama proživljava svoje očajanje. Krila je i od nje, svoje najbolje drugarice.

Sestra zamoli Gordanu da izađe, jer bolesnica treba da se probudi. Gordana ustuknu iz sobe, korak po korak, govoreći u sebi svojoj Nataši: „Zašto si to dopustila?" Pošla je brzo niza stepenice, kao u nesvestici i sa suzama u očima. Nije znala otkud te suze: da li otud što je videla bespomoćnu Natašu, svoju prijateljicu, ili što je Gvido oskrnavio njene snove. Pojurila je dugim hodnikom, sišla na prvi sprat, došla do glavnog izlaza, uhvatila za kvaku, otvorila vrata i na stepenicama spazila Gvida...

Gordana preblede i ustuknu. Gledala ga je zbunjeno, s prekorom, bolom i prezirom, ne znajući šta da kaže. Primeti kako i on pocrvene, verovatno neprijatno iznenađen što je vidi ovde... Pružiše ruku jedno drugom i Gordana prihvati Gvidovo pitanje:

— Piše li vam Gradimir?

— Da, pisao je...

— I ja sam dobio od njega jednu kartu. Tako mi je neobično bez njega.

— I meni je neobično bez brata. On mi nije samo brat, nego i najbolji drug... — zastala je zbunjena, jer je osećala dva velika crna oka, tako lepa i topla, kako je gledaju pravo u zenice. Zadrhtala je: „Zašto me ovako gleda? A tamo, na postelji, leži devojka koju je osvojio." I da bi mu dokazala kako on više ne vredi ništa za nju, i kako sve zna i daje mu na znanje da treba da bude karakteran prema Nataši, dodade tiše, izbegavajući njegov pogled: — Nataša se još nije osvestila... Ja sam slučajno došla. Videla sam je jutros kad je ovamo ušla... Mislila sam da joj je zlo. Ona mi ništa nije pričala... Znam samo toliko da vas mnogo voli... Zbogom! — brzo je dodala, da bi što pre otišla od njega.

To je čovek koji je pripadao Nataši, a ona je u svojoj maloj sobici, u noći, snevala o ovim istim očima i usnama, grlila ga i šaputala nežne reči. Sad je sve svršeno... Za nju je izgubljen kao da je oženjen. Još i gore! Upropastio je Natašu, a možda je neće nikada uzeti... Nije se radovala tome. Naprotiv. Gordo se spuštala niza stepenice. Koračala je rasejano ulicom. Najednom se rastuži. Trenutna gordost splasnu u njoj. Ko ceni njenu gordost? Ona se njome oduševljava, a muškarci je i ne zapažaju. Gorde devojke su, po njihovom mišljenju, hladne. A njima su potrebne slobodne devojke, temperamentne i tople... Takva je Nataša.

Išla je pešice da bi stišala uzbuđenje i povratila duševni mir. Dokazivala je sebi kako je ipak sve lepše u njenom životu. Požele da ostane ovakva. Nataša nije srećna... Ona nije pobedila muškarca, već muškarac nju. I ako je ne uzme ona je osramoćena devojka. Ili će nastaviti život kao buba koja se penje uza zid i pada, bori se da se uspne, a uvek se skotrlja naniže; poneka dospe do cilja, a mnoge se skotrljaju niza zid i ljudi ih gaze. Takav je život slobodnih devojaka.

Odluči u sebi da ne ide Nataši dok ona ne dođe kod nje. Može je odati ili zbuniti. Čekaće.

Četiri dana Nataša nije dolazila.

Petog dana Gordana je čitala u svojoj sobici. Buktalo je prepodnevno sunce po njenim žutim i zelenim krparama. Povratila je bila i raspoloženje.

— Gordana je gore u svojoj sobi. Gde si ti, Nataša? — čula je kako mama govori.

Gordana ispusti knjigu. „Šta li će reći? Da li joj je Gvido šta kazao?" Bio joj je neprijatan ovaj susret, ali se rešila da ćuti. Ništa je neće pitati ako sama ne kaže.

Vrata se tiho otvoriše. Na pragu je stajala Nataša: malo bleda, s plavkastim podočnjacima.

— Šta radiš, Gordana? — zbunjeno je upitala.

— Čitam jedan francuski roman... A kako si ti?

— Dobro sam — sela je u fotelju i pokrila lice rukama. — Htela sam juče da dođem, ali nisam smela. Tako mi je teško... I kajem se... Ti sve znaš! Reci mi, ko ti je kazao?

— Niko mi nije kazao.

— Ali ti si doznala!

— Sasvim slučajno. Tražila sam te kod kuće, tvoja mama mi je rekla da si upravo izašla. Pošla sam da te stignem i videla gde si ušla. Začudila sam se... I posle podne sam došla, nisam imala mira, uplašila sam se da nisi bolesna.

Kazala sam da sam tvoja rođaka i uputili su me u sobu gde si ležala. Bila si još pod narkozom.

— Ti me sigurno sada prezireš?

— Ne prezirem te, ali te osuđujem. Nisam verovala da ćeš tako da se zaboraviš.

— Nisam ni ja verovala — uzdahnu Nataša. — Snovi i stvarnost se, nažalost, razlikuju. Sad ću da ispaštam to što sam se zaboravila.

— A zašto da ispaštaš? Hoće li sada Gvido da te uzme?

— On hoće... tako kaže... Ali njegova plata je još mala, a mora da pomaže roditelje. Tek ako se uzmemo kroz godinu i po.

— A za tu godinu i po da nastaviš isti život i da očekuješ iste posledice? Ja u tome vidim sebičnost muškarca, a lakomislenost devojke koja je sama sebi neprijatelj.

— Ti si u pravu. Ja nisam umela da mislim. Tako me je nešto smutilo, izgubila sam pamet. Nisam ti zato ništa ni pričala, bojala sam se da ćeš me odvraćati. Kamo sreće da sam ti sve poverila. Ti si bila uvek dobra prema meni. Ja to ne zaboravljam. Sve lepo što sam doživela u životu, bilo je u tvojoj kući. A ja sam rđavo postupila prema tebi. Bojala sam se da i ti voliš Gvida, a ja sam ga tako ludo zavolela. Bila sam u stanju i naše prijateljstvo da žrtvujem zbog njega. Eto, zaslužila sam da me prezireš i zamrziš. Tako sam nesrećna. Teško mi je što ćeš me mrzeti. Tebe sam uvek najviše cenila i volela.

— Što si ti čudna! Zašto da te mrzim? Nisi ti meni nikakvo zlo učinila. Žao mi je što si sebi zlo učinila. Ali, ako se udaš za Gvida on će dokazati da te voli... Jesi li srećna s njime?

— Ne, nisam srećna! Ono što sam ja zamišljala da je sreća sad osećam kao poniženje. Šta sam prepatila poslednjih dana kad sam osetila posledice! Da mi je ko kazao... Ali, tu ne vrede saveti. Zaljubljena devojka potpuno izgubi razum. Kasno sam se otreznila i došla svesti. Ali, ko zna da li mi to sad vredi i šta će biti sa mnom u životu.

— Sad govoriš gluposti. Šta će biti s tobom? Svršićeš školu, dobiti zaposlenje kao nastavnica... Udaćeš se! Ako ne za Gvida, onda za drugog.

— Udati se za drugog! To ne mogu. A sad se još više bojim da se nikada neću udati za Gvida. Da znaš kako sam nesrećna! — zajecala je naglas. — Sada može da se titra sa mnom kako god hoće.

— Zašto da se titra? — skoči Gordana. — Ako se titra, ti ćeš imati moralne snage da mu pokažeš da imaš dostojanstva.

— Dostojanstva? Moje dostojanstvo je ostalo na bolničkoj postelji.

— Ne razumem te.

— I ne možeš me razumeti, jer to nisi doživela. Naizgled, oslobođena sam i nastaje nov život za mene. A ja osećam kako sam nepovratno izgubila nešto lepo u životu. Ne mislim na nevinost. Izgubila sam samopouzdanje u sebe i poštovanje prema sebi. A to je najteže! Ti, Gordana, ceniš i poštuješ sebe; imaš i zašto. Ja sebe više ne cenim i mislim da me niko ne ceni, čak ni Gvido. Voli me, tako kaže, ali ja treba da budem devojka koja mu i dalje dolazi u stan. Ako ne budem dolazila ja, doći će druga. Ja sad moram da čuvam svoje mesto kraj njega, da se izlažem poniženju, da trčim za njim i da strepim hoće li me uzeti. A pre ovoga ja sam osećala da me svi žele, da trče oni za mnom.

— I sad će trčati, ne boj se! Ti imaš seksepila u sebi.

Nataša je gledala kroz prozor zamišljena.

— Seksepila koji muškarci samo žele da iskoriste za sebe. Svi oni iskorišćavaju...

— Kad devojke dozvole. I ti si dozvolila Gvidu da te iskoristi. Ali, sad moraš da povratiš samopouzdanje, Nataša. Ti si živela u oskudici i svu radost života si tražila u ljubavi. Mene veseli sunce, moje knjige, vaze, cveće, mir u mojoj sobici... Nekad se rastužim, pa sam opet srećna... A ti sve to nisi imala. Kad sve to znam, ja te razumem i mogu da ti oprostim.

— Jeste — zajeca Nataša. — Uvek oskudica, svađe u kući, brige. Odnekud mi došlo da se svetim svima: i roditeljima, i sestrama, i samoj sebi, ali sam se osvetila samo sebi — klonula je na sofu i kroz plač nastavila: — Jednoga dana će i Gvido iščeznuti iz moga života i opet će ostati samo brige, svađe, sirotinja. I da je Gvido u mogućnosti da me uzme, zar bih se mogla udati? Kako da ih ostavim? Ima dana kad nemamo ni za hleb.

Gordanino osećajno srce se razneži; oči joj se zamutiše suzama.

— Nemoj da plačeš! Nisi ti jedina devojka koja pati. Ja ti praštam.

Nataša se privi uz prijateljicu.

— Hvala ti, Gordana! Znaš koliko mi je lakše što sam ti sve kazala. Ali, veruj mi: ja više neću ići s Gvidom! Dajem ti časnu reč, više neću kročiti u njegov stan! To je užasno poniženje za devojku: uvlačiti se u stan muškarca kao ljubavnica! Ja sam to radila, Gordana! Ljutila sam se nekad i na tebe i na tvoje starinske pojmove o moralu. Mislila sam: sve devojke žive, sve se provode i srećne su... A one, u stvari, doživljavaju što i ja sada: poniženja i patnje. Zar je to sreća drhtati po ginekološkim klinikama. A muškarac šeta, srećan i zadovoljan što je mužjak i gleda druge devojke. Kao bajagi žele nas i dalje, i vole, a možda jedva čekaju da nas se posle otarase, jer smo im postale obične, dosadne. Nismo im supruge, nismo ništa, samo slobodne devojke!

Zgrčena na sofi, Nataša se tresla od jecanja... Sav bol, poniženja, ugašeno materinsko osećanje izlivali su se kroz suze.

Gordana je bila vrlo potresena, milovala je drugaricu po kosi i tešila je kao dete:

— Umiri se, Nataša! Opet će biti lepo... Ići ćemo zajedno u bioskop, pa u pozorište... Strašno mi je žao što mi se nisi na vreme poverila... Mi smo uvek bile iskrene, a devojkama je i te kako potrebno prijateljstvo.

— Koliko se ja kajem! Ali sad je dockan. Hvala ti što me razumeš i ne prezireš. Ti si najplemenitija duša na svetu! Čak si me upoznala i s onim Francuzom. Znaš da sam juče dobila pismo od njega. Ponela sam ga da ti pokažem. Gotovo mi izjavljuje ljubav. Pročitaj samo.

Gordana se nasmeja.

— Ja ti kažem, ti imaš seksepila u sebi i više se dopadaš nego ja. Ali tu tvoju privlačnost ne treba dozvoliti da iskorišćavaju muškarci; treba ti da je iskoristiš: da se dobro udaš i osiguraš i sebe i svoju porodicu.

— Baš će mene neko sad da uzme! Imaću ja celog života da vučem porodicu na vratu. Moja tragedija je što sam najstarija.

Gordanina mati uđe u sobu noseći prženice.

— Što plačeš, Nataša?

— Plače, mama, žali mi se... U njenoj kući stalno oskudica.

— Šta ćeš, dete moje, svuda ima poneka nevolja — govorila je raznaženo mati. — Nego, još malo pa ćeš završiti fakultet. Onda će vam biti lakše. Evo, donela sam vam prženica. Malo se okrepite. Obe ste ubledele od ispita. Hvala bogu, kad to prekantaste! Slušaj, Nataša, ostani kod nas da ručaš. Nisam ništa naročito kuvala, ali imaćemo lep ručak. Tata je kazao da siđete u trpezariju da malo i s njim popričate. Idite, molim vas, da ga malo zabavite. Jaoj, što je dosadno kad je muž penzioner pa ceo dan u kući. Kaže: pričaj nešto, ženo! Šta da mu pričam kad imam posla? Ja u sobu, on za mnom u sobu; ja u kuhinju, on opet za mnom. Podetinjio načisto! Nema Gradimira, a kad je on ovde, dođe, pa se siti narazgovaraju.

— Hajdemo, Nataša! Tata voli s tobom da priča. Što su ti, mama, fine prženice! Daj da te poljubim.

— Ti mene, kćeri, retko maziš. Moj sin je mnogo umiljatiji. Uvek me poljubi kad dođe i kad pođe. Jedva čekam da se vrati! Odoh u kuhinju, nije Marica tu, sve će mi pokipeti...

— Daj mi da se malo napuderišem — zamoli Nataša.

— Da znaš što imam fini puder. Pogledaj! Poklonila mi Vukica. Čekaj da ti malo naspem u jednu kutijicu.

Nataša uzdahnu... Ništa nije imala: ni čarapa, ni pudera, ni toaleta, a bila je već žena jednog muškarca.

Jedan kišan dan u Makedoniji

Kiša je neprestano padala. Već dva dana bili su obustavljeni radovi na izgradnji bolnice. Radnici su zlovoljno gledali u nebo; trebalo je jesti a za kišnih dana nije išla nadnica. Brojali su dane zarade, jedva da im se uhvatilo po četiri dana u nedelji. Gunđali su na sebe, na društvo, na nebo...

I Gradimir je bio sumoran. Šetao je po sobi, dok je napolju kiša pljuštala ujednačeno i beznadežno. Posmatrao je ogromnu sobu, koja je zauzimala gotovo ceo prvi sprat, bele daske na podu, već usjajene od ribanja. Tavanica je bila od greda, ukrašena rezbarijom. Smejao se što on koji gradi moderne građevine stanuje u ovoj starinskoj sobi nekada gospodskog begovskog konaka. Beg se odselio u Carigrad, a kuću je kupio neki trgovac. On je stanovao na prvom spratu a gore je bila samo Gradimirova soba i još jedna — gostinska, kojom su se služili za prazničnih dana. Tako je bio miran, mogao je da radi projekte za preduzeće. Morao je i radio da isključi zbog grmljavine. Gledao je po sobi: veliki drveni krevet, kvadratni sto, jedan izbledeli divan, dve-tri stolice i umivaonik. Bio je to sav nameštaj. Na podu se crveneo ćilim i davao svežinu dosta svetloj sobi. Jedna vrata su izlazila na hodnik, odakle se spuštalo niza žute drvene stepenice, a druga su izlazila na balkon od drveta, sa strane kuće, iz bašte. Bio je prilepljen uza zid kao golubarnik. Ispod balkona je bila rascvetana jabuka i velika bašta puna voća.

Čim bi izašao na balkon, devojke bi se užurbale kroz susednu baštu, kao da pleve cveće, a ispod oka su ga posmatrale. Viđao je u bašti preko puta lepe devojke, koje su mu pokazivale svoje nepokriveno lice, a posle bi ih video kako iz te iste kuće izlaze s crnim velovima preko lica.

Grmljavina prestade i on otvori radio. Slušao je muziku i šetao po sobi. Bio je ljut što dva dana nema nikakve pošte, jer je most odnela bujica. A gnevan je bio i na ono dete iz Beograda što mu još ne piše. Više od nedelju dana je prošlo kako je pisao Slađani, a ta mala se nije potrudila ni da mu odgovori. Da li je u svojoj glavici zaključila da je nekorektno što joj on piše, pa neće da odgovori, kao što nije htela ni u bioskop da ide. Ljutio se na samog sebe što toliko misli na tu devojčicu... Ona mu je neprestano lebdela pred očima: njeno malo, zažareno lice na belom uzglavlju i dva topla naivna oka su ga strahovito uzbuđivala. Došlo mu je da sedne i napiše pismo: „Mala moja, da vi znate kako je vaš šef očajan u samoći svoje sobe dok napolju pljušti kiša, a on sâm — vi biste odmah požurili da mu odgovorite".

Čuo je klepet nanula po drvenim stepenicama. To je mala Vaska. Zakucala je na njegova vrata.

— Gospodine, doneo poštar pisma.

Arhitekta brzo dohvati pisma i novine. Pregledao ih je redom. Ovo je od Gordane... Gle, i Vukica piše... Todorović, Radmila. Bacio je sva pisma na sto kad je spazio poslednje, pravouglasto, plavo, i fini ženski rukopis. Brzo je pocepao omot, kao da naslućuje od koga je, prevrnuo poslednju stranicu, bilo je ispisano šest punih strana sitnim rukopisom, i na kraju pročitao potpis: *Slađana.*

Brzo je preleteo očima redove, srećan kao gimnazijalac kad dobije pismo. Dok je čitao, zlatne oči su bile na pismu, ali ne uplašene kao u kancelariji, već umiljate i pametne oči devojčice, koja tako lepo piše... Uozbilji se najednom, obrve mu se uzdigoše s čuđenjem. U pismu je, između ostalog, stajalo:

Vaša mama je divna! Tako sam se prijatno osećala u sobi gospođice Gordane. Zastao je ne mogavši da veruje... „Ta mala ih je sve opčinila!" Ali šta je ovo dalje? *Moj stric Nikola bio je najbolji drug vašeg gospodina oca... Poznavao je i mog tatu. Bio je vrlo prijatno iznenađen kad je doznao čija sam kći... Ja sam bila srećna što sam toliko lepih stvari čula o mom ocu i stricu, i to od vašeg oca koji je tako ljubazan i divan čovek. Blago vama kad imate oca! Ja sam od ranog detinjstva tugovala za ocem.*

— Ovo je sve lepše od lepšeg — šaputao je Gradimir.

Najviše ga je iznenadila mamina ljubaznost... Da ga je mama sad mogla videti kako čita Slađanino pismo, uzbuđen kao dečak, osetila bi odmah da ta mala za njega nije obična činovnica i prekorela bi ga: „Tako, sine! Ne čitaš prvo majčino pismo, nego devojačko.”

Slobodna sam da vam kažem, pisala je Slađana na kraju, *iako ste vi moj šef, da mi je vaše pismo donelo najveću radost i bila bih srećna kad bih se smela nadati da ćete me se opet setiti.*

Sedeo je dugo zamišljen, posle je šetao i razgovarao sa samim sobom. Da je mala Slađana znala kako je njemu veliku radost donelo njeno nežno i pametno pismo bila bi najsrećnija.

Šetajući po sobi zaboravio je na druga pisma. Posle se setio da će možda u sestrinom ili maminom pismu naći nešto o Slađaninoj poseti. Doista, Gordana je pisala: *Svratila sam kod nas jednog dana gospođicu Slađanu... Slatka devojčica! Pričala nam je kako se oseća da tebe nema u preduzeću.* Ništa više nije napisala, ali bratu je bilo i toliko dovoljno... A mati je nije spominjala, ali je pisala: *Bila sam jutros na pijaci, pa gledam, već doneli smokve za slatko, a ja mislim: e, da je moj lepi sin ovde, odmah bi on mami poslao nekoliko kila šećera za slatko.* Nasmejao se, raspoložen i raznežen što je mati tako lepo primila slatku devojčicu. Rešio je odmah da joj sutra u pismu pošalje dvesta dinara. Sto njoj za šećer a sto Gordani.

Radmilino pismo bio je zaboravio da pročita. Tek posle se setio. Uze i njega.

— Koješta! Samo mi to treba, da dolazi ovamo! A gde ću je smestiti? Da je, valjda, predstavljam ovde kao svoju ljubavnicu!

Ta žena mu je postajala sve više dosadna. Pravila je ispade koji joj nisu dolikovali. Izazvala ga je iz kafane, slala mu često služavku s pismom, zivkala ga je telefonom, želela javno da se pokazuje s njim, valjda da „trucira” mužu kako je i ona našla prijatelja... Osećao je, što mu je bilo vrlo neprijatno, da ona pomišlja na brak s njim. Glupost! On na to nikad nije ni pomislio... I sad, otkako je u Makedoniji, nije se je ni setio... Sećao se samo onog lepog deteta. Dohvatio je opet njenih šest stranica i ponovo čitao...

Čuo je opet kloparanje Vaskinih papučica. Kucala je na vrata i otvorila:

— Donela sam vam kafu!

— O, hvala, Vaska! Kako si ti pažljiva! Moram opet da te častim. A šta ćeš da ti donesem iz Beograda kad odem? — voleo je s njom da se šali.

Četrnaestogodišnja devojčica Vaska, sitno i pravo dete, stidljivo se okrete umivaoniku i pokaza prstom.

— Onaj miris hoću! I staklo isto onakvo!

— Samo miris? Pa to nije skupo. Dobro, doneću ti. A hoćeš sad malo da se namirišeš?

— Hvala! Nemojte da vam trošim.

— Uzmi! Uzmi!

— Sve devojke pitaju za vas!

— A šta ti kažeš kad one pitaju?

— Ništa ja ne smem da kažem! Nisam vas pitala šta da kažem... 'Oću l' da ih pozdravim?

Arhitekta se nasmeja:

— Pa, pozdravi... Ako one to vole.

— Ah, kako da ne vole! — istrčala je iz sobe sva ushićena. Kako se mala Vaska šepurila! Sve devojke oko nje, sve se raspituju za lepog gospodina iz Beograda. Naučila je Vaska i radio da okreće, pa kad lepi gospodin ode, trešti sva soba i čitava ulica. Fahra i Zejna preko puta istrče odmah na prozor pa uz rešetke. I Nebesna izleti na doksat. A Vaska lupa debele i meke jastuke na prozoru, čisti, namešta sobu, šetka se i izviruje na prozor... A kad završi posao, dvaput se umije sapunom gospodinovim i namiriše.

Grdi je gazdarica:

— Gospod te ubio, što čoveku uzimaš miris! Misliće da mu mi krademo.

A lepi gospodin i dalje šeta po svojoj sobi. Odgovoriće odmah Slađani, pa će večeras spustiti pismo u sanduče...

Da mu je ko kazao da će tako nestrpljivo iščekivati njeno pismo i isto tako nestrpljivo odgovoriti ne bi verovao. Šta znači samoća i život bez zabave! Nije sebi priznavao da to nije samo zbog samoće, niti što nema zabave, jer on se nikada nije mnogo zabavljao, nego da su dva lepa oka imala to čarobno dejstvo da mu se nametnu i utisnu duboko u svest i u srce... Pisao je: *Sâm sam potpuno i zaželeo sam da ste vi ovde, u mojoj sobi, ali da me ne gledate uplašeno, već nežno i toplo... Neću da budem za vas šef, već nešto drugo... Hteo bih da sami pronađete šta bih mogao biti za vas...*

Još je pisao; začudio se kad je došao do četvrte stranice i popunio i nju. Stavio je pismo u koverat, napisao adresu i spustio ga u džep da odmah odnese u sanduče. Mami i sestri pisaće sutra...

Kiša je prestajala. Ukaza se ogromna duga na nebu. Pravila je veličanstveni luk iznad tamnih topola, koje su se odražavale na nebu kao kiparisi. Otvorio je vrata i izašao na balkon. Mirisala je priroda. Topao miris pun jabukovog cveta. Na ružičastim cvetićima blistale su kišne kapi. Vrapci su skakutali po granama i stresali kapi kao bisere. Rumeni listići jabuke lepili su se po travi. Oblaci su se cepali; ukazivalo se čisto, plavo nebo iznad velikih tamnih i plavičastih masiva planina. Staze od cigala crvenele su se po bašti, čiste i oprane. I na ulici se belelo oprano kamenje. U susednom dvorištu užurbaše se devojke. Videle su lepog arhitektu na balkonu. Sva devojačka srca bila su ustalasana. Od kapidžika do kapidžika pričalo se o njemu, a mala Vaska je dostavljala informacije. Dve studentkinje već su se upoznale s njime. I mlade gospođe rado su ga gledale i kibicovale dok je išao ulicom. Zaključile su da je malo uobražen. Nijedna se nije mogla pohvaliti da ju je nežnije pogledao ili prošao pokraj njene kuće. Gord je, ali je divan!

I Nebesna, prva komšika, nikakve nade nije imala. Izletala je u baštu svaki čas, pevala, šetkala, ali lepi gospodin iz Beograda bio je mnogo ozbiljan. Rastužila se gospođica Nebesna. A ona je imala zanatsku školu i jednom je birana za kraljicu zabave.

Kišne kapi padale su na crnu kosu gospođice Nebesne, dok je lepi gospodin šetao na balkonu. Krišom ga je pogledala. Kako bi uzdahnula da je mogla saznati kako lepi arhitekta u duginim bojama traži boje zlatnih Slađaninih očica. Ušao je u sobu. Uzeo kalendar i gledao praznike.

Utvrdio je da bi mogao otići na tri dana u Beograd. A za tri dana svašta se može dogoditi.

I mama ima svoje planove

Slađana je trčala uza stepenice svoje kuće. Uh, da li je mama stigla? Ala će se začuditi kad joj bude kazala. Upala je u kuću sva rumena i otvorila naglo vrata.

— Mamice, kaži dragička!

— Dragička! A zašto?

— Dobila sam povišicu: dvesta dinara!

— Povišicu! Pa je l' još ko dobio?

— Nije, samo ja. Direktor me zvao, pa kaže: „Video sam, gospođice, da ste vredni, pa hoću da vam povisim platu. Dobijaćete od sada osam stotina." Zamisli, mamice, ti si dobila povišicu dvesta pedeset i ja dvesta! Četiri stotine pedeset!

— To ti je sigurno Marković uredio — upade Nikica. — Ali zato da mi kupiš stilo.

— Hoću, bogami, sad ću da ti ga kupim! Mamice, da mu jednom kupimo to stilo?

— Dobro, kupi mu, da nam više ne dosađuje.

— Sutra idemo, Nikice!

— Ali ekstra imaš deset dinara da mi daš da ti nešto dam.

— Šta da mi daš? — uzbudi se Slađana.

— Jedno pismo! Iz Makedonije...

— Gde je pismo? — pitala je na vrhuncu uzbuđenja; jedva se savlađivala da mama ne vidi koliko je uzbuđena. „On je tek pre tri dana dobio moje pismo! Zar odmah odgovara?"

— Položi deset dinara pa ću ti dati pismo.

— Šta ti, Nikice, neprestano ucenjuješ! — naljuti se mati.

— A, ne dam joj ovo pismo džabe!

— Lažeš za pismo!

— Izvinite, gospođice, ja ne lažem! Šta je ovo? — pokaza joj pismo. Slađana pruži ruku da otme, ali on ga izdiže.

— Dobro, evo ti deset dinara.

— Nemoj da ga navadiš, Sladice!

— Neka, mama! Danas sam dobila povišicu... Neka se i on raduje!

— Baš ste se obe pretrgle za mene!

Slađana ga više nije slušala. Izgubila se začas u kuhinji da na miru pročita pismo. Sva je drhtala. Obuze je vatra, čudno neko uzbuđenje, kao da će se ugušiti.

Mati uđe u kuhinju. Ona sakri pismo u džep i priđe česmi da opere ruke.

— Pa šta kriješ? Je l' ti Marković piše? — pitala je ozbiljno mati.

— Jeste, on... Tako fino piše... kaže da ga je iznenadilo moje pismo, i kaže da je sâm i da mu je dosadno ponekad... A kiša pada i bio je prekinut saobraćaj — govorila je zbunjeno, iskidanim glasom, u srcu su joj treperile reči: „Hteo bih da vi sami pronađete šta bih mogao biti za vas". Pustila je mlaz vode iz česme da rashladi ruke i lice. Uplašila se da mama to ne opazi. O, mama je imala dobro oko da sve vidi. Pobeže u sobu... Mama ostade u kuhinji poslujući oko ručka, a ona dohvati jednu knjigu. Spustila je pismo u knjigu i čitala, kao da čita knjigu... Tako bi poljubila njegovo pismo! Zar ovo nije najveća radost u njenom životu? Šta da mu odgovori? Mora smisliti. Posle podne će u kancelariji napisati pismo. Dotle će razmišljati šta da mu kaže. Zar sme reći ono što oseća i što bi želela da on njoj bude: Gradimir! Njen Gradimir! Samo bi mu to želela reći: „Htela bih da za mene budete Gradimir!" Ne, to ne sme reći. To je prisno, tako blisko. On je Gradimir svojim drugovima, sestri, majci. Pa zar i njoj ne bi mogao biti drug? Nežan, dobar zaštitnik! Jeste, to će najlepše biti da mu kaže: „Htela bih da uvek budete moj zaštitnik!" Devojci je potreban zaštitnik, a to može biti i njen šef. On će osetiti šta sve sadrži ta reč... I brat je zaštitnik, i otac, i dobar šef.

Ali... i muž je zaštitnik, najbolji i najslađi! Zar on nije njen zaštitnik kad joj je izradio povišicu?

Da je odnekud mogla čuti kad je Gradimir ušao u direktorovu kancelariju po povratku od nje kad je ležala u postelji i kazao:

— Znam da vi nećete da povišavate plate činovnicama, ali ja bih želeo da gospođica Slađana dobije bar dve stotine dinara više, jer je sirota devojka, a i mala joj je plata.

Direktor razrogači oči:

— Kakva povišica činovnicama! Žensko osoblje ću sve da otpustim.

— Od vas ja i ne tražim povišicu, nego hoću da od moje plate oduzmete dvesta dinara i da njoj dajete. Dakle, ja ću dobijati manje dvesta dinara.

Direktor ga pogleda s novim čuđenjem.

— Da niste zaljubljeni u to devojče?

— A jesam li bio zaljubljen u čika-Đorđa kad sam tražio da mu povisite platu?

— Eh, čika-Đorđe i ovo devojče! To je velika razlika. Nemojte da vrdate... Ima tu nešto.

— Nema ništa, kažem vam. Samo sam poslao lekara da je pregleda. Bolesna je. I kazao mi je da je malo anemična. Potrebna joj je jača hrana. A kako da ima jaku hranu sa šest stotina dinara?

— I pronašla je da vi treba da joj povisite?

— Ama, kako ona pronašla! Pa da ima tu nešto, kako vi mislite, ne bih došao vama da kažem da oduzmete od moje plate, već bih joj sâm davao. Nego, to je dobra devojčica i vrlo ponosita. Nju bi uvredila takva ponuda s moje strane. Zato ćete joj vi lepo davati kao da ste joj vi povisili platu.

— Pa ja ću i da joj povisim.

— Zaboga, ne tražim ja to od vas!

— Nemojte da pričate! Najzad, neka ide i tih dvesta dinara, nego to stvara presedane! Sve će da skoče i da traže povišicu. Kako svi znaju vašu slabost, pa drž' vas čim im nešto treba!

— Šta ćete, kad sam tako slab! Možda je to mana, no možda i vrlina.

— Mana je to. Bežite od sirotih devojaka! Kad one uhvate radi soda i vitriol! Posle cela javnost skoči na vas.

— Valjda ne mislite da sam zavodnik?

— Ja ne mislim, ali devojke misle i za to se uhvate... Nego, ono je lepo devojče! Dobro, dobro! Daću joj i to samo vama za ljubav.

— Što meni? Pa ja vam lepo kažem: oduzmite od moje plate!

— Kakva vaša plata! Daću joj, pa kvit! Vidim da vam to devojče mnogo leži na srcu. E, da sam ja tako mlad i lep, kao vi, možda bi i meni ležalo. Dosta sam i ja bio lud u mladosti, pa vam govorim iz iskustva.

— Niste vi ni sada s raskida kad su u pitanju žene! — dirnu ga Gradimir.

— Nije to ono što je bilo u mladosti. Oženjen čovek! Žena i deca vode kontrolu. Skoče ćerke pa uz majku: „Zar smeš, tata, i da pomisliš na žene?" A koliko imam briga i nemam vremena. Potrči tamo, potrči ovamo! Motljaj se po ministarstvima... Dakle, ne brinite: vašoj Slađani daću povišicu i to sada, a na zimu ću joj skinuti.

Gradimir je izašao smešeći se; nije mu bilo krivo zbog zadirkivanja direktorova.

———

Danas je direktor održao reč. Baš je hteo malo bolje da zagleda to lepo devojče kao stari lola. Malo je zamastio očima kad ju je ugledao, i potapšao bi je po belim obraščićima da nije bio u pitanju Gradimir. Kao direktor bio je vrlo ozbiljan u kancelariji ali, brate, kako da se savladaš kad te lepe očice sijaju, a obrazi rumeni i mame kao jabuke petrovače.

Bio je malo neraspoložen, gotovo ljut na Gradimira. Čuo je od inženjera Petrovića da Gradimir namerava iduće godine da osnuje svoje građevinsko preduzeće s Todorovićem i još jednim Rusom arhitektom, a njegov zet Stojanović uložio bi od svoga kapitala. A šta mu je falilo u njegovom preduzeću? Misli da će više zaraditi... Ljutio se jer mu je Gradimir bio desna ruka i sve mu je mogao poveriti. Neka ga! Nek radi sâm! Misli da je to lako. Pitaće ga kad izgubi.

Slađana nije znala šta se sve odigrava u preduzeću. Znala je samo to da je dobila dvesta dinara povišice. Za nju je to bilo ogromno. Zahvaliće gospodinu Markoviću, jer je on to sigurno učinio.

———

— Pogledaj, Sladice, šta sam kupila! — dočeka je mati te večeri.

Na postelji su bili razni restlovi od svile, ružičaste i plave.

— Šta je to, mama?

— Tebi za rublje. Za tvoju spremu. Iskrsnuće ti prilika da se udaš, a ti nemaš rublja. Gledam u kancelariji, sve devojke tako rade: jednog meseca jedan par rublja, drugog meseca drugi par pa, malo-pomalo, spreme se za udaju... A znaš šta mi kaže koleginica, gospođa Perićka: „Moj sin video vašu ćerku pa mu se mnogo dopala... On je u banci činovnik. Tako bih volela da se upozna s njom!”

— Ah, šta će mi! — ravnodušno odgovori Slađana. Obradovala se u prvi mah, pomislila je da mama misli na Gradimira, a ona joj pronašla nekog bankarskog činovnika.

— Znaš, razgovarale smo često u kancelariji, a ja joj pričala o tebi i Nikici: kako ste dobra deca, kako ti nisi kao današnje devojke. A i ona hvali svoga sina i kaže kako traži dobru devojku, a miraz ne gleda, samo da poštuje njegovu majku, jer joj je jedinac... Što, Sladice? Ako se pojavi neka dobra prilika, zašto da se ne udaš! Ja sam malo proživela s vašim ocem; i ceo vek sam bila sama, udovica. Niti sam s kim izašla, niti me ko izveo u pozorište, bioskop, nego kuća, deca, kancelarija. Pa daj da ti budeš srećnija od mene... Je l’ da je ovo lepo što sam kupila? Restlovi! Sve za sto dinara.

— Divno je! — uzdahnula je devojka, a misli su joj bile daleko, u Makedoniji. Šaputala je njegove slatke reči: „Šta biste želeli da ja budem za vas?”

Neprijatan susret

Slađana je sedela u tramvaju. Išla je da kupi mami konac za stolnjake. Slučajno podiže pogled i susrete dva hladna crna oka gospođe Milošević. Devojčica se zbuni i okrete glavu prozoru, ali je osećala kako je ta čudna gospođa fiksira.

Gordo je okrenula glavu kao da ta mala nije dostojna njene pažnje. Sve se u njoj uzburka; posle je nešto ubode u srce... Videla je dvaput ovu malu, ali joj se njen lik duboko urezao: dva neobična nežna oka s finim trepavicama i lepim tankim obrvama, što je njenom licu davalo nežnu osećajnost i diskretnu otmenost. Čednost i mladost izbijala je iz svake crte lica. U bujnoj svežini ove devojčice kao da je ogledala sebe; bila je svesna da njeni obrazi nemaju taj sjaj. Usne nisu glatke i sočne kao u Slađane, koža oko slepoočnica nije zategnuta kao sedef.

Setila se hladnog pisma Gradimirovog, koji je pisao da je nemoguće da dolazi, jer je svet suviše patrijarhalan, a nema ni hotela koji bi njoj odgovarao. Njegova hladnoća joj je donela teško neraspoloženje; ova devojčica kao da joj je najednom sve objasnila. Darinka ga je videla kako prati ovu malu. Zamrzla ju je kao da je u ovom času shvatila da će izgubiti igru. Htela je da ustane i siđe na prvoj stanici, ali nešto je prikova za sedište. Želela je da dobro vidi svoju mladu suparnicu, da je vidi od glave do pete, da proveri je li jača od nje.

A Slađana je drugim očima gledala ovu lepu gospođu. Videla je da je lepa i nije tražila bore na njenom licu. Fini parfem se širio oko nje i sve na njoj je bilo fino: od tankih tesnih rukavica sa širokom manžetnom, od bogatog krzna oko vrata, modernog kostima i finih cipela. „Nju je Gradimir ljubio", pomisli devojka. I pogleda joj usne: tanke, izvijene i doterane ružom. Nije htela da bude kritičar, jer nije imala nikakvo pravo na Gradimira. Samo dva pisma. A možda i ovoj gospođi piše topla ljubavna pisma. Zašto obema piše? Ovo mu je ljubavnica, a šta bi bila ona? Zvao ju je u šetnju autom. Da li se pozivaju devojke koje se vole ili devojke koje se žele za ljubavnicu?

Ustala je i brzo izašla iz tramvaja.

Miloševićka ponovo zadrhta. Opazi obli list noge, lepa bedra u tesnom žaketiću, devojačke grudi... Okrenula je glavu da devojčica ne vidi njen bol; nešto ju je štrecnulo kao teško predosećanje... Najednom se nečeg setila, sišla je na sledećoj stanici i umesto da ide tamo kuda je pošla, skrenula je u drugom pravcu.

———

Slađana je kupila konac i vraćala se kući... Gledala je slike pred jednim bioskopskim izlogom. Nije primetila kako za njom ide onaj nasrtljivi mladić koji ju je već toliko puta pratio. Bio je na izvesnom rastojanju, ali je nije gubio iz vida. U njenoj ulici je skratio odstojanje. Okrenula se i namrštila: „Opet ovaj!"

— Vi se uvek pravite da me ne vidite, gospođice — javi se glas kraj nje.

— Zašto da vas gledam kad vas ne poznajem niti me interesujete?

— Dopustite da vam se predstavim.

— Zahvaljujem vam i molim vas da me ostavite na miru!

— Mislim da vas ne uznemiravam, ali mi čini ogromno zadovoljstvo da vas pratim.

Slađana ne odgovori ništa, samo ubrza korak. Nije htela više ništa da govori. „Kako je drzak i nasrtljiv!"

— Vi ne znate, gospođice, da ja neprestano mislim na vas.

I dalje je ćutala. On je tiho nastavio:

— Zašto ste tako svirepi prema meni? Dozvolite mi bar da vam se predstavim. Vidite, ja znam vaše ime. Imate divno ime... Slađana... Zato ste vi tako slatki, a ja sam sav gorak... Zbog vas! Koliko mi zadajete bola! Zašto ćutite? Recite mi bar jednu reč. Pristaću i da me izgrdite, neću se ljutiti. Vi ste toliko slatki da bih mogao podneti i vaše grdnje.

— A kad bih vam opalila šamar, gospodine? — zastade najednom sva crvena od ljutine.

— Ja bih vam podneo i drugi obraz da me udarite. Ženska ručica ne može da zada bol. Zašto nećete da vam se predstavim?

— Što je vama stalo da mi se predstavite?

— To je gest učtivosti!

— Doista, vaši su gestovi vrlo učtivi! — reče devojka ironično.

— Vi me prisiljavate da budem neučtiv, jer nemam drugog načina da vam izrazim svoja osećanja...

— Gospodine, molim vas, udaljite se! Šta znači ovakvo ponašanje na ulici?

— Znači da mi se mnogo dopadate. Nemojte misliti da sam laskavac... Ali za vama sam rešen da idem do praga vaše kuće...

Ona se okrete kao da hoće da se vrati natrag, ali se prisili da zastane. On se nasloni na jedno drvo i rastuženo je pogleda:

— Čekaću vas, gospođice!

Pošla je nazad, gotovo očajna, a imala je želju da mu pljusne šamar. Onda se predomislila, projurila pokraj njega, počela već da trči. On pruži korak... Opet je stiže:

— Što se tako ponašate, gospođice? Dopustite da vam se predstavim...

— Vrlo važno da mi se vi predstavite! Čim se tako ponašate na ulici, jasno mi je ko ste!

— Hvalo lepo, gospođice! Kako ste me okvalifikovali.

Opet je zaćutala.

— Znate kako vi i ja sada izgledamo?

Ona mu ne odgovori.

— Kao neki par koji se voli i svađa na ulici. Pomisliće da sam ljubomoran ja ili vi. No, ja sam ljubomoran. Sreća te je otputovao, inače svašta bi se moglo dogoditi!

— Na koga ste ljubomorni?

— Vi znate... na Gradimira... Vi ga, zbilja, volite?

— Slušajte, gospodine, ne dopuštam da spominjete gospodina Markovića.

— Jadna mala! Kako ste vi naivni! Zbilja, vi ste zlatna devojčica. Ljutite se na mene, a možda sam vam ja mnogo veći i iskreniji prijatelj...

Više ga nije slušala. Uletela je u kapiju svoje kuće. Videla ga je kako stoji ispred kapije, ali je brzo ustrčala uza stepenice. Zastala je na prvom odmorištu, besna i spremna da ga pljusne posred lica samo ako se usudi da pođe za njom. Ali nije ga čula i uzbuđeno se popela do svoga stana. Nije mogla da veruje da je zaljubljen u nju kad je ovako drzak. Čisto se plašila; on joj je izgledao kao jedan od onih sumnjivih tipova beogradske ulice. Koliko drskosti!

Dok je mama spremala večeru, Slađana je ponovo čitala Gradimirovo pismo i slatke reči su joj se uvlačile u srce kao pesma. Posle večere ona i mama vadile su žice za ažur na njenim kombinezonima. Videla je sebe u ružičastom kombinezonu, videla je velike, lepe Gradimirove oči, osetila je njegovu ruku i sva uzbuđena izvlačila je žice... Radio je svirao i razlivao po sobi veliku i tužnu ljubavnu ariju operskog pevača.

Preokret u ženskom srcu

Gvido je čekao Natašu u svojoj sobi od šest do osam, ali ona nije došla. Bio je nervozan i ljut. Šta je s njom? Više od tri nedelje mu nije dolazila. Juče su se dogovorili, obećala je, i sad je nema. Nadao se da će sutradan doći na Kalemegdan.

I zaista, na Kalemegdan je došla.

— Juče sam te čekao — prekori je mladić.

— Znam... Nisam mogla da dođem.

— Zašto?

— Strah me. Vrlo je bolno ono što sam preživela i nemam više radosti. Ti to ne možeš razumeti.

— Šta to govoriš? Otkud to neraspoloženje? Ti si moja, ja te sad još više volim!

— Ne, nisam tvoja... I nikad neću biti.

Privukao ju je nežno k sebi da bi je umirio.

— Neću da patiš... Ti znaš da ćeš jednog dana biti moja!

Ona je uzdahnula: „Jednog dana...” A dotle ima sve isto da preživljava i da se opet ponovi ono što je bilo strašno i ponižavajuće... Najviše ju je bolelo to što je osećala da nije stvarno njegova. Još uvek je pripadala sirotinji, svađama, bednim sobičcima, pohabanom nameštaju... Njegova je samo zato da bi se on zadovoljio. Ne, ne može ona ovako dalje! Pogledala ga je. Oh, tako su bile lepe njegove oči i toplo su je gledale! Pa ipak, ona je nesrećna, slomljena, ponižena...

— Kad ćeš da dođeš?

— Ne znam... ne mogu... Ponižava me tajno ulaženje u tvoju sobu...

— Dakle, ti me ne voliš! Sad si se setila da te to ponižava!

— Uvek me je ponižavalo, veruj! A sad se plašim da me nećeš voleti kao ranije. Postaću ti obična!

— Nećeš biti obična ako budeš iskrena. Ne mogu da te razumem! Ja sam juče jedva čekao da te vidim, a tebi je bilo svejedno.

To ju je zabolelo: voleo je da je vidi, jer mu je bila potrebna kao ženka. A ne pita je kako živi, muči li se, je li sita? Često je dolazila i gladna na sastanak i odlazila kući znajući da nema dovoljno večere, dok je on išao u kafanu i gospodski večerao. Nije mogla da ide na sve časove, izgubiće ovog meseca, a uzela je akonto... Treba cipele da kupi, haljinu, a nema. Sigurno da i on nema. Dao joj je za abortus... Možda se zadužio. Sve je to rastužilo.

— Kako se osećaš? — pitao je Gvido. — Da te što ne boli?

— Ne boli me.

Telo je nije bolelo; duša ju je bolela...

Rastali su se te večeri i nije mu ništa obećala. Hladni jaz još više se produbio između njih. On je bio uvređen muškarac, a ona oskrnavljena ženka. Više se nije moglo nastaviti kao što je bilo, jer joj je i srce i svest ispunilo sećanje na očajanje koje je preživela. Zašto nije osetila ovakav strah pre toga? Treba preživeti pa se otrezniti. Nije znala šta da radi. Da li da pripadne opet Gvidu i pusti da je život nosi — pa šta bude?

Sestre i brat otišli su u školu, a ona je rastrebila sobu i uzela ručni rad. Više nije imala radosti u životu. Slomljeno devojaštvo nije lako i ne prelazi se lako preko poniženja. Žena traži nagradu kao neku vrstu odštete za izgubljeno i oskrnavljeno devojaštvo. A ona od Gvida nije mogla dobiti nikakvu odštetu; on je bio samo činovnik s jednom platom, koja ne može biti dovoljna da se ženi. Vređalo ju je što neće da se ženi. Zar ona ne bi umela biti domaćica? Zar je njemu teže da njoj da svoje ime i izdržavanje, nego njoj da njemu da svoje telo i dušu? I Gvido je sebičan! Izbrisala je suze. Čula je da mama s nekim razgovara:

— Doneo sam ovo pismo za gospođicu Natašu Kostić. Stanuje li ovde?

— Ovde stanuje. Nataša! — viknu mati.

„To je od Gvida!", pomisli Nataša i istrča, ali se iznenadi kad vide jednog malog dečaka, s kapom na kojoj je pisalo *Hotel Palas*. Od koga je pismo? Ovo je od Francuza...

— Pričekajte jedan čas! — utrčala je u sobu. Raul Kordej! Pismo je bilo na francuskom... Došao je u Beograd, odseo u „Palasu" i moli je da se danas nađu i da ona odredi mesto sastanka.

Mati uđe.

— Od koga ti je pismo?

Ona je zbunjeno prošaputala:

— Od Francuza... od direktora rudnika... Hteo bi danas da se vidi sa mnom. Treba da mu odgovorim. Molim te, odvedi dečaka u drugu sobu dok ja napišem.

— Pa idi! Pričala si kako je to bogat i fin čovek. Takvog da nađeš da se udaš!

Nataša je nervozno preturala po fioci... Ah, gde je koverat i tabačić? Jedan je imala. Jedva ga nađe. Brzo je pisala. Možda će biti koja greška. Ne može da prepisuje. Mislila je gde da zakaže sastanak. Na Kalemegdanu ne sme. Može naići Gvido. Najbolje je da ode u „Palas", da je on čeka u hotelu. Oko pet. Gvido je tada u banci. Ispisuje redove sva srećna. Nije to kao s Gvidom. Ovo je nešto drugo. Francuz! Da li je pozvao i Gordanu? To će videti... Pročitavši pismo, ispravila je dve greške. Tako, dobro je... Stavlja u koverat. Lepo ime: Raul Kordej!

— Evo pisma! Odnesite gospodinu! — reče dečaku dajući mu pismo.

I mati je uzbuđena. Nataša je pričala kako su išli s njim na Avalu i Oplenac i kako je fin čovek. Majci je milo što ona govori francuski... Njoj i pristaju takvi ljudi i društvo, a ne ovi u dvorištu... Nikad nije mogla da zaboravi svoje bogatstvo iako se u bogatstvu nije mogla pohvaliti otmenošću i inteligencijom. Laskalo joj je što se Nataša druži s Gordanom.

— Pa gde ćeš s njim da se nađeš?

— U „Palasu"... U holu će me čekati. Gde ću, mama, da mu zakazujem na Kalemegdanu? Da imamo lep stan, ja bih ga ovamo dovela.

— Jaoj, gde u ovu udžericu! Stid me da kažem gde stanujemo.

— Mama, imaš li kišnice da izmijem kosu? Znaš kako se meni uvije kosa kad se izmijem.

— Nemam, ali ima gospa Persa. Punu je perionicu nahvatala. Potražiću od nje.

Mati se ne buni ništa, još joj je milo... Ama ona zna da će njena Nataša biti srećna. Kad bi se našla bogata prilika pa da se uda, svi bi bili srećni. Nataša ne bi napustila majku, sestre i brata.

— Tati nemoj da pričaš da sam otišla u „Palas".

— Šta da pričam njemu! Dojadio mi je život s njim. Kako sam živela kod mog oca...

— Ako zadocnim do devet ili deset, reci da sam s Gordanom.

— Pa nećeš, valjda, toliko ostati?

— Možda ćemo otići do Avale ili Topčidera. Nećemo sve vreme sedeti u kafani. Ne znam... A možda ću se odmah vratiti. Metni mi, mama, malo žara da ispeglam onu belu svilenu bluzu.

— Baš ima žara... I kišnicu sam ti donela.

Mati se ustumara po kuhinji, a Nataša ostade u sobi. Tek tada dođe joj misao: da li je ovo smela da uradi kad pripada Gvidu? Jedan trenutak prekorevala je sebe, a posle je odmah našla opravdanje: Gvido hoće ljubavnicu a neće da se ženi... Nije se setio ni poklon da joj kupi, a ona treba da se izlaže svim opasnostima i poniženju... Prevarila se ona! Da joj je onda bila ova pamet, ne bi se upustila s Gvidom. Baš voli što ide s Francuzom! Slušajući stalno od mame jadikovanje za bogatstvom, želela je da bude bogata. Gvido je osvajao svojom lepotom, ali je videla da od njegove lepote nema nikakve koristi.

Brisala je prašinu po sobi, ispeglala bluzu, posle je izmila kosu. Sestrama i ocu nije pričala ništa. Oko četiri sata se obukla.

— Baš ti divno stoji taj somotski žaketić! — divila se mati. — Bog neka dâ Gordani! Uvek misli i na tebe.

— Čak sam, mama, i toku mogla da napravim od parčića... Je l' da mi lepo stoji?

— Ne mogu da te poznam. Prava gospođica!

Nataša je poljubila mamu, srećna što joj ona sve odobrava; a mati je izašla za njom čak do kapije. Dve komšike pogledaše Natašu.

— Baš je lepa vaša ćerka!

— I lepa i fina. Da čujete samo kako govori francuski! Guvernantu je imala u detinjstvu, ali dođe kriza pa sve propade. Ne bih ja sedela u ovakvoj kući...

— More, hodite da popijemo kafu! — pozva je druga komšika. I žene se raspričaše ogovarajući one druge u avliji, najviše onu udovicu što svaki čas menja samce.

———

Nataša uđe u hol hotela „Palas" uzbuđena.

— Tražim gospodina Raula Kordeja — obrati se portiru.

— Gospodin je tamo.

Francuz ju je već spazio. Sedeo je i čitao novine. Pođe joj u susret.

— Zahvaljujem vam, gospođice, što ste mi učinili zadovoljstvo da dođete.

— Vrlo sam se iznenadila kad sam dobila vaše pismo! Iznenada ste došli?

— Iznenada... Nisam mogao vas da ne vidim...

Govorili su francuski.

— Nisam stigao ni da vam odgovorim na poslednje pismo. Radujem se što ste položili ispit.

— Ovog puta sve smo položile. Ali mnogo smo i radile, i ja i moja drugarica Gordana. Jeste li se videli s njom?

— Nisam... Dva dana ostajem u Beogradu pa sam želeo vas da vidim...

Pocrvenela je od zadovoljstva. Dakle, samo je nju želeo da vidi. Ona se uvek više dopadala muškarcima od Gordane. Gvida je zaboravila gledajući Francuza. Tako je elegantan i otmen... Konobari obilaze oko njih.

— Hoćete li, gospođice, čaj?

— Hvala, ne mogu. Jednu kafu samo... — ona je skromna i neće odmah da pije i jede. — Izvinite što vas nisam pozvala kući — opravdavala se. — Mi daleko stanujemo.

— Bolje je što smo se ovde sastali... Hoćete li da se izvezemo autom u okolicu? A voleo bih da vidim Kalemegdan... Prošlog puta nisam išao.

Ona pogleda u sat: pet i četvrt. Do šest bi još mogli, jer Gvido izlazi tek u šest i četvrt.

— O, treba da vidite Kalemegdan! A jeste li bili u Topčideru i Košutnjaku?

— Nisam imao vremena prošlog puta. Ako želite možemo ići — Francuz je živo pričao i neprestano je gledao. Videlo se da mu se dopala. A danas je baš lepa. Ogledala su joj to kazala.

Ispila je brzo šoljicu kafe i predložila Francuzu da idu. Kroz Kalemegdan je Francuz stalno zastajkivao. Posmatrao je Spomenik zahvalnosti Francuskoj. Nataša ga je vodila. Odjednom pogleda u satić: pet minuta do šest... Da se spuste, pa će izaći na drugi izlaz, kroz grad... Gvido ide uvek Knez Mihailovom ulicom. Njoj se žuri, a Francuzu se ne žuri. Hteo bi sve da vidi; čudi se izvanrednoj lepoti terase ispod gradskih zidina, ali ga očarava i ova lepa devojka o kojoj je često mislio. Pomišljao je da bi bila divna prijateljica. Razvod braka nije još dobio... Imao je jednu prijateljicu i dosadila mu je. Nije odgovarala njegovom ukusu. On je voleo fine žene, pomalo egzotične južnjakinje. Ovo devojče mu je izgledalo baš kako on voli. Bila je vrlo otmena. Nijedan izlišan pokret. Govorila je francuski.

— Ja bih s vama potpuno naučila francuski. Šteta što ne živite u Beogradu!

— Pa nisam daleko od Beograda. Može se i do moga rudnika lako doći. Jeste li bili u tom kraju?

— Nikad, i uopšte ne znam kako izgleda rudnik. Je l' strašno silaziti u okno?

— Ni najmanje. Sve je to osigurano. Treba da vidite rudnik — gledao ju je kao da čeka odgovor, a ona je ćutala. Šest i četvrt je pokazivao njen satić, već su bili kod drugog izlaza...

— A, eno taksija! Dakle, hoćete li u Topčider?

— Tamo je divno. A danas je topao dan... Kao maj!

Nataša ulazi u auto.

Taksi je stao pred restoranom u Topčideru.

— Pokazaću vam jedno istorijsko mesto i kuću...

Vodi ga do platana, do česme, Konaka kneza Miloša... Idu dalje. Francuz zastajkuje i posmatra... Ali najviše gleda lepu devojku. Sviđaju mu se njene duboke plave oči i mala rumena usta s kraćom gornjom usnicom. Somotski žaketić joj fino obavija stas, a štofana suknja joj se pripija uz bedra. Naslućuje se lepota i gipkost tela.

Posle šetnje vratili su se u restoran. Francuz je poručio večeru. Rekao je da je do devet sati slobodan; u pola deset mora da se nađe kod „Moskve” s nekim prijateljima. Hteo bi i sutra da se nađu, ali ona se izvinjavala da je zauzeta. Kaže mu da daje časove iz gimnazijskih predmeta.

— Moj tata je nekad bio vrlo bogat, pa smo postradali zbog krize. Sad je činovnik u opštini.

— Vrlo mi je žao što vas sutra ne mogu videti. Zar ne možete oko sedam? Voleo bih da idemo u neku tipičnu beogradsku kafanu gde se mogu čuti vaše pesme. Hoćete li u operu da idemo?

„Ah, to mu je divan predlog!” Opera počinje u osam. Dotle će se videti s Gvidom i naći neki izgovor.

— To je najbolje, da idemo u operu! Ja obožavam muziku.

— Vrlo dobro... poslaću sutra dečaka iz hotela da uzme dve karte. Vama ću poslati vašu kartu, pa ćemo se naći u operi, a posle ćete me odvesti u neku vašu tipičnu kafanu.

— Ima jedna lepa u Makenzijevoj ulici! Rado ću vas odvesti.

A Makenzijeva ulica je daleko od Gvida. Verovatno će se autom vratiti iz pozorišta. Gvido sigurno neće ići u operu.

Suton se spušta nad Topčiderom. Miriše noć puna mladog zelenila i čistog šumskog vazduha...

———

Gvido se čudio što Nataše nema na Kalemegdanu. Bio je neraspoložen, ljut i ljubomoran. Šta se to događa s Natašom? Zašto ga izbegava? Kakav je to psihički proces u njoj posle svega što se dogodilo? On je bio iskren prema njoj, voleo ju je, jer mu je dala dokaza svoje ljubavi. Nije mogao da je prekori za prošlost, jer prošlosti nije imala. Bilo je u njoj nečega što ga je silno privlačilo: ljupkost i temperament. Više od tri nedelje su rastavljeni, a ona je bila njegova žena, i bio joj je veran. Mučila ga je strast za njom. Lutao je kalemegdanskim alejama, ne obazirući se na nestašne i izazivačke poglede šiparica. Otišao je u svoj restoran i večerao. Posle je nesvesno pošao u kraj gde je stanovala Nataša. Znao je njenu ulicu i broj kuće. Večeras ga je nešto gonilo da prođe pored njene kuće. Išao je lagano do njene ulice. Tražio je broj. Video je jednu nisku kuću s ulice i mnogo stanova unutra. Bedno sirotinjsko dvorište. Iznenadio se da Nataša tu stanuje. Da li su oni toliko siromašni? Nikad se nije žalila. Stajao je pred kućom. Jedan dečak od desetak godina iziđe iz dvorišta.

— Mali, da li tu stanuje gospođica Nataša Kostić?

— Jeste... Ona prva vrata.

— A da li bi mogao da odeš da vidiš je li ona kod kuće? Hajde, častiću te!

Dečak nije čekao da mu se dvaput kaže. Jedna žena se pomoli na pragu.

— A ko traži Natašu?

— Jedan gospodin.

Gvido se odmače od kapije i pričeka dečaka.

— Nataša nije kod kuće...

— Uzmi ovo! — pruži dečaku dva dinara.

I ona žena izjuri na kapiju, ali se Gvido brzo udalji. „Gde li može biti kad nije kod kuće? Zašto se nije našla s njim kad je izašla?" Mučile su ga razne sumnje... Kakav život ona vodi u toj sredini? Kafana je bila na uglu njene ulice. On sede i poruči špricer. Rešio se da je čeka. Razmišljajući o njoj, čisto se sažalio. Ona je, znači, mnogo sirota. Bilo mu je teško što ne može da joj pomogne. No, radiće prekovremeno i kupiće joj haljinu, cipele i šešir... Daće joj novac pa neka sama kupi. Skoro će devet... Da nije kod Gordane? Znao je da nekad spava kod nje... Ali zašto njega izbegava? Nije mogao da je razume. Nikada mu se nije dogodilo nešto slično. A možda ona smatra da on treba odmah da se oženi njome. On ne beži od braka, ali mu je sad nemoguće. Čudne su devojke!

Pošao je lagano. Hteo je opet da prođe pokraj njene kuće. Išao je s druge strane ulice. Najednom je spazio na uglu auto koji zastaje: devojka izlazi iz auta... Pružila je nekom ruku, rukovala se s nekim u autu. Auto odjuri.

— Nataša! Otkud ti u autu? — pojurio je preko ulice da je spreči da ne uđe u kapiju. — Zašto si se uplašila? Hteo sam da te nađem. Nisi bila kod kuće.

— Zar si išao mojoj kući?

— Ne, poslao sam jednog dečaka da vidi jesi li kod kuće. S kim si došla autom?

— Pa... Išla sam s Gordanom. Ovo je auto njene sestre...

— A je l' Gordana bila u autu?

— Ona? Jeste! Ko bi drugi mogao biti?

— Nije istina! Po tvom glasu poznajem... Nije Gordana bila u autu.

— Bogami sam s njom bila! — lagala je drhteći. — S kim bih drugim mogla biti?

— Ne znam... To ti znaš... Zašto nisi večeras došla na Kalemegdan?

— Meni je tako teško... Plašim se. Ti hoćeš opet da se obnavlja.

— I ti sad hoćeš da se rastanemo? — snažno joj je stegao mišicu. — Je li to tvoja ljubav u koju si me uveravala?

Prekorne, gnevne reči kao da je otrezniše. Nije lako raskinuti vezu s muškarcem kao što je Gvido. Nešto je duboko ražalosti videći ovako lepog i dobrog mladića koji je voli i možda pati. A kako bi tek patio da je video Francuza i šta bi se sve moglo odigrati? Ne sme se igrati osećanjima jednog muškarca.

— Gvido, što si večeras takav? Ti patiš? Sumnjaš u mene? — nežno je pitala hvatajući ga za rukav. — Voliš li me?

— Zašto me to pitaš kad ti je svejedno? Ti si postala sasvim drukčija! Teraš me da lutam ulicama i da te tražim. Drеždim na Kalemegdanu, a ti se voziš autom!

— Ti me voliš? Je li?

— Svakako! A ti to ne osećaš. Tek sada vidiš da te volim! Nisi ti bila s Gordanom... Lažeš!

— Bože, Gvido, pa zar ti da mi praviš scene na ulici?

— Nataša! — začu se ženski glas.

— Moja mama! Izvini... Ne mogu da stojim na ulici... Mama i ne zna za tebe. Nikad joj nisam pričala.

— Hoćeš li sutra doći na Kalemegdan?

— Sutra? Sutra ne mogu! Imam časove.

— Ti si lažljivica! Stalno se izmotavaš časovima... Da nisi i večeras išla na Avalu?

— Nataša! — opet je pozva mati.

— Prekosutra ću doći! Izvini! Nemoj da se ljutiš! Ja tebe volim... Ti ne razumeš moj život... Ja tako patim... Zbogom! — istrgla je ruku i potrčala.

Mladić se lagano udaljavao. Gnevno je mislio o njoj.

„Moram saznati s kim je bila!" Požurio je u svoj stan i dohvatio telefonski imenik... Našao je telefon Markovićevih.

— Alo! Ko je na telefonu?

— Marica.

— A gde je gospođica Gordana?

— U svojoj sobi. Hoćete li da je pozovem?

— Nemojte! Nije potrebno! Samo sam hteo da vas pitam: je li izlazila danas gospođica Gordana?

— Nikud ona nije izlazila celo posle podne... Bolela ju je glava.

— Zar se nije večeras autom izvezla gospođica Gordana?

— Kakav auto? A ko pita za gospođicu?

— Jedan gospodin... Pozdravite je... Hvala lepo!

Spustio je slušalicu.

„Tako! Sad znam! S Gordanom nije bila. S kim je onda išla? Ona me laže i vara. Gadno! Dakle, njoj je potreban auto i bogatstvo. Bedne su devojke!" Trebalo je jedan samo da bude prvi da bi se posle nastavio život. I on je bio taj prvi glupan koji je poverovao da ga ona voli.

Nervozno je šetao po sobi. „Ako misliš da me varaš i lažeš, i ja umem da okrenem drugi kraj." Ali, bila je povređena sujeta muškarca. Samo da mu je znati s kim je bila? Mora doznati! Ali gde i kako? Slobodna ljubav i slobodna žena! Može da radi šta hoće, da ide kud god hoće. Posle su opet za sve krivi muškarci, a one nevine.

Između ljubavi i siromaštva

Nataša se mučila: zašto da je baš Gvido vidi kad je izašla iz auta? Mami je radosno šaputala, da drugi ne čuju, kako se divno provela. Pažnja tog otmenog stranca laskala je i njenoj mami. Nataša joj je sve ispričala: šta je jela, pila, kako se vozila autom.

— I ja sam nekad tako živela kod mog oca! I fijaker i kočije... Niko nije imao lepši fijaker od našeg! — uzdahnula je mati i legla. U sebi se molila Bogu da bar Nataša bude srećna i nađe čoveka koji će joj pružiti bolji život. „Da taj Francuz hoće da je zaprosi kazala bih joj neka se uda.”

Spavala je Nataša to jutro do osam. Probudila se i osetila stvarnost: Gvido se izvlačio iz njenog srca kao bol. Ljutila se na Gvida. Šta on hoće? Da živi s njim, jer mu je potrebna žena! On će, gospodin, posle fino da se izvuče, neće osetiti nikakve posledice, a ona treba da drhti i strepi, i još ova oskudica u kući. Znala je da jutros nemaju novca i uzdahnula je kad se setila kako je Francuz otvorio svoj buđelar a u njemu sve naslagane stotinarke i hiljadarke, svežanj prsta debljine, pa sve nove... Da je njegova prijateljica, taj bi umeo biti galantan! Jeste, Gvido je lep i dobar, ali ona mora da se muči. Jutros nemaju ni za ručak.

Sestrice i brat otišli u školu, a ona se raspričala s mamom. Mami je milo da sluša o Francuzu...

— Pa kako ti njemu kažeš? — htela je da čuje kako Nataša govori francuski; milo joj da sluša i ponosi se. — Ima da zahvališ Gordani što si mogla i ti s njim da razgovaraš... Proživela si lepih časova u njihovoj kući.

Zaista, Gordana je divna i iskrena! Mislila je Nataša često o tome da li i ona voli Gvida. Jutros mora otići kod Gordane. Mora joj reći za Francuza i kazati kako je slagala Gvida. Može je negde sresti i pitati. Ne bi volela da je uhvati u laži. On je ljubomoran. Nasmešila se kao da joj laska što je Gvido ljubomoran. Zar svaka devojka ne zaželi ljubomoru muškarca? Majci je kazala da je to jedan mladić s kojim se upoznala kod Gordane i da on Gordanu voli.

Opet se vratila na priču o Francuzu.

— A znaš, mama, zvao me da dođem da vidim njegov rudnik.

— E, kako da ideš! Gde ćeš da odsedneš?

— Ima veliki hotel! U hotelu bih odsela.

— Neka on dolazi u Beograd, bolje će biti.

— Ne može on svaki čas da dolazi u Beograd. Ja bih baš volela da vidim rudnik... Nigde ne putujem. Da mogu s Ferijalnim savezom.

— Zar ja ne bih želela da ti putuješ? Ali šta ćemo letos ako nemadneš nijednu instrukciju? Ne može da se živi od očeve plate!

Nataša je pomenula Ferijalni savez, jer ju je Francuz pitao gde će da letuje? Učinilo joj se da bi on želeo da ide s njim. Vezala se s Gvidom, a on je i ne poziva na letovanje, a roditelji mu Dalmatinci. Zašto je ne odvede roditeljima i ne predstavi je kao verenicu? Kaže da misli na brak, ali tek posle godinu i po dana... Osećala je ogorčenost na Gvida iako ga je volela. Da se Francuz nije pojavio ne bi imala s kim da se provede; pomirila bi se i nastavila život. Ali Francuz, otmen i bogat stranac, a uz to kavaljer, sve je poremetio u njoj... Ono što je uvek želela, bogatstvo, jer je bila suviše teška njena sirotinja u kući, sad joj se pružalo. Voleti i ne osećati oskudicu! A pokraj Gvidove ljubavi uvek će gladovati.

Neko je kucao na vratima.

— Izvol'te! — čula je glas nekog dečaka.

— Za koga je to?

— Tu piše... Za gospođicu Natašu Kostić.

Nataša izlete. Mati je držala veliki buket crvenih ruža i jednu veliku bombonjeru.

— To Francuz šalje! — šapnu mami.

— Evo, Nataša, i pismo.

— Imaš li, mama, dva dinara da častim dečaka? — šapatom upita. — Hvala, mali! — ljubazno je ispratila dečaka. — Pogledaj, mama! Ajoj, što su ruže! Pa bombonjera!

— Vidi se da je bogat čovek.

— Čekaj samo pismo da pročitam.

Iz pisma ispade ulaznica za operu.

— Prvi red! A ja, jadna, sve išla na treću galeriju. Sad ću da sedim u prvom redu.

— A šta li piše?

— Piše kako se seća svakog trenutka koji je proveo sa mnom, i biće vrlo srećan što će večeras sa mnom slušati operu...

— Fin čovek! Pogledaj, sve ove u avliji istrčale kad su videle cveće...

— To su skupe ruže!

Nataša posluži komšinice bombonama preko prozora. Žene se posle udaljiše da pričaju o ružama, bombonama i Francuzu na svoj način.

Nataša se brzo spremi da ide Gordani.

— A šta ćemo za pare? — pitala je mati.

— Ne znam, mama. Zar ništa nemaš?

— Otkud da imam? Kod kasapina sam uzela meso na veresiju. Imala sam toliko da kupim zelen za supu. Možeš li od Gordane da pozajmiš?

— Pitaću je... Ali me sramota. Kad god uzmem od Gordane, ona neće posle da primi kad joj vraćam.

— Što da te sramota? Kao da nemaju! Brat joj daje, sestra joj daje, kuću imaju, otac lepu penziju...

— Znam, mama, ali opet ne mogu... Vidiš kakav mi je fin somot dala za žaketić... Pitaću je. Kad god ima ona mi da.

———

Gordana je sedela u bašti. Ceo prethodni dan bolela je glava. Jutros joj je malo bolje. Uzela je ručni rad i sedela u bašti. Tako joj je prijala aprilska svežina i miris trave. Bilo joj je sve nekako tužno. Njen život je prazan... Nema ljubavi. Nije mogla da traži ljubav kao druge devojke, i kao Nataša. Zašto Gvido nije nju gledao? Nataša mu je otišla u stan, a ona to ne bi nikad učinila. Zato i tuguje ovako u samoći. Bolno joj je bilo u srcu. Zašto nema prave velike ljubavi? Ko li se to telefonom za nju raspitivao? Marica joj je rekla. I ta luda da je ne pozove na telefon! Ko li se tako tajanstveno raspituje o njoj?

Kapija lupi. Ona spazi Natašu.

— Hodi, ovde sam!

— Što ti uživaš! Ala je lepo ovde! A kad se setim moga dvorišta! Nego, da pređem odmah na stvar... Znaš ko je došao u Beograd?

— Ko?

— Mesje Raul Kordej!

— Zbilja? Jesi li ga videla? — ravnodušno upita Gordana.

— Juče sam bila s njim. Pozvao me pisamcetom. Išli smo u Topčider.

— E, ti baš imaš uspeha kod muškaraca! — smejala se Gordana. Za Francuza joj nije bilo krivo. — A zna li Gvido za tvoj sastanak s Francuzom?

— Kakav Gvido! Ne zna... Zato sam i došla da ti kažem: ako ga slučajno sretneš i on te upita jesi li ti sa mnom bila u autu da kažeš da si bila.

Prijatno osećanje, koje je celo jutro slatkim slutnjama ispunjavalo Gordanino srce, iščeze kao dim. „Dakle sinoć je s Maricom govorio Gvido?... Ljubomoran, on se raspituje za Natašu, voli je.”

Pustila je ručni rad na krilo bez volje i radosti.

— Ti si dockan stigla. Trebalo je ranije da me obavestiš: sinoć je Gvido telefonirao i razgovarao s našom Maricom.

— Pa šta je pitao?

— Jesam li ja gde izlazila po podne? A Marica je kazala da nisam nikud izlazila.

— Je l' mogućno? Kako je lukav! Uh, sad će me uhvatiti u laži! On me je video u autu. Zamisli, čekao me do pola deset u mojoj ulici. Srećom, na ćošku izađem iz auta. A sa mnom je bio Raul. Ja se zgranuh kad videh Gvida... Kazala sam što mi je prvo palo na pamet: s Gordanom sam se vozila. Znaš, on je ljut, jer nisam više išla k njemu... Kazala sam ti da neću da idem.

— Kako ćeš da se izvučeš? Znači da te Gvido voli. Ipak, ne smeš i s njim i s drugim...

— Šta sam mogla raditi kad me Francuz pozvao? On je stekao tako lepo mišljenje i o meni i o tebi. To je jedan tako otmen gospodin!

— Sve je istina, ali opet, nezgodno je posle onoga što ti se desilo s Gvidom...

Nataša uzdahnu:

— Znaš šta? Da se nešto dogovorimo: večeras moram da se vidim s Gvidom... Reći ću mu da Marica nije znala, bila je otišla nešto da kupi, a Vukica u međuvremenu došla autom... Iako te je bolela glava, naterala te da se provozamo... Marica je tako kazala, jer nije imala pojma da smo se nas dve izvezle i ti mene dovezla do kuće.

— Reci mu i ako on primi tu laž ja ću potvrditi. Ako me zapita, ja ću potvrditi i zapretiću Marici da ništa više ne odgovara preko telefona kad mene traže.

— Ljubim te, kaži joj tako! Da ona napravi takvu neprijatnost!

— Tako me je bolela glava! — prošaputa Gordana da bi opravdala svoj tužni izraz lica.

— Vidi se na tebi... Bleda si — reče Nataša. — A htela sam da te zamolim još nešto: imaš li da mi pozajmiš trideset dinara? Makar i dvadeset?

— Šta da ti pozajmljujem? Daću ti! Grada mi je poslao sto dinara, a dobila sam i od Mike sto. Daću ti pedeset.

Nataša se rastuži:

— Nikad neću zaboraviti dobra koja si mi učinila! — briznu u plač. — Baš mi je dojadio život u kući! Nikad nemaju...

— Zato je tebi potrebna bogata udaja. Da nisi išla s Gvidom, Francuz bi bio sjajna prilika za tebe. On je vrlo bogat... Mika priča kako ima lepu vilu, elegantno namešten stan, svoj auto... Voliš li ti Gvida, reci mi iskreno?

— Pa... kako da ga ne volim! Ali, čudno je to... Ja sad, ako hoću da sačuvam Gvida, treba da nastavim s njim... I onda se pobunim. Mučim se, oskudevam, dajem časove, pozajmljujem od tebe, ti me takoreći oblačiš, a ja sam žena jednog muškarca i nemam ništa od njega, a on zahteva da budem njegova. Neću više! Nije to materijalizam, ja s pravom tražim da mi muškarac — ako hoće da budem njegova — bar malo olakša život. Gvido to ne može. Ja ga razumem i ne tražim ništa od njega. Ah, da smo samo drugovi! Kako bi to bilo divno!

— Onda ne bi ni videla Gvida, niti ma kog drugog, nego bi sedela ovako u bašti, sama kao ja... Mrzim sve muškarce. Toliko su sebični! Nego, hajd'mo u sobu da ti dam tih pedeset dinara. Koliko je sati?

— Četvrt do dvanaest.

— Ostani da ručaš kod nas! Znaš kako te moj tata voli. Ja se smejem i sve diram tatu: Nataša je tvoja simpatija.

— Čika Živko je zlatan! I ja njega volim.

— Eno tate! Tata, evo tvoje simpatije!

— O, Natašice, kako si? Što ne dolaziš svaki dan kod Gordane? Juče je bila bolesna ceo dan. Kako ti je, sine?

— Dobro mi je sada, tata.

— Ne mogu svakog dana, čika Živko. I ovaj prokleti tramvaj košta.

— Ama, ako je za tramvaj, ja ću da ti dam. Evo da te častim s dvadeset dinara. Nisam te častio za ispit. Nego, kad primim penziju...

— Veliko hvala, čika Živko.

— Pa ostani da ručaš kod nas. Već je dvanaest!

— I ja sam joj baš kazala. Mamice — pozva Gordana nežno mamu — ja sam Natašu zadržala da ruča kod nas...

— Ako si! Ostani, Nataša! — reče razneženo Gordanina mati.

Razočaranje

U pola sedam Nataša je žurila da se nađe s Gvidom. Osećala je sažaljenje prema njemu. I posle očajanja, kad je bila unižena u sopstvenim očima, osećala se polaskana pažnjom otmenog stranca i shvatila da ne mora biti u zavisnosti od Gvida i drhtati da li će je on voleti ili ostaviti. Ali, uviđajući da on pati, sažaljevala ga je. Nežna osećanja za Gvida još su tinjala u njoj.

Razmišljala je kako da popravi ono što je Marica zabrljala. Napraviće se uvređenom što Gvido ne veruje njoj nego pita Maricu i veruje onom što ona kaže! To je najbolje. Onda će on njoj da se izvinjava.

Odmah je i počela tako. Čim je Gvido hladno ustao s klupe i pružio joj ruku, videla je njegovo zategnuto lice, gorde i hladne oči i predosetila šta se zbiva u njemu. Zato je ubrzala:

— Žao mi je nešto na tebe! Ti mi ne veruješ. Tražio si Gordanu telefonom i ona njihova glupa služavka ti je ispričala da je Gordana celo posle podne bila kod kuće. Ona nas nije ni videla kad smo se izvezle, nije bila kod kuće...

— Kako si lepo smislila da se opravdaš!

— Pa dobro, pitaj Gordanu ako meni ne veruješ.

— To su tako jeftina pravdanja. Vređa me tvoja neiskrenost.

Nataša je ćutala. Nije htela više ni reč da progovori. Ćutao je i Gvido. Neki čudan jaz produbljavao se između njih. Ali on je ipak bio vatreni muškarac s mora, uz to još i zaljubljen. Dočepao ju je za ruku:

— Vi devojke uvek napadate muškarce, a ja sam bolji od tebe. Šta bi ti rekla da sam ja izašao iz onog auta?

— Ništa! Verovala bih onome što mi ti kažeš.

— A za malu Slađanu nisi mi verovala...

— Ne istražujem ja po tvom životu! A priznaćeš da si imao mnogo više avantura. Ja nisam tebi prva žena kao što si ti meni prvi muškarac.

— Zato me sada sve ovo i iznenađuje. Kako da objasnim tvoje postupke? Da ti mene voliš ne bi mogla ostaviti ovoliko da čeznem za tobom. Sinoć sam bio toliko ogorčen da mi je došlo da prvu ženu pozovem u svoj stan... Da ja tebe prevarim!

— Ti ćeš me i prevariti...

— Izgleda da bi ti to volela. Pomišljaš i ti mene da varaš, je li?

— Gvido, što tako govoriš? Ja te volim. Ti si moje zlato! — bacila mu se na grudi iskreno uzbuđena.

Gvido je steže:

— Hajdemo u moj stan! Hoćeš li? Pa posle da idemo na večeru.

— Ne mogu večeras! Moram u osam da održim čas jednoj devojčici. Trebalo je od šest do sedam, ali zbog tebe sam pomerila na osam — lagala je. Mora u operu. Tako se i obukla. Rešila je da sedi s njim do četvrt do osam, pa ispred Kalemegdana da uhvati tramvaj. On će pešice kao i uvek. I neće je videti kad uđe u pozorište. Osetila je kajanje. Kako je on voli. Čak i pati! Bože, zašto su oboje siromašni? Došlo joj je najednom da kaže: „Gvido, hajde da se venčamo! Ja ću biti tvoja dobra ženica. Umeću da raspolažem tvojom platom. Davaću i dalje instrukcije, završiću studije, bićemo srećni. Umem da budem i domaćica!” Ne bi posle išla ni s Francuzom, izvinila bi mu se da joj je pozlilo. Ali, setila se svojih, njihove sirotinje, pomislila je da je Gvido neće ceniti ako mu predloži brak.

— A zašto nisi večeras odložila taj čas? — ljutio se Gvido.

— Nisam mogla. Ne znaš ti kako taj svet pazi na svaki čas.

— Sutra, hoćeš li? Nataša, mila moja, ti me mučiš! Vidiš, sve sam luđi za tobom.

Zadrhtala je. Najednom se setila kako joj je danas Gordana dala pedeset dinara i njen otac dvadeset. Daju joj kao sirotici... A iz Gvida govori mužjak. Nije imao druge žene. Ona mu je bila potrebna. Ohladila se najednom i ustala:

— Moram da idem!

— A sutra, hoćeš li doći k meni? Nedelja je... Čekaću te — osećalo se da je ljut.

— Doći ću — odgovorila je, ali nije bila sigurna da će održati reč. Nije lako biti ljubavnica.

Ušla je u prvi tramvaj. On je stajao pokraj tramvaja. Tramvaj krenu, on skide šešir. Nataši laknu. Još sedam minuta do osam. Taman će stići. Nije primetila kako je Gvido uskočio u drugi tramvaj. Hteo je da je prati, da vidi kuda će, sumnjao je u nju.

Motrio je na svakoj stanici. Kod pozorišta ona izađe... Zaprepastila ga je njena laž. Iskočio je iz tramvaja kad je već krenuo, i zaklonio se iza kioska. Video je kako je uletela u pozorište. Brzo je prišao biletarnici i kupio kartu za balkon. Već se smračilo u gledalištu kad je seo na svoje mesto u takvom duševnom stanju da se samog sebe plašio.

U jednom trenutku se pokaja što je došao. Posle ovog treba da je prezre. Za ovo nema opravdanja! I sinoć je bila s nekim u autu. Kakav li ona život vodi? Nije mogao da dođe k sebi. Kako joj je u početku verovao; imao je najlepše mišljenje o njoj i najozbiljnije namere, to joj nije sve rekao, ali čvrsto je bio rešen da se oženi njome. Može li sada to da učini i zar mu ona nije donela teško razočaranje i bojazan da nije onakva kakvom se predstavljala? Tražio je pogledom po zamračenom gledalištu, ali je video samo mnoštvo glava, nepomičnih i crnih. Pomislio je da je ona možda s Gordanom. A što bi krila? Što da mu ne kaže? Nije mogao da stiša razbuktalu ljubomoru i gnev u sebi. Jedva je čekao da se spusti zavesa i osvetli sala.

Svetlost blesnu... On se uspravi. Preletao je očima po redovima; steže zube a dah mu stade. Sedela je u prvom redu. Jedan muškarac je sedeo pored nje, desno sedište bilo je prazno. Oči su mu plamtele. Ona se okreće, govori muškarcu, on joj se naginje, gleda je u oči, smeše se jedno drugom. „Bedno i lažljivo stvorenje!" Vidi ih kako ustaju, polaze u foaje. Njemu se nešto uskovitla u glavi. Pođe i on. Hoće da se spusti u foaje, da je vidi izbliza, da stane naspram nje, da se ne javi, ne pita ništa, samo da je pogleda... Ali da li to njemu dolikuje? Dođe mu sve tako odvratno, ništavno, gnusno. Stao je na balkon koji gleda u foaje. Potražio ju je očima. Ruke su mu se grčile. Ah, samo da je može dočepati. Ali, valjda i vaspitanje gospodari njime. Nikad u životu nije pravio skandal, pa neće ni sada. Savlađuje se i posmatra je s prezrenjem. Ona stoji s onim muškarcem i razgovara. Ko li je taj gospodin? Elegantno je odeven, otmen. Puši i ona, govori, gleda mu pravo u oči. Oni se poznaju, to se vidi. Čak i simpatija ima među njima. Muškarac je gleda duboko u oči, kao da očima hoće da izrazi ono što ne može rečima. Drži se kao da je kakva mondenka, gorda i otmena. Vidi sasvim drugu devojku. S njim je uvek bila skromna, prirodna; veselo devojče, nestašno i umiljato. Je li moguće da je ova devojka iz foajea ista ona koja je s njim šetala Kalemegdanom i dolazila k njemu u stan? Sad je tek vidi. Ovo je stvarno njena prava uloga u životu. Povukao se s balkona. Kako je glupo verovao toj devojci!

Zvonce daje znak za ulazak. Rešava se da li da ostane ili da ide? Ne, ostaće! Ona treba da ga vidi, da bi joj posle mogao reći sve što mu sada navire na usne i napinje grudi...

Za vreme drugog odmora Nataša nije izlazila sa svojim kavaljerom. I Gvido je ostao na balkonu. Video je kako im se dodiruju ramena. U slepoočnice ga nešto ubada. Kako je bio budala! Nije mogao više da ih gleda. Ustao je i izašao u foaje. Tri devojčice su ga vragolasto posmatrale. On okrete glavu i izađe na terasu.

Predstava se završila. Spustio se brzo u foaje i izašao napolje. Zastao je. Sad će je sačekati. Stao je malo desno od ulaza da vidi kuda će. Sama je došla. Možda će sama i otići. Izlazi svet. Motrio je. Najednom ona, okreće se nekom i govori francuski.

„Direktor rudnika!", preseče ga misao. Tako, dakle? Vi, gospođice, tražite društvo direktora i bogataša. Mrak mu pade na oči. Njen pratilac govori francuski. I pozva šofera. Nataša još ne vidi Gvida. Smeši se i nešto priča otmenom strancu. Šofer otvara vrata automobila. Ona ulazi u auto, gospodski, kao otmena dama koja ima svoja kola. Vidi se da je srećna. Gvido kroči nekoliko koraka i stade ispred samog auta.

Tek tada ga ona spazi. Njegov pogled je ošinu kao svetlost munje, osmeh joj iščeze, lice preblede. Nekoliko sekundi je gledala visoku mušku siluetu mladića pokraj auta. Francuz ga ne vidi. Seda i on u auto i nešto govori devojci. Ona skrete pogled s Gvida, da Francuz ne bi pošao očima u pravcu njenog pogleda... Auto pođe... Nije smela da se okrene, a osećala je kako joj njegovi pogledi padaju na teme. Nekoliko sekundi bilo je dovoljno da se sruši ono što se mesecima razvijalo i gradilo u srcu.

Gvido je rasejano išao kući. Ušao je u jednu kafanu i poručio špricer. Iskapio ga je brzo. Osećao je strahovitu žeđ. Nešto ga je peklo u grlu. Da ona njega izigra! Da, izigrala ga je, ismejala! Osećao je kao da mu je govorila: „Ti si lep, mlad, voliš me strasno, ali nikad me nisi provozao autom, niti mi uzeo fotelju u pozorištu, nemaš novca". „Da, ja nemam novca, nisam bogat... I nikad joj neću pružiti bogatstvo."

— Bednica! — prošaputao je i požurio kući. Legao je u postelju. Težak san jedva ga je savladao.

Nataša je s Raulom Kordejom otišla na večeru u kafanu u Makenzijevoj ulici. Pevačice su pevale sevdalinke. Francuza je sve zanimalo, a najviše ovo lepo devojče s tamnoplavim očima. Primetio je setu u njenim očima.

— Vi ste tužni, gospođice?

— To muzika utiče na mene.

— Hoćete li doći da vidite moj rudnik?

— Ne znam... Ako budem išla u goste rodbini, možda ću svratiti...

„Otkud on pred pozorištem? Da li je slučajno naišao ili je išao za mnom? Da me nije pratio tramvajem? Kako me je pogledao? Moram sutra da odem k njemu." Zbunjena je i ova dva suprotna osećanja parališu jedno drugo. Zašto joj je pokvario to lepo veče s Francuzom?

Već je pola jedan. Vraćaju se kući. Francuz joj nežno ljubi ruku. Hoće da zna da li će doći. Ona mu ne obećava sigurno. Njegovi fini prsti stežu joj ruku. I on ima tako lepe oči. Pale joj krv njegovi pogledi kao vino koje je pila. S njim je ipak lepše. Ne bi patila... A Gvido je voli, ali ne pita za njenu sirotinju... Nižu se razna osećanja u njoj i, dok joj Francuz drži ruku, prošaputala je kao da hoće svima da se osveti:

— Doći ću!

Lagano je otvorila kapiju. Mati joj je dala ključ od kuće da ne bi tatu probudila. On ne treba da zna da je s Francuzom. Ušla je lagano u kuhinju, uvukla se u sobu. Sestrice spavaju. Nije palila svetlost. Svlačila se u mraku. Iz mraka je gledaju čas Gvidove, čas Raulove oči... Francuz je raznežava, Gvido je ljuti... Gvido bi hteo da je ona njegova privatna svojina, a nikakvo jemstvo joj ne daje. A da li je on nju zaštitio? Sad bi ona znala kako bi radila. Ljubav je uvek sebična. I Gvido je sebičan, ali iz podsvesti je nešto prekoreva... Šta će biti s njom? Je li novac sreća? Da li se Francuzu dopada kao prolazna prijateljica? Možda bi je bogato obdario, pa ostavio...

„Sutra idem Gvidu, pa šta bude. Sve ću mu reći: moje materijalno stanje, svađe u kući... Zašto da krijem?"

Sutradan je bila nedelja... Francuz je otputovao... Reći će Gvidu da ju je pozvao u operu i da mu je pravila društvo zbog francuskog jezika. Ako se naljuti, otići će od njega. Imala je više samopouzdanja u sebe.

Ušla je brzo u Gvidovu sobu. Bila je prazna. Gvido je nije čekao. Dakle, uvređen je. Ništa, biće i ona uvređena. Našla je jedan tabačić hartije na stolu i napisala: *Ja sam dolazila, N.*

Mirno je silazila niza stepenice. Sutra će otići do Kalemegdana da vidi da nije tamo. Ali, ni sutra ga nije videla...

Dobro, neće se više viđati. Napisala mu je pisamce: *Kad zaželiš da me vidiš ti javi... Ja sam uvek ista.*

To pismo je razbesnelo Gvida. Ni izvinjenja, ni nežnosti, kao da je on nju uvredio, pa mu čini milost i obaveštava ga da će pristati da se sastane s njim, i uvek je ista... Može ići noću autom, lagati ga, ali on treba da veruje da je ona ista... I još će biti uvređena ako drukčije pomisli o njoj. Zato mu ovako hladno i piše.

Iscepao je pismo i gnevno ga zgazio, kao da njoj zadaje bol. Bio je gord mladić i ne bi je više pozvao sebi. Nikad nije bio toliko razočaran. Mogao ju je sačekati, saslušati njene laži, znao je da ne bi mogao biti grub prema njoj, jer se već umirio i savladao se. Možda bi instinkt mužjaka opet pobedio, ali to ga više nije oduševljavalo. Sad je ona za njega bila obična lažljiva devojka. Ono po čemu se razlikovala od drugih sama je uništila i zgazila. Možda nije ni bila drukčija od ostalih? Bio se zarekao da ne kroči tamo gde bi je sreo.

A Nataša je za to vreme sastavljala pismo na francuskom za lepog Francuza. Razvijalo se nešto novo u njoj i njena topla pisma su očaravala Francuza. Još mu je dodala u jednom pismu: *Volela bih svakog dana da mi pišete.* I, pisma su zaista dolazila, ne baš svaki dan, ali svaki drugi, puna vatrenih izjava i nestrpljenja.

Gradimir hoće odmah da se ženi

Jedne večeri Gradimir je iznenada rešio: „Sutra putujem u Beograd". Nije više mogao da izdrži. Šta ga je to privlačilo Beogradu? Dva zlatna oka i mala rumena usta neprestano su lebdela pred njim. Plava pisamca su ga očaravala sadržinom. Još kao student dopisivao se... Posle je zanemario dopisivanja. Poslao bi kartu ili obično pismo s nekoliko redi. Samoća u Makedoniji i njena veličanstvena priroda, meke tajanstvene noći i lepe pesme kao da su mu raznežile dušu. Da je mogao da zaviri u svoje srce. Nije verovao da će se više zaljubiti. Velike ljubavi pripadaju prvoj mladosti. Docnije su osećanja drukčija: mirnija, staloženija. Tako je bar mislio, a evo, sad je u njemu buknulo novo osećanje kao da je brucoš. Stalno su te zlatne oči pred njim. Iz njenih pisama je otkrivao svu finoću čestite devojčice. Pisala je vrlo inteligentno, s mnogo opažanja, razmišljanja, bojažljivosti i skromnosti... Osećao je da ga voli, ali to je izražavala vrlo diskretno, što je imalo osobitu draž. Strasna čežnja ga je obuzimala za njom, nije mu dala mira. Postao je nervozan, rasejan; osetio je potrebu da ode na tri dana u Beograd. Došla mu je najednom luda misao: uhvatiti je za ruku, odvesti u crkvu i venčati se s njom, pa je dovesti ovamo u Makedoniju. Šta tu praviti procedure i ceremonije od venčanja?

Ta misao ga je sve više oduševljavala. Siroto devojče, samo, bez oca, a tako hrabro ide kroz život. Ništa je nije plašilo. Kolika čvrstina karaktera kod jednog deteta! Zar ona neće biti uvek verna žena, sposobna da se odupre svakom iskušenju? „Slatka moja mala!", šaputao joj je u sebi zaljubljeno. Njegova osećanja još je pojačao otac svojim pismom. Pisao mu je da je u njegovom, Gradinom, preduzeću sinovica njegovog najboljeg druga: *Ne znaš, sine, koliko je to bio dobar drug! Pošteni mladići i on i njegov brat. Vidi se i ona je skromna i lepa devojčica. Zauzmi se za nju kod direktora, pa ako može neka joj i platu povisi, da se bar nečim odužim njenom stricu i ocu.* Sin se smešio. Osećao je da će s tatine strane imati podršku. Tata je oduševljen Slađanom. Ta mala će umeti da očara i pridobije celu njegovu porodicu kao i njega. Ima neke čarobne moći u toj devojčici. Evo, Gordana je hvali, pa i otac je hvali... Istina, mama ćuti, ali je znao: kad mama nekog zavoli, mesta bi mu na glavi načinila...

Ubaci brzo neke sitnice u kofer i zaključa ga.

Mala Vaska upade:

— A kuda vi putujete?

— U Beograd, Vaska! I donosim ti miris.

— Ih, što ću da se radujem!

— I sad ću da te obradujem. Evo ti dvadeset dinara.

Mala Vaska ciknu od radosti.

— Pa kad toliko voliš miris, uzmi ovo staklo pa se miriši!

Vaska pljesnu ručicama od radosti. Ništa nije volela kao miris.

— A gde ti je gospođa?

— U kuhinji.

— Dobro, sići ću da je nešto pitam — brzo je strčao. — Gospođo, ako bi moja sestra došla, da li biste mi dali i onu drugu sobu? — nasmejao se u sebi kad je kazao za sestru.

— Mi se ne služimo tom sobom, gospodine... Ako vam treba, uzmite je samo.

— Ja ću vam platiti više...

— Dobro, gospodine! A koliko ostajete u Beogradu?

— Nekoliko dana. Ne znam tačno...

———

Topli majski dan. U kancelariji je prijatno kraj otvorenog prozora. Tri činovnice sede za svojim stolovima. Deset časova pre podne. Pričale su malo i slušale Jelkine hvale o srećnom bračnom životu s njenim Acom. Sva blista, jer ga je njen zet primio u svoju advokatsku kancelariju. Dao mu platu i sad im se povećao prihod.

U hodniku se začuše koraci, a potom reči:

— Kako si, čika Đorđe?

— O, kad ste vi došli, gos'n Markoviću?

— Gradimir! — uzviknuše Ružica i Jelka uglas. — Otkud on?

Mala Slađana strašno preblede. Pero joj ispade iz ruke i pade na sto. Lepa glavica sa zlatnim očima povi se prema stolu; samo što se nije onesvestila od silnog uzbuđenja. Nije mogla još da se povrati, kad se vrata otvoriše i ukaza se suncem opaljeno voljeno lice Gradimirovo, sa osmehom i sjajnim očima upravljenim na Slađanu.

— Hoću prvo da pozdravim vas tri, gospođice, i da čestitam gospođi Jelki... Devojčica sa zlatnim očima sva uzdrhta; dođe joj da vrisne od silne radosti.

Činovnice ustadoše, a Gradimir pruži ruku najpre Jelki.

— Čestitam, gospođo! Iznenadio sam se kad sam dobio od vas kartu sa svadbenog puta — nije hteo reći da je prvo od Slađane doznao, a tek posle došla Jelkina karta iz Novog Sada. — Čini mi se da sam viđao jednog mladića s vama. Je li to vaš muž?

— Jeste. Dve godine smo se voleli.

— Šta je završio?

— Još jedan semestar pa završava prava. Sad radi kod mog zeta u advokatskoj kancelariji kao pisar.

— Milo mi je što ste srećni! — zadržao se malo s Jelkom da bi dao vremena maloj Slađani da se povrati od uzbuđenja, a i sâm da se pribere. Pozdravi potom s nekoliko reči Ružicu i tek tada se okrete Slađani: — Kako ste vi, gospođice? — kratko i obično pitanje, ali iz njegovih dubokih očiju izbijala je vatra i nežnost da fino, malo lice usplamte; jedva progovori:

— Hvala lepo! Vrlo dobro...

— Vidim, popravili ste se... Sve tri dobro izgledate!

Nije mogao otići ni do direktora, ni do svojih kolega, a da prođe pokraj kancelarije u kojoj ona sedi.

— Bilo nam je neobično bez vas, gospodine Markoviću! — progovori Ružica kao najstarija.

— Zar me niste zaboravile?

— O, vas mi nikad ne zaboravljamo! — uzviknuše Ružica i Jelka. Lepo dete sa zlatnim očima nije imalo glasa. Samo su joj oči bile otvorene, velike, svetle, tople, pune snova o kojima je maštala toliko vremena nad toplim redovima njegovih pisama. Sva je utonula u blaženstvo koje izaziva glas voljenog čoveka, njegova pojava, lice opaljeno suncem, sjajne oči. U mislima je toliko puta ljubila i mazila njegovo muško lice; osećala se kao uhvaćena u svojim snovima.

— Ostajete li u Beogradu? — upita Ružica.

— Samo tri-četiri dana... Posle opet idem natrag.

— Je li lepo u Makedoniji?

— Makedonija je vrlo lepa. I svet je dobar. Gle, umalo da zaboravim, a doneo sam vam mali dar: tri grivne za vas tri. Filigranski radovi.

— Kako ste pažljivi!

Slađana prošaputa:

— Kako je lepa grivna! — grudi su joj se u uzbuđenju dizale i spuštale.

— Nisam vama, gospođa Jelka, doneo svadbeni poklon, ali danas ću ga kupiti i poslati vam. Samo mi recite broj vaše kuće.

— O, veliko hvala, gospodine Markoviću! Vi ste uvek pažljivi prema nama.

— Do viđenja, gospođice! — pozdravi ih arhitekta i baci još jedan pogled na devojčicu u plavoj bluzici. Razdragan i srećan izađe iz kancelarije činovnica i uputi se da pozdravi direktora.

— Jeste li videle: prvo je došao k nama! — uzviknu Ružica. — Zar nije srce? Petrović i Todorović nikad se ne bi setili da pozdrave prvo nas.

— Pa nam još grivne doneo! Ama, on nešto mnogo zaviruje u našu kancelariju otkako je došla Slađana! — nasmeja se Jelka. Nije joj sada bilo krivo da se Gradimir zaljubi u Slađanu. — Pogledaj kako je naša mala Slađana pocrvenela! Da ima oči, ne bi trebalo drugu ni da pogleda... Kad vas je moj Aca video, kaže: „Zbilja, to je vrlo lepa devojčica!"

— Naše devojče se ućutalo — pokaza Ružica na Slađanu. — Što mu nešto i vi ne rekoste kad je ušao? Ja i Jelka se raspričale...

— Vi ste duže činovnice u preduzeću i bolje se poznajete s njim — zbunjeno reče Slađana. Oh, da one znaju za njegova pisma! A nije ništa spominjao da će doći. Iznenadio je... Osetila je koliko ga voli i uplašila se svoje ljubavi. Šta li će joj doneti ta ljubav?

Kao da nema dovoljno vazduha u sobi. Tako bi izašla napolje, nešto je guši.

Neko je ulazio i izlazio iz Gradimirove kancelarije. Čuo se u hodniku i direktorov glas. Auto odjuri...

Vrata se odškrinuše. Pomoli se čika Đorđe:

— Gospođice Slađana, zove vas gospodin Marković!

— Mene? — usplamte devojčica.

— Vas...

— Što li me zove? — sva uzbuđena pogleda koleginice: noge joj malaksaše kao da gubi oslonac.

— More, požurite kad vas zove! Da mene hoće da pozove, potrčala bih! Vidi, Jelka, kako se zbunila! Šta se plašite?

Slađana izađe iz sobe, kucnu i otvori vrata...

Gradimir je stajao nasred kancelarije, a kao da je očekuje...

Ona zasta, sva obamrla, toliko uzbuđena da nije mogla da kroči. Mladi čovek joj brzo pođe u susret, ponese ga čežnja koja ga je mučila sve vreme boravka u Makedoniji. Dve snažne muške ruke obgrliše vitko, čedno telo, pritisnuše strasno na grudi malo, fino lice, koje se zagnjuri na njegove snažne grudi — malaksalo, klonulo kao cvet pod vrelim suncem. Oh, tako je božanstveno na njegovim grudima! To je san... To je bajka... Muška topla ruka diže njenu glavicu. Crne oči se približiše zlatnim očicama. Usne su tako blizu... Ona se ne brani. Zar to malo zaljubljeno srce ima snage da odoli bujici ljubavi? Usnice su joj poluotvorene, kao da uzdišu, čeznu... A muškarac vidi samo dva zamagljena oka i rumenu, slatku jagodu na belom licu. Zagnjuri žedne usne u jagodu da je ispije...

Zvonce zazvoni u hodniku. Začuše se koraci. Slađana se otrže kao u bunilu, a mladi čovek se odmače nekoliko koraka i stade kraj stola sav bled. Ona se uhvati za naslon stolice da ne bi pala. Je li ovo ljubav? Gledali su se nekoliko sekundi... Videla je kako mu se grudi spuštaju i dižu... I on je uzbuđen. Glas mu dolazi iz dubine grudi, tih kao milovanje:

— Samo sam zbog vas došao... Hteo sam da vas vidim... Tako su lepa vaša pisma... Jeste li mislili mnogo na mene?

Ona pokri lice rukama u uzbuđenju, jer reči nisu bile dovoljne da izraze ono što je osećala... Tiho prošaputa:

— Sve je tako divno! Nisam mogla verovati da ćete mi vi pisati... Ne smem da govorim. Nemojte ništa da me pitate. Tako sam uzbuđena i srećna...

— Zašto ne smete da govorite? Ja bih voleo sve da mi kažete. Hoću da čujem od vas šta osećate prema meni.

— A zar se to može izraziti? Tako mnogo osećam za vas! I bojim se — zadrhtala je sva i pogledala ga pravo u oči. U ushićenju, mladi čovek jurnu i dočepa je ponovo u naručje. Nije ga se ticalo što je kancelarija, što neko može banuti. Zlatne oči su ga opijale.

— Zlato moje! — šaputao je. — Ti si moja mala... samo moja! — prelazio je na „ti”. Pritiskao ju je na grudi, milovao po licu, po kosi, zagledao u njene lepe meke oči.

Opet su se čuli koraci; odmakli su se...

— Imam s vama ozbiljno da razgovaram, Slađana. Večeras posle šest. Moja dobra devojčice! — tepao je.

Drhtala je ali joj se vraćalo samopouzdanje. On će biti njen zaštitnik i ona će biti dostojna te zaštite. Nije on kao ostali muškarci, iako ju je poljubio... Usne joj gore i telo prožima vatra, ali se savlađuje i šapuće:

— Vaš radio mi je bio jedina zabava.

Opustiše joj se ruke niz telo; prisloni se na zid...

On vidi koliko je uzbuđena.

— Više me se ne plašite, mala moja Slađana? Kako ste mi lepo napisali u jednom pismu: „Vas žena može samo da obožava”... A ja želim nešto lepše: da me vi volite! Niste mi još napisali da me volite. Hoćete li sad da mi kažete?

— Kazaću vam... Doveče! — pojurila je vratima, jer više nije mogla da izdrži. Osetila je da će pasti u nesvest. Ali on je brži... Stigao ju je kod vrata i opet zagrlio.

— A zašto mi sad ne kažete? Ja vas volim, Slađana, mnogo vas volim! Ne govorim kao balavac, već kao zreo mladić i zrelo sam o svemu promislio. Volim vas, najdraže moje malo!

Dve ruke se obaviše oko njegovog vrata. Prvi put ga je zagrlila... Ne mari ako pati, ma šta se dogodilo! I usnice šapuću u zanosu:

— Vi ste najbolji čovek na svetu! Najlepši, najmiliji... ja vam se divim... obožavam vas... volim vas do ludila. Mogla bih umreti za vama...

Otrgla se, otvorila vrata, pobegla...

A mladi čovek je stajao nasred sobe teško dišući i bled.

———

U pola dvanaest Marković je izašao iz kancelarije. Video je pred sobom život pun radosti... Mnogo je žena poznavao i u mnogima se razočarao. Zbog toga je i odlagao ženidbu. Bojao se braka kao i svi muškarci. Bila mu je dosadna i Miloševićka. Iz Makedonije joj je napisao hladno pismo, dajući joj do znanja da hoće da se ženi i da oni nisu jedno za drugo. Polaskao joj je da je fina, otmena i inteligentna žena, ali da on nije za nju.

Nikakav odgovor nije došao na to pismo. Shvatio je da je uvređena i da se pomirila s rastankom.

Oženiće se malom Slađanom. Voleo ju je iskreno, duboko i strasno. Nešto slično je osetio kad je bio student prve godine. Tada je bio zaljubljen u jednu studentkinju, ali je ta ljubav završila kao što se obično završavaju studentske ljubavi. Posle se ona udala...

Mala Slađana mu se dopala od prvog dana: skromna, čestita, lepa devojčica, uz to inteligentna. Večeras će je zaprositi... Sutra će da je odvede roditeljima... Prekosutra se venčavaju... Kupiće joj što joj je potrebno i posle odlaze u Makedoniju... Njenog brata će smestiti u preduzeće čim mali položi maturu, a ova dva meseca daće joj on platu za mamu.

„Tati se dopala moja mala Slađana, Gordana je voli, a i mama će se pomiriti brzo.” Išao je pešice. Sav je goreo od uzbuđenja misleći na Slađanu. Bila je kao cvet, nežna i topla... Osećao je svu lepotu tog mladog i čednog devojčeta koje će mu se u zanosu baciti u naručje... Glava mu gori. Skinuo je šešir. Jutros je shvatio da se ludo zaljubio u ovo devojče, gotovo da izgubi pamet.

Tramvaj je projurio pored njega u istom pravcu kuda je i on išao. Nije spazio na prozoru tramvaja Radmilu.

Bol koji je osetila kad je dobila njegovo pismo i htela dostojanstveno da otrpi, sad je svu obuze. Zaboravi na dostojanstvo i na prvoj stanici siđe i pođe nazad da bi ga srela.

— O, kad si došao? — iznenađeno ga je upitala.

— Sinoć... Imam posla, ostajem samo tri-četiri dana...

— Pa, ne bi se setio da me posetiš? Možemo bar ostati dobri prijatelji.

— Zar sam kazao da nismo prijatelji? Ali, verujem da i ti sama uviđaš da ovako mora biti.

— Razume se... I odobravam ti: treba da se ženiš! Jesi li već našao devojku? Da nije Nela Jovanović?

— Ostavi sad to, nego, kako si ti?

— Kao što vidiš, vrlo dobro — odgovori prkosno, da bi sakrila svoj bol...
— Samo mi je Lili bila bolesna. Imala je šarlah. Kod mene nije nikad imala zaraznu bolest, a njena nova mama toliko vodi računa o njoj da je dobila šarlah. No, sad joj je bolje... Pa, poseti me ako nađeš za mene koji trenutak...

— Svakako. Doći ću... ako imadnem vremena — lagao je. Znao je da neće otići.

Rastali su se. Spazio je staklarsku trgovinu i setio se da treba za Jelku da kupi poklon. Radnja je bila otvorena. Brzo je ušao, izabrao lep servis za ručavanje i zamolio da ga odmah odnesu. Radmilu je brzo zaboravio. Susret s njom, usred dana, pokazao mu je njene godine i njenu veštačku lepotu: obojena kosa, ispeglano lice, počupane obrve. Čak mu je i njen parfem bio neprijatan. Jutros je držao u naručju sveže devojče blistavo, prirodno, fine glatke kože, živih očiju, toplih usnica. Nije mirisalo na ruž, na puder, na parfem, već na svežu mladost. Usplamteo od čežnje, išao je veselo gradom. Beograd mu je bio svetao, nov, lep, kao i osećanja u njemu...

A Miloševićka je jurila kući, ogorčena, sa suzama u očima, stegnuta i gorka grla. Čim je stigla u kuću dohvatila je telefonsku slušalicu i s nekim obavila dug, tajanstven razgovor...

Skandal na stepenicama

Pošto je kupio servis, Gradimir je skoknuo do kuće da uzme poklone za Vukicu, Gordanu i Vukičinu decu i otišao na ručak Vukici i zetu. Svi su bili kod njih na ručku: mama, tata, Gordana. Puna kuća radosti kad je došao Grada. Mama nije mogla da se nagleda sina. Grlila ga je i ljubila kao dete. I sestre su obožavale brata. Mala Nada i Lule nisu se micali od njega. Trčao je s njima po bašti, nosio ih u naručju, morao da crta kuće, da im peva, priča priče...

Osećali su se svi prijatno, mada je Vukica došapnula bratu:

— Imam da ti pričam za Miku. On je za nekom poludeo!

Brat se nasmejao na sestrine reči, potapšao je zeta po ramenu, jer su se njih dvojica vrlo lepo slagali i mislili da dogodine osnuju svoje građevinsko preduzeće.

Ručak je već bio pri kraju. Sedeli su za stolom u trpezariji. Kuća im je bila lepo nameštena. Vukica nije dala svoga muža, jer je volela bogatstvo. A obožavala je i decu, pa nije davala njihovog oca.

— Ama, ti imaš, sine, u preduzeću jednu činovnicu — otpoče stari Marković — bratanicu mog najboljeg druga. Slađana se zove... Baš sam hteo da te zamolim da se zauzmeš za nju... Gledaj, sine, neka dobije veću platu! Hteo bih da se odužim njenom stricu i ocu. Obojica su umrli... Siroče je.

— Kako da neću, tata — veselo odgovori Gradimir. — To je divna devojčica! Povisili su joj platu. Sada ima osam stotina dinara. Vredna je devojčica i vrlo dobro dete.

— I ja sam je tako ocenio! — reče otac. — Od onakvog oca i strica moralo je da bude dobro dete.

— A vi ste bili najbolji drugovi? — zainteresova se Gradimir. Da oni samo znaju kakvo će im iznenađenje sutra prirediti! — Sećam se da si pričao o tvom drugu Nikoli.

— Zamisli, sine, nisam ni znao da u Beogradu žive njegova snaha i bratanica. Zvao sam je da dođe s majkom.

Vukica i majka se zgledaše.

— A da znam gde stanuje, išao bih da ih posetim — naivno je govorio otac.

— Grada će ti, tata, reći. On zna gde im je kuća — dirnu Vukica brata.

— Znam! Bila je jednom bolesna pa sam je posetio; i poslao sam lekara. Imala je bronhitis...

— Ako, sine. Budi pažljiv prema njoj! Da vi znate kako smo mi bili dobri drugovi! — raznežio se otac.

— Molim te, prestani! Sto puta si mi to pričao! — ljutnu se mati, kojoj ovaj razgovor nije bio prijatan.

— Što se meni, Grado, dopada Slađana... Mnogo je slatka devojčica! — oduševljavala se Gordana.

— Ti i tvoj otac kao da bratu navodadžišete — ironično će mati.

— Ženi se, sine, ako je tebi volja — hrabrio ga je otac.

— Ženi se, sine, ali uzmi bogatu! — reče mati. — Nemoj da te zaludi slatko lice. Devojke umeju da se prave pravi anđeli, a posle postanu đavoli. Otvori dobro oči...

— Dobro ću otvoriti oči, mama! — smešio se Gradimir. — Ali, kad ti dovedem u kuću devojku i predstavim kao moju verenicu hoću da je zagrliš i poljubiš.

— Kako da neću, sine! Kad tebe volim, voleću i tvoju ženu.

— A hoćeš li koju stotinarku? — šapnu sin, umiljat kao dete.

— Još pitaš? — smešila se mati. — Samo posle da mi daš. Da tvoj tata i Gordana ne vide. Sve ću za šećer da dam. Slatko da skuvam i kompot... Izvezla sam dve garniture za čaj: jednu za Gordanu, a drugu za tvoju kuću. Prvo jutro ja donosim poklon... I Vukici sam izvezla. Hoću svi da imate od mene, da se sećate svoje mame.

— A što ću ja mome bratu poklon da spremim! Ja i Mika smo se dogovorili: finu trpezariju ti kupujemo. Sve komplet! Moj brat će mene da posluša: Nelicu će on da uzme! Je li da je voliš?

— Nelu da uzmem! Nikad! Ona mi se ne dopada.

— Tako je — pljesnu ga zet po ramenu. — Biraj ti po svom ukusu! Jesi li begenisao koju u Makedoniji?

Grada im je pričao o Makedoniji, o Nebesni, maloj Vaski, parfemu, o svemu i svačemu i njegovo blistavo raspoloženje se prenosilo na sve. Bio je veseo što je tatu i Gordanu imao uza se. Zamišljao je kakvo će iznenađenje prirediti svima kad sutra uvede Slađanu u kuću i predstavi je rečima: „Ovo je moja verenica!"

— Mama, voleo bih sutra da se svi skupimo kod nas na ručku. I Mika i Vukica da dođu.

— Bolje, sine, na večeru, pa da posedimo.

— Kako ti hoćeš, mama! Zaželeo sam da porazgovaram sa svojima — u sebi je Gradimir neprestano mislio kakav će utisak ostaviti mala Slađana... Nije sumnjao da neće sve očarati... Slatko malo devojče! Još je osećao na svojim usnama slast njenog poljupca i goreo je od čežnje za njom.

———

Bilo je četvrt do šest kad je Gradimir izašao iz kancelarije. Otići će do ugla i pričekati Slađanu. Zna kuda ona prolazi. Najednom se trže. Umalo da se ne sudari s onim mladićem koga je već video dva-tri puta. Pogledao ga je oštro, a mladić mu uzvrati bezobraznim, pretećim pogledom... Gradimir se naroguši, u grudima mu se uzburka... „Da oni ne idu zajedno? Zar bi mala Slađana mogla biti tako pritvorna?" Seti se majčinih reči: „Otvori dobro oči kad se ženiš!" Ljubomora prasnu u njemu kao eksploziv. Zasta pa se okrete. Dasa je stajao ispred ulaza u zgradu kao da je čeka. Je li to mogućno? On je baš čeka. A njemu je pisala topla pisma i on kao lud pojurio u Beograd. Večeras ima nameru da je zaprosi, a pred njim se isprečio ovaj bezobraznik. A, mora on da se uveri kakva je Slađana! Zar nije iskusio tolike laži devojačke? Opet mu dođoše mamine reči: „Devojke se prave anđeli, a u braku su đavoli".

Pošao je i spazio jednu kafanicu. Ušao je. Tuda mora proći Slađana... Poručio je kafu i odmah platio da bi mogao da ustane kad ona naiđe. Čekao je... Šest i dvadeset. Zašto se zadržala? Da s onim ne razgovara? Ugleda je... Išla je lagano. Vrelo osećanje ljubomore potisnu nežnost i ljubav. Tako je slatka u kostimu marinske boje s ružom na reveru. Zabačeni šeširić otkrivao joj je lice i glatko lepo čelo s finim obrvama iznad velikih sanjalačkih očiju... Ispred kafane se okrenula. Koga li iščekuje? Taman to pomisli, a ukaza se dasa... Slađana se trže, požuri; dasa požuri za njom!

Gradimir steže pesnice. Ah, da li je on lud ili slep? Koliko vremena se već ova bitanga vrzma oko preduzeća. A on je bio u Makedoniji. Šta se odigralo za to vreme? Uzeo je šešir i izašao. Vide kako dasa ide za njom. U ulici su bili drvoredi i mogao se zakloniti da ga ne vide. Dasa se okrete, spazi ga i ubrza za Slađanom. Stiže je, oslovi je, ona mu nešto ljutito odgovori i pođe brže. Kao da se svađaju. Da li je taj bezobraznik ljubomoran? A zašto bi smeo biti ljubomoran, ako mu nije dala povoda? I kako bi smeo da je prati da se ne poznaju? Osećao je kako mu krv udari u glavu kao da će mozak da mu prsne. Slađana se okrenu dasi. O, pa oni se poznaju! Ali, kako joj je ljutito lice! Zašto se sada ljuti? Šta se sve krije u devojačkom srcu?!

Video je kako je utrčala u kapiju svoje kuće... Ali i mladić se izgubi za njom. Gradimir zaboravi ko je, šta je i pojuri... Za nekoliko sekundi nađe se pred ulazom njene kuće. Stao je zapanjen... Čuje svađu:

— Kako se usuđujete ovamo da ulazite?

— Lepo dete, vi dobro znate zašto ulazim i ko mi je dao prava!

Gradimir je bio na prvim stepenicama. Dasa se okrete. Video je kako ih prati i sada se raspali. Gradimir ču bezobrazne reči da mu se sve zamrači pred očima.

— On je došao pa ti sad ja nisam potreban.

— Odlazite! — ciknu devojčica. Tek tada spazi Gradimira. Ohrabrena, uzviknu nadajući se njegovoj zaštiti: — Gospodine Markoviću, ja ovog nevaljalca ne poznajem...

— Ko je nevaljalac? Lažljivice! Lažeš, jer je on arhitekta a njega hvališ, a ja sam samo student! Čestitam vam, gospodine! — okrete se Gradimiru.

Pojurio je k njoj, dohvatio je za ruku.

— Spasite me od ovog bezobraznika! — vrisnu devojčica bleda kao smrt...

— Šta? On da te spasava! Šta vi hoćete, gospodine? Ovo je moje devojče i ja... — nije dovršio. Oseti vreo i težak šamar na licu. Udarac je bio tako snažan da se povede, polete i nađe se na prvom odmorištu. Rasplamtelih očiju, arhitekta je stajao na stepenicama, spreman da ga ponovo dočepa. Mladić se ustremi na njega sa psovkom.

— Koga ti psuješ? — prigušeno procedi arhitekta i pođe mu u susret.

— Nemojte, gospodine Markoviću! Ostavite ga! Taj nevaljac je na svašta spreman.

Dohvati ga za ruku.

— Pustite me da mu se naplatim! — riknu arhitekta. Ali dasa ustuknu pred strašnim izgledom ovog snažnog čoveka. Govorio je povlačeći se:

— Bar sam mu pokazao kakva si!

Slađana se nasloni na ogradu, gotovo da se onesvesti.

— Kako je ovo gnusan tip! — prošapta. — Nemojte verovati nijednoj njegovoj reči!

Dotrča portir.

— Kakva je to svađa?

— Izbacite toga mladića napolje! — ciknu Slađana.

— Šta? Sad da me izbaciš kad je on došao! Idealna devojka! Vešto se pretvaraš. Ja sam te upoznao, a i on će te upoznati.

Gospođa s prvog sprata otvori uplašeno vrata.

— Šta je to? Ko se svađa! — spazila je Gradimira u hodniku i pomislila da je napao Slađanu. Ali vide kako drugi silazi i psuje.

— Ništa... Jedan mladić s ulice... Bio je drzak — pošla je uza stepenice, jer ču opet govor. Svađa je odjekivala kroz hodnik. — Gospodine Markoviću, hajdete sa mnom da ne stojimo na stepenicama — zvala je Gradimira.

Mladi čovek je bio sav bled. Nije umeo da misli, nije znao u šta da veruje. Nervi su mu treperili. Nesvesno pođe za Slađanom. Nije imao reči ni da je teši ni da je hrabri...

Ona je sva drhtala, jedva je uvukla ključ u bravu. Otvorila je vrata, a on zastade na pragu. Sve što je hteo da kaže iščeze... Gledao je to nežno lice s anđeoskim očima... „Je li ona doista lažljivica? Ja sam arhitekta a on student, je li ovo prepredena mala lažljivica?"

Lepa devojčica je govorila isprekidanim glasom:

— Ovo je nečuveno! Ja ne poznajem toga mladića... Zaklinjem vam se da ga ne poznajem! Zašto je to učinio?! Preklinjem vas, nemojte da verujete nijednoj njegovoj reči... Ali vi verujete... Tako ste bledi! Je li mogućno da ćete pomisliti da je to istina? — usnice su joj drhtale, glas se kidao; bila je sva bela kao kreč.

— Idem, gospođice! Umirite se i vi! — hteo je da se udalji i pribere.

— Nemojte da idete! Možda vas čeka dole. Nemojte! Strah me za vas!

Mladić se osvesti. Strah za njega? A možda se plaši za onoga. Zašto da se boji? Zar je dotle došlo da se zbog nje krve dva muškarca! Baš će da vidi da li ga čeka... Hoće da ga stigne i zapita šta je on imao s njom? Taj mladić je voli... Možda mu je dala povoda... A sad se pretvara; drhti pred njim i preklinje ga. Boji se da ne izgubi njega, arhitektu. Nikad mu nije palo na pamet da on, arhitekta, ima više važnosti za nju negoli Gradimir. Zar je ovo trebalo da se odigra da je on upozna i ne napravi najveću glupost u životu?

— Zbogom, gospođice! — pošao je niza stepenice i čuo iz predsoblja prigušeni jauk. Zastao je, hteo da se vrati... Nešto se kidalo i lomilo u njemu. Spazi jednu gospođu na stepenicama. Začuđeno ga je pogledala i potrčala uza stepenice, kao da joj je neko kazao da se odigrao skandal. Marković je išao niza stepenice. Nije mogao još da se umiri. Pogledao je desno i levo. Dasu nije video. Jedan taksi je išao. Zaustavio ga je, seo i kazao da ga odveze u njegov stan. Uvalio se u auto s ogromnim pritiskom u mozgu i grudima.

———

Mati Slađanina utrča u kuću. Slađana je jecala i sva se tresla na sofi.

— Šta je, Slađana? Zašto plačeš? Je li ovo Marković bio? Šta se desilo?

— Ah, mama, užas! Skandal! Jedan mladić me napao takvim rečima, a gos'n Marković naišao, udario ga, čudo je bilo... Ali šta mi je govorio! Ne mogu to da preživim! Marković će misliti da sam ja njegova devojka. A ti znaš kakva sam — pala je mami na grudi i kroz jecaj pričala o bezobraznom mladiću i njegovom ponašanju od prvog dana. — Žalim što nisam kazala Nikici. On bi ga premlatio! Ali bojala sam se... zar da ga udari nožem. To je pokvaren tip, mama...

— Ama, što ti meni nisi kazala? Ja bih se s njim razračunala. Stražara bih zovnula pa bi ga u kvart oterali!

— Nisam ga, mama, videla već petnaest dana. I nikad nije bio kao danas. Pogleda me, ide za mnom, pa zastane... A danas upao u kapiju, kao da sam ja s njim vodila ljubav. Jaoj, mama, ne mogu da preživim te uvrede! Marković će misliti da je istina. Otišao je tako hladan i uvređen... A kako je jutros bio pažljiv!

— Umiri se, neće Marković ništa ružno misliti o tebi.

— Kako da neće! Videla sam ja po njemu da veruje i da se razočarao. Ja nisam nikoga živog pogledala. Samo kuća, kancelarija — pala je na sofu i zajecala.

— Ti si, Sladice, pametno dete, zašto se sada toliko kidaš što će Marković o tebi rđavo da misli? Pa ako on više veruje jednom mangupu nego tebi, onda ne treba ni ti njega da pogledaš! Ama, znala sam ja da će njegova pisma da ti donesu više patnje nego radosti. Dobro, pisao ti je, i ti njemu, videla sam da si srećna, pa ti nisam zamerala što mu pišeš i dobijaš od njega pisma... Ali, što sad ovoliko da očajavaš? I nemoj više da mu pišeš... E, dete moje, da ti imaš oca, zar bi tebe smeo neko da vreða?

Mamine reči su bile nežne, ali mala Slađana je očekivala da joj večeras progovori muško srce, vrelo i zaljubljeno... Ništa je nije moglo umiriti u ovom času... Prva ljubav, prvi poljubac i odmah strašan bol. Osećala se kao da je izdržala tešku operaciju.

— A kako se ponašao Marković? — upita mati.

— On je dojurio, mama, i hteo je da ga smrvi.

— Videla sam ga na stepenicama: lep, naočit čovek, otmen... Idi, umij se! Nemoj da plačeš.

— A on mi, mama, kazao jutros da se nađemo posle šest, da ima nešto važno sa mnom da razgovara. Posle ovog čuda ništa mi nije kazao. Otišao je...

— Šta ima važno da ti kaže? Nemoj da misliš da bi te zaprosio. Ko zna šta bi ti kazao. Možda je bolje što se ovako dogodilo. Vraća li se on u Makedoniju?

— Vraća se... za dva-tri dana.

Majci je bilo hladno oko srca. Osećala je da će im taj Marković doneti više zla nego dobra. Otkud on da se pojavi? Nije on za Slađanu prilika... Ona je sirota devojka.

— Nemoj da plačeš! Znaš kako mi to teško pada? Hajde, uteši se.

— Kako da se utešim?

— Pa, sa sinom moje koleginice. Znaš onaj bankarski činovnik. On te često viđa pa mi njegova majka kaže da bi rado došla u posetu k nama da se on s tobom upozna. Vidiš, takav mladić mi se dopada: on te zna ali ti nije prišao na ulici da se upozna s tobom, nego želi s majkom da dođe u posetu.

— Oni mogu da dođu, ali nemoj nikakve nade da im daješ.

— Kakve nade ja da dajem! Samo ti kažem. Volela bih da ne misliš mnogo na Markovića. Ima i drugih dobrih mladića.

— Ne boj se mama. Ja moram sve da podnesem.

— I treba, sine. Zbog mene, tvoje majke koja sam se mučila da vas izvedem na put. Udaćeš se ti lepo! Osećam ja to... Danas sam srela Gvida, nešto se promenio i oslabio. Zvala sam ga da nas poseti, da dođe na ručak.

Mati donese kafu da popiju.

Lukavstvo i veština u akciji

Gradimir je u svojoj sobi nervozno šetao i razmišljao. Nije mogao da se povrati od maločašnjeg događaja. A večeras je hteo da je zaprosi. I umesto veridbe, onakav skandal! Da se on tuče s jednim balavcem! Poznavao je devojke koje nije nimalo cenio, čak ih je posle i prezirao; išao je s njima dva-tri meseca, dolazile su mu u stan i posle ih je zaboravljao. I nijedna mu nije priredila ovakav skandal, niti ih je ma ko napao pogrdnim rečima kao onaj Slađanin balavac. Zar bi se mladić smeo usuditi da vređa devojku, ako mu nije dala povoda? A kako je ta mala odavala utisak idealnog deteta. I kako su bila fina njena pisma! Znači, to je zamka. Nikad u životu nije bio razočaran kao večeras! Nikad nije sebi dopustio da veruje u idealnost jedne devojke. Ova ga je mala prosto zaludela. Dojurio je iz Makedonije da je isprosi, čak da se venča! Bacio se na sofu da se umiri, ali je osećao da još treperi od gneva i ljubomore. Da, on je ljubomoran i to strašno; začudio se samom sebi. Otišao je da je ne bi uvredio prekorima, ali je, analizirajući sebe, shvatio da on može da bude užasan kad je ljubomoran. Zaškripao je zubima. Koliko ju je voleo! Hteo je sutra ujutro da joj kupi haljinu, poklone, da je odvede roditeljima. A kako se sve završilo! Bolje je tako! Zar on da bude takav glupak, da ga jedna balavica vuče za nos? Dohvatio je brzo slušalicu da bi kaznio samog sebe, i nju, malu Slađanu.

— Alo... Jesi li ti, Radmila?

— Ja sam. Gle, ti Gradimire! Otkud ti da se mene setiš?

— Pa, ja se tebe uvek sećam. Naše prijateljstvo ostaje. Jesi li kod kuće?

— Kod kuće sam.

— Mogu li da dođem k tebi?

— Zar još pitaš? Jesi li večerao?

— Nisam.

— Nemoj ni da večeraš. Dođi pa ćeš kod mene večerati... Zbilja, otkada nismo razgovarali. Požuri!

— Eto me odmah!

„Tako, mala Slađana! Zabavljala si se dok ja nisam bio ovde, misleći s jednim da flertuješ, a za drugog da se udaš... E, umem i ja da se zabavljam!" Glad za ženom, koju je osećao sve vreme u Makedoniji, umesto da ga baci u naručje maloj Slađani, kao supruzi, bacila ga je u naručje Miloševićki, lukavoj raspuštenici koja je znala veštinu kako da očara mladog čoveka.

Naoružala se brzo raznim rekvizitima: tankim svilenim penjoarom, parfemima, zavodljivim pogledima...

Mladi čovek je buncao u njenom naručju, a ona se lukavo smeškala. Opet ga je osvojila. Ostaće samo njen. Udata žena je pobedila devojku.

Dugo u noć sedeo je kod nje. Mazila ga je i šaputala sladostrasne reči... Kad ga je sasvim raznežila, osetila je da je trenutak da zapita:

— Da dođem k tebi u Makedoniju?

— Dođi! Tako mi je teško samom.

— Kad da dođem?

— Možeš i sa mnom da pođeš. Prekosutra se vraćam. Ti dođi na stanicu.

To je želela: da provede s njim medeni mesec u Makedoniji. Volela je da se pojavljuje s njim! Čega ima da se čuva? Raspuštenica je, nikom nije odgovorna. Što je više s njim u društvu, umanjuje njegovu privlačnost za devojke. Ne mora se udati za njega, ali se neće ni on oženiti. To joj je i bio cilj: sprečiti njegovu ženidbu. Da ostane njen.

Večeras je njome oduševljen.

— Zar ti nisi imao nikakve žene u Makedoniji?

— Nisam. Nisam smeo. To je malo mesto...

Dograbio ju je u naručje; po njegovom vrelom dahu i zamagljenim očima osetila je koliko je gladan žene i kako ume nežno da voli.

Svu strast i milovanje koje je čuvao za Slađanu, svoju buduću malu ženu, darovao je Miloševićki, raspuštenici, ženi starijoj od njega.

Kad je izlazio iz njene kuće osetio je neku vedrinu. Nervi mu nisu više treperili. Muškarac u njemu bio je umiren. Noć je bila blaga i prijatna; mogao je hladno da razmišlja i da uvidi kako je hteo da se ženi samo zato što dugo nije imao ženu. Verovatno mnogi muškarci naprave glupost posle duže apstinencije...

Veselo je koračao kroz noć, začuđen što je uspeo sebe da pobedi i uveren da ga više nikad ni za jednom ženom neće obuzeti ljubavna groznica kao za tom malom Slađanom. Devojke su uglavnom iste, samo imaju razne metode.

———

A dok je on išao kroz noć, zlatne očice, zagnjurene u jastuk, obilno su lile suze. Pritisla je jorgan na usne da mama ne čuje njene jecaje. Njeno mlado, vitko telo treslo se od bola.

„Zašto sam ga poljubila?”, prekorevala je sebe. „On će misliti da se sa svakim ljubim!” Njeno čisto srce videlo je prestup već u svom prvom poljupcu. Osećala je da ne može preživeti ako je on zaboravi. Nadala se da će se sutra videti s njim i objasniti mu sve... Ali, prošlo je sutra, prekosutra, više ga nije videla.

Kazali su: „Gospodin Marković je otputovao u Makedoniju”. Mala Slađana je izgubila Gradimira.

A za skandal na stepenicama Nela je odmah doznala. Posle je čula Vukica, Gradimirova mati, otac, Gordana.

Gospođa Marković se krstila u čudu i uzdisala:

— Eto, takve hvataju. Zbog otmene devojke se ne bi tukao, a ta, niko i ništa, i da se moj sin bruka i tuče zbog nje! Nego, sad se uverio kakva je. Nadam se da više neće misliti na nju — okrete se ljutito Gordani: — Samo mi je još jednom dovedi u kuću, izbaciću je napolje!

Nije lako biti slobodna devojka

Gvido je bio razočaran. Ni od jedne devojke nije doživeo takvo razočaranje. Izbegavao je svaki susret s Natašom na ulici, ali ju je očekivao kod kuće. Posle kancelarije odlazio je u stan misleći da će ona doći. Soba mu je bila do ulice. Toliko večeri gorela mu je svetlost, ali ona nije dolazila. „Pravi se važna, uvređena je ili što je još gore prevrtljiva. Začas se zagrejala za jednog, a onda se zaljubila u drugog."

Nepoverljiv kao i svi muškarci, mislio je da žena sa svakim novim šeširom menja i muškarca. U ljutini nije se setio da pomisli na Gordanu. Usamljen u svojoj sobici, drugovao je s knjigama.

Jedne večeri je pošao na Čuburu. Hteo je da se sakrije i da vidi gde je Nataša, da li je ko doprača, šta uopšte radi. Nije mogao da shvati zašto ona njega izbegava. Oblaci su zaklonili zvezde, bilo je mračno u njenoj ulici, jer su sijalice bile dosta razređene. Išao je uzanim pločnikom, na nekim mestima širokim jedva pola metra.

Blizu Natašine kuće začu svađu. Da li se to u njenom dvorištu svađaju? Prilazio je lagano. Vide nekoliko žena u njenom dvorištu... Jedna je siktala:

— A šta mi se ti praviš otmena! Kad si gospođa, idi u palatu pa stanuj. Ti mene da zoveš fukarom! Ama, čekaj, dok dođe moj muž, pokazaće on tebi ko je fukara! Bezobraznice jedna! Valjda si mi zato gospođa što imaš ćerku studentkinju. Fina ti je i ćerka kao i ti. Znamo mi kakva je ona!

Gvido spazi Natašu kako je istrčala u dvorište.

— Mama, nemoj da se svađaš! Uđi unutra! Kako se usuđujete da vređate moju mamu? Vi, ništavilo jedno! — okrete se raspomamljenoj ženi, koja je izazivala da bi se potukla.

— Mustra si mi i ti i tvoja majka! Dovoze te noću muškarci autom! Poštena devojka!

— Ćuti, nevaljalice! — ciknu Natašina mati. — Ti da vređaš moju ćerku? Zagrajaše žene, umiriše ih i razdvojiše, jer je moglo doći do tuče.

Gvido je požurio da što pre ode iz te ulice. Kao da je ovo bila neka druga Nataša a ne ona koju je poznavao, školovana, vaspitana devojka. Sad je video šta doživljava. To sigurno ostavlja traga na njenom karakteru. Kao da se nešto slomi i iskida u njemu. Mirno se vraćao kući.

Gvido je osećao da prezire Natašu, jer ga je napustila.

A ona se lomila između Gvida i Raula. S Gvidom je iskusila sve što jedna devojka može da doživi, a u kući je ostalo sve isto. Zašto ne bi nešto doživela s Francuzom? Možda bi drugi doživljaj popravio njeno materijalno stanje? Želela je da doživi nešto lepo, a lepo je sada za nju značilo bogatstvo: mnogo novca, toaleta, svilenih čarapa, finog rublja i dovoljno jela u kući... Gvido joj je pružio sve što može da pruži lep, mlad, strastan muškarac. A ona opet pati jer nema novca... Kod Francuza bi našla sve što i kod Gvida, i još bogatstvo. Ostavila je Gvida da se umiri i nije išla na sastanak. Otići će da mu kaže zbogom. Danas ga mora videti. Reći će da putuje do svoje tetke. Udesila je ceo plan da niko ne zna...

Imala je tetku u unutrašnjosti, koja je bila udata za kafedžiju. Držali su veliku kafanu. Kazala je mami da će svratiti do jedne drugarice studentkinje kad se bude vraćala od tetke. A mislila je na direktora rudnika.

Njegova pisma su je očarala; Gvido je iščezao. Ovo je bio drugi tip čoveka, još finiji od Gvida, kavaljer a uz to stranac za koga je ona imala egzotične čari. Očarala ga je i njena inteligencija. Umela je lepo da piše o francuskoj književnosti i umetnosti. Nije osećala tugu za Gvidom, jer je sve vreme sastavljala pisma na francuskom i iščekivala pismonoše. Odlučila je da poseti Francuza. Šta je u tome ružno? On će čak biti očaran kad je vidi. To je Evropljanin. Ne traži on od nje čednost. Neće praviti pitanje što nije čedna. Svakako i pretpostavlja da ona nije nevina. To je obična stvar! Možda bi bilo lepše da joj je Francuz bio prvi, ali on joj neće zameriti. Očekivala je susret s njim s velikim uzbuđenjem. Ali htela je još jednom da se vidi s Gvidom, da se opravda u njegovim očima. Najzad, on ju je samo video u autu. Reći će mu da ga je tražila nekoliko puta. Bila je srećna što ne pati. Umeće bolje da se čuva! Ima jedno bolno iskustvo i to će joj služiti kao pouka. Oseća samopouzdanje. Nema više straha. Čega da se plaši? Nevinost je izgubila i sad može slobodno da ide kroz život. Umeće ona da iskoristi svoju slobodu, da napravi karijeru. Večeras mora s Gvidom da se vidi. Došla je do banke. Tu će ga sačekati. Stala je malo dalje. Kad izađe, prići će mu.

Gvido je bio do šest u kancelariji. U šest je uzeo šešir i izašao u hodnik. Iz direktorove kancelarije izađe mlada devojka.

— Dobar dan, gospodine! — izgovori veselo direktorova kći.

— Dobar dan, gospođice! — pokloni joj se Gvido.

— Jeste li pošli dole?

— Jesam.

Pođoše zajedno. Ovaj mladić joj se mnogo sviđao. Pitala je tatu za njega i on joj je kazao da je Dalmatinac. Svršio je u Beču komercijalnu akademiju, vrlo je obrazovan. Govorio je nemački, italijanski, engleski; vrlo je vredan i ozbiljan. Iako je sve znala o njemu, pitala ga je:

— Vi ste Dalmatinac, gospodine?

— Jesam.

— Ja volim Dalmaciju. Svako leto idem na more... Moji vole šumu, naročito Sloveniju, ali ja moram svake godine da odem na more. Ne volim luksuzne plaže već seoca po ostrvima. Prošle godine sam imala veliko društvo i divno smo se proveli.

Ćaskala je i kad su izašli na ulicu.

— Ja idem tamo — pokazala je u pravcu Knez Mihailove ulice.

— I ja ću tamo! — reče mladić. Pošao je do Kalemegdana.

Nataša ih spazi i srce joj zalupa. Ovo nije očekivala. Još nikad nije videla Gvida ni s jednom devojkom. Dakle, on je nju zaboravio! Ljubav prema Gvidu, koju je ućutkala, probudi se u njoj vrlo bolno. Do sada se uljuljkivala u mislima da je Gvido voli, a Francuz čezne za njom. Laskalo joj je što svuda ima uspeha. Očekivala je danas da vidi slomljenog, rasrđenog i tužnog Gvida, a on mirno izlazi iz banke s jednom gospođicom. Gnev planu u njoj. A zašto ona da ne ide direktoru rudnika? Ova slika vređa žensku sujetu, ali je ne razdire, jer se u njeno srce uvlači misao o drugom muškarcu. Štaviše, ovo što vidi opravdava njene postupke.

Pošla je za njima i posmatrala ih. Devojka je neprestano pričala nešto Gvidu. Svakako želi da mu se dopadne. Neprestano se okretala da bi susrela njegove lepe oči... Tako ga je i ona, Nataša, gledala... Sve se ponavlja... Bolje je što se i pred njom pojavio drugi muškarac. Ovo isto bi videla i da nije srela direktora rudnika. Prkosno je podigla glavu. Sutra putuje! Ubrzala je korake. Suze joj se kupe u očima. Da li je sirotinja kriva što Gvido šeta s ovom bogatom, elegantnom devojkom i što će ga izgubiti, iako je bio prvi muškarac u njenom životu? Prođe ih, okrete se, javi se Gvidu i pođe dalje. Išla je do Akademije nauka, pa se vratila i opet ih srela. Nije ih gledala, ali je dosta bilo što Gvido zna da ga je videla. Da li će se oprostiti od ove devojke i poći za njom? Lagano je išla sve do Slavije, zastajkivala, okretala se, ali Gvido nije išao za njom.

Došla je kući i napisala pismo Gvidu: *Čekala sam te pred bankom... Želela sam da prošetamo i da ti kažem da sutra putujem rodbini u unutrašnjost. Žao mi je što se sinoć nismo videli... Mislila sam da ćeš poći za mnom. Ali ti se nisi setio.*

Te večeri bila je tužna... Došlo joj je da zaplače. Pred očima joj je bila ona devojka. Kako je bila elegantna pokraj Gvida. Iza bola uvek je dolazila ljutnja, a iza ljutnje radost što će se i ona jednog dana tako isto obući.

———

U palanci Nataša je napravila senzaciju. Svi mladi činovnici zainteresovali su se za nju. U kafani, kod njenog teče, hranila se većina činovnika. I kafedžija je s porodicom ručavao u kafani. Veliki sto uvek se postavljao za njih. Imao je dva sina gimnazijalca i dve devojčice u osnovnoj školi. Natašu su srdačno dočekali. Dobro im je došlo da preslišava gimnaziste pred kraj godine. Kako se slatko najela u kafani. Nedelju dana kako je došla a već se popravila. Plave oči postale su joj još svetlije, lice zarumenjeno, usne nabubrele. Menjala je bluzice, ali najčešće je bila u plavom. Koketna po prirodi, poglédala je činovnike. To ju je zabavljalo, ali oni nisu značili ništa za nju. Šta je njihova plata? Hiljadu dvesta, hiljadu pet stotina dinara! Sve je to sirotinja. Jedva je čekala da se vidi s Francuzom. Javila se i Gvidu. Poslala mu je adresu tečine kafane da zna gde je. On se nije javljao. Vređalo ju je što je tako gord. Od Francuza joj je došlo pismo puno nežnosti i vatrenih izjava. Jednog je izgubila, ali će još boljeg dobiti.

Okolica je bila romantična, šetala je svake večeri. Rođak, gimnazijalac sedmog razreda, pravio joj je društvo. Čim bi izašla u šetnju, dva činovnika iz sreskog suda pošla bi za njom. Sad je još bolje poznavala ljubavni nemušti jezik. Znala je da je požudno gledaju i uživala je. A uz to, bila je Beograđanka, studentkinja, inteligentna devojka. Ali više je bila žena nego intelektualka. I to zavodljivo, ženstveno, opredeljivalo je put njenog života. Želela je da pokaže svoju lepotu i znanje francuskog jezika. Nije imala prilike da govori francuski, a vrlo je volela da konverzira francuski, kao onda u foajeu kad su išli da slušaju operu. To veče nije zaboravila, ali ni Gvida pred pozorištem. A s Francuzom je svuda dama. Umirala je od želje da bude bogata dama. Čudila se kako Gordana nimalo nije oduševljena Vukičinim bogatstvom. A mogla je svuda da ide s Vukicom, svakog dana da se vozi autom, ali ona nije htela. Za Natašu nije bilo većeg uživanja od toga da sedne u luksuzni auto, da joj šofer otvara vrata, a ona da izlazi u dugoj večernjoj haljini, ogrnuta skupocenim kepom od krzna. Želja za bogatstvom — demon u srcu mnogih devojaka donosi im toliko zla u životu.

Jednoga dana, u podne, taman su seli za sto da ručaju, pred kafanom se zaustavi auto. Automobili se retko zaustavljaju pred kafanom, a osobito luksuzni. Svi činovnici pogledaše. Pogleda i Nataša. Srce joj zalupa kao pomamno. Sva krv joj jurnu u obraze.

Iz auta izađe elegantni Francuz Raul Kordej. Okrete se, reče nešto šoferu, pođe prema kafani, pogleda natpis i uđe unutra. Zastao je kao da nekog traži. Spazi Natašu.

Devojka oseti kao da gubi tlo pod nogama.

— Tetka, ovo je Francuz, direktor rudnika! Ja ga poznajem! — kao u bunilu diže se od stola, jer je videla da Francuz ide pravo k njoj i smeši se. Brzo joj priđe i reče francuski:

— Dobar dan, gospođice. Uplašio sam se da vas neću naći.

— Oh, kakvo iznenađenje!

— Zar vi niste očekivali da bih mogao doći? — tiše je upitao. — Srećan sam što vas opet vidim.

Svi njeni za stolom gledali su Francuza. Činovnici spustiše noževe i viljuške i radoznalo gledahu gospodina koji govori francuski. Natašu zapljusnu radost što izaziva pažnju. Govorila je glasnije francuski da svi unaokolo čuju.

— Pazi, boga ti, kako ona govori francuski! — reče činovnik iz suda svome susedu koji je u školi predavao francuski. — Kako ti da se ne upoznaš s njom? Nego, koji joj je ovaj?

— Sigurno njen iz Beograda pa dojurio za njom.

— Da vam predstavim tetku i teču! — Nataša nastavi srpski: — Tečo, gospodin Raul Kordej, direktor rudnika.

— Milo mi je, osobito milo, gospodine! Ja sam Laza Dimitrijević. Vi ste Francuz? Baš mi je milo! Ja Francuze znam sa Solunskog fronta. Znate, i ja sam solunac! Sigurno niste ručali?

— Hvala lepo, gospodine!

— Izvolite za naš sto! — prihvati Nataša radosno tečin poziv, srećna što teča ovako srdačno poziva Francuza.

— A otkud ti poznaješ gospodina? — pitala je tetka posle predstavljanja.

— U Beogradu smo se upoznali. Kod moje drugarice Gordane. Pričala sam ti, tetka.

— Obrade! Donesi za gospodina tanjire! — pozva gazda Laza konobara. — Deco, sedite vi tamo! Ja ću ovde. Na moje mesto postavi za gospodina. E, kad ste Francuz, hoću za mojim stolom da ručate! A vi govorite i srpski?

— Govorim. Ali pravim mnogo grešaka. Gospođica treba mene da uči...

— A, naša Nataša odlično govori francuski! Priča ona kako zna francuski, a ja nisam verovao... Ja sam znao poneku reč i francuskog, i engleskog, i grčkog kad sam bio na frontu. Sila su Francuzi! Žalim što ne odoh nikad u

Francusku. Ali neka luda sreća me služila u ratu: ni kuršum me ne pogodi, ni granata. Malariju svi odležaše, a mene ni malarija ne zakači. I tako tri godine se zakopah u zemunicu, pa ni da maknem iz nje! E, baš mi je milo! Služite se, gospodine! Jeste li se navikli na našu srpsku kuhinju?

— O, Srbi ima dobra kuhinja! No, kako vi šarmantni — okrete se Francuz Nataši i prošaputa tihim glasom. Lepe, sjajne oči blistale su mu čudnom vatrom.

— Ovde sam se popravila. Tako je lepa okolica pa šetam. Moj teča i tetka tako me vole, sve mi ugađaju.

— Čuješ, Lenka, kako govori francuski? E, brate, lepo je znati strani jezik! Ja nisam imao prilike da produžim školu. Ali, hoću decu da školujem. Ovaj sin mi je u sedmom razredu, a ovaj u petom. Mlađi voli vojnu akademiju, a stariji hoće za lekara da uči. A šta ste vi svršili, gospodine?

— Ja inženjer.

— I ja ovom starijem kažem tehniku da uči, ali neka uči šta mu je volja. Razumeš li ti, Vojo, koju reč? — okrete se starijem sinu.

— Ponešto. Gospodin govori brzo pa ne mogu sve da razumem.

— Srbi vrlo lepo ume dočekati... Kako to kaže srpski? — upita Francuz.

— Gostoljubivi! — nasmeja se Nataša.

— Jeste, vrlo gostoljubivi! Ali, srpski gramatika i sintaksa vrlo teški za Francuza! Izvinite, ako ja pogrešim.

— Odlično govorite! Da ja znam tako francuski, ne bih više ništa tražio! Nego, moje curice će da uče. Njih će Nataša da uči. To su dobre tatine devojke. Uzmite, gospodine! Ovo je naš srpski specijalitet, podvarak! Idem ja vino za gospodina da donesem. Imam jedno što čuvam za retke goste. Lenka, daj mi ključ od podruma.

— Jeste li poslom došli ovamo? — upita Nataša gledajući Raula umiljatim plavim očima.

— Da, vrlo važnim poslom: vas da vidim!

— A je li daleko vaš rudnik?

— Kad auto prelazi osamdeset kilometara na sat nije daleko. I kad se žuri jednoj lepoj devojci daljina iščezava.

— Vi ste toliki put prešli! Nisam mislila da ćete doći.

— A jeste li pomislili na to da mi učinite zadovoljstvo da ja vas vidim?

— Nisam smela ništa da mislim.

Teča donese bocu vina.

— Ovo morate da probate! Kao vaše francusko vino! U Francuskoj su dobri vinogradi i dobra vina.

— O, vrlo dobro! Svaka porodica u Francuskoj mora za ručak imati vina. Meso ne jesti, ali vino na sto. To običaj kod nas... Hvala. Ja ne piti mnogo... Gospođica Nataša piti?

— I ona će čašicu. Ded, Natašice! Vino daje krv! Je l' ostajete ovde duže?

— Sutra putovati. Ima soba u vaša kafana?

— Kako da nema! Za vas mora da ima.

— Može i večeras putovati, ali noć. Ne mora ići.

— Što žurite? Ostanite! Imate li posla?

— Imao posao!

— Ovde je okolica divna! Ja uživam — reče Nataša.

— I ja hoću uživati! — osmehnu joj se Raul i ispod rumenih usana ukazaše se blistavi zubi.

— Ravnica je i plodan kraj — pričao je kafedžija. — Pravo Pomoravlje... Najplodniji kraj. Žito je dobro ponelo. Ako ne dođe suša, biće berićetna godina.

— Pardon, ja ne platiti ručak! — seti se Francuz, koji je sav zanesen plavim očima zaboravio da plati, a konobari nisu prilazili. — Uveče platiti sve i za mog šofera...

— Ostavite, kakav ručak! — uzviknu kafedžija. — Vi ste naš gost. Sedite vi koliko god hoćete!

— Vi ste autom došli. Je li iz vašeg mesta auto? — upita Nataša.

— Ovo je moj auto. Brže ide nego voz... Možete i vi sutra autom poći.

— Oh, to je nemogućno! Zar ste vi zato došli, da me povedete?

— Da vas ukradem! Zar vas ne bih smeo ukrasti? Naredio bih šoferu da pusti brzinu i mi bismo pobegli — nasmejao se. Imao je želju da je uhvati za ruku, ali nije smeo pred drugima.

Nataša se sva pretvorila u duboko, strasno osećanje; obuzimala ju je drhtavica. Kako bi skliznula u naručje Raulu. Nije mogla da vlada sobom... Bolje što su oko njih drugi.

Već je padao sumrak... Sedeli su pred kućom i ćaskali.

— Vaše obećanje? Hoću li ga dobiti? — šapnu Raul.

— Ovde ću ostati još nedelju dana, a onda ću vas posetiti.

— To je strahovito dugo... Ali moram biti strpljiv.

Kako joj je ovaj čovek postao najednom blizak! Da li je o ovakvom muškarcu uvek snevala. Snevala je i o Gvidu, ali je posle uvidela da Gvido ne odgovara njenim snovima. Pokraj Gvida bi se mučila, a s Raulom vidi druge ugodnosti života. Gvido bi bio njen bol. A Francuz će biti radost.

— Kako je lep život pokraj vas! Da li sam ja zato želela da studiram francusku književnost što sam predosećala da ću upoznati jednog Francuza kao što ste vi? Volim sve francusko. Samo žalim što nikad neću imati mogućnosti da vidim Francusku!

— Mogućnost se može stvoriti, ako samo želite.

— Znate li, stid me ja da vam kažem — okrete se tužno — ja još nisam videla more i naš Jadran...

— Je l' mogućno? Jadran je tako blizu! Da sam slobodan i da me ne vežu poslovi, ja bih vas sutra odveo da vidite Jadran.

Ćutala je sva utonula u zanos. Gvido je znao da nije videla more i nije joj kazao da bi je vodio. Svaka reč Raulova udaljavala je Natašu od Gvida.

To veče u kafani je svirao harmonikaš i pevao narodne pesme. Bilo je prijatno i Francuz je s uživanjem slušao sevdalinke.

— Vaše pesme su vrlo tužne i uvek govore o nesrećnoj ljubavi.

— Ljubav i jeste tužna! — govorila je sanjalački Nataša.

— A ja mislim da treba biti veseo kad se voli.

U njegovim crnim očima Nataša je videla radost života.

———

Posle mesec dana Nataša se vratila u Beograd. Pred kućom je izašla iz auta. Svojima nije javljala za dolazak, jer nije htela da saznaju gde je bila. Vraćala se gospodski, u autu.

— Nataša! — istrča mati. — Pa ti ništa ne javljaš! Nismo ti se nadali! Jaoj, kako si se popravila!

Istrčaše i sestre i brat. Nataša ih je grlila i ljubila, vesela, lepa, rumena.

— Kakvi su ti to toliki paketi? — začudi se mati.

— Drži samo, videćeš! Ovo je pečeno prase!

— Prase! — ciknu mlađa sestrica.

— Evo, mama, i ovaj paket!

— Šta ti je to?

— Ćilim!

— Kuku, šta si sve podonosila!

Šofer uze kofer i još jedan sandučić.

— To su jabuke i jaja; pazite, molim vas.

Svi se natovariše paketima. Komšike istrčaše.

— Dobro došli, gospođice Nataša! Jaoj, kako ste se popravili i prolepšali!

— Donela nam pečeno prase! — hvalila se sestrica.

— Ju, ju! Šta ste sve doneli?

— Moja sestra je bogato udata!... Muž joj je kafedžija... Lako je njima, puna kuća! — hvalila se mati.

Unesoše stvari u kuću.

— Da zatvorim vrata! — jetko reče mati. — Sve polete kad tebe vide. Što ti mala moraš da pričaš: prase! Sve će da potrče da im dam prasetine. Hoću baš! Valjda jedemo prasiće svakog dana... Ala je lepo! Vidite, deco! Čekaj, nemoj da čupaš!

— Samo uvo. Uh, što ću da jedem!

— A gladni smo, Nataša! — zaplaka mati. — Večeras sam lupala glavu šta ću im dati za večeru.

— Nemoj, mama, da plačeš. Biće bolje! Evo ti sto dinara!

— Trči za hleb, mala. Nemoj taze, nego jučerašnji. Taze se začas pojede. Daću vam prasetine. A ovo jabuke i jaja? Je l' Lenka i Laza sve poslali?

— Jeste, mama. Da se nije koje razbilo?

— Sad ću da vidim.

— Ima, mama, ovde i jedno pile i kolači. To mi spremila moja drugarica. Tamo sam i prase kupila. Znaš kako su jeftini prasići! Pa sam dala da se ispeče.

— Ništa bez tebe, Nataša! Jedva sam čekala da dođeš. Izmučili smo se kao niko.

— Ali da vidiš, mama, ove ćilime! Daj makaze da isečem kanap!

— Jaoj, ala su lepi! Pa koliko si to platila?

— Dvesta dinara! U selu sam kupila. Nešto mi teča dao, a nešto sam pozajmila od moje drugarice. Neću joj ni vratiti, oni su bogati. Da samo ove starudije bacimo s patosa! Gde bih u Beogradu kupila ovakve ćilime po dvesta dinara? Ovo je čista vuna! Imamo za obe sobe.

— E, Nataša, ničim me nisi mogla obradovati, nego ove ćilime što si kupila! Živu me stid pojede kad vidim ove ćilimčine na patosu!

— Sutra ćemo da namestimo lepo kuću.

Nešto je istinu kazala, a više lagala. Ćilime joj je kupio direktor rudnika. Očaran i oduševljen njome, jedva ju je pustio da ide kući. Provela je petnaest dana u njegovoj kući, u gospodskoj vili, gde su je svi dvorili. Vratila se otud s punom tašnom hiljadarki. Odenuće i sebe i svoju porodicu, spremiti toalete za more, a u julu s njim ide na letovanje.

Gvido više za nju nije postojao. Ali želela je da ga vidi. Upravo on nju da vidi. Samo će se prvo obući. Sve u plavo. Sutra ide sa sestricama pa i njima da kupi haljine. Kazala je da joj je tetka dala hiljadu dinara, a teča ne znajući da joj je tetka dala dao joj pet stotina.

Gladne sestrice dočepaše pečenje. I brat se gušio mesom.

— Ne možeš da pojmiš, mama, kako sam se najela!

— Kako da se ne najedeš kad imaju kafanu.

— Svakog dana sam jela ćuretinu!

— A otkad mi nismo videli ćurku… Jedi, sita se najedi! — govorila je mlađoj ćerki. — Uvek plače kako je gladna. Ne može čovek da ih nahrani. Ovo će da nam bude za dva dana. Neću sutra ništa da kuvam. Jesi li pričala Lenki kako se mi mučimo i šta sam ja dočekala?

— Pričala sam... Plakala je... Tako je tetka Lenka dobra. Voja za godinu dana svršava gimnaziju, pa će na medicinu i kod nas će stanovati. Platiće i slati nam u namirnicama.

— Kako da ne. To bi nam zaista dobro došlo, kćeri.

— Mama, da mi daš da se umijem. Sva sam od gara.

Umila se i oprala ruke.

U kući je zavladala radost kad je Nataša došla... Ona je čekala da svi izađu u kuhinju, pa je brzo izvadila hiljadarke i zaključala ih u kofer. Uzdahnula je kad se setila dana koje je provela u Raulovoj elegantnoj vili.

Sutra ide do Gordane. Donela joj je kane i seljačke jastuke s narodnim motivima... Samo da ih napuni. To će se Gordani mnogo dopasti.

Od Raula nije htela da krije svoje materijalno stanje. Ispričala mu je o porodičnom bankrotstvu i o bedi u koju su zapali, o teškim danima koje provodi u kući, o naporu s kojim roditelji školuju decu, o svojim instrukcijama. On je slušao sa saučešćem, i kad je pošla dao joj je pun koverat hiljadarki.

Ti dani su joj prošli kao najlepši san. Samo joj je jedna misao zadavala bol: on nije bio razveden, živeo je rastavljen od žene, a imao je i jednog sinčića u Francuskoj... Ko zna, možda će mu se jednog dana žena vratiti? I onda? Šta će biti s njom ako se navikne na novac, ugodnost, putovanja, a najednom sve iščezne?

Odbacila je neprijatne misli. Htela je da bude srećna. U ovom trenutku se radovala gledajući sestre kako jedu... Imale su puna usta pečenja, kolača, jabuka... Mlađa je odgurnula tanjir.

— E, jesi li sita? — pitala je Nataša.

„Eto, takvi su muškarci"

Nataša je bila sva u plavom, elegantna, po poslednjoj modi. Crne antilopske cipele i dugačke crne kožne rukavice dopunjavale su njenu eleganciju. Pogledala se zadovoljno u ogledalo. Uvek je zastajkivala pred izlozima da se ogleda. Uzdahnula je kad se setila ogromnog ogledala, kao vrata, u Raulovoj vili.

Mati je sva srećna gledala ćerku:

— Šta znači kad se devojka obuče! Sad će sve da izlete u dvorište kad ti izađeš. Stalno me zapitkuju: „Ama, vi se nešto mnogo ponavljate? Čujemo, samo vam štepuje mašina!" Kao da sam ja uvek bila sirota kao one! Hajde da te ispratim do kapije.

— Gle, gle! Kako je lepa naša gospojica Nataša! — uzviknu gospa Persa.

— Ju, ju! Što ste se udesili! — divila se druga komšinica.

— Što se udesila? Lepoj devojci sve lepo stoji... A ja i ti da obučemo svilu, opet ove naše trbušine ne možemo da sakrijemo. Vidi nju kako je tanka! Da je čovek obuhvati oko pasa! — govorila je treća komšika.

Nataša je jedva čekala da se pojavi na ulici. Dva muškarca su pušila na prozoru i smešila joj se. Pred jednom kapijom dve devojčice se zagledaše u nju, munuše se laktovima i jedna prošaputa:

— Što je lepa!

Nataša se šepurila i zastajkivala pred izlozima da vidi celu siluetu. Nikad nije bila srećna kao sada. U novčaniku je nosila novu stotinarku. Hranili su se bolje u kući, jer je ona dodavala. Kupila je svima ponešto; krojačica im je šila kod kuće već tri dana.

Dve dame zastadoše i okretoše se za Natašom. Svi su je gledali. Još samo Gvido da je vidi. Želela je da se uveri da li on pati! Možda je bolje što se sve ovako razvija. Jedno uvek pati. Zašto mora uvek devojka da pati?

Čekala je malo dalje od banke.

Izašao je sâm. Nosio je šešir u ruci. Bio je u svetlosivom odelu. Srce joj je silno zalupalo. Uplašila se same sebe. Zašto se ovako uzbudila? Koga ona zapravo voli? Njeno osećanje prema Gvidu bilo je u početku čisto. Posle se pojavilo drugo osećanje, prema Francuzu. Ceo Natašin život bio je zbrka raznih osećanja. I sad joj je srce zakucalo. Osećala je i tremu.

Kuda li će Gvido? Ide na drugu stranu. Pošla je za njim, htela je da ga oslovi, ali se preodomislila. Bolje je da pođe za njim. On se ne okreće. Mogu ga gledati devojke i smešiti se koliko hoće nikad se ne okrene. Ni sad se nije okretao. Mogla je mirno da ide za njim.

Kuda li on ovo ide? Nikad ga nije videla u ovoj ulici. Zastajkuje. Možda će doživeti veliko iznenađenje. Ona sada ne zna ništa o njegovom životu. Gvido zastaje pred jednom kućom i ulazi unutra. U parteru, na prozoru, pomalja se jedna mlada devojka.

Dakle, tako? Gvido ima poznanstva za koja nije znala. Ona je bila samo avantura u njegovom životu. Prošla je kuću. Devojka zatvori prozor. Išla je pa zastala. Da priček. Pogledala je u satić. Videće koliko će ostati. Prošlo je četvrt časa. Glupost! Šta da čeka? Oseća potajnu ljubomoru pomešanu sa zadovoljstvom. Njegovi postupci opravdavaju njene. Čisto bi želela da ga uhvati u neverstvu, da bi ublažila svoju grižu savesti.

„Gle, ko je s njim?” Gvido i jedna devojka. Slađana! Ah, dakle, ona! Tako je prepredena ta mala! Ovo mu je valjda platonska ljubav, a ona mu je bila potrebna kao ljubavnica... Namršteno je gledala, osećala je da bi mogla zaplakati. Da vidi kuda će? Pustila ih je da odmaknu, ali ih dobro vidi. On nešto priča. Kako joj se naginje, gleda joj u oči, a ona samo ćuti. Pravi se naivna. Kao anđeo! Nešto joj nije pravo. Uhvati je ispod ruke! Nataša steže rukama tašnu. Bedni su oboje! A ona se još kajala zbog Francuza! Ništa pametnije nije uradila nego što je išla Francuzu. To je kavaljer čovek! I

Evropljanin u pravom smislu. Šta je od Gvida i mogla da očekuje? Ko zna koliko on ima avantura?

Gvido je nežan, naginje se Slađani:

— Hoću da mi kažeš zašto si tužna? Tetka Drenka me jutros zvala telefonom iz kancelarije i tako je bila nesrećna. „Dođi, Gvido, molim te, da malo raspoložiš Slađanu. Ne znam šta je tom detetu." Kazala mi je da ništa ne jedeš, plačeš, tužna si, ubledela... Hajde, reci mi, zašto si tužna? — uhvati je ispod ruke. — Ti znaš da sam ja tvoj veliki brat.

— Ali ja nisam tužna! — nasmešila se bolno, a na trepavicama joj zadrhtaše suze.

Gvido se naže prema njoj:

— Ti plačeš? Ima tu nešto. Da se nisi u koga zaljubila?

— Nisam ni u koga! Zar se vredi zaljubiti i patiti?

— Ne treba da se zaljubiš i da patiš! Ti si mlada i osetljiva. Muškarcu je teško kad pati, a žena je slabo biće, njoj je teže. Ne mora svaka ljubav biti i patnja.

— Zar muškarac ume da pati? — gledala ga je pravo u oči.

— To je isto kao kad bi me pitala ume li muškarac da voli. Ako ume da voli, mora i da pati.

— A ja mislim da muškarci ne umeju ni da vole, ni da pate. Oni obmanjuju i sebe i devojke kada govore o ljubavi.

— Zašto sve vrednosti pripisuješ ženi, a muškarce nipodaštavaš? Znaš li ti da ima muškaraca koji su bolji od devojaka, čestitiji, iskreniji... Sve što radi muškarac rade i mnoge devojke; i još gore od nas...

— A jesi li i ti poznavao takve devojke?

— Možda sam i poznavao.

— Pa jesi li patio zbog njih?

— A zašto govorimo o patnji? Ti nisi vesela kao što si bila ranije i ja hoću da te raspoložim. Samo, nisi iskrena, kriješ nešto.

— Nemam ja ništa u svom životu što bih mogla kriti — zlatne očice su se tužno zaustavile na njegovim tamnim očima. Mladi čovek se zagleda u te lepe oči. Tako su bile čiste, nevine, tople. Bilo mu je prijatno da ih gleda:

osvežavaju ga, rasteruju nervozu, ogorčenost i razočaranje. Stegnuo joj je prstiće i izvukao svoju ruku ispod njene, kao da se plaši da drži tu ručicu, koja se tako sestrinski naslanja na njegovu mišicu.

— Hoćeš da idemo u bioskop?

— Ne bih želela da trošiš.

— Ostavi! Šta ću se istrošiti? Nije to bogzna šta dve karte platiti. Hoćeš? Znam da voliš bioskop.

— Volim i nisam davno išla.

On je uzimao karte, ona pomisli na Gradimira i obuze je tuga, tako duboka da je osetila nesvesticu.

Na platnu su se odigravale ljubavne scene, a ona je plakala. Zašto je poljubila Gradimira? Kako mu se bacila u naručje, drhtala na njegovim grudima! Zašto nije mogla da bude jaka i da se savlada? I da li muškarci znaju šta znači poljubac za čisto devojačko srce? Njeno srce, mozak, nervi, sve je uzdrmano, a Gradimir je mogao ravnodušno da ode, da ne piše i ne pita za nju! Film je još rastuži. Gvido opazi njene suze.

— Šta ti se dogodilo, Sladice, ti plačeš? Hajde, budi vesela! Što nećeš da mi kažeš?

— Oh, pa film me rastužio, i muzika... Ništa se meni nije dogodilo — nasmešila mu se, a on je uzeo njenu malu ruku i prineo je usnama. Pogledao je prema ložama... U jednoj loži sedeo je prvi put s Natašom. A sad je otišla ko zna kuda? Možda Francuzu... On nije patio kao mala Slađana, ali je osećao ogromno razočaranje i ogorčenost na devojke. Ovo lepo dete pokraj njega, sa suzama u krupnim zlatnim očima, bilo mu je uteha, jer je osećao u njoj drukčiju devojku: bolju, osećajniju, koja ne može naneti muškarcu razočaranje kao njemu Nataša.

Nataša ih je pratila sve do bioskopa. Videla je kad su ušli i ostala napolju još nekoliko trenutaka bleda, gnevna i ljubomorna. Posle se nasmejala, gordo podigla glavu i prošaputala: „Eto, takvi su muškarci!”

Pomisli da ode do Gordane, da je vidi u plavom, pa odustade... Osećala je da su se ona i Gordana otuđile jedna od druge. Gordana je uvek dočeka lepo, ali nema više one predusretljivosti i prisnosti kao ranije. Devojke su bliske dok imaju iste poglede na život. Natašini pogledi su se sasvim izmenili, a još je i zgrešila s čovekom koga je, možda, Gordana volela. Gvido je za Gordanu bio kao neka lepa knjiga, koju je čitala i uživala u njoj. A Nataša je dočepala tu knjigu i iscepala listove, nije je ni pročitala...

Vratila se kući i u dvorištu se srela s gazdom. Stari sladostrasnik stalno je izdržavao poneku sirotu devojku, pa bi je posle udavao... Bio je udovac i nije se ženio. Nataša mu se odavno dopadala; zastao je čim ju je video:

— Gle, kako se ovo devojče prolepšalo! Pa gde ste vi? Odavno vas nisam video?

— Bila sam u gostima u unutrašnjosti.

— Tako, u gostima, a mene se ne sećate — stegnuo ju je za mišicu i prošaputao: — Jednom moramo vi i ja da se nađemo nasamo! Imam odavno merak na vas. Vidi se da ste vatra!

— Možda se varate! — bio joj je strašno odvratan. A znala je da dovodi mlade devojke u stan i sve one dolaze zbog njegovih četvorospratnica. Nikoga nije imao; bacao je na žene težak novac.

Natašina mama izađe u dvorište.

— A znaš li, Nataša, da nam gazda na proleće ovo ruši i zida veliku zgradu? Moramo u novembru da se selimo. Kuda ćemo? Najteže je za ove male stanove.

— Šta, kuda ćete? Pa eno u mojim kućama onoliki stanovi! Birajte koji god vam je volja.

— Da biramo... A da li možemo da platimo kiriju?

— Ne brinite vi za kiriju! Za vas će biti izuzetna cena! — u pomrčini je opet štipnuo Natašu za mišicu, kao da je hteo reći: „Sve od tebe zavisi!"

Ljubavna strategija iskusne žene

Gospođa Milošević se osećala kao da preživljava medeni mesec. Napravila je čitavu senzaciju u maloj varoši Makedonije svojim toaletama, kaniranom kosom, lepom frizurom. Gradimir ju je predstavio gazdarici Sultani kao svoju rođaku i uzeo onu drugu sobu za nju, samo su je devojke podozrivo gledale, ne verujući da mu je rođaka, a muški svet je bio očaran time da je to njegova prijateljica.

Ona je to opazila i to joj je laskalo. Neka Gradimir bude malo ljubomoran. Ali njemu kao da je svejedno. Bio joj je vrlo čudnovat. Čas umoran, čas rasejan, ravnodušan. Nije više osećala njegov nekadašnji zanos. Primao je njene nežnosti rasejano, čak i ravnodušno, kao muškarac kome je potrebna samo žena, a ne uživanje — radost ljubavi.

Nije dosad imala prilike da s njim bude u istoj kući čitav mesec, plašila se da nije učinila pogrešku što je došla.

Sve veštine je upotrebljavala da ga zavede i da mu bude neophodna. Donela je dosta domaćih toaleta, mekih i svilenih, koje su se pripijale uz telo. Htela je da mu stvori udobnost u kući i jednog dana mu je kazala:

— Zašto da idemo u kafanu na ručak? Bolje da nam donose kući.

Njemu se to dopalo. Uvek ga je čekala čista pidžama, kupatilo, postavljen sto u njenoj sobi sa spuštenom zavesom i otvorenim prozorom, s mnogo cveća, parfema i mirišljavog sapuna.

Često je pitao:

— Ima li kakvo pismo iz Beograda?

I kad bi mu dala pismo od majke i sestre on bi ih čitao, ravnodušno ostavljao, uzimao novine i udubljivao se u čitanje.

Osećala je da ga nešto tišti i to ju je mučilo. Preturala je krišom po njegovim džepovima, ali ništa nije našla. Jednom je zaboravio ključeve; našla je jedan mali što otvara kofer. Taj kofer je uvek držao zaključan. Sumnjala je da se u njemu nalazi nešto što on krije od nje.

Doista, našla je plava pisma... Osetila je grč kad je pročitala potpis: *Slađana*... Sela je na postelju i čitala: sva se hladila od uzbuđenja. Iz pisama je doznala šta je Gradimir njoj sve pisao. Dakle, on je prvi pisao. I dok je ona iščekivala njegova pisma, on je razvijao nežnu prepisku s činovnicom u svome preduzeću... Ljubomora je besnela u njoj kad je čitala kako mu zahvaljuje za radio, pa za povišicu, izveštava ga o svom zdravlju. Ali najstrašnije su joj bile reči: *Želeli ste da vam odgovorim šta bih volela da budete za mene.* Zgužvala je pismo, a posle ga pocepala na komadiće i bacila u svoj kofer. Srušila se u postelju i zajecala kao šiparica. Ostala je da leži celo jutro, čekala je Gradimira. Reći će mu da je bolesna. Da vidi hoće li brinuti za nju kao za devojče iz preduzeća. Ah, nije se prevarila! On voli tu malu i zato je ovako rasejan.

Čula je škripu njegovih koraka po drvenim stepenicama.

— Što ležiš?

— Teško mi je... Glava me je strašno zabolela, kao da imam groznicu.

On je uhvati za ruku:

— Nemaš temperaturu. Hoćeš da zovem lekara?

— Nije potrebno.

— Ustani malo da jedeš. Biće ti bolje... Je li donesen ručak?

— Jeste, Vaska je postavila u tvojoj sobi. Ja ne mogu ništa da jedem. Ručaj sam. Zovni Vasku, ona će te poslužiti.

Zagnjurila je glavu u jastuk da ne bi video tugu u njenim očima. Nije htela ništa reći jer bi bilo još gore. Možda on maloj i dalje piše, pa krije od nje. Osećala se nemoćnom da se bori s bujnom mladošću. Ali nije dala da bude pobeđena. Ustala je brzo, začešljala kosu i onako u spavaćici nežnoružičaste boje sela za sto.

— Samo da ti pravim društvo — umiljato reče.

— Uzmi bar malo i ti! Ja sam danas gladan. Je li stiglo kakvo pismo?

— Nije! — odgovorila je suvo. „Njeno pismo iščekuje." Vratila se i legla.

— Hoćeš novine? — pitao je posle ručka i odmah počeo da čita.

Nasmejala se u sebi s gorčinom. Oni su kao brak u fazi kad muž posle ručka uzima novine. Da li bi kraj Slađane čitao novine ili bi je dograbio u naručje?

— Ti me više ne voliš! — reče ona suvo.

On se nasmeja:

— Ti si smešna. Otkud ti ta misao sada?

— Ništa... onako.

On je ućutao. Nije mogao da se pretvara. „Ona bi htela da joj kao devojčici svakog dana ponavljam da je volim." Pogladio je njenu glavu na jastuku i setio se one razbarušene glavice iz Beograda. Podigla je novine da ne gleda njegov izraz lica.

Savio je novine, ljut i na sebe i na Radmilu... A ljut je bio i na ono dete iz Beograda.

— Danas moram ranije da se vratim na posao.

Hteo je u stvari da prošeta. Želeo je da joj da na znanje da treba da se vrati u Beograd.

— Ako ti bude bolje doveče, možemo ići u bioskop.

Ona je zaklopila oči. Otišao je, a nije je poljubio. Htela je da krikne: „Gradimire!" Umesto toga je zaplakala. Čula je kako škripe stepenice i on odlazi.

Jednog jutra joj pismonoša predade neko plavo pismo. Prepoznala je Slađanin rukopis. Stegla je zube i otvorila ga. Čitala je razbuktale ljubomore:

Kako mi je bolno u ovom trenutku dok vam pišem. Vaše ćutanje mi dokazuje da ste primili kao istinu svaku reč onog propalog tipa sa stepenica. Ne bih vam pisala, ali moram još jednom reći: kunem vam se životom moje majke i brata, ja toga mladića ne poznajem, ne znam ni ko je, ni kako se zove. Prilazio mi je dva-tri puta na ulici, pokušao da otpočne razgovor sa mnom, ali ja sam ga uvek odbijala. Mrzim ulična poznanstva. Ne mogu da se povratim od zaprepašćenja i bola da ste vi mogli poverovati rečima jednog uličnog nasrtljivca. Otišli ste tako naglo, a ja sam one večeri bila najsrećnija,

*jer ste kazali da imate sa mnom da razgovarate o nečemu. Nadala sam se
da ćete me sutradan pozvati u kancelariju. Ali vi ste otputovali bez zbogom,
prestali da mi pišete i ostali u uverenju da sam onakva kako mi je dobacio u
lice onaj nevaljali mladić. Priznajem, to me strašno boli i vređa. Pitali ste
me šta želim da vi budete za mene. Kazala sam: moj zaštitnik! I prvi put
kad ste imali prilike da me zaštitite, vi ste ustuknuli od mene pred gnusnim
rečima jednog pokvarenog mladića, koga i ne poznajem.*

*Htela bih i vas da opravdam kao sebe, jer znam koliko ste karakteran
mladić. Imali ste, možda, razočaranja u životu, ne verujete devojkama, pa
ni meni. Ali to opravdanje je preslabo da utiša moj prejaki bol. Kajem se za
sve. Kajem se što sam vam pisala, što sam dopustila sebi da mislim na vas.
Više vam neću pisati, ne mogu i ne smem. Treba da ostanem mala, neznatna
činovnica, kakva sam i bila, i da ne tražim radost u vašim toplim pismima.*

*Život devojaka pun je stradanja i bola. Ako hoćemo da sačuvamo svoj
duševni mir, moramo bez zanosa prolaziti kroz život. A da li ima smisla
i radosti takav život? Zar je mogućno ravnodušno proći pokraj drugog bića,
čijem se radu divimo, čije vaspitanje, dobrotu i karakter obožavamo. Ja sam vas
obožavala! Vaša pisma su bila za mene sve: muzika, provod, moja lektira, moja
radost, ceo svet. Ponosila sam se što pišete meni, jednoj maloj, sirotoj devojci bez
oca. Trudila sam se da budem dostojna vaše pažnje. I sve je to prošlost. Dosta
je bilo da me jedan nasrtljivac napadne, pa da uništi lepo mišljenje koje ste
imali o meni. Ja nisam više za vas „dobra devojčica" — kako ste mi ponavljali
u svakom pismu. A ja sam stalno ista, samo sada raskrvavljena srca, koje
lečim sama, u tišini, u noći, suzama, vašim dragim i toplim pismima, koja će
ostati moje najlepše relikvije. Osećam kako se gubim, slabim, nestaje me, kao
da se topim od tuge. Oko mene su svi dobri, nežni, vole me, a opet mi se čini
da nikoga nemam, da sam sama, potpuno sama, ostavljena i zaboravljena.*

*Oprostite što dopuštam svome srcu da govori. Kajaću se i za ove redove
što sam napisala. Nisam imala hrabrosti da ugušim svoje osećanje i bol zbog
saznanja da me vi manje cenite i da nisam za vas više ono što sam bila. A
moj život je svetao i čist kao zrak sunca.*

Miloševićka se ironično osmehnu: „Čist kao zrak sunca!" Hladnih ruku i bledog lica, zgužva plavo pismo tužne devojčice i baci ga na pod. Ustala je, prošetala po sobi, nesvesno prišla prozoru, pa opet dohvati pismo da ga pročita još jednom i da se uveri je li istinito ono što je saznala i što je ranilo do srca: da Gradimir voli ovu devojčicu, da joj je davao nade i imao neki važan razgovor s njom? Da li je i ona njegova prijateljica, ili je tek imala biti? Možda je mislio da je zaprosi?

Čitala je opet pismo. Kad je celo dvaput pročitala, zgužva ga i iskida. Radovala se što devojčica pati, htela je da uhvati Gradimira. Htela je da bude supruga jednog arhitekte! I još Gradimira! Fukara!

— E, nećeš ga dobiti! — zlurado je govorila cepkajući pismo. — Neće te on ni čuti!

Pustila je radio da bi je oraspoložila muzika. A muzika je obeshrabri i rastuži. U očajanju se pitala hoće li moći da sačuva za sebe Gradimira? Možda je nju doveo ovde jer mu je potrebna žena u samoći, a potajno sneva o budućnosti s tom devojčicom.

Stala je pred ogledalo i posmatrala svoj lik. A kad se umiriše nervi razdraženi pismom i tužnom muzikom, ona se povrati, svesna svoje lepote i zavodljivosti. Počela je da se ulepšava: krem, fini puder, krejoni, francuski parfem, tanka domaća haljina od svile pastelnoružičasta, tesno pripijena oko struka. Gledala je zadovoljno samu sebe i šetkala po sobi. Prskala je parfem po sobi, po svojoj kosi, po postelji; namestila je cveće u vazu. Grdila je u sebi Slađanu: „Balavica! Valjda bi ona umela da ugađa Gradimiru." Znala je gospođa Radmila mnogo veština kojima je osvajala. Čekala ga je voda u kadi za kupanje, čista svilena pidžama na krevetu; rashlađeno pivo. Jedna velika torta koju je jutros umesila kod gazdarice. A uza sve to što zadovoljava stomak, ona je tu, lepa, vitka, naparfimisana.

Gradimir je došao umoran i oznojen. Ona se motala oko njega s nežnošću male, zaljubljene supruge koja vodi računa o svim potrebama svoga muža.

— Voda je mlaka... Hoćeš da se okupaš?

— Baš dobro! Ti na sve misliš.

Vratio se u sobu osvežen, u pidžami, opaljen suncem, lep.

— Jesi li gladan?

— Još kako!

— Pivo sam rashladila u bunaru. Sad ću da ga donesem. Gazdarica mi je kupila lep sir na pijaci. Ti to voliš. Umesila sam i tortu! — mazila se oko njega kao devojčica. Zar ona starija? Osećala se mlada, kao šiparica, i mazila ga po vlažnoj kosi, mirisnoj od kolonjske vode, pritiskajući mu glavu na grudi. Ona je znala sve uvertire i umela je da ga uzbuđuje.

Bio je dobre volje: pričao je, smejao se, jeo s apetitom, pohvalio je tortu. Voleo je domaći život, a ona je to umela da iskoristi i priveže ga uza se.

Kuvala je kafu na špiritusu dok je on pušio i posmatrao je. Nežno mu je pružila šoljicu, zapalila cigaretu, svoju i njegovu.

— Ima li kakvo pismo? — iznenada je upitao.

— Nema ništa — umiljato je odgovorila.

Vaska je pevala u dvorištu. Vrata na balkonu bila su otvorena; jabuka je bacala senku, s granama punim ranih plodova, čiji se miris već osećao... Iz susednih bašta dopirao je opojni miris cveća. Nebo je imalo sjaj bledoplave svile, a topole su bile nepomične.

Gradimir ostavi novine.

— Malo ću da prilegnem. Nešto sam umoran.

Ona ga je gledala svojim sjajnim, crnim očima. Ostavila je i ona novine i sela na postelju... pomilova ga po kosi i naže se njegovom licu. Bilo je toplo i mirisno.

Sutradan oko deset sati provala oblaka natera radnike da prekinu posao na građevini. Pošao je i Gradimir kući. Pismonoša ga srete na ulici:

— Ovo je pismo za gospođu. Hoćete li vama da ga predam.

— Dajte!

Adresa je bila ispisana muškim rukopisom. „Ko li ovo Radmili piše?" Nešto ga je kopkalo. Jednom mu je kao u šali kazala da joj se udvarao advokat Tošić. A znao je da se Tošić i njegovoj sestri udvarao. Da li se Radmila s njim dopisuje? Okrenuo je pismo. Nije bilo dobro zalepljeno. Uvukao je prst i lagano ga otvorio. Kiša poče jače da pada i on se skloni u jednu kafanu. Poručio je pivo i uzeo pismo. Pogledao je potpis. *Vaš rođak Ljubomir Stajić.*

Bilo mu je krivo što je otvorio pismo, ali baš da vidi šta joj piše. Možda i nije rođak. Nikad nije čuo da ima nekog rođaka Stajića.

Čitao je:

Vi se izvukoste, rođako, i otputovaste s vašim lepim Gradimirom zaboravljajući šta ste mi dužni. Naš je ugovor bio jasan: ako napravim skandal četiri hiljade! A koliko ste vi meni akonto dali? Samo hiljadu dinara! Da sam znao da ste tako lažljivi i da ćete me upotrebiti kao svoje oruđe da biste sačuvali ljubavnika, ne bih ja bio budala da napravim ono čudo i tučem se s Markovićem. Vi smatrate da sam mangup, falsifikator, nisam položio ni maturu, sposoban na svašta, ali znajte, rođako, imam i ja čast. Ja sam postupio prema onoj devojčici kao najveći nitkov, vama za ljubav, da biste vi uživali u Makedoniji s lepim Gradimirom. Imate samo meni da zahvalite što ste ga opet osvojili, jer da ste vi osetili njegovu ruku kao ja i videli njegove strašne oči, bili biste načisto da je do ušiju zaljubljen u tu lepu Slađanu. A ja sam, vama da učinim uslugu, najpodlije reči dobacio onoj divnoj devojčici. I sada se kajem i grize me savest, iako vi mislite da sam nevaljalac. Vi ste imali najopasniju suparnicu i ne biste se mogli boriti s njom s vaših četrdeset pet godina da se nisam ja umešao. Sad mi je žao. Ta devojčica je pravi anđeo i Gradimir bi bio mnogo srećniji s njom nego s vama. Zažalio sam što nisam na mestu Gradimirovom. Mogao sam se još i zaljubiti, ali sve bi bilo uzalud. Tom devojčetu se ne može prići! Ni ja niti iko drugi nije joj mogao pristupiti. I vama za ljubav, gospođo rođako, ja izigravam apaša na stepenicama. A vi, da mi zamažete oči, dajete mi hiljadu dinara i drsko bežite s Gradimirom da uživate u svojoj pobedi nad onim devojčetom. Samo, zaboravili ste da vam ja neću ostati dužan. Neću ja zabadava da se tučem, napadam devojke i izlažem se opasnosti da me strpaju u zatvor, a vi da vodite ljubav i uživate. Biću kratak i jasan: imate uputnicom da mi pošaljete sve što ste mi dužni, a vi znate kolika je naša pogodba. Inače, pripišite sebi posledice koje će vas snaći. I imajte na umu da je ono devojče izvanredno lepo i da će joj se Gradimir vratiti. Kad sam mogao da budem tako nečastan prema jednoj idealnoj devojci i da je napadnem, biću mnogo manje nečastan ako napišem pismo

Gradimiru i iznesem mu kakva ste vi, a kakva je Slađana. Verujem da bi se tog časa završio vaš roman s njim, koji vam i ne dolikuje.

Ostavljam vam rok od pet dana, po prijemu ovoga pisma, da mi pošaljete nagradu za uslugu koju sam vam učinio.

Gradimir je bio zgranut. „Neverovatno! Takvog tipa da angažuje i takvim stvarima da se služi! Jadna mala Slađana! Kako se branila!" Setio se njenih suza i uveravanja da ne poznaje tog mladića. Setio se i svoje grubosti, neosetljivosti. A za to je sve kriva ova matora, koja ga hvata kao pauka u svoju mrežu. Šumadijska krv uzavri u njemu; sve čestito i plemenito pobuni se protiv ove žene, koja se uvlači u njegov život tako lukavo i podmuklo. Bio je besan. Gnev se kao provala oblaka izli na Miloševićku. Ostavila je muža, dete; veštački održava svoju lepotu i htela je da uništi život jedne čedne, idealne devojčice. Razneži se misleći na svoje malo devojče. Kako je muškarca lako obrlatiti, zaludeti i osujetiti sve njegove planove o budućnosti. A kako je lukava! Ni reči nikad o Slađani, a pronašla drugi put da okleveta na najgori način jedno siroto, čestito devojče. „Izvinite, gospođo, nije vam plan upalio! Ne poznajete vi Gradimira."

Pojurio je iz kafane.

— Gospodine, zaboravili ste da platite pivo! — učtivo ga opomenu konobar.

— Izvinite! Zaboravio sam. Evo!

Izašao je na ulicu. Samo da ovo pismo baci u lice toj komedijašici! Šta ona traži od njega? Brak, sigurno. Stezao je zube, sav je plamteo od gneva. S Miloševićkom bi raskinuo ovog momenta sve, ali ne sme tako naglo. Ne! Mora drukčije da radi. U Beograd mora da se vrati. Zajedno će ići... Tražio je, inače, da Todorović dođe...

Sutra putuje... U Beogradu će raščistiti s Radmilom. Nije mogao da nađe opravdanje za nju. Nije mogao da joj oprosti što ga je otrgla od lepe devojčice. Njihova veza se nastavlja, za njega fizička potreba, a za nju sujeta zrele žene koja hoće po svaku cenu da gospodari i sačuva muškarca. I ta žena bi uništila njegov brak! Koračao je krupno, bez šešira, da bi rashladio čelo. Bilo je već dvanaest. Nije hteo da ide kući na ručak.

Kiša je ponovo počela. Ušao je u jednu kafanu i poručio ručak. Ali nije mogao da jede. Drhtao je od gneva. Obuze ga ogromno sažaljenje prema maloj Slađani. Kakav je samo bol zadao toj devojčici! Stezao je viljušku i nož u ruci, kao da hvata oružje. Nije znao šta jede. Bacao je samo zalogaje u usta da se umiri. Pušio je, pio kafu, čitao novine i do tri sata ostao u kafani. Znao je da ga Radmila čeka. Osećao je ogromno zadovoljstvo što je muči. Ona već polaže pravo na njega! Napravila se domaćicom u kući. Čak uživa što svi znaju da mu je ljubavnica.

Pročitao je ponovo pismo, malo umiren. Doneo je odluku: sutra putuje. Reći će da ga je pozvao direktor, doći će Todorović... Ima druga građevina po njegovom planu da se gradi. Mirno će joj reći da ne bi pravila skandal. A u Beogradu će joj baciti pismo u lice!

Radmila je bila sva nervozna; pogledala je na prozor, slala Vasku čak do građevine, nije ni ručala, brinula je za njega, nije znala šta je s njim.

— Sklonio sam se od kiše u jednu kafanu i tu ručao.

— A ja te čekala... Nisam ni ručala... Trebalo je bar da mi javiš. Brinula sam.

— Ti si mogla da ručaš, nije trebalo da me čekaš! — izbrecnu se on, ne mogavši da se savlada.

Iznenađeno ga je pogledala.

— Zašto si ljut? Nešto ti se desilo?

— Ništa mi se nije desilo! Umoran sam. Boli me glava.

— Hoćeš aspirin?

— Ne treba mi.

Legao je na postelju da ne bi morao da razgovara s njom i zatvorio oči. Ona mu nežno priđe i protrlja mu čelo.

— Ostavi me, Radmila, hoću da spavam.

Ruke joj se opustiše. S čuđenjem ga je gledala. „Šta je njemu?”

— Ja mislim da sam uvek bila nežna i pažljiva prema tebi, pa treba da mi kažeš šta ti je?

— Ništa mi nije! Hoću da odspavam. Sutra putujemo. Više se neću vraćati. Doći će Todorović.

— Je li ti direktor javio? Pa što mi ne kažeš odmah?

— Pa da.... direktor.

— Ti si zbog toga neraspoložen?

— Nisam zbog toga neraspoložen. Baš volim što idem u Beograd. Spakuj stvari. Ja ću svoje spakovati sâm.

— Zašto sâm? Ja ću spakovati i tvoje stvari. Tebi je žao što odlazimo odavde? Je li da ti je žao? Ove dane s tobom neću nikad zaboraviti.

— Ni ja isto tako! — odgovori ironično mladi čovek.

Osetila je njegov ton.

— Ti si ljut? Neko ti je sigurno prebacio nešto za mene. A šta se nas tiče svet! Mi smo srećni... Ti mene voliš. Je li da me voliš?

On se okrenu na drugu stranu, ne govoreći ništa, jer je osećao da će joj, ako nastavi, baciti ono pismo u lice.

Stajala je kraj njegove postelje sva ukočena. Osećala je da se nešto moralo dogoditi. Bojazan, sumnja, ljubomora kovitlali su se u njoj.

Uzdahnula je... Koliko se borila za njega, koliko ulepšavala, ugađala mu, mazila ga, pa da ga izgubi. Pritisla je rukom srce. Možda mu je postala dosadna? Ali, još jutros bio je nežan. Da nije ljubomoran? Da, da, možda je to. Ona je lepa, svi je muškarci gledaju. Pa hoće da je vodi u Beograd, boji se... Bojazan i ljubomora iščezoše. Osmehivala se i milo ga gledala. Oči su mu bile zatvorene kao da je spavao. Naslonila je svoj obraz uz njegov, ali on se trže, mahnu rukom kao da hoće da je odgurne, i njegova ruka pade na njeno rame.

— Grado! Šta je tebi? — vrisnula je.

On se otrezni, povrati, izgovori nežnije:

— Izvini, hvatao me san, pa si me trgla.

Ostavila ga je i ušla u drugu sobu. Sela je na postelju i tiho zaplakala. Nije htela da on vidi njenu bol. Brzo je obrisala oči, osvežila lice pomadom, napuderisala se i počela da pakuje stvari.

Gradimir je ležao budan i gnevan. Malo se smirio. Radost mu se uvuče u srce.

Sutra će videti svoju lepu devojčicu.

———

Kupe je bio pun; osećala se zapara letnjeg dana. Miloševićka je sedela do prozora, naspram nje Gradimir. Mučila ju je neprestano njegova ćutljivost i ozbiljnost, iako se trudio da bude pažljiv prema njoj. Ali, veštom oku iskusne žene nije moglo izmaći da ta pažnja nije ljubav već vaspitanje. Bila je tužna, kao posle letovanja kad se ostavlja divan predeo i uspomene u njemu. Daleko od Beograda, prijateljica i mondenskog ogovaranja, osećala se podmlađenom, druga žena, zaljubljena, a Gradimir je samo njen. A sad se on vraća u preduzeće. Tamo je Slađana koja će reći da mu je pisala. To ju je najviše peklo. Što mu nije pokazala ono pismo, da ga čita pred njom, da vidi njegov izraz lica i sazna istinu?

Predveče su stigli u Beograd.

— Jedan taksi za mene! Idem kući sama — reče Radmila.

Gradimir nije ni mislio da je prati.

Šofer unese njene stvari.

— Zbogom, Gradimire! — glas joj je zadrhtao. — Ovo su mi bili najlepši dani u životu. Uvek ću ih se sećati. Ne znam da li je tebi bilo prijatno. Možda sam ti bila i dosadna, pa nisi hteo da kažeš.

— Kakva dosada! Ne bih te ni zvao da nisam osećao da će mi biti prijatno.

— Ali, zašto si ovako iznenada odlučio da se vratimo?

— Imam posla u preduzeću.

Uzdahnula je i dalje nije pitala.

— Kad ćeš doći k meni? Hoćeš sutra?

— Sutra ne mogu! Javiću ti telefonom — poljubio joj je ruku.

Ušla je u auto. Osećala je da se nešto kuva u njemu. To je Slađana. Savladala se i gordo podigla glavu. Auto pođe. Grada je stajao i čekao da ona odmakne. Klimnula mu je glavom, osmehnula se, ali je osetila duboki bol. Jedna balavica je jača od nje, koja mu je toliko prefinjenih pažnji pružala. Ne vredi voleti muškarca!

Gradimir je uzeo drugi taksi i rekao adresu svoga stana. Otići će najpre kući, umiti se, presvući, pa posle ide do Slađanine kuće. Nije osećao nimalo sažaljenja prema Miloševićki. Naprotiv, jedva je čekao da raskine s njom. Bila je prava glumica. Osetio je olakšanje kad je otišla. Da, ona mu je postala teret.

Ušetao je u svoj stan i veselo se pozdravio s gazdaricom.

— O, gospodine Gradimire! Dobro došli! Sve mi se danas činilo da ćete doći. Hoćete li opet na dva-tri dana ili ostajete?

— Ostaću malo duže — odgovorio je staroj gazdarici koja ga je volela kao sina.

— Vaša soba je u redu. Svakog dana smo je vetrili.

— Da li je, slučajno, kupatilo toplo?

— Baš smo ga naložili! Za četvrt sata biće toplo.

— E, to je divno!

Raspakovao je stvari.

— Izvinite, ništa vam nisam doneo. Pošao sam na brzinu.

— Ostavite, šta da donosite. Pre ste mi doneli. Sad ću ja vama kafu!

Dohvatio je slušalicu i javio je direktoru i Todoroviću. Hteo je da zapita direktora za Slađanu, ali nije imalo smisla.

Brzo se okupao i presvukao. Pogledao se u ogledalo. Tako je preplanuo kao da dolazi s mora. Prvo će otići do njene kuće, pa posle svojima na Voždovac. Neće još da im se javlja da je došao...

Zamišljao je kako će biti iznenađeno Slađanino malo, slatko lice kad ga ugleda. Došao je do njene kuće, popeo se uza stepenice i zakucao na vratima. Niko se nije odazivao. Postojao je malo i opet zakucao. Kao da nikoga nije bilo unutra.

Nastojnik ga opazi.

— Da li je kod kuće gospođica Slađana Janković?

— Oni su otputovali, gospodine.

Njega kao da poli hladan tuš.

— A kuda su otputovali?

— Na more... I ona, i majka i brat.

— Hvala vam.

Otišli su Gvidovoj porodici! Valjda je i Gvido s njima otputovao. Nešto pecnu Gradimira. Na Gvida nije računao. A da nije Gvido zauzeo njegovo mesto? On je lep mladić, činovnik u banci, odlazi im u kuću. Nije slep da ne vidi Slađaninu ljupkost... Vraćao se ljut i ljubomoran. Nije htela ni da mu piše... Večeras mora potražiti Gvida. Ako je Gvido u Beogradu, odjuriće i on na more. Inače je nameravao da se malo odmori. Bar desetak dana. Direktor se složio i unapred angažovao Todorovića da zameni Gradimira u Makedoniji.

Stajao je pred kućom i mislio: da potraži Gvida ili da ode do svojih... Ide svojima na večeru. Uhvatio je tramvaj za Voždovac. Oni će se obradovati kad ga vide. Porodica je najlepše utočište. Tu se uvek razgaljivao. Razmišljao je o tome da li ga je Slađana zaboravila. Kako je gordo to dete! Zašto joj nije poslao bar jednu kartu? Ali i on je gord... A gordost može i da se osveti.

Sišao je iz tramvaja. Bašta puna zelenila i cveća... otac je bio sâm kod kuće. Čitao je novine.

— Grado, sine! — uzbuđeno je uzviknuo otac grleći ga i ljubeći. — Pa ti nam ne javljaš da ćeš doći. Ni mama ti nije kod kuće, ni Gordana. Vukica došla u pet sati pa se sve tri izvezle u šetnju, i Nadica i Lule. Kazali su da će negde napolju da večeraju. A jesi li ti večerao?

— Nisam, tata.

— Dobro, dobro, sine! Biće večera. E, volim što si došao! Ama, muka mi kad tebe nema. Navikao sam: dođeš, porazgovaramo. Marice! Vidite li ko je došao?

— Dobar dan, gospodine! Otkad gospodin nije dolazio.

— A šta ima za večeru?

— Ima... puna šerpa tikvica...

— Ali ti znaš, Marice, šta treba za Gradimira.

— Znam... Palačinke.

— Ne morate, Marice. Zašto da se pečete pored štednjaka?

— Meni nije ništa teško za vas — odjurila je pevajući, sva srećna, jer joj mladi gospodin uvek daje lep bakšiš.

— Pa kako ti, tata, živiš?

— Penzionerski, sine. Prošetam, odem ponekad do Slavije, nađem se s penzionerima, porazgovaramo o politici. Pošto su bile velike vrućine, nisam često išao. Ova naša bašta je lepota! Uvek čarlija vetrić. Ujutro ustanem u pet sati pa šetam po bašti. Volim više što sam ovde sazidao kuću nego da mi je neko dao palatu usred Beograda. A jesi li ti dole imao žege?

— Mnogo je veća vrućina nego ovde.

— Vidim kako si pocrneo.

— A kako su mama i Gordana?

— Dobro su. Ja i mama rešili u Vrnjce da idemo, a Gordana će s Vukicom na more. Mika kupio plac na Braču. Hoće da zida veliku vilu. Ti ćeš plan da napraviš, pa s proleća odmah da se zida. Kaže, vrlo lepo mesto... Ama, imam, sine, nešto da ti pričam. Znaš da sam posetio jednog dana onu malu Slađanu i upoznao se s njenom majkom i bratom.

— Je l' mogućno? — obradovao se Grada i sav zablista. — Je l' te Slađana pozvala?

— Sreo sam se jednom s njima kod Slavije, i ona me upoznala s majkom, vidi se vrlo dobra žena, pa me pozvale u posetu... Bio sam pre desetak dana. Tako su me lepo dočekale. Pričala mi je Slađana kako ju je napao na stepenicama neki mangup, a ti si je odbranio. Šta se sve događa u Beogradu! Plakala je i žalila mi se kako si ti poverovao da ta vucibatina govori istinu.

— Kako da verujem? To je mangupčina! Čuo sam... nije položio ni maturu. Napada devojke po ulicama.

— Ja sam je tešio: „Znam ja moga Gradu! Neće on da veruje da je to istina.” A njoj žao da ti kao njen šef misliš da je ona rđava devojka. A krasna devojčica. Nego, njena majka mi se žalila da je devojka mnogo oslabila. Ništa ne jede, malokrvna je, treba da ide na more. Ubledela je stvarno, i ja sam opazio...

Gradimiru se nešto toplo razlivalo po grudima.

— Pa me zamolila njena majka — nastavljao je otac — da zamolim tvog direktora da Slađani da odsustvo mesec dana. Majka joj dobila odsustvo, brat joj položio s odličnim maturu, pa da iskoriste svi raspust. Pričala mi da idu u goste, na more, kod familije onog Gvida.

Gradimira štrecnu ljubomora: „Dakle, s Gvidom!”

— A ja kažem zašto da ne. Otići ću direktoru. Odem sutradan, tvoj direktor me vrlo ljubazno primio, i dao joj odmah odsustvo. Kazao sam da je to sinovica moga najboljeg druga... Posle opet odem do njih i kažem im to. Mnogo su se obradovali. Ovo sve nisam tvojoj majci kazao, da znaš, nego samo tebi. Dao sam im trista dinara. Nisu hteli nikako da prime. Tako su ponositi! Ali ja tutnem dečku: „Uzmi ti", kažem, „ovo kao da ti daje tvoj stric Nikola". I tako ti oni odu na more.

— Ti si, tata, kolosalan! — oduševljeno reče Gradimir, gotov da zagrli oca. — To si dobro uradio što si se zauzeo za nju. A je l' mala bolesna?

— Nije bolesna. Samo ubledela... Nego, moram i da ti kažem šta je Vukica napravila. Znaš kakve su ženske! Pričao joj neko kako si se ti tukao na stepenicama i kako si zaludeo za Slađanom, pa ti je majka plakala. A ja sam se smejao i tešio je: „Ako je, ženo, moja krv, neće da dopusti da jedna vucibatina napada čestitu devojku. Da sam ja bio prisutan, ja bih njega štapom i pozvao bih stražara, pa bih ga oterao u zatvor!"

— Tako je i bilo, tata: išao sam slučajno tuda i video kad ju je taj mangup napao. A ona je čestita devojčica!

— Krasno dete! I ja sam je tako ocenio. A brat mi se njen hvalio kako ćeš da ga uzmeš u preduzeće.

— Hoću... Ako ne ovde, a ono kad budemo ja, Mika, Todorović i Rus Vladimir osnovali preduzeće.

— I ovo da ti kažem: Vukica i Mika se ne slažu. Ona ga sumnjiči da je vara, a on se brani. Ne znam šta je i njoj? Lepo joj ugađa, nije nikad živela kod nas kao kod muža, a sad stalno nešto protiv njega. Kaži joj i ti kad je vidiš. Mika je prema svima nama dobar. Voli decu, ugađa njoj, kupio joj plac na Braču, hiljadu kvadratnih metara!

— Vukica je razmažena... Ne brine ni za šta, pa izmišlja koješta.

— Evo ih, dolaze. Kad te vide Lule i Nadica! Sakrij se tamo u sobi iza vrata. Dedina deca! Sad će da ulete u kuću.

— Dedice!

— Ovde sam, dečice!

Vrata se širom otvoriše, deca upadoše kao vihor.

— Što smo se, dedice, fino proveli! Vozili smo se i večerali u Topčideru. Što ti nisi s nama išao? Pet ćevapčića sam pojeo! I pio malinu!

— A šta ovo miriše? — upita gospođa Marković. — Šta to prži Marica?

— Palačinke! Vi se častite ćevapčićima, a ja hoću palačinke.

— Da nije došao Grada?

— Kakav Grada! Meni se jede.

— A ko je pušio u ovoj piksli? Ti kriješ nešto, Živko? Mora da je došao Grada!

Deda je nešto šaputao Luletu na uvo. Dečak polete u drugu sobu. Ciknuo je:

— Ujka Grada!

Ljubomorna, pojurila je i Nadica, da i nju ujka uzme u naručje. Oboje ih je držao, pa mati nije mogla da ga zagrli.

— Sine moj, lepi! — uzviknula je sva srećna, s punim očima suza, i ljubila ga. — Ama, znala sam ja da je došao Grada čim Marica prži palačinke.

I sestre su ga nežno zagrlile i poljubile.

— Šta si mi doneo? — upita Lule.

— Sutra ti donosim. Šta hoćeš: konja ili avion?

— Hoću konja.

Dok su večerali Gradimir je čekao hoće li mu mati štogod reći za onaj slučaj na stepenicama. Tek posle večere, ona reče, kao uzgred:

— Nema smisla, sine, ti da se tučeš s nekim probisvetima. Otac ti je oduševljen, ali budi oprezan! Što našu Gordanu neko ne napadne? Ne sme, jer ne daje povoda. Neće mladić da nasrne na devojku dok mu ona ne da mig.

— U ovom slučaju, mama, znam da je devojčica bila sasvim nevina. A znam i toga mangupa! Falsifikator, nije svršio ni maturu... Banči po kafanama, ništa ne radi i sačekuje mlade devojke. Treba policija o tome da povede računa.

— Policija neka vodi, ali nemoj ti da budeš ničiji zaštitnik. Da se tvoje ime povlači po novinama, a ima svakojakih mangupa... Nose nož, pa potegnu! Da stradaš ni kriv ni dužan.

— Ostavi, mama, taj razgovor! — prekide je Gordana. — Pošten mladić uvek treba da zaštiti devojku... Pričaj nam o Makedoniji, Grado.

Umalo što jednog dana nisam došla. Posle sam odustala... Hoćeš da spavaš kod nas? Ja ti ustupam svoju sobicu.

— Zašto da ti spavaš na divanu, kad ja imam svoju lepu sobu? Tako sam je čistu zatekao. Još malo pa idem.

— I mi treba da idemo! — reče Vukica. — Vidi Luleta kako je razrogačio očice! Kad je Grada tu, njemu se ne spava.

———

Ujutru, pošto se obrijao, Gradimir je telefonom pozvao Todorovića. Dugo su razgovarali. Posle je porazgovarao i s direktorom.

Pogledao je u sat. Bilo je osam i četvrt. Gvido je u banci, ako je u Beogradu. Zatražio je vezu s njim i uskoro se javio jedan glas.

— Alo, ovde Vlatković. Ko je na telefonu?

— Marković...

— O, to ste vi, Gradimire?! Kad ste došli?

— Juče. Voleo bih da se nađem s vama da malo porazgovaramo — reče veselo Gradimir, zadovoljan što Gvido nije na moru s malom Slađanom.

— Vrlo rado! Baš mi je bilo neobično bez vas. Gde da se nađemo?

— U istoj kafani.

— O ručku ili večeri?

— Danas ne mogu. S direktorom idem u Novi Sad. Nego, sutra uveče. Do devet sati ću doći. Hoćete li sutra na trke?

— Ne mogu još. Ovih dana je bila velika vrućina, pa sam želeo da odem do Dalmacije. Sad je najlepše na moru. Dakle tako, u devet?

Gradimir je začešljao kosu pred ogledalom. Video je u ogledalu dva sjajna vesela oka. Raspoloženje je dolazilo otuda što je mala Slađana bez Gvida na moru.

Trebalo bi da zovne i Radmilu. Bolje bi bilo telefonom da joj kaže. Ili da joj uopšte ne govori ništa o onom pismu. Jednog dana će otići i saopštiti joj svoju odluku o ženidbi. Da li će se pomiriti s tim? Ima u njoj energije zrele žene koja ne pušta lako muškarca. Oblačio je kaput kad telefon zazvoni.

— Alo! Jesi li ti, Gradimire?

— To si ti Radmila?

— Nisi još izašao?

— Taman sam hteo.

— Kako si?

— Vrlo dobro.

— Ja nisam dobro.

— Šta ti je?

— Boli me glava... Znaš da mene put izmori... I tužna sam. Tako je bilo lepo u Makedoniji. Veruj mi, otkako sam se udala nisam proživela tako divne dane. Čovek je srećniji u manjoj varoši. A i svet je tamo simpatičan. Ovde mi je sve prazno. I ti si daleko od mene... Naučila sam ujutro da budemo zajedno, pa mi je jutros tako teško. A tebi nije? Znam da si srećan!

— Vi ste žene sentimentalne. I nemaš nikakva posla... A mene čeka gomila poslova. Jutros moram ići u Novi Sad s direktorom. Dobili smo još neke zgrade da zidamo i moram da razgledam planove i teren. Nemam vremena za tugu.

— Mi žene smo drugačije. Tako bih volela da te vidim u ovom trenutku... Znaš da te mnogo volim, a osećam da ne smem toliko da te volim... Ti si ohladneo prema meni. I to najednom... To mi ne da mira i muči me neprestano. Zašto mi ne kažeš otkud ta promena.

— Nemam šta da ti kažem.

— A što si sad ućutao? Kad se vraćaš iz Novog Sada?

— Ne znam kad ću se vratiti.

— Ako se vratiš do deset, možeš doći k meni. Ja ću te čekati.

— Ne obećavam ti. Zašto da me čekaš? Možda ću noćiti u Novom Sadu.

— A sutra uveče? Jesi li zauzet?

— Jesam. Baš sam se dogovorio s jednim Dalmatincem. Pričao sam ti o Gvidu.

— Tako! I sutra uveče si zauzet — uzdahnula je, ali on nije čuo njen uzdah. — Dobro! — rekla je uvređeno. — Dođi kad budeš mogao i imao vremena za mene... Zbogom!

Gradimir odahnu.

A Miloševićka je mislila šta da radi danas. Izaći će, prošetati, sedeti kod „Moskve"... A posle podne? Nema posla ni kod kuće, ni van kuće. Besciljan život. Čula je kako se Darinka u predsoblju objašnjava s nekim.

— Gospođa još spava...

— Možete, valjda, milostivu probuditi i kazati joj da sam došao.

— Ja ne smem da je budim.

— Onda ću je ja probuditi!

— U gospođinu sobu nikoga ne puštam.

— Osim jedne ličnosti! Ali ja ću ući! Znate vi dobro zašto sam došao, vi biste hteli da sakrijete gospođu, ali ja ću čekati: neću se ni maći odavde.

Radmila otvori vrata.

— Šta se toliko objašnjavaš, Darinka? Uđi, Ljubomire!

— O, dobro došla, rođako! Sinoć sam prošao ovuda pa sam video svetlost i znao sam da ste došli.

— Jeste, došla sam. A znaš i ti zašto sam došla. Izvini, otputovala sam iznenada. Ja ću svoju reč održati. Samo ćeš me izviniti što ti ne mogu sad sve dati. Ali, sve ću ti isplatiti...

— Da sam znao da ćete vi mene tako seckati, ne bih se ja angažovao u onoj stvari. Koliko ćete mi sada dati?

— Sada imam četiri stotine dinara.

— A, to je malo! Ja sam mislio da ćete mi dati bar za jedan par odela.

— Četiri stotine je dosta za štof, pa ću posle dati za krojača.

— Kako vi poštujete moju uslugu! Jeste li dobili moje pismo?

— Kakvo tvoje pismo? — zgranu se Miloševićka i sva se promeni u licu.

— Pismo koje sam vam poslao u Makedoniju.

— Nisam dobila! To pismo je morao primiti Gradimir! Nesrećniče, pa što si mi pisao? Jesi li spominjao onaj događaj? Sigurno si novac tražio. Lepu si mi uslugu učinio. Ako je to pismo dobio Marković, ne zaslužuješ ništa od mene da dobiješ! Zar se takve stvari pišu u pismu?

— De, čekajte... Nemojte toliko da se uzrujavate! — umirivao je mladić, svestan da joj je, možda, sve pokvario, a hteo je da izvuče bar nešto od nje. — Nisam pisao ništa što bi vas kompromitovalo. Jedno vrlo učtivo pismo: molim vas da mi pozajmite jednu sumu novca i ako ste u mogućnosti da mi pošaljete iz Makedonije.

— Divno! Ja da pozajmljujem novac muškarcu. Šta je pomislio Marković? Strašno... Luda sam! Šta sam imala tebe da molim? Nikad nisi ni valjao! I tvoja majka i otac kukaju na tebe.

— Čekajte, da vam kažem. Napisao sam da sam vam rođak i da vas moja majka moli.

— Ništa ti više ne verujem... Opazila sam kako se Gradimir najednom promenio. To je tvoje pismo učinilo.

— Gledajte, molim vas, moje pismo! Moje pismo može samo da mu pokaže kako ste vi žena dobrog srca i pomažete svoju rodbinu.

— Pomažem rodbinu! Nisam ja njemu nikad pričala da imam rodbinu koju pomažem! Tako mi i treba kad sam bila luda.

— Naprotiv, vi ste vrlo pametna žena. Nego, ja sam lud... I možda ću otići u zatvor. Ona mala činovnica je podnela tužbu protiv mene... Ima dva svedoka... Bili su na stepenicama. Ja ću odgovarati pred sudom. I to zbog vas, rođako — izmišljao je laž da bi joj izvukao više novca.

Ona je stajala nepomično i bleda držeći se za naslon stolice.

— Je l' mogućno? — jedva je prošaputala.

— Još kako je mogućno! I šta sad treba da kažem na sudu? Smem li vaše ime da spomenem? Treba opet ja da vadim kestenje iz vatre. Ali ja sam kavaljer. Vaše ime neću spomenuti. Reći ću da sam zaljubljen u to devojče. Vidite šta ste vi meni sve napravili. Pa posle i vi i moji roditelji: Ljubomir mangupčina! Nego, ako vi mene ne nagradite kao što ste kazali, neću ćutati. Časti mi, neću!

— Tako mi i treba!

— Šta se sekirate? Pa vi ste u ćaru! Samo sam ja štetio. Proveli ste se u Makedoniji...

— Ti si skroz pokvaren! — uzviknula je s gnušanjem. — Evo, daću ti hiljadu dinara.

— A, hiljadu dinara neću da primim! Imate da mi izbrojite hiljadu pet stotina. Inače, neću biti sentimentalan! Ta stvar, čim dođe pred sud, izbiće i u javnost! I ja ću biti „skroz pokvaren" kao što vi kažete ali i vaše ime biće izloženo podsmehu...

Šetala je kao luda po sobi.

— Dobro, daću ti! Ali hoću pošteno da mi kažeš: jesi li spominjao onu činovnicu u pismu?

— Časti mi, nisam! Zar sam ja toliko glup? Pitajte Gradimira! Imate telefon pa pitajte. Ja ću sedeti ovde i čekati da čujem njegov odgovor — izvadio je cigaretu i mirno zapalio. Njegova mirnoća i ubedljiv ton umiriše malo Miloševićku.

— Ništa... Pitaću docnije.

Otišla je u drugu sobu i vratila se s novcem.

— Evo ti hiljadu pet stotina dinara. Daću ti i ono, ostalo, samo me nemoj uznemiravati. Ja sam najveću glupost učinila što sam tebi tu stvar poverila. Mislila sam da ćeš to finije izvesti.

— Niste vi tražili da fino izvedem stvar, nego skandal da napravim! I ja sam ga napravio. Hiljadu pet stotina nije ništa. Nego, ja sam kavaljer i zadovoljiću se i ovom malenkošću. Ljubim ruke, rođako! Danas divno izgledate! Kao šiparica. Popravili ste se. Vidi se da vam je prijalo u Makedoniji. Žalim što nisam arhitekta... Imate divnu liniju.

Ona je uletela u drugu sobu i zalupila vratima. Htela je da mu opali šamar. „Pokvareni stvor!" Osluškivala je da li će otići, ali on se nije micao. Tek posle začu korake. Kucnuo je u vrata.

— Nećete da me ispratite?

Nije odgovorila. On drsko otvori vrata:

— Klanjam se!

Stajala je kraj prozora okrenuta leđima.

— Zbogom, lepa rođako!

— Odlazi! — ciknula je. Srušila se na sofu. Jedva je disala.

Uplašila se da ne izađe onaj skandal u javnost. Šta li je pisao? Ne, ona mora sve priznati Gradimiru. Odmah! Sad zna da je došlo pismo. Možda je bio ljubomoran. Ko zna kako je sve to protumačio. Zvaće ga smesta telefonom.

Uzela je slušalicu, ali niko se nije odazivao. Nekoliko puta je zvonila, ali nije dobila odgovora...

U podne ga je ponovo zvala, pa uveče, sutra ujutro, ali nikako da dobije vezu... Sutradan uveče, posle devet, rešila je da ode u njegov stan. Čekaće ga. Sve će mu objasniti. Ona mu je ono priredila jer ga voli. Ako on nju voli razumeće je i oprostiti. Bila je vrlo nervozna. Šetala je, lutala ulicama, ali ništa nije moglo da ublaži bol i potisne samoću koja se uvlačila u njeno srce.

Uteha posle bola i razočaranja

Gvido i Gradimir su razgovarali kao dva dobra druga. Gradimir nije hteo odmah da spominje Slađanu, tek docnije upita:

— A vaša poznanica, Slađana, otišla na more. Je li kod vaših u gostima?

— Jeste. Ja sam baš pisao mojima. Mala se u poslednje vreme promenila. Bila je vrlo melanholična. Dva-tri puta njena majka me pozivala da je odvedem u šetnju. Nikud nije htela da izlazi. To je divna devojčica! Retkost je sresti takvu devojku. Dirao sam je da nije možda zaljubljena, ali ona je to odbijala. Ko zna?

Konobar priđe da naplati račun.

— Ostavite, Gvido! Ja plaćam. Vi ste večeras moj gost.

— Zašto? Vi ste doputovali, treba ja za vas da platim.

— Ne, ne! — veselo reče Gradimir. „Nigde nije htela da izlazi.”

— A ja sam hteo vas, Gradimire, nešto da pitam — reče Gvido. — Kakvo mišljenje imate o Nataši? Ali iskreno da mi kažete.

— Ja imam svoje mišljenje, a moja sestra opet svoje.

— Mene interesuje vaše mišljenje.

— Ona je temperamentno devojče, pribojava se avanturističkog života, ali sumnjam da ne bi podlegla kakvom iskušenju. Zavisi od toga na kakvog muškarca naiđe. Ja sam bio vrlo korektan prema njoj kao drugarici svoje sestre.

— A da ste je pozvali sebi u stan, mislite li da bi došla?

— Ne mogu da tvrdim... Jednom mi je došla. Kupio sam bio nove stvari, Gordana joj pričala, pa došla da vidi kako sam se namestio. Nisam ništa ružno video u tome. Smatrao sam je kao sestru. Mada ona doista privlači muškarce. Ali nije rđava devojka... Da se vi niste zaljubili u nju?

— Prilično sam se zagrejao, ali i rashladio.

— Zašto?

— Svašta je bilo.

— Da niste sada u kakvoj obavezi da morate da je uzmete?

— Ja sam smatrao da treba da je uzmem, ali ona me je razrešila svih obaveza. Vrlo sam se razočarao. Nisam mogao da verujem da devojka kao što je ona može tako da glumi da voli. Smatrala je da je doživela sa mnom jednu avanturu i sad će otpočeti drugu. Znate s kim sam je video jednog dana? S jednim Francuzom, direktorom rudnika. Znate li ga vi? Poznajete li ga?

— To će biti Raul Kordej. Vrlo bogat čovek. Ali, oženjen je, žena mu živi u Francuskoj, nije razveden. Šta kažete? Nataša njega pronašla? To je nju Gordana upoznala.

— Tako mi je i kazala. Verujte, Gradimire, vrlo sam se razočarao i neću skoro pomisliti na brak. Nema ništa lepše od momačkog života. Ne treba biti ni sentimentalan. Devojke su lažljive. Mislite li na ženidbu?

— Meni je već vreme. Postajem mator momak! Posle će mi žena nasaditi rogove.

— I ja sam pomišljao da se oženim Natašom. Želeo sam baš s vama o njoj da razgovaram, jer je vi više poznajete.

— Ja imam svoje mišljenje o devojkama: onom koja mi dođe u stan nikada se ne bih oženio. Jer, kad je došla k meni, otišla bi i drugome. Čudim se, Nataša vas da izneveri! Vi ste dobar, inteligentan i lep mladić.

— Ali nisam bogat.

— Jeste, ona je sirota. Znam da se grdno muče u kući. Moji su je uvek pomagali. Možda zato traži bogatog čoveka — Gradimir pogleda u sat: — Već je pola jedanaest! Hoćete li da idemo?

— Možemo.

Svetlost munje ih zaseni kad izađoše napolje.

— Ovo se sprema kiša! Da požurimo. Moja kuća nije daleko. A vaša kuća, Gvido, dalje je.

— Stići ću i ja.

Vetar zafijuka i zasu ih oblak prašine. Munja ponovo blesnu. Krupne kapi kiše počeše da odskaču po asfaltu.

— Znate šta, Gvido. Svratite do mene. Bogami, ovo će veliki pljusak!

Puče grom, pa ošinu talas kiše.

— Evo moje kuće! Hajde k meni da porazgovaramo dok ne prestane kiša.

Popeše se stepenicama i uđoše u predsoblje Gradimirovog stana.

— Izvol'te, Gvido! — Gradimir otvori vrata da propusti Gvida i trže se kad spazi Miloševićku na divanu. I Gvido zastade, zbunjen, pitajući se da li da uđe. — Izvol'te, Gvido!

— Izvini, Gradimire, sklonila sam se kod tebe od kiše! — našla je odmah izgovor, a od pola šest ga je čekala.

Gradimir je sačuvao hladnokrvnost, ali mu je bilo vrlo neprijatno što ga ova žena, u ovo doba, čeka u njegovom stanu. Ipak, učtivo je predstavi:

— Gospođa Milošević. Moj drug Gvido Vlatković. Sedi, Gvido!

Lepa žena, sva utučena bolom i neizvesnošću zbog onog pisma, s nestrpljenjem je očekivala Gradimira, predosećajući da će večeras, možda, doći svemu kraj i da će doživeti i veće razočaranje nego što je bio razvod s mužem. Bilo joj je drago što vidi i ovog lepog mladića. Kao koketna žena, koja u svakom trenutku misli na to da treba svima da se dopadne, zauzme pozu, prebaci nogu preko noge, upali cigaretu i pogleda crnpurastog Dalmatinca, da bi Gradimira napravila ljubomornim.

Prva otpoče razgovor gledajući mladog čoveka:

— Gospodin mi je poznat. Gde li sam ja to vas videla?

— U operi, gospođo. *Aida* je bila na programu. Sedeo sam baš do vas.

— A, jest'! Sećam se — pravila se kao da se priseća, a odmah je znala gde ga je videla. Još od tada je ostavio na nju veliki utisak, samo nije imala pojma kad joj je Gradimir pričao o nekom Dalmatincu Gvidu da je to onaj lep mladi čovek iz opere. — Idete li i dalje u operu?

— Pokoji put. U Beču, kao student, češće sam išao.

— Ja sam bila dva-tri puta u Bečkoj operi. Još kao pansionatkinja u jednom bečkom zavodu. To je bila za nas devojčice najveća radost... Vi ličite na

Gradimira. Rekao bi čovek da ste rođaci. Samo, razlika je u izrazu očiju. Vaš pogled je malo melanholičniji — okrete se Dalmatincu.

— Da, Šumadinci i Dalmatinci imaju sličnosti. Dinarski tip. Visoki, crnomanjasti, snažni... — nasmeši se Gradimir.

— A znate, Gradimire, da mi je to isto kazala i mala Slađana. I ona je našla da imam sličnosti s vama — nasmeja se Gvido.

Miloševićka oseti nešto teško i hladno ispod grudi. Dakle, i Slađana je u njihovom društvu. Zadržala je nasmejan izraz i upitala Gvida ženski lukavo:

— Je li to ona lepa devojčica iz Gradimirovog preduzeća? Ona je vaša rođaka?

— Nije mi rođaka. Ja sam zemljak njene majke. Slađana je Dalmatinka po majci, a naše dve porodice su u velikom prijateljstvu... Zaboravio sam vam reći, Gradimire, kako je Slađana bila očarana kad je čula da su njeni stric i otac bili najbolji drugovi vašeg oca.

— Pričao je i meni otac. I njemu je bilo milo — mirno je odgovarao Gradimir. Munja sevnu i svetlost blesnu po nameštaju. Puče grom.

— Uh, što me strah gromova! Molim te, Gradimire, spusti zavesu — osećala je da će izgubiti Gradimira. Kako je hladan i ravnodušan! I sigurno gnevan što mu je osujećena ženidba. Uzalud je bila sva njena strategija. Mladost je pobedila. Večeras mu je bilo prijatnije da večera u kafani s jednim drugom, bliskim poznanikom one male, nego da dođe k njoj.

Htela je da oseti njegov puls pa ga upita:

— Ti si neraspoložen, Gradimire?

— Nisam. Samo sam malo umoran.

I Gvido je opazio da Gradimir malo govori, a bio je vrlo veseo u kafani, pa je protumačio da mu je ova žena dosadila. Pogledao ju je od glave do pete i našao da je zgodna i očuvana žena. Nije ono što je Nataša, sveža i raskošna mladost, ali otmena je i sigurno vrlo umešna ljubavnica. Bes mu se uvukao u srce kad se setio Nataše. Nije se viđao s njom i ona nije dolazila više k njemu. Prijateljice nije imao, jer je osećao odvratnost prema lakomislenim mladim devojkama i nije mogao još da utiša buru u sebi zbog Natašinih postupaka.

— Da li će ova kiša prestati? Da vidim! — ustala je, a osećala je da će je mladi čovek gledati. — Izgleda da je prestala. Sad mogu da idem. Nego, znaš što sam još došla? Moj rođak Ljubomir je danas dolazio i kazao mi da ti je pisao i... molio... da se zauzmeš za njega. Ljutila sam se strašno... Molim te, daj mi to njegovo pismo da pročitam. Šta je imao tebi da piše?

Gradimir poćuta malo, ali pomisli da je bolje da pročita. Onda će shvatiti šta je sve u njemu.

— Dobro... daću ti ga — ustade, otključa jednu fioku pisaćeg stola, izvadi pismo i pruži joj ga.

Njoj se ohladiše ruke kad uze pismo, ali ga mirno spusti u tašnu.

— Koliko je sati? — upita.

Gvido pogleda na sat:

— Jedanaest i dvadeset.

— Ah, ja sam izgubila tramvaj! Ništa, pešice ću: posle kiše je sveže. A danas je bila nesnosna vrućina.

— Ja ću te ispratiti — učtivo reče Gradimir.

— Neću da me pratiš! Mogu ja i sama.

— Zašto, ispratiću te.

— Neću... Ti si umoran! Ne plašim se ja da idem sama.

— Ako dopustite, ja ću vas ispratiti. Gde stanujete? — pitao je Gvido. Ona mu odgovori.

— Donekle nas put vodi u istom pravcu. Mogu i do vaše kuće.

— Molim vas, Gvido, ispratite gospođu — zamoli Gradimir.

„Da li bi hteo meni da je preda?", nasmeši se u sebi Gvido.

Radmila je bila malo uvređena. Zar bi je ranije pustio samu? Kako se sve brzo gasi u muškom srcu. A ona je ista. Ono teško i hladno ispod grudi oseti još jače, ali mu ljupko pruži ruku, kao da joj je drug, a ne ljubavnik.

Izašli su na ulicu, ona i Gvido. Išli su neko vreme i razgovarali, a onda se ona okrete mladiću:

— Ne morate me više pratiti.

— Zašto, gospođo? Baš mi čini zadovoljstvo. A noć je tako sveža. Više puta prošetam noću ulicama.

— U duetu? — osmehnu se ona.

— Muškarac je zadovoljniji kad je sâm.

— Volite da ste sami? Čudnovato!

— Nemojte misliti da sam osobenjak ili asketa. Naprotiv, vrlo volim društvo, ali ponekad je prijatno biti i sâm — nije dovršio misao: „Kad se razočara i uvidi kako je žensko stvorenje lažljivo!"

Ona je shvatila drukčije njegovu misao: hteo je da joj da na znanje da je slobodan, a i ona je slobodna žena. Pogledala ga je. On je, zbilja, bio njen tip. Možda je našla sličnosti s Gradimirom, jer zaljubljeno žensko srce traži lik voljenog čoveka u svakom muškarcu. Prijatno joj je bilo s ovim lepim Dalmatincem.

— Mislite li da ostanete u Beogradu?

— Ne mislim nigde odavde. Vidim da je i moj direktor zadovoljan mnome.

— Sigurno govorite i više jezika?

— Nemački i italijanski govorim sasvim dobro. A znam i engleski.

— I ja sam učila engleski. Prilično govorim, ali bolje stojim s nemačkim. Čim bi zaćutali, mislila je šta da otpočne.

— Tako je lepo veče. Koliko puta zaželim da prošetam posle kiše, ali naš svet je tako drzak kad vidi samu ženu noću... Kako je ova kuća ogromna! Kad je brže sagradiše! Jeste li videli koju od Gradimirovih građevina? — brzo je prelazila s predmeta na predmet.

— Jesam. Sjajan arhitekt! A uz to je vrlo krasan čovek i dobar drug.

— Ja ga davno poznajem i mogu reći da je to redak čovek za današnje vreme. Sigurno ste i vi dobar mladić kad se on s vama sprijateljio?

— Ne mogu sâm o sebi ništa da kažem. Mislim da nisam lakomislen. Kad muškarac prođe prvu mladost, postaje ozbiljniji.

— Zar ste vi već prošli prvu mladost?

— Imam punih dvadeset osam godina.

— O, vi ste još vrlo mladi! A šta ja da kažem? — kušala ga je da bi izvukla koju laskavu reč.

— Vi možete za sebe reći da ste vrlo mlada i šarmantna dama.

— Nisam baš tako mlada. Šta mislite, imam ćerku od osam godina! Samo, ostala je kod mog muža. Nije je dao meni. Razdvojili smo se.

Gvido je ćutao i slušao.

— I tako mi je teško samoj u kući bez deteta — pravila se tužna, a u stvari, ovako je bila lišena svih briga. Najveća njena briga bila je da ne ostane sama. Razgovor i šetnja s mladim čovekom zagrejali su je. Obletali su oko nje mladi ljudi i balavci, ali niko je nije toliko očarao da bi mogao zameniti Gradimira.

Sad joj se dopao ovaj Dalmatinac. To bi bilo novo osećanje koje bi ugušilo njenu čežnju za Gradimirom. Nešto treba da je ponovo pokrene da bi ga zaboravila... Zadrhtala je. Bila je vrlo erotična žena, i u toj fazi prelaznog doba kada se grabi život iz straha da se ne klone i ne ostari.

— Ovo je moja kuća... Ja sam gore na spratu, a donji stan izdajem. Jedan lekar stanuje u njemu — dala mu je na znanje da nije neka sirota žena, već dama, dovoljno situirana. — Imam i vrlo lepu baštu. Mnogo voća... To je divno zidana kuća... Od oca mi je ostala. Nisam htela nikad da je prodajem. Mislila sam da podignem još dva sprata, jer su temelji i zidovi jaki. Možda na proleće. Imala bih veću rentu.

Mladi čovek je i dalje ćutao i gledao je. Ona je osetila svu lepotu njegovih dubokih očiju. Bilo joj je čisto žao što se rastaju. Mislila je da li da ga pozove da je poseti. A zašto da ne? Napraviće Gradimira ljubomornim, ako još ima simpatija za nju.

— Pa izvolite, gospodine, posetite me... jednog dana.

— Hvala, gospođo! — kratko odgovori Gvido ne obećavajući ništa. Ni u kom slučaju ne bi otimao prijateljicu svome dobrom prijatelju. Ona je zgodna žena, a ima i kuću, ne bi morala njemu da dolazi u garsonjeru. To je i on mrzeo. Nagraisao je s Natašom i nije hteo više nijednu da poziva u stan. Kao ljubavne veze, slobodne, zrele žene su najblagorodnije. No, ovo nije u redu. Imala je Gradimira, a i njega je pozvala. Da li on treba da joj posluži kao oruđe protiv Gradimira? Docnije će ga zapitati šta je među njima.

Posle dva dana srete se s Gradimirom. On veselo uzviknu:

— Baš dobro što sam vas video. Hteo sam nešto da vam saopštim. Ja se ženim.

— Zbilja? Pa koju devojku? — upita Gvido.

— Vi je znate.

— Znam je?

— Da. Malu Slađanu!

— Ama šta govorite? Je l' mogućno? Pa kad ste to odlučili?

— Čim sam je video... Ta devojčica mi se silno dopala. Zato sam se pre vremena i vratio u Beograd.

— A, da znate koliko se radujem! Ona je, dakle, bila tužna zbog vas? Sad mi je sve jasno... Ona je zaljubljena u vas! Još je ja pitam da nije u koga zaljubljena, a ona stalno odriče. Zlatna je to devojčica!

— Bilo je nešto drugo zašto je mala bila tužna. Moja prijateljica Miloševićka je htela sve to da pokvari.

Ispričao je Gvidu skandal na stepenicama.

— Eto, to je pismo koje mi je tražila. Iz njega sam sve doznao. Idem na more pa ćemo vam javiti telegramom da i vi dođete.

— Kako da ne dođem! Tako ste me obradovali, jer tu malu volim kao i moje sestre. Verujte mi, Gradimire, bićete srećni s njom.

Gradimir je bio srećan. Ovako naprečac je odlučio da saopšti Gvidu, da bi po prvom utisku video simpatiše li on nju? Morao bi osetiti makar malo bola, što se ne može sakriti.

Iskrena radost Gvidova pokazivala mu je da je on prema Slađani gajio čista bratska osećanja.

— Je l'te, a kako će primiti vašu ženidbu gospođa Miloševićka?

— Ja sam joj juče kazao da se ženim. Nije bila očajna. Ona je to morala očekivati. Nisam joj nikad obećao brak, i kao pametna žena morala je da shvati da mi nismo jedno za drugo. Kao prijateljica, ona je vrlo otmena i prijatna.

— Nešto ću vam reći, Gradimire. Ona me je ono veče pozvala da je posetim, ali ja nisam hteo da idem, jer znam da je vaša prijateljica.

Gradimir se osmehnu:

— Ona nije više moja prijateljica, niti će biti. Vidite, našla je da ima sličnosti između mene i vas. Ne mogu ništa ružno da kažem o njoj. To je fina žena. Ona ne pravi nikad scene, ima takta.

Mladi ljudi se nasmejaše. Zar je to redak slučaj da jedan drugom predaje prijateljicu?

Gradimiru je laknulo, a Gvido je istog dana potražio telefonom Miloševićku.

— Mogu li, gospođo, sutra da vas posetim?

— O, izvolite! Biće mi drago. U koliko sati?

— Odredite vi, gospođo.

— Pa u šest...

— Tačno u šest ne mogu. Tek tada izlazim iz banke.

— Ja sam zaboravila!

— Do sedam ću doći.

Spustila je slušalicu i pogledala se u ogledalo. Bila je bleda, a oko očiju su joj se poznavali tamni kolutovi. Pismo ju je strašno uzbudilo. Kako je taj bezobraznik pisao! Još joj izvukao hiljadu pet stotina dinara. Sve je svršeno između nje i Gradimira. On se ženi. Pomišljala je i na samoubistvo. Zamišljala je sebe mrtvom, videla očajan, prazan život. I najednom, lepi Dalmatinac se javlja. Spas i uteha! Život joj se vraćao, kao da je dobila injekciju kalcijuma. Sva je bila topla, uzbuđena. Sutra će odmah pozvati maserku da joj izmasira lice. Naredila je Darinki šta za sutra da umesi. Sva kuća joj je blesnula.

Namestila je sutradan cveće u vaze. Obukla domaću haljinu, dugu do zemlje, tesnu, pripijenu uz telo. Oko vrata samo niz sitnog bisera. Bila je zadovoljna sobom. Sela je, uzela jednu knjigu, čitala nervozno i očekivala Gvida.

Sve se u životu ponavlja, a ljubav je pesma koja uvek ima isti refren.

Na moru

U kući Vlatkovićevih larma, smeh, pesma. Najveću galamu pravio je Nikica. Zadirkivao je čas Domanu, čas Evelinu; prepirao se s njima, zamišljajući da je već tehničar. Bilo je svršeno s pitanjem šta će Nikica da studira. Sladica, njegova nežna, dobra sestrica, kazala je jednog dana, kad je bio oslobođen mature:

— Mama, Nikica će se upisati na tehnički fakultet. Ako i ne dobije mesto u našem preduzeću, ja i ti ćemo raditi i možemo ga školovati. On je moj jedini brat i hoću da bude srećan i da studira ono što voli.

Nikica je u oduševljenju poljubio sestricu. Znao je on oduvek da ima divnu sestru, a ona mu je sada dala još više dokaza. Ubedljivo je govorio:

— Ja ću biti i na tehnici odličan kao i u gimnaziji. Videćeš.

Slađana je osetila sreću u njegovoj radosti. To će odsad biti njen cilj života: da pomaže brata, da on postane ono što želi. Žrtvovaće se za njega kao mnoge sestre. Šta ona ima da očekuje od života? Miraza nema, a ljubav ne postoji. Neka bar njen brat bude srećan. Uživala je što je veseo i što je osećao svu radost života i budućnosti. A mala Slađana nije više videla svoju budućnost.

Ali more je čudotvorno. Ono leči i oporavlja srce. Samo noć kad dođe lepa, topla primorska noć, s lakim povetarcem ili šapatom talasa, njena duša se otvori da izlije bol.

Kuća Vlatkovićevih bila je na brežuljku, s divnim pogledom na more. Oko kuće tuje i četinari, a jedan veliki maslinjak spušta se ka moru. Dve-tri rane smokve bile su ispred kuće, kao dva stražara. Nad njima je blistalo nebo.

Oni su svi bili na spratu, a dole su izdavali dve sobe. U jednoj je bio bračni par iz Novog Sada; u drugoj jedna učiteljica i Vinka, tehničarka. Novosađani su imali devojčicu Lelu, koja je bila petoškolka, i odmah se zaljubila u Nikicu. A Nikica, obešenjak, svestan svoje inteligencije i lepote, nije toliko mario za tu petoškolku. To je balavica! On je već tehničar i gleda studentkinje. Plava Vinka, tehničarka, vrlo mu se dopadala. Voleo je da diskutuje s njom i da jedi malu Lelu. Zato ga je grdila Domana, kojoj se Lela poveravala. Sitne intrige su se plele oko Nikice, a on je uživao, plivao, veslao, pevao, pun života. Opijen je suncem i morem. Već je dobro pocrneo.

— Ličite na olimpijskog boga! — smešeći se rekla mu je Vinka.

Domana mu je posle vadila dušu i stalno ga zvala: „olimpijski bog!" Ali, da se ne bi uobrazio, kazala mu je da ga to Vinka ismejava. To je Nikicu razbesnelo. Mislio je da sve to dolazi od petoškolke Lele, koja je pravila spletke jer je bila ljubomorna.

Uveče su sedali u čamac i veslali po moru. Slađanina nežna bela koža zarudela je kao breskva.

Bile su dve plaže. Oni su odlazili na onu gde je bilo manje sveta. Iznad plaže bio je brežuljak s čempresima. Donosile su i ručni rad i posle kupanja i sunčanja odlazile u hlad i radile.

Jedan dan je padala kiša, pa nisu išle na plažu. Igrali su karte, domine, tombole, devojke su radile ručni rad.

Jutros je granulo raskošno primorsko sunce i svi su požurili da se kupaju. Šljunak se brzo osuši; ležali su, osećajući kako ih greje i miluje sunce. Videli su kako se lađa crni u daljini, izvija se nad njom dim i leluja kao oblačak. Bili su dalje od keja i nisu hteli da trče; iz daljine su posmatrali putnike kao sitne tačke.

— Ovde mnogo peče sunce. Hajdemo malo u hlad! — predloži Slađana.

Otišle su u šumicu i sele ispod četinara. Nikica se bućnuo u more. Bio je lepo razvijen i snažan. Slobodno se mogao predstaviti kao student druge godine. Malu Lelu je mogao poljubiti kad god hoće. Ali ta deca su luda! Posle će da plače i da mu piše. Vinku je želeo da poljubi. Ona je slobodnija, čak ga je malo izazivala. Znao je on žene! Vole sve da flertuju. On za nju ne vredi mnogo. Ali je mlad i lep! Dočekaće on nju jedne večeri, pa šta bude!

Pošao je pravo tehničarki da se sunča pokraj nje, kad spazi jednog gospodina.

Otvorio je širom oči! Da li je moguće? Okrenuo se da vidi gde je Slađana. Video ju je ispod četinara. Potrča k njoj.

— Sladice! Pogledaj ko je došao!

Sestra se okrete i pogleda. Htela je nešto da uzvikne, ali glas joj zamre. Ruke joj se opustiše, osloni se na stablo četinara, i nešto joj zapljusnu srce, vrelo kao sunce...

— Ono je gospodin Marković! — uzviknu Domana...

Slađanu ponese nešto kao vihor, zaboravi da ima oko nje sveta, samo je Gradimir bio pred njom. Kako se posle to dogodilo nije mogla da objasni. Našla se najednom u njegovom naručju, njegove ruke su se sklopile oko njenih nagih pleća, vrućih i zarumenjenih od sunca.

— Gradimire, vi ste došli?! — samo je prošaputala. Čula je njegov glas:

— Moja mala Slađana!

I onda se osvestila, otrgla iz njegovih ruku, zastidela užasnuta što je to uradila, pred svima mu se bacila u naručje. Sva usplahirena pogledala je Nikicu, koji je stajao zapanjen, ne znajući šta se ovo događa, i kako njegova sestra da se grli s Markovićem. Jer iako nije bio moralista kad se ticalo studentkinje Vinke, bio je najstroži kad je bila u pitanju njegova sestra.

Zaprepastile su se i Domana i Evelina. I studentkinja Vinka posmatrala je začuđeno ovu scenu.

Slađana je htela nešto da kaže, ali nije znala šta i kako da ga predstavi. Osećajući svu njenu čednu zabunu i stid, njen divni Gradimir okrete se prvo Nikici, koji nije mogao da se povrati od iznenađenja.

— Dobar dan, Nikice! Je li Slađana pričala da smo mi verenici?

— Nije — prošaputa Nikica. Ali tada obuze i njega neopisana radost, pribra se, uzviknu: — Zato je ona bila tako tužna i oslabila! Kad ste se verili? Zašto da kriješ, Sladice?

— Još u Beogradu — pogledao je Slađanu. Ona je pritisla ruke na grudi, pobeže, sakri se iza jednog žbuna. To je bio veliki potres: on njen verenik, kazao je pred svima! Voli je, vratio joj se.

— Pa što plačeš? — nasmeja se Nikica. — I sad ste moj zet! — skoči i zagrli Gradimira. Poljubiše se i njih dvojica. Nikica se okrete da vidi gleda li ga Vinka. Ona je razrogačila oči, ali nije gledala Nikicu, već lepog gospodina.

— Jeste li me zaboravili, gospođice Domana?

— Odmah sam vas poznala! Ja sam prva uzviknula kad sam vas videla.

Pozdravio se i s Evelinom i pošao svojoj maloj uzbuđenoj verenici. Tuja ih je zaklanjala od svih. On je steže na grudi:

— Jesam li smeo da kažem da si moja verenica? Možda ti ne pristaješ?

Ona ga je zagrlila blistava, rumena, uplakanih očiju i prošaputala:

— Ja bih umrla bez tebe... Strašno sam patila... Jesi li se uverio da sam dobra devojka?

— Sve sam doznao... i ko je onaj mladić... To je prošlo. A jesi li ti mislila na mene?

— Nije bilo trenutka kad nisam na tebe mislila... Ah, sva drhtim! Toliko sam uzbuđena. Ovo je neočekivano! Divno! Zar sam ja mogla misliti da ću doživeti ovoliku sreću i da ćeš ti doći?

— Moje slatko malo! Kako si lepa! — milovao ju je po licu i kosi.

— Ah, moram k njima! Ne umem da mislim! A tako sam te zagrlila, ne misleći ništa. Ti si moj Gradimir! Sunce moje! — drhtala je i jecala; i mladi čovek je sav drhtao držeći je u naručju u kostimu, vitku, bujnu, mladu.

Stid joj oboji lice tamnim rumenilom. Tek sad shvati da je u kupaćem kostimu.

— Domana, daj mi iz kabine ogrtač! Nikice! Evelina!

Svi dotrčaše. Domana joj dade mantil od plave svile s belim cvetovima.

— Nikice, ti trči mami da kažeš. Ona će se tako uzbuditi.

— Hajde, mi prvi da javimo tetka-Drenki — zvala je Evelina Domanu.

Njih troje odjuriše, a Gradimir uhvati ispod ruke svoju malu verenicu.

Nisu mogli da govore, toliko su bili oboje uzbuđeni. Gusti zeleni hlad senčio je belu aleju... Obavio je rukom njena ramena; pošli su zagrljeni prema kući. Njena lepa glavica ležala mu je na ramenu... More se plavilo kroz stabla i nebo iznad drveća; bili su u safirnom plavetnilu, čistom kao Slađanina ljubav i vernost. Čuo se šum mora kao pesma njihovog uzburkanog srca. Zastajkivali su. Gradimir je uzimao njenu glavicu u svoje ruke, gledao joj meke zlatne oči i mala rumena usta za kojima je čeznuo... Sad im je mogao izliti svoja vrela osećanja, koja su ga gušila. Ponosio se u sebi što će imati ovako lepu, finu, nežnu i dobru ženicu.

— Mama! Sladica se verila! — uzviknu Nikica koji prvi dojuri kući.

— Šta trabunjaš, Nikice! — naljuti se mati.

— Verila se, bogami! Evo i Domana i Evelina će ti reći. Pogodi s kim? Nemojte da govorite!

— S kim ima da se veri! Nije se ovde ni s kim zabavljala...

— Još kakav silan čovek! I ti ga poznaješ. Toliko sam i ja srećan, mama! — dograbio je mamu i počeo da je ljubi. — Znaš ko je, mama? Neću da te mučim: gospodin Marković!

Mati preblede.

— Pa kako ti znaš da se ona verila? On je u Makedoniji...

— Došao, tetka Drenka! Eto, ide sa Slađanom! — uzviknu Domana.

Mati se povede:

— Dajte mi, deco, stolicu! Uh, pripade mi muka!

— Bože, mama! Tebi muka, a Sladica se rasplakala. Ja bih sad mogao da skačem, da plivam, ronim. A vi žene plačete!

— Ja se, sine, radujem. To je sreća, ako je istina. Znam da ga ona voli i da joj je on pisao tako lepa i topla pisma, ali nisam mogla da verujem. Dajte mi, deco, malo vode! — briznula je u plač. Rasplakala se i gospođa Evica, mati Gvidova.

— Evo ih, tetka Drenka! — uzviknu Evelina. — Pogledajte kako su lep par!

Majci zalupa srce. „Bože milostivi! Hvala ti što si dao sreću mojoj deci!", šaputala je u sebi.

Sladica ulete i baci se mami oko vrata:

— Mamice, ja sam najsrećnija devojka na svetu! — gušila se od uzbuđenja.

Gradimir se saže da joj poljubi ruku. Ona ga zagrli, poljubi u jedan i drugi obraz:

— Vi ćete biti moj drugi sin... Nikica je uvek žalio što nema brata. Radujem se i od sveg srca vam dajem moju Sladicu. Znam kako ste krasan čovek! Pa kako je to došlo tako iznenada?

— Verujte mi, iskreno ću vam reći: prvi put kad sam video Sladicu, kazao sam sebi: „Ovo će biti moja žena!"

— I ona je od prvog dana oduševljena vama. Čim dođe iz kancelarije priča o vama, a ona sirota devojka! Videla sam da vas voli, a nisam smela ništa da je pitam.

Svi su uzbuđeni. Sladica se pribra:

— Tetka-Evice, ja sam dovela Gradimira na ručak.

— Ako, dušo moja! Ne bismo mi ni dali da tvoj verenik ide u hotel.

— A ja baš jutros kažem Evici: ostaću da ti pomognem oko ručka da im danas nešto lepše spremimo. Kao da sam predosećala. Domana i Evelina mogu da ustupe svoju sobu gospodinu Markoviću?

— Veliko hvala! Ja sam već uzeo sobu u hotelu.

— Dobro, u hotelu noćivajte, a kod nas da ručavate i večeravate! — reče gospođa Evica. Ona je iskreno volela Drenku i njenu decu, i uživala je u njihovoj sreći.

— I Gvido će doći. Kazao sam mu da ću se veriti sa Sladicom i obećao da ću mu javiti telegramom. Posle podne mu odmah javljam. Ja ću ostati desetak dana.

— I mi ćemo ovde biti još desetak dana — reče Slađana. — Moje i mamino odsustvo tada ističe.

— Ti nećeš više ići u kancelariju.

— Ja ću namesto nje! — uzviknu Nikica.

— Ti, razume se! Uvešću ja tebe u sve poslove.

Ručak je prošao u divnom raspoloženju. Samo Slađana nije mogla ništa da jede. Zadirkivali su je, zbunjivali, smejali se. Njena mama je pričala o svojoj veridbi. Pričao je i Gvidov otac kako se verio sa svojom ženom.

Oko četiri sata pošli su svi na kupanje. Gradimir je svratio do hotela da uzme kupaći kostim. Stiže ih i studentkinja Vinka sa sestrom. Upita Nikicu ko je to.

— To je verenik moje sestre, Gradimir Marković, arhitekta iz Beograda.

— Čula sam za njega.

Slađana priđe.

— Da vam, gospođice, predstavim svoga verenika.

Studentkinja uzdahnu. Ah, ovo je baš bio i njen tip. Za ovakvima je ludovala.

Gradimir je bio sjajan plivač. Devojke su uzdisale gledajući njegovu lepu, snažnu figuru.

Vinka se sunčala na poslednjim zracima sunca...

— Nikice, gde ste vi? Napravili ste se važni!

— Nisam važan, nego sa zetom razgovaram.

— To je brak iz ljubavi?

— I to velike ljubavi! Moja sestra nema nikakav miraz. Baš ni dinara.

— To je lepo! — zamisli se Vinka.

— I da znate kakve su njegove građevine!

Nikica pade u oduševljenje pričajući o Gradimirovim građevinama i kako će on biti u njegovom preduzeću. Bio je srećan na svoj način. Celog života, u svim razredima gimnazije, osećao je da je sin sirote udovice. Drugovi, koji su imali očeve, hvalili su se njihovim položajima. Bilo je i ministarskih sinova, sinova narodnih poslanika, advokata, lekara. Svaki je doživljavao i ponosio se napredovanjem i uspesima svoga oca. A Nikica nije imao te radosti. Ni oca, ni brata, ni muške rodbine, da bi se i on mogao pohvaliti kao njegovi drugovi. To je bio njegov skriveni bol, koji oseća svako muško dete bez oca, dok raste, razvija se i postaje mladić... Živeo je između ljubavi majke i sestre. Sâm se probijao, bez protekcije i zaštite oca.

A danas je i on mogao kazati: „Moj zet je Gradimir Marković, slavni arhitekta".

Sav se raspalio pričajući o njemu, prvi put u životu i on ima mušku glavu u porodici. Vinka ga je slušala rasejano i tražila očima Gradimira.

Gvido je došao posle četiri dana. Bili su rešili da naprave jedan izlet niz obalu Dalmacije. Svratiće u Herceg Novi, Dubrovnik, Kotor... Gradimir je pozvao i Domanu, Evelinu i Nikicu. On će za sve da plati, jer je ručavao kod njih, a oni nisu hteli novac da prime.

Mala Slađana je doživljavala svaki dan kao bajku. Koliko radosti kad su seli u lađu! Bila je u plavoj haljini s belim cvetićima. Prolazili su pokraj kula-svetilja. Pokoja bela jahta projurila bi pokraj njih ili brodić s izletnicima.

A Jadran se protegao plav, razdragan, topao i vedar.

— Sad ćeš videti najlepši park na Jadranu, oko hotela „Boke" u Herceg Novom — šaputao je Gradimir Slađani, držeći je ispod ruke, dok su sedeli na palubi.

Ušla je u park kao u vilinsko carstvo. Njene oči bile su širom otvorene, divljenje se ocrtavalo u njima. Reč joj je zastala u grlu, jer reči nisu u stanju da izraze i opišu ono što oko vidi i srce oseća. Njena ogromna ljubav stvarala je toliku sreću da se ona prenosila na sve što je videla: more, palme, magnolije, blistavo nebo...

Gradimir je uživao videći je srećnu. Hteo je da joj pruži sve lepo u životu. Držao ju je neprestano ispod ruke, osećajući kako se njeno bujno mlado telo naslanja na njega, uzdrhtalo i zaljubljeno. Bio je opijen ljubavlju tog lepog deteta.

— Gradimire, ko je ono? — uzviknu Slađana. — Je li ono gospođica Nataša?

Gvida nešto preseče.

Nataša je išla s velikim šeširom na glavi, u dugom elegantnom ogrtaču, rumena i nasmejana. Držala je ispod ruke jednog gospodina u svetlom flanelskom odelu.

Bio je to Francuz, direktor rudnika, Raul Kordej.

I Nataša njih opazi; sva se promeni, okrete se Francuzu, nešto mu reče. On vide Gradimira, javi mu se. Arhitekta mu otpozdravi, a Gvido ih samo prezrivo pogleda i ne pozdravi. Francuz i Nataša se udaljiše i taj susret, od nekoliko sekundi, bio je dovoljan da se sagleda život jedne devojke.

— Ja poznajem ovog Francuza! — uzviknu Slađana.

— A kad si se upoznala s njim? — iznenadi se Gradimir.

— Nisam se upoznala — trže se ona — nego jednom sam išla ulicom, a Gordana prošla autom, zaustavila kola i zovnula me. Tada sam videla u kolima i ovog Francuza i gospođicu Natašu. S njom sam se upoznala kod Gordane... Da nije ona verena s njim?

— Sumnjam, on je oženjen...

— Pravi mu društvo na letovanju — dodade ironično Gvido.

— Zar je ona takva? Ja sam mislila da je ona kao tvoja Gordana kad se s njom druži.

— Ne moraju biti iste ako su drugarice — umiri je Gradimir. — Ti misliš da su sve devojke kao ti i Gvidove sestrice.

— Hoćete li, Gvido, da idemo u drugi hotel da ručamo? — upita Gradimir, misleći da mu je neprijatno da se po drugi put sretne s Natašom.

— Zašto? Baš ćemo ovde ručati! Samo ako dobijemo sto.

Zauzeli su sto i videli ponovo Natašu. Bila je elegantno odevena, opaljena suncem, otmena, kao kakva velika dama.

Gvido je bio hladan i ravnodušan; Nataša je postala izgužvana stranica iz knjige njegovog života.

Pričao je veselo i gledao svoje sestrice. Uživao je u njima i bojao se u sebi da ne dožive razočaranje kao on. Ali, znao je da su pod okriljem roditeljske ljubavi, i to ga je umirivalo.

Vraćali su se u noći. Pučina je bila tamna i beskrajna.

Slađana je sedela uz Gradimira i osećala njegove ruke na svome ramenu. Njena kosa ga je milovala po obrazima, a svetle očice podizale su se svaki čas k njemu... Nikica, Gvido i njegove sestrice pričali su malo dalje, ostavljajući ih same u ovoj poetičnoj noći njihove ljubavi.

Gradimir je tiho pričao:

— Kad se vratimo, ići ću prvo mojima da im kažem da smo se verili, pa posle ću tebe odvesti.

— Da li će me oni voleti?

— Zar bi mogao neko tebe da ne voli?

— Znam da će me Gordana voleti. Mi ćemo biti najbolje drugarice. Tvoju mamu i tatu ću obožavati... Kako se radujem što ću imati oca.

Setio se najednom:

— Znaš šta mi je žao na tebe? Što mi uopšte nisi pisala kad sam po drugi put otišao u Makedoniju.

— Kako nisam?! Zar ti nisi dobio moje pismo?

Gradimir se trže: „Dakle, ona ga je dočepala".

— Ne, nisam dobio... A ti si mi pisala?

— Pa to mi je bio najveći bol što mi ne odgovaraš.

On joj poljubi ruku.

— Znači... na pošti se zagubilo...

— Imam duplikat pisma, pokazaću ti ga kad dođemo u Beograd.

Pritisnuo je na grudi i prislonio svoje lice uz njenu svilenu, bujnu, mirišljavu kosu.

Oblak nad Slađaninom srećom

Grada je kod roditelja zatekao Vukicu, slete iz svoje sobice i Gordana. Nisu bili u Beogradu kad se vratio s mora. Tek pre dva dana su došli. Odmah je otišao da im saopšti da je verio devojku.

— Ja imam nešto da vam saopštim, verio sam devojku...

Majci klonuše ruke na krilo, otac ga ljubopitljivo pogleda, Vukica raširi oči, već nakostrešena, jer to nije Nela, a Gordana ushićeno pljesnu rukama:

— Hoćeš da pogodim koju si devojku isprosio?

— Pogodi! — veselo joj odgovori brat.

— Slađanu!

— Jeste.

Majka ih pogleda sve redom i stegnutog grla promuca:

— Slađanu? Onu činovnicu! Pa zar, sine, kod ovolikih devojaka u Beogradu, ti ne nađe ništa bolje nego onu Slađanu. Čime te zamađijala?

— Zamađijala me svojim karakterom, čestitošću, i time što sam ocenio da je ona najbolja devojka koju sam do sada sreo u životu.

— Ovo nisam od tebe, Grado, nikad očekivala! Otkud si ti nju mogao tako brzo da upoznaš i oceniš da je ona najbolja devojka? Nego, ovaj matori ti punio glavu o njenom ocu i stricu i ti se zaludeo — kroz plač nastavi: — Kako sam zamišljala tvoju ženidbu, a ti mi dovodiš devojku takoreći s ulice!

Sin ustade gnevan, ali se jedva uzdrža:

— A koju si ti želela da uzmem?

— Nelu je želela. Onako divnu devojku! Kuću su kupili. Voli te toliko vremena — umesto majke odgovori Vukica.

— Čestitam ti, Grado! — reče Gordana. — Ja sam ocenila da je to divna devojka. I radujem se što se ženiš iz ljubavi!

Brat u ushićenju dograbi sestru u zagrljaj i poljubi je:

— Ti ćeš je voleti, Gordanice, je li?

— Ja je već volim. Osetila sam da ti nju voliš i ona tebe. Ne bi se ti tukao na stepenicama s nepoznatim mladićem da je ne voliš.

— A što na tebe ne nasrću? — gnevno reče mati.

— Priznaćeš da nisam toliko lepa kao ona.

— A tvoga brata je samo njena lepota zaslepila?

— Dosta, ženo! — prasnu otac. — Slušam te samo šta govoriš. Neka se ženi onom koju voli. To je dobro devojče. Neka ti je sa srećom, sine! Ja ti moj očinski blagoslov dajem.

Majka naglas zajeca:

— Kakvu sam ja snahu zamišljala! Nema ti u Beogradu ravna mladića! Mogao si uzeti najbolju devojku, pa da se ponosim i svakom govorim: ono je moja snaha! Ovako će me biti stid da kažem. Niko joj ne zna ni oca ni majku. E, vala je neću uvesti!

— Ne boj se, mama! Neću ja nju ni dovesti u vašu kuću, jer neću dopustiti da se ijednim pogledom uvredi onako dobra, umiljata i osetljiva devojka.

— Čujete li koliko ga je obrlatila! Znala sam, sine: kad se oženiš majka ti neće valjati. Tako one sve rade: uhvate, zalude, pa posle sikter roditelji.

— Mama, moja žena će tebe uvek poštovati. Ja to znam. Ona vas sve obožava. Kako mi je samo lepo pisala o tebi, mama! Očarala si je. Jedva čeka da dođe da te vidi. Ali ja neću da je dovodim, sve dok ti ne obećaš da ćeš je ljubazno primiti.

— Ja se mogu pretvarati, tebi za ljubav, ali da ću je voleti, nikad!

— Ne moraš da se pretvaraš. Ja joj ne dam da dolazi, niti ću je dovoditi. Ne želim da joj stvaram bol i da je moja porodica vređa.

— A majci možeš da stvaraš bol?

— Ti misliš da je on tvoje malo dete, pa ga išamaraš. Više te je ona tukla nego ja — ubaci otac.

— Zato je i postao čovek! Celog života treba majku da sluša i da pita za savet.

— Uvek sam te, mama, poštovao, ali kad je u pitanju moja ženidba, nisu mi potrebni nikakvi savetodavci. Ja sam ispunio svoju dužnost i izvestio vas da sam se verio... Izvestiću vas i kad bude dan venčanja. Ko hoće neka dođe; ko neće ne mora!

— Doći ćemo svi! — tapšao ga je otac po ramenu.

— Ja ti, sine, neću doći! Ni Vukica ti neće doći.

— Ne morate — hladno odgovori sin. — Zbogom, tata!

Gordana ga poljubi.

— Zbogom, mama!

Mati mu nije odgovorila. On pođe prema vratima pa zastade. Vratio se majci i zagrlio je:

— Mama, ti ćeš tako da voliš moju ženicu! Ona je divna i slatka!

— Nikad! Uvredio si me, sine, do srca.

— Izvini, mama, što sam te uvredio, ali morao sam, jer je u pitanju moja sreća u braku, a ja sam osetio da ću biti srećan s tom devojčicom.

Vukica mu hladno pruži ruku, a Gordana ga isprati do kapije, obećavši mu da će ići da poseti Slađanu.

— Hoću i neki poklon da joj odnesem.

— Dobro. Ja ću ti dati novac.

— Nemoj ti. Uzeću od Vukice.

— Od njih nemoj ništa da tražiš! Evo ti pet stotina dinara. Nemoj reći da sam ti ja dao.

— Kupiću nešto što će vam biti za kuću.

Brat i sestra se poljubiše i on ode, umiren što ima oca i jednu sestru uza se.

Bilo mu je strahovito teško da objasni Slađani zašto svojima ne može da je odvede. Uverio se da je ona pametna devojčica i sve će razumeti. Kazao joj je kako je mama želela da on uzme Nelu, s čijom porodicom je vezuje staro prijateljstvo, a on nije trpeo tu devojku.

Slađana je tužno govorila mami:

— Zašto da me ne vole? Nisam ništa učinila što bi ih zastidelo. Moj život je tako čist, a ti si bila najčestitija žena. Kakvih ima udovica, a kakva si ti bila! Ne vole nas samo zato što smo siroti. Kako je čudnovat današnji svet. Možeš biti pokvaren, ali ako si bogat, svi ti se klanjaju.

— Pa onu Nelu ne bih ni ja uzeo! — ljutito je govorio Nikica. — Šta te se tiče ako te oni ne primaju. Nećeš ni ti njih da primiš! Što je njegova majka veća gospođa od naše mame? Ne bih ja njih ni pogledao.

— Nije tako, sine! To je njegova majka; on nju voli, rodila ga je, vaspitala, pa ima pravo da joj bude krivo. Ti ćeš biti nežna prema njima, time ćeš pre da ih ubediš nego da i ti digneš glavu. Njegove roditelje moraš uvek voleti.

Neko je kucao na vrata. Nikica otvori. Nije poznavao Gordanu. Pogleda je začuđeno.

— Jeste li vi Nikica? Ja sam Gordana.

— O, vi ste, gospođice! — Slađana je već čula i istrčala u predsoblje.

Buduća snaha i zaova padoše jedna drugoj u zagrljaj.

— Mama, ovo je Gordana! Znam da me vi volite.

Mati Slađanina se poljubi s Gordanom. Ona predade poklon. Mislila je prvo neku stvar za kuću da kupi, a posle se predomislila: bolje štof za haljinu, plav kao more... To će divno stajati Slađani. Odmah da sašije, da bude lepa kad ide s njenim bratom.

Sutradan ih poseti i Gradin otac. Sedeo je dugo, ispričao svoje uspomene iz studentskog doba sa Slađaninim ocem i stricem...

Automobilska nesreća

— Alo! Jesi li ti, Grado? — drhtavim glasom pitala je Gordana.

— Ja sam.

— Nesreća se dogodila. Mikin auto naleteo na banderu i odleteo u jarak.

— Pa šta je s njim?

— Ne znam... u bolnici je... i s njim neka žena... Samo su tako javili iz bolnice. Idi odmah! Javljam ti od Vukice... Ona je kao luda... Idi u bolnicu... da vidiš je li živ... i koja je to žena s njim bila.

Bilo je deset sati uveče kad mu je Gordana saopštila tu vest telefonom. Gradimir nije posetio roditelje već četiri dana otkako je mati odbila da primi njegovu verenicu. Bio je ljut na mamu, jer je uvek bio pažljiv sin i nije zaslužio da mati neprijateljski primi njegovu veridbu.

Nije išao ni Vukici. Ali sad je požurio u bolnicu. Sreo je lekara i prvo njega pitao:

— Kako je mome zetu? Je li opasno povređen?

— Nije... Ima ozlede na glavi i ruci, ali ništa opasno. On može i kod kuće da leži. Devojka je opasnije povređena. Njoj je noga slomljena i donja usna rasečena. Ostaće joj ožiljak na usni. Plače više zbog toga nego zbog noge. Mora da ostane u bolnici.

— A ko je ta devojka?

— Nije htela da kaže ime.

— Dobro. Zet će mi reći.

Ušao je kod Mike u sobu. On je ležao sa zavojima na glavi. Grada se nasmeja:

— Kako tebi da se desi takav maler, i to sa ženom? Moram da te diram. Nisi uspeo da sakriješ!

— Baš maler! Sekiram se što sam bio budala. Nikad ne treba žensko da voziš automobilom. Zbog Vukice se jedim. Ona će predstaviti stvar kako nije!

— A koja je to s tobom bila?

— Nela!

— Nela? Ja sam sumnjao. Video sam ja tebe jednom s njom u autu, ali nisam hteo nikome da kažem, niti sam pridavao tome važnosti. Ali Vukica te odavno vreba.

— Grado, molim te, ti da budeš uza me! Dece mi naše, ja Vukicu volim. Znaš koliko sam lud i za decom! Nikad ja ne bih Vukicu ostavio. Došlo mi da se malo izludiram. Sedam godina sam bio veran. Možda će se i tebi to dogoditi posle nekoliko godina braka. Nego, i ona je nastradala! Šta je s njom?

— Nogu je slomila!

— Veruj, teže mi je zbog Vukice nego zbog nje. Idi ti, objasni joj sve i umiri je. Neka ne pravi od ovoga skandal! Ne znam kako ću sad da odem kući. Postaraj se da ovo ne izađe ni u jednom listu.

— Postaraću se. Ne brini! Nemoj da se uzbuđuješ.

— Ti si se verio? Kaže mi Vukica da je vrlo lepa, ali majka se usprotivila.

— Sad će popustiti. One su htele Nelu da uzmem! Gde bih na tebe udario? — nasmeja se Gradimir. Nasmeja se i zet.

— Krivo mi što ovo da mi se desi, a već sam hteo da prekinem. Pa me đavo natera da se provozamo autom. Želeo sam miran život u kući, a video sam počelo sve naopačke. Vukica ljuta, prebacuje mi, znao sam da će me uhvatiti jednog dana. Vidiš kako me uhvati! A ovo mi je prvo neverstvo u braku.

— Umiriće se Vukica. Ona je dobra srca. Naljuti se, plane, ali brzo popusti.

Grada se oprosti sa zetom i izađe u hodnik. Spazi Vukicu i Gordanu. Sva usplahirena, Vukica je zahtevala:

— Hoću da vidim tu ženu!

— Nemoj sada! Ja ću ti reći koja je. Možeš Miku da vidiš. Nemoj da praviš scenu.

— Hoću da napravim scenu! Čega da se stidim ja kad se on nije stideo? Hoću da vidim tu nevaljalicu koja je htela mog muža da otme.

— Nemoj, Vukice! — umirivala ju je Gordana. — Ti si uvek bila fina žena! Treba da sačuvaš dostojanstvo.

— Kakvo dostojanstvo! Ja bih je svu raščupala... Samo mi kaži, Grado, koja je?

— Koja? Tvoja Nela!

Vukica preblede, gotovo se onesvesti. Gordana je zagrli:

— Slatka moja sestrice, nemoj toliko da se uzbuđuješ. Ja sam i mislila da je Nela. Nego, hajdemo kod Mike.

— Neću! On mi više ne treba.

Brat je uhvati ispod ruke. Šaputao joj je:

— On se jedi zbog tebe, a ne zbog Nele! Nije njemu mnogo stalo do Nele, nego do tebe. Molio me da te umirim. Treba da uđeš da ga vidiš.

Poveli su je brat i sestra sasvim skrhanu od razočaranja.

— Zar ovo da dočekam od Nele? A volela sam je kao Gordanu.

— Ja sam verovala da će ti ona prirediti ovakvo iznenađenje. Nego, treba da budeš jaka i da joj pokažeš kako si ti opet njegova žena — hrabrila ju je Gordana.

Ušli su u Mikinu sobu. Gordana mu ljubazno priđe, a Vukica se sruči na stolicu. Zaplakala je:

— Znala sam ja, Miko, da me varaš! Izigrali ste me oboje, i ti i Nela... Bednica jedna!

— Molim te, Vukice, samo jedno da veruješ: da sam ja samo tebe voleo i našu decu.

— Misliš da ću ti verovati? Naš život je završen.

— Šta završen? — naljuti se brat. — Kao pametna žena imaš ovo da zaboraviš. Mika je naš.

— Vaš jeste, ali moj muž nije.

— Priznajem da sam te uvredio, ali možda je i do tebe bilo krivice.

— Kakva je bila moja krivica? Jesam li bila nevaljala, varala te, rasipala, bila rđava majka... Sigurno ti je Nela punila uši lažima. Zmija jedna!

— Dobro, Vukice. To ćeš reći kod kuće. Ovo je bolnica — reče brat.

— Pustite je neka govori! Priznajem, kriv sam ja.

— I jesi kriv! Misliš, volela te. Volela je tvoj džep.

Gordana je milovala sestru po licu da bi je umirila:

— Vukica je dobra... Sve će ona zaboraviti.

— Ovakve stvari se ne zaboravljaju! Videćeš i osetiti kad se udaš. A gde si povređen? — pitala je malo blaže, dok su joj suze klizile niz lice.

— Glava mu je povređena, ali nije opasno, ima ozlede i na ruci — objašnjavao joj je brat. — On će doći kući. Nije smeo od tebe. Možda ga nećeš primiti.

— Zašto da ga ne primim? Ako ja nisam više njegova, kuća i deca su njegovi.

— Eh, ti nisi njegova! Ja znam da tebe Mika voli — umirivala ju je Gordana. — Kriva si i ti, pravo kaže Mika. Kad se ja udam, neće meni prijateljica biti svakog dana u kući.

— Svi ste protiv mene! — zaplaka opet Vukica.

— Zato što te svi volimo.

— Vukice, umiri se, molim te! Kako su deca?

— Kako? Vriskala su kad su čula da se tatin auto zdrobio. Trebalo je da pomisliš na decu. Koliko te oni vole.

Brat i sestra su je umirivali. Prva bura prođe. Povedoše Vukicu kući. Ona se otrže:

— Hoću da vidim Nelu! Hoću samo da pogledam tu bednicu i da joj kažem da je dolijala.

— Nećeš da je vidiš! Treba da je prezreš! — naredi joj brat, uhvati je ispod ruke, izvede na ulicu i uvede u taksi.

Tek kod kuće ona briznu u plač. Najbolnije joj je bilo što je iskreno volela Nelu. Jecala je i govorila:

— Zar ja nju toliko volela, želela da mi bude snaha. Svog jedinog brata, koga volim kao svoju decu, htela da oženim njome. Činila sam joj što vi i ne znate: i novac joj davala i poklone. Koliko je bila pritvorna! Jaoj, zar može takva da bude? Sve oko mene: „Vukice srce", a ja mislim voli me kao i ja nju. I ti si, Gordana, kriva! Zovem te u bioskop, a ti zagnjuriš u knjige, pa nećeš! A ja volim da izađem, pa nju zovnem. Zar sam mogla pomisliti da ona hvata moga muža? Ali Bog joj je platio za moje dobro koje sam joj činila! I tu kuću što je kupila, Mika joj je kupio! Pa da ga trpim? Neću više da ga trpim! Mora izdržavanje da mi dâ, i meni i deci. Decu mu ne dam. Neka ide s njom. Eto mu je! Volela bih da ostane sakata.

Deca su došla, unezverena, pitajući plačnim glasom:

— Gde je tatica?

— Nemate vi više tatice! Otišao je on i ostavio vas.

— Nemoj, Vukice, tako deci da govoriš. Nije, Lule! Sad će tata da dođe. Pao, pa udario malo ruku, kao kad ti padneš. Voli vas tatica! — zagrli Gordana decu i otpremi ih na spavanje.

— A koliko sam se bunila, Grado, da veriš onako zlatno devojče! Ja sam i na mamu uticala. Krasnu sam ti ženu želela! Nju da uzmeš? Nevaljalica! Žao mi je što me niste pustili da je vidim i da je pljunem!

— Ona je dosta kažnjena, više joj ništa ne treba. Ti ćeš opet sa svojim mužem, a videćeš da li će nju ko da uzme — umirivala ju je Gordana.

Telefon zazvoni.

— To je tata... Mami nije dobro pa nije mogao ni tata da dođe. Sad ću ja da im kažem da ne brinu — skoči Gordana. — Hteo tata da dođe, ja mu nisam dala — reče kad se vrati. — Šta će? Ja ću ostati kod tebe da spavam. Ostani i ti, Grado. Hajde da večeraš, Vukice! Nije ništa okusila.

— Kakva večera! Ne mogu. Ja ću pasti u postelju.

— Moraš malo da jedeš! — natera je sestra. — Ti si moja dobra i nežna sestrica.

Vukica opet zajeca:

— Ali ti me nisi volela! Ja nisam školovana kao ti, ali zato imam dobru dušu.

— Ko kaže da te nisam volela? Samo sam ja drukčija priroda. Treba i ti mene da razumeš. Ali sada ću da dolazim često, pa ćemo ja, ti i naša Slađana da idemo u bioskop. Znaš, Vukice, što je zlatna mala Slađana.

Vukica pade bratu na grudi:

— Oprosti mi, Grado! Videćeš ti kako ću ja tvoju Slađanu da volim! A, drukčiji ću ja život da vodim. Ne treba meni svet u kući. Dođu, najedu se, napiju, pa me posle ogovaraju i izmišljaju koješta. Dosta je meni toga otmenog sveta...

— Hajde da se umiješ! — povede je Gordana kao dete. — Ja znam koliko ti imaš dobru dušu. I ovaj slučaj to pokazuje. Iskorišćavala je tvoju dobrotu i uvlačila ti se u kuću, a radila protiv tebe. Hodi da vidiš Luleta i Nadicu. Moraš sve da pretrpiš zbog njih.

Dobro mora da pobedi

Slađana je sedela u sobi s mamom i završavala kombine. Nikica je čitao novine. Bila bi beskrajno srećna da u njoj nije tinjala tuga što je još nisu primile Gradina majka i Vukica. Čula je za automobilsku nesreću. Grada joj je ispričao da je to ona devojka koju su mu namenile Vukica i majka. Bio je vrlo zadovoljan što su se njih dve razočarale i uveravao je svoju malu lepu verenicu:

— Zavoleće one tebe! Sad su se uverile kakva si ti, a kakva je Nela! Takva bi bila i u braku.

Velika nežna ljubav Gradina bila je sunce u Slađaninom životu. Izlazili su svakog dana, šetali, posećivali bioskop i provodili najlepše dane.

Kako je bilo smešno i lepo kad je uveo Slađanu u kancelariju gde su radile Ružica i Jelka i predstavio je:

— Gospođice, ovo je moja verenica!

Koleginice su je ljubile i iskreno se radovale.

Svaki dan je bio ispunjen novim doživljajima i srećom. Prolepšala se Slađana, a na usnama stalno osmejak. Obrazi joj blistaju, a oči sjajne. Mati je uživala u njenoj sreći. Nikica je bio oduševljen Gradom.

Sunce je ulazilo u sobu a one su sedele i radile. Pred kućom se zaustavi auto. Malo posle neko pozvoni na vratima. Nikica istrča da otvori i zastade iznenađen pred lepom, plavom, elegantnom damom, koja ga zapahnu mirisom najfinijeg parfema.

— Je l' tu moja snahica? — pitala je mladića.

— Vukica! — uzviknu Slađana i polete zaovi. U ushićenju ju je zagrlila, ljubila; zaova joj je vraćala poljupce. Jedva se povratiše od uzbuđenja i Slađana se okrete majci koja je suznih očiju posmatrala scenu: — Mamice, ovo je Vukica, Gradina sestra. A ovo je moj brat Nikica — okrete se zaovi.

— Prijo, hoću da se poljubim s vama i da vas zamolim da se ne ljutite što sam bila protivna da moj brat uzme vašu ćerku. Vi ste čuli, sigurno vam je Grada pričao, za kakvu sam mu zmiju navodadžisala? Zato sam došla moju snahicu da zagrlim. Srce moje, kako je lepa i dobra! Ne treba da mi zamerate, prijo. Slađanu nisam poznavala, a ona bednica nije izbijala iz moje kuće. Kako se pretvarala! Ja sam mislila da voli moga brata, a ona se uvijala oko moga muža. Ali je Bog kaznio. Ostaće joj ožiljak na usnama. Nosiće ga kao žig sramote! A ja se još bunila da uzme ovako dobro dete! Kazala sam: danas idem mojoj snahici! Hoću da joj kažem da će u meni imati ne samo zaovu, nego najbolju prijateljicu.

— Ona je, prijo, toliko patila. Svakog dana mi je tužno govorila: „Zašto me, mama, ne vole?"

— Videće ona kako ću ja nju da volim. Zar ženu mog jedinog brata da ne volim? Gordana mi je pričala kako si zlatna, dobra i skromna.

— A hoće li i mama da me voli i primi? — upita Slađana bojažljivo.

— Kako da neće! Juče je plakala. Jedva čeka da te vidi. Zato sam i došla da vas pozovem da sutra svi dođete kod mene na večeru. Htela mama prvo kod nje, ali moj muž ne izlazi, pa bolje svi da se sakupimo kod nas. Hoću da se mi sami u porodici proveselimo. A toliko sam se, prijo, isplakala ovih dana, kao nikad u životu! Ali Nela nije uspela! Moj muž je opet ostao kod mene. Nikad nežniji nego sada. Što god zaželela, kupio bi mi. Slatka moja prijo, uvek je bio dobar i krasan muž, ali nevaljalice hoće da rasture brakove. Pa ću da naučim moju snahu da prijateljice ne prima u kuću. Ja sam se opekla što niko nije. Već sam zrela žena, a naivna. A moja Gordana je nju bolje ocenila. Došla sam još nešto da ti kažem: ja i moj muž kupujemo za vašu kuću trpezariju. To sam obećala i onoj bednici! Ali ona izvuče kuću od moga muža. Ne znam samo na šta izvuče. Sva nafrakana i izveštačena. Pa ću ja mome bratu i snahici trpezariju da kupim. Najfiniju! Idemo zajedno da biramo. Bolje od mog bogatstva da se koristi porodica, a ne nevaljalice. I vodim te u trgovinu da ti kupim jednu finu popodnevnu haljinu i jednu večernju. Pa će moja krojačica da ti sašije. A onoj sam nevaljalici poručila: „Uzima lepoticu moj brat!" Hteo Grada da se venčate na Jutrenju. Ne dam ja! Hoću svadbu! Iz moje kuće će snaha da se izvede. Hoću venac, veo, svatove! Nije on ma ko pa da se venčate na Jutrenju. Neka se čuje kako se ženi moj brat! A ja ću s mojim mužem u autu. Kupio mi nov auto. Ceo Beograd neka vidi kako se ženi moj brat i da sam ja opet srećna žena... Tako snahice, sutra uveče k meni na večeru. Ja ću poslati auto.

— Ne, prijo, neka dođe ona s Gradom, pa ćemo drugi put ja i Nikica.

— Zašto, prijo, svi da ne budemo zajedno?

— Bolje neka oni prvo dođu sami. Ima vremena, doći ću i ja.

— Zašto, mama, i mi da ne idemo? — pitao je Nikica. — Prija je tako iskrena i simpatična žena. Zbilja ste kolosalni! Gordana je drukčija, ali obe ste vrlo simpatične.

— Ja sve iskreno govorim, a Gordana je sva uvučena u sebe.

— Iskreni ste... A uz to srećna žena, bogata, nemate briga — govorio je Nikica.

— Hvala bogu, nisam imala briga. Ovo sada što sam preživela, jedva sam se povratila. Nego, idem ja! Moram do mame da odem. Nešto joj nije dobro. Mojoj snahici sam donela jedan mali poklon — pružila joj je jedan zatvoreni omot.

Slađana je uzbuđeno prihvatila omot:

— Kako ste vi dobri i pažljivi. Pa i Gordana i tata. Gordana mi donela za novu haljinu. Sašila sam je. Sutra ću je obući. Da vas poljubim! Verujte, ja ću se truditi da Grada bude najsrećniji sa mnom.

— Šta sam ja drugo želela nego da moj brat bude srećan? Moja Nadica i Lule čuli su da imaju lepu ujnu, pa me sve pitaju: „Kad će da dođe ujna?"

Ispratili su je do kapije Slađana i Nikica. Perka je virila kroz prozor, a Vukica je, u inat, ljubila Slađanu u jedan i drugi obraz. Nikica joj poljubi ruku i otvori vrata na kolima.

— Sladice, ti si dobila novac! Trčim da vidim koliko je — šapnu brat. Sve je preskakao po dve stepenice. — Koliko je, mama?

— Nisam otvarala. Neka Sladica otvori.

Devojka uzbuđeno iscepa omot.

— Hiljadarke! — uzviknu Nikica. — Broji!

— Jedan... dva... tri... četiri... pet!

— Pet hiljada! Što si ti srećna, Sladice! Pa hoću li i ja imati od toga koristi? Bar jedno odelo?

— Hoćeš, Nikice. Od ovoga kupujemo i tebi odelo. Sutra idemo da kupimo štof. Ja ću da te udesim da budeš elegantan.

— Hvala joj, divna je žena! — govorila je mati. — Žao mi je što je propatila. Ali, da se s tom Nelom nije tako dogodilo, ona bi, možda, uvek žalila što joj se brat nije njome oženio.

— A zašto ti, mama, nećeš sutra na večeru?

— Pa gde ćemo mi, Sladice? To je gospodska kuća. I ne znam kako će da te primi njegova majka. Najmanju hladnoću da osetim, mene bi zabolelo...

— O, ja osećam da će ona mene voleti!

— I ja znam. Ali ti tek ulaziš u njihovu porodicu. Volim da ti ideš, pa posle da mi pričaš. Hvala joj za ovih pet hiljada. Moramo da pazimo za šta ćemo svaki dinar da damo. Sve sam mislila neće biti dovoljno ni pet hiljada što sam uzela na menicu.

— Tu ću menicu ja tebi otplatiti. Nemoj da brineš!

— Neću, Sladice... Nek imaš ti od mene spavaću sobu.

— Grada je hteo da kupi trpezariju, ala će mi biti lepa kuća! Bože, mamice, što sam srećna. Jesi li ti, Nikice, srećan?

— On samo misli na svoju arhitekturu.

— Pa to je moja budućnost. Jednog dana ću imati i ja svoja kola! Što ćeš ti, mama, uživati kod mene!

— Daj bože, sine! I sad sam ja srećna kad ste vi dobri i poslušni.

— Koliko je sati?

— Pet i četvrt.

— Grada dolazi u pola sedam. Ići ćemo u bioskop od sedam. I ti, Nikice, s nama.

— Meni je Grada već kazao. Slušaj, Sladice, ti si najbolja sestrica! I šešir da mi kupiš. Ih, kad se ja udesim.

— Hoću. I cipele ću da ti kupim.

— Samo jake... Da traju cele zime.

— Ti bi, mama, htela cokule. Uz fino odelo moram imati i lepe cipele. Da i ja jednom budem elegantan!

— Dopusti, mama, da ga ja ovoga puta lepo udesim. To će mu biti odelo i za moje venčanje. Čula si, mama, ja ću se izvesti iz Vukičine kuće. I ti moraš haljinu da sašiješ. Moraš da udesiš i frizuru. Da metneš vodenu ondulaciju! Samo tri talasa. Hoću da budeš lepa! Pa idemo njegovima u posetu. Ja ću sutra da obučem haljinu što mi je kupila Gordana. Grada kaže da sam pravi anđelak u njoj.

— Što si ti zaljubljena! — dirao ju je Nikica.

— Jesam... I on je u mene!

Bila je veoma uzbuđena pri pomisli na sutrašnji susret s njegovom majkom.

Gradimir je kazao da će doći u pola osam autom. Od pola sedam mala Slađana se udešavala. Sve je na njoj blistalo: izmivena kosa, sveže lice, svetle oči, rumena ustanca. Mama je došla iz kancelarije i nežno je posmatrala dok se oblačila. Uživala je kao svaka mati gledajući njenu lepotu. Ona ju je odnegovala, vaspitala, ponosila se što je lepa, dobra, umiljata.

— Gordana će se obradovati kad me vidi u ovoj haljini. S njom sam izabrala model... Divna je Gordana! To je tako karakterna devojka! Ona njena drugarica Nataša već nije takva. Videli smo je u Herceg Novom s jednim Francuzom. S njim je letovala. Žalim je, jer je lepa devojka. Gordana kaže da je sirota. I znaš, mama, šta bih volela? Da se Gordana uda za Gvida.

— To bi bila divna partija za njega. Inteligentna devojka, lepa, iz dobre porodice.

— Ja sam joj kazala, a ona tvrdi da Gvido voli drugu devojku. Koja li je ta što je Gvido voli?

Nikica upade:

— Što si se udesila! — polaska sestri. — Moji su drugovi već svi saznali da mi je Marković zet. „Blago tebi, ti ćeš", kažu, „sad sa zetom u preduzeće. Lako je tebi da studiraš tehniku."

Auto zatrubi.

— Ovo je Grada! Otključaj vrata, Nikice!

Gradimir uđe blistav kao i Slađana.

— Kako si lepa! — zastade zadivljen. — Volim tako ukusne haljine. Samo lepa linija.

— Je l' ti se zbilja dopada?

— Izvanredno!

— Mama i Nikica neće da idu.

— Neka, Grado! Ima vremena i za nas. Neka ona ide sada sama s tobom.

— Mogli ste svi! Vukica vas zaista voli. Ah, da ne zaboravim da vam kažem: ona će nam kupiti trpezariju, a ja ću spavaću sobu. Neću da se vi, mama, trošite. Ja sam mislio trpezariju da kupim, ali kad to hoće Vukica, ja ću spavaću sobu. Moja soba, koju sada imam, biće mi soba za rad.

— Nemoj, Grado! Ja sam mislila da kupim spavaću sobu. Žao mi je da se ti toliko trošiš.

— Nije to veliki trošak za mene. Upotrebićete vi taj novac. Ja volim moju Sladicu i hoću da ima lepu kuću.

Ona mu priđe i pomilova ga po kosi. Oh, kako bi ga pritisnula na grudi.

Nikica ih je ispratio do auta. Smeškao se gledajući kako se Sladica namešta u autu. Stajao je dok se auto nije izgubio iza ugla.

Gospođica Perka proviri kroz prozor:

— Kuda su otišli autom?

— Njegovoj sestri, priji Vukici.

— Baš je srećna vaša sestra! On je divan čovek.

— Vi još i ne znate koliko je divan...

Sva bleda, Perka je zatvorila prozor:

— Kako ga samo uhvati! Dam glavu da je živela s njim! — reče majci. — A Nela, budala! Hvatala Vukičinog Miku. Bar da ga je volela. Ostaće joj ožiljak na usnama. Samo plače zbog toga. Ali, kuću joj je kupio! Sto hiljada je izvukla od njega.

— Udaće se opet! Muškarac neće da pita kako je stvorila kuću, nego ima li kuću?

— Ona je računala da će Mika da se razvede s Vukicom, pa da se ona uda za njega. Kaže, on joj govorio da će da traži razvod braka. A sad ni da čuje za nju... Drži ga Vukica, pa nigde da kroči bez nje.

— Nesrećnica! Nije joj trebalo da se tako bruka! — reče Perkina majka. — Ja se radujem što se Slađana udaje. Oni su svi dobri i skromni. I drže kuću čistu... Oni će ostati u stanu. Nikica će da radi namesto Slađane. Šta ćeš, lepa je, pa se arhitekta zaljubio u nju.

Ali Perka nije mogla da shvati da danas još ima muškaraca koji mogu tako ludo da se zaljube. Nije verovala ni u ljubav, ni u sreću, ni u brak.

Majčino srce

— Sva drhtim! Kako li će me tvoja mama dočekati?

— Najlepše! Ja nju znam. Jutros sam bio kod nje. Zar tebe neko da ne voli? — uhvatio je njenu ruku i prineo usnama.

— Osećaš li kao su mi hladni prsti?

Auto stade pred jednom lepom vilom. Brzo su se peli belim mermernim stepenicama, preko kojih je bila pružena staza od crvene žanile; pridržavale su je mesingane šipke.

— Ah, moja snahica! — uzviknu Vukica i požuri u predsoblje da poljubi Slađanu. Dvokrilna vrata na velikom salonu se otvoriše. U fotelji je sedela Gradimirova mati. Slađana nikog drugog nije videla, samo nju. Požuri sva uzbuđena njegovoj mami, koja je isto tako bila sva uzbuđena. I ne znajući kako se to dogodi, Slađana priskoči i zagnjuri joj glavu na krilo, pa uhvati njene ruke, obasu ih poljupcima i kroz jecanje prošaputa:

— Vi ste moja mamica! Ja ću vas mnogo voleti! Hoćete li i vi mene voleti?

Ta scena potrese Gradimirovu majku do dna srca. Sva zadrhta, podiže joj glavu i pritisnu je na svoje grudi. Milovala ju je kao svoje dete i isprekidano govorila:

— Kako da te neću voleti? Zar ima ijedna majka koja ne želi sreću svome sinu? Kad ti njega voliš... i on je srećan s tobom... i ja ću biti srećna.

Poljubile su se, a ostali su posmatrali tu scenu.

Gradimir je, srećan i uzbuđen, shvatio da je ovo malo, lepo, umiljato devojče pobedilo mamino srce...

Tada je pojurila i tati u naručje. To je bila druga dirljiva scena...

— Nikad u životu nisam izgovorila reč „tata". Zavidela sam svakoj devojci koja ima oca — jecala je Slađana.

— Ti si sve rasplakala! — nasmeja se Grada. — Gledaj, svi plaču!

Uleteše Lule i Nadica.

— To je vaša ujna! — reče Grada. — Donela vam je poklone!

— Šta si mi donela? — upita mali Lule.

— Čigru! Pa kad se okreće ona svira. I jednu lutku za Nadicu sam donela.

— Daj čigru!

Grada je morao da navija čigru; ona se okretala, svirala, Lule je tapšao ručicama; seo je posle na krilo lepoj ujni, a Nadica se nije micala od nje i odmah je došapnula mami: „Lepa ujna!"

— E, Grado, moram da ti čestitam za šurnjaju! Znao sam ja da ćeš ti da izabereš ovakvo devojče — šalio se Mika. Zavoj mu je bio skinut i sa ruke. Dobro je prošao. Nije izlazio iz kuće i samo je tepao Vukici. Ona se umirila, poslušala je i mamu i Gordanu. Mati joj je govorila:

— Ako počneš svakog dana da mu čantraš i spominješ ono što je bilo, gore ćeš napraviti.

Seli su za sto.

— Je l'te da je slatka moja Slađana? — pitao je Gradimir, sav srećan.

— To je najvažnije što je dobra i da tebi ugađa — odgovori mati. — Kao ja što sam vašem ocu ugađala.

— A zar ja tebi nisam sve činio?

— Ne mogu da kažem da nisi...

— Uvek sam ti platu donosio, ti si raspoređivala.

— Jesi! Pa i moj sin neka svojoj ženi donosi. Znam da je ona pametno dete i neće rasipati.

— Mora se priznati, Milka, da je naš Grada umeo da nađe devojku. Ja sam uveren da će ona biti srećna... Nego, kako ćemo za svadbu? Vukica hoće paradu, a Grada hoće na Jutrenje.

— I Mika voli da bude svadba! Zašto na Jutrenje? U deset neka se venčaju. Mika i ja priredićemo ručak. Uveče neka idu na svadbeni put. Šta ti misliš, mama? — pitala je Vukica.

— Kad se moj jedinac ženi, treba da bude svadba. A kako voliš ti, Slađana? — pitala je svekrva snahu.

— Pristajem kako vi kažete, mamice.

— Tako ti uvek tvojoj mamici kaži, pa da vidiš kako će da te voli! — šalio se svekar.

— Ja nisam za te parade! — odvraćala ih je Gordana. — Ali Sladicu volim da vidim kao mladu. Zamisli, Grado, kako će ona da izgleda!

— Zamišljam već — smeškao se brat i zaljubljeno gledao verenicu svu rumenu od uzbuđenja. — Vidim da je svi volite. Sad bi vas trebalo slikati: mamu i Slađanu. Vidi kako je lepa slika! — nije mogao da se uzdrži, ustao je i zagrlio mamu i verenicu. Poljubio je i jednu i drugu. Mati ih je oboje nežno gledala.

— Znaš, Sladice, šta on najviše voli? Palačinke! To bi mogao svakog dana da jede.

— Znam da voli kolače.

— I slatko voli... Ja čuvam za vas desetak tegli. Čim namestiš kuću, doneću vam. I od zimnice ću da odvojim. Kupusa ću dosta da metnem da imate i vi. Dva bureta. On voli podvarak i sarmu. Mast ću ja da topim. Metnem mleka pa kao puter.

— A šta ću ja vama, mamice, da spremim?

— Ništa. Samo da voliš moga sina i da mu ugađaš.

— Ali ja hoću i vas da volim. Vi ste, mamice, tako zlatni!

— E, ona to voli: da je maziš, da joj kažeš da je zlatna mamica i lepa mamica! — šalio se otac.

— Što si ti, Živko, navalio da me peckaš! — smejala se mati. — Ja da mislim na lepotu? Kad su moja deca lepa i moja snahica, ja sam srećna.

— Voliš i ti kad ti se kaže da si lepa.

— Nemoj da ga slušaš, snahice! — smejala se mati. — On mene stalno zadirkuje. A da nisam bila lepa ne bi me ni uzeo.

To veče je bilo vrlo uzbudljivo za sve. Kad se večera završila i vreme poodmaklo, posedali su gosti u auto, pa su prvo otpratili Sladicu. Gradimir ju je odveo do vrata i tu je strasno zagrlio.

— Srce moje malo! Mama je ushićena. Ja sam sada potpuno srećan.

Slađana je lagano ušla u kuću, misleći da mama i Nikica već spavaju. Nikica nije bio još legao, a mama tek što je legla, ali još nije zaspala.

— Kako su te dočekali? — upita mati.

— Izvanredno! Oh, mama, što sam srećna! Tako me je Gradina mati ljubila, plakala i grlila sve vreme. Svi me vole. Nije da se pretvaraju, nego su iskreni.

— A šta ste večerali? — upita Nikica.

Ceo jelovnik mu je ispričala. Nikica je hvatao zazubice.

— Gordana je kazala da si sjajan! A Grada, mama, što je tebe hvalio! Nemam reči.

Legli su, ali Slađana dugo nije mogla da zaspi. Osećala je Gradimirove usne na svojim. Posle je sebe videla kao mladu u belom, s velom i vencem, i Gradimir pokraj nje. Sveštenik joj stavlja krunu na glavu. Slike promiču pred njom, divne slike devojačkih snova.

Natašin poraz

Nataša je šetkala kroz lepo nameštene sobe vile direktora rudnika. Došla je na njegov poziv da provede kod njega nedelju dana. Osećala se kao u svojoj kući. Klavir Raulove žene bio je u uglu salona. Nataša je sedela za klavirom i pokušavala da svira, hvatajući tonove jednim prstom.

Raul je bio u kancelariji. Posluga je slušala Natašu kao da je Raulova gospođa. Znali su da je njegova ljubavnica, ali su se pravili nevešti, jer su videli da joj gospodin poklanja veliku pažnju. Osim toga, i ona je bila prema njima pažljiva, a govorila je i francuski. Pitali su se samo da li će se gospodin oženiti njome, i napustiti suprugu, gospođu Suzanu, i sinčića. Tako slatko dete koje je gospodin mnogo voleo. Lekari su preporučili gospođi da ode u Francusku zbog zdravlja, a posluga je videla da su se supruzi vrlo nežno rastali. Među njima nikad nije bilo nesporazuma i svađe. To je bio fini bračni par i posluga je verovala da se oni nikad neće razdvojiti. Gospodin Raul, kao svaki muškarac, mora da ima ženu, ali svi su voleli gospođu Suzanu, tu lepu, nežnu Francuskinju koja se vrlo ljubazno ophodila s poslugom.

Nataša se diskretno raspitala o Raulovoj ženi i bila je malo ljubomorna kad je čula da su se oni voleli. Nije htela ništa da pita Raula, ali se plašila da će se njena idila s njim završiti kao lep san. Počelo se javljati u njoj i kajanje. Svakog dana se spremala da ode od njega, a nešto ju je opet zadržavalo.

Razmišljala je o njegovoj napomeni da će uzeti garsonjeru u Beogradu; kad dolazi da ima gde da odsedne. Zašto je to kazao? Zar on ne misli da bude ništa više za nju nego ljubavnik? Da li se nada da će mu se žena vratiti i da tako, s vremena na vreme, dolazi u Beograd, u garsonjeru. Lupila je po dirkama klavira; disharmonični akord odjeknu na klavijaturi.

Čula je, najednom, korake posluge, razgovor na stepenicama, neki dečji glasić, koji govori francuski, zatim i jedan ženski glas na francuskom.

Nataši se noge oduzeše, sva se naježi. „Njegova žena i dete!" Nije umela da se makne s mesta, a čula je da se približavaju. Ući će u sobu i zateći nju, njegovu ljubavnicu. Sva obamre, nasloni se na klavir, bleda, s užasnim osećanjem poniženosti u duši.

Vrata se naglo otvoriše: upade divan mališan od pet godina, slatko dete, crnih očica i kovrdžave kose.

— Papa! — uzviknu veselo i zastade kad spazi nepoznatu damu. Za njim uđe njegova mati. Trže se i stade.

Dve žene se pogledaše. Posmatrale su jedna drugu kao da proučavaju koja je jača. Nataša je gledala tu lepu, nežnoplavu Francuskinju, vitku, elegantnu, ružičastog tena. Lako bledilo pređe preko lica gospođe Suzane.

— Bonžur! — reče hladno, pa se okrete sobarici: — Gde je gospodin?

— U kancelariji je... Otrčao je momak da ga zovne. Gospođica govori francuski — objasni sobarica, osećajući neprijatnost situacije.

Nataša otpozdravi. Htede da kaže još nešto, ali se predomisli. Ima da kupi stvari i da se odmah čisti iz ove kuće u koju je došla gospodarica.

Francuskinja uđe u drugu sobu, skide mantil i šešir i dade ih kuvarici, koja je dotrčala, malo zbunjena. Htela je da umiri Natašu, pa joj namignu kao da kaže: „Ne boj se. Neće ona da pravi skandale!"

Dečak je istrčao u predsoblje. Čula je njegovu radosnu ciku:

— Papa!

Ušao je Raul, sav usplahiren, s detetom u naručju, i spazio nepomičnu Natašu kraj klavira. Nataši se zamrači pred očima. Da li će prvo njoj ili supruzi? Osmehnu se samo Nataši, ali požuri u drugu sobu, supruzi. Iako malo zbunjen, uhvati je za ruku, poljubi, a ona mu najednom spusti glavu na grudi... Da li je htela da zaplače, da li je osetila ljubomoru i razočaranje? Vrata su ostala otvorena. Francuskinja je nešto tiho govorila, Nataša nije čula šta, i tada tek oseti da je Raul prošao pokraj nje, a požurio supruzi...

Izađe brzo, uđe u jednu malu sobu. Tu su bile njene haljine i kofer. Sva u groznici počela je da baca stvari u kofer.

Vrata se otvoriše. Pojavi se Raul.

— Nataša, da vas predstavim mojoj supruzi...

„Mojoj supruzi", zabubnjaše reči... Da, ono je njegova supruga. Je li to milostinja koju joj čini, predstavljajući je supruzi? Ili je to takav brak: ona mužu prašta ljubavnice, jer zna da on nju voli i uvek će zadržati svoje mesto pokraj njega. Mržnja buknu u Nataši kao vetar, ali se savlada i pođe, užasno uzbuđena. Vide se letimično u ogledalu strahovito bleda, ali lepa, elegantna, možda lepša od Francuskinje. Tupo je odjekivala u njoj svaka Raulova reč. A on je govorio nervozno, i sam zbunjen, ali odmereno; želeo je da sačuva Natašu od poniženja.

— Gospođica govori francuski... Došla je da vidi rudnik. Beograđanka je, studentkinja...

Nataša oseti ozbiljnost situacije, skupi svu snagu i osmehnu se:

— Koliko ste putovali? Tako vam je divan sinčić... — trudila se da bude mirna i otmena kao ova žena, koja je morala sve shvatiti, a pravila se da ne razume. Nataša se okrete Raulu: — Ja sam baš danas htela da otputujem, ali drago mi je što sam upoznala vašu gospođu.

On je ćutao, ali je bio zadovoljan što Nataša ovako prirodno, učtivo govori, i što se situacija razmrsila...

Supruga je izašla, a Nataša je rekla Raulu:

— Ja idem. Molim vas neka mi spreme kola da me odvezu do stanice.

On joj stegnu ruku:

— Nataša, izvini! Ja nisam očekivao svoju ženu... Doći ću uskoro u Beograd... Razgovaraćemo... Moja mala šarmantna!

Utrčala je u sobu, spakovala stvari, hladno se oprostila s njim, pozdravila se i s gospođom, izašla i sela u auto.

Bilo joj je jasno da je samo ljubavnica i ništa više. Da je išta ozbiljno mislio, pojurio bi k njoj, zadržao je, predstavio ženi: „Ovo je devojka koju volim! Njome ću se oženiti! Mi se moramo razvesti." A on ništa nije kazao, ničim je nije utešio; zbunio se i uplašio kao svi muževi. A zašto i da ostavlja dete i ovako lepu i bogatu ženu? Pričala joj je posluga da je gospođa vrlo bogata.

Grcala je u autu. Htela je da baci tašnu u koju joj je spustio svežanj hiljadarki. Bila je ponižena, nesrećna... Ostavila je slobodnog, siromašnog Gvida, koji ju je voleo, da bi doživela ovo... Kako je sve ovo strašno! Više ne vredi živeti. Za koga ona da živi? Za svoje! Da daje časove, da ih izdržava, gladuje s njima, sluša mamine jadikovke i tatine grdnje.

Svi su istrčali kad je došla misleći da im od tetka-Lenke i teča-Laze nosi opet pečeno prase. Ali bili su razočarani.

— Pa zar nam ništa Lenka nije poslala?

— Nisam mogla, mama, da nosim. Dali su nam novac. Evo ti sto dinara! Idi kupi šta ti treba.

— Pa mogla si makar pedeset jaja da doneseš.

— Nisam mogla! — obrecnu se na majku.

— Dobro! Dobro! Nemoj da se ljutiš. Kažem samo.

— Izvini, boli me glava.

— Evo, umij se, kafu ću da ti skuvam... Imam i slatko.

— Jaoj, Nataša, imam da ti pričam o Gradimirovoj svadbi! — uzviknu sestrica. — Ja sam išla kod gospođe Vukice, posluživala sam. Iz njene kuće se izvela mlada. Što je bila lepa! Kao anđeo! Svi su je gledali. A Gradimir, i on je bio tako lep. Što je voli, pa samo u nju gleda. A ona ima brata tehničara! Mnogo je sladak. Upoznala me Gordana s njim. Divan dečko. Velika svadba je bila. Gordani je bilo žao što i ti nisi bila ovde da ideš na svadbu. Videla sam i stan koji su im Vukica i Gordana namestile. Tri sobe. Sva kuhinja u vezu. Njena majka vezla. Imaju divan nameštaj! Majka joj je tako dobra. Samo plače od radosti. Ja sam pomislila na tebe, sejo, kako si i ti lepa, pa treba i ti tako lepo da se udaš...

Sestrino pričanje još više potrese Natašu. Zamalo glasno da zajeca. Ona neće tu sreću doživeti. Moraće uvek da bude nečija ljubavnica, da bi njima donosila novac. Umivala se, a suze su joj se slivale s vodom.

— Gordana je dva puta dolazila k nama. Pita kuda si otišla, a mi kažemo tetka-Lenki. Hoće li Voja dogodine da se upiše na medicinu? — interesovala se mati.

— Hoće, sigurno...

— Da stanuje kod nas? A što ne ide na tehniku? — raspitivala se sestrica, koja je volela da govori o tehnici, jer joj je Nikica, tehničar, neprestano bio u glavi.

— Jesu li otišli na svadbeni put?

— Jesu... čak u Italiju. Hoće da je vodi u Milano i Rim.

— Ima lepu platu, pa što da je ne vodi? — doviknu mati iz kuhinje, odakle se već osećao miris kafe. — Evo da popiješ! Jedva sam čekala da dođeš. Nemam kome da se požalim, Nataša! Ove dve me ne razumeju kao ti. Pa kako je Lenka? Pričaj mi! Jesi li se lepo počastila?

Nataša se malo umirila, jer je donela u sebi čvrstu odluku da više neće živeti.

Uveče je došao tata, pozdravio se lepo s Natašom, ali se požalio da je umoran. Izvadio je iz džepa fišek čvaraka i pružio ženi.

— E, spremila sam ja bolju večeru. Moja Natašica kad dođe uvek donese malo para od Lenke. Hajde da večeramo. Kupila sam parizer, malo sira i kajmaka... Vidiš, Nataša, da ti nisi došla večerali bismo čvaraka i hleba.

— Znam, mama.

— Pogledaj kako se ona popravila! I svi bismo se popravili da imamo jaču hranu. Vidi kako je mali Dušan slab!

— Oslabio je malo.

— Zbog trotineta je oslabio — grdila ga je sestrica.

— Otkud njemu trotinet?

— Ima jedan drug, pa propadoše jureći.

— Jaoj, sinko, ne misliš da cepaš cipele. Pitaću te šta ćeš raditi kad ti propadnu prsti. Jednu cipelu si već poderao zbog trotineta.

— Meni će Nataša da kupi cipele — priljubi se uz sestru, a ona ga zagrli.

— Hoću... Sutra idemo da ti kupim cipele.

Otac ispusti viljušku.

— Šta ti je, što ispuštaš viljušku? — upita žena.

— Nešto mi mnogo teško. Daj mi malo vode. Hoću da legnem... Muka mi...

— Ama, jedi malo!

— Ne mogu... Vode! Vo... — hteo je da se digne i najednom se sroza na pod.

Deca vrisnuše:

— Tata! Tata! Šta ti je?

— Vode! Vode, brže! Polivajte ga.

— Drži ga Nataša!

On zatvori oči...

Vriska se razleže po kući.

Komšike dojuriše. Napuni se kuća. Prenesoše ga na krevet, ali on ostade zatvorenih očiju. Žene su ga trljale, drmusale, deca vriskala... Najzad izgovori jedna od komšinica:

— Umro je... Sklonite decu.

Spas u poslednji čas

Gordana je svakog dana dolazila Nataši. Osećala je tešku nesreću koja ih je zadesila.

— Kako ćemo živeti? — jecala je mati. — Penzija samo osam stotina dinara. Četiri stotine plaćamo samu kiriju. Ne može se... Svi ćemo pomreti od gladi.

— Nećete, tetka-Draga! Ne dam ja da vi pomrete! Sve će dobro biti. Nataša, nemoj da očajavaš! — hrabrila ih je Gordana.

Nataša je nemo i tupo gledala. Život za nju nije više značio ništa. Dolazilo joj je da im kaže: „Treba svi da se uhvatimo za ruke i skočimo u Dunav”. Francuzu nije pisala. Raskinula je sve. Strahovita beda se ukazivala pred njom. Njeni su očekivali da im ona pomogne; da radi, da se bori za njih, a ona nije više imala snage. Želela je samo da umre...

Jedno jutro nije se dugo budila. Najpre su je ostavili da spava, a posle počeli da je bude. Nataša se nije budila, ali je disala. Nastala je ponovo vriska u kući. Telefonom su pozvali lekara; odneli je u bolnicu, povratili... Doza morfijuma nije bila prevelika i spasli su je. Sestrice su vriskale oko nje:

— Sejo, zar da nas ostaviš! Ko će nas da hrani? Slatka sejo, kako ćemo mi bez tebe?

Gordana je jecala i milovala Natašu. Osetila je sav jad njenog života i sva poniženja.

— Niko me, Gordana, više ne voli — šaputala je Nataša. — Ja sam bedno stvorenje. Predala sam se Gvidu i ostavila ga zbog Francuza. Pravila sam Raulu društvo na plažama da bih mogla doneti mojima da jedu i da se obučem. Ti ne znaš, išla sam k njemu! Dva puta sam išla! Poslednji put došla je njegova žena, a ja sam ponižena morala otići. Zašto da živim? Ni ti me više ne voliš! Gvido me prezire, jer me video na moru s Francuzom. Šta sam ja sada? Ništavilo!

— Nisi ti ništavilo! — naljuti se Gordana. — Ti si inteligentna devojka. Ti ćeš da nastaviš studije. Učićemo zajedno i polagaćemo u idućem roku. Ti moraš, Nataša, da živiš zbog sestrica, brata, majke. Oni će propasti bez tebe. Ti si im sada sve. Ja ću te pomagati, biću tvoja moralna podrška! Mi ćemo opet biti dobre drugarice, ići u bioskop, biti vesele.

— Kako ti imaš divnu dušu!

— Imaćeš i ti... To su iskušenja koja će proći. Bićeš još bolja. Imam ja plan. Sutra već počinjem da ga ostvarujem.

Sutradan Gordana dođe sva blistava.

— Jedna velika novost! Ti ćeš, Nataša, biti prevodilac u jednom listu. Prevodićeš romane s francuskog. Imaćeš sedam stotina dinara mesečno. Ja sam dobila taj posao, ali ga tebi ustupam. Znaš francuski kao i ja. Stalno ćeš da prevodiš. Imaš penziju osam stotina, od prevoda sedam stotina, hiljadu pet stotina.

— Hvala ti, Gordana — prošaputa Natašina mati i zagrli je. — Ti ćeš nas zaista spasti.

— Posle imam za tebe dve instrukcije. Prevod možeš raditi uveče, to je lako. Ako nekad ne budeš imala vremena, ja ću ti pomoći da prevodiš. Od te dve instrukcije imaćeš pet stotina dinara.

— Dve hiljade! — uzviknuše sestrice.

Svi su plakali od radosti.

— Nećete umreti od gladi, to ne dam! Još jedan prihod spremam za vas. Ali to ću vam sutra reći. To je još jedno iznenađenje.

— Kakvo iznenađenje? Kažite nam? — molile su sestrice.

— To ću vam sutra reći. Idem sada taj posao da svršim — reče Gordana.

Nataša se smešila:

— Ti si naš anđeo čuvar! Svi te volimo.

— Samo da me slušaju! I Natašu da slušate...

— Mi seju volimo! — Duško je seo pokraj nje na krevet. Nataši su suze klizile niz obraze. To su bila njena deca, a ona je htela da se ubije i da ih ostavi.

Ispratili su Gordanu, a ona je odjurila Vukici.

— Voliš li ti mene, sestrice? — upita.

— Što me to pitaš? Ti znaš koliko te volim.

— A da li bi sve učinila za mene?

— Sve što mogu, učinila bih.

— Imam jednu molbu: možeš li da mi daješ svakog meseca po pet stotina dinara?

— Davaću ti. Primam mesečno hiljade, i to je sitnica.

— Miki nemoj da pričaš.

— Neću! Pa i on bi ti dao.

— Ali svakog meseca.

— Neću, valjda, umreti. Mislim ja još dugo da živim. U inat Neli!

Gordana je zagrli:

— Divna si ti, sestrice. I još nešto da mi daš. Onaj tvoj stari nameštaj s tavana. Videla sam, ima dve fotelje, neke stolice, tepisi, ormani, slike...

— Nosi sve!

— Dakle, sve je u redu. Sad hoću da ti kažem za koga je to — počela je da priča o Nataši i njihovoj bedi. Pala je u vatru: — Zašto, sestrice, da ne spaseš jednu porodicu? I ti si majka! Pomisli da tvoja deca ostanu bez ičega. Osam stotina dinara penzije! Može li s tim da se živi? Ti više daš na jedan ručak tvojim gostima. A kažu li ti hvala?

— Jes', kažu... ogovaraju me.

— Vidiš, razočarala si se. A ovo su siročići. Zamisli, Vukice, kako je to veliko delo: spasti ih bede i smrti! Htela Nataša da se ubije. Oni bi propali. Zar pustiti da cela jedna porodica propadne?

— Dobro, davaću... Kad je moj muž mogao pokvarenoj Neli da kupi kuću, ja ću da pomažem sirotinju.

— Hvala ti, Vukice! Imaš divnu dušu — znala je Gordana da Vukica najviše voli kad joj se to kaže.

— Evo ti pet stotina.

Gordana je izljubi:

— Doći ću s Natašom do tebe, ali nemoj da budeš hladna prema njoj.

— Dovedi je! Da su bliže, ja bih im uvek poslala i jela. Baca se.

— Dovešću ja njih bliže. Našla sam do nas jednu kućicu, zasebnu... Pet stotina dinara. Ti ćeš kiriju da plaćaš. Zlatna si, Vukice! Nisam te nikad volela kao sada. Znaj, uvek ćemo svuda zajedno: ja, ti i Nataša.

Gordana izlete kao na krilima. Sestra je gledala za njom i razneženo se smešila.

Gordana je tramvajem odjurila do Nataše i ispričala, sva srećna, kako je našla zasebnu kućicu, Vukica će plaćati kiriju, doneće čitava kola stvari od Vukice, idu da kupe krepon da tapaciraju fotelje. Kućica ima dve lepe sobe, kuhinju, malo predsoblje, baštu. Preseliće ih uskoro.

Svi su zanemeli od čuda. Mati se prva pribra, prekrsti se i zaplaka:

— Hvala ti, milostivi Bože, da se odselim odavde i da imam svoju kućicu.

Nataša nije mogla da veruje.

— Samo i ti da budeš pored Nataše, da je hrabriš! Može da joj dosadi da se muči za nas — zaplaka gospođa Draga.

— Neće, mama, da mi dosadi! Samo neću više da kukaš i pričaš o nekadašnjem bogatstvu!

— Kukam sada za vašim ocem. Jadnik, i on se izmučio...

— Mi idemo sada da vidimo taj stan, da damo kaparu. Hajde, Nataša! Znam da se oni sele, pa da vidimo treba li gazda štogod da opravi.

— A kako je tvoja snaha? — upita Nataša u tramvaju.

— Ona je pravo srce. Toliko je volim... Vratili su se sa svadbenog putovanja. Grada je lud za njom, a i ona za njim. Ići ćemo jednog dana k njima.

— A kako će mene gledati Grada i tvoja snaha?

— Gledaće te kao što treba da te gledaju. Objasniću ja njima sve što treba. Ti moraš da digneš glavu. Čim se preselite, počećemo ozbiljno da učimo. Ih, što ćemo da namestimo vašu kućicu! Jedva čekam... Jesi li počela da prevodiš?

— Jesam...

— Ti ćeš imati svoju sobu. Jedna sestrica samo nek spava s tobom. Da imaš jednom duševni mir u kući.

— Veruj mi, čini mi se da postajem druga osoba. I to zahvaljujući tebi. Zavidim ti, Gordana, na moralnoj jačini. Moram i ja postati takva.

— Ja se bojim da opet ne napraviš avanturu.

— Nikad više!

— I nemoj. Tvoji bi propali... Tvoj život ne pripada samo tebi, nego i njima. Koliko se devojaka mora odreći lične sreće radi svoje braće i sestara! Ja ću te stalno pomagati.

———

Posle desetak dana Gordana je otišla Nataši u novi stan. Dočekali su je raširenih ruku.

— Zar je mogućno da je ovo naša kuća? — uzviknu Natašina mati. — Uđem u jednu sobu, pa u drugu, sednem u fotelju, pa se i ja matora ogledam u ovom velikom ogledalu. Ne mogu da se nagledam slika. Došla posle Persa, stala žena pa se krsti: „Ama, otkud vama ovako lepe stvari?" Ne veruje da mi ove fotelje nismo sada kupili. A ja kažem: to sve moja Nataša i Gordana same tapacirale. Ove dve hoće da prebiju Duška, ne daju mu kaljavih nogu da stane na tepih. Napravile mu pantofle, mora napolju da skida cipele. A vole te svi. Samo ako neko nešto zgreši, Nataša odmah preti: „Čekajte, kazaću ja Gordani!"

— I ja njih volim. Oni su svi poslušni. Jeste li sada srećniji?

— Kako da nismo, dete moje! Lepo rasporedim novac. Ne mislim kao dosad hoću li imati za ručak. Nema ni svađe u kući. Ono, i moj pokojni muž beše nezgodne naravi. Prgav, gunđa, svađamo se. Nije mu bilo lako! Pa sam se bila i ja pronervozila... A sad, hvala bogu, svi se lepo slažemo. Stroga Nataša prema njima. Svake večeri ih preslišava.

Gordana je bila beskrajno srećna. Bila je ponosna što je pobedila sebe, što nije napustila Natašu. Oprostila joj je, shvatila njen život i pregorela Gvida. Nije ga dobila Nataša, nije ga dobila ni ona. Njihovo prijateljstvo je bilo u velikom iskušenju, ali Gordanino plemenito srce je prešlo preko svega radi sreće Natašine i njene porodice.

Kad je izašla na kapiju srela je jednu Natašinu sestricu. Ova je ushićeno ispričala:

— Dolazile nam drugarice da vide kako smo se lepo namestili. Obećala Nataša da će nam prirediti žur. Umesiće kolače pa će da nam dođu drugarice i drugovi. Sad može da nam dođe svako u kuću. Tako nam je sve lepo!

Malu Slađanu svi vole

Januarsko popodne. Ulice bele od snega, pahuljice lete po dečjim kapama i rumenim licima koja žure na skijanje.

Žuri i Gradimir svojima na Voždovac, veseo i lep, kroz beli zimski dan. Otvori vrata i požuri na sprat.

Otac izašao u predsoblje, taman da uđe u trpezariju, Gradimir se pojavi.

— Dobar dan, tata!

Otac mu dade znak prstom da ne govori.

Sin ga začuđeno pogleda, a otac mu došapne:

— Slušaj šta tvoja mama priča o Slađani.

Sin priđe vratima i oslušnu. Mati je govorila:

— Vrlo je srećan. Krasnu ženicu ima! Ne samo da njega voli, nego i sve nas. Uvek sam se bojala da ne uzme neko čudo, pa da ga odvoji od porodice. Čini mi se srce bi mi iščupala iz grudi da mi je odvojila sina.

— Kao snaha gospa-Belina. Plače žena kao da je izgubila sina. Zavadile se, krv i nož! Ne znate koga da osuđujete: snahu ili svekrvu?

— Ja za moju snahicu nisam svekrva — hvalila se gospođa Marković. — Ona mene zove „mamicom". I sve je kako kaže mamica. Ako što kuva, mene pita kako se kuva. Ako zovnu goste na ručak, uvek joj ja kažem šta da kuva... Sve sam joj morala reći šta moj sin voli a šta ne voli, jer svaka majka najbolje poznaje svoga sina.

— Videli smo je jednom s vašim sinom. Tako su divni oboje!

— Divni i dobri! A najvažnije je što je ona dobra i tako umiljata... Mazi me, ljubi i tepa mi: „Moja dobra mamice!" Pa koja svekrva da ne voli takvu snahu? Kad odem, ćušne mi u tašnu po sto dinara, jer imaju, hvala bogu. A druga snaha, ne samo što ne bi dala, nego ni mužu ne bi dala da pomaže roditeljima. Ali ni ja nikad ne idem praznih ruku. Pa ko je ne bi voleo?

— Čuješ li, sine? — šapnu otac. — Kazao sam ja tebi da neću moći doći do reči od tvoje majke da hvalim tvoju ženicu.

Sin je slušao, blistavih očiju od uzbuđenja.

— Ovu zenanu ona mi je kupila za domaću haljinu — nastavlja gospođa Marković.

— Baš vam divno stoji!

— I tako je štedljiva! Pazi na svaki dinar. Hvali mi se sin: „Mama, ja sam više trošio kao momak, nego sada kao oženjen!" Manje trošiš, kažem mu, što imaš dobru ženu koja ne rasipa... Hvala bogu, svi se lepo slažemo i volimo... Moja snaha i Gordana kao da su sestre.

— Ona je bila sirota?

— Činovničko dete. Ali, to je valjda sudbina: njen pokojni otac i stric bili su najbolji drugovi moga muža na Velikoj školi.

— Zbilja? I ja verujem u sudbinu...

— Sad ona, sine, neprestano ponavlja i priča o Nikoli i Ljubiši — šapnu otac.

Sin se smeškao sav srećan.

— Ali, da se čestita njenoj majci kako je ćerku vaspitala... Takva je domaćica i takav je red u njenoj kući. Neće oni po kafanama da se hrane, već kod kuće. Uživam kad odem, pa vidim red u kući i ljubav među njima.

— A iz ljubavi se uzeli?

— Moj Grada se zaljubio u nju! Imao je toliko bogatih devojaka, pa nije hteo da čuje za njih. I ja sam se udala iz ljubavi za njegovog oca, a on me je isto tako voleo kao moj sin svoju ženu. S mojim Živkom tolike godine sam provela srećno u braku i kažem svome sinu: „Ja i tvoj otac možemo ti biti primer srećnog bračnog života". A moj Grada je takav domaćin! Na oca. I Živko je domaćin. Uvek je voleo da sve imamo u kući. Tako i moj sin. Kad odem njihovoj kući odmah mi sve pokazuje šta su kupili, pa se oboje raduju kao deca. A takvi smo bili i ja i Živko. Šoljice za crnu kafu da kupimo, a mi se radujemo. Hvala bogu, srećna sam s decom.

— Je li završila Gordana?

— Još godinu dana. Dobar je đak.

— A Vukicu ste bogato udali?

— Hvala bogu, oni su vrlo dobrog stanja. Ali Mika je energičan čovek. Sad će s Gradom da osnuje građevinsko preduzeće. Već imaju ugovoreno nekoliko većih zgrada koje će oni da zidaju.

— Čuli smo da je vaš Grada odličan arhitekta.

— To najbolje pokazuju njegove građevine. Moj Živko stalno šetka pored njegovih zgrada. Penzioner, pa mu to razonoda! A dogodine hoće moj sin da zida sebi jednu malu vilu. Kupio plac izvan varoši. Kaže: „Hoću za moju ženicu da sazidam vilinsku kućicu”.

— Ona je, zbilja, kao mala vila — reče gošća. — Videla sam ih u operi pa sam ih sve vreme gledala...

— Ovo je čitava priča o tvojoj Slađani — šapnu otac. — Sad možemo da uđemo!

— Mama, došao sam da ti kažem da sutra Sladica zove na žur. Mesila je neke naročite kolače i kazala: „Mamica mora da dođe!” Samo će naši biti: njena mama, ti, Vukica, pozvala njene dve drugarice iz preduzeća, Jelku i Ružicu, i Gordana da dođe s Natašom.

— Hoću, sine! Poneću i ručni rad.

— A i ti, tata, da dođeš, kazala je da te mnogo pozdravim... Ona zna da ti voliš mlado društvo.

— Slatki bratiću! Kako je naše „malo srce”? — upade Gordana u sobu.

— A koga zoveš „naše malo srce”? — pitao je otac.

— Zna se koga: Sladicu!

— Sutra da dođeš s Natašom na žur. Mama će doći, Vukica, Jelka i Ružica, doći će i tata...

— Hoćemo!

Gordana je bila srećna zato što zove i Natašu. Ona je Slađani ispričala ceo Natašin život; rasplakala je malu Slađanu. Pričala joj je kako je Nataša sada sasvim druga devojka.

— Malo srce da pozdraviš mnogo — reče Gordana bratu. — Možda ću i ja večeras svratiti do nje. Je li kod kuće?

— Kod kuće je...

Sin se oprosti i ode. Sijao je od radosti što će večeras moći da ispriča svojoj slatkoj ženici kako je svi njegovi vole.

———

Nataša upade u kuću sva pokrivena snežnim pahuljicama.

— Što je divno napolju, tetka Milka! Hajde, Gordana, da prošetamo. Mnogo volim sneg! — nosila je jedan veliki paket.

— Šta si to donela?

— Domaće kobasice, švarglu, šunku i jabuke.

— Ju, šta si donela! Otkud vam ovo?

— Došla tetka Lenka pa nam donela pun sanduk: dvadeset kila masti, šunke, švargle, pečeno prase, jaja, jabuke. Čika-Živku sam donela praseću plećku!

— Nije trebalo, dete moje, ovoliko da donosiš. Vas je dosta u kući...

— Ima i za nas dosta! E, a kako vi meni činite! Čim šta lepo skuvate i umesite, a vi odvojite i za nas. Ja ne mogu nikad da zaboravim dobro koje mi činite vi i Vukica.

— Hvala, Nataša! Živko ovo mnogo voli.

— A Vukici ću da odnesem jabuke. Izabrala sam desetak najlepših.

— Nemoj sve da razdaš! Ima Vukica dosta.

— Ako ima! Ja sam tako srećna da barem nečim vratim Vukici.

— A tetka vam donela? To je ona što je udata za kafedžiju?

— Ona. Došla da kupuje stvari u Beogradu. Kazala je da će kupiti svima nama cipele i kaljače, bogati su oni!

— Pa i treba da vas pomaže kad su bogati.

— Hoće! Kaže i u namirnicama će nam davati. Njen sin će na jesen na medicinu pa će kod nas da stanuje. Pet stotina dinara će plaćati mesečno i slati namirnice: mast, pasulj, krompir, suvo meso...

— To je bolje nego pre.

— Ah, pogledajte koliko sam izradila Vukičin goblen...

— Ju, što je divno jastuče! Ja volim cveće! — divila se mati. — Kao žive ruže! To ona u salon da metne.

— Jedva čekam da ga završim.

— Daj, ženo, malo da mezetim ove kobasice!

— Sad ću...

— Sedi ovde da malo razgovaramo... E, hvala, Nataša! Kako su tvoji?

— Svi su dobro. Zato sam srećna! I slušaju me sestrice.

— One su slatke devojčice — pohvali ih Gordana.

— Da nije bilo Gordane mi bismo svi propali.

— Oho-ho! Ala su kobasice! Vidi se da su domaće. Uzmi i ti!

— Hvala, čika Živko, ja sam jela.

Posedele su jedan sat i pošle u šetnju. Opet su bile dobre, iskrene prijateljice, zahvaljujući Gordaninom srcu koje je sve moglo da oprosti. Ulice su bile pune sveta. Jedna visoka muška prilika išla im je u susret.

— Gvido! — prošaputa Nataša i gurnu laktom Gordanu.

Dalmatinac ih samo pozdravi i prođe.

Nataši silno zalupa srce, a zalupa i Gordani. Sva joj krv jurnu u lice. Brzo se okrenu jednom knjižarskom izlogu:

— Da vidimo ima li novih knjiga.

Stajale su ispred izloga, rasejano gledale knjige i čitale naslove.

Gordana se ljutila na sebe. Ona ne bi smela nikad da pomisli na Gvida. Šta bi bilo s Natašom? Gvido više pripada Nataši nego njoj. A Gvido Natašu više ne gleda. Ona će uvek osetiti bol kad ga sretne. To je bio prvi muškarac u njenom životu.

— Hajdemo do Slađane! Sutra ima žur. Zvala je i tebe.

— Zar i mene? — obradova se Nataša i uhvati Gordanu ispod ruke.

Ustrčale su uza stepenice i zakucale na vratima Gradimirovog stana.

Slađana izađe. Bila je u domaćoj haljini boje kajsije. Sva rumena i lepa.

— Tetice! — začu se dečji glasić.

— Zar ste i vi tu? — začudi se Gordana. Vukica je bila kod Slađane s decom.

— Naterali me da dođemo kod ujne... Kako si, Nataša?

— Vrlo dobro... Žalim što sam ostavila jastuče kod Gordane... Nisam znala da ću vas videti.

— Jaoj, što ti je jastuče, Vukice! Skoro je gotovo.

— Eh, baš se radujem! Ala ste se vas dve zarumenele!

— Napolju je divno!

— Vidi Slađanu što ima lepu haljinu! — primeti Gordana.

— I Gradi se dopada. Najviše me voli u ovoj haljini.

— Voli on tebe i bez haljine! — dirnu je Vukica. — Znaš, kad dođe k meni, samo o tebi priča.

— Sad je bio kod nas. Sutra svi dolazimo na žur. Ali da vidiš mamu u novoj haljini! Pa svima priča: „Ovo mi moja snaha kupila!" — smejala se Gordana.

— A kako ste vi, Vukice? — upita Nataša.

— Vrlo dobro! Uživam i slušam kako me Nela ogovara.

— Vas Nela ogovara?!

— Jeste, ona mene! I ona i njena majka grde me na sva usta. Njena majka priča kako je njena ćerka nevina, i kako je to bila naivna šetnja; i kako je ona bila velikodušna prema meni, a mogla je rastaviti mene i moga muža pa nije htela. A ja sam im poručila da znam kako je bila naivna šetnja! Sve je meni moj muž ispričao... I neka ne misle da ga je očarala. Pričao mi je kako je mršava kao kljuse!

— More ostavi. Šta te se tiče šta Nela priča! — reče Gordana. — Ja ne bih uzela više u usta tu gusku. Ona se obrukala i ako ima imalo karaktera, treba da ćuti.

Neko zakuca na vrata.

— Ovo su mama i Nikica! — uskliknu Slađana.

Mati i sin uđoše, beli od snega.

— Što volim sneg! Samo da imam skije išao bih na skijanje — izjavi Nikica u predsoblju.

— Ja imam! — javi se Gordana. — I Gradine skije su na tavanu kod nas. Idemo zajedno!

— Kolosalno! — obradova se Nikica.

— Gle, svi ste tu! — uzviknu Slađanina mati. — Baš mi je milo što je ovde i prija Vukica.

— Ja sam ljuta na vas, prijo.

— Zašto? — začudi se gospođa Drenka.

— Što ne dođete češće k meni.

— Ne znam, prijo, kad ste kod kuće, a došla bih rado.

— Imate telefon u kancelariji, pa me pitajte. Volim uveče da mi dođete, pa da večeramo i posedimo. I moj Mika voli društvo.

— A mene, prijo, ne zovete? — našali se Nikica.

— Kako da te ne zovem? Kad prija dođe imaš i ti da dođeš. Vidite li vi kako se Nikica udesio?

— Vidimo! Nešto se mnogo prokicošio! — dirala ga je Gordana.

— Nemojte da ga podbunjujete; moram svaki čas da mu peglam pantalone.

— Što ti! Mogu ja i sâm da peglam.

— Rešila sam električnu peglu da kupim pa neka pegla sâm.

— Je li, hoćemo li da idemo na skijanje? Za dva dana biće snega!

— Kako da neću?!

— Sutra ću skije da skinem s tavana — uskliknu Gordana.

— Nego, kako ćemo za Natašu? A, znam! Anđa ima skije. Daće mi. Idemo u Košutnjak!

— Je l' ti pričao, Nikice, Grada za zgrade koje će njihovo preduzeće da zida? Mika već dobio projekte — reče Vukica.

— Jeste. Banka, dve gimnazije, jedno pozorište... njegov projekat je najbolji.

— Još će oni dobiti. Ovo su državne zgrade, a imaće i privatnih. Moj Mika je poslovan čovek, a i Grada isto tako. Što mi se dopada plan vile na Braču! Biće divna vila! Posle svi idemo na more. I vi, prijo, s nama! Ja ću da namestim vilu, pa ćemo postaviti nekog da stanuje i čuva je preko zime. Crkoh za morem!

— A tek ja! — uzdahnu Nikica.

— I deca su mi se popravila na moru. U maju idemo, pa sedimo do septembra.

— I ti ćeš, Nataša, s nama — okrete se Gordana svojoj drugarici. — Kazala sam Gradi da za mene projektuje sobicu na mansardi. Ja dovodim koga hoću...

— A koga imaš da dovodiš — dirnu je Nikica.

— Ne mislim na muškarce, nego na moje drugarice Natašu i Anđu...

— Dovedi koga hoćeš! Ja volim društvo i na letovanju. Mama je kazala da neće na sprat, nego u parter — reče Vukica.

— Meni je Grada pokazao plan — hvalio se Nikica. — I ja ću, mama, da budem kao naš Gradimir.

— Ja se molim Bogu, sine, da i ti postaneš kao Grada... Tvoj zet neka ti bude primer.

— A kako te gledaju studentkinje? — zadirkivala ga je Gordana.

— I ne vidim da me gledaju.

— Kao bajagi... A ceo jedan razred trgovačke akademije te poznaje.

— Trgovačka akademija?! Ja poznajem samo vašu sestru, gospođice Nataša... Ona je u trgovačkoj akademiji.

— Sve te one znaju.

— Nije mi poznato — kao ravnodušno reče Nikica, ali mu je bilo milo.

Slađanina devojka unese veliki poslužavnik sa šoljama čaja. Slađana je pred svakog stavljala čaj, koji se pušio u tankim porcelanskim šoljama. Razgovor je bio veseo a mala Sladica, obasjana srećom, sve ih je nežno gledala. Koliko radosti u njenoj duši! Uživala je što njenu mamu i brata svi vole, pa nju vole, kao i ona njih... Radovala se što je Nataša isplivala iz bujice života koja je umalo nije odnela. Da bi je uverila kako joj je simpatična, umiljato je govorila:

— Jednom ću doći s Gordanom k vama. Pričala mi je Gordana kako imate lepu kućicu.

— Ja bih baš volela! Kad ćete da dođete? Hoćete li i vi, Vukice?

— Vrlo rado. Kazala sam Gordani da mi javi.

— Svi dolazimo. I Nikica! — prihvati Gordana, koja je jedva čekala da obraduje Natašu.

— Vrlo rado! — reče Nikica. — Sećam se još onog divnog devojčeta s velikim plavim očima...

— Hoćeš još čaja? — upita ga sestra.

— Mogu.

— Bože, Nikice, to će ti biti treća šolja! — reče mati.

— Neka je i četvrta! — Sladica ga poljubi i otrča u kuhinju da mu donese...

— Ti si, mama, obećala da ćeš i meni da spremiš žur — reče Nikica. — Doći će mi nekoliko drugova. I Grada će da dođe. Svi moji drugovi tehničari znaju ga i zavide mi.

— I ja ću ti umesiti finu tortu! — šapnu mu sestrica. — Sutra i ti da dođeš, mama. Dolazi mi mamica i moje koleginice iz preduzeća i Vukica, i Gordana, i gospođica Nataša...

Čulo se sitno zvonjenje na vratima.

— Ovo je Grada! Poznajem kako zvoni — Slađana požuri u predsoblje. Zadržala se pet minuta...

Lule potrča vratima i otvori ih širom. Svi ugledaše sliku: mala Slađana zagrlila Gradu, i on nju, usne im priljubljene...

Vukica se nasmeja, a Slađana, sva crvena, odmače se od Gradimira. Mati ih je milo gledala.

— Volim kad vas vidim ovako na okupu! — uzviknu Grada.

— Ali ja moram da idem! Već je dockan — reče Vukica.

— Pa sedi malo kad sam ja došao.

— Neću kući! — vikao je Lule.

— Nećeš! Hoće on kod ujke... Malo moje, kako njega ujka voli.

— Hoćeš čaj? — upita ga umiljato Slađana.

— Neću... Sad ćemo večerati.

Ona mu je rukom gladila lepu crnu kosu:

— Je li hladno napolju?

— Nije... Vrlo je prijatno.

— Mi ćemo, Gordana, peške — predloži Nataša.

— Što peške? Sad će moja kola doći. Ja sam kazala šoferu u koliko sati. Evo čujem trubu! To je on! Sa mnom ćete — reče Vukica. — Ja sedim od četiri sata — nasmeja se Vukica. — Mamica ti dolazi sutra.

— Danas sam slušao kako mama hvali Slađanu... Imala je neke goste.

— A ko nju ne bi hvalio? Bogami, nigde ne volim da dođem kao kod vas — čavrljala je Vukica.

Izljubiše se i odoše. Čuli su se niz stepenice veseli dečji glasovi.

— Da ti kažem nešto! — pozva Gradimir Slađanu kad zatvori vrata. Izmaknu se u ugao sobe i dočepa je u naručje. — Slatka moja ženice! — šapnuo joj je strasno i potražio njene usne.

— A šta si imao da mi kažeš? — pitala je kao u bunilu, obavijajući ruke oko njegova vrata.

— Ovo sam hteo da ti kažem! — opet ju je poljubio.

— Što to volim! — šaputala je.

Veselo su razgovarali za stolom. Grada je pričao:

— Večeras sam se vraćao po snegu i setio sam se nečeg. Znaš kad smo se prošle godine sreli a padao je sneg; ti si išla s Nikicom...

— Znam. A ti si zastao na uglu? Ja sam bila tako zbunjena kad sam te ugledala.

— A ja sam te večeri pomislio: „Ova devojčica mora biti moja ženica!"

Saznanje...

Nataša se vratila kući. Zatekla je mamu i tetku u kuhinji. Sedele su i pričale, a sestrice i brat učili su u sobi. Videla je da je mama plakala.

— Ti si opet plakala? — sneveseli se Nataša.

— Nisam ja, sine, plakala što se žalim, nego ja i Lenka podsetile se našeg devojačkog života pa se rasplakale... A ja se baš hvalim Lenki kako sad bolje živimo i ti se brineš o svemu.

— Ako, Nataša — hvalila ju je tetka.

— Mama, a znaš ko će nam doći u posetu? Vukica... Priredićemo žur.

— E, to mi je milo! — obradova se mati. — Znaš, Lenka, to je gospođa koja nas pomaže svakog meseca. Uvek se molim Bogu za zdravlje njene dece. Sad sve lepo rasporedimo. Primim penziju, donese Nataša za prevod iz redakcije, ima i dve instrukcije. A ranije do desetog u kući ni dinara! Svuda dužni.

— Sutra vam ja svima kupujem cipele i kaljače — reče Lenka.

— Hvala ti, Lenka! Jedva čekam da tvoj Voja dođe. I sestrice mu se raduju.

— Bogami, baš vam je lepo! Otići ću kući radosnija.

— Nataša će sve njih da izvede na put. Za godinu dana i ona će biti nastavnica. Kazao je muž te gospođe Vuke da će se zauzeti da dobije službu u Beogradu. Deco, hajde da večeramo! Ja sam postavila. Čekali smo tebe, Nataša.

Posle večere polegaše. Kroz prozor se video sneg kako pada, a crvenkasta treperava svetlost osvetljavala je sobu.

Nataša je ležala budna. Pred očima joj je lebdeo Gvidov lik u snežnom sumraku. Tako joj je bilo sve tužno. Setila se Slađane u naručju Gradimirovom. Zašto ona nije tako srećna? I ne može biti srećna još dugo... Svetlost treperi, blaga i tajanstvena... Nešto je umiruje... Gleda konture stvari u svojoj sobi.

„Kad bih srela Gvida i prišao mi, mogla bih ga pozvati da me poseti. Sad bih ga imala gde dočekati." Ta misao joj prija. Vidi Gvida, sebe kako sprema čaj, i razgovaraju, kao onda kod Gordane. Gvido bi je opet zvao k sebi! A da li bi smela ići? Ne, nikad! Osećala se odgovornom pred svojim sestricama kao da im je mati.

„Koliko li ću još godina misliti na Gvida?"

Pahuljice lepršaju. U njoj se sve smiruje, a nežno joj u duši. Vidi njihovu budućnost. Starija sestrica završiće trgovačku akademiju za tri godine i dobiti službu, a druga sestrica učiteljsku školu... Mama može u selo s njom. A ona će da uzme Duška da ga vaspitava. Još pet godina ima da se žrtvuje uza njih! Ustala je, pokrila sestre i stavila preko njih još jedno ćebe. Ututkala ih je sa strane da ne nazebu. Spavaju mirnim, nevinim snom devojčica. Vratila se i legla. Nešto toplo struji joj kroz srce. Ona ih voli. Možda je zbog njih sve ono učinila. Ali više nikad! Gleda ih kako spavaju, a lica im nežna, lepa i nevina. Neće ona dopustiti da one prežive ono što je ona preživela. Setila se njihovog jauka: „Sejo, zar da nas ostaviš?" Suze joj se kupe na dugim trepavicama. Plakala je. Ona će se udati, a Gvido oženiti. Neka njeni budu srećni!

Sneg se belasa. Neka blaga, tajanstvena svetlost obasjava svaki kutak Natašine duše iz koje zrači saznanje da ima nečeg uzvišenijeg od lične sreće i ljubavi muškarca...

BELEŠKA O PISCU I DELU

Milica Jakovljević, jedna od najpopularnijih i najčitanijih srpskih književnica međuratnog perioda u Kraljevini Jugoslaviji i svakako najznačajniji ženski autor istog perioda, rođena je 1887. godine u Jagodini u mnogočlanoj porodici. Otac Jakov, kao udovac sa osmoro dece iz prethodnih brakova, u treći je ušao sa Simkom Jakovljević sa kojom je imao još troje dece, ćerke Milicu i Zoru, i sina Stevana. Stevan Jakovljević, mlađi brat Milice Jakovljević, takođe je bio poznati srpski pisac, autor čuvene *Srpske trilogije*.

Zbog očeve činovničke službe, porodica se često selila po Srbiji. Detinjstvo i mladost, Milica je provela u Kragujevcu. Tu je završila osnovnu i pet razreda Više ženske škole.

Pošto je želela da postane seoska učiteljica, i bila odličan đak, roditelji su je poslali na dalje školovanje u Beograd gde je pohađala Žensku učiteljsku školu. Diplomirala je na isturenom odeljenju ove škole u Kragujevcu u koji se vratila zbog neizvesne finansijske situacije njene porodice.

Ubrzo po diplomiranju, dobija mesto seoske učiteljice u istočnoj Srbiji, u mestu Krivi Vir u podnožju planine Rtanj. Posle pet godina, premeštena je u selo Obrež kod Varvarina.

Po završetku Prvog svetskog rata u kojem je izgubila oba roditelja, odlučuje da okonča rad u državnoj službi i preseli se u Beograd. Tu počinje da radi kao novinar, najpre pet godina u listu „Novosti", a zatim neprekidno sledećih petnaest u „Nedeljnim ilustracijama".

Po savetu kolega novinara, autorske tekstove sve vreme piše pod pseudonimom Mir-Jam, a ovo umetničko ime odabrala je u znak poštovanja prema autorki romana na čijem prevodu je u tom trenutku radila — Mirjam Hari. Pseudonim je zadržala i kad je počela da piše romane.

Pošto su novine za koje je radila prestale da izlaze 6. aprila 1941. godine, i pošto je odmah zatim, iako egzistencijalno ugrožena, odbila da radi tokom nemačke okupacije zemlje, posle Drugog svetskog rata gubi status člana Udruženja novinara Jugoslavije, uprkos činjenici da je prethodno bila njegov član gotovo dvadeset godina. Zbog nemogućnosti zaposlenja, sve do kraja života živela je u velikoj bedi, potpuno ponižena i zaboravljena. Nije pomoglo ni to što je bila rođena sestra Stevana Jakovljevića, u tom trenutku prvog rektora Beogradskog univerziteta i narodnog poslanika.

Preminula je 1952. godine od posledica upale pluća. Sahranjena je na Novom groblju u Beogradu, a vest o njenoj smrti nisu prenele nijedne novine.

Otmica muškarca, roman koji i danas osvaja čitaoce toplinom i šarmom prošlih vremena, radnjom je smešten u period između dva svetska rata, živopisnu i elegantnu epohu kojoj Mir-Jam ostaje verna kao hroničarka. U središtu ove romantične priče nalazi se Slađana, mlada i skromna devojka koja započinje kancelarijski posao u firmi u kojoj radi i ugledni arhitekta Gradimir Marković. Atraktivni Gradimir, koji uprkos uspešnoj karijeri i društvenom ugledu ceo život traga za iskrenom ljubavlju, ubrzo biva očaran Slađaninom lepotom, poštenjem i neiskvarenom dušom. Odluka da je zaprosi pokreće niz događaja koji će ih oboje uvući u vrtlog intriga, ljubomore, ogovaranja i predrasuda. Kroz niz dramatičnih obrta, roman osvetljava složenost muško-ženskih odnosa, ali pruža i autentičnu sliku svakodnevice međuratnog Beograda — grada punog ritma, raskoši, ali i siromaštva i tajni.

Milica Jakovljević Mir-Jam
OTMICA MUŠKARCA

London, 2025

Izdavač
Globland Books
27 Old Gloucester Street
London, WC1N 3AX
United Kingdom
www.globlandbooks.com
info@globlandbooks.com

www.ingramcontent.com/pod-product-compliance
Lightning Source LLC
Chambersburg PA
CBHW071431190726
48292CB00001B/193